KB068232

SCARPETTA

SCARPETTA

THE NO.1 SCARPETTA SERIES

PATRICIA CORNWELL

SCARPETTA

스카페타

퍼트리샤 콘웰 지음 | 홍성영 옮김

루스1920~2007에게

그리고 늘 그랬듯이
스타치에게 고마움을 전한다.

광인의 정신 상태는
혼란스러운 백일몽이라고
설명할 수 있을 것이다.

— 몬테규 로맥스, 《어느 정신병원 의사의 경험》(1921)

차
례

"우린 정신적으로 시달리지 않는 느낌이 어떤 건지도 몰라요."

01 전화

케이 스카페타 박사의 소매에 묻은 뇌 조직은 젖은 회색 천 조각처럼 덜렁거렸고, 소매 앞부분에는 피가 튀었다. 스트라이커 해부용 톱에서는 윙윙거리는 소리가 났고, 수돗물이 요란한 소리를 내며 개수대로 떨어졌으며, 공기 중에는 뼛가루가 밀가루처럼 떠다녔다. 테이블 세 곳에 시신이 뉘여 있었고, 곧 더 많은 시신이 도착할 예정이었다. 때는 새해 첫 날, 1월 1일 화요일이었다.

스카페타는 그녀의 환자가 자신의 발가락으로 권총 방아쇠를 당기기 전에 술을 마셨다는 것을 확인하려는 독극물 검사를 할 필요가 없었다. 시신을 개복하자마자 술이 흘러내리며 고약한 냄새가 훅 끼쳤다. 오래전 법의학 레지던트였던 시절, 스카페타는 만약 알코올이나 마약 중독자들에게 시체안치소를 구경시켜 주면 그들이 충격을 받아 정신을 번쩍 차리지 않을까, 하는 생각을 하기도 했었다. 그들에게 뇌가 에그 컵(egg cup: 삶은 달걀 한 개를 따로 담는 오목한 그릇 - 옮긴이)처럼 열린 모습을 보여주거나, 시신에서 나는 고약한 샴페인 냄새를 맡게 하면 술 대신 페리에 탄산수를 마실지도 몰랐다. 그렇게 할 수만 있다면 말이다.

스카페타는 현금지급기 앞에서 돈을 빼앗긴 후 총에 맞아 죽은 대학생의 흉곽에서 장기를 꺼내는 부법의국장 잭 필딩의 모습을 지켜보았다. 스카페타는 그가 부검 중에 격분해 소리칠 줄 알았다. 아침 직원회의 당시 필딩은 희생자가 자신의 딸과 동갑이고, 둘 다 스타를 좋아하는 의과대학 예과 과정이라며 격분했었다. 필딩이 사건을 맡을 때면 좋은 일이 일어나는 법이 없었다.

"이젠 칼도 안 가는 거야?" 필딩이 소리쳤다.

안치소 조수가 두개골을 열며 소리치는 모습이 스트라이커 메스 칼날에 반사되어 비쳤다. "지금 바쁜 거 안 보여요?"

필딩이 외과 메스를 카트 위로 던지자 쨍그랑, 요란한 소리가 났다. "이런 데서 도대체 어떻게 일을 끝내란 말이야?"

"맙소사, 누군가 그에게 자낙스(Xanax) 같은 신경안정제를 줘어요." 안치소 조수가 두개골을 끌로 파면서 말했다.

스카페타는 폐를 저울에 올린 뒤, 스마트펜으로 스마트노트패드에 무게를 기록했다. 근처에 볼펜이나 클립보드, 종이 등은 보이지 않았다. 검시가 끝나면 위층으로 올라가서 기록 및 스케치한 정보를 컴퓨터에 다운로드하기만 하면 되었다. 하지만 아무리 기술이 발달했다 해도 끊임없이 떠오르는 생각들까지 빠짐없이 기록해 주는 것은 아니므로, 스카페타는 일을 마치고 장갑을 벗은 후에 늘 생각을 따로 기록했다. 그녀 소유의 이 사무실은 현대화된 법의학 사무실이었다. 사람들이 TV에서 본 것이 '법의학'의 전부라 믿고 폭력이 더 이상 사회문제가 아닌 전쟁이 되어 버린 이 세상에서, 보다 중요한 것을 고민할 수 있도록 업그레이드되어 있는 사무실이었다.

스카페타는 폐를 절개하기 시작하면서 머릿속으로 메모를 해 나갔다. '손에 만져지는 이것은 부드럽고 반들거리는 내장 늑막과 폐확장부

전 상태의 검붉은 선(腺)세포 조직으로 형성된 전형적인 기관일 것이다. 선홍색 거품은 조금도 찾아볼 수 없다.' 기타 심각한 손상이 없는 점과 폐의 맥관 구조는 머릿속에 메모하지 않았다. 스카페타는 잠시 동작을 멈추었다. 행정보좌관인 브라이스가 걸어 들어오고 있었다. 그는 벽에 걸린 디스펜서에서 신경질적으로 종이 타월을 서너 장 뽑았다. 젊은 얼굴에는 꺼림칙하고 못마땅한 표정이 역력했다. 그는 이곳에서 벌어지는 모든 일에 대해 까다롭게 굴었고, 온갖 이유를 들어 가며 불쾌해했다. 1번 전화기가 울리자 브라이스는 장갑 낀 손으로 검은색 벽걸이 수화기를 집어 들었다.

"벤턴, 내 말 듣고 있어요?" 브라이스가 수화기에 대고 말했다. "박사는 지금 여기서 커다란 메스를 들고 있어요. 오늘 터진 특별 사건들에 대해선 박사한테서 들었겠죠? 최악은 터프츠 대학교 여대생 사건인데, 200달러 때문에 목숨을 잃었어요. 갱단 짓인 것 같은데, 폐쇄회로 TV에 찍힌 모습을 봐야 해요. 뉴스에서 온통 이 사건 얘기뿐이에요. 잭 필딩이 이 사건을 맡아서는 안 될 것 같고요. 그러면 난 곧 동맥류가 터져서 죽거나 자살할 것 같으니까요. 잭은 상처 하나 입지 않고 이라크에서 무사히 되돌아왔죠. 즐거운 휴가 보내고 잘 지내요."

스카페타는 얼굴 가리개를 뒤로 젖혔다. 피 묻은 장갑을 벗어 새빨간 생물학적 위험물 쓰레기통(biohazard can)에 버리고는 깊숙한 철제 개수대에서 손을 문질러 씻었다.

"그런데요, 벤턴. 안팎으로 날씨가 좋지 않아요." 브라이스는 사사로운 얘기를 나누는 걸 그다지 좋아하지 않는 벤턴에게 수다를 떨어 댔다. "안치소에 시신이 만원인 데다 잭 필딩이 침울해하고 있다고 내가 말했죠? 우리가 중재를 해야 할지도 모르겠어요. 주말에는 하버드에서 나오는 게 어때요? 그러면 가족계획을 세울 수도 있지 않을까요?"

스카페타는 그에게서 수화기를 받아 들고 종이 타월을 걷어내 쓰레기통에 던졌다.

"잭 필딩 일에 끼어들지 말아요." 스카페타가 브라이스에게 말했다.

"그가 다시 스테로이드를 맞는 것 같아요. 그러니 그렇게 변덕스럽게 성질을 부리죠."

스카페타는 브라이스에게서 등을 돌리고는 모른 척했다.

"무슨 일이에요?" 그녀는 수화기에 대고 벤턴에게 물었다.

두 사람은 새벽에 이미 통화했었다. 그런데 몇 시간 후, 부검 중인 스카페타에게 그가 다시 전화를 걸었다는 건 좋은 징조가 아니었다.

"상황이 좋지 않은 것 같아." 벤턴이 말했다.

어젯밤에 스카페타가 현금지급기 사건 현장에서 곧바로 집으로 돌아왔을 때도, 벤턴은 급하게 코트를 입으면서 지금과 같은 말투로 말했었다. 그러고는 뉴욕 경찰국에서 긴급 요청을 받았다며 비행기를 타러 로건 국제공항으로 향했었다.

"제이미 버거가 당신도 여기에 올 수 있냐고 묻는군." 벤턴이 덧붙여 말했다.

제이미 버거의 이름을 들을 때마다 스카페타는 신경이 곤두섰고 가슴이 죄어들었다. 뉴욕 주 검사인 버거와의 개인적인 관계 때문만은 아니었다. 버거는 스카페타가 잊어버리고 싶은 과거사와 연결되어 있었다.

벤턴이 말했다. "빠를수록 좋아. 오후 1시 비행기가 있지?"

벽시계는 거의 오전 10시를 가리키고 있었다. 부검을 마치면 샤워를 하고 옷을 갈아입어야 했다. 무엇보다 우선 집에 들르고 싶었다. 식욕도 돌았다. 집에서 만든 모차렐라 치즈, 콩 수프, 미트볼과 빵 그리고 벤턴이 집에서 만든 피자에 올려 먹기 좋아하는 신선한 바질을 곁들인 리코타 치즈…. 새해 전야를 혼자 보낼 거라고는 생각지도 못했었기에 스카페타는 전부터 음식을 준비해 두었고, 게다가 어제, 음식을 더 해 두었다. 뉴욕 아파트에는 먹을 게 아무것도 없을 것이었다. 벤턴은 혼자 지낼 때면 음식을 사다 먹었다.

"벨뷰 병원으로 곧바로 와." 벤턴이 말했다. "가방은 내 사무실에 두면 되니까. 당신이 맡을 사건을 준비해 놓고 기다릴게."

칼을 갈 때 나는 것 같은 거슬리는 소리가 밖에서 계속 들려와서 벤턴의 목소리가 잘 들리지 않았다. 주차장 쪽에서 경보음이 요란하게 울렸다. 작업대에 설치된 폐쇄회로 TV 화면으로 흰색 밴의 운전석에 앉은 누군가의 짙은 색 셔츠를 입은 팔이 언뜻 보였다. 시신 운송 담당자들이 경보음을 울린 모양이었다.

"누가 저기 좀 가 볼래요?" 스카페타가 목청껏 소리쳤다.

*

벨뷰 병원의 감금 병동에서 벤턴은 헤드폰을 낀 채, 약 250킬로미터 떨어진 곳에 있는 아내 스카페타와 이야기를 나누고 있었다.

그는 어젯밤 한 남자가 법의학 정신과 병동에 들어온 정황을 설명한 뒤, 요점을 말했다. "버거는 당신이 그 환자를 검사해 줬으면 해."

"그가 어떤 혐의를 받고 있나요?" 스카페타가 물었다.

수화기 너머로 안치소의 소음과, 누가 누군지 구별할 수 없는 사람들의 목소리가 들려왔다.

"아니, 아직은." 벤턴이 말했다. "어젯밤에 살인사건이 일어났어. 아주 특별한 살인사건이."

벤턴은 키보드의 아래쪽 화살표 버튼을 눌러 컴퓨터 화면을 순차적으로 내렸다.

"환자의 상처를 검사하라는 법원 명령이 없었단 말이에요?" 스카페타의 목소리가 빠르게 벤턴에게 전해졌다.

"아직 없었지만 지금 당장 검사해야 해."

"환자가 병원에 들어오자마자 검사했어야 했어요. 증거물이 있었다 해도 지금쯤은 손상되었거나 사라졌을 거예요."

아래쪽 화살표 버튼을 계속 누르면서 벤턴은 화면에 나타난 내용을 읽고 또 읽었다. 이 내용에 대해 스카페타에게 어떤 식으로 접근해야 할지 알 수 없었다. 그녀의 말투로 보아 아직 모르는 것 같았는데, 다른 사람에게 먼저 전해 듣는 불상사가 없기를 진심으로 바랐다. 스카페타의 조카인 루시 파리넬리에게도 자신이 알아서 하겠다고 말해 둔 상태였다. 하지만 그는 아직까지 입도 떼지 못하고 있었다.

몇 분 전 전화가 걸려 왔을 때, 제이미 버거는 무척 바쁜 것 같았다. 그리고 벤턴이 추측하기에, 버거 역시 인터넷에 떠도는 헛소문을 아직 모르는 것 같았다. 그는 기회가 있었는데도 자신이 그녀에게 왜 아무 말도 하지 않았는지 알 수 없었다. 그에게는 확신이 없었다. 어떻게든 말했어야 했는데 그러지 못했다. 오래전에 버거에게 솔직하게 말했어야 했고, 반 년 전에 모든 걸 설명했어야 했다.

"피부 표면에 약간 상처를 입었을 뿐이야." 벤턴이 스카페타에게 말했다. "환자는 어느 누구와도 말하려 하지 않고, 당신이 오지 않으면 협조하지 않을 기세야. 버거는 당신이 여기에 도착할 때까지 기다리기로 결정했어. 환자에게 억지로 강요하고 싶지도 않고, 환자도 당신이 오기를 원하니까…."

"음…. 입원 환자가 원하는 대로 해 준단 말인가요?"

"병원의 홍보나 정치적인 이유를 생각해 보면 이 사람은 일개 입원 환자가 아니야. 환자들이 병동에 들어오는 순간, 병원은 그들을 환자로 여기지 않아." 벤턴은 긴장하고 초조한 탓에 스스로 듣기에도 지금 자신의 목소리가 어색하다고 느꼈다. "이미 얘기했던 것처럼 이 사람은 어떤 범죄도 저지르지 않았어. 영장도 발부되지 않았고, 아무것도 없어. 일반인으로 들어온 거야. 환자가 동의서에 서명하지 않았기 때문에 72시간 이상은 붙들어 둘 수도 없어. 그리고 재차 말하지만, 적어도 아직까지는 어떤 범죄도 저지르지 않았어. 당신이 이 사람을 만난 이후엔 달라질 수도 있겠지. 하지만 지금으로서는 이 사람은 원하면 언제든 떠날 수 있어."

"당신은 내가 경찰이 그에게 살인죄를 씌울 수 있을 만큼의 그럴듯한 이유를 찾아낼 거라 생각해요? 그리고 그 환자가 서명을 하지 않았다는 말이 무슨 뜻이에요? 감금 병동에 들어오면서 자신이 원할 때면 언제든지 나갈 수 있다는 서명이라도 한다는 거예요?"

"만나면 더 자세히 설명해 줄게. 난 당신이 어떤 것도 찾아낼 거라 생각하지 않아. 아무것도 기대하지 않아, 케이. 당신에게 오라고 부탁하는 건 상황이 몹시 복잡하기 때문일 뿐이야. 그리고 버거는 당신이 여기로 오기를 진심으로 바라고 있어."

"내가 도착할 즈음 그 환자가 가 버리면요?"

벤턴은 아내가 묻지 않을 질문들에 뭐가 있을지 찾아보았다. 지금 자신의 행동이 아내가 이십 년 동안 알아 온 냉철하고 침착한 법의학 심리학자의 그것답지 않음은 그도 잘 알고 있었다. 하지만 아내가 그 점을 지적하지는 않을 것 같았다. 아내는 안치소에 있었고, 혼자 있는 게 아니었다. 도대체 무슨 안 좋은 문제가 있는 거냐고 묻지는 않을 것이었다.

벤턴이 말했다. "당신이 도착하기 전에 그가 떠날 일은 절대 없어."

"그 사람이 왜 거기 있는지 도무지 이해할 수 없군요." 스카페타는 그 질문을 하지 않을 수 없었다.

"우리도 확실히 알지는 못하지만 짧게 설명해 줄게. 경찰이 현장에 도착했을 때 그가 벨뷰 병원으로 가겠다며 고집을 부렸대."

"이름은요?"

"오스카 베인. 그는 오로지 나한테만 자신의 심리 검사를 허락하겠다고 말했다는군. 그래서 내가 호출을 받은 거고, 당신도 알다시피 난 곧장 뉴욕으로 왔어. 그는 의사들을 두려워해. 공황 상태에 빠지기도 하고."

"그 환자는 당신을 어떻게 알았대요?"

"당신을 알게 된 것과 같은 이유로 알아냈겠지."

"그 환자가 나를 안다고요?"

"경찰이 오스카의 옷가지를 가지고 있는데, 그는 경찰이 증거물을 수집하려고 강제로 빼앗아 갔다고 말하고 있어. 계속 강조하는 바지만 지금 경찰은 영장이 없으니까 말이야. 당신이 필요해. 이 환자가 마음을 가라앉히고 지역 법의학자에게 검사를 받겠다고 하면 좋겠는데, 그럴 가능성은 없을 거 같아. 이렇게 완강하게 고집을 피우는 사람은 처음이야. 자신은 의사를 두려워하고, 통증 공포증과 탈의 공포증이 있다고 말하고 있어."

"아픈 것과 옷 벗는 걸 두려워한다고요?"

"미녀 공포증도. 아름다운 여자를 보면 두려움이 생긴대."

"그렇군요. 그래서 나와 함께 있으면 안전할 거라고 느끼는군요."

"아니, 그 부분이 의심스러워. 오스카는 당신이 아름답다고 생각하면서도 당신을 전혀 두려워하지 않아. 그러니까 두려움을 느껴야 하는 건 오히려 나라고."

이것이 벤턴의 진심이었다. 벤턴은 스카페타가 병원으로 오길 바라지 않았고, 지금 당장 뉴욕으로 오는 것조차 원치 않았다.

"상황을 정리해 보도록 해요. 제이미 버거는 내가 폭설을 뚫고 거기로 날아가, 아무런 범죄도 저지르지 않은 채 감금 병동에 들어온 환자를 검사하길 바라는군요….”

“일단 당신이 보스턴을 벗어날 수 있다면, 이곳 날씨는 괜찮아. 춥긴 하지만 말이지.” 벤턴은 창밖을 내다보았다. 눈앞에 펼쳐져 있는 건 회색 하늘뿐이었다.

“이라크에서 귀국하고 나서야 자신이 부상병임을 깨달은 향토예비군 부검만 마칠게요. 오후 서너 시쯤 봐요.” 스카페타가 말했다.

“무사히 오길 바랄게. 사랑해.”

벤턴은 수화기를 내려놓고, 다시 키보드의 아래쪽 화살표 버튼과 위쪽 화살표 버튼을 번갈아 눌러 가며 화면에 나타난 내용을 읽고 또 읽었다. 익명의 가십란 기사를 종종 읽었지만, 이렇게 공격적이고 야비하고 적의로 가득 찬 것은 처음이었다. 스카페타는 “스틱스 앤 스톤스(sticks and stones: 전래 동요에 나오는 구문으로, 상대방이 놀려도 맞서지 말고 침착하라는 뜻 - 옮긴이)”라고 늘 말했었다. 중학교에서는 들어맞는 말이겠지만 어른이 된 이후의 삶에서도 그럴까? 말은 사람의 마음을 다치게 할 수 있다. 그것도 몹시 아프게. 어떤 괴물이 이런 글을 쓴 걸까? 그리고 그 괴물은 어떻게 알아낸 걸까?

벤턴은 수화기를 집어 들었다.

*

브라이스가 차로 로건 국제공항까지 데려다 주는 동안, 스카페타는 그에게 거의 신경을 쓰지 않았다. 그는 그녀를 집에서 태울 때부터 줄곧 혼자 이런저런 얘기를 끊임없이 늘어놓고 있었다.

주된 이야기는 잭 필딩에 관한 불평불만이었다. 그는 스카페타에게 과거로 되돌아가는 건 개가 토해 놓은 자리로 되돌아가는 것과 마찬가지라고 주지시켰다. 아니면, 뒤를 돌아보다가 소금 기둥으로 변한 롯

(Lot)의 아내와 같은 처사라고도 했는데, 브라이스가 성서에 나오는 이야기를 비유하는 건 매번 끝도 없었고 짜증스러웠다. 스카페타는 종교적 신념을 갖고 있지도 않았다. 브라이스도 별반 다르지 않았는데, 대학교 때 문학 수업에서 성서를 공부하면서 주워들은 내용에 불과할 게 빤했다.

행정보좌관 브라이스가 말하려는 요점은 과거에 알던 사람을 고용하지 말라는 거였다. 필딩은 스카페타가 과거에 알던 사람이었다. 당시 그에겐 이런저런 문제가 있었지만, 문제없는 사람이 세상에 어디 있겠는가? 법의국장 자리를 수락하고 부법의국장을 뽑아야 할 즈음, 필딩이 뭘 하고 있는지 궁금했다. 조사해 보니, 그리 대단한 일을 하고 있지는 않았다.

그 문제에 대한 벤턴의 의견은 평소와 다르게, 심지어 선심을 쓴다는 생각이 들 만큼 예리하지 않았는데, 이제 와 돌이켜 보면 지금 그녀에게 더 많은 생각을 하게 했다. 벤턴은 스카페타가 안정을 찾고 있으며, 사람들은 변화에 대한 압박을 받으면 종종 앞으로 나아가는 대신 오히려 뒷걸음친다고 말했다. 그리고 그녀가 이 일을 시작하던 때부터 알던 누군가를 고용하고 싶다는 생각이 드는 걸 이해할 수 있지만, 과거를 되돌아보는 행위에는 자기가 보고 싶은 것 그리고 자기를 편안하게 해 주는 것만 볼 위험도 있다고 덧붙여 말했다.

하지만 정작 벤턴은 스카페타가 왜 편안함을 느끼지 못하고 있는지에 대해서는 생각하지 않으려 했다. 아내가 자신과 한집에 살면서 어떤 감정을 느끼는지에 대해 알고 싶지 않았는데, 예전과 마찬가지로 여전히 혼란스럽고 조화롭지 않기 때문이었다. 십오 년도 더 전에 두 사람의 관계가 혼외정사로 시작된 이후에 두 사람은 같은 집에 산 적이 한 번도 없었고, 지난여름이 되어서야 비로소 매일 곁에 있으며 느끼는 감정을 알게 되었다. 당시 스카페타는 사우스캐롤라이나 주 찰스턴에 있는, 마구간을 개조해서 만든 주택에서 운영하던 개인 법의학 사무실을 닫아야만 했고, 두 사람은 그 주택의 정원에서 간소하게 예식을 치렀다.

이후 그들은 매사추세츠 주 벨몬트로 이사했는데, 벤턴이 근무하는 맥린 정신병원에서 가까운 곳이었다. 스카페타가 새로 부임한 법의국의 본부는 워터타운에 있었고, 그녀는 북동부 지역 법의국장 자리를 맡았다. 뉴욕과 인접해 있기 때문에 존 제이 칼리지에서 객원 강의를 할 수 있었고, 뉴욕 경찰청과 뉴욕 법의국 그리고 벨뷰 병원의 법의학 정신과 병동 등에서 무료 상담과 자문 일을 할 수 있어서 좋았다.

"음…. 국장님께서 신경 쓰실 대단한 일은 아닐 거고, 혹시 화를 버럭 내실지도 모르겠지만 분명히 말해야 할 게 있어요." 브라이스가 말하자 다른 생각에 잠겨 있던 스카페타는 정신이 번쩍 들었다.

스카페타가 말했다. "무슨 대단한 일이라고요?"

"신경 쓰실 것 없어요. 혼잣말하던 중이니까요."

"미안해요. 다시 한 번 얘기해 줘요."

"직원회의 이후에 입도 뻥끗하지 않았던 건, 오전 내내 생각에 잠겨 있던 국장님을 방해하고 싶지 않아서였어요. 생각을 정리하실 때까지 기다리면 국장님 방에서 서로 마음을 열고 이야기를 나눌 수 있을 거라 생각했어요. 아무도 나한테 일언반구하지 않은 걸 보면 그걸 본 사람이 아무도 없는 것 같아요. 그나마 다행이에요. 그렇죠? 잭 필딩조차 오늘 아침에는 성질을 부리지 않았어요. 물론 그 사람은 항상 성질을 부리는데, 습진과 탈모로 고생하는 것도 그 성질 때문이죠. 그건 그렇고, 필딩의 오른쪽 귀 뒤에 난 상처에 앉은 딱지 보셨어요? 휴가 동안 집에 다녀오면 신경에 놀라운 일이 일어나죠."

"오늘 커피 얼마나 마셨어요?"

"왜 항상 저한테 그러세요? 나쁜 소식을 가져왔다고 화를 내시는군요. 어떻게든 전달해 보려는 저의 노력을 계속 외면하시면 결국 대중들이 알게 되고, 그러다 쾅 터지는 거고, 그러면 저만 나쁜 사람이 되는 거죠. 뉴욕에서 하룻밤 이상 머무르실 거면, 제가 대신 일을 처리할 수 있도록 가능한 한 일찍 알려 주세요. 국장님이 그렇게 좋아하시는 트레이너와 시간 약속을 잡아야 하나요? 이름이 뭐였죠?"

브라이스는 손끝을 입술에 갖다 대며 곰곰이 생각했다.

"맞다. 크리스토퍼." 브라이스는 자문자답했다. "조만간 국장님이 뉴욕에서 절 심복으로 필요로 하실 때, 그한테 한번 가 봐야겠어요. 그런 기회를 갖고 싶으니까요."

브라이스는 손으로 허리를 꼬집더니 다시 말을 이었다.

"서른 살부터는 다이어트에 효과가 있는 건 지방흡입술뿐이라던데…. 국장님, 이제 진실을 말씀해 주세요." 브라이스가 말했다.

그는 스카페타를 흘깃 쳐다보았고, 두 손이 몸의 일부가 아니라 따로 떨어져 노는 듯한 이상한 손짓을 했다.

"인터넷에서 찾아보고 놀랐어요." 그가 실토했다. "국장님이 어디로 가시든 늘 함께하는 벤턴을 보고 깜짝 놀랐어요. 벤턴을 보면 떠오르는 사람이 있는데, 〈퀴어 애즈 포크(Queer as Folk: 동성애자들의 일상생활을 그린 TV 시리즈-옮긴이)〉에 나오는 그 풋볼 스타 이름이 뭐죠? 허머 오토바이를 몰고, 동성애자를 혐오하다가 저처럼 생긴 에밋과 경쟁한 남자 말입니다. 하긴 그가 유명인이니 에밋이 그와 경쟁했다고 얘기할 수 있겠네요. 국장님은 아마 그 프로그램을 보지 않으셨겠죠."

스카페타가 말문을 열었다. "왜 항상 당신한테 그러느냐고요? 눈보라도 몰아치는데 운전하는 동안에는 한 손으로라도 운전대를 좀 잡아요. 오늘 아침 스타벅스에서 몇 잔이나 마신 거죠? 책상 위에 스타벅스 컵

이 두 개 있던데, 둘 다 오늘 아침에 마신 건 아니길 바랄게요. 카페인에 대해 얘기했던 거 기억나요? 카페인은 약물이라서 중독성이 강하다는 얘기 말이에요."

"국장님 얘기뿐이에요." 브라이스가 말을 이었다. "정말 이상해요. 대개는 유명인 한 명만 다루지는 않거든요. 칼럼니스트란 자들은 자기가 첩보원이라도 되는 양 숨어서 미친놈처럼 도시를 돌아다니죠. 그리고 그 대상이 누구든 여러 유명인들에게 한꺼번에 성가신 일을 저지르고 다녀요. 지난주에 그 여자 이름 뭐죠? 블룸버그인지 뭔지, 사람들한테 물건을 던져 항상 구속되는 모델 말이에요. 이번엔 물건이 아닌 그녀가 바깥으로 내던져졌는데, 찰리 로즈에게 몹쓸 말을 해서 일레인(Elain's) 레스토랑에서 쫓겨난 거죠. 아니, 바바라 월터스였나? 아니에요. 〈더 뷰(The View: 예술과 관련된 주제를 다루는 TV 프로그램 - 옮긴이)〉에서 본 것과 헷갈렸어요. 〈아메리칸 아이돌〉에 나온 그 가수를 쫓아다닌 그 여자 모델 이름 뭐죠? 아니다. 〈엘렌(Ellen: NBC의 토크쇼 - 옮긴이)〉에 나왔다. 그리고 클레이 에이킨이나 켈리 클락슨은 아니었어요. 다른 사람은 누구지? 티보(TiVo: 티보 사가 개발한 디지털 비디오 레코드로, 모든 TV 프로그램을 녹화해 보여줌 - 옮긴이) 때문에 미치겠어요. 파도가 멀리 해협을 통해 들어오는데 아무것도 할 수 없는 것 같은 느낌이거든요. 국장님은 그런 경험을 해 보신 적 있나요?"

눈발이 거대한 흰 벌레 떼처럼 앞 유리창으로 밀려와 와이퍼가 아무 소용이 없었다. 속도는 느렸지만 차는 앞으로 조금씩 나아갔고, 몇 분만 더 가면 로건 국제공항이었다.

"브라이스?" 스카페타는 그에게 입 다물고 묻는 말에나 대답하라고 경고할 때와 같은 말투로 말했다. "말하려는 게 뭐죠?"

"엉터리 온라인 가십 칼럼인 〈고담(Gotham) 갓차(Gotcha: 'I've got you.'

를 일부 사람들이 발음하는 대로 쓴 형태. '잡았다', '알았다' 등의 의미임 - 옮긴이)〉요."

스카페타는 고약하기로 악명 높은 익명의 칼럼니스트가 쓰는 그 칼럼에 대한 광고를 뉴욕 시 버스와 택시에서 본 기억이 났다. 그 칼럼니스트가 누구일지 추측이 난무했는데, 무명작가에서부터 비열한 장난과 돈에 눈이 먼 퓰리처 상 수상 작가까지 설이 다양했다.

"저급해요." 브라이스가 말했다. "저급할 수밖에 없다는 건 알지만 이번엔 배꼽 아래로 저급하죠. 난 그런 허튼 이야기는 읽지 않거든요. 하지만 그럴 만한 분명한 이유가 있으니 국장님도 구글에 들어가 보세요. 사진을 게재한 건 최악의 실수인데, 그나마 잘 나온 사진도 아니거든요."

02 겨울 오후의 흐릿한 풍경

벤턴은 책상 의자에 기대어 앉아 희미한 겨울 햇빛이 비치는 붉은색 벽돌 건물을 내다보고 있었다.

"감기에 걸린 것 같군요." 그가 수화기에 대고 말했다.

"오늘 날씨 때문인 것 같아요. 그래서 당신에게 더 일찍 가지 못한 거고요. 어젯밤 우리가 뭘 했는지는 묻지 마세요. 제럴드는 아직 잠자리에 누워 있을 텐데, 좋은 뜻으로 말하는 건 아니에요." 토마스 박사가 말했다.

토마스 박사는 맥린 병원에서 함께 일하는 동료이자 벤턴의 정신과 치료 담당의였다. 그들에게 이례적인 일은 아니었다. 서부 버지니아의 오지 탄광에서 태어난 그녀는 "병원은 멀리서 찾지 말고 가까이에서"라는 말을 즐겨 했다. 의사들은 서로를, 그리고 서로의 가족들과 친구들을 치료해 주었다. 그리고 서로와 서로의 가족들, 친구들을 위해 약을 처방해 주었다. 의사들은 서로 성관계를 가졌지만, 서로의 가족들 그리고 친구들과 관계 맺길 바라지는 않았다. 가끔은 동료 의사들끼리 결혼하기도 했다. 토마스 박사는 스카페타의 조카인 루시의 뇌 검사를 한 방사선과 의사와 결혼했고, 그 방사선과 의사의 신경 촬영법 연구소에 벤턴의 사무실이 있었다. 토마스 박사는 벤턴의 주변 상황에 대해 대부분 알고 있었다. 몇 달 전 벤턴이 누군가에게 털어놔야 한다고 깨달았을 때 가장 먼저 떠오른 사람도 바로 그녀였다.

"내가 보낸 이메일 열어 봤어요?" 벤턴이 물었다.

"네. 정말 알고 싶은 건 당신이 누굴 더 걱정하느냐는 거예요. 내가 보기엔 당신 자신을 더 걱정하는 것 같은데, 어떻게 생각해요?"

"그러면 내가 정말 이기적인 놈이겠죠." 벤턴이 말했다.

"'오쟁이 진(cuckolded)' 남자가 굴욕감을 느끼는 건 정상이에요." 토마스 박사가 말했다.

"당신이 예전에 셰익스피어 전문 연극배우로 활동했었다는 걸 깜빡했군요." 벤턴이 말했다. "'오쟁이 지다'라는 표현을 언제 마지막으로 들었는지 기억이 가물가물하네요. 그런데 이번 일과 어울리는 표현은 아네요. 케이는 바깥으로 나돌다 다른 남자 품에 안긴 게 아니라 일방적으로 당한 거예요. 아내가 바람을 피워서 배신당한 느낌이라면 모르겠는데 그렇진 않아요. 난 케이가 무척 걱정될 뿐이에요. '지나치게 항변하는 여자(the lady doth protest too much: 셰익스피어의 〈햄릿〉 3막 3장에 나오는 대사 - 옮긴이)'라 말하지는 말아요."

"그런 일이 일어나면 그냥 지켜만 보는 사람은 아무도 없을 거예요." 토마스 박사가 말했다. "모든 사람들이 알게 되면 더 사실처럼 되어 버리지 않을까요? 인터넷에 어떤 얘기가 떠도는지 아내에게 말했어요? 아니면 아내도 벌써 읽지 않았을까요?"

"아직 말하지 않았어요. 못 본 게 분명해요. 봤다면 나한테 전화해 경고했을 거예요. 아내가 이렇게 되다니 헛웃음만 나오는군요."

"맞아요. 그녀에겐 왜 말하지 않았어요?"

"타이밍 때문에요." 벤턴이 대답했다.

"당신의 타이밍 말인가요? 아니면 아내의 타이밍?"

"아내가 안치소에 있었어요." 벤턴이 말했다. "기다렸다가 직접 말해 주고 싶었어요."

"벤턴, 그 앞의 얘기를 해 봐요. 당신은 아마 이른 아침부터 케이와 통화했을 거예요. 두 사람이 서로 떨어져 있을 때면 항상 그렇게 하지 않았나요?"

"오늘 아침 일찍 통화했어요."

"그렇다면 오늘 아침 일찍 아내와 통화할 때 당신은 이미 인터넷에 떠도는 내용을 알고 있었을 거예요. 루시가 당신에게 전화한 시간이 몇 시였죠? 새벽 1시였나요? 당신에게 말하기 위해서였겠죠. 당신의 처조카는 가벼운 조증 증세가 있어서, 컴퓨터 검색 엔진에 뭔가 중요한 정보가 걸리면 불이 났을 때처럼 소란하게 경보음이 울리는 프로그램을 컴퓨터에 깔아 두었으니까요."

토마스 박사가 한 말은 농담이 아니었다. 루시의 컴퓨터에는 그녀가 알아야 할 정보가 나타나면 경보음을 울리는 시스템이 갖춰져 있었다.

벤턴이 말했다. "사실 루시가 전화한 시각은 자정이었어요. 그 어처구니없는 글이 떴을 때요."

"하지만 루시가 케이에게는 전화하지 않았죠?"

"그랬을 거예요. 내가 알아서 처리하겠다고 하자 참는 것 같았어요."

"하지만 당신은 알아서 처리하지 않았어요." 토마스 박사가 말했다. "결국 다시 그 얘기로 되돌아왔군요. 당신은 인터넷에 떠도는 이야기를 안 지 몇 시간이 지난 후 케이와 통화했어요. 하지만 아무 말도 하지 않았죠. 그녀에게 직접 얘기하기 위해서는 아닐 거예요. 불행하게도, 케이가 아직 그 얘기를 듣지 못했다면 당신 말고 다른 사람에게서 그 얘기를 들을 가능성이 높아요."

벤턴은 소리 없이 숨을 길게 내쉬고는 입을 꾹 다물면서 생각에 잠겼다. 도대체 언제부터 스스로에 대한 믿음, 그리고 상황을 파악해서 그에 맞게 행동하는 능력을 잃어버린 것인가? 자신이 기억하는 한 오래전부터 그는 어떤 사람을 보면 한눈에 혹은 몇 마디 말만으로 그 사람이 어떤 사람인지 판단해 낼 수 있는 능력을 가지고 있었다. 스카페타는 그것을 그의 '파티 트릭(party trick)'이라고 불렀다. 어떤 사람을 잠시 만나거나 대화 내용을 잠시만 엿들어도 그 사람이 어떤 사람인지 가늠할 수 있었고, 틀리는 경우는 거의 없었다.

하지만 이번엔 눈앞에 빤히 보이는 위험을 전혀 파악하지 못했고, 어떻게 그렇게 기가 막힐 정도로 아둔했는지 온전히 이해할 수도 없었다. 오랜 세월 동안, 피트 마리노의 마음속에 분노와 절망감이 쌓여 온 건 알고 있었다. 마리노의 자기혐오와 분노가 폭발하는 게 시간문제라는 사실도 잘 알고 있었다. 하지만 두려워하는 마음은 없었다. 두려워하기엔, 마리노에 대한 믿음이 컸기 때문이었다. 마리노가 성적 욕구를 참지 못해 그런 범행을 저지를 거라고는 미처 생각하지 못했었다.

돌이켜 보면 말이 되지 않았다. 마리노에게 거친 남성 의식과 충동적인 면이 있다는 사실을 누구나 알고 있었지만, 벤턴은 그 사실을 특별하게 생각하지 않았었다.

"그 친구를 죽여 버릴까 생각하고 있어요." 벤턴이 토마스 박사에게 말했다. "물론 생각만 할 뿐 죽이지는 않겠지만, 온갖 생각이 다 떠오릅니다. 그 친구를 용서한 나 자신이 자랑스럽다고 믿었어요. 잘 해낸 나 자신이 정말 자랑스러웠으니까요. 내가 아니었다면 마리노는 어떻게 되었을까요? 그 친구를 위해서 모든 걸 참았는데 이젠 죽이고 싶어요. 루시도 마리노를 죽이고 싶어 해요. 오늘 아침 인터넷에 유포된 그 글 때문에 이제 모두가 알게 되었어요. 모든 게 다시 시작된 거예요."

"어쩌면 '다시'가 아니라 이제 처음 일어난 거라고 할 수도 있겠네요. 당신이 실감하는 걸 보면요."

"실감하고말고요. 물론 예전에도 이랬지만요." 벤턴이 말했다.

"하지만 인터넷에 글이 떠돌고 온갖 사람들이 알게 된 건 달라요. 실감하는 정도가 완전히 다를 거예요. 마침내 당신이 감정적으로 반응하기 시작했으니까요. 예전엔 이성적으로 반응했고, 자기방어를 위해 머릿속으로만 대처했던 거죠. 벤턴, 이번 일로 감정이 폭발한 거예요. 몹시 고약한 감정이. 정말이지 유감이에요."

"마리노는 루시가 뉴욕에 있다는 사실을 몰라요. 루시의 눈에 띄면…." 벤턴은 고개를 가로저으며 생각을 몰아냈다. "아니, 루시가 정말 그를 죽일 생각은 하지 않을 거예요. 오래전에 본인이 그런 일을 겪은 적이 있으니까. 그럼요. 그를 죽이지는 않을 거예요."

벤턴은 창 너머 회색 하늘을 배경으로 희미한 햇살이 비쳐 미묘하게 변해 가는 오래된 붉은색 벽돌 건물을 쳐다보았다. 의자에 앉은 채 자세를 바꾸며 턱을 쓰다듬자, 스카페타가 늘 모래알 같다던 짧은 수염이 만져졌다. 그는 한숨도 자지 못했고 밤새 병원에 있었다. 샤워를 하고 수염을 깎아야 했다. 식사도 하고 잠도 자야 했다.

"간혹 나도 모르게 깜짝 놀라곤 해요." 벤턴이 말했다. "루시에 관해 아까와 같은 말을 할 때면요. 나에게 루시는 어쩌면… 말 그대로 뒤틀린 내 삶에 대한 고찰이자 회상이에요. 사실, 마리노를 죽이는 걸 결코 원치 않는 유일한 사람은 바로 아내예요. 어느 정도는 자기 잘못이라 생각하는 케이를 보면, 화가 나요. 정말 화가 치밉니다. 사실 난 그동안 당신에게 아내와 관련된 주제는 철저히 피해 왔어요. 아마 아내에 대한 분노 때문이었을 거예요. 온 세상 사람들이 빌어먹을 인터넷에 올라온 그 글을 읽었어요. 난 지쳤습니다. 밤새 한숨도 못 잤어요. 당신에게 말할 수도 없는 대상이자, 곧 큰일을 겪게 될 그 사람 생각 때문에요."

벤턴은 더 이상 창밖을 내다보지 않았다. 아무것도 응시하지 않은 채 멍하니 있었다.

"이제 결론에 도달한 것 같군요." 토마스 박사가 말했다. "난 당신이 언제부터 자신이 성인(聖人)이 아니라는 걸 깨달았는지 궁금해요. 화가 불같이 치밀면 성인이 아니죠. 물론, 세상에 진짜 성인이 어디 있겠어요?"

"화가 불같이 치밀어요. 맞아요. 불같이 치밀어요."

"아내에게 화가 치미는군요."

"맞아요." 벤턴은 순순히 인정하는 자신의 모습에 마음속으로 크게 놀랐다. "옳지 않다는 거 알아요. 상처 입은 건 아내니까요. 아내가 자초한 일이 아니에요. 거의 반평생을 함께 일했는데 술에 취해 제정신이 아닌 동료를 집으로 들이지 못할 이유가 어디 있겠어요? 오랜 친구들은 다들 그렇게 하니까요. 아내는 마리노가 자신에게 어떤 감정을 갖고 있는지 알고 있었지만, 그렇다고 그게 아내의 잘못이라 할 수는 없어요."

"마리노는 케이를 처음 만났을 때부터 성적으로 끌렸어요." 토마스 박사가 말했다. "당신이 느낀 감정과 비슷하죠. 당신도 그녀를 보고 사랑에 빠졌어요. 누가 먼저 그녀에게 홀딱 빠졌는지 궁금하군요. 두 사람 모두 비슷한 시기에 그녀를 만나지 않았나요? 1990년에요."

"마리노는 정말 오랫동안 케이를 원해 왔어요. 그런 마음으로 한참을 그녀 곁을 맴돌며 자신의 마음을 다치지 않으려 애를 썼죠. 나는 여기 앉아서 내가 원하는 모든 걸 분석할 수 있겠지만, 이게 솔직한 걸까요?"

벤턴은 다시 창밖을 내다보더니 붉은색 벽돌 건물을 바라보며 말을 이었다.

"아내는 달리 어쩔 도리가 없었어요. 마리노가 그런 짓을 저지른 건 아내 잘못이 아니에요. 그리고 여러 정황으로 보아 마리노의 잘못도 아니에요. 제정신이라면 절대 그런 짓을 저지르지 않았을 테니까요."

"당신 말투에서 확신이 느껴지는군요." 토마스 박사가 말했다.

벤턴은 창에서 몸을 돌려 컴퓨터 화면을 응시했다. 그러고는 차가운 회색 하늘에서 무슨 계시라도 받은 듯 다시 창밖으로 시선을 향했다. 잠시 후 그는 수정 중이던 학회 논문에서 종이 클립을 떼고 스테이플로 고정시키다가, 갑자기 분노가 치미는 것을 느꼈다. 미국 심리학 협회는 '사회 외집단 구성원들에 대한 감정적 반응'에 대한 연구 논문을 아마 이번에도 받아들여 주지 않을 것이었다. 얼마 전에 이미 프린스턴 대학교의 한 교수가 벤턴이 제출하려던 것과 똑같은 주제로 논문을 실었다. 벤턴은 종이 클립을 똑바로 폈다. 아무 자국도 남기지 않고 똑바로 펴려 했지만, 늘 그랬듯 결국 이리저리 구부러지고 말았다.

"사람들 중에 내가 가장 비이성적이고 세상 돌아가는 일에 어두웠어요." 벤턴이 말했다. "첫날부터요. 매사에 비이성적이었던 대가를 이제 치러야 할 것 같아요."

"당신의 오랜 친구 피트 마리노가 당신의 아내에게 저지른 짓이 다른 사람들에게 알려졌기 때문에 그 대가를 치러야 할 거라고요?"

"마리노는 내 친구가 아닙니다."

"난 마리노가 당신 친구라 생각했고, 당신도 그렇다고 여겼어요." 토마스 박사가 말했다.

"우린 함께 어울린 적이 한 번도 없어요. 공통점이 전혀 없으니까요. 볼링, 낚시, 오토바이, 축구 경기, 맥주…. 아, 이제 맥주는 아니겠군요. 마리노는 그런 걸 좋아하지만 난 아니죠. 돌이켜 생각해 보니, 지난 이십 년 동안 그와 단둘이 저녁 식사를 함께한 적도 없는 것 같아요. 우린 공통점이 전혀 없고, 앞으로도 마찬가지일 거예요."

"그는 뉴잉글랜드 엘리트 가문 출신이 아니죠? 대학을 졸업하지도 않았고, FBI의 프로파일러도 아니고, 하버드 의과대학 교수진도 아니다, 뭐 그런 뜻인가요?"

"잘난 척을 하려는 건 아니에요." 벤턴이 말했다.

"내가 보기에 두 사람의 공통점은 케이인 것 같군요."

"그렇진 않아요. 그렇게 심각한 정도까지 가지는 않았으니까요." 벤턴이 말했다.

"얼마만큼 심각한 정도까지 가야 하는데요?"

"아내 말로는 그렇게 심각한 정도는 아니었다는군요. 마리노는 다른 짓을 했어요. 아내의 옷을 모두 벗기고서, 어떻게 했을지 짐작이 가요. 아내는 이틀 정도 이런저런 변명을 대며 내게 거짓말을 했어요. 장담하건대, 아내는 손목으로 해치백을 닫은 게 아니에요."

벤턴은 스카페타의 손목에 있던 선명한 멍 자국, 벽에 몰아붙여지고 손이 뒤로 묶일 때 생겼을, 먹구름처럼 거무스름한 멍 자국이 떠올랐다. 벤턴이 끝내 아내의 젖가슴을 봤을 때, 아내는 아무런 설명도 하지 않았다. 아내는 그때까지 그런 일을 당한 적이 없었고, 벤턴 역시 자신이 다룬 사건에서 말고는 그런 걸 직접 본 적이 없었다. 침대에 주저앉아 아내를 바라보았을 때, 벤턴은 마치 괴물 같은 악한이 비둘기의 날개를 망가뜨리거나 아이의 가녀린 피부에 생채기를 낸 것 같다고 느꼈다. 머릿속에 마리노가 그녀를 겁탈하려는 장면이 떠올랐다.

"마리노에게 경쟁심을 느낀 적 있어요?" 토마스 박사의 목소리가 먼 곳에서 들리는 것 같았고, 벤턴은 기억하고 싶지 않은 상처 자국을 떠올렸다.

이내 벤턴이 멍한 표정으로 말했다. "유감스럽게도 그 친구에 대해 별다른 감정을 느낀 적이 없어요."

"마리노는 당신보다 더 많은 시간을 케이와 함께 보냈어요." 토마스 박사가 말했다. "어떤 사람은 그 때문에 경쟁심이나 위협감을 느낄 수도 있어요."

"아내는 마리노에게 끌린 적이 한 번도 없어요. 지구상에 남은 남자가 그뿐이라 해도 마찬가지일 거고요."

"지구상에 그 두 사람만 남는다면 어떻게 될지 모르죠. 그건 아무도 장담할 수 없어요."

"아내를 좀 더 보호했어야 했는데…." 벤턴이 말했다. "난 사람들을 어떻게 보호해야 하는지 알죠. 내가 사랑하는 사람들, 나 자신, 내가 모르는 사람들까지 보호하는 방법을 알아요. 난 그 분야의 전문가고, 그렇지 않았다면 오래전에 목숨을 잃었을 거예요. 더불어 많은 사람들이 목숨을 잃었을 겁니다."

"맞아요, 제임스 본드 씨. 하지만 그날 밤 당신은 거기에 있지 않았어요. 여기 있었죠."

토마스 박사가 벤턴에게 한 방 날린 셈이었다. 벤턴은 아무 말 없이 맞았고, 숨이 멎는 것 같았다. 종이 클립을 앞뒤로 구부렸다 펴기를 반복하자 툭, 부러지고 말았다.

"자신을 나무라고 싶은가요, 벤턴?"

"우린 이 일을 생각하느라 한숨도 못 잤어요." 벤턴이 대답했다.

"맞아요. 우린 모든 사실과 가능성에 대해 파악했어요. 당신은 마리노가 케이에게 한 짓에 대해 개인적인 모욕감도 드러내지 않았고, 오히려 그 일이 있은 직후에 그녀와 결혼했어요. 혹시 너무 서둘러 결혼했던 건 아닌가요? 그녀를 보호해 주지 못했고, 그 일을 막지 못했다는 죄책감으로 모든 일을 계획대로 진행해야 한다고 생각했나요? 그건 당신이 범죄 사건을 다룰 때와 다르지 않아요. 당신은 사건을 고찰하고, 처리하고, 미세한 부분까지 다루고, 심리적으로 안전한 거리를 유지하죠. 하지만 우리의 일상생활에서는 같은 규칙이 적용되지 않아요. 당신은 마리노에게 살의를 느낀다고 하지 않았었나요? 우린 지난 몇 차례 동안 함께 얘기를 나누면서, 당신이 아내와 성관계를 나누는 문제에 대해서도 곰곰이 생각해 봤어요. 케이는 잘 모르겠지만 말이죠. 그녀는 당신 주변에, 생각하면 왠지 마음이 불편해지는 여자들이 있다는 사실도 모르나요?"

"남자는 여자가 굳이 어떤 행동을 하지 않아도 그 여자에게 매력을 느낄 수 있고, 그건 일반적인 일이에요."

"남자들만 그럴까요?" 토마스 박사가 물었다.

"내가 무슨 말을 하려는지 잘 알지 않습니까?"

"케이는 뭘 알고 있죠?"

"난 좋은 남편이 되기 위해 애쓰고 있어요." 벤턴이 말했다. "난 아내를 사랑해요. 지금도 마찬가지고요."

"당신은 당신이 부정을 저지르고 외도를 할지도 모른다는 걱정이 드나요?"

"아니, 절대 그렇지 않아요. 그런 짓은 절대 하지 않을 겁니다." 벤턴이 말했다.

"강하게 부정하는군요. 당신은 전처인 코니에게 이미 부정을 저질렀어요. 코니를 버리고 케이한테 갔죠. 오래전 이야기긴 하지만요."

"난 케이만큼 사랑한 사람이 아무도 없어요." 벤턴이 말했다. "그런 짓을 저지르면 나 자신을 절대 용서하지 않을 겁니다."

"내가 묻고 싶은 건, 당신이 자신을 온전히 믿느냐는 거예요."

"잘 모르겠어요."

"그러면 아내를 온전히 믿나요? 그녀는 무척 매력적인 데다, 이젠

CNN 덕분에 많은 팬이 있어요. 강인하고 멋진 여성은 사람들의 눈에 띄죠. 케이의 개인 트레이너에 대해선 어떻게 생각해요? 트레이너가 케이의 몸에 손을 대는 걸 참을 수 없다고 했잖아요."

"아내가 몸 관리를 해서 다행이고, 개인 트레이너를 고용하는 건 좋다고 생각해요. 부상을 미연에 방지할 수 있는 데다 특히 늦은 나이에 근력 운동을 시작할 땐 더욱 그렇죠."

"트레이너 이름이 키트였던 걸로 기억하는데요."

벤턴은 키트가 마음에 들지 않았다. 스카페타가 키트와 함께 운동할 때면 아파트 건물의 체육관을 사용하지 못하도록 온갖 핑계거리를 찾았다.

"사실, 당신이 아내를 믿든 그렇지 않든 아내의 행동은 전혀 달라지지 않을 거예요." 토마스 박사가 말했다. "그게 바로 당신의 힘이 아닌 그녀의 힘이죠. 난 당신이 자신을 믿는지 아닌지에 더 관심이 가요."

"날 왜 이렇게 몰아붙이는지 모르겠군요." 벤턴이 말했다.

"결혼 이후 당신의 성관계 패턴이 바뀌었어요. 우리가 이야기를 처음 나누던 날 당신이 직접 그렇게 말했죠. 기회가 있는데도 성관계를 갖지 않으려고 핑계를 대고, 그러지 말아야 할 경우엔 원한다고 했어요. 지금도 그런가요?"

"그런 것 같아요." 벤턴이 말했다.

"케이에게 보복하는 방식인 셈이죠."

"마리노 때문에 그녀에게 보복할 생각은 추호도 없어요. 맙소사, 아내에게 무슨 잘못이 있겠어요?" 벤턴은 분노를 드러내지 않으려 애썼다.

"내 생각엔 그렇지 않아요." 토마스 박사가 말했다. "당신은 케이가 아내가 된 것 그 자체에 대해 보복하는 것 같아요. 당신은 아내를 원치 않아요. 사랑에 빠진 대상이 자신의 아내가 되길 바라지는 않는 것과 같은 논리죠. 당신은 아내가 아닌 강인한 여성과 사랑에 빠졌어요. 아내가 아니라 케이 스카페타에게 성적으로 강하게 끌린 거죠."

"그녀는 케이 스카페타이자 내 아내예요. 사실, 아내는 여러 가지 면에서 그 어느 때보다 더 강인해요."

"벤턴, 우리에게까지 확신시킬 필요는 없어요."

토마스 박사는 항상 벤턴에게 특별한 심리 치료를 해 주었는데, 다른 환자들을 대할 때보다 더 공격적이었고 또 직접적이었다. 그녀와 벤턴 사이에는 치료 관계를 넘어서는 공통점이 있었다. 상대방이 서로의 정보를 어떻게 받아들이는지 이해하고 있었고, 토마스 박사는 말로 감추는 부분을 꿰뚫어 볼 수 있었다. 부인하고 회피하고 수동적으로 소통하는 건 애초부터 불가능했다. 정신과 의사인 토마스 박사는 아무 말 없이 상대방을 지긋이 바라보면서, 환자가 도저히 털어놓을 수 없을 것 같은 속내를 내보이기를 기다렸다. 벤턴이 허공을 응시하는 순간, 그녀는 지난번에 그랬던 것처럼 그를 이렇게 몰아붙일 것이었다. '멋진 에르메스 넥타이 자랑하러 온 거예요? 아니면 다른 생각이라도 있어요? 지난번에 나누었던 얘기부터 시작해야겠군요. 성적 충동은 어때요?'

토마스 박사가 말했다. "마리노와는 얘기해 볼 건가요?"

"아마 하지 않을 거예요." 벤턴이 말했다.

"당신은 여러 사람과 말을 하지 않는 것 같군요. 내 이론에 따르면, 사람들이 하는 모든 일에는 의도가 있기 마련이에요. 의도가 우리를 뿌리 뽑기 전에 우리가 의도를 뿌리 뽑아야 하는 게 지극히 중요한 것도 바로 그 때문이죠. 제럴드가 날 기다리고 있어요. 심부름을 보낼 게 있거든요. 우린 오늘 저녁 파티를 할 거예요. 가끔 멍하게 있는 것도 필요하죠."

토마스 박사는 이제 시간이 다 됐다는 것을 그런 식으로 말하곤 했고, 벤턴은 알아들었다.

벤턴은 자리에서 일어나 사무실 창가에 서서 겨울 오후의 흐릿한 풍경을 바라보았다. 19층에서 보이는 병원의 자그마한 정원은 황량했고, 콘크리트 분수는 바짝 말라 있었다.

03 고담 갓차!

고담 갓차!

여러분, 새해 복 많이 받으세요.

내가 결심하게 된 건 여러분들 때문입니다. 무엇이 여러분들의 마음을 사로잡을지 곰곰이 생각했지요. 여러분, 올 한 해 어떠셨나요? 올해 일어났던 끔찍한 일들을 떠올리면 다시 가슴이 답답해지지요? 꿈의 TV인 58인치 삼성 HD 평면 TV에 누구의 얼굴이 대문짝만 하게 나왔는지 아세요?

바로 꿈의 여성, 케이 스카페타 박사죠.

그녀는 센세이션을 불러일으킨 살인사건 재판에서 증언하기 위해 법정 계단을 올라가고 있었어요. 그녀의 측근 형사인 피트 마리노가 끌려가는 걸 보면, 사건이 적어도 육칠 개월 전에 일어났음을 알 수 있죠. 그 불쌍하고 뚱뚱한 형사가 이제 더 이상 그녀의 측근이 아님은 여러분들도 모두 알고 있을 겁니다. 여러분들 가운데 그를 본 사람 있나요? 혹시 대단한 구치소에 있지 않던가요? (법의학계의 디바인 스카페타 같은 여성 밑에서 일한다고 상상해 보세요. 나 같으면 자살할 거고, 그녀가 내 시신을 부검하지 않기만을 바랄 겁니다.)

아무튼, 스카페타가 법정 계단을 올라가는 모습으로 되돌아가 보죠. 여러 기자들과 카메라들, 유명인들과 구경꾼들이 사방에서 모여들었죠. 그녀가 대단한 전문가이기 때문일까요? 이탈리아로 초빙될 정도로 명성이 자자하기 때문일까요? 난 메이커스 마크 버번위스키를 한 잔 더 따르고는 콜드플레이의 음악을 튼 채로, 대부분의 사람들은 이해하지 못하는 의학 용어로 그녀가 증언하는 모습을 한동안 쳐다보았습니다. 한 소녀가 처참하게 강간을 당한 사건이었는데, 심지어 희생자의 귓속에서도 정액이 검출되었지요. (그런 얘긴 아마 폰 섹스를 통해서나 들어봤을 겁니다.) 희생자의 머리는 타일 바닥에 무참히 후려갈겨졌고, 사인은 '둔탁한 외상'이라고 했습니다. 그러자 내 머릿속에 어떤 생각이 불쑥 떠올랐지요.

도대체 스카페타는 누구인가?

화려한 포장을 벗기면 그 안에 다른 뭔가가 있지 않을까?

나는 조사를 시작했습니다. 그녀가 정치적 인물이라는 사실부터 시작했지요. 스카페타가 정의의 화신이자 아무 말도 하지 못하는 시신의 대변자이고, "우선, 환자에게 해를 가하지 말라."라는 히포크라테스 선서에 대해 절대적인 믿음을 가진 여의사라는 엉터리 생각에 속지 마십시오. (히포크라테스(Hippocrates)가 '위선자'를 뜻하는 '히포크리트(hypocrite)'의 어원이 아니라는 건 여러분도 확실히 알지요?) 사실, 스카페타는 과대망상증 환자입니다. CNN에 출연한 모습을 보면 그녀가 이타적으로 사회에 봉사하고 있는 것처럼 보이지만 (…)

충분히 읽어 본 스카페타는 블랙베리 폰을 가방에 넣었다. 그런 엉터리 글을 읽어 보라고 한 브라이스에게 짜증이 났다. 그가 직접 그 글을 쓰기라도 한 것처럼 짜증이 났고, 인터넷 글과 함께 실린 사진에 대해 그가 이런저런 토를 달지 않았더라도 마찬가지로 짜증이 났을 것 같았다. 브라이스가 별로라고 말했던 사진은 블랙베리 폰의 작은 액정에서도 충분히 알아볼 수 있었다.

피 묻은 가운을 입고, 얼굴 마스크와 샤워 캡처럼 보이는 일회용 머리 가리개를 쓴 자신의 모습은 마치 마녀처럼 보였다. 뭔가 말하는 것처럼 입을 살짝 벌리고 있었고, 피 묻은 장갑을 낀 손으로 외과용 메스를 가리키는 모습이 누군가를 위협하는 것 같았다. 손목에 찬 고무 소재의 검은색 초시계가 2005년에 루시에게 생일 선물로 받은 거니까, 사진은 지난 삼 년 반 동안의 어느 시점에서 찍힌 거였다.

'어디서 찍은 거지?'

도무지 알 수 없었다. 배경이 흐릿하게 지워져 있었다.

"34달러 20센트입니다." 택시 기사가 차를 세우며 말했다.

차창 밖을 내다보자 예전 벨뷰 정신병원의 검은 철문이 굳게 닫혀 있었다. 200여 년 전에 지어진 황량한 붉은색 암석 건물로, 환자가 드나들지 않은 지 벌써 수십 년이었다. 불빛도 자동차도 사람들도 전혀 없었고, 울타리 너머에 있는 경비 초소는 비어 있었다.

"여기가 아니에요." 스카페타는 안전유리로 만든 칸막이의 뚫린 부분을 통해 큰 소리로 말했다. "여긴 예전 벨뷰 병원이에요."

스카페타는 라가디아 공항에서 택시를 타자마자 불러 준 주소를 재차 말했지만, 택시 기사는 병원 입구 화강암에 새겨진 '정신병원'이라는 표시를 손끝으로 가리키며 고집을 부렸다. 그녀가 상체를 앞으로 기울이며 몇 블록 앞에 있는, 바깥벽이 에칭 기법으로 꾸며져 있는 회색 고층 건물을 가리켰지만, 서툰 영어를 구사하는 택시 기사는 완고했다. 그는 〈뻐꾸기 둥지 위로 날아간 새〉에 나올 것만 같은 이 오래되고 황량한 건물이 이제 더 이상 병원이 아니라는 사실을 전혀 모르는 듯했다. 자신의 택시에 탄 승객이 정신병 환자라고 생각했는지도 몰랐다. 그렇지 않고서야 왜 여자가 이 많은 짐을 챙겨 왔겠나 하면서….

스카페타는 택시 기사와 입씨름을 하느니 차라리 매서운 폭풍이 몰아치는 길을 걷는 편이 낫겠다고 마음먹었다. 요금을 지불하고 택시에서 내린 뒤, 가방 두 개를 어깨에 멘 채 집에서 만든 음식으로 가득 찬 여행 가방을 끌고 보도를 따라 걷기 시작했다. 그리고 무선 이어폰의 버튼을 눌렀다.

"거의 다 왔어요." 그녀가 벤턴에게 말하는 순간, 행인이 가방을 치고 가는 바람에 가방이 뒤집혔다.

"케이? 거기 어디야?"

"쫓겨나다시피 택시에서 내렸어요."

"뭐라고? 어디에서 쫓겨났다고? 말도 안 돼…." 벤턴이 그 말을 마치자마자 배터리가 나갔다.

어깨에 가방을 힘겹게 멘 채 바퀴 달린 여행 가방이 이따금씩 뒤집히자, 스카페타는 노숙자가 된 심정이었다. 가방을 똑바로 세우려고 몸을 구부릴 때마다 어깨에 멘 가방이 흘러내렸다. 그녀는 추위 속에서 짜증을 내며 1번가와 이스트 27번가 사이에 있는 벨뷰 병원으로 걸어갔다. 벨뷰 병원에는 유리로 되어 있는 로비와 정원이 있었고, 리모델링한 외상 치료 병동과 중환자실, 그리고 십자형 회전식 문에서 쿵쿵 뛴 것부터 존 레논 살해까지 다양한 범죄를 저지른 남성 정신병 환자들의 전용 층이 있었다.

*

스카페타와의 통화가 끊어지고 나서 몇 분 후, 벤턴의 책상에 놓인 전화기가 울렸다. 아내가 다시 전화한 게 분명하다고 확신했다.

"어떻게 된 거야?" 벤턴이 물었다.

"나도 그렇게 물어보려던 참이었어요." 제이미 버거의 목소리였다.

"미안해요. 케이인 줄 알았어요. 그녀에게 문제가 생긴 것 같아요."

"아까 통화할 때도 친절하게 그렇게 말해 주었죠. 음, 예닐곱 시간 전이었나요? 왜 아무 말도 하지 않았죠?"

버거는 〈고담 갓차〉를 읽은 게 분명했다.

"좀 복잡해요." 벤턴이 말했다.

"물론 그럴 테죠. 처리해야 할 복잡한 문제들이 많으니까요. 이 분 후면 병원에 도착하니 카페테리아에서 만나요."

*

할렘에 위치한 피트 마리노의 침실 한 개짜리 아파트는 '만나 소울 푸드' 음식점과 가까워서, 그는 허구한 날 프라이드치킨과 소갈비구이로 식사를 때웠다. 금지당한 음식과 술에 대한 욕구가 강하게 일어 견디기 힘들었다.

마리노는 TV 트레이와 등받이 의자를 끌어다가 식탁 대용으로 사용했다. 창밖으로 보이는 5번가에는 차량이 끊이질 않았다. 통밀빵 조각에 칠면조 고기를 올려 반으로 접고는 종이 접시에 담겨 있는 겨자 소스에 찍어 먹었다. 음료는 무알코올 샤프 맥주를 마셨는데, 두어 모금 마시자 병의 3분의 1이 비었다. 찰스턴에서 도망치듯 떠나왔기 때문에 체중이 이삼 킬로그램 정도 빠졌고, 기분도 그와 마찬가지였다. 멋진 할리 데이비슨 가죽 재킷 등의 오토바이 의류들이 들어 있는 상자를 들고 116번가에 있는 바자(bazaar) 가게에 가서 양복 세 벌, 블레이저 한 벌, 양복 구두 두 켤레, 셔츠 여러 장과 넥타이 등으로 바꾸었는데, 모두 중국산 싸구려 모조품이었다.

예전에 끼고 다니던 다이아몬드 귀고리도 이제는 없었다. 귀고리를 빼자 귓불에 남은 자그마한 구멍이 마치 그의 남루한 삶을 상징하는 듯했다. 머리도 더 이상 볼링공처럼 미끈하게 면도하지 않아서 귀 위로 동그랗게 자라난 은발이 마치 은색 후광처럼 보였다. 앞으로 준비가 될 때까지 여자를 절대 만나지 않기로 굳게 다짐했고, 주차할 공간이 없으니 오토바이와 픽업트럭도 아무 소용이 없어서 포기하고 말았다. 그가 다니는 병원의 치료사인 낸시는 일상생활에서 만나는 사람들이 아무리 이상하게 굴어도, 그들과의 관계에 있어서 자기 절제가 얼마나 중요한지 명심해야 한다고 말했다.

낸시는 알코올을 분노의 장작불에 불을 댕기는 성냥에 비유하면서, 마리노가 음주에 탐닉하는 건, 술주정뱅이에 임시변통 수입으로 살아갔던 아버지 밑에서 교육을 제대로 받지 못하고 육체노동자로 일하면서 얻은 치명적인 질병이라고 설명했다. 간단히 말해 마리노는 그 치명적인 질병을 아버지에게서 물려받았고, 그 질병은 전염성이 강하기 때문에 술집이나 주류 가게를 지날 때마다 서둘러 발걸음을 옮겨야 한다고 했다. 마리노는 술이 에덴동산에서부터 있었을 거라고 생각했다. 뱀이 이브에게 건네준 건 사과가 아니라 버번위스키였을 것 같았다. 이브는 그걸 아담과 함께 나누어 마신 뒤 섹스를 했고, 그래서 무화과 잎으로 몸을 가린 채 아무것도 없이 낙원에서 쫓겨난 것이 틀림없었다.

낸시는 마리노가 AA(알코올 중독자 자주 치료 협회) 모임에 열심히 참석하지 않으면, 맥주 한 팩 이상 마시지 않을 때 화가 나고, 험악해지며, 충동적이고, 자제력을 잃어버리는 사람이 될 거라고 경고했다. 전화를 걸어 확인하자, AA 모임이 열리는 가장 가까운 지부가 '아프리카 머리 장식 센터'에서 멀지 않은 교회여서, 마리노에게 그나마 다행이었다. 그는 규칙적으로 모임에 나가지는 않았지만, 그렇다고 불규칙적이지도 않았다. 여기로 이사 온 직후에는 사흘 동안 세 번 나갔다. 참가자들이 이상할 정도로 친절하고, 다정하고, 돌아가면서 자기소개를 하고, 마치 재판을 받는 것처럼 엄숙하게 맹세하는 것 말고 그에게 달리 선택권이 없다는 게 끔찍할 정도로 불편했다.

"내 이름은 피트고, 알코올 중독자입니다."

"안녕하세요? 피트."

마리노는 잘 알지도 못하는 사람들에게 자기 고백을 하는 건 경찰로서의 자질에 반하는 거라고 낸시에게 이메일을 보냈다. 더구나 낯선 사람들로 가득 찬 방 안에는 언젠가 그가 구속해야 할지도 모르는 범죄자가 섞여 있을 수 있다고도 했다. 게다가 단 세 번의 모임만으로 자신은 이미 열두 단계를 모두 마쳤으며, 예전에 타인에게 해를 입혔는데 앞으로 교화될 거라는 사람들의 이름을 표로 만드는 일을 도저히 못 하겠다고 적었다. 그건 9단계 때문이었는데, 9단계에선 예전에 누군가에게 해를 입혔던 사람들은 교화될 수 없고, 오히려 상처만 더 줄 거라고 분명하게 기술하고 있었다. 마리노의 눈에는 그 자리에 모인 모든 사람들이 거기에 해당되었다.

10단계는 차라리 쉬웠는데, 살아오면서 자신의 삶을 망친 사람들의 이름으로 공책을 가득 채우는 거였다. 마리노는 이상한 우연의 일치가 발생하기 전까지는 스카페타의 이름을 적지 않았다. 그는 지금 살고 있는 아파트를 보러 왔을 때, 강제 퇴거와 같은 일을 도와주는 조건으로 주인과 협상해 좀 더 저렴한 값에 아파트를 빌렸다. 그런데 알고 보니 거기는 빌 클린턴 전 대통령의 사무실이 있던 곳과 가까웠고, 그 사무실은 마리노가 125번가와 레녹스 가 사이에 있는 지하철역에 갈 때면 자주 지나치던 14층짜리 건물에 있었다. 빌 클린턴을 생각하자 힐러리 클린턴이 떠올랐고, 그러자 대통령이나 세계적 지도자가 될 수 있을 만큼 강인한 여자들이 생각났다. 그러다 생각이 스카페타로 이어졌다.

마리노는 머릿속에 떠오른 두 여성의 모습이 급기야 혼란스러운 지경에 이르렀다. 그는 CNN에 출연한 힐러리 클린턴을 보거나 마찬가지로 CNN에 출연한 스카페타를 볼 때면, 침울해진 마음으로 다급하게 채널을 돌려 ESPN이나 유료 영화를 보았다. 그럴 때면 심장이 죄어들 듯 아팠다. 마리노는 스카페타, 그리고 아직 그녀의 이름이 적히지 않은 공책 페이지에 집착했다. 페이지에 그녀의 이름을 기입했다가 곧 지워 버리고, 다시 다른 페이지에 적었다. 그녀가 대통령이 되면 어떻게 될지 상상하기도 했다. 비밀 기관의 보안 위협 리스트에 자신이 이름이 오르면 캐나다로 도망쳐야 할지도 몰랐다.

아니면 멕시코가 나을 수도 있었다. 마리노는 사우스플로리다에서 몇 년 동안 지내 본 적이 있어서, 프랑스어를 쓰는 사람들보다는 스페인어를 쓰는 사람들을 대하는 편이 더 나았다. 마리노는 프랑스어는 한마디도 알아듣지 못했고, 프랑스 음식도 좋아하지 않았다. 버드와이저, 코로나, 도스 에퀴스, 하이네켄 혹은 레드 스트라이프 같은 유명한 맥주도 없는 나라에 대해 무슨 할 말이 있겠는가?

칠면조 고기를 끼워 넣은 빵 두 조각을 마저 먹고 샤프 맥주를 한 모금 더 마시며 열려 있는 창문 밖을 내다보자, 거리는 웨스트인디언 음식 테이크아웃 가게, 고급 의상 가게, 주스 바, 맞춤 양복점 혹은 근처 아폴로 극장에 가는 사람들로 붐볐다. 승용차와 트럭, 보행자들의 소리가 한데 어우러져 소란스러웠지만 마리노는 전혀 개의치 않았다. 날씨가 따뜻할 때면 창문을 항상 열어 두었다가 먼지와 매연을 견딜 수 없을 때에야 비로소 창문을 닫았다. 마리노는 고요함을 애써 피했는데, 재활 치료 센터가 항상 고요했기 때문이었다. 거기에서는 음악을 듣거나 TV를 보는 게 금지되었고, 알코올과 마약 중독에 대한 고백, 계속 뇌리를 맴도는 생각, 그리고 낸시와 당혹스러울 정도로 적나라하게 나눈 이야기들만 머릿속에 떠올랐다.

마리노는 의자에서 일어나 축축해진 종이 접시, 냅킨, 텅 빈 맥주병을 치웠다. 부엌은 거실에서 여섯 발자국 정도 떨어져 있었다. 개수대 위로 난 작은 창문 너머로, 인공 잔디로 덮인 콘크리트 바닥 그리고 알루미늄 테이블과 의자 여러 개, 마지막으로 그들을 둘러싼 체인을 두른 울타리가 내다보였다. 이 아파트에는 뒤뜰이 있다며 광고하던 공간이었다.

컴퓨터는 조리대 위에 놓여 있었다. 데스크톱에 저장해 둔 그 가십 기사를 오늘 아침에 읽은 마리노는 기사를 쓴 쓰레기 같은 인간을 반드시 찾아내 평생 불구로 만들어 버리겠다며 이를 갈았다.

아는 조사 수단을 총동원했지만 아무런 소득이 없었다. 구글에서 〈고담 갓차〉의 웹사이트로 들어가는 데만 한참 걸렸고, 이미 알던 것 외에는 아무것도 알아낼 수 없었다. 음식, 주류, 서적, 전자 제품, 영화, TV 프로그램 등을 대상으로 하는 광고 회사를 통해 칼럼니스트가 누군지를 알아내 보려고도 했지만 소용없었다. 그저 수백만의 팬들을 빠져들게 한 그 빌어먹을 가십 칼럼의 오늘 아침 주제가 마리노가 평생에 저지른 최악의 사건이라는 점 외에는 그 어떤 흔적도 발견할 수 없었다.

전화벨이 울렸다.

마이크 모랄레스 형사였다.

"어떻게 됐나?" 마리노가 물었다.

"데이터마이닝(data mining: 데이터 간 상관관계를 발견해 내는 과정을 지칭하는 용어 – 옮긴이) 중이에요, 브로(bro)." 모랄레스는 평소처럼 느릿한 말투로 말했다.

"난 네 형이 아니야. 괜히 친한 척하지 말고, 엉터리 래퍼처럼 말하지도 마."

모랄레스의 말투는 졸리거나 지루한 사람의 그것처럼 혹은 진정제나 진통제를 복용한 사람의 그것처럼 몽롱하고 기운이 없었다. 마리노는 그가 실제로 진정제나 진통제를 복용하지는 않을 거라고 생각했었는데, 문득 그렇지 않을 수도 있다는 생각이 들었다. 모랄레스의 눈빛은 기운 없고 몽롱해 보였지만, 사실 그는 도저히 믿을 수 없는 경력의 소유자였다. 모랄레스는 영국 다트머스에 있는 해군사관학교를 졸업한 다음, 존스 홉킨스 의과대학을 마쳤다. 하지만 그는 뉴욕의 가장 높은 경찰 중 한 명이 되기로 마음먹었는데, 마리노로서는 도저히 받아들일 수 없는 일이었다. 의사가 될 수 있는데 경찰이 되는 사람은 아무도 없을 것 같았다.

게다가 모랄레스는 자신에 관해 온갖 거짓 이야기를 꾸며낸 다음, 동료들이 그 말을 곧이곧대로 믿으면 우스워서 어쩔 줄을 몰라 했다. 사람들 말에 따르면, 그의 사촌은 볼리비아의 대통령이었고, 그의 아버지가 미국으로 이주한 이유는 자본주의를 신봉하며, 낙타를 모는 게 지겨워졌기 때문이었다. 그리고 그가 시카고 프로젝트와 함께 성장했으며, 버락 오바마가 정치를 시작하기 전까지 그와 친한 친구 사이였다고 했는데, 상황을 자세하게 알지 못하는 사람들에게는 그럴듯하게 들렸다. 그러나 속옷이 보이도록 내려 입은 배기팬츠 차림에, 커다란 금 목걸이와 반지를 하고, 콘로(cornrow) 헤어스타일에, 길거리 갱단처럼 보이며, 아무한테나 형님이라고 부르는 사람과 친구가 되고 싶은 대통령 후보는 아무도 없을 게 분명했다.

"하루 종일 '쿼리(query: 질의 - 옮긴이)'를 했는데, '퀴어(queer)'와 헷갈리지 말아요, 브로." 모랄레스가 말했다.

"젠장, 무슨 얘길 하는지 도통 모르겠군."

"동성애자를 뜻하는 '퀴어'도 몰라요? 참, 유머 감각도 없고 고등학교도 제대로 졸업 못 하신 걸 깜빡했습니다. 여기서부터 돌리우드까지 가면서 일반적인 행동 양식과 경향, 불평 등을 찾는 중이었는데, 내가 뭘

가를 알아낸 것 같아요."

"버거가 시킨 일 말고 또 뭐가 있나?" 마리노가 말했다.

"제이미 버거나 케이 스카페타 같은 여자는 도대체 어때요? 그 손으로 날 한 번 쓰다듬어 주면 죽어도 여한이 없겠어요. 스카페타, 버거와 동시에 그 짓을 하는 걸 상상이나 할 수 있겠어요? 아, 내가 지금 누구한테 말하는 거지? 참, 물론, 형님이라면 상상할 수 있겠군요."

모랄레스를 별로 좋아하지 않는 마리노의 감정이 곧바로 증오로 바뀌었다. 그는 항상 마리노를 비꼬고 깎아내렸다. 마리노가 그에 맞서 비꼬지 않는 이유는 침착함을 유지할 수 있는지 스스로를 시험하기 위해서였다. 벤턴이 버거에게 마리노를 부탁했던 건, 그가 어디로 튈지 알 수 없는 사람이기 때문이었다. 그녀가 부탁을 들어주지 않으면 마리노가 어디로 갈지 아무도 알 수 없었다. 어느 시골 경찰서의 교환원 일을 할 수도 있었고, 노숙자들 숙소에서 술주정뱅이로 지낼 수도 있었으며, 그냥 죽을 수도 있었다.

"우리의 살인자가 초범이 아닐 가능성이 있어요." 모랄레스가 말했다. "유사한 살인사건 두 건을 찾아냈어요. 현장이 뉴욕은 아니지만, 오스카는 자영업을 하기 때문에 사무실로 출근하지 않는다는 사실을 기억해야 해요. 그에겐 차가 있어요. 생일 때마다 가족한테서 비과세 수표를 받기 때문에 수입이 있고요. 비과세 수표의 최고 금액은 1만 2천 달러였는데, 가족들이 미치광이 외아들에게 죄책감을 느끼지 않으려는 거겠죠. 그에겐 부양가족이 아무도 없어요. 그러니 그가 얼마나 많이 돌아다니는지, 직업이 뭔지 알 수 없는 거예요. 내가 수사를 맡으면 예전의 두 사건은 알아낼 수 있을 것 같아요."

마리노는 냉장고 문을 열어 샤프 맥주병을 꺼내 뚜껑을 땄다. 뚜껑을 개수대에 던지자 총알이 철제 과녁에 맞은 것처럼 요란한 소리가 났다.

"다른 두 살인사건은 뭔데?" 마리노가 물었다.

"데이터베이스에서 두 사건을 찾아냈어요. 아까 말한 것처럼 뉴욕에서 발생한 사건이 아니어서 곧바로 머릿속에 떠오르지 않았던 거죠. 두 사건 모두 2003년 여름에 두 달 간격으로 발생했어요. 열네 살짜리 아이가 마약을 하고 벌거벗겨지고 손과 발이 묶인 채 발견되었는데, 목을 조른 끈은 사건 현장에서 사라지고 없었어요. 코네티컷 주 그리니치의 좋은 집안의 자녀였는데 시신은 부가티 자동차 대리점 근처에 버려졌어요. 미결로 남았고, 용의자도 없었어요."

마리노가 물었다. "2003년 여름에 오스카는 어디 있었지?"

"지금 사는 곳에요. 직업도 똑같았고. 지금 사는 아파트에서 엉망으로 살고 있었겠죠. 그렇다면 그가 어디에든 있었을 수 있다고 가정할 수 있어요."

"난 어떤 연관성이 있는지 모르겠어. 그 아이가 어땠는데? 마약 때문에 싸움질을 했거나 손님으로 오인받아 납치당했나? 내가 보기엔 그래. 오스카 베인이 10대 소년들에게 관심이 있을 거라 생각하게 된 이유라도 있나?"

"범인들이 강간하고 살인을 저지르고 결국 사태가 드러난 이후에도, 우린 도대체 범인들이 누구에게 관심이 있는지 알지 못하죠. 범인이 오스카일 수 있어요. 아까 말했듯이 그는 차를 운전해요. 여기저기 돌아다닐 수 있고, 시간이 남아돌죠. 그리고 힘이 무척 세요. 가능성을 열어 놓고 생각해야 해요."

"다른 사건은? 그 역시 희생자가 10대 소년이었나?"

"여자였어요."

"희생자가 누군지, 오스카가 왜 그녀를 죽였을 거라 생각하는지 말해 보게." 마리노가 말했다.

"이런…." 모랄레스가 큰 소리로 하품을 했다. "서류를 다시 훑어보니 순서가 잘못되었네요. 여자가 먼저 희생됐고, 아이가 살해됐군요. 아름다운 스물한 살의 아가씨로, 노스캐롤라이나의 시골 마을에서 볼티모어로 이사 오자마자 라디오 방송국에서 일을 시작했어요. 그녀는 TV에 출연하고 싶어 했는데, 마약을 계속하려고 과외 활동을 했죠. 그래서 범인에게 쉽게 납치된 겁니다. 벌거벗겨지고 두 손이 묶인 채 발견되었는데, 목을 조른 끈은 사건 현장에서 발견되지 않았어요. 시신은 항구 근처 덤프스터에서 발견되었고요."

마리노가 말했다. "두 사건에서 채취한 DNA는?"

"별 소용없었고, 성폭력을 가한 흔적도 없었어요. 정액도 검출되지 않았고요."

"두 사건의 연관성이 뭔지 아직도 잘 모르겠군." 마리노가 말했다. "마약을 이용해 결국 손발을 묶고 목 졸라 죽인 다음, 시신을 유기하는 살인사건은 흔해 빠졌어."

"테리 브리지스가 왼쪽 발목에 가느다란 금 발찌를 끼고 있었던 거 알아요? 그게 어디서 났는지 아무도 몰라요. 다른 장신구는 전혀 하고 있지 않았던 게 이상한데, 오스카한테 그 발찌에 대해 계속 추궁했지만 한 번도 본 적 없는 거라고 했어요."

"그런데?"

"그런데 이 두 사건에서도 마찬가지예요. 왼쪽 발목의 발찌 말고는 아무 장신구도 하고 있지 않았어요. 심장도 왼편에 있잖아요, 그렇죠? 넌 나의 사랑의 노예다, 뭐 그런 걸 표시하는 족쇄 같은 거 아닐까요? 살인자의 서명 같은 걸 수도 있는데, 오스카의 서명일 수도 있겠죠. 지금 이 사건과 묶어서 정리 중입니다. 사건 파일을 살펴보고 자료를 찾으면서 다른 정보는 없는지 알아보고 있어요. 용의자들을 정리해서 보고

할 겁니다. 당신의 옛 사람에게도 알려야겠지요."

"내 옛 사람이라니?" 마리노의 머릿속이 깜깜해졌다. 먹구름이 낀 것처럼 아무 생각도 떠오르지 않았다.

"벤턴 웨슬리 말예요. 젊고 잘생긴 전직 경찰 요원이죠. 들리는 소문이 사실이라면, 불행하게도 이제 당신은 그의 근처에 얼씬도 할 수 없겠네요. 물론, 당신은 오늘 아침 일찍 현장에 들러 테리 브리지스의 노트북 두 대에서 뭔가를 발견하고는 내 허락 없이 제이미 버거를 돕는 시늉을 했죠."

"난 네 허락 따위 필요하지 않아. 넌 내 엄마가 아니라고."

"그렇겠죠. 당신 어머니는 버거일 테니. 어쩌면 당신이 그녀에게 누가 당신 담당인지 물어봐야 할지도 모르겠네요."

"필요하다면. 지금 난 내가 맡은 업무를 처리하고 있는 것뿐이야. 그녀가 기대하는 대로 이 살인사건을 수사하는 거지."

샤프 맥주병을 비우고 한 병을 더 꺼내려 냉장고 문을 열자, 유리병끼리 부딪혀 달그락거리는 소리가 났다. 계산상으로는, 한 병에 1.3퍼센트의 알코올이 들어 있다면 적어도 열두 병을 한꺼번에 마셔야 술기운이 약간 오를 것이었다. 물론, 예전에 그렇게 해 본 적이 있었는데, 소변만 급해질 뿐 아무 느낌도 없었다.

모랄레스가 말했다. "케이 스카페타의 조카인 루시는 버거가 무척 이용하고 싶어 하는 법의학 컴퓨터 수사 회사를 갖고 있죠."

"루시라면 나도 잘 알지."

마리노는 그리니치빌리지에 있는 루시의 회사에 대해서도, 스카페타와 벤턴이 존 제이 칼리지와 관련 있다는 사실도 잘 알고 있었다. 다른 여러 가지에 대해서도 알고 있었지만, 모랄레스와 다른 사람들에게 말하지는 않을 생각이었다. 그러나 마리노는 루시, 벤턴, 스카페타가 테리 브리지스 사건에 개입하고 있다는 것과 스카페타와 벤턴이 지금 이 순간 뉴욕에 있다는 사실은 알지 못하고 있었다.

모랄레스가 건방진 목소리로 다시 말문을 열었다. "스카페타는 당신과 어색한 만남을 가질 만큼 뉴욕에 오래 머무르지는 않을 거라고 하니, 당신에겐 다행이겠군요."

의심의 여지가 없었다. 모랄레스는 그 빌어먹을 가십 기사를 읽은 게 분명했다.

"오스카를 검사하러 여기 온 겁니다." 모랄레스가 말했다.

"도대체 왜?"

"그녀가 오스카의 메뉴판에 오른 주 요리인 것 같더군요. 오스카가 스카페타를 요구했고, 버거는 그 녀석이 원하는 거라면 뭐든지 들어주고 있어요."

마리노는 스카페타가 오스카 베인과 단둘이 있을 거라는 생각을 하니 도저히 견딜 수가 없었다. 게다가 그가 특별히 스카페타를 요구했다는 얘기를 듣자 더더욱 불안해졌다. 그건 단 한 가지를 의미했다. 오스카는 필요 이상으로 그녀에 대해 많은 걸 알고 있었다.

마리노가 말했다. "오스카가 연쇄살인범일지도 모른다면서 도대체 박사와 함께 뭘 하고 있단 말인가? 버거나 다른 사건 책임자가 이런 일로 박사를 불렀다는 게 믿기지 않는군. 게다가 그치는 언제든 떠날 수 있는데."

마리노는 열두어 걸음이면 더 이상 발걸음을 옮길 데가 없는 아파트 안을 왔다 갔다 했다.

"검사만 마치면 서둘러 매사추세츠로 돌아갈 테니 걱정할 것 없어요." 모랄레스가 말했다. "그것 말고도 걱정할 게 태산일 텐데 그나마 다행이지 않습니까?"

"알면서 왜 말하는 거야?"

"이 사건이 민감한 사항임을 상기시켜 드리려고요. 지난달 오스카 베인이 속마음을 털어놨을 때, 당신은 잘 대처하지 못했어요."

"난 정석대로 했어."

"생각해 보면 우스워요. 문제가 있는데, 아무도 신경 쓰지 않았어요. 당신의 예전 상관인 케이를 피하라고 충고하고 싶군요. 예를 들어, 당신이 그녀의 사무실에 가거나 예상치 못하게 벨뷰 병원에 나타날 이유가 없단 뜻입니다."

모랄레스가 스카페타를 케이라고 부르는 걸 듣자, 마리노는 속이 부글부글 끓어올랐다. 마리노는 그녀를 케이라고 부른 적이 한 번도 없었다. 항상 곁에서 함께 일했고 시체안치소, 사무실, 자동차, 범죄 현장, 그녀의 집에서 함께 보낸 시간이 1만 시간은 될 것이었다. 명절에 그녀의 집에서 시간을 보내기도 했고, 출장을 가서는 그녀의 호텔 방에서 술을 한두 잔 마시기도 했다. 그러면서도 그녀를 단 한 번도 케이라 부르지 않았는데, 모랄레스는 도대체 어떻게 함부로 그녀의 이름을 부르는 것인가?

"케이가 매사추세츠로 돌아갈 때까지 눈에 띄지 말라고 조언하고 싶군요." 모랄레스가 말했다. "그렇지 않아도 스트레스가 많은 그 여자에게 더 이상 스트레스를 주면 안 될 테니까요. 그러다 나중에 우리가 그녀에게 도움을 요청했다가 당신 때문에 거절당하면 안 되잖아요. 우린 케이가 당신 때문에 존 제이 칼리지에서의 직위나 컨설팅을 관두는 걸 바라지 않습니다. 그러면 뒤이어 벤턴이 아내의 마음을 편하게 해 주려고 관둘 테죠. 우린 당신 때문에 두 사람을 잃는 셈이 됩니다. 난 앞으로도 오랫동안 그 두 사람과 일할 거고, 우리 셋이 좋은 사이로 지내길 바라거든요."

“넌 그 두 사람을 잘 몰라.” 마리노는 분노가 치밀었고, 맥박이 빨라져 목까지 화끈거렸다.

“두 사람이 관두면 뉴스에 크게 보도되겠죠.” 모랄레스가 말했다. “그러면 상황이 어떻게 될지 당신도 잘 알 겁니다. 〈포스트〉 1면에 기사가 실릴 거고, 성폭력 분야 최고 검사인 제이미 버거가 성폭력범을 고용했다는 머리기사가 실릴 겁니다. 버거가 해임될지도 몰라요. 당신이 상황을 어떻게 이렇게 위태롭게 만들었는지 믿기지가 않습니다. 아무튼 전화를 끊어야겠어요. 어쨌든, 인터넷에 무슨 글이 올라왔는지, 그리고 당신과 케이 사이에 어떤 일이 일어났는지에 대해서는 괜히 캐고 다니지 마세요.”

“걱정하지 마, 빌어먹을!” 마리노는 수화기를 내팽개치듯 내려놓았다.

04 오스카 베인

오스카 베인은 정신병자 감금 병동 안에 있는 부속 진료실의 검사실에서, 테이블에 앉아 쇠사슬을 찬 다리를 깐닥깐닥 움직였다. 다리에는 솜털 하나 없었다. 한쪽 눈동자는 파란색이고 다른 한쪽 눈동자는 초록색이어서, 스카페타는 마치 두 사람이 자신을 응시하고 있는 듯한 불안한 느낌이 들었다.

부서 담당 교도관이 말 없이 로키 산맥처럼 든든하게 검사실 벽 근처에 서 있었다. 그럴 가능성은 낮았지만, 혹시라도 오스카가 난동을 부리면 곧바로 제지할 수 있을 만큼 가까운 거리에 있었다. 오스카는 겁에 질려 있었고, 계속 흐느껴 울었다. 테이블에 앉은 그의 모습에서는 어떤 공격적인 낌새도 느껴지지 않았다. 주위 시선을 끊임없이 의식하고 있었으며, 몸집에 비해 긴 얇은 면 가운을 입고 있었는데, 허리춤에 묶은 끈 아래로 가운이 살짝 벌어져 있었다. 몸을 잘 가리려고 수갑 등을 찬 팔다리를 움직일 때면 쇠사슬이 부딪치는 소리가 나직하게 났다.

오스카는 몸집이 몹시 왜소한 난쟁이였다. 팔다리와 손가락은 비율이 맞지 않을 정도로 짧은 반면, 가운이 감추지 못한 다른 신체 부위는 괜찮았다. 스카페타는 뼈의 형성에 있어 주로 팔다리의 뼈를 자라게 하는 책임 유전자의 자연 돌연변이로 인한 연골무형성증을 의심했는데, 어떤 사람은 그를 만들던 신이 과잉 보상을 했다고 말할지도 몰랐다. 팔다리에 비해 상체와 두상이 지나치게 컸고, 중지와 약지만 두드러지게 튀어나온 짤막한 손가락들은 삼지창 같았다. 그것 말고는 해부학적으로 정상적으로 보였는데, 끔찍한 고통과 상당한 비용을 치른 것 같았다.

놀라울 정도로 흰 치아는 인공치아를 접착했거나 표백했을 텐데, 치관을 씌웠을 수도 있었다. 짧은 머리칼은 밝은 노란색이 도는 금발로 염색했고, 손톱은 네모반듯한 사각형을 이루도록 부드럽게 손질되어 있었으며, 차분해 보이는 얼굴은 확실하지는 않지만 보톡스를 맞은 것 같았다. 가장 눈에 띄는 건 몸통이었는데, 마치 푸르스름한 광맥이 비치는 베이지색 카라라(carrara) 대리석으로 조각한 것 같았다. 근육의 비율이 완벽해 보였고, 피부에는 솜털 한 올도 남아 있지 않았다. 색깔이 각각 다른 두 눈동자에서 뿜어져 나오는 강렬한 눈빛과 함께 전반적인 느낌이 다소 비현실적이었고 기이했다. 스카페타는 오스카가 여러 가지 공포증을 느끼는 게 다소 이상하다고 했던 벤턴의 말을 이해할 수 있었다. 그간 고통을 참아 가며 의사들을 신처럼 여기지 않았더라면 이런 모습일 수 없었다.

벤턴이 자신을 위해 사무실에 비치해 둔 현장용 키트를 열던 스카페타는 자신을 자세히 살피는 그의 파란색과 초록색의 눈빛을 느꼈다. 직업적으로 핀셋, 증거물 봉투와 용기, 카메라 장비, 법의학 조명 기구, 날카로운 메스 등이 필요 없는 사람들과 달리, 스카페타는 여분의 것을 항상 준비해야 하는 삶을 살았다. 병에 든 물이 공항 검색대를 통과할 수 없다면, 현장용 키트는 두말할 필요도 없었다. 법의학자라는 방패를 내세우면 원치 않는 관심과 주의만 더 받을 뿐이었다. 로건 국제공항에서 한 번 시도해 봤었는데, 결국 어느 사무실로 끌려가 심문을 받고, 수색당하고, 테러리스트가 아님을 증명받기 위한 검색을 당해야만 했었다. 그러고 나서야 TSA(교통안전행정부) 요원들은 그녀가 CNN에 출연한 여성 법의학자와 꼭 닮았음을 인정했는데, 결국 현장용 키트를 비행기에 반입하는 건 허락되지 않았고, 그녀는 짐을 부치는 걸 거부하고는 자동차로 이동했었다. 요즘 그녀는 맨해튼에서는 보안 위협과 관련된 모든 서류의 복사본들을 들고 다녔다.

스카페타가 오스카에게 물었다. "이 샘플의 목적이 무엇인지, 그리고 왜 샘플을 반드시 줄 필요는 없는지에 대해 알고 있나요?"

그는 스카페타가 종이로 덮인 테이블 위에 놓인 봉투, 핀셋, 줄자, 그 외 다양한 법의학 용품들을 정돈하는 모습을 유심히 살폈다.

교도관이 말했다. "의사 선생님이 말씀하실 땐 똑바로 쳐다 봐, 오스카."

오스카는 고개를 돌리고는 벽에서 눈을 떼지 않았다.

이윽고 이어지는 테너 톤의 그의 목소리에서 긴장감이 느껴졌다. "스카페타 박사님, 한 번만 더 말씀해 주시겠어요?"

"당신은 샘플 채취에 서명했고, 내가 몇몇 생물학적 샘플을 채취해도 괜찮다고 동의했어요." 스카페타가 말했다. "다시 한 번 분명히 말하지만, 이 샘플이 제공할 수 있는 과학적인 정보가 무엇인지 정확히 이해해야 하고, 그걸 요구한 사람은 아무도 없다는 사실을 분명히 알아야 합니다."

오스카는 아직 유죄 판결을 받지 않았다. 스카페타는 궁금했다. 벤턴과 버거 그리고 경찰들은 오스카가 꾀병을 부린 까닭이 그녀는 전혀 알지도 못하는 살인사건을 그녀에게 털어놓기 위해서라고 생각한 걸까? 덕분에 그녀는 이제까지 한 번도 경험한 적 없는 예측 불가능한 입장에 놓이게 되었다. 오스카는 구속 상태가 아니기 때문에 환자로서의 권리를 포기하지 않는 한 스카페타는 그에 대한 어떤 사실도 폭로할 수 없었다. 오스카가 이제까지 유일하게 자신의 권리를 포기한 것은, 스카페타에게 생물학적 샘플 채취를 허가한다는 서명을 한 것뿐이었다.

오스카가 스카페타를 쳐다보며 말했다. "샘플을 왜 채취하는지 알아요. DNA 때문이죠. 내 머리카락이 왜 필요한지 안다고요."

"샘플을 분석하면 연구실에서 당신의 DNA 프로필을 얻을 수 있을 거예요. 머리카락을 분석하면 상습적으로 약물을 남용하는지 알 수 있을 거고요. 경찰들과 연구원들이 찾는 건 다른 거예요. 그건 증거물이죠…."

"그게 뭔지 알아요."

"당신이 알고 있다는 걸 분명히 해 두려는 거예요."

"난 마약을 하지 않으니 상습적으로 약물을 남용한다고 할 수 없죠." 그는 다시 벽을 쳐다보며 떨리는 목소리로 말했다. "그리고 내 DNA와 지문은 그녀의 아파트 곳곳에 있어요. 내 핏자국도 남아 있고요. 엄지를 베었으니까요."

오스카가 중간 마디에 밴드를 붙인 오른손 엄지를 내밀었다.

"여기 들어올 때 시키는 대로 지문을 찍었어요." 그가 말했다. "내 지문은 어떤 데이터베이스에도 들어 있지 않아요. 전과가 없으니까요. 주차 딱지 한 번 떼지 않았고, 말썽이 될 만한 일이라면 근처에도 가지 않았죠."

스카페타가 핀셋을 집는 모습을 주시하는 그의 기묘한 눈에 두려움이 드리웠다.

"그거 필요 없어요. 내가 직접 할게요." 오스카가 말했다.

"여기 들어온 이후로 샤워한 적 있어요?" 스카페타는 핀셋을 내려놓으며 물었다.

"없어요. 당신이 나를 볼 때까지 하지 않을 거라고 말했죠."

"그럼 손은 씻었나요?"

"아니요. 당신 남편이 그림을 통한 심리 검사를 하는 동안 건네주었던 연필 말고는 가능한 한 손에 닿는 모든 접촉을 피했어요. 음식도 먹지 않았어요. 당신을 볼 때까지 내 몸에 어떤 것도 하고 싶지 않았어요. 난 의사들이 두렵고, 통증이 무서워요."

스카페타가 면봉과 도포구가 든 종이봉투를 찢는 동안, 오스카는 그녀가 금방이라도 그를 해칠 것처럼 그녀를 뚫어져라 주시했다.

"괜찮다면 손톱 아래 부분에 묻은 걸 긁어내고 싶어요. 손톱이나 발톱 밑에서도 증거물이나 DNA를 채취할 수 있거든요."

"뭘 위한 건지 알아요. 내가 테리에게 어떤 짓을 했다는 증거는 찾지 못할 거예요. 테리의 DNA가 나온다 해도 아무 소용없을 거고요. 내 DNA는 그녀의 아파트 곳곳에 남아 있으니까요."

오스카는 스카페타가 플라스틱 도구로 손톱 아래를 긁어내는 동안 가만히 앉아 있었고, 스카페타는 자신을 응시하는 그의 시선을 느꼈다. 그를 검사하는 동안, 파란색과 초록색 눈의 기묘한 눈빛이 마치 따뜻한 불빛처럼 자신의 머리와 다른 신체 부분을 검사하는 것 같았다. 손톱 아래를 긁어내고 나서 올려다보자, 오스카는 벽을 응시하고 있었다. 그는 자신이 머리카락을 뽑는 모습을 쳐다보지 말아 달라고 했다. 스카페타는 오스카가 머리카락을 봉투에 담는 것을 도와주었고, 음모는 다른 봉투에 담도록 했다. 통증을 두려워하는 것치고는 몸을 움찔하지 않았지만, 시간이 갈수록 표정은 굳어졌고 이마에 땀이 송골송골 맺혔다.

스카페타가 구강용 면봉을 꺼내자, 그는 떨리는 손으로 면봉을 잡고 입 안으로 넣어 볼 안쪽의 분비물을 묻혔다.

"저 사람을 내보내 줘요." 오스카가 말하는 사람은 교도관이었다. "저 사람이 여기 있을 필욘 없어요. 난 저 사람과 아무 말도 하지 않거든요."

"그렇게는 안 되겠어. 그건 네가 선택할 수 있는 사안이 아니야." 교도관이 말했다.

오스카는 침묵했다. 그리고 다시 벽을 응시했다. 교도관은 곤란하다는 표정으로 스카페타를 바라보았다.

"우린 괜찮을 거예요." 그녀가 차분하게 말했다.

"박사님, 저라면 그렇게 하지 않을 거예요. 저 사람은 좀 흥분해 있어요."

오스카가 흥분한 것처럼 보이지는 않았지만, 스카페타는 아무 언급도 하지 않았다. 그는 그저 멍하고 얼떨떨해 보였고, 금방이라도 히스테리를 부릴 것만 같았다.

"박사님의 말뜻은 후디니(Harry Houdini: 헝가리 태생의 마술사로, 탈출 마술로 유명했음-옮긴이)처럼 쇠사슬에 매여 버렸네요." 오스카가 말했다. "구치소에 감금될 수는 있어요. 하지만 내가 연쇄살인범처럼 수갑을 찰 필요는 없잖아요. 나를 한니발 렉터 수용소에 밀어 넣지 않은 게 놀랍군요. 저 교도관은 정신병원에서 기계적인 장치로 환자를 속박하는 게 19세기 중엽에 폐지되었다는 걸 몰라요. 내가 무슨 잘못을 했다고 이런 대접을 받아야 하는 거죠?"

오스카는 수갑 찬 손을 들어 보이며 씩씩거렸고 몹시 화를 냈다.

"당신 같은 무지한 사람들이 날 우스꽝스러운 기형으로 생각하기 때문이죠." 그가 말했다.

"오스카, 정말 몰라서 하는 소리야?" 교도관이 말했다. "네가 있는 여기는 평범한 정신병원이 아니야. 넌 감금 병동에 들어온 거라고." 교도관이 스카페타를 보며 덧붙였다. "제가 여기 있는 편이 나을 겁니다, 박사님."

"당신처럼 무지한 사람들은 날 기형이라 생각하죠."

"우린 괜찮아요." 스카페타는 교도관에게 재차 말했고, 버거가 왜 신중을 기하고 있는지 알 수 있었다.

오스카는 불공정하다고 느꼈던 점을 신속히 지적했다. 그가 앉아 있을 때는 사람들이 그의 키가 작다는 사실을 바로 알아차리지 못하는데도, 그는 자신이 난쟁이임을 곧바로 주지시켰다. 그리고 스카페타가 검사실 안으로 들어왔을 때, 제일 먼저 눈에 띈 건 그의 작은 키가 아니었다. 색깔이 다른 양쪽 눈이 빛을 내며 자신을 쏘아보고 있었다. 하얗게 빛나는 치아와 밝게 빛나는 금발보다 파란색과 초록색이 기묘한 대조를 이루는 눈빛이 더 눈길을 끌었다. 다른 곳이 멀쩡했다 하더라도 그에게는 눈길이 두 번 갈 것이었다. 오스카는 그녀로 하여금 자꾸만 무언가가 생각나게 했는데, 고대 금화에 새겨진 흉상일지도 몰랐다.

"여기 밖에 있겠습니다." 교도관이 말했다.

그는 검사실을 나가 문을 닫았다. 병동의 모든 방문이 그렇듯, 손잡이는 없었다. 열쇠를 가진 사람은 교도관뿐이었는데, 이중 잠금 장치의 관리가 중요했다. 자칫하면 다른 직원이나 스카페타 같은 방문객이, 예를 들어 술집에서 만난 여자의 손발을 자른 90킬로그램이 넘는 거구의 남자와 단둘이 좁은 방 안에 갇힐 수도 있었다.

스카페타는 줄자를 집어 들며 오스카에게 말했다. "팔과 다리 길이를 재고 싶어요. 키와 몸무게를 정확히 말해 줘요."

"키는 122.5센티입니다." 그가 말했다. "몸무게는 49.5킬로그램이고요. 신발 사이즈는 230밀리인데 간혹 220밀리를 신기도 해요. 여성용 신발로는 235밀리인데 225밀리를 신기도 해요. 발볼이 넓어서 신발 종류에 따라 달라요."

"왼쪽 팔은 위팔뼈 관절에서 중지 손끝까지죠. 괜찮으면 양팔을 최대한 곧게 펴세요. 좋아요. 왼쪽 팔은 49.1센티, 오른쪽 팔은 49.4센티네요. 대부분의 사람들은 양팔 길이가 정확히 똑같지 않고, 약간 차이가 나죠. 이제 양다리를 가능한 한 곧게 펴 주세요. 비구(髀臼), 그러니까 엉덩이 쪽 관절부터 잴 거예요."

스카페타가 얇은 면 가운 사이로 관절을 더듬어 발가락 끝까지 줄자를 대고 다리 길이를 재자, 수갑이 부딪히는 소리가 나직하게 났고, 그가 몸을 움직이자 근육이 튀어나왔다. 그의 다리는 팔보다 5센티 정도 더 길 뿐이었고, 약간 휘어 있었다. 스카페타는 팔다리 길이를 기입하고는 다른 서류를 꺼냈다.

"이곳 담당자들에게 전해 받은 사실들을 확인할게요." 스카페타가 말했다. "나이는 서른넷, 중간 이름은 로렌스, 그리고 오른손잡이라고 적혀 있군요." 그녀가 생년월일과 주소지를 말할 즈음 그가 갑자기 끼어들었다.

"내가 왜 여기 오길 원했는지, 왜 이 검사를 요구했는지 묻지 않을 건가요? 제이미 버거에게 왜 당신이 오지 않으면 협조하지 않을 거라고 말했는지도 묻지 않을 건가요? 젠장!" 그의 눈동자가 촉촉해졌고, 목소리는 흔들렸다. "그녀가 아니었다면 테리는 살아 있었을 거예요."

오스카는 고개를 오른쪽으로 돌려 벽을 쳐다보았다.

"내 얘길 듣는 게 힘든가요, 오스카?" 스카페타가 물었다.

"오른쪽 귀가…." 그의 목소리가 간헐적으로 떨리더니 높낮이가 변했다.

"하지만 왼쪽 귀로 들을 수 있잖아요."

"어렸을 때 만성 중이염을 앓아 오른쪽 청력을 잃었어요."

"제이미 버거를 알아요?"

"아무도 상관하지 않는 냉혹한 여자죠. 당신은 그 여자와 달리 희생자들을 돌봐 줘요. 난 희생자예요. 당신은 날 돌봐 줘야 해요. 내겐 당신뿐이에요."

"어떤 의미에서 희생자란 말인가요?" 스카페타가 봉투에 분류 표시를 붙이며 말했다.

"내 삶이 망가졌어요. 내게 가장 소중한 사람이 떠났어요. 테리가 세상을 떠났으니 다시는 그녀를 볼 수 없어요. 내겐 아무것도 남지 않았어요. 내가 죽는다 해도 상관없어요. 난 당신이 누군지, 어떤 일을 하는 사람인지 알아요. 당신이 유명인이 아니라 해도 마찬가지예요. 당신이 유명인이든 그렇지 않든, 난 당신이 누군지, 어떤 일을 하는 사람인지 알았을 거예요. 난 재빨리, 매우 재빨리 생각해야 했어요. 발견하고 나서는… 테리를 발견하고 나서는…." 그의 목소리가 갈라졌고, 애써 눈물을 참고 있었다. "난 경찰에게 여기로 데려와 달라고 했어요. 여기서는 안전할 테니까요."

"무엇으로부터 안전하단 말인가요?"

"내가 나 자신을 해칠지도 모른다고 말했어요. 그러자 그들은 '다른 사람들에게는 어떠하냐?'라고 내게 물었어요. 난 다른 사람들한테는 아니고, 나 자신한테만 위험인물일 거라고 말했어요. 보통 사람들 사이에 있을 수 없으니, 감금 병동에 격리시켜 달라고 했어요. 여기 사람들은 날 난쟁이 살인범이라고 부르며 놀려 대죠. 경찰은 나를 체포할 근거도 없으면서 나를 의심하고, 내보내려 하지 않죠. 그리고 부모님이 그다지 너그럽진 않지만, 난 코네티컷 주의 좋은 가문 출신이라 돈도 있고, 여권도 있어요. 내가 죽는다 해도 상관없어요. 경찰과 제이미 버거는 내가 유죄라고 생각해요."

"그들은 당신의 편의를 도모하려고 최선을 다하고 있어요. 그래서 당신은 웨슬리 박사를 만났고, 이젠 내가 여기에 왔잖아요." 스카페타는 오스카에게 그 점을 상기시켰다.

"그들은 당신을 이용할 뿐, 내게 신경 써 주는 건 아니에요."

"분명하게 말하지만, 난 어느 누구에게도 이용당하지 않아요."

"그들은 자신들의 잘못을 감추려고 이미 당신을 이용하고 있어요. 이미 나를 유죄라고 단언하고는, 다른 용의자는 찾지도 않아요. 진짜 살인범은 바깥 어딘가에 있는데 말이죠. 그는 내가 누군지 알아요. 곧 다른 누군가가 살해될 거예요. 살인범이 누구든 다시 살인을 저지를 거예요. 저들에겐 동기와 대의명분이 있어요. 난 앞서 경고를 받았지만, 테리 얘기를 하는 거라곤 생각하지 못했어요. 저들이 테리를 해칠 줄은 미처 몰랐어요."

"경고를 받았다고요?"

"저들은 내게 연락을 해요."

"경찰에게 이 사실을 말했나요?"

"저들이 누군지 모른다면 당신도 조심해야 할 겁니다. 난 한 달 전에 제이미 버거에게 내가 알고 있는 걸 말하면서, 나를 위해 나서는 것이 얼마나 위험할지에 대해 경고했어요. 하지만 그게 테리를 위험에 빠뜨리리라고는 상상도 못 했어요. 그녀가 위험에 처할 줄은 전혀 몰랐어요."

그가 손등으로 눈물을 훔치자 수갑이 달그락거렸다.

"제이미 버거에게 어떻게 경고했죠? 혹은 어떤 방법으로 경고하려 시도했죠?"

"사무실에 전화했어요. 그 여자가 당신한테 말해 줄 거예요. 그녀가 얼마나 지독한 여자인지, 또 얼마나 무신경한지에 대해 당신에게 말하라고 했어요." 오스카의 얼굴 위로 눈물이 흘러내렸다. "이제 테리가 떠나가 버렸어요. 나쁜 일이 일어날 줄은 알았지만 그게 테리에게 일어날 줄은 몰랐어요. 당신은 이 사실이 궁금할 거예요. 나도 잘 모르겠지만, 저들이 키 작은 사람들을 싫어해서 우리 같은 사람들의 씨를 말려 버리려는지도 몰라요. 나치가 유대인과 동성연애자, 집시, 불구자, 정신이상자에게 그랬던 것처럼. 히틀러의 인종 청소 계획에 반기를 들었던 사람들은 모두 죽음을 면치 못했죠. 저들은 내 정체성과 생각을 훔쳤을 거고, 나에 관한 모든 걸 알 거예요. 내가 조목조목 말했지만 버거는 귀 기울이지 않았어요. 정의를 구현하라고 했지만, 내 전화도 받으려 하지 않았어요."

"나에게 당신이 생각하는 정의에 대해 말해 봐요."

"당신이 마음을 도둑맞았을 때, 정의는 그것을 되찾아 주죠. 테리가 잘못했어요. 그녀는 멈출 수도 있었어요. 하지만 난 내 마음을 돌려받지 못했고, 테리는 떠나 버렸어요. 이제 내게 남은 건 당신뿐이에요. 제발 날 도와주세요."

스카페타는 장갑 낀 손을 가운 주머니에 찔러 넣으며, 곤경 속으로 더 깊이 빠져드는 느낌을 받았다. 오스카 베인의 구제자가 되고 싶지는 않았다. 당신과 더 이상의 관계를 원치 않는다고 지금 당장 말한 다음, 베이지색 페인트를 칠한 철제문을 열고 나가 뒤돌아보지 말아야 할지도 몰랐다.

"저들이 테리를 죽였어요. 분명해요." 오스카가 말했다.

"저들이 누구라고 생각해요?"

"저들이 누군지는 몰라요. 어떤 대의명분을 좇는 특별한 단체가 날 계속 뒤쫓고 있어요. 난 저들의 표적이에요. 적어도 몇 달은 됐어요. 그녀가 어떻게 사라질 수 있죠? 난 지금 매우 위험해요. 어떻게 해야 할지 모르겠어요. 차라리 죽고 싶어요."

오스카는 흐느껴 울기 시작했다.

“평생을 그녀처럼 사랑한 사람이 없어요. 꿈이라는 생각이 떠나질 않아요. 그래요. 이건 사실이 아니야. 그럴 리 없어. 이건 현실이 아닐 거야. 난 제이미 버거를 증오해요. 저들이 그 여자가 사랑하는 누군가를 죽일 거예요. 그러면 어떨까요? 지옥이 따로 없겠죠. 그렇게 됐으면 좋겠어요. 그 여자가 가장 사랑하는 사람을 누군가가 죽여 줬으면 좋겠어요.”

“당신이 그녀가 가장 사랑하는 사람을 죽일 수 있기를 바라나요?” 스카페타가 물었다.

스카페타는 수갑을 찬 오스카의 손에 티슈 서너 장을 건네주었다. 그의 얼굴은 눈물과 콧물로 뒤범벅이었다.

“난 저들이 누군지 몰라요. 내가 밖으로 나가면 저들은 날 다시 뒤쫓을 거예요. 저들은 지금 이 순간 내가 어디 있는지 알아요. 저들은 두려움과 괴로움을 무기로 나를 통제하려 들죠.”

“저들은 어떻게 그런 일을 하는 거죠? 저들이 당신을 스토킹하고 있다고 믿는 이유라도 있나요?”

“첨단 전자 제품들 때문이죠. 인터넷으로 주문할 수 있는 복잡한 기계들이 셀 수도 없이 많아요. 전자기파로 목소리를 두뇌에 전달하는 거죠. 소리는 들리지 않고, 레이더는 벽을 관통하죠. 내가 생각을 통제당하는 대상으로 선택되었다고 믿는 이유는 얼마든지 있어요. 믿기 어려우면, 세계 2차 대전 이후 정부가 시행했던 인간 방사선 실험을 생각해 봐요. 사람들에게 몰래 방사능 물질을 노출시켰고, 핵무기 연구를 목적으로 플루토늄을 주입했어요. 난 이야기를 지어내는 게 아니라고요.”

“방사선 실험에 대해선 나도 알고 있어요.” 스카페타가 말했다. “그런 일이 있었다는 건 부인할 수 없지요.”

“저들이 나한테 뭘 원하는지 모르겠어요. 버거의 잘못이에요. 모두 그녀의 탓이라고요."

"자세히 설명해 봐요."

"지방검사 사무실은 신분도용, 스토킹, 괴롭힘 등을 수사하는데, 난 전화를 걸어 제이미 버거와 통화하고 싶다고 했지만 거부당했어요. 아까 말한 대로요. 대신 그 못된 경찰을 바꿔 줬어요. 그 경찰은 나를 정신병자라 생각했고, 아무도 어떤 조치를 취해 주지 않았어요. 수사도 하지 않았고, 신경도 쓰지 않았어요. 난 당신을 믿어요. 당신이 따뜻한 사람이라는 걸 알아요. 내 눈으로 직접 봤거든요. 제발 부탁이니 날 도와줘요. 난 아무런 보호도 받지 못하고 있고, 여기엔 날 막아 줄 어떤 보호 장치도, 방패도 없어요."

오스카의 목 왼쪽에 난 가벼운 찰과상을 본 스카페타는 딱지가 앉은 상태로 보아 최근에 입은 상처일 거라고 판단했다.

"왜 날 믿는 거죠?" 그녀가 물었다.

"그런 말을 하다니 믿기지 않는군요. 당신은 지금 뭘 조종하려는 거죠?"

"난 사람들을 조종하지 않아요. 당신을 조종할 생각도 없고요."

오스카가 얼굴을 빤히 쳐다보는 동안, 스카페타는 그의 얼굴 주변에 난 상처 자국을 자세히 살폈다.

"좋아요. 당신은 조심스럽게 말해야 할 겁니다. 하지만 상관없어요. 예전부터 당신을 존경했으니까요. 당신 역시 저들이 누군지 몰라요. 당신도 조심해야 해요."

"예전부터라고요?"

"당신은 용감하게도 부토(Benazir Bhutto: 이슬람 국가 최초의 여성 수상으로 선출된 파키스탄의 정치가로, 2007년 총선을 이 주 앞두고 살해되었음 - 옮긴이)의 암살에 대해서 말했어요. 당신이 CNN에 출연한 걸 테리와 함께 봤어요.

그날 CNN에는 하루 종일 당신의 모습이 나왔는데, 그 끔찍한 비극에 대해 말하며 동정과 존중을 보여주었죠. 당신은 용감했고 사실 그대로를 말했지만, 당신이 어떤 마음일지 느낄 수 있었어요. 당신은 우리만큼 망연자실했어요. 그건 사람들에게 보여주려는 허식이 아니었죠. 그 모습을 보고 당신을 믿을 수 있겠다고 생각했어요. 물론 테리도 마찬가지였지만 실망스러워했어요. 난 그녀에게 당신의 입장에서 생각해야 한다고 말했어요. 당신을 믿을 수 있었기 때문이죠."

"TV에 나온 내 모습을 보고 왜 날 믿을 수 있다고 생각했는지 모르겠군요."

스카페타는 현장용 키트에서 카메라를 꺼냈다.

오스카가 아무 대답도 하지 않자, 스카페타가 말했다. "테리가 왜 실망했는지 말해 줘요."

"왜 그런지 충분히 이해할 수 있었어요. 당신은 사람들을 존중해요." 오스카가 말했다. "사람들에게 신경을 쓰고, 도와주죠. 난 선택의 여지가 없을 때 말고는 의사들을 기피해요. 난 통증을 견디지 못해요. 의사들에게 진통제로 데메롤 주사를 놔 달라고 하죠. 어떤 고통이 따르더라도 받아들여야 해요. 난 의사들이 무섭고 통증이 두려워요. 주사를 맞을 때 주사 바늘을 쳐다볼 수 없어요. 보면 곧바로 기절할 거예요. 눈을 가리거나 보이지 않는 곳에 주사를 놔 달라고 말하죠. 당신은 날 해치지 않을 거죠? 그렇죠? 주사도 놓지 않을 거죠?"

"네. 고통스러운 건 아무것도 하지 않을 거예요." 스카페타는 그의 왼쪽 귀 아래의 찰과상을 살피며 말했다.

상처는 깊지 않았고, 모서리에 상피 조직이 다시 만들어진 흔적이 없었다. 딱지가 앉은 지 얼마 되지 않아 보였다. 오스카는 그녀가 하는 말에 안심하는 것 같았고, 그녀의 손길에 마음이 차분해지는 것 같았다.

"누군가 날 뒤쫓고, 미행하는 게 분명해요." 그가 다시 그 얘기를 꺼냈다. "정부 측에서 그럴 수도 있지만 어느 쪽일까요? 누군가가 어떤 사이비 종교 단체를 싫어할 수도 있어요. 당신은 그 누구도, 정부나 어떤 사이비 종교 조직이나 그룹도 두려워하지 않아요. 그랬다면 TV에서 그런 이야기를 하지 않았겠죠. 테리도 똑같은 말을 했어요. 당신은 그녀의 영웅이에요. 내가 이곳에서 당신과 함께 자신에 대해 얘기하는 걸 안다면…. 아마 알 수도 있을 거예요. 당신은 전생을 믿나요? 사랑하는 사람의 영혼이 당신 곁을 떠나지 않는다고 믿나요?"

오스카는 테리를 찾기라도 하듯 충혈된 눈으로 위를 응시했다.

"어떻게 해야 할지 모르겠어요." 그가 다시 말했다.

"당신이 분명히 이해해야 할 게 있어요." 스카페타가 말했다.

그녀는 플라스틱 의자를 당겨 테이블 가까이에 앉았다.

"난 이 사건에 대해 아무것도 몰라요." 그녀가 말했다. "당신이 뭘 했는지 뭘 하지 않았는지 몰라요. 테리가 누군지도 몰라요."

오스카의 얼굴에 충격이 드리웠다. "그게 무슨 말이죠?"

"난 당신의 상처를 검사하라는 요구를 받고, 그렇게 하기로 했어요. 그리고 난 당신이 얘기해야 할 상대가 아닐지도 몰라요. 내 최대 관심사는 당신의 건강이니, 예전에 일어난 일과 테리에 대해 이야기할수록 위험이 더 커진다고 분명히 말해 줘야겠군요."

"나는 당신하고만 얘기할 거예요."

오스카는 눈물과 콧물을 닦으며, 뭔가 중요한 것을 알아내려는 듯 스카페타를 똑바로 쳐다보고 말했다.

"당신에겐 어떤 이유가 있을 거예요. 당신은 뭔가를 알고 있어요."

"당신은 변호사를 선임해야 해요. 그렇게 하면 당신이 하는 모든 말이 무조건적으로 보호받아요."

"당신은 의사예요. 우리가 어떤 말을 하더라도 모두 보호되죠. 당신은 날 치료하는 과정에 경찰이 개입하지 못하게 할 수 있고, 경찰은 내 동의나 법원의 명령 없이는 어떤 정보도 알아낼 권리가 없죠. 당신은 인간으로서 내 존엄성을 보호해 줘야 합니다. 그게 법이니까요."

"당신이 범죄를 저질렀다면 내가 작성한 기록을 검사나 변호사가 발부받을 수 있는 것 또한 법이죠. 어젯밤 일어난 일과 테리에 관해 계속 말하기 전에 그 점에 관해 생각해야 해요. 내가 하는 말이 모두 검사나 변호사에게 전해질 수 있으니까요." 스카페타는 그 점을 힘주어 말했다.

"제이미 버거는 나와 이야기를 나눌 기회가 있었어요. 그녀는 당신과 달라요. 해고되어야 마땅하고, 나처럼 고통받아야 하고, 내가 잃은 걸 그녀도 잃어야 마땅해요. 그건 그녀 잘못이에요."

"제이미 버거를 해치고 싶나요?" 스카페타가 물었다.

"난 아무도 해친 적 없어요. 하지만 그 여자는 자기 자신을 해쳤고, 그건 그 여자 잘못이에요. 인과응보죠. 그 여자가 사랑하는 사람을 잃으면 그건 그 여자 탓이에요."

"다시 한 번 분명히 말합니다. 당신이 범죄를 저지른 것으로 드러나면, 내가 듣고 본 모든 걸 검사와 변호사에게 알리지 않을 수 없어요. 제이미 버거는 날 소환할 수 있어요. 무슨 뜻인지 이해하겠어요?"

오스카는 분노로 온몸이 굳은 채, 색깔이 다른 두 눈동자로 스카페타를 똑바로 쳐다보았다. 그녀는 육중한 철제문을 열어야 하는 건 아닌지 생각했다.

"그들은 나를 속박할 수 있는 그럴듯한 명분을 찾지 못할 거예요." 그가 말했다. "난 그들이 내 옷과 자동차를 가져가는 걸 막지 못했어요. 내가 사는 아파트 안에 들어와도 좋다고 동의한 건 숨길 게 없기 때문이고요. 내가 어떻게 살아야만 했는지 당신도 보면 알 겁니다. 당신이 그걸 보길 바라고, 당신이 그걸 봐야 한다고 생각해요. 당신이 그걸 보면, 그들은 더 이상 아파트 안으로 들어올 수 없어요. 그들이 조작하지 않는 한 내가 테리를 해쳤다는 증거는 없어요. 아마 그들은 증거를 조작할 거예요. 하지만 당신은 내 증인이니 날 보호해 주겠죠. 내가 어디 있든 지켜볼 거고, 내게 어떤 일이 일어나면 그건 계획의 일환임을 알게 될 거예요. 그리고 나는 그들에게 알리고 싶지 않으니 아무한테도, 그 어떤 것도 말하지 말아요. 법적으로 당신은 우리 두 사람이 나눴던 이야기를 절대 누설할 수 없어요. 당신 남편한테도 마찬가지죠. 난 그에게 심리 검사를 허락했고, 그는 내 정신 건강 결과를 보고 내가 미치지 않았다고 말해 줄 거예요. 난 전문가로서의 그의 의견을 신뢰해요. 더 중요한 건, 난 그가 당신한테 말할 줄 알았어요."

"지금 내게 하는 이야기를 벤턴에게도 했나요?"

"난 그가 심리 검사를 하게 했고, 그게 전부예요. 나는 그에게 내 심리 검사를 허락했고, 나머지 검사는 당신에게 받겠다고 말했어요. 그렇지 않았다면, 난 검사에 협조하지 않았을 거예요. 내가 한 말을 그에게 말해선 안 됩니다. 남편분이라도 안 됩니다. 내가 억울하게 기소되고 당신이 소환된다면? 그때쯤이면 당신은 날 믿고, 날 위해 싸워 줄 거예요. 당신은 날 믿어야 해요. 내 얘기를 한 번쯤은 들어 봤을 거예요."

"왜 내가 당신 얘기를 들어 봤을 거라 생각하죠?"

"알 수 있어요." 오스카가 날카로운 눈빛으로 응시하며 말했다. "당신은 말해서는 안 된다고 훈련받아 왔죠. 난 이 게임이 마음에 들지 않아요. 하지만 괜찮아요. 내가 요구하는 건 내 말에 귀를 기울여 주고, 날 배신하거나, 당신이 맹세한 걸 깨지 말라는 것뿐이에요."

스카페타는 이제 멈춰야 했지만, 제이미 버거 생각이 났다. 오스카는 버거를 위협하지 않았다. 아직까지는 그러지 않았다. 그가 그녀를 위협하지 않았다면, 스카페타는 그가 한 말을 한마디도 누설해서는 안 되었다. 하지만 그렇다고 해서 버거와 그녀 주변 사람들에 대한 걱정을 떨칠 수는 없었다. 차라리 오스카가 버거와 다른 사람들에게 자신이 위험한 존재라고, 분명하고 단호한 말투로 말했으면 좋겠다는 생각이 들기도 했다. 그러면 그와 나눈 이야기를 비밀에 부칠 필요도 없을 거고, 그는 협박죄로 체포될 것이었다.

"난 메모를 할 거고, 그걸 자문 자료 파일에 보관할 거예요." 스카페타가 말했다.

"좋아요. 당신 손으로 직접 진실을 기록하면 좋겠어요. 어떤 일이 일어날 경우에 대비해…."

스카페타는 종이를 꺼내고, 가운 주머니에서 펜을 꺼냈다.

"내가 죽을 경우에 대비해서요." 그가 말했다. "밖으로 나갈 방법이 없을 것 같아요. 나를 내보내지 않을 테니까요. 새해 첫날을 맞이하는 게 이번이 마지막일 수도 있겠지만 상관없어요."

"왜 그런 말을 하죠?"

"내가 뭘 하든, 어디를 가든, 저들은 모두 알아요."

"지금은요?"

"아마 알겠죠. 저길 봐요." 그가 문을 흘깃 쳐다보며 말했다. "철제문이 여러 개 있어요. 저들이 철제문을 통과할 수 있을지는 잘 모르겠지만, 난 말을 할 때도, 생각을 할 때도 조심해야 돼요. 당신은 귀 기울여 들어야 하고요. 주어진 시간 동안 내 마음을 읽어야 해요. 결국 저들은 내게 남은 자유의지와 생각도 완전히 통제하고 말 거예요. 지금 저들이 하고 있는 건 연습일지도 몰라요. 누군가를 대상으로 미리 연습하는 거죠. 우린 CIA가 행동 수정 신경 전자 자기장 프로그램을 반세기 동안 암암리에 실행해 왔다는 걸 알아요. 그들이 누구를 상대로 연습한다고 생각해요? 그리고 그런 상황에서 경찰서에 가면 어떻게 될 거라 생각해요? 이상하게도 사건 기록은 남겨 두지 않을 테죠. 내가 버거에게 상황을 설명했을 때도 마찬가지였어요. 그 여자는 내 말을 무시했고, 결국 테리가 죽었어요. 난 과대망상증 환자가 아니에요. 정신분열증이나 정신질환을 앓고 있지도 않아요. 성격장애도 없고, 망상에 사로잡혀 있지도 않아요. 에어 룸 갱(air loom gang: 사회적·정치적 음모론을 대중들에게 주장한 것으로 유명한 변호사 프란시스 덱이 "멀리 떨어진 곳에서 고문을 가하는 집단"이라고 명명한 것-옮긴이)이 위장 폭파 장치를 들고 날 뒤쫓을 거라 생각하지는 않지만, 사람들은 정치인들을 의심해 보고, 그들 때문에 중동에서 전쟁이 일어나는 건 아닌지 생각해 봐야 해요. 농담처럼 말하고 있지만, 아무리 대단한 일이 일어나도 난 더 이상 놀라지 않을 거예요."

"심리학과 정신질환 역사에 대해 조예가 깊은 것 같군요."

"난 철학 박사고, 고담 칼리지에서 정신질환 역사를 가르치고 있어요."

고담 칼리지에 대해 한 번도 들어 본 적 없는 스카페타는 거기가 어디에 있냐고 물었다.

"어디에도 없지요." 오스카가 대답했다.

05 잔소리쟁이

일흔두 살의 그녀가 유저네임(username)을 '잔소리쟁이(shrew)'로 정한 건 전 남편이 자신을 그렇게 부르곤 했기 때문이었다. 그가 항상 나쁜 의미로 그렇게 부른 건 아니었다. 때때로 애칭처럼 부르기도 했다.

"잔소리쟁이처럼 굴지 마." 시가를 피우고 뒷정리를 하지 않는다고 불평불만을 쏟아낼 때면 남편은 그렇게 말하곤 했다. "귀여운 잔소리쟁이, 마실 것 좀 줘." 그건 오후 5시가 됐으니 조용히 뉴스를 보고 싶다는 뜻이었다.

그럴 때면 그녀는 마실 것과 캐슈너트를 가져다줬고, 남편은 코듀로이 소파에 놓인 쿠션을 가볍게 두드리며 그녀에게 앉으라고 했다. 항상 나쁜 소식만 나오는 뉴스를 삼십 분 동안 시청하고 나면 남편은 조용해져서 그녀를 잔소리쟁이라 부르지도 않았고, 말없이 저녁 식사를 했다. 식사를 마치고는 침실로 가서 책을 읽곤 했다. 남편은 어느 날 심부름을 하러 나가서는 영원히 돌아오지 않았다.

그녀는 남편이 아직 살아 있었다면 뭐라고 얘기할지에 대해 헛된 환상을 갖지 않았다. 남편은 그녀가 〈고담 갓차〉 웹사이트에서 익명의 시스템 관리자가 되는 걸 허락하지 않았을 게 분명했다. 그녀가 하는 일이 사람들에게 무자비하게 질병을 퍼뜨리는 고약하고 나쁜 짓과 마찬가지이며, 일에 관여된 사람들과 만나 본 적도 없고 이름조차 모르는 곳에서 일하는 건 미친 짓이라고 했을 것 같았다. 아내가 익명의 칼럼니스트가 누군지도 모른다는 것 또한 몹시 의심스러운 상황이라고 했을 게 빤했다.

무엇보다 남편은 미국인이 아닌 에이전트가 전화로 아내를 고용하는 걸 보며 기막혀 했을 것 같았다. 그 에이전트는 자신이 영국에서 일한다고 했는데 토니 소프라노(마피아 가족을 소재로 한 미국 드라마 〈소프라노스〉의 주인공 - 옮긴이)의 영어 억양과 비슷했고, 그녀에게는 미리 보여주지도 않고서 수많은 법적 서류에 서명해야 한다고 강요했었다. 그녀는 에이전트가 요구한 것을 모두 하고 나서야 시범적으로 한 달 동안 고용되었는데 임금은 받지 못했고, 그녀가 얼마나 멋지게 일을 잘 해냈는지 그리고 그녀가 보스로 여기는 칼럼니스트가 그녀를 고용한 걸 얼마나 뿌듯해 하는지에 대한 아무런 연락도 받지 못했다.

한 달이 지나고도 그녀가 계속 일을 하자, 이 주마다 그녀의 계좌로 돈이 들어왔다. 세금을 원천징수하지도 않았고, 연금 보험료도 떼지 않았으며, 그녀가 경비로 쓴 돈을 상환해 주지도 않았다. 몇 달 전, 새로운 컴퓨터와 무선 네트워크 용량을 늘리는 장치가 필요했을 때도 마찬가지였다. 병가나 휴가도 받지 못했고, 초과 근무 수당도 없었지만, 에이전트가 처음부터 설명했던 대로 언제나 통화 대기 상태로 있어야 하는 건 업무의 일환이었다.

예전에 그녀는 번듯한 회사에서 그럴싸한 일을 했었다. 컨설팅 회사에서 데이터베이스 마케팅 매니저로 일한 적도 있었다. 그녀는 아무것도 모르는 바보가 아니었다. 최근 구직 과정에서 요구당한 게 얼토당토 아니하다는 걸 잘 알고 있었고, 고용주가 누군지 안다면 회사를 상대로 고소할 근거도 있다는 것도 알았다. 하지만 그녀는 불평을 늘어놓을 생각이 없었다. 보수도 꽤 많은 편이었고, 무엇보다 전국적이진 않더라도 뉴욕에서 가장 인기 있는 글을 쓰는 유명 칼럼니스트 밑에서 일하는 건 영광이었다.

휴가 시즌은 그녀에게 특히 바쁜 시기였다. 개인적인 이유 때문은 아니었다. 어떠한 경우라도 그녀에겐 개인적인 이유가 허락되지 않았다. 웹사이트 접속이 폭주하기라도 하면 홈페이지에 들어가는 것조차 무척이나 힘들었다. 그녀는 일 처리는 잘했지만 자신이 보기에도 그래픽 아티스트로서의 재능은 없었다.

한 해 중 이맘때면 칼럼 게재 업무 역시 급증했다. 평상시에는 일주일에 세 번 칼럼을 올렸는데 이제는 더 빠른 속도로 칼럼을 올림으로써, 팬들과 스폰서들을 즐겁게 해 주었고 한 해 동안 꾸준히 그리고 열정적으로 글을 읽어 준 독자들에게 보답했다. 크리스마스이브를 시작으로 그녀는 매일 칼럼을 실어야 했다. 때로는 운 좋게 칼럼 몇 편을 한 번에 받아 일을 처리했는데, 그럴 때면 미리 받은 칼럼들을 순서대로 올리는 기간 동안 조금 여유가 생겼다. 대기하는 대신 잠시 휴식을 취하거나, 사소한 심부름을 다녀오거나, 미장원에 가거나, 산책을 할 수 있었다. 보스는 그녀가 불편할지도 모른다는 생각은 단 한 번도 하지 않았다. 오히려 그런 생각을 한다면 그게 더 이상할 것 같았다.

잔소리쟁이는 보스가 칼럼 서너 편 정도는 미리 써 두었으면서 자신에게 괜히 한 편씩만 보내 주는 것은 아닐까 하는 생각을 하기도 했다. 그 생각이 아주 중요한 두 가지를 말해 주는 듯했다.

첫째, 잔소리쟁이와 달리 보스에겐 삶이 있을 것 같았다. 일을 미리

해 둘 수 있으니까, 그 혹은 그녀는 여행을 가거나, 가족이나 친구들과 함께 시간을 보내거나, 혹은 휴식을 취하는 등의 어떤 다른 일을 할 수 있을 것 같았다. 둘째, 보스는 그녀와의 관계를 항상 주지하고 있었는데, 그녀가 얼마나 별 볼 일 없는 사람인지 그리고 익명의 유명인의 손아귀 안에 있다는 사실을 주기적으로 상기시켜 주려는 것 같았다. 그래서 그녀는 아예 존재하지 않는 사람처럼 되고, 일을 끝내고 나서 하루 이틀 쉬는 것도 허락되지 않으며, 이러한 것들에 대해 생각할 필요도 없게 되는 것 같았다. 그녀는 항상 보스를 위해 대기해야 했고, 보스의 기분을 맞춰 줘야 했다. 보스는 그녀의 기도(祈禱)에 대답할 때도 있었고 그렇지 않을 때도 있었지만, 마우스에 손을 올리고 커서를 움직여 전송하면 그뿐이었다.

그녀 자신이 휴가가 주어지는 걸 오히려 두려워한다는 사실이 그나마 다행이었다. 휴가는 그저 자신을 내년으로 데려다 주는 텅 빈 배에 불과한 것 같았고, 자신이 가지지 못한 것과 불안한 미래를 상기시킬 뿐이었으며, 과거에도 휴가 때면 오히려 몸 상태가 나빠졌었고, 마음속으로 나쁜 생각이 떠오르곤 했었다. 그렇게 그녀의 새치와 얼굴 주름은 늘어 갔고, 무릎 관절은 뻣뻣해졌다. 하지만 그녀는 그러한 일련의 과정을 늘 그랬듯 인지하지 못했다.

어느 날 거울을 들여다보았을 때, 그녀는 그녀에게 내린 파멸을 본 것 같았다. 안경을 낄 때마다 탄력 없고 주름진 얼굴이 도드라져 보였다. 거뭇거뭇한 검버섯이 온몸에 퍼져 있었고, 머리카락은 게을리 가꾼 화단처럼 원래 있던 자리를 벗어나 정원 바깥으로 삐져 나와 있었다. 또, 정맥은 마치 죽어 버린 세포를 향해 여분의 혈액을 급히 보내기라도 하려는 듯 툭 튀어 나와 있었다.

크리스마스이브부터 새해 첫날까지의 우울한 기간 동안, 그녀는 자기 자신을 위한 시간은 한순간도 없이 오로지 다음 칼럼을 기다리고 있을 뿐이었다. 보스가 몇 편의 칼럼을 미리 써 두었는지 알 수는 없었지만, 새해가 점점 더 가까이 다가오자 보스는 두 편의 칼럼을 써서 잔소리쟁이에게 보냈다. 그리고 그 두 편은 지난 일 년 중 가장 큰 반향을 불러일으켰다.

방금 전, 두 번째 칼럼을 받은 그녀는 글을 읽다 깜짝 놀랐고, 어안이 벙벙해졌다. 보스는 동일 인물을 연이어 헤드라인으로 쓴 적이 한 번도 없었고, 더구나 하루에 두 편을 게재하는 경우는 말할 것도 없었다. 그런데 두 번째 칼럼은 첫 번째 것과 마찬가지로 오로지 케이 스카페타 박사에 관한 글이었다. 섹스, 폭력 그리고 가톨릭교회를 다루고 있으므로 큰 반향을 불러일으킬 게 분명했다.

잔소리쟁이는 수많은 팬들이 댓글을 달 것이고, 또다시 '해악·최악의 작가상'을 수상할지도 모른다는 기대감이 들었다. 지난번처럼 다른 후보자가 나타나지 않으면 모두들 그렇게 생각할 것 같았다. 하지만 동시에 그녀는 불안감과 당혹스러움을 느끼지 않을 수 없었다. 존경받는 여성 법의학자가 도대체 무슨 일로 보스를 이렇게 폭발하게 한 걸까?

그녀는 칼럼을 재차 읽으면서 오자나 탈자가 없는지 확인했다. 양식에 맞추어 정리하면서, 그녀는 빨간색으로 표시해 둔 이런 지극히 개인적인 정보를 보스는 도대체 어디에서 알아낸 것인지 궁금해졌다. 미공개 정보는 모두가 가장 탐내는 것이었다. 사람들의 예상과는 다르게, 모든 가십 기사는 일화, 목격담, 소문, 그리고 팬들이 보내는 억측에서 나왔는데, 그녀가 자료를 추려서 전자 검색 파일로 보내면 보스가 내용을 확인하고 칼럼을 썼다. 하지만 스카페타 박사에 관한 미공개 정보는 그녀가 추리거나 선택한 게 아니었다.

그렇다면 보스는 이 정보를 도대체 어디에서 구했을까?

기사가 사실이라면 케이 스카페타 박사는 가난하고 교육 수준이 낮은 이탈리아 가정에서 성장했다. 여동생은 사춘기가 되기도 전에 남자아이들과 놀아났고, 어머니는 멍청했으며, 이탈리아에서 배를 타고 건너온 노동자 계급의 아버지는 자그마한 식료품 가게를 하며 어린 케이를 키웠다. 스카페타가 여러 해 동안 의사처럼 아버지를 돌봤지만 아버지는 집에서 암으로 사망했는데, 그로 인해 그녀는 죽음에 길들여진 사람처럼 변했다. 그녀를 안쓰러워한 교회 목사는 마이애미 교구 학교에 장학금을 마련하고 입학시켰는데, 거기에서 그녀는 바보 얼간이, 울보, 고자질쟁이였다. 다른 여학생들은 그녀를 싫어했다.

그 지점에서 보스는 이야기 소재를 바꾸었는데, 칼럼의 강도가 가장 세어지는 대목이었다.

> (…) 바로 그날 오후, 플로리다의 어린 소녀 케이가 혼자 화학 실험실에서 추가 학점을 받으려고 실험을 하고 있었는데, 폴리 수녀님이 갑자기 나타났다. 수녀님은 검은 스카풀라를 입고 두건과 베일을 쓴 채, 빈 실험실을 가로질러가 신심 어린 날카로운 눈빛으로 케이를 쏘아보았다.
>
> "케이, 주님께서 우리에게 용서해 대해 어떻게 가르쳐 주셨지?" 폴리 수녀님이 허리에 손을 얹은 채 물었다.
>
> "주님이 우리를 용서하신 것처럼 우리도 다른 사람을 용서해야 한다고 가르쳐 주셨습니다."
>
> "넌 주님의 말씀을 따랐니?"
>
> "아니요, 따르지 않았습니다."
>
> "넌 고자질을 했어."
>
> "폴리 수녀님, 전 수학 문제를 풀고 있었고, 책상 위에 연필이 있었어요. 사라가 연필을 두 동강 냈어요. 전 연필을 사야 했고, 사라는 우리 집이 가난하다는

걸 알고 있었어요….”

“또다시 고자질을 하는구나.” 폴리 수녀님이 주머니에 손을 넣으며 말했다. “주님은 잘못한 이에게 벌을 주시지.” 그녀는 25센트 동전을 어린 케이의 손에 쥐여 주고는 뺨을 때렸다.

폴리 수녀님은 원수를 위해 기도하고 용서하라고 케이에게 말했다. 입을 함부로 놀렸다며 케이를 심하게 나무랐고, 주님은 고자질쟁이를 어여쁘게 여기시지 않는다고 단호하게 말했다.

복도 맞은편에 있는 화장실에 들어가 폴리 수녀님은 문을 잠그고 검은 가죽 허리띠를 푼 다음, 어린 케이에게 허리 밑까지 내려오는 격자무늬 튜닉 코트와 피터 팬 칼라의 블라우스, 그리고 속옷을 모두 벗고 무릎을 꿇으라고 명령했다. (…)

잔소리쟁이는 칼럼을 게재할 준비가 되었다는 사실에 만족하면서, 웹사이트 프로그램에 들어가려고 시스템 관리 암호를 눌렀다. 칼럼을 게재하면서도 걱정이 없진 않았다.

만약 스카페타 박사가 최근에 보스에게 미움을 살 일을 했다면, 도대체 보스는 어떤 사람일까?

컴퓨터 너머 창밖을 내다보던 잔소리쟁이는 길 맞은편 적갈색 사암 아파트 건물 앞에 경찰차가 하루 종일 서 있었다는 사실을 문득 깨달았다. 경찰관이 이사 왔을 수도 있겠지만, 평범한 경찰이 머레이 힐 구역의 아파트에 세 들어 살 정도의 여유는 없을 것이었다. 경찰관이 잠복 중일지도 모른다는 생각이 들었다. 강도나 정신병자가 도망쳤을 수도 있었다. 잔소리쟁이는 자신이 항상 존경해 온 여성 법의학자의 새해 첫날을 보스가 왜 망치려 하는지 다시금 궁금해졌다.

최근에 그녀가 스카페타 박사를 TV에서 본 건 크리스마스로부터 사나흘 후, 베나지르 부토가 암살되었을 때였다. 스카페타 박사는 총탄의 파편이나 총알 혹은 둔기에 의한 트라우마가 일으킬 수 있는 피해는 뇌 혹은 척추의 어느 부분에 부상을 입었는지에 따라 달라진다고 능숙하고 점잖게 설명했었다. 보스가 오늘 아침 게재한 첫 칼럼만으로도 이미 어떤 반향이 일어났는데, 이제 또 두 번째 칼럼이 게재되면 스카페타 박사는 어떻게 될까? 사람들은 이미 그녀에 대해 극단적인 선입견을 갖기 시작한 것 같았다. 잔소리쟁이는 자신이 도대체 어떤 상사 밑에서 일하고 있는 것인지 궁금해졌다. 파키스탄인이나 이슬람교도 혹은 민주주의나 인권, 아니면 강한 여자를 증오하는 사람일까? 물론 우연히 벌어진 일일뿐 전혀 무관할 수도 있었다.

하지만 잔소리쟁이는 그렇게 생각하지 않았다. 그리고 전에는 한 번도 떠올려 보지 않았던 끔찍한 생각이 직감적으로 들었다. 악명 높고 수익성도 상당히 높은 인터넷 가십 기사를 이용해 극단주의적인 동조자와 밀통하고, 선전을 하고, 음모 기금을 조달하는 테러리스트 조직에서 일하고 있는 건 아닐까?

그녀는 알 수 없었다. 하지만 그녀의 생각이 틀리지 않다면, 국가안전보장국 혹은 그녀 뒤에 버티고 있을 테러리스트 조직의 일원이 그녀를 찾아오는 건 시간문제일 것이었다. 사실, 그녀는 의심스러운 일을 하는 걸 항상 기밀에 부쳤고, 누구한테 일언반구도 한 적 없었다.

그녀가 알기로는, 자신이 〈고담 갓차〉를 위해 일한다는 사실을 아는 사람은 전화로 자신을 고용했던 이태리어 억양의 에이전트뿐이었는데, 그를 만난 적도 없었고 그의 이름도 몰랐다. 보스가 칼럼을 써서 그녀에게 이메일을 보내면 그녀는 형식에 맞춰 원고를 정리했다. 그런 다음 칼럼을 웹사이트에 올리면 프로그램이 알아서 나머지 일을 했고, 0시 1분에 칼럼이 공개되었다. 테러리스트가 개입되어 있다면 스카페타 박사가 표적일 수 있었다. 그녀를 사회적으로 그리고 인간적으로 망가뜨릴 것이었고, 그녀의 목숨은 위험에 처할 게 빤했다.

잔소리쟁이는 스카페타 박사에게 이 사실을 알리고 싶었다.

하지만 잔소리쟁이는 다시 고민에 빠졌다. 자신이 그 익명 웹사이트의 익명 관리자임을 밝히지 않고 어떻게 알릴 수 있단 말인가?

그럴 수 없을 것 같았다.

잔소리쟁이는 컴퓨터 앞에 앉아 창문 너머 경찰차를 멍하니 바라보며 곰곰이 생각에 잠겼다. 그리고 스카페타 박사에게 익명으로 메시지를 보낼 방법에 대해 생각해 보았다.

그 순간, 누군가가 갑자기 문을 두드리는 소리에 그녀는 화들짝 놀랐다. 복도 맞은편 아파트에 사는 그 이상한 청년일지도 몰랐다. 사랑하는 가족이 있는 대부분의 사람들처럼 그는 가족과 휴가를 보내려고 고향으로 떠났다. 가던 길을 되돌아와 뭔가를 빌리거나 물어볼 게 있는지도 몰랐다.

현관문에 난 작은 구멍을 통해 문밖을 내다본 그녀는 겁에 질렸다. 커다랗고 울퉁불퉁한 얼굴에 머리가 벗겨지기 시작했고, 유행이 지난 철테 안경을 쓴 사람이었다.

'오, 하느님.'

그녀는 수화기를 얼른 집어 들고 911을 눌렀다.

*

벨뷰 병원의 카페테리아 안, 벤턴과 제이미 버거는 안쪽 벽에 붙어 있는 분홍색 부스 안에 앉아 있었다. 비밀스럽게 이야기를 나눌 수 있는 곳이었는데, 버거를 모르는 사람들도 종종 그녀를 주목하곤 했다.

버거의 외모는 사람들의 시선을 끌었다. 중키에 날씬한 몸매였고, 눈동자는 짙은 푸른색이었으며, 검은 머리칼은 윤기가 흘렀다. 항상 옷차림이 근사했는데, 오늘은 짙은 회색 캐시미어 블레이저, 단추가 달린 검정 스웨터와 뒤쪽에 트임이 들어간 검은색 치마를 입었고, 양쪽에 자그마한 은색 버클 장식이 달린 검은색 펌프스를 신고 있었다. 그녀는 굳이 사람들의 이목을 끌려고 하지는 않았지만 여성스러워 보이는 걸 꺼리지도 않았다. 변호사, 경찰 혹은 강력 범죄자가 그녀의 외모에 관심을 보일 때면 그녀는 그들에게 가까이 다가가 자신의 눈을 가리키며 이렇게 말하곤 했다. "여길 봐요. 내가 말할 땐 여길 보라고요."

벤턴은 버거를 보면 스카페타의 모습이 떠올랐다. 버거의 목소리는 스카페타와 마찬가지로 굳이 애쓰지 않아도 상대방을 집중하게 하는 저음이었고, 날카로워 보이는 겉모습도 비슷했다. 체형도 벤턴이 좋아하는 유형으로, 밋밋한 듯 보이면서도 풍만한 곡선이 이어졌다. 벤턴은 맹목적으로 성적으로 끌리는 유형이 있었는데, 자신도 그 점을 인정했다. 하지만 얼마 전 토마스 박사와 통화하면서 강조했던 것처럼, 그는 스카페타에게 충실했고, 앞으로도 항상 그럴 것이었다. 환상 속에서도 아내에게 충실할 거고, 에로틱한 장면을 상상하다가도 아내의 모습이 아니면 곧바로 정신을 차릴 것이었다. 아내를 두고 절대 바람을 피우지 않을 것이었다. 절대로.

벤턴이 항상 고결하게 행동해 온 건 아니었다. 토마스 박사가 한 말은 사실이었다. 그는 첫 번째 아내인 코니를 두고 바람을 피웠고, 솔직하게 말하자면 전처에 대한 배신은 다른 남자들처럼 성인용 잡지와 영화를 보는 게 건강에 낫다고 생각했을 무렵부터 일찌감치 시작되었다. 더구나 FBI 아카데미에서 수도승처럼 지내야 했던 넉 달 동안은 특히 더 그랬다. 밤이 되면 회의실에서 맥주 서너 병을 마시거나, 숙소로 돌아와 스트레스를 풀며 불안한 일상에서 잠시 벗어나는 것 말고는 할 수 있는 것이 별로 없는 나날들이었다.

벤턴은 결혼생활을 잘 유지하면서도 은밀하고 정력적인 성적 일상을 즐겨 오고 있었다. 그러나 스카페타와 함께 여러 사건들을 맡아 진행하다가 결국 트래블 이즈 모텔에서 그녀와 하룻밤을 보낸 뒤로, 그는 아내와 상당한 유산의 절반을 잃었다. 세 딸은 이혼 전과 마찬가지로 그와는 아무 상관이 없었다. 벤턴과 FBI에서 함께 일했던 동료들은 아직까지도 그를 존중하지 않았고, 그의 도덕성을 비난하기도 했다. 하지만 벤턴은 신경 쓰지 않았다.

양심의 가책을 느끼지 않는 것보다 더 나쁜 것은 똑같은 상황이 다시 와도 그럴 수만 있다면 그는 모든 것을 반복할 거라는 사실이었다. 그리고 그는 종종 머릿속으로 그 모든 걸 다시 하곤 했다. 그 모텔 방에서의 장면을 다시 떠올리곤 했는데, 그가 바늘로 꿰매야 하는 상처를 입어서 스카페타가 돌봐 주어야 했었고, 그녀가 상처에 드레싱을 마치기도 전에 벤턴은 그녀의 옷을 벗기고 있었다.

당시를 회상할 때마다 항상 놀라운 점은 어떻게 그 전 오 년 동안에는 함께 일하면서도 그녀에게 굴복하지 않았었는가 하는 것이었다. 토마스 박사와 얘기를 나누면서 지난 삶을 반추할수록 벤턴은 정말 많은 일들이 놀라웠는데, 그중에서도 스카페타의 무심함이 가장 놀라웠다. 그녀는 벤턴이 어떤 감정을 갖고 있는지 몰랐고, 자신의 감정에 대해서도 마찬가지였다. 와인을 잔뜩 마셨던 어느 날 밤, 벤턴이 이제껏 그녀를 만나면서 서류 가방을 무릎 위에 올려놓을 때면 거의 예외 없이 발기한 걸 감추기 위해서였다고 고백했을 때, 그녀는 깜짝 놀라며 말했었다.

"처음 만났을 때도요?"

"아마 그랬겠지."

"시체안치소에서 말이에요?"

"응."

"콴티코에 있는 그 끔찍한 회의실에서 사건을 조사하고, 보고서와 사진을 확인하고, 그렇게 심각한 대화를 계속 나누면서도?"

"그땐 특히 그랬지. 나중에 당신을 데려다 주고 나서 내가 할 수 있었던 건 차 안에 들어가…."

"만약 알았더라면… 독신을 외치느라 빌어먹을 오 년을 헛되이 보내는 대신 곧장 당신을 유혹했을 텐데."

"독신을 외치다니, 그게 무슨 뜻이야?"

"하긴, 항상 시신 곁에서 일을 했으니 독신은 아니었네요."

"내가 하지 않으려는 가장 중요한 이유가 바로 이거예요." 제이미 버거가 벤턴에게 말했다. "정치적으로 민감한 사안이기 때문이죠. 지금 내 말 듣고 있는 거예요?"

"네, 듣고 있어요. 기운이 없어 보이는 건 잠을 약간 설쳤기 때문일 거예요."

"난 선입견이라면 절대 갖고 싶지 않아요. 더구나 왜소발육증, 그리고 그와 역사적으로 관련된 오해와 편견에 대해 많이 알려진 요즘엔 더욱 그렇죠. 예를 들어, 오늘 아침 〈포스트〉에 오스카와 관련된 기사가 크게 실렸어요." 버거는 두 손을 약간 벌리며 말을 이었다. "헤드라인이 '난쟁이 살인자'라니 끔찍해요. 우리가 우려하던 대로죠. 이런 일이 일어나지 않길 바랐어요. 만약 다른 신문들도 뒤따라 기사를 낸다면…." 그녀는 벤턴의 눈빛을 쳐다보다, 잠시 말을 멈추었다. "불행하게도 난 당신만큼 언론을 잘 조종할 수 없어요."

제이미 버거는 마치 다른 뜻이 있는 것처럼 말했다.

상황은 벤턴의 기대와 어긋나게 흘러가고 있었다. 버거가 해결해야 할 일은 테리 브리지스 사건만이 아니었고, 벤턴은 자신이 전략적인 실수를 범했음을 알았다. 기회를 봐서 〈고담 갓차〉 얘기를 먼저 꺼냈어야 했다.

"동시대 언론의 속성이에요." 버거가 말했다. "우린 무엇이 진실인지 절대로 확신할 수 없죠."

버거는 벤턴이 어떤 얘기를 일부러 빠뜨리고 자신에게 거짓말했다며 비난할 것이 분명했다. 하지만 벤턴이 누락시키거나 거짓말한 건 없었다. 엄밀히 따지면 피트 마리노는 범죄를 저지르지 않았다. 토마스 박사의 말이 옳았다. 사건이 일어났을 때 벤턴은 스카페타의 집에 있지 않았고, 지난 5월 찰스턴의 그 따뜻하고 습기 찬 날 밤에 마리노가 그녀에게 정확히 어떤 일을 저질렀는지 알지 못했다. 마리노가 술 취한 채 저지른 부적절한 행동은 보고되지도 않았고, 공공연하게 거론되지도 않았다. 벤턴이 암암리에 그 일을 언급한다면 스카페타와 마리노를 배신하는 셈이 될 것이었고, 그러면 버거는 소문대로 어떤 상황에서도 그냥 참고 넘어가지 않을 게 분명했다.

"불행히도 똑같은 일이 병동에서도 일어나고 있습니다." 벤턴이 말했다. "다른 환자들이 오스카에게 욕을 해요."

"보드빌(vaudeville: 노래·춤·촌극 등을 엮은 공연의 한 종류-옮긴이), 사육제, 오즈의 마법사라 하겠죠." 버거가 말했다.

버거가 커피 잔을 들어 올릴 때마다 벤턴은 그녀의 손가락에 끼워져 있던 커다란 다이아몬드 반지, 그리고 남편과 함께 맞춘 결혼반지가 이제는 보이지 않음을 의식했다. 몇 년 만에 만났던 지난여름에 그에 대해 물어볼 뻔했지만, 수백만 달러의 연봉을 받는 남편과 의붓자식들에 대해 그녀는 늘 아무 말도 하지 않았었기에 차마 물어볼 수 없었다. 버거는 자신의 사생활에 대해서는 한마디도 언급하지 않았다. 그래서 심지어 떠들기 좋아하는 경찰들조차 그녀에 대해서는 아무 말도 하지 않왔다.

이야기할 게 없는지도 몰랐다. 그녀의 결혼생활에 아무 문제가 없는지도 몰랐다. 금속 알레르기가 생겼거나, 도난을 당할까 봐 걱정스러웠을 수도 있었다. 물론, 손목에 끼고 있는 블랑팡 시계를 생각하면 후자는 아니었다. 일련번호가 있을 그 손목시계는 수십만 달러는 될 것이었다.

"왜소발육증은 언론이나 방송에서 바보, 멍청이 등 부정적으로 그려지죠." 버거가 이야기를 계속했다. "영화 〈지금 보면 안 돼(Don't look now)〉에서도 그렇고요. 민화에도 난쟁이가 나오고, 궁중 곡예단에도 난쟁이가 있어요. 그리고 줄리어스 시저가 승리했을 때나, 모세가 바구니에서 발견되었을 때도 불길한 난쟁이가 등장하죠. 오스카 베인은 어떤 사건의 목격자예요. 그리고 그는 다른 사람들은 아무것도 목격하지 못했다고 비난하고 있어요. 자신은 스토킹을 당했고, 감시를 당했으며, 전기 공격을 당했고, 전기 장치나 반인륜적인 무기로 자신을 실험하며 고문하는 데 CIA가 개입하고 있을지도 모른다고 주장하고 있어요."

"나한테 그런 구체적인 얘기까지는 하지 않았어요." 벤턴이 말했다.

"한 달 전에 내 사무실에 전화를 걸어 그렇게 말했는데, 그 얘기는 잠시 후에 하죠. 그래서 그의 정신 상태에 대해서는 어떻게 판단해요?"

"평가에 서로 모순되는 점이 있어서 혼란스러워요. MMPI-2 검사에 따르면 사회적 내향성의 특질이 나타나요. 로르샤흐 검사(rorschach test: 잉크 얼룩 같은 도형을 해석하게 해서 피실험자의 성격을 파악하는 심리 실험 - 옮긴이)를 하는 동안에 건물, 꽃, 호수, 산 등을 인지했지만 사람을 인지하지는 못했어요. TAT 실험에서도 비슷한 결과가 나타났어요. 사람의 눈이 있는 숲, 잎 속에 있는 얼굴을 보면서 다른 사람들과 차단된 사람, 몹시 불안해하는 사람이라고 대답했어요. 과대망상증이죠. 고독, 좌절, 두려움을 느끼고 있음을 의미하고요. 사물의 투영도에 대해 인지하는 능력은 훌륭했지만, 사람의 모습에 대해서는 그렇지 않았어요. 실제 사람의 모습은 없는 텅 빈 눈의 얼굴만 인지했는데, 그것 역시 과대망상증이에요. 누군가에게 감시당한다고 느끼고 있어요. 하지만 과대망상증이 생긴 지 오래됐다는 근거는 전혀 없어요. 그게 모순되는 점이고, 당혹스러운 점이죠. 그는 과대망상증에 사로잡혀 있지만, 오래 지속되어 온 건 아니에요." 벤턴이 말했다.

"그는 지금 자신에게 실제로 일어나고 있는 뭔가를 두려워하고 있는 것 같군요."

"내가 보기에도 그래요. 그는 두려워하고 있고, 낙담하고 있어요."

"오스카와 함께 시간을 보낸 뒤 그가 과대망상증에 사로잡혀 있다고 말했는데, 선천적으로 타고난 건 아닐까요? 유년기로 거슬러 올라가지 않을까요? 몸집이 작아서 어릴 적부터 놀림을 당했다거나, 학대나 차별을 받아서 과대망상증에 사로잡히게 된 건 아닐까요?"

"어린 시절에 경찰에게 당한 걸 제외하면, 그런 경험을 한 것 같진 않아요. 경찰을 미워한다고 몇 번이나 말했어요. 그리고 오스카는 당신을 미워해요."

"하지만 그는 경찰에 협조하고 있어요. 그것도 과도하게 말이죠. 지나칠 정도로 경찰에 협조하는 건 결국 도움이 되지 않을 거예요." 버거는 오스카가 자신을 미워한다는 말을 듣지 못한 것처럼 말했다.

"오스카와 이야기를 나눌 기회가 있길 바랍니다." 벤턴이 말했다.

"오스카가 자신이 신뢰하지 않는 여러 사람들에게 협조를 하고 있는 것이 놀라웠어요." 버거가 말했다. "하지만 그는 우리가 우리 마음대로 생각하게 만들었어요. 생물학적인 샘플 채취와 진술은 모두 케이에게 하게 했어요. 옷과 차, 아파트를 검사하는 것도 케이가 있을 때 했고요. 이유가 뭘까요?"

"그의 두려움에 근거해서 말인가요?" 벤턴이 말했다. "오스카는 자신과 테리 브리지스 사건 사이에 어떠한 연관성도 없다는 점을 증명하고 싶어 하는 것 같아요. 무엇보다, 그 점을 케이에게 입증하고 싶어 하죠."

"그는 내게 그 점을 입증하는 것에 대해 좀 더 걱정해야 할 거예요."

"오스카는 당신이 아닌 케이를 신뢰해요. 비이성적으로 그녀를 신뢰하는 모습을 보면 무척 걱정됩니다. 그의 정신 상태로 되돌아가서 말하자면, 오스카는 자신이 괜찮은 사람임을 케이에게 입증하고 싶어 해요. 잘못된 짓은 아무것도 하지 않았어요. 케이가 그를 신뢰하는 한 그는 안전해요. 신체적으로, 그리고 그가 자기 자신을 바라보는 관점에서도요. 지금 시점에서 오스카는 케이가 자신을 인정해 주길 바라요. 그녀가 없다면 그는 자신이 누군지 모를 거예요."

"우린 그가 누구고, 어떤 짓을 했을지 분명히 알고 있어요."

벤턴이 말했다. "자신의 마음을 누군가가 조종하고 있다고 생각하여 두려움을 느끼는 일이, 자신이 그러한 무기의 희생자라고 생각하는 수천 명의 사람들에게 실제로 일어나는 일임을 당신은 이해할 필요가 있어요. 그들은 정부가 자신들을 감시하고 있다고 말하죠. 그리고 정부가 영화나 컴퓨터 게임, 혹은 화학 약품이나 전자기파 주입을 통해 자신들의 생각이나 인생을 조작하거나 조종하고 있다고 생각해요. 그리고 테러 이후 지난 팔 년간 그러한 두려움은 급격하게 커졌어요. 실제로 내가 얼마 전에 센트럴 파크를 걷고 있는데, 한 남자가 다람쥐에게 이야기를 하고 있었어요. 잠시 그 남자를 쳐다보자, 고개를 돌리더니 자기가 우리가 지금 얘기하고 있는 바로 그 희생자라고 하더군요. 그가 그것을 극복해 내는 방법 중 하나가 다람쥐를 만나러 오는 거였습니다. 다람쥐를 손에 올려놓고 땅콩을 먹일 수 있으면, 자신은 아직 괜찮은 거라고 생각하더군요. 아마 그가 나쁜 놈들한테 붙잡히는 일은 없을 거예요."

"뉴욕에선 충분히 그럴 수 있죠. 그리고 비둘기들은 자동 유도 장치를 몸에 부착하고 있어요."

"그리고 테슬라 중력 레이더 파동은 딱따구리를 세뇌하는 데 사용되고 있죠." 벤턴이 말했다.

버거가 얼굴을 찡그리며 말했다. "뉴욕에 딱따구리가 있단 말예요?"

"기술의 진보와 정신분열증 환자의 악몽 같은 실험 등에 대해선 루시한테 물어봐요." 벤턴이 말했다. "오직 이런 것들만 실제예요. 하지만 오스카는 자신이 말한 그것들도 실제라고 믿고 있고, 난 그가 믿고 있단 사실을 절대 의심하지 않아요."

"그걸 의심할 사람은 없을 거예요. 사람들은 그가 제정신이 아니라고 생각하죠. 그리고 그가 제정신이 아니어서 애인을 살해했을 거라 생각하죠. 난 그의 특이한 보호 장치에 대해 말했어요. 휴대전화 뒤편에 플라스틱 보호 장치를 풀로 붙여 두었고, 청바지 뒷주머니에도 플라스틱 보호 장치를 붙여 두었더군요. 별다른 목적이 없는 것으로 보이는, 자석을 붙인 외부 안테나를 SUV에 장착했고요. 당신이 아직 만나 보지 못했을 모랄레스 형사는 그 장치가 반방사선 물질이라고 했어요. 그리고 정확히 기억나진 않는데, 트리필드 미터… 맞나요?"

"ELF와 VLF 범위 안에서 주파수가 가중된 전자장을 찾아내기 위한 장치로, 검파기라고도 하는데, 전자기를 측정하는 도구일 거예요." 벤턴이 말했다. "그걸 방 한가운데서 손에 들고 있으면, 자신이 전자 장치를 통해 감시당하고 있는지의 여부를 알 수 있다더군요…."

"실제로 쓰이긴 해요?"

"귀신을 찾아내는 데 많이 사용되죠." 벤턴이 말했다.

06 어느 쪽도 아니에요

마리노 형사는 벌써 세 번이나 차나 커피, 아니면 탄산음료나 물이라도 마시겠느냐는 제안을 사양하고 있었다. 그럴수록 잔소리쟁이는 더 애를 썼다.

"벌써 오후 5시예요." 그녀는 부엌으로 가면서 전 남편이 예전에 대던 핑계를 그대로 따라했다. "그럼 버번위스키는 어때요?"

"난 괜찮소." 마리노가 말했다.

"정말이에요? 괜찮아요. 내가 한잔 마셔도 되고요."

"고맙지만 괜찮소."

잔소리쟁이가 거실로 돌아와 자리에 앉았다. 버번위스키가 담긴 잔을 컵받침 위에 올려놓자 얼음들이 달그락거렸다.

"내가 원래 이렇지는 않아요." 그녀가 코듀로이 소파에 앉아 말했다. "난 술꾼이 아니에요."

"난 사람들을 섣불리 판단하지 않소." 마리노가 마치 예쁜 여자를 바라보듯 그녀의 술잔에서 눈을 떼지 못한 채로 말했다.

"사람들은 때때로 마음을 가라앉힐 무언가가 필요하죠." 그녀가 말했다. "솔직히 말하자면 당신을 보고 약간 겁이 났어요."

잔소리쟁이는 마리노가 진짜 형사인지 알 수 없어, 몸을 부들부들 떨며 십 분 넘게 집 안을 왔다 갔다 했다. 현관문의 작은 구멍을 통해 배지를 보여주는 건 범죄 영화에서 자주 봤던 속임수였다. 911 교환원이 문 앞에 찾아온 남자는 진짜 형사가 맞으며 그가 집 안으로 들어오는 동안 전화를 끊지 않겠다고 말해 주지 않았더라면, 마리노는 지금 거실에 앉아 있지 못했을 것이었다.

마리노 형사는 덩치가 컸고, 피부가 거칠었다. 잔소리쟁이는 그의 붉은 얼굴을 보면서 혈압이 높지는 않은지 염려스러웠다. 약간의 흰 머리가 정수리 주변에 초승달 모양으로 남아 있을 뿐 대머리에 가까웠고, 인상과 태도로 보아 몹시 힘든 삶을 살아왔음을 짐작할 수 있었다. 남의 말은 전혀 듣지 않았을 텐데, 또 남들에게 무시당하며 산 것 같지는 않았다. 양손에 하나씩 살인청부업자의 목덜미를 잡고 높이 들어 올려, 건초처럼 내팽개칠 수 있을 것 같았다. 잔소리쟁이는 그가 젊었을 때에는 꽤 두각을 나타냈을 거라고 생각했다. 그리고 지금은 혼자일 것 같았는데, 혼자인 편이 나을 것 같았다. 애인이 있어도 애인에게 전혀 신경 쓰지 않거나, 애인이라는 여자도 아마 수상쩍은 사람일 것 같았다.

자기 성격대로라면 잔소리쟁이는 마리노의 옷차림에 대해 기꺼이 한두 마디 조언을 하고 싶었다. 골격이 큰 남자가 꽉 끼는 싸구려 양복, 특히 검은색 양복 차림에 넥타이도 하지 않은 채 흰색 면 셔츠를 입고, 바닥에 고무를 대고 끈으로 조이는 검은색 가죽 구두를 신으면 허먼 먼스터(CBS 시트콤 〈먼스터스〉에 등장하는 캐릭터로, 〈프랑켄슈타인〉의 괴물을 연상시킴 - 옮긴이)처럼 보이는 법이었다. 하지만 그녀는 그에게 조언을 하지 않았다. 이 형사가 남편처럼 대꾸할까 봐 두려웠다. 그녀는 마리노를 가능한 한 자세히 살피지 않으려고 애썼다.

대신 그녀는 주저리주저리 중얼거렸고, 술잔을 만지작거리다가 술을 홀짝홀짝 마셨으며, 마리노에게 자꾸만 다른 마시고 싶은 것이 있는지 물었다. 그녀가 말을 자꾸 하고 술잔에 손을 댈수록, 남편이 가장 좋아하던 가죽 안락의자에 앉아 있는 마리노의 말수는 더 줄어들었다.

마리노는 그녀를 찾아온 목적을 말하지 못하고 있었다.

결국 잔소리쟁이가 다시 말문을 열었다. "무척 바쁘신 분이겠지요. 어떤 형사라고 하셨죠? 주거 침입 강도를 잡는 형사 같군요. 해마다 이맘때에 주거 침입 강도 사건이 많이 일어나죠. 난 경비원이 있고 서비스가 잘 갖춰진 건물에 살고 있어요. 길 건너편에 일어난 사고 때문에 여기 온 모양이군요."

"그 사건에 대해 무엇이든 말해 주면 고맙겠소." 마리노가 말했다. 마리노의 거대한 몸집 때문에 잔소리쟁이의 눈에는 죽은 남편이 앉던 그 의자가 축소된 것처럼 보였다. "〈포스트〉에서 봤소? 아니면 이웃에게 들었소?"

"어느 쪽도 아니에요."

"아직 별다른 기사가 나지 않아 궁금한 점이 많소. 세부 사항을 공개하지 않는 건 그럴 만한 이유가 있어서요. 지금 시점에서는 알려진 게 적을수록 더 나은 법이니까. 무슨 뜻인지 알겠소? 그러니 당신과 나 우리 두 사람이 이렇게 비밀스럽게 얘기를 나누는 거요. 이웃이나 다른 사람에겐 아무 말도 하지 마시오. 난 지방검사 밑에서 일하는 특별 형사요. 법원 소속이란 뜻이오. 법원에서 수사하는 사건을 망칠 일은 하고 싶지 않을 거요. 혹시 제이미 버거에 대해 들어 본 적 있소?"

"네, 물론 들어 봤어요." 순간, 잔소리쟁이는 무언가를 안다는 듯이 말한 게 후회스러웠다. 그리고 자신이 곤경에 빠지지는 않을지 걱정되었다. "그녀가 동물의 권리를 옹호하고 있다는 걸 알고 있어요."

마리노는 말없이 그녀를 쳐다보았다. 그녀도 말없이 그를 바라봤지만, 이내 그의 시선을 더 이상 참을 수 없었다.

"내가 뭐 잘못 얘기했나요?" 그녀는 술잔을 집으며 물었다.

마리노는 숨기거나 잃어버린 걸 찾아내는 손전등의 불빛처럼 날카로운 눈빛으로 그녀의 집 안을 둘러보았다. 잔소리쟁이가 수집한 도자기와 크리스털 강아지, 남편과 함께 평생 키운 여러 종류의 개와 함께 찍은 사진 등에 특히 관심이 갔다. 실제 그녀는 개를 무척 좋아했는데, 자녀들보다 더 좋아할 정도였다.

잠시 후 마리노는 오래된 체리목 커피 테이블 아래에 놓인 황갈색과 푸른색의 러그를 바라보았다.

"개 키우시오?" 마리노가 물었다.

그는 러그에 흰색과 검은색 얼룩의 짧은 개털이 박혀 있는 걸 발견했다. 청소가 덜된 것처럼 보이지는 않았는데, 그의 눈이 정확했다. 얼마 전 잔소리쟁이가 청소를 하는데 진공청소기로는 러그에 박힌 개털이 잘 빠지지 않았다. 하지만 그녀는 불시에 떠나 버린 아이비의 죽음을 슬퍼하며 무릎을 꿇고 한 올씩 뽑아내고 싶지는 않았다.

"집 청소를 게을리 하는 편은 아니에요." 그녀가 말했다. "개털은 안쪽으로 박히는 경향이 있는데 빼내기가 힘들어요. 마치 심장에 박힌 것처럼 말이에요. 난 개에 대해 잘 모르지만, 신은 늘 그들과, 또 그들이 그저 영혼 없는 동물에 불과하다고 말하는 사람들과 함께해요. 맨발로 돌아다니면 개털이 가시처럼 피부에 박혀요. 아주 오랫동안 개를 키웠지만 지금은 아니죠. 버거 씨의 동물 학대 반대 운동에 당신도 동참하고 있나요? 어머, 술기운이 올라오네요."

"동물 얘기를 하는 이유가 뭐요?" 마리노가 물었다. 잔소리쟁이는 그가 긴장감을 누그러뜨리려고 애쓰는 것처럼 보였지만, 확실히 알 수는 없었다. "다리 네 개 달린 동물 말이오? 아니면 두 개 달린 동물 말이오?"

잔소리쟁이는 이 형사의 말을 진지하게 받아들이는 편이 최선이라고 생각했다. "당신은 다리 두 개 달린 동물을 대한다고 말할 테지만, 내 생각에 그건 끔찍하게 잘못된 표현이에요. 동물에게는 사람처럼 차가운 심장과 잔인한 상상력이 없어요. 광견병이나 다른 병 혹은 먹이 사슬의 문제가 아니라면 동물은 그저 사랑받길 원하는 존재일 뿐이죠. 심지어 문제가 있는 경우에도 음식을 훔치거나 무고한 사람들을 해치지는 않아요. 사람들이 휴가를 떠난 빈집에 침입하지도 않아요. 집에 돌아와 보니 그런 끔찍한 상황이 벌어졌다고 상상해 보세요. 사실, 이 주변 아파트들은 대개 침입하기 쉬운 편이죠. 수위나 안전장치도 없고 경보 시스템도 갖춰져 있지 않아요. 이 집에 대해 당신은 이미 확인했겠죠. 직업상 항상 주위를 살필 테고…. 보아하니 오랫동안 이 일을 한 것 같아서요. 다리 네 개 달린 동물 얘기였어요."

"다리 네 개 달린 어떤 동물 말이오?" 그녀의 말이 흥미로웠는지 마리노의 입가에 금방이라도 미소가 떠오를 것만 같았다. 잔소리쟁이는 아마도 자신이 상상한 탓일 거라고 생각했다. 버번위스키 탓일 수도 있었다.

"전혀 상관없는 얘길 해서 미안해요." 잔소리쟁이가 말했다. "제이미 버거에 관한 기사를 읽었거든요. 정말 멋진 여성이더군요. 동물 보호에 앞장서는 사람이라면 누구든 훌륭한 사람이겠죠. 그녀는 병들거나 유전자를 조작한 애완동물들을 파는 상점들을 문 닫게 했고, 어쩌면 당신도 그녀를 도왔을 거예요. 그랬다면 감사해요. 나도 한 가게에서 강아지를 한 마리 데려왔거든요."

마리노는 별다른 반응을 보이지 않고 잠자코 들었다. 그가 귀 기울여 들을수록 그녀는 말이 더 많아졌고, 자주 술잔에 손을 갖다 댔다. 손을 세 번 갖다 대고서야 한 모금 홀짝이곤 했다. 잔소리쟁이는 마리노가 자신한테 관심을 보이다가, 갑자기 뭔가 의심한다는 생각이 들었다. 그런 변화는 일이 분 사이에 일어났다.

"아이비라는 이름의 보스턴테리어였죠." 그녀는 무릎에 올려놓은 손으로 휴지를 꽉 움켜쥐며 말했다.

"개에 관해 물어본 건 외출을 자주 하는지 궁금했기 때문이오. 개를 데리고 자주 산책을 나가는지 말이오. 또 이웃에 어떤 일이 일어나는지에 대해 관심이 있는지도 궁금했소. 개를 산책시키는 사람들은 유모차를 끌고 나오는 사람들보다 이웃에 어떤 일이 벌어지고 있는지에 대해 더 잘 아는 법이니까. 사람들은 잘 모르는 사실이오만." 마리노는 안경 낀 눈으로 그녀를 쳐다보았다. "길 건너편에 유모차를 밀고 지나가는 사람들이 얼마나 많은지 지켜본 적 있소? 어떤 생각이 가장 먼저 떠오릅니까? 개를 산책시키는 사람들이 더 유심히 주변을 살핍니다."

"맞아요." 그녀는 유모차를 끌고 붐비는 뉴욕 거리를 걷는 사람들을 보며 그렇게 생각한 사람이 자신뿐이 아니라는 사실에 우쭐해졌다. "하지만 지금은 개를 키우지 않아요."

다시 오랜 침묵이 이어졌고, 이번에는 마리노가 침묵을 깼다.

"아이비한테 무슨 일이 일어난 거요?" 마리노가 물었다.

"모퉁이에 있는 애완동물 가게 퍼핑햄 궁전에 아이비를 데려간 건 내가 아니었어요. 거기에 가면 애완동물들이 왕족 대접을 받는다고 하는데, 왕족 대접을 받는 건 오히려 수의사들이에요. 이 동네 수의사들은 입에 담기도 싫은 지점에서 대부분의 수입을 챙기니까요. 건너편에 사는 여자는 아이비를 선물로 받았는데, 도저히 키울 수가 없다며 겁에 질려서 내게 주었어요. 그런데 일주일도 지나지 않아 아이비는 파르보바이러스로 죽었어요. 얼마 되지도 않았는데…. 아마 추수감사절 전후였지요."

"건너편에 사는 어느 여자 말이오?"

잔소리쟁이는 순간 정신이 번쩍 들었다. 그리고 믿기지 않는다는 표정으로 말했다. "설마… 테리 집에 강도가 든 건 아니겠죠? 그럴 리 없어요. 집에 불이 켜져 있어서 그럴 거라곤 생각도 못 했어요. 빈집도 아닌데 어떻게 강도가 들어요?"

그녀는 술잔을 들어 손에 꼭 쥐었다.

"어젯밤이 새해 전야였으니 테리도 대부분의 사람들처럼 외출했을 거예요."

잔소리쟁이는 그렇게 말하며 위스키를 한 모금 길게 마셨다.

"잘 모르겠어요. 난 항상 그냥 집에 있다가 침실로 들어가 잠들어요. 불꽃놀이를 할 때까지 기다리지도 않죠. 관심이 없으니까요. 항상 어제가 오늘 같죠."

"어젯밤엔 몇 시에 잠자리에 들었소?" 마리노가 물었다.

잔소리쟁이는 마리노가 그렇게 묻는 이유가 자신이 아무것도 못 봤다고 잡아뗄까 봐서라고 확신했다. 그는 일찍 잠자리에 든다는 그녀의 말을 전혀 믿지 않는 게 분명했다.

"당신이 어느 쪽으로 이야기를 끌고 가려는지 알겠어요." 그녀가 말했다. "내가 몇 시에 잠들었는지는 중요하지 않겠죠. 분명히 말하지만, 난 컴퓨터 앞에 앉아 있지 않았어요."

창문 앞에 앉으면 테리의 1층 아파트가 고스란히 시야에 들어왔다. 마리노는 테리의 아파트를 쳐다보았다.

"창밖의 길거리를 항상 내다보지는 않지요." 그녀가 말했다. "평소처럼 오후 6시에 저녁을 먹었어요. 참치 캐서롤이 남아 있었죠. 그러고 나서 침실에서 잠시 독서를 했는데 침실 커튼은 항상 쳐져 있어요."

"무슨 책을 읽고 있소?"

"내가 이야기를 끼워 맞출 수 있는지 시험하고 있군요. 이언 매큐언의 《체실 비치에서》예요. 벌써 세 번째 읽고 있는데, 그들이 결국엔 서로를 되찾았으면 좋겠어요. 당신도 그런 적 있어요? 책이나 영화를 반복해서 보다 보면 자신이 원하는 대로 끝난다고 생각하게 되죠."

"리얼리티 프로그램이 아닌 이상 결론은 항상 똑같은 법이오. 범죄나 끔찍한 사건 같지. 백 년 동안 계속 떠들어도 사람들은 여전히 강도짓을 당하고, 끔찍한 사건으로 목숨을 잃고, 최악의 경우는 살해당하오."

잔소리쟁이는 소파에서 일어났다.

"한 잔만 더 할 건데, 당신은요?" 잔소리쟁이는 사십 년 동안 한 번도 수리하지 않은 좁은 부엌으로 향했다.

"난 괜찮소. 당신이 사는 아파트나 길 건너편 아파트에는 어젯밤에 아무도 없었소." 마리노가 말했다. "당신을 제외한 모든 세입자들이 휴가를 떠났거나, 크리스마스가 되기 전에 이미 떠난 상태였소."

마리노는 주변 상황을 이미 확인해 두었다. 잔소리쟁이는 이 형사가 자신을 포함한 모든 사람들에 대해 알고 있을 거라 짐작하며, 버번위스키를 잔에 따르고 얼음을 집어넣었다. 그래서 어떻단 말인가? 세상을 떠난 남편은 듬직한 회계사였고, 그들 부부는 곤경에 빠지거나 불미스러운 사람들과 엮인 적이 없었다. 경찰 조사관도 알아낼 리 없는 자신의 비밀스러운 직업을 제외하면 잔소리쟁이는 숨길 게 아무것도 없었다.

"곰곰이 생각해 봐야 하오." 그녀가 소파로 돌아와 앉자 마리노가 말했다. "어젯밤에 관심이 갈 만한 걸 보거나 듣지 못했소? 주변 사람들 가운데 관심 가는 사람은 없소? 최근 몇 주나 며칠은 어땠소? 이 동네 사람들 가운데 의심을 살 만하거나 그런 느낌이 드는 사람은 없었소? 내 말 무슨 뜻인지 알겠소? 여기에 이상한 느낌이 드는 사람 말이오."

마리노가 복부를 가리키며 말하자, 잔소리쟁이는 그가 예전에는 체격이 훨씬 더 대단했을 거라는 생각이 들었다. 그런 생각이 드는 건 턱에 축 늘어진 살 때문이었다. 실제로 마리노는 예전에 체중이 더 나갔었다.

"없었어요." 그녀가 대답했다. "여기는 조용한 거리예요. 이런 지역에는 그런 사람들이 흔치 않죠. 다른 아파트 같은 층에 사는 젊은 남자는 벨뷰 병원에서 근무하는 의사예요. 그 남자는 마리화나를 피우는데, 어딘가에서 구했을 테지만 이 근처에서 구했을 거라는 생각은 한 번도 해본 적 없어요. 병원 근처에서 구했을 텐데, 거기는 그다지 근사한 동네가 아니죠. 바로 아래층에 사는 여자 집에서도 길 건너편 아파트가 마주 보일 게 분명해요…."

"그 사람들은 모두 어젯밤에 집에 없었소."

"테리는 친절한 편은 아니었고, 남자친구와 자주 싸웠어요. 하지만 남자친구가 집에 찾아온 지 일 년이 넘은 걸 생각해 보면… 그가 범죄자인지도 모르겠어요."

"기술자나 수리공 같은 사람들은 어떻소?"

"간혹 케이블 회사 직원이 와요." 그녀는 컴퓨터 너머 창밖을 내다보았다. "건물 지붕 위에 있는 위성 접시가 여기서 잘 보이는데, 간혹 지붕 위에서 누군가가 일을 하는 모습이 보여요."

마리노가 자리에서 일어나 창밖을 내다보자, 경찰차가 앞에 서 있는 건물의 평평한 지붕이 보였다. 양복 재킷이 그에게 작아서 어깨부터 등까지가 팽팽했고, 단추는 채워지지 않았다.

마리노가 창밖을 보면서 말했다. "오래된 화재 비상구가 보이는군. 수리공들이 저기로 올라갔소? 화재 비상구로 올라가는 사람을 본 적 있소? 저 사다리 위에 있는 위성 접시에 도대체 어떻게 올라갔는지 모르겠군. 저런, 난 저런 일은 절대 못하오. 나한테 시키지도 않겠지만 말이오."

창밖으로 어느덧 어둠이 내려왔다. 한 해 중 이맘때엔 오후 4시면 이미 어둑해지기 시작했다.

"사다리에 대해선 잘 모르겠어요." 그녀가 말했다. "누군가가 사다리를 오르는 모습은 한 번도 본 적 없는데, 지붕으로 올라가는 다른 방법이 있을 거예요. 강도가 지붕으로 침입했을 거 같아요? 그렇다면 걱정이 이만저만이 아니네요. 우리 아파트도 그러면 어떡하죠?"

석고 재질의 천장을 올려다보던 그녀는 그 안에 뭐가 있을지 궁금해졌다.

"난 2층에 살고 있어서 도둑이 침입하기 더 쉬울 거예요. 출입문을 반드시 잠가야 하죠."

그녀는 잠시 곰곰이 생각에 잠겼다.

"이 건물에도 화재 비상구가 있어요." 그녀가 말했다.

"당신에게 강아지를 준 여자에 대해 말해 주시오."

마리노가 털썩 주저앉자, 의자가 금방이라도 두 동강이 날 것처럼 삐걱거렸다.

"성은 모르고, 이름이 테리라는 것만 알아요. 겉모습을 설명하기는 매우 쉬운데, 점잖게 말하자면 몸집이 아주 왜소하지요. 절대로 난쟁이라고 표현하면 안 된다고 배웠어요. 길 건너편에 왜소한 사람이 살기 때문에 왜소한 사람들이 출연하는 갖가지 쇼를 흥미롭게 봐요. 그리고 그녀의 남자친구 역시 왜소해요. 금발에 미남이고 몸매가 좋지만 물론 키가 몹시 작아요. 며칠 전에 시장을 보고 집으로 돌아오는 길에 그 남자가 SUV에서 내리는 모습을 우연히 보고 인사를 하자, 그 사람도 내게 인사를 했어요. 긴 노란 장미 한 송이를 들고 있었어요. 또렷이 기억나는데, 왜 그런지 아세요?"

형사의 큰 얼굴과 안경이 다음 말을 기다리고 있었다.

"노란색은 민감함을 뜻하거든요. 빨간 장미와는 다르죠. 그 남자의 금발머리처럼 온화한 노란색이었어요. 그 사람은 마치 테리의 애인이자 친구인 것 같았어요. 노란 장미를 보니 감동적이었지요. 노란 장미는 평생 받아 본 적 없거든요. 단 한 번도. 난 밸런타인데이에 빨간 장미나 분홍 장미보다는 노란 장미를 받고 싶어요. 분홍은 연약해 보이지만 노랑은 강인해 보이죠. 노란 장미를 보면 내 마음이 햇빛으로 가득 차는 것 같아요."

"그게 정확히 언제였소?"

잔소리쟁이는 곰곰이 생각해 보았다. "그날 난 얇게 잘라서 꿀을 입힌 칠면조 가슴살 요리를 200그램 정도 샀어요. 영수증 찾아서 보여줄까요? 오랜 습관은 좀처럼 없어지지 않죠. 남편이 회계사였거든요."

"기억을 더듬어 보시오."

"그러죠. 테리의 남자친구는 토요일마다 그녀를 만나러 왔는데, 그건 확실해요. 그러니 지난 토요일, 정확히 늦은 오후쯤이었어요. 다른 시각에 그 남자를 이 주변에서 본 적도 있지만요."

"차를 타고? 아니면 걸어서? 혼자 말이오?"

"혼자였는데, 그 사람이 차를 운전해 지나가는 모습을 지난달에 두어 번 봤어요. 난 운동을 하거나 볼일을 보러 하루에 적어도 두어 번은 밖에 나가요. 날씨만 괜찮다면 나가야 하죠. 더 필요한 거 없어요?"

두 사람은 동시에 그녀의 술잔을 바라보았다.

"근처에서 테리의 남자친구를 마지막으로 본 게 기억나오?" 마리노가 물었다.

"크리스마스가 화요일이었는데, 그날 그 사람을 본 것 같아요. 그리고 며칠 전에도 봤고요. 지금 생각해 보니 지난달엔 그 사람이 차를 몰고 지나가는 모습을 서너 번 본 것 같아요. 그러니 내가 보지 못했을 때는 더 자주 지나갔겠죠? 말하고 보니 표현이 영 이상하네요. 내가 말하려는 건…."

"그 남자가 테리의 아파트를 쳐다보거나 속도를 늦추었소? 그리고 어디쯤에서 차를 세웠소? 당신이 말하려는 뜻은 알겠소. 당신이 한 번 봤다면, 그 사람은 당신이 못 보는 동안 여길 스무 번은 지나갔을 거라는 말 아니오?"

"맞아요. 그 사람은 속도를 늦추고 천천히 지나갔어요." 그녀가 술을 한 모금 넘기며 말했다. "내가 하려던 말을 대신 정확히 해 주었네요."

이 형사는 투박한 겉모습이나 말솜씨에 비해 실제로는 훨씬 더 똑똑한 것 같았다. 잔소리쟁이는 그에게서 문젯거리가 생기지 않기를 바랐다. 그가 단서가 눈곱만큼도 없는 경우에도 사람들을 잡아낼 수 있는 유형이라는 생각이 다시 그녀의 뇌리를 스쳤다. 혹시라도 이 사람이 테러리스트 자금을 조사하는 형사면 어쩌지? 혹시 그 때문에 여기 온 건 아닐까?

"주로 어느 시간대에 왔소?" 마리노가 그녀에게 물었다.

"시간대는 다양했어요."

"연휴 기간 동안 계속 집에 있었는데, 가족들은 어디 있소?"

형사의 말투로 보아, 자신에게 중서부 지방에 사는 딸이 둘 있고 그들이 어머니에게 다소 마음을 쓰지만 몹시 바쁘다는 핑계로 잘 찾아오지 않는다는 걸 이미 알고 있는 것 같았다.

잔소리쟁이가 대답했다. "딸 둘은 내가 와 줬으면 하지만, 난 여행을 좋아하지 않는 데다 특히 한 해 중 이맘때면 더욱 그렇죠. 걔들은 뉴욕에 오는 데에 돈을 쓰고 싶어 하지 않는데, 요즘은 더 그럴 거예요. 캐나다 달러가 미국 달러보다 더 비싸질 거라고는 꿈에도 생각하지 못했어요. 예전엔 캐나다 사람들을 소재로 농담을 하기도 했지요. 지금은 캐나다 사람들이 우리를 조롱할 것 같아요. 아까도 말한 것 같은데, 남편이 회계사였어요. 지금은 옆에 없어서 그나마 다행이에요. 그랬더라면 몹시 상심했을 테니까요."

"그럼 따님들을 전혀 안 본단 말이오?"

형사는 잔소리쟁이의 남편에 대해서는 이야기하지 않았다. 하지만 그녀는 이 형사가 남편에 대해서도 이미 알고 있을 거라는 확신이 들었다. 그건 경찰이 가진 자료에도 나와 있을 테니까.

"난 장거리 여행을 하지 않을 뿐이에요." 그녀가 말했다. "아이들을 가끔 봐요. 몇 년 만에 한 번씩 여기에 와서 사나흘 정도 있어요. 여름에 오는데 쉘번에 묵지요."

"엠파이어스테이트 빌딩 근처에 있는 곳 말이군요."

"맞아요. 37번가에 있는 유럽 스타일의 멋진 호텔이죠. 여기서 걸어갈 수 있는 거리인데, 내가 거기 묵어 본 적은 없어요."

"여행은 왜 하지 않소?"

"그냥 하지 않아요."

"그럴 만도 할 거요. 요즘은 비용도 정말 비싼 데다, 항공기 연착이나 취소도 한두 번이 아니니까. 활주로에서 꼼짝 없이 갇히는 건 말할 것도 없고, 변기 물이 흘러넘친 적도 있소. 나한테 그런 일이 있었으니 당신한테도 그런 일이 일어나지 말란 법은 없을 거요."

잔소리쟁이는 과거에 쉘번 호텔을 눈앞에 그리며 거기에 투숙하면 얼마나 좋을지 상상했던 순간을 떠올렸다. 그때는 가슴이 찢어지는 것 같았고, 자신이 바보처럼 느껴졌었다. 하지만 지금은 아니었다. 일을 쉴 수 없는데 왜 그런 생각을 한단 말인가?

"그냥 여행을 하지 않아요." 그녀가 말했다.

"얘기 계속하시오."

"난 한곳에 있는 걸 좋아해요. 취조라도 하듯 날 불편하게 만드는군요. 내가 알고 있는 걸 고백하게 하려고 나한테 친절하게 대해 주고 있지만, 난 몰라요. 아무것도 몰라요. 술 취한 상태에서는 당신에게 아무 말도 하지 않는 게 좋겠어요."

"내가 당신을 취조한다면, 뭘 취조한단 말이오?" 마리노가 안경 낀 눈으로 그녀를 똑바로 쳐다보며, 거친 뉴저지 억양으로 말했다.

"내 남편한테 물어봐요." 잔소리쟁이는 남편이 곁에 있기라도 한 것처럼 안락의자를 턱으로 가리키며 말했다. "남편은 내가 당신 눈을 똑바로 쳐다보며 성가시게 잔소리하는 게 범죄인지 아닌지 진지하게 알고 싶어 했을 거예요. 만약 범죄라면 당신한테 날 감금하고 열쇠를 던져 버리라고 했을 거예요."

"성가시게 잔소리하는 유형처럼 보이지는 않소." 마리노가 상체를 앞으로 약간 숙이자, 의자가 삐걱거렸다. "연휴 기간 동안 혼자 있어서는 안 되는 마음씨 좋은 부인처럼 보이오. 속임수를 놓치지 않는 영리한 사람처럼 보이기도 하고."

무슨 영문인지 잔소리쟁이는 울고 싶어졌고, 줄기가 긴 노란 장미 한 송이를 든 키 작은 금발 남자가 떠올랐다. 하지만 그 남자를 떠올리자 기분이 더 침울해졌다.

"그 사람의 이름은 몰라요." 그녀가 말했다. "테리의 남자친구 말이에요. 그 남자는 테리에게 홀딱 반한 게 분명해요. 테리가 나한테 준 강아지도 원래 그 사람이 테리한테 준 거예요. 깜짝 선물로 줬는데 테리는 키울 수가 없었고, 애완동물 가게는 되받으려 하지 않았어요. 곰곰이 생각해 보니, 이상한 점이 한 가지 있어요. 길에서 어쩌다 한 번씩 만나곤 했던 잘 모르는 한 여자가 어느 날 갑자기 우리 집에 찾아왔어요. 그게 테리였죠. 방금 오븐에서 구운 것 같은 빵과 과자를 바구니에 담아 타월로 덮어서 가져 왔는데, 생각해 보니 말이 안 돼요. 아까도 말했지만 난 테리에 대해 잘 모르고, 테리가 그렇게 불쑥 찾아온 적도 없었어요. 강아지를 맡아 줄 사람이 필요한데 내게 받아 주지 않겠느냐고 물었어요. 테리는 내가 혼자 살고 출근을 하지 않는다는 걸 알았고, 달리 맡길 곳이 없다고 했어요."

"그게 언제였소?"

"추수감사절 무렵이었는데…, 아이비가 죽고 일주일쯤 지나서 길거리에서 우연히 테리를 만났어요. 아이비가 죽었다고 말하자 당혹스러워하며 사과하더니, 나한테 직접 강아지를 한 마리 사 주겠다고 고집을 부렸어요. 하지만 내가 생각하기엔 경우에 맞지 않는 것 같았어요. 당신 머릿속이 핑핑 돌아가는 게 보이는 것 같군요. 내가 테리의 아파트에 들어가 본 적 있는지 궁금하겠지만, 그런 적 없어요. 그녀의 아파트 건물 안에도 들어가 본 적 없고, 강도가 그 집의 어떤 물건을 노릴지에 대해서도 전혀 몰라요. 예를 들면, 테리가 어떤 보석을 갖고 있었는지도 전혀 모르고요. 그녀가 값비싸 보이는 보석을 하고 있었는지도 기억나지 않아요. 난 남자친구가 아이비를 구입한 그 애완동물 가게에서 도대체 왜 또 강아지를 사야 하는지 물었어요. 그녀는 아무 이유도 없고, 그 가게에서 뭘 살 의도도 없지만, 내게 색안경을 끼고 보지는 말라고 했어요. 그 퍼핑햄 궁전보다 고약한 곳은 별로 없을 거예요. 테리는 텔 테일 하트 동물 가게 체인은 괜찮으니, 뉴욕이나 뉴저지 가게에서 내가 강아지를 사면 돈을 주겠다고 했어요. 텔 테일 하트가 괜찮다는 기사는 여러 번 읽어서, 지금 난 다시 강아지를 구입할까 진지하게 생각 중이에요. 솔직히 말하자면, 건너편에서 일어났다는 사건 생각도 했어요. 강아지가 짖거나 으르렁거리면 강도들이 침입을 못할 테니까요."

"밖으로 데리고 나갈 때는 예외요." 마리노가 말했다. "한밤중도 마찬가지요. 습격을 당하거나 범인이 곧바로 아파트 안으로 들어오면 꼼짝 없이 당하고 말지요."

"안전 문제에 대해서 그렇게 순진하지는 않아요." 잔소리쟁이가 말했다. "작은 개는 배변 문제로 밖에 데려나갈 필요가 없어요. 위위 패드를 쓰면 되니까요. 오래전에 요크셔테리어를 키울 때 거기에 볼일을 보라고 가르쳤어요. 한 손에 들어갈 만큼 몸집이 작았지만 짖는 소리는 대단했어요. 발목 뒤에 숨곤 해서, 엘리베이터를 타거나 사람들이 집에 올 때면 익숙해질 때까지 안아 줘야 했죠. 사실, 난 아이비를 밖에 데리고 나가지 않았어요. 그렇게 어리고 병약한 강아지를 데리고 더러운 보도를 산책시킬 수는 없었으니까요. 테리의 남자친구가 그 끔찍한 퍼핑햄 궁전에서 강아지를 샀을 때부터 이미 파르보바이러스에 감염되었던 게 분명해요."

"테리의 남자친구가 강아지를 구입했을 거라고 단정하는 이유가 뭐요?"

"어머!" 잔소리쟁이가 깜짝 놀라며 말했다.

그녀는 양손으로 술잔을 잡고, 그가 무슨 생각을 했을지 곰곰이 생각해 보았다.

마리노는 가만히 기다렸고, 안락의자의 삐걱거리는 소리가 들렸다.

"내가 비약적으로 결론을 내린 것 같아요." 그녀가 말했다. "당신 말이 맞아요."

"자, 이제부터 내 말을 잘 들어요. 난 내가 만나는 모든 증인들에게 이 방법을 사용해 보자고 말합니다."

"증인이라고요?"

"자, 당신은 테리를 알아요. 테리의 아파트 맞은편에 살고요."

자신이 무엇을 목격한 증인이란 말인가? 그렇게 자문하자 잔소리쟁이는 가슴이 찢어지는 것 같았다. 천장을 올려다보면서 잔소리쟁이는 그 너머에 강도가 드나드는 비밀 출입문이 없기를 바랐다.

"영화 시나리오를 쓴다고 생각해 봐요." 마리노가 말했다. "펜과 종이 있소? 테리가 당신에게 어린 아이비를 줬소. 그 장면을 영화 시나리오를 쓰듯이 적어 봐요. 당신이 쓰는 동안 난 여기에 앉아 있을 테니, 다 쓰면 내게 읽어 주시오."

07 스모킹 건

9·11 테러 이후 뉴욕 시는 파란색 유리잔처럼 보이는 고층의 DNA 건물 15층에 법의국장 사무실을 두기로 결정했다.

STR(소프트웨어 개발 프로세서 분야의 산출물 중 하나인 소프트웨어 시험 결과서-옮긴이)과 SNP(단일 뉴클레오티드 다형성으로, 인종이나 개인별 염기의 차이를 구별하는 기술-옮긴이), 그리고 LCN(법의국이 개발해 1999년부터 상용화된 DNA 프로파일링 기술-옮긴이) 등을 포함한 기술이 고도로 발달해 과학자들은 인간 세포 열일곱 개만 한 크기의 작은 샘플도 분석할 수 있었다. 미처리 상태의 샘플도 없었다. 버거가 최우선으로 여기는 사건에서 DNA 검사를 원할 경우, 이론적으로 몇 시간이면 검사 결과를 얻을 수 있었다.

"스모킹 건(smoking gun: 범죄 사건 해결에서의 결정적인 단서, 증거를 의미함-옮긴이)이 없어요." 버거가 말했다.

그녀가 보고서 사본을 벤턴에게 건네줄 즈음 웨이트리스가 커피를 다시 채워 주었다.

"연기가 나는 곳은 많은데 말이죠." 그녀가 말했다. "사실, 테리 브리지스의 질에서 채취한 면봉 검사 결과는 다른 어떤 사건에서보다 더 혼란스러워요. 정액도 나오지 않았고, 여러 사람의 DNA가 검출되었어요. 레스터 박사한테 말해 봤지만 별다른 도움이 되지 않았어요. 케이가 그 점에 관해 어떻게 말할지 한시라도 빨리 듣고 싶어요."

"CODIS(통합 DNA 색인 시스템 - 옮긴이) 검색은 해 봤어요?" 벤턴이 물었다.

"일치하는 게 하나 있어요. 상황이 더 이상해지는데, 여자 지문과 일치해요."

"그 여자가 데이터베이스에 있는 이유는요?" 벤턴이 보고서를 훑어보며 말했다.

보고서에는 별 내용이 없었다. 레스터 박사가 면봉 검사 결과를 제출했고, 버거가 말하고 있는 검사 결과가 나와 있을 뿐이었다.

"2002년에 차로 사람을 치었어요." 버거가 말했다. "졸음운전을 하다가 자전거를 타던 아이를 치었는데 아이는 사망했고, 여자는 유죄 판결에 집행유예를 받았어요. 사고 당시 그녀는 나이가 지긋했고 술을 전혀 마시지 않은 상태였지만, 그렇다고 해서 호의적으로 보기에는 무리가 있죠. 사건은 플로리다 주 팜비치에서 일어났는데, 그녀는 그때나 지금이나 파크 가에 있는 아파트에 살아요. 테리 브리지스가 살해된 어젯밤에 그녀는 새해 전야 파티를 즐기고 있었고, 그녀가 이 사건과 관련 있다고 의심할 이유는 전혀 없어요. 팜비치 법원의 판사들이 너그럽게 용서한 또 다른 이유가 있을까요? 자전거를 탄 아이를 치었을 때, 그녀는 척추가 부러졌어요. 하반신 불수 일흔 살 할머니의 DNA가 왜 여러 사람의 것과 함께 테리 브리지스의 질 속에 있었을까요? 혹시 다른 생각이라도 있어요?"

"샘플이나 분석 과정에서 이상한 실수가 없었다면 그럴 리가…."

"그럴 가능성은 없다고 들었어요. 사실, 우리 모두 레스터 박사를 진심으로 존경한다면, 도대체 왜 그녀가 그 부검을 맡아야 했던 거죠? 당신은 그 이유를 알 거예요."

"모랄레스가 내게 몇 가지를 줬습니다. 예비로 작성한 보고서를 봤는데, 내가 레스터 박사에게 어떤 감정을 갖고 있는지는 당신도 알 거예요."

"당신도 그녀가 내게 어떤 감정을 갖고 있는지 잘 알 거예요. 여성이 여성 차별주의자가 되는 게 가능할까요? 내가 보기에 레스터 박사는 정말 여성을 증오하는 거 같거든요."

"시기심이나, 다른 여성 때문에 자신의 지위가 강등될 거라는 불안감 때문이죠. 다시 말하자면, 여성은 여성을 증오할 수 있어요. 선거철인 요즘에는 그런 예를 얼마든지 볼 수 있잖아요."

"오늘 아침 안치소에서 부검한 모든 시신의 DNA를 연구실에서 이미 검사하기 시작했으니, 테리의 표본이 감염되었거나 이름표를 잘못 붙였을 수도 있어요." 버거가 말했다. "그래서 심지어 법의국에서 근무하는 모든 사람들과 비교해 봤어요. 물론 법의국장 그리고 어젯밤 사건 현장에 있었던 경찰들도 모두 포함해서요. 그들의 DNA는 이미 예외적인 이유로 데이터베이스에 저장되어 있으니까요. 안치소에서 일하는 사람들에 대해서는 음성 반응이 나왔지만, 예외적으로 법의관에서 양성 반응이 나왔는데, 레스터 박사는 아니에요. 모랄레스 그리고 그와 함께 시신을 안치소로 옮긴 경찰 두 명의 것이었어요. 요즘은 DNA 검사가 너무 정교해져서 범죄 현장에서 숨만 쉬어도 DNA가 검출될 수 있는데, 득만큼 실도 많아요."

"그 팜비치 여인이 오스카 베인과 아는 사이라거나 연관되었을 가능성에 대해서는 물어봤나요?" 벤턴이 물었다.

"내키지 않았지만 내가 직접 그 할머니에게 전화를 걸었어요." 버거가 말했다. "〈포스트〉를 읽고 처음 알았대요. 더 말하자면, 할머니는 자신이 오스카와 연결되어 있지 않느냐는 말에 분개했어요. 내가 이랬다 저랬다 말을 바꾼다면서, 자기는 난쟁이와 같은 대합실에 있을 때도 괜히 의식하게 할까 봐 두려워서 말도 걸지 않고, 쳐다보지도 않는다고 하더군요."

"그 할머니는 우리가 왜 그녀를 오스카와 연관 지어 생각하는지 아나요? 그녀의 DNA에 대해서 말했어요?"

"물론 말하지 않았어요. 그냥 당신의 이름이 떠올랐다고만 했어요. 그랬더니 대뜸, 자신이 벤틀리 차를 타고 가다 잘못해서 치어 죽인 열여섯 살의 이글 스카우트(공훈 배지를 21개 이상 받은 최고의 걸스카우트 단원 - 옮긴이) 학생의 부모가 계속 문제를 야기하는 거라는 결론을 내리더군요. 보험 처리가 안 되는 의료비 청구 소송 같은 공격적인 행동에 지레 겁을 먹은 건데… 그게 어떻게 그 할머니의 잘못이겠어요? 그녀는 눈물 나게 하는 얘기를 늘어놓는 언론에 대해 불만을 쏟아냈어요. 여학생 부모가 '난쟁이 살인사건'에 관해 듣고서 자신을 더 당혹스러운 상황에 빠뜨리기로 작정한 게 분명하다고 했어요."

"정말 고약한 여자로군요."

"난 지금도 오염됐을 가능성에 대해 생각하고 있어요." 버거가 말했다. "DNA 검사에 대해선 다른 가능성이 없을 테니까요. 케이는 내 생각과 다른 의견을 갖고 있을 수도 있겠죠. 그리고 내일 오스카의 DNA 검사 결과가 나올 거예요. 하지만 그의 DNA는 여러 군데서 검출될 것 같아요. 양성 반응이 나온다고 해서 수사에 도움이 될 것 같지는 않아요."

"오스카의 이메일은 어떻게 됐습니까? 그가 동의하든 그렇지 않든 이메일 계정에 접속할 수 있잖아요. 그가 테리에게 이메일을 보냈을 텐데요." 벤턴이 말했다.

"네. 가능하고, 곧 할 거예요. 아무도 그에게 그 사실을 알리지 않을 거고요. 다시 말하지만 우린 이 사실을 분명히 해 둘 필요가 있어요. 그 사람은 보기와 달리 그렇게 협조적이지 않다는 것을 말이에요. 그를 체포할 수 있는 타당한 이유를 찾지 못하면 태도를 바꾸지 않을 거예요. 나한테는 굉장히 어려운 상황이에요. 몹시 조심해야 하는 상황이지만, 난 케이가 알고 있는 걸 알고 싶어요. 오스카는 병동에서 케이에게 어떤 이야기를 하고 있어요. 우리에게 하지 않는 이야기인데, 지금 상황에선 케이가 오스카한테서 들은 얘기를 발설할 수 없어요. 말도 안 되는 질문이지만, 케이가 오스카 베인과 어떤 특별한 인연이 있는 건 아니죠?"

"혹시라도 그렇다면, 아내는 전혀 모르고 있거나 기억하지 못하는 거겠죠. 그렇지 않다면 예전에 나와 통화하다가 오스카의 이름을 들었을 때, 어떤 말을 했을 거예요." 벤턴이 말했다. "하지만 오스카가 체포되지 않거나 의사와 환자 사이의 기밀을 포기하지 않으면, 우린 아무것도 알아낼 수 없어요. 난 아내가 어떤 사람인지 압니다. 부적절한 얘기는 하지 않을 거예요."

"테리 브리지스와 연관되었을 가능성은 어때요?"

"상상이 안 되는군요. 오스카가 테리에 관해 얘기한다면, 아내는 연관관계를 깨닫고 곧바로 이 상황을 피하거나 적어도 우리에게 어떻게 하라고 알려 줬을 겁니다."

"케이를 끌어들이는 건 재밌는 일이 아니에요." 버거가 말했다. "당신들 두 사람 모두에게요. 당신도 익숙하지 않을 거고…. 당신들은 저녁식사를 하면서도 업무 얘기를 나누겠죠. 주말과 연휴에도 마찬가지일 거고요. 아마 그 때문에 말다툼도 하겠죠." 버거는 벤턴을 똑바로 쳐다보며 말했다. "같은 사건에서 반대 측 변호인으로 나설 일은 거의 없을 테니, 어떤 화제든 상관없겠죠. 당신들 두 사람은 한 팀이고, 비밀도 없어요. 업무적으로 늘 함께했는데, 이젠 사적으로도 뗄 수 없는 관계죠. 두 사람의 관계가 잘 지속되길 바라요."

"네, 재밌는 일이 아닙니다." 벤턴은 버거가 사적인 관계를 언급하는 게 못마땅했다. "오스카가 애인을 살해한 혐의가 드러나면 더 쉬워질 텐데…. 그걸 바라는 건 끔찍하지만 말이에요."

"우린 늘 인정하고 싶지 않은 여러 일들이 일어나기를 바라죠." 버거가 말했다. "하지만 분명한 것은 그가 테리 브리지스를 살해했다면 우린 다른 범인을 찾지 않아도 된다는 거예요."

*

잔소리쟁이는 쐐기풀처럼 살갗을 아프게 찌르던 거친 눈발이 떠올랐다. 아침에 마실 블렌드 커피가 필요했지만 밖에 나가고 싶지 않았다. 전반적으로 그날에 대해서는 좋은 말을 할 수 있는 게 아무것도 없었다.

그녀는 곧 게재해야 할 칼럼을 두고 평소보다 더 힘든 시간을 보냈다. 이번에는 특히 고약한 제목이 붙어 있었다. '엑스파일'. 여러 유명인들의 명단과 팬들이 왜 갑자기 그들에게서 등을 돌렸는지에 대한 내용이었다. 물론 잔소리쟁이는 마리노가 알지 못하도록, 상황을 적으면서 그 부분은 생략해야 했다. 사실, 생략할 부분은 많았다. 예를 들어, 초인종이 울렸을 때의 두려움에 대해서도 생략했으며, 테리가 모니터를 들여다보게 했던 이야기도 적지 않았다.

테리는 커피 테이블에 바구니를 놓고는 잔소리쟁이가 앉아 있는 책상으로 걸어왔었다. 잔소리쟁이는 생생하게 떠오르는 그 순간을 일부러 적지 않았다.

테리가 모니터를 들여다보았을 때, 잔소리쟁이는 프로그래밍 언어로 되어 있는 이 〈고담 갓차〉의 칼럼이 정확히 무엇인지를 어떻게 설명해야 할지 고민했었다.

"이게 뭐죠?" 테리는 책상에 놓인 컴퓨터 화면을 쳐다보며 짤막하게 물었다.

"〈고담 갓차〉를 읽었다고 솔직하게 말해야겠군요."

"왜 이렇게 생긴 거죠? 혹시 컴퓨터 프로그래머예요? 당신이 바깥일을 하는지는 몰랐네요."

"내가 워낙 멍청해서 디스플레이 코드를 켜 둔 거예요. 자, 자리에 앉아요." 잔소리쟁이는 서둘러 프로그램을 종료시키려다 테리와 부딪힐 뻔했다. 그러고 나서 "아니에요, 바깥일은 안 해요."라고 재빨리 얼버무렸다.

테리는 소파에 앉아 다리를 쭉 뻗었는데, 발이 바닥에 닿지 않았다. 발육 부진으로 다리가 짧기 때문이었다. 테리는 이메일을 사용한다고 말했지만, 그것 말고는 컴맹이나 마찬가지였다. 〈고담 갓차〉에 대해선 물론 알고 있었는데, 어디에서든 광고가 보였고, 사람들이 줄곧 그 얘기를 하기 때문이었다. 하지만 직접 칼럼을 읽은 적은 없었다. 대학원을 다니느라 그런 글을 읽을 시간도 없었지만, 가십 기사라면 읽을 생각이 없었다. 그녀는 그런 글을 마뜩찮게 여겼다. 사실, 그 칼럼이 저급한 쓰레기라는 소리를 들었다. 테리는 잔소리쟁이도 그렇게 생각하는지 알고 싶었다.

"나는 영화 시나리오를 어떻게 쓰는지 몰라요." 잔소리쟁이가 마리노에게 말했다. "전문 용어와 형식이 필요할 거고, 그런 글을 쓰는 사람들은 특별한 소프트웨어를 사용하죠. 뉴욕 바사 칼리지에 다닐 때 연극 수업도 듣고 연극과 뮤지컬 대본도 많이 읽어서, 영화 시나리오가 읽기 위해 쓰는 글이 아니라는 걸 잘 알아요. 연기를 하고, 연출을 하고, 노래를 부르기 위해 쓰는 거죠. 기분 나쁘게 생각하지 않았으면 좋겠는데, 그냥 평범한 산문을 쓰는 게 나을 것 같았어요. 아무튼, 읽을 테니 들어보세요."

잔소리쟁이는 헛기침을 하며 목을 가다듬었다. 옛 기억과 술기운 탓에 감상에 젖은 그녀는 마리노가 무슨 꿍꿍이라도 있는 것처럼 안락의자에 앉지 않으려 한다는 생각이 들었다. 분명, 그에게 무슨 꿍꿍이가 있는 게 틀림없었다. 자신에게 길 건너편에서 일어난 일을 추측할 수 있도록 영화 시나리오를 써 보라고 한 건, 훨씬 더 중대하고 위협적인 문제의 일부에 지나지 않는다는 생각이 들었다. 마리노는 연방 정부에서 일하는 비밀 요원일지도 몰랐다. 영국에서 송금을 받는다거나 납부해야 할 세금을 내지 않는 등의 특이한 은행 기록 때문에, 자신이 테러리스트들과 개입했을 거라 믿는지도 몰랐다. 사회 보장 제도로 받는 수입과 그때그때 다른 소액의 기타 수입은 따로 기입해 오지 않고 있었다.

잔소리쟁이는 종이에 적은 것을 읽었다.

"테리는 바구니를 커피 테이블에 두고는 머뭇거리지 않고 매우 기민하게 소파에 올라가 앉았는데, 짧은 팔다리로도 익숙해 보였다. 전혀 힘을 들이지 않고 앉은 듯했지만, 그녀가 앉는 모습을 보지 못한 나는 만화 속 인물이나 다섯 살 난 아이의 그것처럼 일자로 쭉 뻗은 다리가 쿠션 위에 놓여 있는 모습을 보고 깜짝 놀랐다. 한 가지 덧붙일 중요한 사항이 있는데, 내가 문을 열어 준 순간부터 테리가 어떤 말을 하고 어떤 행동을 하든 간에 몹시 슬퍼 보였다는 점이다. 그녀는 겉으로는 고요하면서도 속으로는 미칠 것처럼 보였는데, 원치도 않고 편해 보이지도 않는 모습으로 바구니를 꼭 잡고 있었다.

테리의 옷차림에 대해서도 언급해야 할 텐데, 역시 인상적이었다. 청바지를 입었고, 앵클부츠와 남색 양말을 신고 있었으며, 남색 면 셔츠를 입고 있었다. 코트는 입지 않았고, 설거지용 푸른색 고무장갑을 끼고 있었는데, 마치 화재를 피해 집 밖으로 달려 나온 것 같은 차림이었다. 급박한 위기에서 빠져나온 게 분명했다.

나는 테리에게 도대체 무슨 일이냐고 물으며 음료를 권했지만, 그녀는 사양했다.

그녀는 내가 남편에게 선물로 받아 진열해 놓은, 크리스털이나 도자기로 만든 강아지 인형들을 바라보며 내게 말했다. '당신이 동물을 무척 좋아한다는 거 알아요. 특히 개를 좋아하죠.'

내가 대답했다. '맞아요, 그런데 그걸 어떻게 알죠? 당신이 길 건너편 아파트에 이사 온 후로는 개를 키우지 않았는데 말이죠.'

'길거리에서 잠시 이야기를 나눌 때 얘기하는 걸 들었고, 개를 산책시키는 사람들을 유심히 쳐다보는 모습을 봤어요. 미안해요. 워낙 다급한데 어디로 가야 할지 알 수가 없었어요.'

바구니에 덮인 수건을 걷자 가슴이 찢어지는 것 같았다. 아이비는 자그마한 손전등만 했고 기척이 없어서 처음에는 죽은 줄 알았다. 테리는 강아지를 선물로 받았지만 키울 수 없고, 남자친구가 애완동물 가게에 되돌려 주려 했지만 뜻대로 되지 않았다고 말했다. 아이비는 잘 자라지 못한 상태였다. 나는 마음 한편으로 아이비가 살아남지 못할 것임을 직감했다. 아이비는 내가 들어 올려 가슴에 꼭 안을 때까지 꿈쩍도 하지 않았고, 자그마한 머리를 내 목에 부비며 파고들었다. 강아지에게 아이비라는 이름을 붙인 건 담쟁이처럼 내 몸에 달라붙어서였다."

잔소리쟁이는 읽던 걸 멈추고 휴지로 눈물을 닦더니, 잠시 후 마리노에게 말했다. "미안해요. 더는 못하겠어요. 너무 고통스럽고, 아직도 화가 나요. 왜 이렇게 날 당혹스럽게 하는 거죠? 날 우롱하는 거라면 제이미 버거의 사무실을 찾아가 당신을 상대로 고발장을 제출할 거예요. 당신이 경찰이어도 상관 안 하고, 당신에 대한 불만을 늘어놓을 거예요. 그리고 당신이 정부 기관에서 일하는 비밀 요원이라면, 지금 이 자리에서 분명하게 밝혀요."

"난 당신을 우롱하고 있는 것도 아니고, 비밀 요원도 아니오." 마리노가 말하자, 그녀는 그의 단호한 말투에 깃든 친절함이 느껴졌다. "분명하게 말하지만, 중요한 일이 아니라면 이 모든 걸 묻지는 않을 거요. 테리가 왜 그 아픈 강아지를 여기로 데려왔는지 알아야 하는 건, 내가 알고 있는 다른 정황과 일치하지 않는 데다, 특이한 일이기 때문이오. 오늘 그 여자의 아파트에 갔었소. 애리조나에 살고 있는 그녀의 부모님과 이야기를 나눈 후 찾아갔는데, 부모님에 대해서도 아마 알 거요."

"난 몰랐어요. 그녀의 아파트가 얼마나 엉망일지 상상이 안 가요."

"그녀의 아파트에 가 본 적이 없다고 하지 않았소?"

"네, 한 번도 가 본 적 없어요."

"그럼 이렇게 말해 보겠소. 테리는 애완동물을 키우는 유형이 아니라고. 테리처럼 바닥을 항상 깨끗하게 청소하고 일반적으로 청결 문제에 늘 신경 쓰는 사람들은 애완동물을 키우려 하지 않을 거요. 그녀가 애완동물을 키우지 않았다고 확실하게 말할 수 있는 건, 테리의 아파트를 방문해 항박테리아 비누와 다른 것들을 보았고, 그녀의 부모님과 통화하면서 몇 가지 질문을 해 봤기 때문이오. 두 번째로 통화할 때, 애완동물 얘기가 나왔소. 부모는 테리가 어린아이였을 때조차 애완동물을 키운 적이 없고, 다른 사람들이 키우는 애완동물에 대해서도 별다른 기억이 없다고 했소. 테리는 개나 고양이를 무서워해서 손도 대지 않았고, 새는 끔찍이 싫어했다고 했소. 당신이 나한테 자세히 설명해 준 장면을 생각해 보면 특이한 사항이 두어 개 있을 거고, 그걸 다른 관점에서 볼 수도 있을 거요. 테리는 코트를 입지 않았고, 고무장갑을 끼고 있었소. 설거지를 하고 있는데 누군가가 아픈 강아지를 선물로 가져 왔고, 그걸 보고는 겁에 질려 길 건너편에 사는 당신한테 급히 달려온 거요."

"맞아요."

"왜 고무장갑을 끼고 있는지 물어봤소?"

"네, 물어봤어요. 약간 당황하더니 장갑을 벗고는 내게 버려 달라고 했어요."

"장갑을 벗고는 강아지를 만졌소?"

"강아지한텐 손도 안 댔어요. 고무장갑을 벗으며 나갔어요. 그 점을 분명하게 해야겠네요. 이제 이 이야기의 거의 끝 부분에 이르렀거든요."

"맞소. 테리가 장갑을 벗지 않았던 건 병균이 두려워서였소. 코트를 입지 않았던 건 아픈 강아지의 병균이나, 당신의 아파트에 있을 병균을 코트에 묻히고 싶지 않아서였을 거요. 코트보다는 셔츠를 세탁하는 편이 더 쉬우니까. 바구니와 타월도 두고 갔을 거요."

"맞아요. 두고 갔어요."

"강아지를 당신에게 건네줄 때 이미 테리는 강아지가 무척 아프고, 곧 죽을 것임을 알고 있었소."

"이미 말했지만 난 몹시 화가 났었어요."

"당신 말이 맞소. 테리는 강아지가 곧 죽을 것임을 알고, 당신한테 떠넘긴 거요. 그건 비열한 짓이오. 더구나 동물을 사랑하는 사람한테는 말이오. 당신이 마음이 약하고, 특히 애완견에 있어서는 더 그렇다는 걸 알고 당신을 이용한 거요. 하지만 가장 중요한 의문점은 그 여자가 아이비를 어디서 얻었냐는 거요. 내 말이 무슨 뜻인지 알겠소?"

"물론이죠." 잔소리쟁이는 점점 더 화가 치밀었다.

아이비와 보낸 며칠은 끔찍했다. 잔소리쟁이는 아이비를 꼭 껴안고 엉엉 울며, 물을 마시게 하고 먹이를 먹이려고 애썼다. 수의사에게 데려갔을 때는 이미 너무 늦은 상태였다.

"테리를 아는 사람이라면 그녀에게 강아지를 선물하진 않았을 거요." 마리노가 말했다. "더구나 아픈 강아지라면 말할 것도 없고. 남자친구가 천하의 나쁜 놈이거나 자기 애인에게 상처를 주고 고통스럽게 할 작정이 아니었다면 그런 짓은 하지 않았을 거요."

"테리는 슬퍼 보였고, 제정신이 아니었어요."

"학창 시절에 어린 남자아이들이 여자아이들에게 고약한 장난을 치던 게 생각나는군. 기억나오? 신발주머니에 거미나 뱀을 넣어 깜짝 놀라게 하면 여자아이는 소리치잖소. 테리는 무서웠던 거요. 병균과 세균 그리고 아파서 죽는 게 무서웠던 거요. 그러니 테리에게 아픈 강아지를 준 건 정말 역겨운 일이오."

"당신 말이 사실이라면 정말 극악무도한 짓이군요."

"테리와 길 건너편 이웃으로 지낸 지 얼마나 되었소?" 마리노가 물었다. 그가 두 다리를 쭉 뻗자 안락의자가 삐걱거렸다.

"테리는 이 년 전에 이사 왔어요. 난 그 여자의 성도 모르고, 그리 친하게 지내지도 않았어요. 분명하게 말하지만, 우연히 길거리에서 만나는 것뿐이었어요. 아파트 건물을 드나들다 길거리에서 만나곤 했는데, 솔직히 그 여자가 자주 외출한다는 것도 잘 몰랐어요. 차가 없는 것 같았은데, 나처럼 걸어 다녔죠. 지난 이 년 동안 다른 데서 몇 번 우연히 만나기도 했어요. 한번은 랜즈엔드 신발 가게에서 만났는데, 알고 보니 나처럼 거기 신발을 좋아하더군요. 테리가 메리 제인 트레킹화를 사고 있었던 기억이 나요. 한번은 구겐하임 미술관 근처에서 만나기도 했죠. 사실, 그때가 잭슨 폴락 전시회를 보려고 구겐하임에 마지막으로 갔을 때인데, 길거리에서 만난 우리는 걸음을 멈추고 잠시 얘기를 나눴어요."

"테리는 미술관으로 가던 길이었나요?"

"그런 것 같지 않았어요. 거기 주변을 지나던 길인 것 같았는데, 얼굴이 벌겋게 부어올라 있었어요. 흐린 날씨였는데, 모자와 선글라스를 끼고 있었죠. 뭔가에 알레르기 반응이 있었거나 운 것 같았지만, 물어보지는 않았어요. 난 남의 일에 시시콜콜 간섭하지 않거든요."

"테리의 성은 브리지스요." 마리노가 재차 말했다. "오늘 〈포스트〉에 기사가 실렸는데, 그녀의 성이 전혀 언급되지 않았소."

"난 〈포스트〉를 읽지 않아요. 원하는 뉴스는 모두 인터넷으로 봐요." 잔소리쟁이는 그 말을 하자마자 곧바로 후회했다.

자신이 인터넷으로 어떤 일을 하는지, 이 형사가 시시콜콜 간섭하기 시작하면 큰일이었다.

"대개는 TV로 보고요." 잔소리쟁이가 덧붙여 말했다. "강도가 들었다는데, 얼마나 심한 상태인지 물어봐도 될까요? 경찰차가 하루 종일 서 있었고, 당신도 거기 있었을 거 아녜요. 며칠째 테리를 못 봤는데, 가족이나 남자친구와 함께 있을 게 분명해요. 그런 일이 있고 나서 나라면 한숨도 자지 못했을 거예요. 당신은 테리가 더 이상 저곳에 살지 않는 것처럼 과거형으로 말하더군요. 그리고 그 여자의 가족과도 통화한 걸 보니 상황이 무척 심각하단 얘기겠죠. 애리조나에 있는 가족들과 무슨 상관이 있는지는 모르겠지만… 왜 그들에게 연락한 거죠? 무슨 일이 생긴 건가요? 그렇죠?"

마리노가 말했다. "유감스럽게도, 더 이상 나빠질 게 없는 상태요."

그녀의 뱃속에서 무언가가 마치 손가락으로 움켜쥐어진 것처럼 퍼덕거렸다.

자신에게 맞지 않는 안락의자에 앉은 마리노가 상체를 숙이자, 다시 삐걱거리는 소리가 났다. 상체를 숙이니 그의 얼굴이 그녀에게 점점 더 크게 다가오는 것 같았다. "강도가 침입했을 거라고 생각한 근거가 도대체 뭐요?"

"난 그저…." 그녀는 말을 잇지 못했다.

"유감스럽게도 강도 침입 사건이 아니오. 당신 이웃은 어젯밤에 살해되었소. 바로 길 건너편에서 일어난 소동을 전혀 몰랐다니 믿기지 않는군. 경찰차도 오고, 법의국 사무실에서 승합차도 왔는데…."

잔소리쟁이는 스카페타 박사를 떠올렸다.

"여기저기서 손전등을 비추고, 자동차의 문들이 닫히고, 사람들이 얘기하는 소리가 들렸을 텐데 아무 소리도 듣지 못했고, 아무것도 보지 못했단 말이오?" 마리노는 재차 말했다.

"스카페타 박사가 사건 현장에 나타났나요?" 그녀가 흐르는 눈물을 닦으며 불쑥 물었다. 그녀의 심장은 방망이질 치고 있었다.

잔소리쟁이의 말을 들은 마리노의 얼굴은 그녀에게 가운뎃손가락 욕이라도 먹은 것 같은 표정이 되었다.

"도대체 무슨 소릴 하는 거요?" 마리노가 점잖지 않은 말투로 말했다.

잔소리쟁이는 뒤늦게 깨달았다. 이전까지는 이 둘을 연관시킬 생각을 조금도 하지 못했었다. 어떻게 이런 일이 일어날 수 있지? P. R. 마리노. 자신이 편집하고 수정하고 게재한 칼럼에 나오는 피트 마리노와 이름과 똑같았다. 동일인일 리 없었다! 마리노는 사우스캐롤라이나에 살고 있었다. 그리고 제이미 버거 밑에서 일하지 않았다. 제이미 버거 같은 여성은 마리노 같은 남자를 절대 고용하지 않을 게 분명했다. 잔소리쟁이는 겁에 질렸다. 심장 박동이 빨라졌고, 가슴이 죄어들었다. 보스가 칼럼에 썼던 인물과 마리노가 동일인이라면, 지금 그가 남편이 사용하던 안락의자에 앉아 있을 이유가 없었다. 자신이 아는 한, 마리노는 길 건너편에 사는 무방비 상태의 왜소발육증 여인을 살해한 미치광이일지도 몰랐다.

보스턴의 살인마가 희생자를 죽인 것과 똑같은 방식이었다. 선량하고 책임감 있는 사람인 척 가장하면서 거실에서 차를 마시고 유쾌한 대화를 나누다가 결국….

"스카페타 박사는 왜 묻는 거요?" 마리노는 여전히 용서할 수 없는 욕설이라도 들은 듯한 얼굴로 그녀를 똑바로 쳐다보고 있었다.

"그녀가 걱정이 돼요…." 잔소리쟁이는 가능한 한 침착하게 말했다. 손이 부들부들 떨려서 무릎을 꽉 붙잡아야 했다. "그녀가 대중들에게 노출되는 게 걱정되고… 하는 일의 속성이 걱정되고…. 스카페타가 하는 일에는 사람들의 관심이 몰리니까요."

잔소리쟁이는 심호흡을 내쉬었다. 그녀는 자신이 인터넷에서 스카페타 박사에 대한 내용을 읽었음을 들키지 말아야 했다.

"당신이 뭔가 특별한 걸 생각하는 듯한 낌새가 나는데, 툭 터놓고 말해 보시오." 마리노가 말했다.

"스카페타가 위험에 처하게 될 것 같아요. 그냥 그런 느낌이 들어요." 그녀가 말했다.

"무슨 근거로 말이오?" 마리노는 그녀를 뚫어지게 쳐다보았다.

"테러리스트들." 그녀가 말했다.

"테러리스트들?" 마리노의 표정이 다소 누그러졌다. "무슨 테러리스트들 말이오?" 그의 기분이 나빠 보이지는 않았다.

"요즘 사람들은 다들 테러리스트들을 두려워하잖아요." 잔소리쟁이는 새로운 전술을 시도했다.

"자, 이렇게 합시다." 피트 마리노가 일어서자 거대한 탑이 그녀를 내려다보는 것 같았다. "명함을 두고 갈 테니 곰곰이 생각해 보기 바라오. 사소한 거라도 머릿속에 떠오르는 게 있으면 곧바로 전화 주시오. 시간은 언제라도 상관없소."

“누가 그런 짓을 했을지 상상조차 할 수 없어요.” 그녀는 자리에서 일어나 그를 따라 현관문 쪽으로 갔다.

“항상 상상조차 할 수 없는 사람이기 마련이오.” 마리노가 말했다. “범인이 희생자와 아는 사이든 그렇지 않든 말이오.”

08 네시와 빅풋

사이버 공간은 사람들의 비웃음으로부터 숨기에 최적의 공간이다.

고담 칼리지는 온라인 대학으로, 학생들은 오스카 베인 박사의 재능과 지성을 볼 뿐 그런 재능을 담고 있는 난쟁이의 모습은 보지 못했다.

"학생 개인이나 그룹일 리 없어요." 오스카가 스카페타에게 말했다. "학생들은 내가 누군지 몰라요. 내 주소와 전화번호도 등록되어 있지 않아요. 사람들이 다닐 수 있게 건물이 있는 것도 아니고요. 교수진은 애리조나에서 일 년에 서너 차례 만나요. 우리가 서로 얼굴을 보고 직접 만나는 건 그때가 전부죠."

"당신의 이메일 주소는요?"

"대학 웹사이트에 나와 있는데, 의무적으로 명시해야 해요. 아마 처음에 그렇게 시작했을 거예요. 인터넷은 개인정보를 훔치기에 가장 용이한 루트죠. 법의국 사무실에 말했어요. 그들이 그런 방식으로 내게 접근했을 거라고. 내가 추측하는 건 중요하지 않았어요. 그들은 날 믿지 않았고, 난 그들이 내 머릿속을 훔쳐간 일당임을 깨달았어요. 저들은 내 머릿속을 훔치려 하고 있어요."

스카페타는 의자에서 일어나, 노트와 펜을 가운 주머니에 집어넣었다.

"등을 볼 수 있도록 테이블 건너편으로 갈게요. 당신도 외출할 때가 있긴 하겠죠?"

"식료품 가게, 현금지급기, 주유소, 병원, 치과, 극장, 레스토랑…. 그들이 움직이기 시작할 때면, 난 패턴을 바꾸기 시작해요. 다른 장소, 다른 시간, 다른 요일로요."

"체육관은요?"

스카페타는 오스카의 환자복 끈을 풀어 엉덩이 아래쪽으로 부드럽게 당겼다.

"운동은 아파트 안에서 해요. 바깥에서는 파워워킹을 하는데, 일주일에 엿새 동안 한 번에 칠팔 킬로미터 정도 걸어요."

오스카의 상처에 특정한 패턴이 있었다. 스카페타는 기분이 나아지지 않았다.

"같은 장소나 같은 시간에 걷지 않아요. 매번 바꾸죠." 그가 덧붙여 말했다.

"가입했거나 관여하고 있는 그룹이나 클럽, 조직 같은 건요?"

"'미국 왜소인 협회'요. 지금 일어나고 있는 일은 그 조직과 아무 상관없어요. 이미 말한 것처럼, 전자 장치를 통한 괴롭힘은 약 석 달 전에 시작됐어요. 내가 알기로는 그래요."

"석 달 전에 당신의 삶을 바꾼 특이한 일이라도 있었나요?"

"테리와 데이트하기 시작했어요. 그러자 저들이 날 미행하기 시작했어요. 증거가 있어요. 아파트에 몰래 숨겨 둔 CD 안에 들어 있어요. 저들이 침입한다 해도 찾지 못할 거예요. 당신이 집에 가면 그걸 갖다 주세요."

스카페타는 그의 목덜미 아래에 난 찰과상의 크기를 쟀다.

"당신이 내 아파트에 들어간다면 말이죠." 그가 말했다. "그 형사에게 동의서를 작성해서 줬어요. 그 사람이 마음에 들지 않았지만, 나한테 요구했을 때, 동의서와 열쇠, 침입 경보 장치에 관한 정보를 줬어요. 내겐 숨길 게 없고, 당신이 가길 바랐기 때문이죠. 난 그에게 당신과 함께 가기 바란다고 했어요. 저들이 침입하기 전에 빨리 가요. 저들이 이미 침입했을 수도 있어요."

"경찰 말인가요?"

"아뇨. 저들."

스카페타가 장갑 낀 손으로 몸을 만지자, 오스카는 긴장을 풀었다.

"저들의 위상과 능력으로 보아 능히 하고도 남을 거예요. 하지만 이미 집 안에 들어갔다 해도 찾아내지 못했을 거예요. 저들은 찾아내지 못했을 거예요. 그건 불가능해요. CD는 책에 숨겨져 있는데, 리틀턴 윈슬로 박사가 쓴 《어느 정신병원 의사의 경험》 안에요. 1874년 런던에서 발행된 책이죠. 손님방 왼쪽에 있는 두 번째 책장의 네 번째 선반에 있어요. 그걸 아는 사람은 이제 나 말고 당신뿐이에요."

"당신이 미행과 감시를 당하고 있다고 테리한테 말했나요? 그녀가 CD에 대해서도 아나요?"

"오래되지는 않았어요. 테리를 걱정시키고 싶지 않았으니까요. 그녀에게는 불안장애가 있어요. 그러다 선택의 여지가 없어졌어요. 삼사 주 전에 테리가 내 아파트를 보고 싶다고 했지만 나는 그럴 수 없다며 고집을 부렸는데, 결국 그녀에게 말해야만 했어요. 그녀가 내게 뭘 숨기느냐며 탓하니까 난 말할 수밖에 없었어요. 난 전기 장치로 괴롭힘을 당하고 있기 때문에 그녀를 내 아파트로 데려오는 게 안전하지 않다는 걸 그녀에게 납득시켜야 했어요."

"그 CD에 대해서 테리에게 말했나요?"

"CD 안에 뭐가 들어 있는지는 말했지만, 어디에 있는지는 말하지 않았어요."

"테리는 당신을 알게 되어서 자신이 위험에 빠질 거라고 걱정했나요? 그리고 당신이 그녀를 어디서 만나든 상관없었나요?"

"저들이 테리의 아파트까지 따라오지 않았던 건 확실해요."

"어떻게 그렇게 확신할 수 있죠?"

"저들은 어디서 날 미행하는지 나한테 말해 줘요. 테리에 대해선 몰랐어요. 그래서 그녀에게 당신은 안전하다고 말해 줬어요."

"그녀는 당신이 하는 말을 믿었나요?"

"화를 냈지만, 겁에 질리지는 않았어요."

"쉽게 불안해하는 사람치고는 다소 이례적이군요." 스카페타가 말했다. "테리가 겁에 질리지 않았다니 놀랍네요."

"저들에게서 연락이 끊어졌는데, 몇 주 전부터 연락이 오질 않아요. 저들이 더 이상 내게 관심을 가지지 않는지도 모른다는 희망이 생기기도 했었죠. 그런데 가장 잔인한 일을 벌이려고 날 가만 내버려 두었던 거예요."

"테리와 서로 연락은 어떻게 했죠?"

"이메일로요."

"당신이 테리에게 알린 후 저들이 하던 일을 멈추었다면, 저들이 그녀와 한통속일 가능성도 있지 않을까요? 혹시 당신이 괴롭힘과 감시를 당하는 느낌이 드는 이메일을 그녀가 보낸 건 아닐까요? 당신이 어떤 얘기를 하자, 그녀가 이메일을 더 이상 보내지 않은 게 아닐까요?"

"절대 그렇지 않아요. 테리는 그렇게 가증스런 일을 하지 않을 거예요. 더구나 나한테…. 그럴 리가 없어요."

"어떻게 그렇게 확신할 수 있죠?"

"그럴 리가 없어요. 예를 들어, 내가 아무 말도 해 주지 않았는데 내가 길을 걷다가 콜럼버스 광장에 잠시 멈추어 선 걸 그녀가 어떻게 알 수 있었겠어요? 커피크림을 사러 가게에 간 걸 어떻게 알았겠어요?"

"누군가를 고용해 당신을 미행하게 할 만한 이유가 있었을까요?"

"테리는 그러지 않았을 거예요. 지금까지 일어난 일로 보아 그녀가 관련되었을 리 없어요. 그녀가 죽었어요! 저들이 그녀를 죽인 거라고요!"

문이 살짝 열리더니 교도관의 눈이 빈틈 사이로 보였다. "괜찮아요?"

"네, 괜찮아요." 스카페타가 말했다.

교도관의 눈이 사라졌다.

"하지만 이메일이 끊겼다면서요." 스카페타가 오스카에게 말했다.

"도청하고 있군요!"

"오스카, 당신이 목소리를 높였어요. 진정하지 않으면 교도관이 다시 나타날 거예요."

"이미 있는 내용을 백업 카피해 두었어요. 저들이 들어와 삭제하거나 뭔가를 조작해서 나를 거짓말쟁이로 만들지 못하도록 내 컴퓨터에서 모든 걸 지웠어요. 원본 이메일 기록은 책에 숨겨 둔 CD 안에 있는 게 유일해요. 리틀턴 윈슬로가 쓴 《어느 정신병원 의사의 경험》 안에 말이죠. 난 고서(古書)나 그 비슷한 것들을 수집해요."

스카페타는 그의 오른쪽 등 아랫부분에 있는 찰과상과 손톱자국을 사진으로 찍었다.

"주로 정신병 치료법과 연관된 책들이죠." 그가 말했다. "그 가운데 벨뷰 병원에 대한 책도 포함되어 있어요. 난 여기서 일하는 사람들보다 이곳에 대해 더 많은 걸 알고 있어요. 당신과 당신 남편은 분명 내 벨뷰 컬렉션이 굉장히 흥미로울 거예요. 언젠가 당신들에게 보여줄 수도 있을 거예요. 원하시면 언제든지 빌려 줄게요. 테리는 정신병 치료법 역사에 큰 관심을 보였고, '사람'이라는 것에 매료되었어요. 사람들에게 지대한 관심을 갖고 있었고, 사람들이 하는 행동의 이유에 대해 곰곰이 생각했어요. 그녀는 공항이나 공원에 앉아 하루 종일 사람들만 지켜볼 수도 있다고 말하곤 했어요. 왜소발육증은 전염되지 않는데 왜 장갑을 끼고 있는 거죠?"

"당신을 보호하기 위해서죠."

그렇기도 했고, 그렇지 않기도 했다. 스카페타는 오스카의 피부와 자신의 피부 사이에 라텍스라는 장벽이 있길 원했다.

"저들은 내가 어디를 가는지, 어디에 갔는지, 그리고 내가 어디에 사는지 알아요." 오스카가 말했다. "하지만 그녀의 아파트, 테리가 사는 머레이 힐의 적갈색 사암 건물은 몰랐어요. 저들이 그녀에 대해 알고 있다고 믿을 만한 증거가 전혀 없었어요. 저들이 내가 어느 날에 어디에 갔는지 말해 줄 때, 내게 그 장소를 말한 적이 한 번도 없어요. 매주 토요일마다 가는데 왜 내게 말하지 않았겠어요?"

"항상 같은 시간에 갔나요?"

"네, 오후 5시에요."

"머레이 힐 구역의 어디죠?"

"여기서 멀지 않아 걸어갈 수도 있어요. 로우스 극장에서 가까워요. 종종 영화를 보러 가서, 핫도그와 치즈 프라이를 먹으며 기분을 내곤 했어요."

스카페타의 손길이 닿자, 그의 등이 바르르 떨렸다. 그의 마음속에 서글픔이 치밀었다.

"우리 두 사람 모두 체중에 신경을 썼어요." 그가 말했다. "저들이 머레이 힐과 우리가 함께 돌아다닌 곳까지 나를 따라올 거라고는 전혀 생각하지 못했어요. 그럴 이유가 전혀 없었고, 혹시라도 있었다면 테리를 보호하려고 조치를 취했을 거예요. 그녀가 혼자 살도록 두지 않았을 거고, 그녀에게 여길 떠나라고 말했을 수도 있을 거예요. 하지만 난 그러지 않았어요. 난 절대 그녀를 해치지 않았어요. 내 평생 가장 사랑한 사람이었으니까요."

*

"그렇지 않아도 물어볼 생각이었어요." 버거가 흠잡을 데 없이 예쁜 얼굴로 벤턴을 똑바로 쳐다보며 말했다. "케이가 루시의 이모니까 당신은 루시의 이모부가 되는군요. 루시도 당신을 이모부라 부를 테고요."

"루시는 이모부 말도, 이모 말도 듣지 않아요. 당신 말은 들었으면 좋겠네요." 벤턴은 버거의 속마음을 꿰뚫어 볼 수 있었다.

버거는 벤턴을 찌르며 부추기고 있었다. 그가 그 가십 칼럼 얘기를 꺼내어 사실대로 고백하고, 자신의 자비 앞에 굴복하기를 바랐다. 하지만 벤턴은 이미 마음먹은 상태였다. 자신은 잘못한 것이 없기 때문에 자발적으로 나서지는 않을 생각이었다. 시기만 적절하다면 그는 자신을 쉽게 방어할 수 있었다. 벤턴은 마리노가 법적으로 어떤 혐의도 받지 않았고, 고소도 당하지 않았으며, 스카페타의 사생활을 침해하는 건 자신의 권한 밖의 일이라는 점을 상기시키며 버거에게 자신의 침묵을 정당화할 수도 있었다.

"루시에게 테리 브지리스의 노트북들이 있나요?" 벤턴이 물었다.

"아뇨, 아직은 없지만 곧 갖게 될 거예요. 그리고 루시가 이메일 사용자에 대해 확인하는 대로 우린 이메일 서비스 제공 업체에 연락해서 암호를 알아낼 거예요. 오스카의 것을 포함해서요."

"루시가 당신을 만나서 별다른 말은 안 하던가요? 이를테면…."

"아직 만나지 못했어요." 버거가 끼어들며 말했다. "전화로 짧게 통화했어요. 여기로 이사 왔다는 얘기는 당신한테 듣지 못했는데 깜짝 놀랐어요. 곰곰이 생각해 보니 그리 놀랄 일도 아니더군요." 버거가 커피 잔을 집으며 말을 이었다. "수소문해 보니까 루시가 최근에 여기로 이사와서 자신의 회사를 설립했더군요. 빠른 시간 내에 명성을 얻는 걸 보고 이 사건에서 도움을 요청해야겠다고 마음먹었어요."

버거는 커피를 마시고 잔을 내려놓았다. 그녀가 하는 동작 하나하나가 모두 사려 깊고 신중했다.

"그와 난 주기적으로 연락하는 사이가 아니라는 걸 알아야 해요." 버거가 말했다.

그녀가 말하는 대상은 마리노였다. 그녀의 반대 심문이 시작된 것이었다.

"내가 알고 있는 게 사실인지는 모르겠지만…." 버거가 말했다. "루시가 마리노에게 자신이 이곳 뉴욕에 있다고 말하거나 그와 연락하는 모습이 상상이 안 가요. 루시는 마리노가 여기 있다는 사실도 모를 거예요. 당신이 왜 루시에게 그 사실을 말하지 않았는지 궁금하군요. 지금 내가 엉뚱한 가정을 하고 있나요? 루시에게 말했나요?"

"아뇨."

"이상하군요. 루시가 여기 뉴욕으로 왔는데, 마리노가 내 구역에서 잘 지내고 있다고 말하지 않다니…. 불행하게도 지난달에 그가 오스카와 통화했다는 사실이 밝혀지는 바람에 비밀이 깨지고 말았네요. 안됐군요."

"루시의 회사는 이제 시작 단계여서 아직 많은 사건에 개입하진 않고 있어요." 벤턴이 말했다. "브롱크스와 퀸스에서 두어 사건을 맡았었는데, 이번 사건은 맨해튼, 다시 말해서 당신의 구역 내에서는 첫 사건이 될 거예요. 물론 루시와 마리노는 어느 시점에서 서로 만나게 되겠죠. 일을 하다 보면 자연스럽게 둘이 만나게 될 거라고 예상할 수 있었죠."

"벤턴, 당신은 아무런 예상도 하지 않았어요. 그저 계속 부인해 왔어요. 다급해서 잘못된 결정을 내렸고, 어쩔 수 없는 결과를 직면하면서도 논리적으로 생각하지 않았어요. 그런데 당신이 두 개로 분리했던 것이 한데 모이기 시작했어요. 말로는 설명할 수 없는 기분이었겠죠. 사람들을 체스의 폰(pawn)처럼 조종하고 있었는데 어느 날 일어나 보니, 어떤 한 진부한 가십 칼럼 때문에 폰들이 서로 맞서게 되었고, 체스 판에서 상대방을 넘어뜨려야 하는 운명에 놓였으니까요. 자, 어떤 일이 일어났는지 요약해 볼까요?"

버거는 손가락을 가볍게 움직여 다가오는 웨이트리스의 커피포트를 가리키며 괜찮다는 표시를 했다.

"당신은 원래 뉴욕에서 거주할 생각은 아니었어요." 버거가 말했다.

"존 제이 칼리지에서 그럴 줄 몰랐으니까요…."

"거기에서 당신 두 사람에게 특별 강의와 컨설턴트를 부탁했죠? 그리고 아마 당신은 케이에게 수락하지 말라고 했을 거예요."

"현명하지 않다고 생각했으니까요."

"물론 그랬겠죠."

"케이는 법의국장으로 임명된 지 얼마 되지 않았고, 어쨌든 자신의 존재감을 되찾았어요. 그래서 더 많은 업무와 스트레스를 떠맡지 말라고, 그래서는 안 된다고 했어요."

"물론 그랬겠죠."

"아내는 고집을 부렸어요. 우리가 할 수 있다면 돕는 게 좋을 거라고 했죠. 그리고 아내는 어떤 선을 긋고 싶어 하지 않았어요."

"케이답군요." 버거가 말했다. "어디서든 항상 가능한 한 남을 돕고,

거기에 맞춰 자리를 잡죠. 온 세상이 그녀의 무대니까. 그녀를 매사추세츠의 시골구석에 가둘 수도, 또 어떠한 강요를 할 수도 없었을 거예요. 그러면 당신이 케이가 왜 뉴욕에 오는 걸 원치 않는지 말해야 하니까요. 당신은 당신에게 문제가 있다는 걸 알게 된 거죠. 당신은 이미 마리노를 뉴욕으로 이사 오게 했고, 솔직히 말하자면 나한테 그 사람을 고용하라고 종용했어요. 그리고 이제 케이는 뉴욕을 오가고 있고, 결국 내 구역에서 일어나는 사건을 도와주게 될 거예요. 당신 두 사람 모두 뉴욕을 오갈 거니까요. 그렇지 않아요? 루시 역시 믿을 수 없이 거대한 기회의 도시인 뉴욕으로 이사를 왔어요. 그녀에게 뉴욕보다 좋은 곳이 지구상에 어디 있겠어요? 당신은 거창하게 미래 계획을 세우면서, 어떻게 이 모든 걸 예상하지 못했나요? 내가 당신이 마리노를 내 사무실에 심어둔 진짜 이유를 알아낼 거라는 사실도 당신은 예상하지 못했어요."

"그런 걱정을 전혀 하지 않았던 것은 아니에요." 벤턴이 대답했다. "이렇게 일찍 문제가 생기지 않기를 바랐던 것뿐입니다. 그리고 내가 이야기를 꺼낼 수 있는 입장도 아니었고…."

버거가 벤턴의 말을 잘랐다. "당신은 마리노에게 아무 말도 하지 않았어요. 그렇죠? 존 제이 칼리지에 대해, 이곳에 있는 당신의 아파트에 대해서도."

"케이가 뉴욕을 드나들고 있다는 사실도 그에게 말하지 않았습니다. 그리고 루시가 곧 이곳에 이사 올 거라는 사실도 말하지 않았어요."

"맞아요. 아무 말도 하지 않았어요."

"언제 마지막으로 통화했는지는 기억이 안 나고, 마리노가 스스로 뭘 알아냈는지도 모르겠어요. 아무튼 당신 말이 맞아요. 당신에게 마리노를 고용하라고 추천하면서, 이런 일이 벌어질 거라고는 예상치 못했어요. 하지만 내가 누설할 입장은 아니었…."

버거가 다시 그의 말을 잘랐다. "누설한다고요? 당신은 이미 많은 걸 누설했지만, 진실을 밝히지는 않았어요."

"소문일 겁니다…."

"마리노에 대한 소문은 굉장히 끔찍해요. 검사 경험이 많은 내게도 분명히 그렇게 보여요. 마리노와 그가 취했을 때의 문제점. 당신이 케이와 약혼하자 그는 그걸 견디지 못해 일을 관뒀고, 몹시 낙담해 자멸해 갔어요. 그가 재활 센터에서 한 달을 보낸 뒤에 난 그를 고용했어요. 결국 마리노는 뉴욕 경찰국에서 다시 일을 시작했고, 나도 그와 초면은 아니었죠. 당신은 '상부상조'가 될 거라고 말했었죠."

"마리노는 정말 괜찮은 형사예요. 적어도 그 점만은 확언할 수 있어요."

"마리노가 절대 알아내지 못할 거라고, 단 오 분이라도 정말 그렇게 생각했나요? 케이와 루시가 절대 알아내지 못할 거라 생각했어요? 마리노가 관여한 사건의 부검을 위해 케이는 언제든 내 사무실에 소환될 수 있어요. 케이는 컨설턴트 자격으로 안치소 안팎에서 일을 하고, 이주마다 한 번씩 CNN에도 출연해요."

"마리노는 케이가 보스턴에서 위성을 통해 CNN에 출연한다고 생각할 겁니다."

"그런 말 말아요. 마리노가 당신과 마지막으로 만나고 나서 전두엽 절제술을 받지는 않았을 테니까요. 오히려 당신이 뇌 수술을 받았을지 모르겠다는 의문이 드는군요."

"충분한 시간이 흐르면 괜찮을 거라고, 우리는 해낼 수 있을 거라고 생각했어요…." 벤턴이 말했다. "괜히 내뱉는 겉만 번지르르한 말이 아닙니다. 솔직하게 말하자면, 떠도는 소문 그 이상은 아니에요."

"말도 안 돼요. 당신이 현실을 직면하려 하지 않고 회피하려 하는 바람에 이 모든 혼란스러운 일이 일어난 거예요."

"현실을 직면하는 걸 늦추려 했던 건 맞아요."

"언제까지 늦출 참이었죠? 다음 생애까지?"

"어떻게 해야 할지 방법을 찾아낼 때까지만 미루려 했어요. 그러다가 통제할 수 없게 된 거예요."

"이제 사건의 진실에 점점 더 가까이 다가가고 있군요. 당신도 알겠지만, 소문이 문제가 아니에요. 당신이 명백한 위험을 무시해서 생긴 일이라고요." 버거가 말했다.

"난 다만 서로에 대한 예의를 되찾고 싶었던 것뿐이에요. 뭔가를 되찾고 싶었던 것뿐이라고요. 악의 없이, 돌이킬 수 없는 상처 없이, 그렇게 계속 나아가고 싶었어요."

"마법처럼 모두를 다시 친구로 만들고 싶었겠죠. 예전의 아름답던 시절을 되찾아 앞으로도 계속 행복하게 지내고 싶었겠죠. 하지만 그건 동화에나 나오는 얘기죠. 내 생각에, 루시는 마리노를 미워할 거고, 케이는 그렇지 않을 거예요. 그녀는 누군가를 미워할 사람이 아니니까."

"루시가 마리노를 보면 도대체 무슨 짓을 저지를지 모르겠어요. 루시가 어떻게 할지 생각하면 나도 걱정이 됩니다. 웃고 넘어갈 일이 아닐 거예요."

"나도 웃지 않을 거예요."

"당신도 루시가 어떤 아이인지 알잖아요. 이건 심각한 상황이에요."

"루시가 자신의 직분을 참작해 누군가를 죽이는 일만큼은 참길 바랄 뿐이죠."

"언젠가는 마리노를 만날 거고 적어도 상황에 대해 알게 되겠죠." 벤턴이 말했다. "당신이 루시의 법의학 컴퓨터 수사 기술을 이용하기로 마음먹었다면 말입니다."

"퀸스 카운티에 있는 지방검사와 두 명의 경찰을 통해 들었어요. 당신에게 듣지 않은 건, 당신은 루시가 이곳에 있다는 사실을 내게 알리고 싶지 않았을 테고, 마찬가지로 내가 루시와 만나는 일이 절대 없기를 바랐을 것이기 때문이죠. 당신은 루시의 이모부니까요. 내가 그녀의 기술을 이용하겠다고 마음먹으면 그녀는 언젠가 내 사무실에 나타날 거고, 결국 마리노와 마주치겠죠."

"루시와 전화 통화를 하다 그렇게 된 건가요?" 벤턴이 물었다. "마리노에 대해 어떤 얘길 했나요?"

"내가 알기로 루시는 마리노에 관해 아직 몰라요. 나는 그에 관해 루시에게 아무 말도 하지 않았어요. 어젯밤 살해당한 여인과 그녀의 노트북 두 대에 뭐가 들어 있는지, 루시가 어떤 도움을 줄 수 있을지에 대해 고민하는 것만으로도 바빴어요. 루시가 폴란드에서 돌아와서 내 아파트에서 직접 만났을 때가 떠오르더군요. 당신과 난 루시가 거기에서 뭘 하고 왔는지 잘 알죠. 대단했지만 무모했어요. 경계라는 걸 염두에 두지 않는 자경단(vigilante)이었죠. 이제 루시는 '커넥션스(connextions)'라는 이름의 법의학 컴퓨터 수사 회사를 설립했어요. 흥미로운 이름이에요. 마치 '커넥션스(connections)'와 '다음은 뭐지?(what's next?)'를 합쳐 놓은 것처럼 들리는군요. 우리 모두 아는 것처럼, 다음이 뭐가 되든 루시는 최전방에 설 거예요. 예전에 알던 루시가 아닌 게 얼마나 다행인지 모르겠어요. 이제는 상대방을 제압하거나 강한 인상을 주려 하지는 않는 것 같아요. 생각이 더 깊어졌고, 심사숙고하는 것 같아요. 루시가 예전에 열중하던 일 기억나요? 콴티코에서 여름 인턴십 CAIN(범죄 인공 지능 네트워크)을 하면서 정말 대단한 재능을 보여줬던 때 말이에요. 아마 고등학교 때 이미 그런 시스템을 고안했죠? 루시가 그렇게 밉살스럽고 반역자처럼 경계를 넘나드는 건 어쩌면 당연한 일인지도 몰라요. 하지만 루시도 변한 것 같아요. 그녀와 전화로 얘기를 나눠 보니 성숙해진 것 같고, 이제는 자기밖에 모르는 공룡이 아닌 것 같아요. 내가 먼저 연락하는 걸 고마워할 줄 알더군요. 분명히 예전의 루시는 아니에요."

벤턴은 버거가 루시의 옛 모습에 대해 이렇게나 많이 알고 있다는 것과 달라진 면모를 보며 감탄하는 것에 깜짝 놀랐다.

"루시가 지금 시점에서 보면 노아의 방주처럼 오래된 프로그래밍을 만들고 있다는 얘기를 들었을 때 그런 생각을 했고, 지금 가능한 걸 보고도 깜짝 놀랄 거예요." 버거가 말했다. "맞아요. 난 마리노에 대해 일언반구하지 않았어요. 마리노가 최근에 성범죄 팀에 배정되었고, 얼마 전에 내가 그녀에게 부탁한 바로 그 사건을 그가 맡고 있을 거라고는 생각조차 하지 못했을 거예요. 알았더라면 어떤 반응을 보였을 거고, 뭔가 말했을 테죠. 루시는 곧 알게 될 거예요. 내가 그녀에게 직접 말해야 할 것 같아요."

"루시를 개입시키는 게 좋을 거라는 생각에는 변함이 없습니까?"

"그렇지 않을 수도 있겠죠. 분명하게 하지 못하면 진퇴양난에 빠질 거예요. 루시를 이 시점에서 다시 끌어들이지 않을 수 없는 이유는 솔직히, 사람들 평판대로 그녀의 능력이 뛰어나기 때문이에요. 난 그녀가 필요해요. 인터넷 범죄는 우리의 심각한 문제 가운데 하나고, 우리를 더 힘들게 하고 있어요. 우리는 대부분이 증거를 남기지 않고 남기더라도 고의로 거짓 증거를 남기는, 눈에 보이지 않는 범죄와 맞서고 있어요. 난 마리노나 가십 칼럼 혹은 당신의 불안과 결혼 문제 때문에 내가 갖고 있는 계획을 틀어지게 하지는 않을 거예요. 분명하게 말하지만, 난 이 사건을 위해 최선을 다할 거예요."

"루시의 능력에 대해선 나도 잘 알아요. 솔직히, 그 아이의 능력을 이용하지 않는 건 어리석은 일이죠." 벤턴이 말했다.

"그래요. 그게 내 얘기의 전부예요. 난 루시의 능력을 이용해야 해요. 하지만 시 정부 예산은 루시 같은 사람을 이용할 만큼 넉넉하지 않아요."

"아마 그냥 해 줄 겁니다. 루시에겐 돈이 필요하지 않으니까요."

"세상에 공짜는 없어요, 벤턴."

"맞아요. 루시는 변했어요. 지난번 당신이 만났을 때는 아주 다른 사람이 되었죠. 그녀를 데려올 수도 있었던 예전과는…."

"옛날 얘기는 하지 않도록 하죠. 오륙 년 전에 루시가 내게 뭐라고 고백했었는지 기억도 안 나요. 루시는 나머지 이야기를 내게 하지 않았어요. 내가 보기에, 그녀는 폴란드에 가지 않았어요. 하지만 그런 일이 반복되진 않을 거라고 믿어요. 그리고 분명히 말하는데, 나는 또 다른 FBI나 ATF(미국 주류·담배·화기 단속국) 같은 상황은 원치 않아요."

경력을 쌓기 시작하던 시절, 루시는 두 기관 모두에서 해고당했었다.

"루시한테 언제 테리 브리지스의 노트북들을 가져다줄 거죠?" 벤턴이 물었다.

"곧 가져다줄 거예요. 정보 수사를 위한 수색 영장을 받았고, 사람들 모두 준비 상태예요."

"당신이 어젯밤에 당장 일을 진행시키지 않았다니 좀 놀랍군요." 벤턴이 말했다. "그 안에 뭐가 들어 있든 테리 브리지스의 노트북들은 우리가 알고 싶어 하는 것을 말해 줄 수 있을 겁니다."

"대답은 간단해요. 어젯밤에 찾지 못했어요. 첫 번째 수색에서 찾아내지 못한 거죠. 마리노가 오늘 오전에 두 번째로 수색하면서 우연히 찾아냈어요."

"그건 금시초문이네요. 마리노가 이 사건에 그렇게나 깊이 개입하고 있는지 몰랐군요."

"나도 어젯밤에 모랄레스가 사건 현장을 치우고 나서야, 마리노가 지난달에 얘기하던 사람과 오스카가 동일 인물임을 깨달았어요. 그래서 곧바로 마리노에게 전화를 걸었어요. 그가 사건에 이미 개입된 상태였기 때문에, 난 그가 이번 사건에 참여하길 원한다고 말할 수밖에 없었던 거예요."

"그리고, 당신의 변명을 위해서라도 그가 필요했겠군요." 벤턴이 말했다. "오스카는 한 달 전 당신 사무실에 전화를 걸어 도움을 요청했어요. 그때 문제의 심각성을 깨달을 수도 있었지만, 당신은 그의 요청을 거절하는 실수를 저질렀죠. 마리노도 마찬가지였고요. 당신의 변명을 위해, 자기 자신을 변명하고 싶을 마리노보다 더 열심히 일할 사람은 없어 보이는군요. 참으로 이기적인 해결책이네요. 하지만 당신은 운이 좋아요. 마리노는 많은 걸 놓치지는 않아요. 사실, 그는 아마도 당신의 빌어먹을 팀 전체에서 최고일 거예요. 만약 당신이 아직 그 사실을 깨닫지 못했다면 그건 그가 평가절하되기 쉬운 사람이고, 당신이 그에 대해 편견을 갖고 있기 때문일 거예요. 내가 추측하기에, 마리노는 직접 사건 현장에 가서 가장 중요한 증거가 될 수 있는 걸 찾았을 겁니다. 테리 브리지스의 노트북들 말이죠. 도대체 어디에 있었죠? 마루 밑에 있었나요?"

"옷장 안에 든 여행 가방 안에 있었어요. 오늘 아침 피닉스로 출발할 예정이던 비행기에 갖고 타려 했던 거 같아요. 그것 말고도 여행 가방이 하나 더 있었어요." 버거가 말했다.

"테리가 오늘 아침 피닉스로 갈 예정이었다는 건 누가 알아냈죠?"

"오스카가 어젯밤에 얘기하지 않던가요?"

"그는 나한테 아무 얘기도 하지 않았어요. 아까 말했듯이, 오스카는 심리 검사에 협조한 게 전부였어요. 그렇다면 누가, 어떻게 알아낸 거죠?"

"마리노였죠. 그는 실력 있는 형사인 데다 한번 시작하면 멈추질 않는 유형이에요. 혼자 직접 여기저기 돌아다니죠. 오랫동안 일을 한 탓에 상대방이 경찰, 심지어 검사나 판사라는 이유만으로 사람들이 아무 정보도 흘리지 않는다는 걸 알고 있죠. 형사 재판부에 있는 사람들은 남의 말을 쉽게 옮기고, 입을 다물어야 할 때에도 그러지 않으니까요. 마리노에 대한 당신의 생각은 옳아요. 그리고 그의 주변엔 곧 적이 생길 거예요. 난 그의 존재가 노출되면 안 된다고 생각했어요. 불 보듯 빤한 일이니까요. 사실, 마리노는 모랄레스를 포함한 그 누구보다 먼저 스코츠데일에 사는 테리의 부모님을 알아내서, 그녀의 죽음을 알렸어요. 테리의 부모님이 말하길, 그녀가 며칠 동안 지내러 집으로 올 예정이었다더군요. 그래서 그는 서둘러 테리의 아파트로 간 거예요."

"어젯밤에 비행기 티켓이 보이질 않아 경찰들이 기민하게 대처하지 못한 모양이군요." 벤턴이 말했다. "요즘은 모든 걸 전산으로 처리하니까요."

"맞아요."

"모랄레스에게 건네받은 범죄 현장 사진을 보고도 내가 여행 가방을 보지 못한 것 역시 그 때문이겠군요."

"그 사진들은 마리노가 첫 번째 수색에서 찍어 온 거예요. 어젯밤에 여행 가방이 왜 안 보였는지 알겠어요. 잘했다는 건 아니지만 왜 그런지는 알겠어요."

"여행 가방을 고의적으로 숨겼다는 의심을 하는 겁니까?"

"오스카 말인가요?"

"이치에 맞지는 않죠." 벤턴이 곰곰이 생각했다. "테리의 노트북들이 발견될까 봐 걱정했다면 왜 범죄 현장에서 치우지 않았겠어요? 왜 옷장 안에 숨겨 두었겠어요?"

"아무리 악의적으로 범죄를 계획한다 해도, 범인들은 이치에 맞지 않는 일을 많이 하죠."

"그렇다면 그는 꽤 빈틈이 많은 살인자네요." 벤턴이 말했다. "내가 본 아파트 사진으로 미루어 짐작해 보면, 테리는 빈틈이 없는 성격이에요. 그녀는 몹시 깔끔해요. 그게 가능할까요? 그녀가 여행 가방을 꾸리고 나서 눈에 보이지 않는 곳에 두었다, 친구가 곧 올 것이기 때문에? 오스카가 범죄를 계획했을 거라고 가정하는 건 경솔한 일 같군요. 그가 그녀를 죽였을 거라고 섣불리 가정하고 싶지 않습니다."

"벤턴, 돌다리도 두들겨 보고 건너라는 속담도 있잖아요. 모든 가능성을 열어 놓고 시작해야 해요. 오스카는 가장 분명한 첫 번째 돌다리예요. 문제는 아직까지 증거가 없다는 거고요."

"적어도 테리의 노트북들에 대해서는 오스카가 선수를 칠 수 없네요. 그에겐 컴퓨터도 없고, 병동에서는 인터넷 접속을 할 수도 없으니까요." 벤턴이 말했다.

"그건 오스카가 선택한 거예요. 사실 그가 꼭 병동에 있을 필요는 없어요. 난 그 점이 몹시 의심스럽고, 그 사람의 정신 상태가 매우 걱정스러운 거예요. 그가 테리의 노트북들을 찾았든 그렇지 않든, 그는 우리가 테리의 유저네임 혹은 이메일 서비스 제공 업체를 알아내면 그녀의 이메일 계정에 들어갈 거라는 사실을 알고 있었던 게 분명해요. 우리는 결국 그의 이메일 계정에도 들어가게 되겠죠. 오스카와 테리가 주기적으로 이메일을 주고받지 않았을 리가 없을 테니까요. 하지만 그는 상관하지 않는 것 같아요. 갇혀 있지 않았다면 그는 집으로 달려가 뭔가를 할 수도 있었을 텐데, 그걸 아예 감안하지 않았어요. 왜 그랬을까요?"

"잘못한 게 없으니까 그럴 필요성을 느끼지 않았을 수도 있겠죠. 혹은 집으로 가서 컴퓨터를 없애 버릴 만큼 컴퓨터에 대해 잘 알지 못할 수도 있고요. 만약 오스카가 살인자고 미리 계획된 범행이었다면, 이에 대한 조치가 미리 취해져 있을 수도 있는 거고요."

"굉장히 중요한 지점이에요. 스스로 우리보다 더 똑똑하다고 생각하는 자에 의해 사전 계획된 범행인 거예요. 오스카는 미리 조치를 취한 다음 벨뷰 병원에 들어왔어요. 살인자가 다음번엔 자신을 노릴까 봐 두렵다는 이유로요. 다시 말해서, 그는 모든 사람들을 마음대로 조종하고 있어요. 그러면서 즐거운 시간을 보내는지도 모르고요."

"난 그럴 가능성에 대해선 부정적입니다." 벤턴이 말했다. "다른 가능성도 있어요. 그는 살인범이 아님에도 모두가 자신을 의심할 거라는 생각에, 벨뷰 병원에 들어와서 나와 케이처럼 사건 해결에 도움이 될 만한 사람을 만날 기회를 얻어 자신은 무죄고 위험에 처했다는 사실을 호소하려 한 걸 수도 있죠."

"설마 진심으로 그렇게 믿는 건 아니겠죠?"

"그는 케이가 자신의 성역이라고 생각해요. 자신이 어떤 걸 했든, 어떤 걸 하지 않았든."

"맞아요. 오스카는 나를 믿지 못해 케이를 선택했어요. 내게 '슈퍼 악녀'라는 새로운 별명이 생기겠군요." 버거가 소리 없이 웃었다. "예전부터 있었던 별명이 아니길 바라요."

"오스카는 당신이 자신을 경멸했다고 믿고 있습니다."

"뉴욕의 미치광이들이 매일 그러는 것처럼 그 사람이 한 달 전 내 사무실에 전화한 때를 말하는 건가요? 맞아요. 난 그와 통화하지 않으려고 했어요. 그건 전혀 이례적인 일이 아니에요. 모르는 사람의 전화는 대부분 받지 않으니까요. 그가 내게 '슈퍼 악녀'라고 했다더군요. 그 때문에 나쁜 일이 일어난 거라면 내 잘못이겠죠."

"오스카가 그 얘길 누구한테 했죠?" 벤턴이 물었다. "마리노인가요?

지난달에 통화하던 중에?"

"테이프에 녹음되어 있어요." 버거가 말했다.

"언론에는 절대 흘러 들어가지 않았으면 좋겠군요."

"아무 도움이 안 될 게 빤하니까요. 정말로 아주 나쁜 일은 아직 일어나지 않았으니까. 우리가 오스카 베인을 주의 깊게 지켜봐야 하는 데에는 의문의 여지가 없어요. 평소 같았으면 난 오스카와 같은 자에게 훨씬 더 강경하게 대했을 거예요. 그리고 어쨌든, 난 오스카가 자기 애인을 살해했다고 믿어요. 그게 가장 그럴듯하니까요. 그래서 그 사람의 과대망상증이 심해졌을 거예요. 그는 잡히는 걸 두려워하죠."

버거가 의자를 뒤로 밀며 서류 가방을 집어 들자, 벤턴이 그녀의 날씬한 허벅지 사이를 볼 수 있을 만큼 충분히 그녀의 치마가 위로 올라갔다.

"증거가 없다면 우리는 오스카가 말하는 것을 무시할 수 없어요." 벤턴이 말했다. "그가 미행당하고 있을 가능성도 있어요. 우리는 그게 아니라고 확신할 수 없으니까요."

"그렇게 치면 네시(스코틀랜드 네스 호에 산다는 전설의 괴물 - 옮긴이)도, 빅풋(북아메리카 북서부에 살며 사람과 비슷한데 팔이 길고 털이 북슬북슬하다는 미확인 동물 - 옮긴이)도 존재하겠네요. 내가 보기엔 그래요. 그가 지난달에 전화했을 때 진지하게 받아 주지 않아서 폭탄이 똑딱똑딱하게 된 거예요. 협회 사무실을 제공해 달라고 시위 중인 '미국 왜소인 협회' 문제도 내가 원하지 않는 일이고, 다른 많은 문제들도 마찬가지예요. 내 몫보다 더 많은 일들이 있는 것 같아요."

버거는 잠시 말을 멈추고, 코트를 집어 들었다. 두 사람은 붐비는 카페테리아를 가로질렀다.

"스캔들이 일어나면 케이가 스스로 그 문제를 CNN에서 거론할 걸 내가 걱정해야 하나요? 그 문제 때문에 오스카 베인이 케이를 이곳으로 불러 달라고 한 걸까요? 그는 뉴스에 나오고 싶은 걸까요?"

벤턴은 계산대에 멈춰 서서 값을 지불했고, 그들은 카페테리아 밖으로 나왔다.

벤턴이 말했다. "아내는 절대 당신에게 그런 일을 하지 않을 겁니다."

"물어보지 않을 수 없어서요."

"케이가 그런 유형의 사람이라고 해도, 도저히 그럴 수가 없어요." 벤턴은 안뜰을 향해 걸어가며 말했다. "아내는 오스카를 치료하는 의사가 되거나, 아니면 결국 당신의 증인이 될 수도 있으니까요."

"케이와의 대면을 요구하고 그녀에게 전화를 걸어 달라고 말하면서 오스카는 이 모든 걸 생각했던 걸까요? 난 모르겠어요." 버거가 말했다. "아마도 그는 그가 케이에게 성대한 사전 인터뷰를 선사할 거라 생각했는지도 몰라요."

"오스카가 도대체 무슨 생각을 했는지는 알 수 없지만, 난 아내에게 일을 맡으라고 한 게 후회돼요. 어느 누구도 이 일에 대해 그녀와 대화하는 걸 허락하지 말았어야 했는데…."

"이제야 남편의 입장에서 말하는 것 같군요. 그 '어느 누구도'에는 나도 포함되겠군요."

벤턴은 아무 말도 하지 않았다.

버거의 하이힐이 반짝거리는 화강암 바닥 위에서 또각또각 소리를 냈다.

"오스카 베인이 유죄로 드러나면…." 버거가 말했다. "우리가 믿을 만한 유일한 정보는 그가 케이에게 한 말뿐일 거예요. 케이가 그를 검사하고 있는 건 다행이에요. 여러 가지 이유로 다행이죠. 우리는 그가 행복하길 바라요. 그리고 그가 잘 치료되길 바라요. 그와 그 주변에 있는 모든 사람들이 안전하길 바라고요." 버거는 코트를 입으며 말을 이었다. "마리노와 통화할 때, 오스카는 '원한 범죄'라는 단어를 쓰기 시작했어요. 그는 자신이 몸집이 작은 사람이라고 했고 그 점을 마리노에게 반복적으로 주지시켰지만, 마리노는 몸집이 작은 사람이 무엇을 의미하는지조차 이해하지 못했어요. 마리노가 묻자, 오스카는 흥분하더니 '빌어먹을 난쟁이'라고 대답했어요. 그 때문에 미행당하고 있고, 표적이 된 거라고 했어요. 네. 점점 원한 범죄가 되어 가고 있어요…."

그때 버거의 휴대전화가 울렸다.

"마리노가 여기 있다고 케이에게 말해 줘야 할 거예요." 버거는 무선 이어폰을 귀에 꽂으며 덧붙여 말했다.

버거는 잠시 가만히 듣고만 있었다. 곧이어 그녀의 얼굴에 분노가 차올랐다.

"두고 보면 알겠죠." 그녀가 수화기에 대고 말했다. "이건 도저히 용납할 수 없어요…. 예상도 하지 못했어요. 내가 바랐던 건…. 아뇨, 난 못하겠어요. 이 사건은…. 차라리…. 맞아요. 그녀는 그렇지만 난 몇몇 사정 때문에 망설이고 있어요…. 정말 그랬어요. 빌어먹을, 누가 그걸 몰라서 그랬겠어요?" 버거는 벤턴을 쳐다보았다. "내가 왜 그렇게 하고 싶지 않은지 당신은 이해할 거예요…. 당신 말, 듣고 있어요. 당신이 처음 말하던 순간부터 분명히 알아먹었어요. 난 그녀가 기꺼이 당신과 함께 되돌아올 것인지 알 수 있었던 것 같아요. 하지만 그녀가 빌어먹을 이곳을 떠나 로건 공항으로 가는 마지막 비행기를 타고 싶다고 해도 탓할 생각은 없어요…."

버거는 통화를 마쳤다.

두 사람은 이제 병원을 나와 보도를 걷고 있었다. 오후 4시가 가까워졌고, 어두워지기 시작해 날이 몹시 추웠다. 입에서 나오는 입김이 연기처럼 짙었다.

"마리노는 사람들에게 상처 줄 생각이 없어요." 벤턴은 그렇게 말해야만 할 것 같았다. "이런 일이 일어나도록 할 의도는 없었어요."

"그가 케이에게 성폭행을 했을 때도 그럴 의도는 없었다는 말처럼 들리는군요." 버거는 거울처럼 비치는 회색 안경을 쓰고 눈빛을 감추며 말했다. "아니면 요즘 인터넷에 떠도는 얘기가 사실이 아닌가요? 당신이 마리노를 내 사무실이 아닌 다른 사무실로 보냈더라면 정말 좋았을 텐데요. 그는 이 사건에 깊이 개입하고 있어서 그 두 사람을 완전히 떼어 놓을 방법이 없어요. 당신이 케이와 얘기해 봐요."

"그 가십 칼럼 때문에 사람들이 잘못 생각하고 있는 겁니다."

"법의학 전문가가 그 말을 들으면 웃겠지만, 난 당신 말을 곧이곧대로 들을게요. 인터넷에 떠도는 이야기는 완전히 지어낸 얘기예요. 당신이 그렇게 말하니 다행이네요."

버거는 새끼 염소 가죽으로 만든 장갑을 끼고, 밍크 털을 잘라 만든 코트의 깃을 세웠다.

"전혀 사실이 아니라고는 말하지 않았어요." 벤턴이 대꾸했다.

그는 멀리 보이는 엠파이어스테이트 빌딩을 바라보았다. 연말을 맞아 빨간색과 초록색 조명으로 장식되어 있었고, 꼭대기에는 비행기가 가까이 접근하지 못하도록 표시등이 깜박거리고 있었다. 버거가 벤턴의 팔에 손을 올렸다.

"벤턴." 그녀는 좀 더 누그러진 말투로 말했다. "마리노가 찰스턴과 케이를 떠난 진짜 이유가 케이에게 한 짓 때문이라는 걸 나한테 진작 말해 줬어야 했어요. 난 이해하려고 노력했을 거예요. 당신이 어땠을지 알아요. 다른 어떤 사람들보다 더 잘 알아요."

"내가 알아서 합니다."

"벤턴, 당신은 그럴 수 없을 거예요. 다만 앞으로 나아갈 뿐이겠죠. 우리 모두 앞으로 나아가야 하고, 한 걸음을 더 내디딜 때마다 그만큼 현명해져야 해요."

버거는 벤턴의 팔에서 손을 떼었고, 그것은 벤턴에게 마치 거부의 몸짓처럼 느껴졌다.

"마리노를 도우려는 당신의 모습을 보니 놀랍군요." 버거가 덧붙여 말했다. "당신이 그 사람의 진정한 친구임을 인정해야겠어요. 하지만 동기는 어떨까요? 당신은 그를 도와주고 그의 잘못을 덮어 주면서, 그가 한 짓이 거짓이 되기를 바랐어요. 하지만 이제 온 세상 사람들이 알게 됐어요. 내가 오늘 그 빌어먹을 칼럼 때문에 전화를 벌써 몇 통이나 받았는지 알아요?"

"마리노에게 물어봐야 해요. 술에 취했던 거예요. 그를 해고하지 말아요."

"지금까지 내가 구속시켰던 성폭행범들은 모두 술에 취했거나, 약물을 복용했거나, 혹은 두 가지 모두 했어요. 혹은 합의에 의해 했다거나, 여자가 먼저 시작했다거나, 그런 일은 아예 없었다고 잡아뗐죠. 그가 먼저 얘기를 꺼내지 않는 한, 난 그를 해고하지 않을 거예요. 난 이 싸움은 케이가 상대해야 한다고 봐요. 당신도, 루시도 아니죠. 안타깝게도 루시는 그렇게 보지 않겠지만 말이죠."

"아내는 잘해 왔어요."

버거는 차가워진 손을 주머니에 넣으며 말했다. "맞아요. 그런데 그가 내 밑에서 일한다는 걸 왜 그녀에게 알리지 않았죠? 왜 비밀로 한 거죠? 난 그가 갑자기 일을 그만둔 이유가 당신과 케이로 인한 상실감 때문일 거라고, 질투심 때문일 거라고 생각했어요. 그가 질투하리란 건 눈앞의 불을 보듯 빤했으니까요. 마리노가 케이를 떠나보내고, 자신이 저지른 일을 정리하고 있는 거라고 생각했던 거예요. 내가 어리석었어요. 케이에게 전화를 걸어 당신의 이야기가 맞는지 확인하지도 않았고, 추천서를 요구하지도 않았으니까요. 당신을 믿었기 때문이에요."

"마리노는 노력했어요. 내가 아는 어느 누구보다 더 열심히 노력했습니다. 그를 지켜봤으니 당신도 잘 알 거고요. 당신이 그에게 직접 물어봐요. 그가 직접 얘기할 수 있도록 해 줘요." 벤턴이 말했다.

"분명히 말하지만, 당신은 내게 거짓말을 했어요."

버거는 택시를 찾고 있었다.

"분명히 말하지만, 난 거짓말하지 않았어요. 그리고 그는 그녀를 성폭행하지 않았어요."

"당신이 거기 있었나요?"

"그렇게까지 되지는 않았다고 했어요. 아내는 책임을 묻지 않았어요. 이건 아내에게 사적인 문제고, 난 당신이나 다른 사람과 그 문제에 대해 얘기할 수 있는 입장이 아니에요. 아내는 처음엔 나한테도 말하지 않았어요. 충분히 그럴 수 있어요. 내 머릿속은 망상으로 어지러웠고, 잘못된 판단도 했을 거예요. 하지만 오늘 아침 가십 칼럼에 실린 내용은 왜곡됐어요. 마리노에게 직접 물어봐요. 그 친구도 이미 읽었거나, 조만간 알게 될 테니까요."

"루시는요? 어떤 일이 벌어질지 알 만하군요."

"루시는 물론 읽었어요." 벤턴이 말했다. "그 일로 나한테 전화한 사람도 루시니까요."

"이모를 그렇게 사랑하는 루시가 그 자리에서 그를 죽이러 가지 않은 게 놀랍군요."

"거의 그럴 뻔했죠."

"일찍 안 게 다행이에요. 어차피 곧 알게 될 테니까요. 부탁이 있어요."

택시가 위험하게 방향을 바꾸어 그녀에게 다가오더니 멈추어 섰다.

"케이가 오늘 밤 안치소에 잠깐 들러 줬으면 좋겠어요." 그녀가 말했다. "당신이 좀 말해 줘요."

버거가 택시에 올라탔다.

"몇 분 전에 내가 통화하는 거 들었죠?" 버거가 벤턴을 올려다보며 말했다. "케이만 괜찮다면 레스터 박사에게 맡기지 말고, 케이가 직접 부검을 맡아 줬으면 좋겠어요. 레스터 박사가 평소처럼 나와 게임을 할까 봐 두려워요. 그녀는 늘 가능한 한 빨리 안치소와 작별을 고하려 하죠. 내가 시장에게 전화를 해야만 협조해 주고요."

버거는 택시 문을 닫았다. 벤턴은 추운 보도에 서서, 제이미 버거가 탄 노란색 택시가 요란한 경적 소리와 함께 차 두 대 사이로 가로질러 가는 모습을 지켜보았다.

09 수수께끼

스카페타가 등 왼쪽 윗부분에 길지만 얕게 난 찰과상을 들여다보자, 오스카는 어떻게 해서 입은 상처인지 자발적으로 설명했다.

"범인은 이미 아파트 안에 있었고, 날 공격했어요." 오스카 베인이 말했다. "그는 도망쳤고, 난 테리를 발견했어요. 경찰은 내 말을 믿지 않았어요. 그들의 표정을 보면 알 수 있어요. 그들은 내가 그녀와 몸싸움을 벌이느라 다쳤다고 생각했어요. 당신은 내가 그녀와 몸싸움하지 않았다고 말할 수 있잖아요. 그렇죠?"

"어젯밤에 뭘 입고 있었는지 자세히 말해 주면 도움이 될 것 같군요." 그녀가 대답했다.

"당신은 이 상처 자국이 테리와 몸싸움하느라 생긴 게 아니라는 걸 알 수 있어요. 그녀의 손톱 밑에서 내 DNA를 찾아내지도 못할 거예요. 테리는 손톱으로 날 할퀴지도 않았고, 나와 몸싸움을 하지도 않았어요. 우린 가끔 말다툼을 하긴 했지만, 싸운 적은 한 번도 없어요. 그녀는 이미 죽어 있었어요."

오스카가 심하게 흐느껴 울자, 스카페타는 잠시 잠자코 있었다. 흐느낌이 잦아들자 그녀가 재차 물었다. "어젯밤에 그와 몸싸움을 벌일 때 어떤 옷을 입고 있었죠?"

"그놈 모습을 볼 수 없었어요."

"남자라고 확신하는군요."

"네."

"몇 시였는지 기억나요?"

"오후 5시."

"정각 5시요?"

"난 절대 늦지 않아요. 불이 모두 꺼져 있었는데, 건물 출입문 조명등도 꺼져 있었어요. 창문도 모두 컴컴했고요. 테리가 날 기다리고 있어야 하는데 이상했어요. 그녀의 차는 길가에 세워져 있었고, 난 그 뒤에 내 차를 세웠어요. 주차장이 비어 있었어요. 새해 전야여서 많은 사람들이 고향으로 갔으니까요. 난 코트를 벗어서, 조수석 의자에 두었어요. 티셔츠와 청바지 차림이었어요. 테리는 내가 몸에 딱 붙는 민소매 티셔츠를 입는 걸 좋아했어요. 내 몸을 좋아했지요. 그녀가 내 몸을 좋아하니까, 난 열심히 운동을 했고 그녀가 좋아하는 거라면 뭐든지 하려 했어요. 테리는 섹스를 좋아했어요. 난 섹스를 좋아하지 않는 여자와는 있을 수 없었어요."

"일반적인 섹스, 거친 섹스, 색다른 섹스, 어느 쪽이에요?" 스카페타가 물었다.

"난 사려 깊고 온화해요. 그래야만 하죠. 내 사이즈 때문에."

"성적 환상은요? 노예처럼 가둔다거나…. 중요해서 묻는 거예요."

"아뇨! 절대 그런 적 없어요."

"색안경을 끼고 보려고 묻는 게 아니에요. 사람마다 각양각색이니까 괜찮아요. 양쪽 모두에게 괜찮기만 하면요."

그는 머뭇거리는 표정으로 아무 말이 없었다. 스카페타는 그가 자신이 하고 싶은 대답과 다른 대답을 했음을 알 수 있었다.

"색안경 끼고 보지 않겠다고 약속할게요." 그녀가 말했다. "난 당신을 도우려 애쓰고 있어요. 성인이 서로 동의한다면 뭘 하든 상관없겠죠."

"테리는 내가 지배하는 걸 좋아했어요." 그가 말했다. "고통스러울 정도는 아니지만 자신을 억눌러 주고 제압해 주기 바랐어요. 그녀는 내가 터프하게 하는 걸 좋아했어요."

"그녀를 어떻게 억눌러요? 이런 질문을 하는 건 어떤 정보든 사건을 파악하는 데 도움이 될 수 있기 때문이에요."

"침대에서 양팔을 잡고 누르는 거죠. 하지만 그녀를 다치게 한 적도 없고, 몸에 자국이 남은 적도 없어요."

"끈이나 수갑 같은 걸 사용한 적 있어요? 분명하게 물어보는 게 좋을 것 같아서요."

"테리의 란제리를 이용했어요. 그녀는 란제리를 무척 좋아했는데, 아주 섹시하게 입었어요. 그녀의 브래지어로 손을 묶으면 헐렁해서, 그녀를 다치지 않게 할 수 있었어요. 다른 생각들을 떠올리긴 했지만 실행에 옮긴 적은 없어요. 빰을 때린다거나, 목을 조른다거나, 어떤 것도 실제로 한 적은 없어요. 그런 척만 했을 뿐이에요."

"그녀도 당신한테 그렇게 했나요?"

"아뇨. 나만 그녀한테 했을 뿐이에요. 그녀는 내가 강하고 힘이 넘치고, 그래서 내게 이용당하는 걸 좋아했지만, 난 생각만 떠올릴 뿐 실제로 그녀를 이용하지는 않았어요. 그녀는 굉장히 섹시했고, 도발적이었고, 자신이 원하는 걸 솔직히 말했어요. 난 그녀가 원하는 대로 해 줄 때마다 좋았어요. 우린 항상 멋진 섹스를 했어요."

"어젯밤에도 성관계를 했나요? 중요한 질문이에요."

"어떻게 해요? 그녀가 떠나 버렸는데 어떻게 할 수 있었겠어요? 아파트 안으로 들어가 그녀의 모습을 발견했을 때, 얼마나 끔찍했는지 몰라요. 아, 하느님! 맙소사!"

"이런 질문을 해야만 해서 미안해요. 이런 질문들이 왜 중요한지 이해하죠?"

오스카는 고개를 끄덕이더니, 손등으로 눈물과 콧물을 닦았다.

"어젯밤은 추웠는데 왜 코트를 차에 두고 내렸죠?" 스카페타가 말했다. "더구나 불이 모두 꺼져 있어서 걱정되었을 텐데요."

"코트를 벗은 건 그녀를 놀라게 해 주고 싶어서였어요."

"그녀를 놀라게 해 준다고요?"

"아까 말했지만… 테리는 내가 몸에 딱 붙는 티셔츠를 입는 걸 좋아했어요. 그녀가 문을 열어 줄 때 티셔츠를 벗을까 하는 생각도 했어요. 소매 없는 흰색 내의였어요. 그녀가 문을 열었을 때 내의를 입은 내 모습을 보여주고 싶었어요."

설명이 구차했다. 그가 코트를 차에 둔 건 다른 이유 때문일 것이었다. 오스카는 거짓말을 하고 있었고, 서툴렀다.

"난 테리의 아파트 현관문 열쇠를 갖고 있어요." 그가 말했다. "건물 안으로 들어가 초인종을 눌렀어요."

스카페타가 물었다. "현관문 열쇠 말고, 아파트 건물 1층 출입문 열쇠도 갖고 있나요?"

"둘 다 갖고 있지만 항상 초인종을 누르죠. 테리가 있을 때면 열쇠를 열고 들어가지 않아요. 초인종을 누르자 갑자기 문이 열리더니, 그놈이 나를 덮쳐 아파트 안으로 끌어들이고는 문을 닫았어요. 테리를 죽인 건 바로 그놈이에요. 나를 미행하고 감시하고 괴롭히는 놈도 그놈이에요.

아니면 그놈이 저들의 일당이겠죠."

오스카의 상처는 상태로 보아, 생긴 지 24시간 정도 된 것이 분명했다. 하지만 그렇다고 그의 말이 반드시 진실이라고 볼 수는 없었다.

"지금 당신의 코트는 어디 있어요?" 스카페타가 물었다.

오스카는 벽을 물끄러미 쳐다보고 있었다.

"오스카?"

그는 계속 벽을 물끄러미 쳐다보았다.

"오스카?"

그는 벽을 쳐다보며 대답했다. "경찰들이 어디로 가져갔는지 나는 모르죠. 그들은 내 차를 가져가 수색하고, 원하는 건 뭐든지 할 수 있었을 거예요. 하지만 나한테는 손끝 하나도 댈 수 없었어요. 날 여기에 데려다줘야 한다고 말했거든요. 난 그녀를 해치지 않았어요."

"그녀의 아파트 안에 있던 사람과 몸싸움한 얘기를 더 해 줘요."

"우린 현관문 근처에 있었고, 집 안은 칠흑처럼 어두웠어요. 그놈은 플라스틱 손전등으로 날 쳤고, 내 티셔츠를 찢었어요. 티셔츠가 갈기갈기 찢겼고, 피가 묻었어요."

"칠흑처럼 어두웠다고 했는데, 손전등이라는 건 어떻게 알죠?"

"현관문을 열면서 손전등을 내 눈에 비춰 눈을 멀게 한 다음, 갑자기 공격했어요. 그러고는 몸싸움을 했어요."

"그 사람이 어떤 말을 했나요?"

"놈이 숨을 거칠게 몰아쉬는 소리만 들렸어요. 그러고는 도망쳤어요. 커다란 가죽 코트를 입었고, 가죽 장갑을 끼고 있었어요. 상처를 입지 않았을 거고, DNA나 섬유도 남기지 않았을 거예요. 그놈은 영리했어요."

영리한 건 오스카였다. 묻지도 않은 질문에 대답하면서, 거짓말을 하고 있었다.

"난 현관문을 닫고 자물쇠를 잠근 다음, 불을 전부 켰어요. 그리고 테리의 이름을 소리쳐 불렀어요. 등이 고양이가 발톱으로 할퀸 것처럼 아팠고, 감염이 되지 않기만을 바랐어요. 나한테 항생제를 줘야 할지도 몰라요. 당신이 여기 있어 다행이에요. 당신이 여기 와야 한다고 그들에게 말했어요. 너무나 순식간에 일어난 데다 캄캄해서…." 그는 다시 흐느껴 울기 시작했다. "테리의 이름을 외쳤어요."

"손전등 말이에요." 스카페타가 그에게 상기시켰다. "몸싸움을 벌이는 동안 켜져 있었나요?"

오스카는 생각해 본 적 없는 것처럼 머뭇거렸다.

"손전등을 꺼 두었던 게 분명해요." 그가 마침내 말했다. "나를 쳤을 때 망가졌을 수도 있고요. 그는 살인 청부업자 일당일 수도 있는데, 잘 모르겠어요. 저들이 얼마나 영리한지는 상관없어요. 완전범죄는 없어요. 당신은 오스카 와일드의 말을 자주 인용하죠. '어리석은 짓을 하지 않고 범죄를 저지르는 사람은 아무도 없다.'라고. 하지만 당신은 실수 없이 해낼 수 있을 거예요. 당신 같은 사람이 완전범죄를 저지를 수 있죠. 당신은 항상 그렇게 말하죠."

스카페타는 오스카 와일드의 말을 인용한 기억도 나지 않았고, 완전범죄를 저지를 수 있다고 말한 적도 없었다. 그런 말을 하는 건 어리석고, 무척이나 공격적인 태도였다. 그녀는 근육질인 그의 왼쪽 어깨에 난 초승달 모양의 손톱자국을 확인했다.

"놈은 분명 실수를 했을 거예요. 적어도 한 가지 실수는 남겨 두었을 게 분명해요. 난 당신이 그걸 알아내리란 걸 알아요. 당신은 뭐든 알아낼 수 있다고 늘 호언장담하죠."

스카페타는 그런 말도 한 적이 없었다.

"그건 당신의 목소리이자, 자기 자신을 표현하는 방법이겠죠. 당신은 가식적이지도 않아요. 그리고 아름다워요."

오스카는 무릎에 올려놓은 주먹을 꽉 움켜쥐었다.

"당신을 직접 만나 보니 메이크업 아티스트나 완벽한 카메라 앵글 덕분이 아니라는 걸 알겠군요."

파란색과 초록색의 눈동자가 스카페타의 얼굴에 고정되었다.

"캐서린 헵번과 약간 닮았는데, 금발에 키가 별로 크지 않은 점이 다르군요."

오스카는 뭔가를 억누르려고 안간힘을 쓰는 것처럼 움켜쥔 두 손을 부들부들 떨었다.

"테리처럼 바지를 입으니 무척 잘 어울리는군요. 사실, 그녀는 긴 바지를 즐겨 입었어요. 당신도 그런가요? 부적절한 말을 하려는 뜻은 아니고요. 내가 당신한테 다가가지는 않을게요. 당신이 날 안아 줬으면 좋겠어요. 제발 날 안아 주세요!"

"그럴 수 없어요. 왜 그럴 수 없는지는 이해하죠?" 그녀가 말했다.

"당신은 죽은 사람들에게 무척 다정하게 대해 준다고 늘 말하죠. 사려 깊게 대하고, 마치 살아 있는 사람들처럼 만지고, 그들에게 감각이 있고 당신 말을 들을 수 있는 것처럼 그들에게 말을 건다고요. 죽고 나서도 여전히 매력적이고, 호감이 간다고, 그래서 시간(屍姦)이 사람들이 생각하는 것만큼 어렵지 않다고. 특히 시신에 아직 체온이 남아 있을 경우에는. 죽은 사람 몸에도 손을 댈 수 있는데 왜 나한테는 그럴 수 없죠? 왜 나를 안아 줄 수 없죠?"

스카페타는 죽은 사람들을 마치 살아 있는 사람들처럼 만지거나, 그들이 느끼고 말을 들을 수 있는 것처럼 그들에게 말을 건다고 한 적이 없었다. 시신이 매력적이거나 호감이 간다고도, 시간을 이해할 수 있다고 한 적도 없었다. 도대체 오스카는 무슨 얘기를 떠들고 있는 걸까?

"당신을 공격한 사람이 목을 조르려고도 했나요?" 스카페타가 물었다.

목덜미의 손톱자국은 수직으로 나 있었다. 정확히 수직이었다.

"어느 시점에서 그가 내 목을 감싸고 손톱으로 눌렀는데, 난 바닥을 구르며 겨우 빠져나올 수 있었어요." 오스카가 말했다. "왜냐하면 난 강하니까요. 내가 강하지 않았다면 어떤 일이 벌어졌을지 몰라요."

"당신이 테리와 만나고 나서부터 저들의 감시가 시작됐다고 했는데, 테리는 어떻게 만났죠?"

"인터넷을 통해서요. 그녀는 한동안 내 강의를 들은 학생이었어요. 나도 알아요. 당신이 그것에 관해 말할 수 없다는 것을."

"뭐라고요?"

"내가 알아서 할 테니, 당신은 신경 쓰지 말아요." 그가 말했다. "테리는 내가 강의하는 정신병 역사 강좌에 등록했어요. 법의학 심리학자가 되고 싶어 했죠. 법의학 심리학자가 되고 싶어 하는 여성들이 얼마나 많은지 몰라요. 이 병동은 존 제이 칼리지에서 온 젊고 예쁜 대학원생들로 넘쳐나죠. 당신은 그 예쁜 여학생들이 여기 환자들을 두려워하게 될 거라고 생각하지 않나요?"

스카페타는 건장하고 털이 없는 그의 가슴을 자세히 살피며, 좀 더 얕게 난 상처의 크기를 쟀다. 그녀가 상처에 손을 대는 동안, 그는 수갑 찬 손목을 사타구니에 갖다 대고 있었고, 파란색과 초록색 눈빛으로 스카페타의 가운 속을 더듬는 것 같았다.

"여자들이 이런 곳에서 일하는 걸 두려워한다고 생각하지 않나요?" 오스카가 물었다. "당신은 두렵나요?"

*

일 년 반 전, 잔소리쟁이가 비밀스러운 전화를 받았을 때, 그녀는 그 통화로 인해 자신의 인생이 송두리째 바뀔 거라고는 상상조차 하지 못했다.

이태리어 억양의 남자는 영국 신탁 회사에서 일하는 에이전트라고 자기를 소개하면서, 그녀에 대해서는 데이터베이스 마케팅 매니저로 일했던 컨설팅 그룹을 통해 간접적으로 이름을 입수하게 되었다고 했다. 그는 자세한 구직 설명서를 그녀에게 이메일로 보내고 싶다고 서툰 영어로 말했다. 잔소리쟁이는 그 메일을 인쇄해 두었다. 인생의 우연성을 상기시키려고, 지금도 냉장고에 테이프로 붙여 두었다.

웹마스터 솔선수범할 수 있어야 하고, 감독받지 않은 채 재택 근무할 수 있어야 하며, 사람을 대하는 능력과 드라마틱한 사건에 대해 날카로운 감각을 지녀야 함. 약간의 기술적 경험과 철저한 기밀을 요함. 다른 사항은 추후 논의할 것임. 고수입 가능함!

그녀는 곧장 답장을 보내면서, 관심은 많지만 좀 더 자세한 정보를 얻고 싶다고 했다. 그 에이전트는 몇 가지 질문에 대한 답신을 보내면서, 사람을 대하는 능력이란 사람들에 대해 관심을 가져야 한다는 걸 뜻한다고 했다. 그녀는 그들과 말하는 건 허락되지 않았지만, 그들의 '원초적 본능'에 어필하는 게 뭔지는 알아야 했다. 그들의 '원초적 본능'이란 관음증, 그리고 다른 사람들을 모욕하고 극도로 불편하게 하면서 큰 즐거움을 맛보는 것임을 그녀는 곧 알게 되었다.

에이전트가 요구했던 대로 정확히 양식에 맞게 정리해서 이메일로 보낸 잔소리쟁이의 승인서 역시 냉장고에 붙어 있었다.

모든 조건에 동의하며, 제안을 받아들입니다. 바로 일을 시작할 수 있고, 주말과 휴일을 포함해 필요하면 언제든 일하는 데에 문제없습니다.

어떤 면에서, 잔소리쟁이는 자신이 좋아하는 코미디언 케이시 그리핀의 익명의 사이버 대리인 버전이 된 셈이었다. 그녀는 케이시 그리핀의 쇼와 연기를 볼 때면 넋이 나가곤 했다. 부유하고 유명한 사람들을 풍자하는 새로운 방법이 항상 나왔고, 세상이 나빠질수록 그에 비례해 점점 더 만족할 줄 모르는 관객들에게 흥미진진한 쇼를 선보였다. 사람들은 웃고 싶어서 안달이 났다. 황금 송아지에 대한 절망과 분노를 터뜨리려고 안달이 나는 사람들을 보면서, 잔소리쟁이는 사람들의 분노와 원성을 사면서도 경멸과 조롱의 화살을 한 번도 맞지 않은, 도저히 접근할 수 없는 특권층을 떠올렸다.

결국 패리스 힐튼과 마사 스튜어트에게 어떤 피해를 입힐 수 있단 말인가? 가십에 오르내리고, 적나라하게 까발려지고, 심지어 구치소에 간다 해도 그들의 경력은 더 방대해지고, 사람들의 부러움과 사랑을 더 받게 될 뿐이다.

가장 잔인한 처벌 방법은 무시하거나, 내쫓거나, 눈에 보이지 않고 세상에 존재하지 않는 것처럼 만드는 것이었다. 잔소리쟁이가 예전에 하던 컴퓨터 기술 보조와 마케팅 매니지먼트 일이 인도에 하청으로 넘어갔을 때, 그런 느낌이 들었었다. 그녀는 어떤 공지 사항이나 낙하산도 없이 비행기 밖으로 떠밀린 신세가 되었었다. 영화에서 봤던 것처럼 소지품을 마분지 박스에 담아 들고 나오던 그 순간을 그녀는 절대 잊지 못할 것이었다. 더 이상 머레이 힐에 살 수 없을 거라는 두려움에 슬럼 지역이 아닌 곳에 있는 집을 수소문하던 무렵, 기적적으로 보스 밑에서 일하는 이태리어 억양을 가진 에이전트에게서 전화가 왔었다.

잔소리쟁이에게 요즘 불만이 있다면, 혼자 있으면서 예기치 않게 연쇄살인범이나 범죄자를 이해하게 되었고, 그러면서 그들에게 약간 미안한 마음이 든다는 거였다. 거금의 내기를 걸고 비밀을 지킨다는 건 얼마나 부담스럽고 외로운 일인가! 그녀는 가끔 CVS 약국이나 홀 푸드 슈퍼마켓에서 줄을 선 사람들이, 앞에 있는 여자가 인터넷 역사상 가장 인기 있는 가십 칼럼에 큰 책임이 있다는 사실을 알면 어떻게 반응할지 상상해 보곤 했다.

하지만 그녀는 아무에게도, 심지어 방금 다녀간 형사에게도 이 일에 대해 말할 수 없었다. 아무도 신뢰할 수 없었다. 친구를 사귈 수도, 혹시나 있을지도 모르는 위험을 무릅쓸 수도 없었다. 두 딸들에게 털어놓을 수도 없었고, 그들과 자주 연락하는 것도 아니었다. 앞으로는 절대 데이트도 하지 말고, 재혼도 하지 않는 게 현명할 것 같았다. 웹사이트 일을 그만둔다 해도 예전에 익명으로 했던 대단한 경력에 대해서는 입도 뻥긋하지 않을 것이었다. 기밀 유지를 약속하면서, 아무리 사소한 위반 행위를 저질러도 종신형에 처해지거나, 구빈원에 가거나, 비명에 죽어도 좋다고 한 걸 보면, 그녀는 점점 더 어리석어지는 것 같았다. 도대체 자신이 뭘 폭로할 수 있단 말인가?

잔소리쟁이는 〈고담 갓차〉의 칼럼니스트가 누군지도 몰랐다. 남자거나 여자일 수도, 늙거나 젊을 수도, 미국인이거나 그렇지 않을 수도 있었다. 혹은 여러 사람들의 모임일 수도, MIT의 젊은 수재들이나 중국의 스파이들의 모임일 수도, 혹은 메가 인터넷 검색 기술 회사를 설립한 천재 아이들일 수도 있었다. 잔소리쟁이는 충분한 급여를 받았고 보스의 대리인이라는 데 굉장한 자부심을 느꼈지만, 모르는 사이에 그 사실 때문에 심각하게 고뇌하기 시작했다. 자신의 존재 이유에 대해 의문이 들기 시작했는데, 마리노 형사가 들렀을 때 그렇게 바보처럼 굴었던 것도 그와 상관있는 것 같았다.

잔소리쟁이는 뼈와 살이 있는 사람들과 어울리는 데 굶주렸고, 사람들과 대화를 나누고 관심을 받기를 갈망했으며, 바로 앞에 있는 사람과 실제로 이야기를 나누는 기술을 잊어버렸다. 누군가가 그녀의 거실에 앉아 러그에 박힌 개털을 알아낸다거나, 표백제가 튀어 부분적으로 분홍색으로 변한 빨간색 실내복을 입은 모습을 누군가에게 보여주는 건 특별한 사건이었다. 마리노가 떠났을 때 그녀는 아쉽기도 했고, 한편으로 안도감이 들기도 했다. 아쉬운 마음이 더 크게 느껴지자, 그녀는 곰곰이 생각해 보았다. 그녀는 자신이 얼마나 쓸쓸한지 몰랐었다. 이젠 알았고, 왜 그런지 알 수 있었다. 거의 확실히 알 것 같았다. 도대체 누군들 그렇지 않겠는가?

이 주마다 그녀의 은행 계좌로 들어오는 눈에 보이지 않는 돈, 이따금 인사 한마디도 없이 지시 사항을 보내는 이메일은 차라리 신에게서 오는 것 같았다. 잔소리쟁이는 당사자를 만난 적도 사진을 본 적도 없었고, 실명을 거론할 수도 없었다. 그녀가 격려, 칭찬, 감사의 말이나 휴가 혹은 생일 선물이나 급여 인상이 필요할 때면 보스도 신도 관심을 보이지 않았다. 아무 말이 없었고, 모습을 드러내지 않았다.

그녀는 넓은 우주에 있을 신은 돌봐야 하는 피고용자와 문하생이 많을 테니 용서할 수 있었다. 하지만 돌볼 사람이 자신뿐인 보스에 대해서는 너그러울 수 없었다. 오늘 마리노 형사가 방문하고 나자 상황은 더 명확해졌다. 잔소리쟁이는 보스가 자신을 만든 장본인임을 인정하기에 이르렀다. 그리고 그 사실에 감사하면서도 자신이 분개하고 있음을 깨달았다. 그녀는 자신의 삶을 양도해 버렸다. 애완견이나 친구도 없었고, 감히 여행을 가거나 솔직한 대화를 나누지도 못했으며, 불청객이 아니라면 찾아오는 손님도 없었다. 그리고 유일한 지인은 어젯밤에 살해당했다.

잔소리쟁이는 자신의 삶을 살아가는 데 있어 얼마나 끔찍한 방법을 받아들인 것인가! 그리고 인생은 짧았다. 눈 깜짝하는 사이에 끔찍하게 끝날 수도 있었다. 보스는 이기적이었고, 상대방을 배려하지 않았으며, 불공평하기 짝이 없었다. 잔소리쟁이가 없다면 팬들이 보내온 수천 건의 가십 이메일과 이미지, 거친 코멘트와 악의적인 댓글 가운데서 그녀가 골라 꾸민 그 웹사이트를 보스는 운영하지 못할 것이었다. 일은 잔소리쟁이가 다 했지만 —팬들은 보스가 누군지도 모르는데— 모든 명성을 얻은 건 보스였다.

잔소리쟁이는 책상에 앉아 컴퓨터를 마주보았다. 길 건너편의 건물이 보이지 않도록, 그래서 어제 일어난 끔찍한 일이 생각나지 않도록 커튼을 쳐 두었다. 테리의 아파트 앞에 아직도 주차되어 있는 경찰차를 보고 싶지 않았고, 경찰차를 타고 온 경찰이 마리노 형사에게 당신이 조사한 이웃이 창밖을 보며 감시하고 있었다고 보고하지 않기를 바랐다. 마리노 형사가 또 찾아오길 바라면서도, 감당할 수 없을 것 같았다. 마리노 형사는 이미 그녀를 의심하고 있는 게 분명했다. 그는 자신이 어젯밤에 뭔가를 보았고, 본인이 떠나면 인터넷으로 검색할 게 분명하다고 단정하는 것 같았다. 그녀는 왜 그런지 알 수 있었다.

테리의 죽음은 매우 끔찍한 수수께끼가 되고 말았다. 그녀가 어떻게 사망했는지 말해 주는 사람은 아무도 없었고, 얼마 전 잔소리쟁이와 안부 인사를 나누었던 노란 코에 금발인 남자는 '샘의 아들'(1970년대 후반 6명을 살해한 미국의 연쇄살인범 데이비드 버고위츠의 별명 - 옮긴이)처럼 잡혀서 벨뷰 병원에 감금되었다. 테리의 부검을 맡은 법의학자는 세부적인 사항에 대해서 전혀 공개하지 않았다. 끔찍했을 게 분명했다. 잔소리쟁이에게 이 사건이 더더욱 중요해진 건 스카페타 박사가 사건 해결을 위한 도움을 요청받았기 때문이었다. 그녀는 오늘 오후 로건 공항과 라가디아 공항에서 모습이 포착되었고, 바퀴 달린 여행 가방을 끄는 모습이 다시 벨뷰 병원에서 목격된 것으로 보아, 남자 정신과 병동에 있을 범죄심리학자 남편을 만나러 간 것이 분명했다. 이번 사건 희생자의 남자친구도 거기 병원에 감금되어 있었다.

보스는 스카페타 박사에 관해 칼럼을 더 쓸 게 분명했고, 그러면 정말이지 유감일 것 같았다. 온갖 블로그에 오늘 올린 두 편의 칼럼에 대한 글이 올라왔고, 사람들의 의견은 천차만별이었다. 상대가 마리노 형사가 되었든 폴리 수녀님이 되었든 스카페타가 성적인 모욕을 당한 사실이 사람들에게 알려진 건 유감이라고 생각하는 사람들이 다수였지만, 더 자세한 소식을 원하는 사람들도 많았다.

: 더 자세히! 더 자세히!

: 왜 어린아이의 연필을 망가뜨린 걸까요?

: 그녀 같은 여자들은 자처하지. 그래서 범죄 타깃이 된 거고.

: 형사에 대해선 놀랐지만, 수녀님은 놀랍지 않군.

잔소리쟁이는 마리노 형사가 떠난 후로 이상할 정도로 기운이 없었다. 마음을 다잡고, 팬들이 보낸 최신 정보와 사진들을 정리해야만 했다. 그리고 그중 중요한 건 인터넷에 올리거나, 보스의 검색 폴더에 옮겨야 했다.

진부한 글들과 지루한 가십들, 누군가를 어디에서 봤다는 내용, 휴대전화 카메라로 찍은 사진들을 열어 삭제하다 보니, 몇 시간 전에 도착한 이메일이 눈에 띄었다. 제목을 보자마자 마음이 움직였지만, 이내 회의적으로 변했다.

이제껏 보지 못한 파격적인 사진! 안치소의 마릴린 먼로!

메시지는 없었고, 첨부 파일만 있었다. 다운로드한 첨부 사진이 고해상도의 모니터에 나타나는 순간, 그녀는 머리털이 곤두선다는 말을 이해할 것 같은 전율을 느꼈다.

"어머나! 세상에…." 그녀는 깜짝 놀라 중얼거렸다.

전라의 마릴린 먼로가 반짝이는 철제 부검 테이블에 마치 헝겊 인형처럼 누워 있었다. 약간 부어올랐지만 누군지 알아볼 수 있는 시신의 얼굴 옆으로는 금발머리가 젖은 채 헝클어져 있었다. 잔소리쟁이는 팬들처럼 재빨리 마우스를 클릭하면서, 사진을 확대해 모든 세부 사항을 확인했다. 멍하니 넋을 잃은 채 사진을 확대하고는, 은막 스타의 한때 아름다웠던 젖가슴이 평평하게 오므라든 모습과, 쇄골에서 가슴골까지 이어지는 V라인에 끔찍한 철로 자국처럼 남은 봉합선을 멍하니 쳐다보았다. 예전에 아름다웠던 몸매에 오래된 수술 자국이 길게 이어지다가 음모 가장자리에서 사라졌다. 탐스러운 입술은 다물어져 있었고, 푸른 눈동자는 감겨 있었다. 사진을 최대한 확대하자, 잔소리쟁이는 세상 사람들이 지금껏 알고 싶어 하던 진실이 떠올랐다.

분명히 증명할 수 있었다.

이보다 더 명확할 수 없었다.

세부 사항들도 있었다. 죽기 직전에 염색해 짙은 색 모근이 전혀 보이지 않는 금발머리. 한 올도 남기지 않고 뽑아 낸 눈썹. 매니큐어를 칠한 손톱과 발톱. 부드럽게 면도한 다리. 군살 한 점 없는 가냘픈 몸.

먼로는 비극적으로 마지막 숨을 거둘 때까지 외모 관리에 철저했고, 체중에 민감했다. 우울증이 심한 사람들은 그렇지 않다. 그 사진은 잔소리쟁이가 의심해 온 게 사실임을 입증하는 증거였다.

그녀는 흥분해서 제목을 적었다. 짧은 제목이어야만 했다. 칼럼니스트는 잔소리쟁이가 아니라 보스였고, 그녀에게는 사이트의 어떤 글에서라도 캡션을 적거나 교정 시 수정의 용도로 열다섯 개 이하의 단어 사용만 허용되었다.

마릴린 먼로 피살!

(독자들의 신중을 요함)

마릴린 먼로가 사망 당시 우울증에 걸리지도 않았고 자살하지도 않았음을 명백하게 보여주는, 이제껏 공개되지 않았던 놀라운 부검 사진.

1962년 8월 5일 진행된 부검의 세부 사항을 보면, 먼로의 죽음이 사고나 자살이 아니었음을 분명히 알 수 있다.

잔소리쟁이는 거기서 멈춰야 했다. 숫자와 구두점을 제외하고도 서른 개 이상의 단어를 쓴 것은 계약서에 명시된 것의 거의 두 배가 넘었다. 하지만 잔소리쟁이는 보스가 이 경우는 예외로 여길 것이고, 이번만큼은 보너스를 주고 칭찬을 해 줄 거라는 생각이 들었다.

검색창에 들어가자, 유명한 토마스 노구치 박사의 부검 감정서와 연구 결과를 쉽게 찾아낼 수 있었다. 차분하게 읽어 보았지만, 여러 단어와 구문의 뜻은 정확히 알 수 없었다. 그녀는 어려운 용어가 나올 때마다 사전을 찾았는데, '응고한 멍 자국', '약간 반상 출혈이 일어난 지점', 그리고 '위장이나 십이지장에 굴절 결정체 발견되지 않음' 등을 찾아보았다. 표현들을 사전에서 찾으면서 그녀는 점점 더 화가 났다.

권력주의자에 계집아이 같고 이기적인 남자들이 감히 먼로에게 이런 짓을 하다니! 사람들은 이미 지나간 일에 대해서는 더 이상 궁금해하지 않을 수도 있었다. 잔소리쟁이의 손가락이 키보드 위를 정신없이 날아다녔다.

실제 부검 감정서에 나오는 고도로 세분화된 정보와 비교해 봐도 이 사진에 명백히 보이는 것과 정확히 일치함. 마릴린 먼로는 벌거벗은 채 무방비 상태로 침대에 누워 있고(왼쪽 엉덩이와 등 아랫부분에 멍 자국이 생긴 것은 그 때문이다), 그녀를 살해한 범인들은 수면제인 바르비투르 약제를 관장기로 투입했다.

그녀는 자살하기로 결심하고 수면제 넴뷰탈을 과다 복용해서 사망한 게 절대 아니었다. 위장과 십이지장에 알약 캡슐과 누르스름한 찌꺼기가 남아 있었다. 주로 독성 관장을 실시할 때 그렇듯 대장이 변색되고 팽창되었음이 추가적으로 발견되었다.

만약 그녀가 다른 사람이 해 주는 게 싫어서 직접 관장약을 투입한 게 아니냐고 묻는다면, 빈 알약 캡슐은 어디에 있을까? 빈 관장약 병은 어디에 있는 걸까?

약이 체내에 들어왔다면, 상식적으로 생각해 볼 때 그녀가 증거를 없애려고 집 밖으로 뛰어나갔다가 되돌아와서 옷을 벗고 다시 침대로 올라가 턱 밑까지 시트를 단정하게 잡아당길 수는 없었을 것이다. 관장을 한 이후에는 꼼짝도 할 수 없을 것이고, 의식을 잃고 곧바로 사망했을 것이다. 사실, 그녀는 욕실에도 가지 못했을 것이다! 사망 당시 그녀의 방광은 가득 차 있었기 때문이다! 부검 감정서에 그렇게 나와 있다!

먼로가 살해당한 건 그녀가 입을 다물려 하지 않았기 때문이다. 명령을 내린 자가 누군지는 알 수 없지만!

10 생쥐와 인간

8층에 있는 제이미 버거의 사무실에서는 화강암 건물에 부조로 새긴 사나운 사자상이 내다보였다.

아메리칸 에어라인 항공기 11이 비정상적으로 요란한 소리를 내며 저공비행을 하다가 맑고 파란 하늘을 배경으로 서 있는 세계 무역 센터의 북쪽 타워로 돌진했을 당시에도 그녀는 같은 창밖을 내다보고 있었다. 십팔 분 후, 두 번째 비행기가 남쪽 타워를 가격했다. 평생 동안 봐온 힘의 상징이 불에 타 무너지면서 잿더미와 파편이 맨해튼 아래쪽을 덮치는 모습을 도저히 믿기지 않는 표정으로 지켜보면서, 그녀는 세상에 종말이 왔다고 확신했었다.

그날 이후 버거는 의구심이 들곤 했다. 그 화요일 아침, 바로 이 사무실에 앉아 그레그와 통화하면서 뉴욕에 있지 않았더라면 어땠을까? 당시에 그가 부에노스아이레스에 혼자 가 있었던 건 그녀에게 중요한 재판이 있었기 때문인데, 어떤 재판이었는지 지금은 기억도 잘 나지 않았다.

지금은 어렴풋한 기억이지만 당시에는 몹시 중요했던 재판 때문에 버거는 뉴욕에 있었고, 그레그는 전처에게서 얻은 두 자식을 데리고 전 세계의 멋진 곳들을 돌아다니고 있었다. 그는 런던이 가장 마음에 든다며 거기에 아파트를 구했고, 결국 거기에 정부(貞婦)가 있는 것으로 드러났다. 몇 년 전에 만난 젊은 영국 변호사였는데, 굉장히 피곤했던 걸로 기억하는 재판이 진행되는 동안 버거의 사무실에서 몇 주 동안 일한 적이 있는 여자였다.

그 젊은 변호사와 그레그가 함께 식사를 하는 동안, 버거는 손에서 시계가 떨어질 때까지 일하면서도 달리 생각하지 않았다. '손에서 시계가 떨어진다'라는 표현은 그레그가 만들어 낸 거였다.

한동안 부부생활 없이 지내던 작년 겨울 어느 날, 그레그가 연락 없이 사무실에 찾아와 점심을 먹자고 했다. 그들은 사법부 유력가들과 정치인들이 좋아하는 폴리니 레스토랑에 가서, 부부로서 서로 마주 앉았다. 짙은 색 패널을 댄 벽에는 유럽 풍경을 그린 무거운 느낌의 유화들이 걸려 있었다. 그는 몇 년 동안 바람을 피웠다는 얘기는 하지 않고 나가고 싶다고만 말했고 그 순간, 버거는 케이 스카페타를 떠올렸다. 그럴 만한 이유가 있었다.

폴리니 레스토랑의 VIP 룸에는 유력한 고객들의 이름이 붙어 있었는데, 버거와 그레그가 앉아 있는 방 이름이 우연하게도 소방방재청 소방총감인 니컬러스 스카페타의 이름이었다. 벽에 적힌 이름을 보자 버거는 케이 스카페타가 생각났다. 스카페타라면 빤한 거짓말과 모욕에 굴복하지 않고, 당장 연한 분홍색 가죽 의자에서 일어났을 것 같았다.

하지만 버거는 움직이지도, 이의를 제기하지도 않았다. 평소처럼 차분하고 침착하게, 더 이상 자신을 사랑하지 않는다는 그레그의 엉터리 이야기를 들었다. 그는 9·11 테러 이후 그녀와 사랑을 나누지 않았는데, 외상 후 스트레스 증후군에 시달리고 있기 때문인 것 같았다. 테러리스트의 공격이 있었던 당시에 외국에 있었지만 사건은 뉴스에서 계속 보도되었고 그는 직접 현장에 있었던 것처럼 힘들어했다.

그레그는 미국에서 이미 일어났고 앞으로 계속 일어날 일, 특히 자신이 투자한 부동산과 달러의 가치 폭락이 견딜 수 없을 정도로 충격적이어서 런던으로 갈 거라고 했다. 그는 신중하게 이혼하고 싶다고 했고, 신중하게 서로 싸우지 않을수록 모두에게 더 나을 거라고 했다. 버거는 다른 여자가 그 일과 신중하게 관련이 있는지, 스스로에 대한 문제 때문인지 솔직하게 대답해 달라고 했다. 그레그는 부부가 더 이상 사랑하지 않을 때 그런 질문은 불필요하며, 버거에게 다른 관심사가 있어 보이고, 자신이 생각하기에 그 관심사는 직업적인 것이 아닌 것 같다면서 대놓고 그녀 탓을 했다. 그녀는 그의 의견에 반대하지도, 이야기의 방향을 바꾸지도 않았다. 심지어 그녀가 그들의 결혼 계약을 파기한 적이 없다는 생각을 하면서도 그 증거를 대지는 않았다.

버거는 신중하게 이혼했고, 남들이 모를 정도로 부자였으며, 비밀스럽게 고독했다. 오늘 오후에는 그녀의 사무실이 있는 8층 전체가 텅 비어 있었다. 새해를 얼마나 열정적으로 맞이하느냐에 따라 신 나는 휴일일 수도, 우울한 날일 수도 있었다. 하지만 버거에게는 집에 있을 만한 이유가 없었다. 항상 할 일이 있었다. 전 남편은 대서양 건너편에 있었고, 자신이 낳지 않은 그의 자식들은 점점 더 커 가고 있었다. 그녀는 그라운드 제로(9·11 테러 당시 세계 무역 센터가 파괴되고 남은 빈터 - 옮긴이)에서 멀지 않은 아르 데코 석조 건물 안에 혼자 있었다. 전화받는 직원 한 명 없었다.

오스카 베인이 테리 브리지스가 사는 적갈색 사암 건물에 도착했다던 시점에서 정확히 24시간이 지난 1월 1일 오후 5시, 전화벨이 울렸다. 버거는 누구에게서 온 전화인지 이미 알고 있었다.

"아니, 회의실은 안 돼요." 그녀가 루시에게 말했다. "우리 두 사람뿐이니, 내 사무실에서 하도록 해요."

*

벽에 걸려 있는 플라스틱 케이스 안에 든 벽시계를 바라보던 오스카 베인은 수갑 찬 손으로 얼굴을 가렸다.

어제 오후 이 시간 즈음에 테리는 그에게 문을 열어 줘야 했다. 그녀가 실제로 문을 열어 주었는지도 몰랐다. 혹은 그가 주장하는 대로 이미 죽어 있었을 수도 있었다. 벽시계 분침이 째깍 움직이더니 오후 5시 1분을 가리켰다.

스카페타가 물었다. "테리에게 친구가 있었나요?"

"그녀는 온라인을 통해 사람들과 어울렸어요." 오스카가 말했다. "그리고 거기서 사람들을 신뢰하는 걸 배웠고요. 혹은 그럴 수 없다는 걸 깨달았는지도 모르지요. 당신은 왜 이러고 있어요? 왜 인정하지 못하는 거죠? 누가 당신을 막고 있나요?"

"당신이 뭘 인정받고 싶어 하는지 모르겠어요."

"혹시 어떤 무슨 지시를 받았나요?"

"왜 그렇게 생각하는 거죠? 내가 지시를 받은 것 같아요?"

"좋아요. 됐어요." 오스카가 퉁명스럽게 말했다. "이 게임을 하는 게 지겹지만 당신한테는 말할게요. 난 당신이 날 보호하고 있다고 믿어야 해요. 당신이 그렇게 둘러대는 것도 그 때문이라고 믿어야 해요. 난 그 사실을 받아들이고 당신이 묻는 질문에 대답할 거예요. 테리는 온라인을 통해 사람들을 만났어요. 체격이 왜소한데 여자라면 훨씬 더 상처받기 쉬우니까요."

"언제부터 두 사람이 가까워졌죠?"

"일 년 동안 이메일을 주고받은 후에요. 어느 날, 우리에게 같은 시간

같은 장소에서 약속이 있다는 걸 알게 됐는데, 올랜도에서 열린 미국 왜소인 협회 모임이었죠. 그때, 우리 둘 다 왜소발육증이라는 사실을 알게 됐고요. 올랜도에서 만난 후로 사귀기 시작했는데, 아까 말했던 대로 지금으로부터 석 달 전이었어요."

"처음부터 왜 테리의 아파트에서 만났죠?"

"그녀는 집에서 만나고 싶어 했어요. 굉장히 깔끔했는데, 강박적일 정도로 청결했어요."

"테리는 당신의 아파트가 더러울지도 모른다고 걱정했나요?"

"거의 대부분의 장소가 더럽다며 걱정했어요."

"강박장애가 있거나 병균에 대한 공포증이 있었나요?"

"외출하고 그녀의 집에 돌아와서는 우리 두 사람 모두 샤워를 해야 한다고 했어요. 처음엔 성관계 때문이라 생각했는데, 그건 괜찮았어요. 그녀와 함께 샤워를 하자 청결 문제 때문이란 걸 알게 됐어요. 나도 무척 청결해야 했어요. 예전에는 머리가 길었지만, 그녀 때문에 머리를 짧게 잘랐어요. 머리가 짧으면 청결하게 유지하기가 더 쉬우니까요. 그녀는 머리에 먼지와 박테리아가 모인다고 말했어요. 난 까다로운 사람은 아니지만 털을 그대로 두고 싶은 곳이 한 곳 있다고 말했어요. 거기로 가까이 다가오는 사람은 아무도 없으니까요."

"제모는 어디에서 했나요?"

"이스트 79번가에 있는 피부과에서 레이저 시술을 받았어요. 다시는 하고 싶지 않아요. 너무 고통스러웠어요."

"테리는요? 테리도 그 피부과에 다녔나요?"

"테리가 내게 추천해 줬어요. 그 병원 의사인 엘리자베스 스튜어트 박사는 큰 개인 병원을 운영했는데 평판도 좋았어요. 테리는 몇 년 동안 그 병원에 다녔고요."

스카페타는 스튜어트 박사의 이름을 적고는, 테리가 혹시 다른 의사들에게도 치료를 받았는지 물었다. 오스카는 잘 모르겠고 기억나지 않지만, 테리는 빈틈없이 정리를 잘했기 때문에 그런 기록은 아파트에 남아 있을 거라고 했다.

"테리는 중요한 자료는 절대 버리지 않았고, 모든 걸 제자리에 잘 정리해 두었어요. 내가 의자에 셔츠를 걸쳐 놓으면 그녀는 그걸 옷걸이에 걸었지요. 내가 식사를 마치기도 전에 그릇들은 이미 식기세척기에 들어가 있었고요. 그녀는 물건이 제자리에 있지 않고 어질러져 있는 걸 몹시 싫어했어요. 지갑, 우의, 스노부츠 등 무엇이든 오 분 후에 다시 쓸 물건이라도 눈에 보이지 않는 곳에 수납해 두었어요. 그런 모습을 보자 정상적이지는 않다는 생각이 들었어요."

"테리도 머리가 당신처럼 짧았나요?"

"당신이 그녀를 본 적 없다는 사실을 자꾸 잊어버리는군요."

"미안하지만 아직 보지 못했어요."

"머리를 짧게 자르지는 않았지만, 매우 청결하게 유지했어요. 외출하고 집에 들어오자마자 샤워를 하고 머리를 감곤 했어요. 욕조에 몸을 담그는 일은 없었어요. 더러운 물속에 앉아 있는 거라면서요. 그녀는 계속 그렇게 말했어요. 수건은 한 번만 사용하고 나서 곧바로 세탁했어요. 정상적이지 않다는 거 알아요. 나도 그녀의 불안 증세와 강박관념, 심하지는 않지만 그런 증세에 관해 함께 얘기해 보면 어떻겠냐고 했어요. 하지만 하루에 손을 백 번씩 씻는다거나, 보도의 갈라진 틈을 피해 길을 돌아간다거나, 테이크아웃 음식을 안 먹는다거나 하는 일 따윈 없었어요. 그런 일은 없었어요."

"성관계를 할 때는 어땠나요? 청결에 대한 강박관념 때문에 따로 경계하는 건 없었나요?"

"내가 깨끗한지에 대해서만 신경 썼어요. 관계를 나눈 후 샤워를 하고 서로의 머리를 감겨 주었는데, 대개는 샤워를 하면서 다시 성관계를 했어요. 그녀는 샤워를 하면서 섹스하는 걸 좋아했는데, 그걸 '클린 섹스'라고 불렀어요. 난 테리를 일주일에 한 번 이상 보고 싶었어요. 하지만 일주일에 한 번이 전부였어요. 항상 같은 요일, 같은 시간이었어요. 그녀가 매사를 정확하게 정해 두었기 때문인 것 같아요. 토요일 오후 5시였어요. 우린 함께 식사를 했고, 사랑을 나눴어요. 어떨 땐 내가 도착하자마자 그러기도 했어요. 그녀의 집에서 잠을 자지는 않았어요. 그녀는 혼자 잠에서 깨어나 일을 시작하는 걸 좋아했어요. 내 DNA는 그녀의 집 전체에 남아 있을 거예요."

"하지만 어젯밤엔 그녀와 성관계를 하지 않았죠?"

"그 질문은 아까 이미 했잖아요!"

오스카가 주먹을 움켜쥐자, 근육질 팔에 혈관이 도드라져 보였다.

"어떻게 수 있었겠어요!"

"그냥 확실하게 물어보는 거예요. 내가 왜 물어봐야 하는지 알 거예요."

"난 항상 콘돔을 사용하는데, 그녀의 집 침대 옆 서랍에 있을 거예요. 내 침도 그녀의 몸에 묻어 있을 거예요."

"왜죠?"

"테리를 붙잡고, 구강 인공호흡을 시도했어요. 목숨이 끊어진 걸 알고서, 얼굴에 키스했어요. 그녀를 만지고, 두 팔로 꼭 안았어요. 내 DNA가 그녀의 몸에서 나올 거예요."

"이 자국들은 그가 손전등으로 쳤을 때 난 상처 자국인가요?" 스카페타는 그의 흉골에 난 멍 자국을 가볍게 건드리며 물었다.

"어떤 건 그럴 거고, 어떤 건 바닥에 부딪히면서 생긴 멍 자국일 거예요. 잘 모르겠어요."

멍 자국은 시간이 지나면서 색깔이 변한다. 그리고 부딪힌 물질의 모양을 짐작할 수 있게 해 준다. 그의 멍 자국은 붉은빛이 도는 자주색이었다. 가슴에 두 군데, 왼쪽 허벅지에 한 군데 있었는데, 모두 5센티 길이에 약간 굴곡이 져 있었다. 스카페타가 추정하기에는, 모두 손전등의 가장자리와 크기나 모양이 일치했고, 다른 부상을 입은 바로 그때에 그다지 강하지 않은 힘으로 가격당한 것 같았다.

클로즈업 사진을 찍으면서, 스카페타는 오스카에게 팔뚝으로 테리를 제압하는 일이 얼마나 쉬웠을지 생각했다. 그녀는 고함조차 지르지 못했을 것이고, 몇 분이면 죽었을 것이다.

오스카의 몸이 뜨거워지는 게 느껴졌고, 그의 체취가 스카페타의 코끝을 자극했다. 그들 사이에 서늘한 공기가 감돌자 그녀는 뒤로 물러나, 자리로 되돌아와서 상처와 다른 사항에 관해 기록했다. 그동안 오스카는 스카페타의 등을 유심히 쳐다보았고, 그녀는 색깔이 각각 다른 그의 눈동자가 차가운 눈빛으로 자신을 쳐다보고 있는 게 느껴졌다. 오스카의 눈빛은 마치 차가운 물방울 같았다. 스카페타에 대한 그의 마음이 차가워지고 있었다. 오스카가 본 CNN 속에서의 스카페타의 모습은 이렇지 않았었다. 실제로 만난 그녀는 보통의 여자였고, 그를 실망시켰으며, 그의 기대를 저버렸다. 스카페타에 대한 그의 마음은 영웅 숭배에 가까웠었다. 하지만 지금 그의 앞에 있는 스카페타는 그 마음속의 스카페타가 아니었다.

"수천 년 전보다 좋아진 건 아무것도 없어요." 오스카가 스카페타의 등에 대고 말했다. "여전히 싸우고, 추악하고, 거짓말하고, 증오하죠. 사람들은 변하지 않아요."

"그렇게 믿고 있으면서, 왜 심리학에 빠져들고 싶어 하죠?"

"악이 어디에서 오는지 알고 싶으면 그것이 가는 곳으로 따라가야 해요." 그가 말했다. "악은 찔린 상처 자국에서 끝났을까요? 하이킹을 하다 머리가 다쳐 죽은 사람에서 끝났을까요? 인종차별에서 끝났을까요? 폭력과 증오가 생존을 위협하는 세상에서, 우리 두뇌의 어느 부분이 원래 상태로 남아 있을까요? 우리는 왜 생쥐들이 유전자를 없앤 것처럼 우리의 유전자 암호를 없애지 못할까요? 난 당신 남편이 무슨 일을 하는지 알아요."

오스카가 냉혹한 말투로 빠르게 말하는 동안 스카페타는 현장용 키트에서 실리콘 사출기와 폴리비닐 실록산 카트리지를 꺼냈다.

"웨슬리 박사가 하버드 의과대학 병원인 맥린 병원에서 그런 종류의 대상을 연구하죠. MRI를 이용해서요. 우린 그걸 알아내는 데 좀 더 접근하고 있는 걸까요? 아니면 계속 괴롭히고, 고문하고, 강간하고, 살인하고, 전쟁을 지켜보고, 대량 학살을 저지르고, 어떤 사람들은 인간의 기본적인 권리를 누릴 자격도 없다고 규정하는 걸까요?"

스카페타는 카트리지를 제자리에 끼워 넣고 분홍색 뚜껑을 연 다음, 트리거를 당겨 흰색 베이스와 투명한 촉매가 규칙적으로 나올 때까지 종이 타월에 짰다. 믹싱 팁을 붙이고 테이블로 되돌아가서, 실리콘 화합물을 그의 손끝과 상처 자국에 바를 거라고 설명했다.

"이건 손톱이나 지문 패드 등의 표면을 탄성 있는 소재로 본을 떠야 할 때 사용하는 건데, 꽤 좋아요." 스카페타가 말했다. "해로운 부작용도 전혀 없고, 피부에 어떤 반응도 나타나지 않을 거예요. 긁힌 자국과 손톱자국에 이미 딱지가 앉은 상태기 때문에 아무런 해가 없을 텐데, 혹시 하고 싶지 않다면 언제든지 말해요. 당신한테 이렇게 해도 좋은지 동의를 구하고 있는 거예요."

"좋아요." 그가 말했다.

스카페타가 그의 다친 엄지를 조심하며 손을 만지자, 그는 꼼짝도 하지 않았다.

"이제 이소프로필알코올로 당신의 손가락과 환부를 부드럽게 닦을 거예요." 그녀가 말했다. "분비물이 좀 나올 수는 있는데 괜찮아요. 심한 통증은 없을 테지만 약간 따끔거릴 수는 있어요. 그만하고 싶으면 말하고요."

오스카는 자신의 손가락을 하나하나 닦는 그녀의 모습을 말없이 바라보고 있었다.

"당신이 어떻게 웨슬리 박사가 맥린 병원에서 하는 연구를 알고 있는지 궁금하군요." 스카페타가 말했다. "아직 아무런 연구 결과도 발표하지 않았거든요. 하지만 한동안 피실험자를 모집하는 광고를 꽤 크게 냈었죠. 그렇게 해서 알게 된 건가요?"

"어떻게 해서 알게 되었는지가 무슨 상관이죠?" 오스카는 자신의 손을 내려다보며 말했다. "변하는 건 아무것도 없어요. 사람들은 자신들이 누군가를 미워한다는 걸 알지만 그렇다고 해서 변하는 건 아무것도 없어요. 당신은 감정을 바꿀 수 없어요. 이 세상의 어떤 과학도 사람의 감정을 바꿀 수는 없어요."

"내 생각은 달라요." 스카페타가 말했다. "사람들은 자신이 두려워하는 걸 증오하는 경향이 있어요. 두려움이 줄어들면 증오도 덜해지죠."

스카페타는 그의 손가락에 냄새 없는 화합물을 짰다. 트리거를 당길 때마다 사출기에서 째까닥거리는 소리가 났다.

"사람들이 더 많은 것을 깨닫게 되면 증오심도 덜해지지 않을까요? 각 손가락마다 첫 마디에 바르고 있는데, 이게 마르면 돈을 셀 때 끼는 고무 골무처럼 떨어질 거예요. 이 물질은 현미경으로 분석하는 데 아주 좋아요."

스카페타는 나무 주걱을 이용해 화합물을 얇게 펴 발랐다. 긁힌 자국과 손톱자국 여러 군데에 펴 바르는 걸 마무리하자, 화합물이 굳기 시작했다. 스카페타는 오스카가 자신을 공격했다고 진술한 그 낯선 사람이 남겼을 상처와 손톱자국의 본을 왜 뜨는지 묻지 않는 게 흥미로웠다. 아마 알고 있기 때문일 것이었다. 사실 스카페타는 그 본이 필요하지 않았다. 그리고 그것을 가져가는 모습을 그에게 보여줄 필요도 없었다.

"자, 가능하면 손을 들고 있어요." 그녀가 말했다.

스카페타는 각각 파란색과 초록색인 그의 눈을 마주보았다.

"여긴 춥군요." 그가 말했다.

"지금 온도는 20도일 거고, 사 분 후에 난방이 들어올 거예요. 가운을 다시 입혀 줄게요. 한결 편해질 거예요."

스카페타는 두려움과 감금의 냄새를 맡은 듯했다. 시큼한 땀 냄새…, 그리고 양치하지 않아서 나는 입 냄새와 희미한 콜로뉴(샤워 후에 가볍게 바르는 향수의 일종-옮긴이) 냄새가 났다. 스카페타는 갑자기 궁금해졌다. 애인을 죽이려는 남자가 성가시게 콜로뉴를 바를까?

11 자해

루시는 가죽 재킷을 옷걸이에 걸고는, 버거에게 의사를 묻지 않고 그녀 옆으로 의자를 옮겨 맥북 에어를 펼쳤다.

"미안하지만…." 버거가 말했다. "난 사람들이 내 책상 맞은편에 앉는 게 익숙해요."

"보여드릴 게 있어요." 루시가 말했다. "좋아 보이시네요. 예전과 똑같고."

루시는 버거의 외모에 대해 대놓고 말했다.

"아니다. 내 생각이 틀렸어요." 루시가 딱 잘라서 말했다. "더 좋아 보여요. 팔 년 전 처음 만났을 때, 여기서 몇 블록 떨어진 곳에 거대한 고층 빌딩 두 채가 서 있던 때보다 더 좋아 보여요. 헬리콥터를 운전하면 스카이라인이 제일 먼저 시야에 들어오는데, 마치 뉴욕 시의 커다란 앞니 두 개가 빠진 것 같아요. 허드슨 강의 250미터 상공에서 그라운드 제로를 지나면 아직도 커다란 구멍이 난 것처럼 보인다니까요."

"그렇게 가볍게 말할 만한 일이 아니에요." 버거가 말했다.

"가볍게 말하는 건 절대 아니고, 그냥 바뀌었으면 좋겠어요. 사악한 자들이 승리한다는 기분을 계속 느끼고 싶지 않으니까요."

버거는 루시의 차림새가 전투적인 복장이 아닌 걸 본 기억이 없었다. 지금 입고 있는 몸에 착 달라붙는 오래된 청바지와 검은색 티셔츠 차림으로는 어떤 무기도 숨길 수 없을 것 같았다. 옷차림으로는 거의 아무것도 가릴 수 없었다. 그녀의 재력도 감추지 못했다. 악어가죽으로 만든 넓은 벨트에는 귀중한 금속과 보석으로 장식한 사브르 모양의 호랑이 송곳니로 만든 윈스턴 버클이 달려 있었고, 두꺼운 목걸이와 터키석 해골 펜던트 역시 윈스턴이었는데, 예술 작품으로 인정받는 만큼 값도 비쌌다. 루시는 눈에 띌 정도로 건강했고 강인했으며, 로즈골드 색상이 감도는 적갈색 머리카락은 매우 짧았다. 젖가슴이 아니라면 미소년 모델로 쉽게 착각할 만한 외모였다.

버거가 말했다. "테리 브리지스의 노트북들이에요. 총 두 대죠."

그녀는 닫힌 출입문 근처에 있는 테이블을 가리켰다. 거기에는 갈색 종이와 빨간색 증거물 테이프로 포장되어 있는 꾸러미가 있었다.

루시는 그것을 흘깃 쳐다보았다.

"수색 영장은 발부받았겠지요?" 루시가 말했다. "하드 드라이브에 들어 있는 내용을 누가 확인했나요?"

"아뇨. 전부 당신이 맡아서 해요."

"테리의 이메일 계정을 찾으면, 서둘러 법적 허가를 받아야 해요. 그리고 다른 사건들과 마찬가지로, 그녀가 벨뷰 병원에 있는 남자친구 외에 누구와 관계되어 있는지에 달렸어요."

"물론이죠."

"테리가 사용했던 이메일의 서비스 제공 업체를 찾아내면, 어떤 이메일을 주고받았는지 확인해요. 그리고 패스워드가 필요할 거예요."

"난 그 방법을 알아요. 믿든 말든 상관없지만."

"내가 해킹하는 걸 바라지 않는다면서요." 루시가 키보드를 두드리기 시작했다.

"해킹이라는 말은 자제해 줘요. 난 당신이 그런 말을 쓰는 걸 단 한 번도 들은 적이 없어요."

루시는 미소를 지으며 키보드 위로 손가락을 기민하게 움직였다. 그리고 파워포인트 프레젠테이션을 시작했다.

커넥션스-누럴 네트워킹 솔루션

(Connextions-The Neural Networking Solution)

"맙소사, 설마 이걸 할 건 아니죠?" 버거가 물었다. "내가 이런 걸 얼마나 많이 봤는지 알아요?"

"단언컨대, 처음 보는 걸 거예요." 루시가 키보드를 두드리며 말을 이었다. "컴퓨터 신경과학에 대해 잘 알아요? 신경계 조직망에 기초를 둔 기술이에요. 사람의 두뇌와 거의 유사한 방법으로 정보를 처리하는 거죠."

루시는 커다란 은반지를 낀 집게손가락으로 키보드를 눌렀다. 그녀는 버거가 잘 모르는 손목시계를 차고 있었는데 군용처럼 보였다. 검은색 표면에 문자반이 반짝였고 고무 스트랩이 달려 있었다. 적어도 수백만 달러는 할 것 같았다.

버거의 시선을 알아차린 루시가 말했다. "조명 기술에 대해서는 익숙하시겠죠? 기체 삼중수소와 방사성 동위원소는 빛을 낼 수 있어요. 그래서 어둠 속에서도 시계의 숫자나 다른 표시 등을 쉽게 읽을 수 있죠. 내가 직접 샀어요. 당신이 차고 있는 블랑팡은 직접 구입한 건가요? 아니면 선물로 받은 건가요?"

"내가 나 자신에게 선물한 거예요. 시간이 소중하다는 걸 일깨워 주죠."

"내 시계는 다른 사람들이 두려워하는 걸 이용해야 한다고 일깨워 줘요. 힘을 가진 게 아니면 두려워하지 않는 법이니까요."

"방사성 시계를 차면서 그 점을 증명해 보이고 싶지는 않군요."

"모두 합쳐도 많아야 25밀리퀴리이고, 일 년 동안 0.1마이크로시버트에 노출되는 거예요. 일반적인 복사 에너지에서 얻는 것과 마찬가지죠. 다시 말해서 무해해요. 사람들이 피하는 건 무지하기 때문임을 보여주는 전형적인 예죠."

"사람들에게서 이런저런 얘기를 많이 듣지만 무지하다는 말은 처음이군요." 버거가 말했다. "노트북부터 시작하도록 하죠."

"내가 개발했고, 지금도 개발 중인 인위적 시스템에 대해 하는 말이에요." 루시가 말했다. "지금도 개발 중인 건 가능성이 무한하기 때문이죠. 그리고 무한성에 대해 생각할 때면, 본성적으로 인위적인 것을 실재하는 것으로 변형시킬 수 있는 것인지 따져 봐야 해요. 왜냐하면 내게 인위적인 건 유한하기 때문이에요. 그러므로 무한한 건 더 이상 인위적이지 않다는 결론이 뒤따르죠."

"우린 이 사망자 여성의 노트북 안으로 들어가야 해요." 버거가 말했다.

"우리가 뭘 하려는지 당신이 이해해야 해요." 루시가 말했다.

루시의 초록색 눈동자가 버거를 똑바로 쳐다보았다.

"법원에서 모든 걸 설명해야 하는 건 내가 아니라 당신이기 때문이죠." 루시가 말했다.

루시는 다시 파워포인트를 다루기 시작했다. 버거는 간섭하지 않았다.

"웨트 마인드(wet mind). 당신은 모르는 은어죠." 루시가 말했다. "우리의 두뇌는 사람의 목소리와 얼굴 그리고 물체 등을 인지해서 중요하고 새로운 그리고 다음 상황을 미리 예고하는 맥락과 연결시켜 주는데, 그 방법을 활용한 거예요. 장담하건대, 당신은 이런 걸 보지도 듣지도 못했을 거고요."

루시는 키보드에서 손을 치우고 나서, 마치 버거가 어떤 대답이라도 해야 되는 양 빤히 쳐다보았다.

"내가 당신한테 원하는 건 간단해요." 버거가 말했다. "이메일과 모든 파일에 들어가 삭제된 걸 모두 복구해서 누가, 무엇을, 언제, 어디서 했는지 알아낼 수 있는 사소한 모든 단서를 찾아내는 거예요. 희생자가 면식범에 의해 살해되었다면 컴퓨터 안에 뭔가 들어 있을 가능성이 있어요." 그녀는 문 옆 테이블에 놓인 증거물 꾸러미를 가리키며 말을 이었다. "면식범이 아니라면 범인이 어디서 그녀를 우연히 만났는지, 혹은 그녀가 어디서 범인을 우연히 만났는지 단서가 될 자료가 있을지도 모르고요. 당신은 일하는 방식을 잘 알 거예요. 거의 평생 수사관으로 일한 거나 마찬가지니까요."

"꼭 그렇지는 않아요."

버거가 책상에서 일어났다.

"이 일은 영수증을 발행해 줄게요." 버거가 말했다. "여긴 뭘 타고 왔어요?"

"헬리콥터 착륙장이 없어서 택시 탔어요."

"설마요."

두 사람은 문 앞에 멈추어 섰다.

"당신 직원들 가운데 한 명이 나를 그리니치빌리지까지 태워다 주고, 계단을 올라와서 내 사무실 안까지 데려다 줄 거라고 생각했어요." 루시가 말했다. "그리고 난 마땅한 서류에 서명할 거예요. 형식대로 증거물을 보존할 거고요. 모두 내가 법률 집행관으로 일할 때 배운 거죠.

"그건 내가 알아서 해 줄게요."

버거는 전화를 걸었다.

버거는 통화를 마치고 나서, 루시에게 말했다. "마지막으로 당신과 내가 논의해야 할 문제가 남았군요."

루시가 바지 주머니에 손을 넣은 채, 문에 기대어 말했다. "그 가십 칼럼 말이군요. 프로그래밍 하나를 추가해야겠네요. '남에게 대접받고자 하는 대로 너희도 남을 대접하라.'라는 황금률을 믿나요?"

"특별히 〈고담 갓차〉에 대해 얘기하는 건 아니에요." 버거가 말했다. "하지만 당신한테 말해야 하는 중요한 이슈와 관련이 있긴 해요. 마리노가 내 밑에서 일해요. 당신이 당연히 잘 대처할 거라 믿어요."

루시가 재킷을 입었다.

"분명하게 해 둬야 할 것 같아서요." 버거가 말했다.

"그런 얘길 왜 이제야 하는 거죠?"

"오늘 오후까지만 하더라도 이런 얘기를 나눠야 할 이유가 없었으니까요. 그때 당신과 난 이미 만나기로 되어 있었어요. 그게 바로 사건의 전후 관계라는 거죠. 그래서 지금 이 얘길 꺼내는 거고요."

"다른 부하 직원들은 마리노의 경우보다 더 철저하게 조사하고 채용했길 바라요." 루시가 말했다.

"그건 벤턴과 얘기해야 할 문제예요. 지난여름 나에게 마리노를 추천한 장본인이 벤턴이니까요. 오늘 그 칼럼을 읽고서 마리노가 왜 찰스턴을 떠나게 됐는지 처음 알게 됐어요. 루시, 현 상황에서 뭐가 중요한지 다시 한 번 말할게요. 잘 대처해야 해요."

"그건 쉬운 일이에요. 그와 관계있는 일은 절대 하지 않을 생각이니까요."

"그건 당신이 선택할 문제가 아니에요." 버거가 말했다. "내 밑에서 일하고 싶으면 잘 생각해야 해요. 그가 당신보다 우선권을 갖는 이유는…."

"당신이 정의를 어떻게 정의하는지 알게 되어 다행이군요." 루시가 끼어들며 말했다. "난 누군가를 극악하게 폭행한 다음 거짓으로 속여 일자리를 구한 파렴치한이 아니니까요."

"그건 법적으로도 또 실제로도 사실이 아니고 그 문제에 대해선 왈가왈부하고 싶지 않아요. 사실, 마리노는 이번 사건에 깊이 개입하고 있어서 그를 제외시키면 반발이 무척 클 거예요. 그를 이 사건에서 빼고 싶지 않은 이유가 많은데, 한 달 전 희생자의 남자친구가 고소하면서부터 마리노는 일찌감치 사건에 개입되었어요. 당신 때문에 마리노를 사건에서 빼지는 않을 거예요. 다른 법의학 컴퓨터 수사 전문가도 있으니까요. 그러니 분명하게 해 두죠."

"내가 할 수 있는 걸 할 수 있는 사람은 아무도 없어요. 그러니 분명하게 해 둬요. 하지만 시작하기 전에 관두는 편이 낫겠어요. 그게 당신이 원하는 거라면."

"그건 내가 원하는 게 아니에요."

"마리노는 우리 이모가 여기 있다는 걸 알아요?"

"당신의 항공 용어를 빌리자면, 난 지금 항공 교통 관제관이 된 것 같군요." 버거가 말했다. "사람들이 서로 부딪치지 않고 움직일 수 있도록 최선을 다하고 있어요. 내 목표는 전략에 따라 부드럽게 착륙하는 거예요."

"당신 말을 들어 보니 마리노는 이모가 여기 있는 걸 아는군요."

"그런 말은 아니에요. 난 그에게 아무 말도 하지 않았지만, 그렇다고 다른 사람들도 함구했다는 뜻은 아니니까요. 더구나 그가 갑자기 머리기사의 주인공이 되었으니…. 적어도 인터넷상으로는 말이죠. 마리노는 케이가 뉴욕을 드나든다는 사실을 오래전부터 알았을 테지만, 그들의 망가진 과거에 비추어 보면 그가 내게 일언반구도 하지 않은 건 당연해요."

"당신이 이모에 관해 마리노에게 한마디도 하지 않았다고요?" 루시의 눈에 분노의 그림자가 드리웠다. "이모가 어떻게 지내는지, CNN에서 일하는 건 어떤지, 결혼생활은 어떤지 일언반구도 하지 않았다고요? 맙소사, 이모가 뉴욕에 있는 동안 함께 커피라도 마셔야겠군요."

"마리노와 난 잡담을 나누는 사이가 아니에요. 예전의 스카페타 자리를 내가 대신할 생각은 추호도 없으니까요. 난 배트맨도 아니고, 로빈도 필요 없어요. 케이를 모욕할 생각은 전혀 없지만 말이죠."

"당신에게는 다행이군요. 로빈이 배트맨에게 무슨 짓을 했는지 알았으니까요."

"난 어떤 일이 있었는지 확실하게는 몰라요." 버거가 말하는 순간 휴대전화가 울렸다. 버거가 루시에게 말했다. "이런, 당신 차가 여기 있는 거길 바라요."

*

스카페타는 딱딱해진 실리콘을 벗겨 내어 비닐로 된 증거물 봉투에 담았다. 캐비닛을 열어 살균 와이프와 항균 연고를 꺼낸 다음 오스카가 입고 있는 환자복을 등 뒤에서 풀어 허리춤까지 내렸다.

"신축성 수갑인 게 확실해요?" 스카페타가 물었다.

"TV에 나오잖아요." 오스카가 말했다. "경찰과 군인은 그걸로 사람을 쓰레기봉투처럼 묶죠."

"아프지 않을 거예요."

스카페타가 상처를 다시 소독하고 연고를 부드럽게 펴 바르기 시작하자 오스카는 꼼짝도 하지 않았다.

"그들은 테리를 만질 권리가 없어요. 내가 그녀를 꼭 안고 있었는데, 그 더러운 놈들이 그녀의 온몸에 손을 대는 대신 내가 그녀를 들어 올려 들것에 싣는다고 해서 뭐가 달라지죠? 그 작자들이 그녀를 덮은 수건을 벗기는 걸 분명히 봤어요. 내게 욕실에서 나가라고 하고선 수건을 벗겼어요. 왜죠? 당신은 그 이유를 알잖아요. 그들이 그녀의 몸을 보고 싶어 했기 때문이에요."

"그 사람들은 증거와 상처 자국을 찾고 있었어요."

스카페타는 오스카의 환자복을 조심스럽게 위로 들어 올려 등 뒤에서 묶었다.

"굳이 수건을 벗길 필요는 없었어요." 오스카가 말했다. "그 사람들에게 다리에 긁힌 자국 말고는 핏자국이 전혀 없다고 말했어요. 그놈이 뭔가로 테리를 때린 것 같았는데, 판자 같은 것일 수도 있어요. 그놈이 어디서 판자를 구했는지는 모르겠어요. 범인이 한 명인지 여러 명인지도 모르겠고요. 다리에 긁힌 자국을 냈을 만한 도구는 전혀 보지 못했어요. 테리의 얼굴은 검붉었고, 밧줄 같은 걸로 목을 졸랐는지 목 주변에 자국이 남아 있었어요. 밧줄인지 뭔지는 잘 모르겠지만 목 주위에 끈 같은 건 없었어요. 경찰은 수건을 벗겨 테리의 몸을 보고, 혈압을 재고, 손목을 확인할 필요가 없었어요. 그냥 보기만 해도 죽은 줄 알 수 있었으니까요. 추운데 여기 담요 같은 거 있어요?"

담요를 찾지 못한 스카페타는 자신이 입고 있던 가운을 벗어 오스카의 어깨에 둘러 주었다. 그는 몸을 부들부들 떨었고, 이가 딱딱 부딪쳤다.

"난 테리가 누워 있는 바닥 옆에 주저앉아, 그녀의 머리와 얼굴을 쓰다듬으며 말을 걸었어요." 오스카가 말했다. "그러곤 911에 신고했어요. 발을 본 기억이 나요. 검은색 앵클부츠를 신고 검은색 바지를 입은 남자들이 문간에 들어왔고, 난 그녀에게 수건을 덮고 꽉 껴안았어요."

오스카는 벽을 응시하다가, 잠시 후 말을 이었다.

"그녀에게서 떨어지라는 목소리가 들렸어요. 그들이 날 꽉 붙잡아서, 난 그녀에게서 떨어지지 않을 거라고 소리 질렀어요. 하지만 그 작자들은 강제로 나를 떼어 냈어요. 내가 그녀를 마지막으로 한 번만 더 볼 수 있도록 해 주지도 않았어요. 난 그녀의 모습을 두 번 다시 보지 못했어요. 그녀의 가족이 애리조나에 살기 때문에 그녀는 거기로 갈 거고, 난 다시는 그녀를 보지 못할 거예요."

"당신의 온라인 대학이 애리조나에 있다고 하지 않았었나요?"

"테리의 아버지가 학장이에요." 오스카가 벽에 대고 말했다. "테리가 결국 거기에 다닌 것도 그 때문이죠. 위치가 마치 뉴욕인 것처럼 고담 칼리지라고 이름을 지어 놓았지만, 스코츠데일에 있는 건물 말고는 어디에도 없어요. 살기에 좋은 곳이고, 거기에서 사는 게 생활비가 훨씬 덜 들기 때문일 거예요. 그녀의 부모님은 카멜백 산 근처에 저택을 갖고 있어요. 3월이 되어야만 다음 모임이 있기 때문에, 우린 함께 스코츠데일에 간 적이 없어요. 그녀는 교수진에 포함되어 있지 않지만 갔을 거예요…. 사실, 오늘 아침 일찍 비행기를 타고 가서 스코츠데일에 며칠 머무를 계획이었어요."

"어젯밤 테리의 아파트에 갔을 때, 그녀의 여행 가방을 봤나요? 짐을 미리 챙겨 두었던가요?"

"테리는 곧바로 사용할 물건이 아니면 절대 밖에 내놓지 않아요. 그리고 함께 가지 않는 내게 여행 가방을 보여주면 내가 화낼 거라는 걸 알아요. 그러면 우리가 함께 보낼 밤을 망쳤겠죠."

"테리가 당신에게 스코츠데일에 가자고 했나요?"

"부모님한테 나에 관해 이야기할 기회를 먼저 갖고 싶어 했어요."

"석 달이나 되었는데, 테리의 부모님은 딸이 당신과 만나고 있다는 걸 몰랐나요?"

"테리의 부모님은 테리를 과잉보호했고, 숨이 막힐 정도로 구속했어요." 오스카는 마치 벽과 대화를 나누는 듯 계속 벽을 응시하고 있었다. "테리는 확신이 서지 않는 한은 부모님께 말하고 싶어 하지 않았어요. 난 그녀가 강박장애에 시달리는 것도 당연하다고 했어요. 그건 부모님 탓이에요."

"테리는 무엇에 대해 확신이 서야 한다고 생각했을까요?"

"나에 대해서, 그리고 우리가 진지한 사이라는 확신이죠. 그녀는 나보다 자기 자신에 대해 훨씬 더 힘들어했어요."

사랑하는 이를 잃은 사람들이 자주 그러는 것처럼, 오스카는 긴장한 채 계속 혼란스러워했다.

"난 어렸을 때 이미 내가 원하는 게 뭔지 바로 알았어요. 테리의 부모님은…. 무언가가 잘되지 않으면 그녀는 설명하고 싶지 않아 했어요. 부모님을 늘 두려워했고, 그들의 반대를 항상 두려워했어요. 사정이 심각해지자 테리는 결국 용기를 내어 부모님 집을 나왔어요. 테리에겐 정상인 형제가 둘 있는데 모두 대학을 나왔고, 자신이 원하는 일을 하고 있어요. 하지만 테리는 그렇지 않죠. 그녀는 가족들 가운데 가장 똑똑하고, 내가 아는 사람들 중에서도 가장 똑똑한 사람이에요. 하지만 테리의 부모님은 테리가 스물다섯이 될 때까지 집을 떠나지 못하게 했고, 테리도 마침내 더 이상 참지 못하는 단계에 이르렀죠. 결국 부모님과 싸우고서 집을 나왔어요."

"뉴욕의 생활비는 어떻게 감당할 수 있었나요?"

"내가 테리를 알기 전부터 그랬어요. 저축해 둔 돈이 있었고, 부모님이 큰돈은 아니지만 약간씩 계속 도와준다고 했어요. 결국엔 부모님들과의 관계가 나아졌는데, 테리가 사는 집에 찾아온 부모님들이 그 집을 못마땅하게 생각했대요. 부모님들이 돈을 더 보내 줘서 지금 사는 아파트로 이사한 거고요. 테리한테서 그렇게 들었어요. 적어도 경제적으로 도움을 주신 것에 대해서는 칭찬을 해 드려야겠네요."

오스카의 얼굴이 분노로 붉게 달아오르자 짧은 금발 머리가 금속처럼 하얗게 보였다.

잠시 후 오스카가 다시 말을 이었다. "부모님이 멀리서 다시 테리를 구속하기 시작한 것 같아요. 강박장애가 더 심해지는 걸 옆에서 지켜봤으니까요. 테리가 보내는 이메일에서도 불안감이 더 심해지는 걸 느낄 수 있었어요. 그리고 실제로 지난 서너 달 동안 점점 더 심해졌어요. 난 왜 그런지 알 수 없었고, 테리도 어쩔 수 없었어요. 테리를 봐야겠어요. 보여줘요. 테리에게 작별 인사라도 해야 해요. 경찰들이 미워 죽겠어요!"

오스카는 수갑 찬 손으로 눈물을 닦았다.

"경찰들은 왜 그렇게 냉담해야 했죠? 소리 지르고, 밀치고, 무전기에 대고 떠들었어요. 난 무슨 일이 벌어지고 있는지 이해할 수 없었어요. 그 형사가 정말 미웠어요…."

"당신의 아파트를 둘러본 그 형사 말인가요?" 스카페타가 물었다.

"누군지 모르겠어요! 그 사람은 내게 소리를 지르면서, 자기를 보라고 명령했어요. 난 쳐다보며 설명하려 했지만 무슨 말인지 알아들을 수가 없었어요. 거실에서 내게 이런저런 질문을 하면서 대답하라고 했어요. '날 봐! 날 봐!'라고 외치면서요. 처음에는 협조하려고 했어요. 누군가가 문밖에 도착해 초인종을 눌렀을 때 테리는 나일 거라 생각했을 거라고 말했어요. 내가 일찍 도착했고, 열쇠를 잊어버리고 가져오지 않았다고 생각했을 거라고요. 사람을 집 안으로 들여도 안전하다고 느낀 데에는 이유가 있을 게 분명하니까요."

"테리가 몹시 불안해했다고 얘기했는데, 비정상적일 정도로 조심스러웠나요?"

"여기는 뉴욕이고, 사람들은 쉽게 문을 열어 주지 않죠. 테리는 항상 이상할 정도로 조심스러웠어요. 우리같이 작은 체구의 사람들은 조심성이 많아요. 테리가 성장한 다음에도 부모님이 항상 보호하고, 거의 집에 가두다시피 했던 이유 가운데 하나도 그 때문이죠. 아마 안전하다고 느끼지 않으면 절대 문을 열지 않았을 거예요."

"그렇다면 어떻게 된 걸까요? 침입자가 어떻게 들어왔는지, 그리고 왜 누군가가 테리를 해치려 했는지 짐작이 가요?"

"동기가 있겠죠." 오스카가 말했다.

"아파트에 들어갔을 때 강도의 흔적이 있었나요? 물건을 훔치려고 침입한 게 아니었을까요?"

"없어진 건 모르겠어요. 하지만 둘러볼 시간이 없었어요."

"보석은요? 테리가 끼던 반지나 목걸이 같은 게 없어지지 않았나요?"

"난 테리 곁을 떠나고 싶지 않았어요. 그들에게는 내가 살인범인양 테리 곁에서 떼어 놓고 형사 차에 억지로 앉힐 권리가 없었어요. 폭력배처럼 옷을 입고 머리를 땋은 그 작자는 나보다 더 살인범처럼 보였어요. 난 진술을 거부했어요."

"방금 집 안에서 얘기했다고 말했잖아요."

"그놈들은 이미 마음속으로 결정을 내렸더군요. 난 경찰이 싫어요. 예전부터 그랬어요. 경찰차를 타고 가면서 웃고, 떠들고, 지나가는 사람을 빤히 쳐다보죠. 열여섯 살 때 누군가가 열쇠로 내 차를 열고 유리창을 박살냈어요. 그러자 경찰이 말하더군요. '문제가 좀 생긴 건가?'라고요.

그 경찰이 내 차에 타더니, 장애인용으로 높게 만든 페달에 발을 올리고 운전대 양쪽에 무릎을 올렸고, 다른 경찰은 껄껄대며 웃더군요. 빌어먹을 놈들!"

"다른 사람들은요? 당신을 학대하거나 조롱한 적은 없었나요?"

"난 작은 마을에서 자라서 마을 사람들이 전부 날 알았어요. 나는 친구들도 있었고, 레슬링 팀에 들어가 좋은 성적을 거두기도 했어요. 마지막 학년에는 반장을 했어요. 난 현실적이고, 어리석은 요행을 바라지 않아요. 사람들을 좋아하고, 대부분의 사람들과는 아무 문제없었어요."

"하지만 당신은 사람들을 만나지 않아도 되는 직업을 선택했어요."

"대부분의 학생들이 결국 온라인 대학을 다니게 될 거라는 건 예견된 일이에요. 경찰들은 모든 사람들이 어떤 식으로든 죄를 지었다고 생각하죠. 보통 사람들과 달라 보이거나, 장애가 있어도 그렇고요. 길 건너편에 다운증후군인 남자아이가 살았는데, 경찰들은 항상 그 아이를 의심했고, 이웃에 사는 모든 여자아이들을 강간할 거라고 생각했어요."

스카페타는 현장용 키트를 정리하기 시작했다. 오스카에 대한 조사는 끝났다. 손톱, 긁힌 자국, 손톱자국을 실리콘으로 본 뜬 것을 비교하고, 사진을 확인하면 자신이 이미 알고 있는 것들이 분명해질 것이었다.

"오스카, 오늘 내가 한 검사로 어떤 결론을 내릴 수 있는지 이해하죠? 손톱과 상처 자국을 실리콘으로 본을 떴고, 상처 자국을 사진으로 찍은 다음, 정확한 치수를 쟀어요."

오스카는 여전히 벽을 응시하고 있었다.

스카페타는 약간 허세를 부리듯 말했다. "이 본을 현미경으로 자세히 관찰할 수 있어요."

"당신이 뭘 할 수 있는지 알아요." 그가 말했다. "당신이 왜 실리콘 본을 떴는지 알아요. 그리고 그걸 현미경으로 볼 거라는 사실도 알고요."

"경찰 연구실에서 하도록 할 거예요. 내가 할 필요는 없어요. 내게 필요한 정보는 이미 얻은 것 같으니까요." 그녀가 말했다. "오스카, 긁힌 자국과 멍 자국은 당신이 직접 낸 건가요? 모두 당신의 팔이 닿는 범위 내에 있고, 모두 자해를 한 각도네요."

그는 아무 말도 하지 않았다.

"내가 완전범죄를 해결할 수 있다고 공상했다면, 당신이 자해한 걸 알아낼 거라는 의심은 들지 않았나요?"

오스카는 여전히 아무 말도 없이 벽을 응시하고 있었다.

"왜 그랬어요? 내가 와서 당신이 자해했다는 사실을 밝혀 주기를 바랐던 건가요?"

"아무한테도 말하지 말아요. 남편에게도 모랄레스 형사나 버거에게도 말하지 말아요. 지난달에 내 말을 믿지 않았던, 버거의 사무실에서 일하는 그 나쁜 놈에게도 말하지 말아요."

"지금 상황에서는 우리 두 사람 사이에 있었던 일은 기밀이에요. 하지만 상황은 바뀔 수 있어요." 스카페타는 오스카에게 그 점을 상기시켰다.

"당신을 여기에 올 수 있게 하는 방법은 그것뿐이었어요. 난 다쳐야만 했어요."

"현관문 뒤에 있었다던 침입자는요?" 스카페타가 물었다.

"아무도 없었어요. 집에 도착하자 불이 꺼져 있었어요. 현관문은 잠겨 있지 않았고요. 난 테리를 부르며 급히 안으로 뛰어 들어갔고, 욕실에서 그녀를 찾았어요. 범인이 나한테 충격을 주고 싶었는지 욕실 불이 켜져 있었어요. 욕실이 아파트 안쪽에 있어서 주차한 곳에서는 불이 켜져 있는 게 보이지 않았어요. 부엌에서 가위를 가져와 신축성 수갑을 벗겼는데, 그러다 엄지손가락을 베였어요. 살짝 베였는데, 어쩌다 그랬는지 모르겠지만 가위를 집으려다가 칼 블록이 바닥으로 떨어졌고, 쏟아진 칼 중 하나에 그런 것 같아요. 그래서 종이 타월을 엄지손가락에 둘둘 말고는 차로 달려가 코트를 던져 넣었어요. 그리고 테리가 있는 욕실 바닥에 앉아, 셔츠를 벗고 자해했어요. 셔츠에 피가 묻었고, 경찰에 신고했어요."

"손전등으로 자해했나요?"

"부엌 서랍에서 찾았어요. 깨끗이 닦은 다음, 현관문에서 가까운 거실 바닥에 두었어요."

"당신의 지문과 DNA가 테리의 집 안 곳곳과 그녀의 온몸에 남아 있는데, 왜 굳이 손전등을 깨끗이 닦았죠?"

"경찰에게 범인이 장갑을 끼고 있었다고 말하기 위해서요. 그럼 내 알리바이가 통할 거고, 장갑은 손전등에 묻은 지문을 닦아 내니까요. 경찰에게 가죽 장갑이라고 했어요."

"부엌에서 가져온 가위는 신축성 수갑을 제거한 후 어떻게 했나요?"

오스카의 얼굴이 일그러지는 모습으로 보아, 스카페타는 그가 범죄 현장을 다시 떠올리고 있음을 짐작할 수 있었다. 그는 숨을 거칠게 몰아쉬면서 어쩔 줄 몰라 했다.

오스카가 떨리는 목소리로 다시 말문을 열었다. "테리의 손은 끔찍할 정도로 푸르스름했고, 창백했어요. 손톱에 핏기도 전혀 없었고요. 테리의 손목과 손을 주무르며 혈액 순환을 시키려고 했어요. 자국을 문질러 없애려 했어요. 깊게 파인 자국을요…."

"가위는 어떻게 했는지 기억나요?"

"신축성 수갑이 꽉 조여서 아팠을 거예요. 가위는 욕실 바닥에 뒀어요."

"날 여기 오게 만드는 방법은 그것뿐이라고 말했는데, 언제 자해하기로 마음먹었나요?"

"테리와 함께 욕실 바닥에 주저앉아 있는데, 사람들이 날 비난할 거라는 생각이 들었어요. 당신 남편에게 연락하면 당신에게 연락이 닿을 수 있다는 걸 알았어요. 당신에게 연락해야 했어요. 난 당신을 믿었고, 당신은 테리에게 신경 써 준 유일한 사람이에요."

"난 그녀를 몰라요."

"나한테 거짓말하지 말아요!" 오스카가 소리쳤다.

12 히트 앤드 런

잔소리쟁이는 메이커즈 마크 버번위스키를 다시 마시기 시작했다. 보스가 늘 마신다는 술이었는데, 보스처럼 온 더 락으로 잔에 가득 따랐다.

그녀는 리모컨을 집어 40인치 삼성 평면 TV를 켰다. 보스가 예전에 쓰던 것과 똑같은 기종이었는데, 지금은 다른 것으로 바꾸었다고 했다. 그녀가 읽은 게 사실이라면, 보스는 58인치 파나소닉 플라스마 TV를 새로 샀다. 홍보용 상품을 받은 게 아니라면 말이다. 뭐가 진실인지, 뭐가 돈을 벌려고 꾸며 낸 일인지 구별하기 힘들었다. 〈고담 갓차〉의 모든 사업은 잔소리쟁이에게 비밀이었다.

그녀는 테러리스트들의 소행일 거라는 생각이 들었다.

돈이 그들에게 가는 거면 어쩌지? 테러리스트들이 이웃 여자를 살해하고 아파트 안을 뒤졌을 텐데, 잔소리쟁이가 그들의 존재를 알고 있음을 알아차리고 그녀를 뒤쫓지는 않을까? 테러리스트를 쫓는 정부 요원들이 웹사이트를 추적해 자신을 알아내고 아파트를 뒤지면 어떻게 하지? 그런 건 식은 죽 먹기일 텐데…. 잔소리쟁이와 테리의 아파트는 길 하나를 사이에 두고 마주보고 있을 뿐 아니라, 높이도 잔소리쟁이의 아파트가 한 층 더 높을 뿐이었다. 정부는 늘 사람들을 데려갔고, 마릴린 먼로도 너무나 많은 것을 알고 있다는 이유로 없앤 건지도 몰랐다.

아마도 자신이 너무 많은 걸 알고 있거나, 아니면 엉뚱한 사람들이 그렇게 생각하는 건지도 몰랐다. 그녀는 갑자기 두려움에 사로잡혀, 피트 마리노 형사가 두고 간 명함을 집어 들었다. 곧바로 그에게 전화를 할 참이었다. 하지만 뭐라고 말해야 할까? 자신이 무슨 생각을 하고 있는지조차 확실하게 알 수 없었다. 보스가 마리노 형사에 관해 쓴 글이 사실이라면, 그는 섹스광이었고 그로 인해 일을 저질렀다. 섹스광이라면 지금 자신에게 절대 필요하지 않은 존재였다.

잔소리쟁이는 영화에서 본 것처럼, 현관문 손잡이 아래에 식탁 의자를 고정해 두었다. 창문이 모두 닫혔는지, 그리고 화재 비상구에 아무도 없는지를 확인했다. TV 프로그램 편성표를 뒤지며 재밌는 코미디 프로그램을 찾아보았지만 볼 만한 게 없어서, 좋아하는 케이시 그리핀의 DVD를 틀었다.

잔소리쟁이는 컴퓨터 앞에 앉아 온 더 락 버번위스키를 마시며, 암호를 입력하고 웹사이트 프로그램에 들어갔다. 프로그램 안으로 들어가는 게 복면 뒤에 숨는 것 같다는 생각이 들기도 했다.

그녀는 화면에 나타난 걸 보고 깜짝 놀랐고, 도저히 믿기지 않았다. 마릴린 먼로의 사진과 잔소리쟁이가 쓴 선정적인 글의 조회 수가 60만 건이 넘었다. 글을 올린 지 채 한 시간도 지나지 않았다. 사담 후세인이 교수형에 처해진 비디오 화면을 올렸을 때를 떠올려 보았지만 그때도 이 정도는 아니었다. 처음 한 시간 동안의 조회 수로 치면 그때는 지금의 3분의 1도 채 되지 않았다. 그녀는 약간 겁이 나기도 했지만, 이내 놀라움은 자부심으로 바뀌었다. 보스는 어떻게 나올까?

잔소리쟁이는 자신이 먼로의 살인사건에 대하여 글을 쓰지 않았다면 세상 사람들이 진실을 알지 못했을 거라는 생각으로 자신의 지난 행동을 정당화했다. 그건 정당하고 도덕적인, 마땅히 해야 하는 일이었다. 게다가 긴급 뉴스는 절대 게재하지 않는 보스가 잔소리쟁이가 그랬다고 해서 신경이나 쓰겠는가? 보스는 레이더에 걸리는 사람들의 마음과 영혼을 망가뜨리는 알 말고는 특별히 신경 쓰는 게 없었다.

잔소리쟁이는 웹사이트에서 로그아웃한 다음, 자신의 놀랄 만한 폭로를 알게 된 누군가가 나오는 TV 채널을 찾기 시작했다. 스카페타 박사가 CNN에 출연해 앤더슨 쿠퍼나 울프 블리처 혹은 키티 필그림과 얘기를 나눌 거라 기대했지만, 보스가 싫어하는 듯한 유명한 법의학자는 나오지 않았고, 마릴린 먼로에 대한 언급도 전혀 없었다. 아직 이른 시각이었다. 버번위스키를 마시고, 십오 분이 지나서 다시 프로그램에 로그인했다. 조회 수를 다시 확인하였는데, 100만 명에 가까운 사람들이 먼로의 안치소 사진을 클릭한 걸 보며 말문이 막혔다. 잔소리쟁이는 이제껏 그런 걸 본 적이 없었다. 프로그램에서 로그아웃하고는 곧바로 웹사이트 홈페이지로 갔다.

"세상에, 이럴 수가!" 그녀가 큰 소리로 외쳤다. 심장이 멈출 것만 같았다.

홈페이지가 악마에게 사로잡힌 것만 같았다. '고담 갓차(Gotham Gotcha)'의 철자가 'OH C THA MAGGOT'로 계속 바뀌었다. 배경 화면에서 불 꺼진 뉴욕의 스카이라인은 새까맸고, 하늘은 핏빛으로 물들어 있었다. 록펠러 센터의 크리스마스트리는 센트럴 파크에 거꾸로 처박혀 있었고, 보트하우스 레스토랑 안에서 사람들이 스케이트를 타는 동안, 어떤 사람들은 울맨 스케이트장 얼음 위에 놓인 테이블에서 식사를 하고 있었다. 잠시 후 폭설이 쏟아지기 시작했고, 천둥이 울리고 번개가 치면서 몰아치던 폭풍우는 허드슨 강을 따라 비행하는 여름 비행기로 변했다가, 5번가에 있는 인형 가게 파오 슈워츠 안으로 사라졌다. 허드슨 강에 있는 자유의 여신상이 갑자기 화면에 나타나더니, 헬리콥터가 그 안으로 돌진하기라도 한 것처럼 여신상이 무너져 내렸다.

잔소리쟁이는 미친 듯이 계속 뱅글뱅글 도는 배너를 도저히 멈출 수가 없었다. 수백만 명의 팬들이 그 화면을 보고 있었고, 그녀 역시 클릭해서 그 화면에서 빠져나올 수조차 없었다. 모든 아이콘들이 마치 죽은 것처럼 아무런 반응도 보이지 않았다. 오늘 아침에 올린 칼럼과 최근 게재한 보너스 칼럼, 그리고 지금껏 모아 둔 칼럼으로 들어가려 했지만 끔찍한 색상환(color wheel)만 빙글빙글 돌 뿐이었다. 사이트에 이메일을 보낼 수도 없었고, 팬들이 서로 누군지도 모르는 사람들과 채팅을 하고 말다툼을 하고 욕설을 하는 고담 가십란에도 들어갈 수 없었다.

게시판과 미리보기, 사진 교환 샵, 심지어 불건전한 사진이나 유명인들의 과다 노출, 혹은 인기가 뜨거운 〈고담 갓차〉 광고를 볼 수 있는 다크 룸에도 들어갈 수 없었다. 잔소리쟁이는 최근 게재한 먼로의 사진을 포함한 사후 사진들을 다크 룸에 올렸었다.

웹사이트가 전혀 작동하지 않는데, 수십만 명의 사람들이 어떻게 그 사진을 열고 잔소리쟁이가 사진과 함께 올린 이야기를 읽을 수 있었던 걸까? 음모라는 생각이 들었다. 불현듯 마피아가 떠오르자, 전화로 자신을 고용한, 수수께끼 같은 이태리어 억양의 에이전트가 생각났다. 정부의 소행이야! 잔소리쟁이가 비밀을 누설해서 CIA나 FBI 혹은 DHS(미국 국토 안보부)가 세상 사람들이 진실을 알지 못하도록 웹사이트를 고의로 파괴한 걸까? 혹은 실제로 테러리스트들의 소행인지도 몰랐다.

잔소리쟁이는 미친 듯이 모든 아이콘을 클릭했지만 소용없었다. 배너가 지긋지긋하게 도는 동안 'Gotham Gotcha'의 철자는 끊임없이 배열을 계속 바꾸었다.

Gotham Gotcha! OH C THA MAGGOT! Gotham Gotcha!

*

벤턴은 병동 밖에서 기다리고 있었다. 오스카는 닫힌 문 안에서 각기 색깔이 다른 두 눈동자로, 베이지색 철제 문 뒤로 사라져 가는 스카페타의 뒷모습을 지켜보고 있었다. 출입문의 잠금 장치를 빼자 철커덕, 소리가 들렸다.

"얼른 와." 벤턴이 스카페타의 팔을 잡으며 말했다. "내 사무실에서 얘기 좀 해."

훤칠한 키에 약간 마른 체형인 벤턴은 어디를 가든 늘 그곳을 지배하듯 당당해 보였지만, 지금은 병에 걸린 것처럼 피곤해 보였다. 잘생긴 얼굴은 굳어 있었고, 은발은 헝클어졌으며, 흰색 셔츠에 무늬 없는 파란색 넥타이를 맨 연한 회색 정장 차림은 공공기관 직원 같았다. 값싼 고무 스트랩 스포츠 손목시계를 차고 있었고, 손가락에는 소박한 백금 결혼반지가 끼워져 있었다. 평균 수감 기간이 삼 주가 채 되지 않는 감금병동을 방문할 때, 부를 과시하는 건 현명하지 못한 처사였다. 벤턴이 벨뷰 병원에서 환자를 검사하고 나서 한 달 후, 그 환자가 길거리 쓰레기통에서 먹을 것을 찾고 있는 모습을 보는 건 이례적인 일이 아니었다.

벤턴이 현장용 키트를 받아들자, 스카페타는 증거물 봉투를 꼭 쥔 채 경찰에게 영수증을 청구해야 한다고 말했다.

"우리가 떠나기 전에 다른 사람한테 내 사무실에 잠깐 들르라고 할게." 벤턴이 말했다.

"연구실로 곧바로 가져가야 해요. 오스카의 DNA를 분석해서, 가능한 한 빨리 데이터베이스에 저장해야 해요."

"버거에게 전화하지."

그들은 발걸음을 옮겨 병동에서 멀어졌다. 옆에서 린넨 카트 두 대가 지나가는 소리가 기차 소리처럼 들렸고, 침대 여섯 개를 비좁게 들여놓지 않았다면 수용소치고는 꽤 널찍했을 감방을 지나자, 문이 쾅 닫히는 소리가 들렸다. 대부분의 수감자들이 몸에 잘 맞지 않는 잠옷을 입고 있었고, 침대에 앉아 시끄럽게 이야기를 나누고 있었다. 어떤 이들은 철망으로 덮인 창문 너머로 이스트 리버의 컴컴한 허공을 바라보고 있었고, 어떤 이들은 창살 너머로 보이는 병동을 쳐다보고 있었다. 철제 변기에 소변을 보고 있던 한 환자는 자신이 얼마나 대단한 사람이 될지 아느냐면서 스카페타를 향해 씩 웃었다. 그의 감방 동료는 TV에 나오는 모습이 더 낫다면서 시비를 걸었다.

벤턴과 스카페타는 빨리 열리는 법이 없는 첫 번째 문 앞에 멈추어 섰다. 반대편 통제실에 있는 교도관은 수감자들을 감시하느라 여념이 없었다. 벤턴은 큰 소리로 안으로 들어가겠다고 알리고 나서 기다렸다. 큰 소리로 재차 말했고, 한 남자가 별다른 반응 없이 레크리에이션 방으로 이어지는 복도를 닦고 있었다. 레크리에이션 방에는 테이블과 의자, 보드게임 서너 개, 그리고 탈부착이 불가능한 오래된 가정용 운동 기구 하나가 있었다.

그 너머로는 면담실과 그룹 치료용 공간, 그리고 타자기 두 개가 놓인 법률 도서관이 있었다. 도서관 안에 있는 TV와 벽시계에는 환자들이 분해해 무기로 사용하는 걸 막기 위한 플라스틱 보호 장치가 되어 있었다. 스카페타는 처음 이곳에 호출되었을 때를 떠올렸다. 변한 게 하나도 없었다.

흰색 칠을 한 철제문이 마침내 옆으로 열리더니, 그들이 안으로 들어서자 뒤에서 힘껏 닫히는 소리가 들렸다. 그들은 두 번째 문을 지나 안으로 들어갔다. 통제실 안에 있던 교도관이 스카페타의 운전면허증을 받고, 방문자 카드를 건네주었다. 두꺼운 철창을 통해 운전면허증과 방문자 카드를 교환하자, 다른 교도관들이 그들을 새로 들어온 환자에게 안내해 주었다. 그 환자는 리커스 섬 뉴욕 주립 교도소의 교수복인 오렌지색 점프슈트 차림이었다. 의학적 치료가 필요해서 잠시 이송된 경우였다. 스카페타는 벨뷰 병원에 잠시 머물기 위해 꾀병을 부리는 수감자들을 볼 때마다 당혹스러웠다.

"최근 자주 발생하는 사고 가운데 하나는 물건을 삼키는 거야." 철제문이 닫히자 벤턴이 말했다. "지난번엔 건전지를 삼켰지. 사이즈가 AAA였는지, AA였는지는 잘 기억나지 않지만 여덟 개였어. 그전에는 돌멩이와 나사를 삼켰었고. 한번은 치약 튜브를 삼키기도 했지. 심지어 다 쓴 것도 아니었어."

스카페타는 정신이 마치 코트의 안감처럼 몸에서 떨어져 나온 것 같은 기분이었다. 자신의 모습 그대로 있을 수도 감정을 드러낼 수도 없었고, 오스카가 자신과 테리에 관해 했던 어떤 말도 누군가에게 털어놓을 수 없었다. 감금 병동에 올 때마다 심하게 느껴지는 벤턴과의 직업적 거리감에 소름이 오싹 끼쳤다. 벤턴은 이곳에서의 두려움을 즐겼다. 그런 그를 알기에 그 두려움을 털어놓지 않았고, 그럴 필요도 없었다. 마리노가 술에 취해 만신창이가 되었던 날 이후로 벤턴은 주기적으로 갑작스런 두려움에 사로잡혔지만, 인정하지 않으려 했다. 그에게 모든 남자들은 자신의 보금자리에서 아내를 앗아 갈 잠재적인 야수였고, 그런 그를 안심시키려는 아내의 말이나 행동은 소용이 없었다.

"CNN 출연을 그만둘 생각이에요." 스카페타가 벤턴의 사무실로 향하며 말했다.

"오스카 때문에 당신이 어떤 입장에 놓였는지 이해해." 벤턴이 말했다. "이건 당신 잘못이 아니야."

"당신 때문에 내가 어떤 입장에 놓였는지 말이군요."

"당신을 여기로 부른 건 버거야."

"하지만 그렇게 요청한 사람은 당신이죠."

"내 뜻대로 할 수 있었다면 당신은 여전히 매사추세츠에 있었을 거야." 벤턴이 말했다. "하지만 당신이 여기 오지 않으면 오스카는 입도 뻥끗하지 않으려 했어."

"그가 여기 있는 이유가 나 때문은 아니었으면 좋겠어요."

"이유가 뭐든 당신이 책임감을 느낄 필요는 없어."

"당신 말투가 맘에 들지 않아요." 스카페타가 말했다.

그들은 닫힌 사무실 문 앞을 지나갔고, 주변에는 아무도 없었다. 그들 둘뿐이었으므로 격앙된 말투를 숨길 필요가 없었다.

"광적인 팬 한 사람이 내게 자신의 이야기를 하기 위해 끔찍한 짓을 저지른 것뿐이라고 말하려는 건 아니었으면 좋겠군요." 스카페타가 덧붙여 말했다.

"한 여자가 죽었어. 누군가의 이목을 끌려고 저지른 짓이 아니야." 벤턴이 말했다.

스카페타는 벤턴에게 오스카가 자신은 누군가에게 미행당하고 있고, 그 누군가가 테리 브리지스를 죽인 범인이라고 확신하고 있다는 걸 차마 이야기할 수 없었다. 벤턴이 이미 알고 있을 수도 있었지만, 그렇다고 그에게 물어볼 수는 없었다. 오스카의 상처 자국은 자해로 인한 것이고, 경찰과 다른 사람들에게 붙잡힌 정황에 대해서도 거짓말을 했다는 걸 벤턴에게 털어놓을 수 없었다. 말할 수 있는 건 원론적인 것들뿐이었다.

"오스카와 나눈 이야기를 당신에게 털어놔도 되는 타당한 근거가 없어요." 스카페타는 오스카가 어떤 얘기를 털어놓았고, 자신이나 다른 사람들에게 위협적인 존재임을 돌려서 말했다.

벤턴은 사무실 문의 잠금 장치를 열었다.

"당신은 그를 긴 시간 검사했어." 벤턴이 말했다. "케이, 내가 당신한테 항상 하는 말을 기억해. 언제나 당신의 첫 번째 실마리는 당신의 직감이야. 그자에 대한 당신의 직감에 귀 기울여. 긴장한 모습이어서 미안해. 잠을 못 잤어. 사실, 상황이 몹시 혼란스러워졌어."

벨뷰 병원이 벤턴에게 할당해 준 좁은 작업 공간에는 책과 잡지 등이 깔끔하게 정리되어 있었다. 자리에 앉자, 스카페타는 그들 사이에 놓인 책상이 건널 수 없는 감정적인 장벽처럼 굳건하게 버티고 서 있는 것만 같았다. 벤턴은 성관계를 갖고 싶어 하지 않았다. 적어도 자신하고는. 스카페타는 벤턴이 다른 사람과 섹스를 한다고 믿지는 않았지만, 그가 결혼의 이점이 짧아지고 차가워진 대화 그리고 줄어든 침대에서의 시간이라고 생각하는 것은 아닌지 하는 생각이 들었다. 스카페타는 벤턴이 결혼 전에 더 행복했다는 생각이 들었지만, 그 슬픈 사실을 마리노 탓으로 돌리려 하지는 않았다.

"당신의 직감은 뭐라고 해?" 벤턴이 물었다.

"오스카와 얘기해서는 안 된다는 직감이 들어요." 그녀가 대답했다. "그리고 당신한테 말해야 한다는 직감이 들지만 머릿속 생각은 달라요."

"당신은 여기에서 동료이자, 컨설턴트야. 오스카가 환자라고 했을 때, 우리는 직업적인 차원에서 의논을 할 수도 있어."

"난 당신 환자인 그에 관해 아무것도 몰라요. 내 환자라고 해도 그에 대해 어떤 말을 해 주기는 어려워요."

"예전에 오스카나 테리 브리지스에 관해 들어 본 적 없어?"

"그것에 대해서도 절대 말할 수 없어요. 그리고 당신에게 날 부추기지 말라고 요구할 거예요. 당신은 내 한계에 대해서 알잖아요. 오늘 아침 나한테 전화했을 때도 알았을 거고요."

벤턴은 서랍을 열어 봉투 두 개를 꺼내어 책상 너머에 앉은 스카페타에게 건네주었다.

"몰랐어. 당신이 여기 와서 어떤 일이 일어나게 될지…." 벤턴이 말했다. "경찰이 뭔가를 찾아내거나 오스카를 체포했다면 아마도 우리가 이런 대화를 나누고 있지는 않았겠지. 아무튼 당신 말이 옳아. 지금으로선 당신이 최우선으로 생각해야 하는 건 오스카의 건강이야. 당신은 그의 담당의니까. 하지만 그렇다고 그를 다시 봐야 한다는 뜻은 아니야."

첫 번째 봉투에는 DNA 보고서가 들어 있었고, 두 번째 봉투에는 범죄 현장 사진이 들어 있었다.

"버거가 당신에게 DNA 분석 사본을 주라고 했어. 사진과 경찰 보고서는 마이크 모랄레스 형사가 작성한 거고." 벤턴이 말했다.

"내가 아는 사람인가요?"

"형사과에서는 신참이야. 당신은 모르는 사람이고, 아마 알 필요도 없을 거야. 솔직히 말하자면, 내 생각에 그 자식은 얼간이야. 모랄레스가 범죄 현장에서 찍은 사진과 임시 보고서야. DNA는 레스터 박사가 테리 브리지스의 시신에서 채취한 거고. 아직 넘겨받지 못한 사진들도 있어. 오늘 오후에 실시했던 두 번째 수색 과정을 통해 옷장 안에 있는 여행 가방을 찾았는데, 그 안에서 노트북 두 대를 찾았어. 며칠 동안 가족과 시간을 보내기 위해 오늘 아침 애리조나행 비행기를 타려고 했었던 모양이야. 여행 가방을 꾸려서 왜 보이지 않게 옷장 안에 넣어 두었는지는 전혀 알 수 없지만."

스카페타는 오스카에게 들었던 이야기를 떠올렸다. 테리는 여행 가방을 눈에 띄는 곳에 내놓지 않았을 것이었다. 그녀는 강박적일 정도로 깔끔했고, 오스카는 작별 인사 하는 걸 좋아하지 않았다.

벤턴이 말했다. "테리가 극도로 혹은 강박적일 정도로 깔끔했다고 가정할 수 있겠지. 사진을 보면 내가 무슨 말을 하는지 알 수 있을 거야."

"그럴듯한 가정이네요." 스카페타가 말했다.

벤턴은 아내의 눈을 똑바로 쳐다보았다. 그리고 방금 자신에게 정보를 준 것인지 판단하려 애썼다. 아내는 자신의 눈을 피하지도, 침묵을 깨뜨리려고도 하지 않았다. 벤턴은 휴대전화에서 버거의 번호를 찾아 전화를 걸었다. 그러고는 그녀에게 스카페타가 오스카 베인에게서 얻은 증거물을 받아 갈 사람을 보내 줄 수 있는지 물었다.

그는 잠시 수화기에 귀를 기울이다 스카페타를 올려다보며, 전화기에 대고 말했다. "나도 완전히 동감입니다. 오스카는 원하면 언제든지 떠날 수 있으니까요. 아니, 아직 기회가 없었어요…. 네, 지금 여기 있습니다. 아내에게 물어보는 게 어때요?"

벤턴은 책상 건너편에 앉은 스카페타에게 휴대전화를 건네주었다.

"이렇게 해 줘서 고마워요." 버거가 말하자, 스카페타는 둘이 마지막으로 통화한 게 언제인지 기억을 떠올렸다. 오 년 전이었다.

"오스카는 어땠어요?" 버거가 물었다.

"매우 협조적이었어요."

"그가 그대로 있을 거라 생각해요?"

"내가 어색한 입장에 놓인 것 같군요." 스카페타는 자신의 환자에 대해 언급할 수 없을 때면 늘 그렇게 말하곤 했다.

"이해해요."

"내가 편안하게 말할 수 있는 건 이것뿐인 것 같아요." 스카페타가 말했다. "그의 DNA 분석을 빠른 시일 내에 얻는 게 좋을 거예요. 그렇게 해서 손해 보는 건 전혀 없으니까요."

"다행스럽게도 세상엔 초과 근무 수당 받는 걸 좋아하는 사람들이 얼마든지 있죠. 하지만 레스터 박사는 그렇지 않아요. 벤턴이 아직 당신에게 얘길 꺼내지 못했다면 내가 당신에게 직접 물어보고 그를 곤경에서 구해 줘야겠군요. 오늘밤 테리 브리지스의 시신을 봐 줄 수 있어요? 벤턴이 당신한테 자세한 사항을 알려 줄 거예요. 레스터 박사는 뉴저지에서 뉴욕으로 올 거고요. 유쾌하지 않은 일에 끌어들여서 미안해요. 유쾌하지 않다는 게 안치소를 뜻하는 건 아니에요."

"도움이 되는 거라면 뭐든 괜찮아요." 스카페타가 대답했다.

"나중에 얘기하도록 해요. 언제 한번 만나야겠군요. 일레인 레스토랑에서 저녁을 함께 해도 좋고요." 버거가 말했다.

그들 같은 전문직 여성들은 그런 관례적인 인사를 좋아하는지도 몰랐다. 그러나 그들은 언젠가 한번 만날 것이고, 점심이나 저녁을 함께 먹을 것이다. 팔 년 전, 스카페타가 평생 맡은 사건 가운데 가장 난감했던 사건 중 하나에 버거가 특별 검사로 버지니아에 부임하면서 처음 만났을 때, 그들은 그렇게 말했었다. 그리고 지난 2003년에 만났을 때도 그렇게 말했었는데, 당시 두 사람 모두 비밀스러운 작전을 마치고 폴란드에서 막 돌아온 루시에 대해 걱정했었다. 스카페타는 루시가 당시에 한 일이 합법적이지 않았다는 사실을 제외하면 아직도 아는 게 거의 없었다. 그건 분명히 비윤리적인 일이었다. 여기 뉴욕에 있는 버거의 펜트하우스 아파트에서 스카페타의 조카는 검사와 함께 앉아 있었고, 그들 사이에 어떤 얘기가 오갔는지 버거와 스카페타는 생생하게 기억하고 있었다.

이상하게도 버거는 스카페타가 알고 있는 어느 누구보다도 그녀에 대해 잘 알고 있었지만 그들은 친구 사이가 아니었다. 그들은 함께 어울리지 않았고, 식사나 술을 하자는 제안을 몇 차례나 하고 실제로 그렇게 한다 해도 업무 외의 일은 하지 않을 것이었다. 그들이 서로 벽을 두고 거리를 유지하는 것은 정신없이 바쁜 일상, 그리고 서로 다른 길을 걷고 있기 때문만은 아니었다. 강인한 여성들은 대체로 혼자 있는 경향이 있었는데, 다른 누군가를 믿어서는 안 된다는 걸 본능적으로 알기 때문이었다.

스카페타는 휴대전화를 벤턴에게 돌려주었다.

그리고 잠시 후 말문을 열었다. "테리에게 강박장애가 있었다면 몸에 몇몇 단서가 남아 있을 거예요. 우연하게도 내가 그 단서를 찾을 기회를 얻겠군요."

"당신에게 말할 참이었어. 버거도 내게 당신이 해 줄 수 있겠느냐고 물었고."

"레스터 박사가 이미 뉴욕으로 오고 있다 하니, 난 이 일을 내가 알기도 전에 이미 동의한 셈이고요."

"오스카가 유죄 확정을 받지 않으면 당신은 사건에서 손 뗄 수 있어." 벤턴이 말했다. "그러고 나서 그 정황과 당신이 어떻게 연관될지는 모르겠지만 말이야. 아마 버거에게 달려 있을 거야."

"오스카가 내 관심을 받으려고 살인을 했다는 말은 하지 말아요."

"당신한테 뭐라고 말해야 할지 모르겠군. 지금으로서는 어떻게 생각해야 할지도 모르겠어. 테리의 질에서 채취한 DNA에 대해서도 그렇고. 한번 봐."

스카페타가 봉투에서 보고서를 꺼내어 읽자, 벤턴은 버거에게서 들었던 팜비치의 여자에 관한 얘기를 자세히 전해 주었다.

"혹시 어떤 이유라도 떠올릴 수 있겠어?"

"레스터 박사가 채취한 표본에서 얻은 결과는 여기 없군요. 질에서 채취한 DNA라고 했죠?"

"버거한테 그렇게 들었어."

"정확히 무엇을 했고, 어디에서 얻은 결과죠? 여기에 결과가 없으니 이례적인 결과와 그게 뭘 의미하는지에 대해 섣불리 추측할 수 없어요."

"내 생각엔 오염된 것 같아." 벤턴이 말했다. "휠체어를 탄 나이 든 할머니의 유전 인자가 어떻게 질 안으로 들어갔는지는 알 수 없지만."

"그 할머니가 오스카 베인과 연관되었을 가능성은요?"

"없다고 들었어. 버거가 직접 할머니에게 전화해서 물어봤대."

벤턴의 휴대전화가 울렸다. 전화를 받고 긴 침묵이 이어지는 동안, 얼굴에는 아무런 표정의 변화도 없었다.

"그렇게 좋은 아이디어라고 생각하지 마." 벤턴이 마침내 수화기 너머의 상대방에게 말했다. "그런 일이 일어난 건 유감이야…. 그런 측면에서 보면 물론 유감이야…. 아니, 이런 이유 때문에 말하려던 건 아니고…. 끊지 말고 잠시만 내 얘기 들어 봐. 루시, 내 말 끝까지 들어. 네가 이해할 거라 생각하지 않고, 지금 그 얘길 할 수는 없어. 왜냐하면… 진심은 아니겠지. 왜냐하면… 사람이 더 이상 도망칠 데가 없으면… 우린 해낼 거야. 나중에, 알았지? 진정하고 나중에 얘기해." 벤턴은 그렇게 말하고 나서 전화를 끊었다.

"도대체 무슨 얘길 한 거예요?" 스카페타가 물었다. "루시가 뭐라고 얘기했어요? 뭐가 유감이고, 누가 더 이상 도망칠 데가 없다는 거예요?"

벤턴은 창백하지만 무표정한 얼굴로 말했다. "루시는 이따금 시간이나 공간 감각이 없어. 지금 굳이 그 애의 화를 돋울 필요는 없잖아."

"화라고요? 뭐 때문에요?"

"루시가 어떤지 당신도 알잖아."

"그럴 땐 대개 그럴 만한 이유가 있죠."

"지금 그 얘길 할 수는 없어." 그는 스카페타에게도 루시에게 했던 대로 말했다.

"그런 얘기를 듣고 도대체 어떻게 집중하란 말이에요? 도대체 무슨 얘길 할 수 없다는 거죠?"

벤턴은 아무 말이 없었다. 스카페타는 벤턴이 물어보는 말에 대답하지 않고 가만히 생각에 잠길 때마다 맘에 들지 않았다.

"〈고담 갓차〉." 벤턴의 대답에 스카페타는 깜짝 놀랐고, 짜증이 났다.

"그걸 확대해석하는 건 아니겠죠?"

"읽었어?"

"택시에서 읽기 시작했어요. 브라이스가 읽어야 한다고 해서요."

"전부 읽었어?"

"택시에서 내리느라 중간에서 끊겼어요."

"여길 봐."

벤턴이 컴퓨터 키보드를 두드리자 스카페타는 그 옆으로 갔다.

"이상하군." 벤턴이 얼굴을 찌푸리며 말했다.

〈고담 갓차〉 웹사이트에 중대한 프로그래밍 문제가 있거나 프로그램이 망가진 것 같았다. 불 꺼진 뉴욕의 스카이라인은 새까맸고, 하늘은 붉게 물들어 있었으며, 록펠러 센터의 거대한 크리스마스트리는 센트럴 파크에 거꾸로 처박혀 있었다.

벤턴은 조바심을 내며, 마우스를 반복해서 클릭했다.

"사이트가 다운됐고, 완전히 망가졌어." 벤턴이 말했다. "하지만 불행하게도 빌어먹을 그 칼럼은 열 수 있지."

그는 빠른 속도로 키보드를 두드리며 검색했다.

"모두 엉망이 됐군." 밴텀이 말했다.

화면 가득 〈고담 갓차〉와 스카페타에 관한 자료들이 나타났고, 파일을 클릭하자 누군가가 법의학 팬 사이트에 올린 칼럼이 한 편이 아닌 두 편이 나왔다. 이상하게 나온 스카페타의 사진이 화면을 채우자 두 사람은 한동안 멍하니 쳐다보았다.

"찰스턴에서 찍힌 것 같아?" 그가 물었다. "아니면 새로 옮긴 사무실인가? 수술 가운을 보고 뭐 떠오르는 거 없어? 워터타운에서는 크랜베리색을 입잖아."

"업체에서 뭘 가져오는지에 따라 다르죠. 수거해서 가져갔다가 그 다음 주에는 암녹색을 가져오기도 하고 보라색, 이런저런 푸른색, 크랜베리색도 물론 입어요. 요즘 대부분의 안치소에서는 그래요. 난 좋아하지 않지만 〈스펀지밥〉, 〈심슨 가족〉, 〈톰과 제리〉의 캐릭터가 그려진 수술 가운을 입는 병리학자들도 있어요."

"부검하는 동안 사진 찍힌 기억은 없어? 휴대전화를 이용해 찍지 않았을까?"

스카페타는 곰곰이 생각한 후 말했다. "기억나지 않아요. 그런 일이 일어났다면 그 사람에게 사진을 삭제하라고 했을 거예요. 그런 일은 절대로 허용하지 않으니까요."

"당신이 이사를 오고 CNN에 출연해 유명인이 된 후에 일어난 일 같아. 경찰이나 유가족 혹은 이사 업체 직원일 수도 있고."

"그렇다면 우리 직원에 대해서도 걱정해야 하니 당혹스럽군요." 스카페타는 브라이스를 떠올리며 말했다.

"폴리 수녀님에 관한 얘기는 뭐죠? 폴리 수녀님이 누구예요?"

"모르겠어. 읽어 보면 알겠지."

벤턴은 오늘 올라온 첫 번째 칼럼 내용 가운데 그녀에게 보여주고 싶은 부분으로 커서를 움직였다.

(…) 어디인지 알 수 없는 건물 정면 아래에 그녀가 몸을 숨기는 더러운 골목길이 있다. 스카페타는 스테인리스스틸로 만든 세상에 사는지 모르지만, 스테인

리스스틸로 만들어진 여자는 절대 아닐 것이다. 그녀는 연약했고, 망신거리가 되었다.

그녀도 성폭행을 당할 수 있는 여자라고 생각해 보라.

그렇다. 다른 여자들과 마찬가지로, 이번에도 희생자 탓만 할 수 있을 뿐이다. 그녀는 스스로 그런 일을 초래했다. 수사 동료를 무시하고, 혹사시키고, 얕잡아 보았다. 찰스턴에서 술에 취한 어느 날 밤, 그는 더 이상 견딜 수가 없었다. 피트 마리노 형사를 약간 불쌍하게 여겨야 할 것이다. (…)

스카페타는 의자로 돌아와 앉았다. 이 글은 분명 일반적인 가십과는 달랐다.

"사람들이 왜 날 그렇게 미워하는지 묻지는 않을 거예요." 스카페타가 말했다. "물어볼 필요 없다는 건 오래전에 알았으니까. 왜 그런지 통찰할 수는 있지만 정말 중요한 문제는 아니라는 걸 깨달았죠. 중요한 건 궁극적인 결과예요. 누구의 짓인지 알아내면 고소하겠어요."

"그러지 말라고 말하지는 않을게."

"말하지 않겠다면서 할 말 다 한 것 같군요. 실제로 일어난 일은 절대 뉴스에 나오지 않는 법이죠. 난 그런 적 없고, 정확한 정보도 아니에요. 이건 중상모략이에요. 고소할 거예요."

"누굴 고소한다는 거야? 사이버 공간에 있는 익명의 빌어먹을 놈을?"

"루시라면 누군지 알아낼 수 있을 거예요."

"웹사이트가 망가진 건 절대 우연의 일치가 아닐 거야. 최선의 대처였겠지. 아마 영원히 복구되지 않을 거야."

"루시에게 웹사이트를 망가뜨리라고 했어요?"

"방금 루시와 통화하는 걸 들어서 알겠지만 절대 아니야. 나도 알지만 당신은 루시가 어떤 아이인지 더 잘 알잖아. 그 애가 할 일은 아마 소송보다 훨씬 더 효과적일 테지. 이건 중상모략이 아니야. 당신은 이 사람이 쓴 글이 거짓말임을 증명할 방법이 없어. 이미 일어난 일도, 그리고 아직 일어나지 않은 일도 마찬가지야."

"내가 당신한테 했던 말을 믿지 못하는 것처럼 들리는군요."

"케이." 벤턴은 스카페타의 눈을 똑바로 쳐다보았다. "이런 일 때문에 싸우지 말자. 당신이 마음의 준비를 단단히 해야 하는 건, 대중에게 노출되기 때문이야. 예전에는 아무것도 몰랐던 사람들이 이젠 상황을 알게 되었고, 당신에게 질문을 퍼부을 거야. 이것도 마찬가지야…." 벤턴이 조금 더 읽더니 말했다. "이것도 엉터리야. 종교 단체 원조를 받는 학교와 폴리 수녀님, 이건 내가 모르는 얘기라고."

스카페타는 애써 읽지 않았고, 그럴 필요도 없었다. "내 인생에 폴리 수녀님이라는 사람은 없어요. 글에 적힌 일은 일어나지도 않았고요. 다른 수녀님이었고, 욕실에서 외설적으로 매를 맞은 적도 결단코 없어요."

"하지만 사실도 있어."

"맞아요. 마이애미인 것도 맞고, 종교 단체 원조를 받는 학교에서 장학금을 받았어요. 그리고 우리 아버지가 불치병으로 오랫동안 병상에 누워 있었던 것도 사실이고요."

"그리고 당신 아버지가 식료품 가게를 운영했던 것도. 학교 여학생들이 당신을 '플로리다 크래커'라고 불렀어?"

"벤턴, 그런 얘긴 하고 싶지 않아요."

"어느 게 사실이고, 누가 그 사실을 알고 있는지 알아내려는 거야. 어떤 게 이미 알려졌지?"

"어떤 게 알려졌는지 알잖아요. 사실이든 거짓이든 이미 다 퍼졌어요. 이 정보를 어디서 구했는지 모르겠어요."

벤턴이 말했다. "뭐가 거짓인지에 대해서는 아무도 신경 쓰지 않아.

사람들에게 어떤 사실이 알려졌는지, 그리고 이 칼럼에 적힌 내용에 관해 공개된 출처가 있는지 알아야 해. 그렇지 않다면, 당신 추측대로 당신 측근이 이 칼럼을 쓴 작자에게 정보를 몰래 빼 주고 있는 거야."

"마리노는 나에 대해 다른 사람들은 모르는 걸 많이 알고 있어요." 스카페타가 마지못해 말했다.

"찰스턴에서의 일은 더더욱 그렇지만, 그가 그런 말을 떠벌렸을 거라곤 상상조차 할 수 없어."

"어떤 말을 말하는 거예요, 벤턴?"

벤턴은 묵묵부답으로 일관했다.

"스스로 그 말을 꺼낼 순 없겠죠. '강간'이라는 말. 물론 강간을 하지는 않았지만요."

"어떻게 된 건지 모르겠어." 벤턴이 나지막이 말했다. "그게 내 문제야. 당신이 내게 알려 주는 만큼만 아는 것."

"당신이 그 장면을 지켜봤다면 지금 기분이 더 나았을까요?"

"맙소사!"

"당신은 모든 걸 속속들이 봐야 하는 사람이죠. 그래야 마침표를 찍는 것처럼." 스카페타가 말했다. "항상 마침표 같은 건 없다고 말하는 사람이 누구죠? 우리 두 사람 모두일 거예요. 지금은 이 칼럼니스트와 정보를 몰래 빼 주고 있는 사람이 이긴 셈이에요. 왜냐고요? 우린 여기 앉아서 당혹스러워하고, 서로를 믿지 못하고, 소원해지고 있기 때문이죠. 사실, 당신은 어떤 일이 일어났는지 마리노보다 훨씬 더 많이 알고 있어요. 마리노는 분명히 그날 밤 자신이 어떤 행동을 했고 무슨 말을 했는지 잘 기억하지 못할 거예요. 내 생각이 맞았으면 좋겠군요."

"케이, 난 당신과 소원해지고 싶지 않아. 당신보다 내가 왜 더 당혹스러워하는지 모르겠어."

"벤턴, 당신은 그 이유를 잘 알고 있어요. 당신이 막지 못했기 때문에, 나보다 훨씬 더 무력감을 느끼는 거예요. 적어도 난 어느 정도는 막아냈어요. 최악의 사태는 막았으니까요."

벤턴은 칼럼 두 편을 다시 읽는 척했지만, 실제로는 마음을 가라앉히는 중이었다.

"마리노가 플로리다에 관한 정보에 대해서도 알까?" 벤턴이 물었다. "당신의 유년기에 대해 얘기한 게 있어? 다시 말하자면…." 그는 컴퓨터에 나타난 부분을 가리키며 말을 이었다. "사실인 부분은 당신이 그에게 직접 얘기해 준 거야?"

"마리노와 안 지 거의 이십 년이 됐어요. 그 사람은 내 여동생과 엄마도 만났고, 내 인생에 관해 자세한 부분까지 아는 것도 있어요. 마리노에게 어떤 말을 했는지 전부 기억나진 않지만, 내가 마이애미의 가난한 마을에 살았다는 건 나와 가까운 사람이라면 이미 비밀이 아니에요. 당시 우리 가족에겐 돈이 없었고, 아버지는 몇 년 동안 암으로 고생하시다가 돌아가셨어요. 그리고 난 공부를 꽤 잘했고요."

"당신 연필을 모조리 망가뜨린 여학생은?"

"그건 너무 우스워요."

"사실이란 말이군."

"그런 짓을 한 친구가 있었어요. 다른 친구들을 못살게 구는 아이였는데 이름은 기억나지 않아요."

"수녀님이 당신 뺨을 때린 적 있어?"

"내가 그 친구랑 싸우자 수녀님이 잔소리를 했어요. 그리고 수녀님한테 혼난 적도 있지만 그게 다예요. 화장실에서 일어났다는 그런 낯 뜨거운 일은 없었어요. 우리가 이런 얘기를 나누고 있다니 터무니없네요."

"난 당신에 관해 모든 걸 안다고 생각했어. 그러나 그렇지 않았고, 인터넷을 통해 들어서 기분이 좋지 않아. 터무니가 있건 없건 이런 얘기는 사방에 퍼질 거고, 이미 떠돌고 있어. 당신은 그걸 피할 수 없고, 심지어 친구들이 있는 CNN에서도 마찬가지일 거야. 당신에 관한 이야기가 오르내리면 누군가는 질문을 해야만 하게 되어 있으니까. 당신은 그런 관심에 익숙해져야 할 거야. 아니, 우리 둘 모두 그래야 할 거야."

스카페타는 사람들에게 노출되는 것이나 그런 일에 익숙해지는 것에 대해 생각하지 않았다. 그녀는 마리노를 생각하고 있었다.

"방금 전에 루시랑 그 얘길 한 거군요." 스카페타가 말했다. "루시는 마리노에 대해 뭐라고 해요?"

벤턴은 아무 말도 하지 않았고, 그게 그의 대답이었다. 루시는 마리노에 대해 얘기했었다.

"그가 더 이상 도망칠 데가 없다는 건 무슨 뜻이에요? 아니면 다른 사람에 관한 얘기였나요? 이제 나한테 아무것도 숨기지 말아요."

"마리노가 한 행동은 야구에서의 히트 앤드 런과 마찬가지야. 루시는 그렇게 생각해." 벤턴이 말했다. 스카페타는 남편이 우회적으로 말할 때 더 잘 알아들었다. "마리노가 사라졌기 때문에, 난 그 친구가 몹시 지친 나머지 누구나 도망칠 곳이 필요할 때처럼 빠져나갈 구멍을 찾는다고 생각했었어. 새로울 것도 없지. 당신도 사정을 알고 있고, 루시가 어떤 아이인지 알 테니."

"어떤 사정요? 난 전혀 몰라요. 마리노가 사라졌어도 난 그 사람이 자살했을 거라고는 생각해 본 적 없어요. 마리노답지 않은 행동이니까요. 그런 불안하고 어리석은 짓은 하지 않을 거고, 우리 중에서도 지옥에 가는 걸 가장 두려워하니까요. 마리노는 땅속 어딘가에 실제로 지옥이 있고, 거기에 가면 영원히 지옥 불에 던져질 거라고 믿어요. 언젠가 술이 취해서, 혼자 지옥에 가기가 너무 무서우니까 세상 사람들 반은 지옥에 갔으면 좋겠다고 털어놨었죠."

벤턴의 눈에 형언할 수 없는 슬픔이 드리웠다.

"당신이 무슨 얘기를 하는지 모르겠고, 당신 말을 믿을 수도 없어요." 스카페타가 말했다. "다른 일이 일어난 게 틀림없어요."

그들은 서로의 눈을 쳐다보았다.

벤턴이 말했다. "마리노는 지금 여기 뉴욕에 있어. 지난 7월부터. 정확히는 7월 첫째 주부터."

벤턴은 마리노가 버거 밑에서 일한다고 말해 주었다. 그를 고용할 때 버거는 가십 칼럼에 나온 마리노가 찰스턴을 떠난 진짜 이유 등에 대해 알지 못했으며, 버거가 루시를 만나 마리노의 일에 대해 말해 준 사실도 털어놓았다.

"그래서 루시가 전화한 거야." 벤턴이 이어서 말했다. "그리고 나는 그런 일들이 있었음에도 불구하고 당신이 내가 마리노를 도와주기 바랄 거라고 생각했어. 당신 모르게 치료를 받고 새로운 삶을 시작하려는 마리노의 바람을 내가 도와주기 바랄 거라고 생각했어."

"진작 나한테 말했어야 했어요."

"마리노에 대한 자세한 이야긴 아무한테도 말할 수 없었어. 당신이 오스카에게 들은 얘기를 나한테 전할 수 없는 것과 마찬가지지. 의사와 환자 사이의 비밀이니까. 마리노는 찰스턴에서 사라진 뒤 얼마 지나지 않아 맥린 병원 사무실로 전화를 걸어서, 나한테 재활 센터에 들어갈 수 있게 도와 달라고 했어. 치료사를 알아봐 주고, 중간에서 도와 달라고 부탁했어."

"그러면 제이미 버거 밑에서 일하도록 도와준 것도 비밀이었나요? 그게 어떻게 의사와 환자 사이의 비밀 유지란 거죠?"

"마리노가 당신한테 말하지 말라고 부탁했어."

벤턴의 목소리는 자신이 올바른 일을 했다고 확신하는 듯했지만 눈빛은 그렇지 않았다.

"그건 의사와 환자 사이의 비밀 유지도 아니고, 신중한 행동도 아니었어요." 스카페타가 말했다. "어떤 상황인지 봐요. 마리노가 버거 밑에서 일하면 내가 알게 될 게 뻔한데, 어떻게 그렇게 분별없이 결정할 수 있죠? 그리고 결국 이렇게 알게 됐잖아요."

스카페타는 남편을 쳐다보고 싶지 않아, 보고서를 훑어보기 시작했다. 인기척이 나서 고개를 돌리자, 벤턴의 사무실 문간에 한 남자가 서 있었다.

갱들이 입을 법한 헐렁한 옷차림에 두꺼운 금 목걸이, 콘로 스타일의 머리로 봐서는 마치 방금 탈옥한 사람 같았다.

"케이, 모랄레스 형사와는 초면일 것 같은데…." 벤턴은 그다지 친절하지 않은 말투로 말했다.

"당신은 기억하지 못하겠지만, 한 번 스친 적이 있지요." 모랄레스가 사무실 안으로 터벅터벅 걸어 들어와 스카페타를 내려다보며 말했다.

"미안하군요." 기억하지 못해서 미안하다는 뜻이었다. 스카페타는 손을 내밀어 악수를 청하지는 않았다.

"지난해 노동절 주말, 안치소에서요." 모랄레스가 말했다.

그에게는 어딘지 모르게 스카페타를 긴장하게 하고, 불편하게 하는 기운이 있었다. 스카페타는 그가 행동이 급하고, 서두르며, 손에 닿는 모든 것을 지배하려는 유형의 사람이라는 생각이 들었다.

"워즈 섬 해안에서 떠 내려와 이스트 강에서 발견된 시신을 둘러보는 모습을 두어 테이블 떨어진 곳에서 본 적 있어요." 모랄레스가 말을 이었다. "당신은 내가 기억나지 않을 거예요. 그때 그 남자가 사는 게 힘들어서 다리에서 뛰어내린 건지, 아니면 누군가가 그를 저세상으로 서둘러 보낸 건지, 아니면 심장마비로 제방에서 떨어진 건지 결론을 내리지 못하고 있었어요. 골칫거리 사건 중 하나였죠. 당시 검시하던 여자가 그 남자 상체에 있던 고사리 모양의 반점을 알아채지 못하고 있었는데, 그게 사건 해결에 아주 중요한 열쇠였어요. 뭐였는지 알아요? 번개에 맞아 생긴 수지상(樹枝狀)이었어요. 양말이나 구두 밑창에서 그을린 자국을 찾지 못했다고 해서 번개에 맞았을 가능성을 제외시켜 버렸던 거죠. 당신은 나침반을 이용해서 그 남자의 벨트 버클이 자력을 띠고 있음을 보여주었어요. 번개를 맞았을 때의 전형적인 케이스예요. 그렇죠? 아무튼 당신은 날 기억하지 못할 겁니다. 들락날락거리면서 연구실에 가져가야 할 탄피 두어 개를 챙기고 있었을 뿐이니까요."

모랄레스는 헐렁한 바지 뒷주머니에서 증거물 제출 서류를 꺼내어 펼치고는 내용을 작성하기 시작했다. 책상에 너무 가까이 기대서서 그의 팔꿈치가 스카페타의 어깨를 스치는 바람에 그녀는 의자를 옮겨야 했다. 모랄레스가 서류와 펜을 건네주자 스카페타는 나머지 부분을 마저 작성하고 서명을 했다. 그러자 모랄레스는 건네받은 오스카 베인의 증거물 봉투를 챙기고는 사무실을 나갔다.

"보면 알겠지만, 버거는 저 사람을 부담스러워하고 있어."

"팀원이에요?"

"아니. 그러면 좀 수월하겠지. 최소한 통제라도 할 수 있을 테니까." 벤턴이 말했다. "저 형사는 어디에든 불쑥불쑥 나타나. 사건이 명확해지면 어떻게든 모습을 드러내지. 아까 말했던 번개 사망 사건도 그렇고. 그건 그렇고, 모랄레스는 당신이 자신을 기억하지 못한 걸 용서할 생각이 없는 모양이야. 그 점을 세 번이나 말하더군."

13 진심

벤턴은 인조 가죽 의자에 등을 기대고 가만히 앉아 있었다. 스카페타는 흠집이 난 작은 책상의 건너편에 앉아 서류를 훑어보고 있었다.

벤턴은 아내의 곧은 콧날, 강한 턱 선과 광대뼈, 서류 페이지를 넘길 때처럼 미세하게 움직일 때 볼 수 있는 섬세하면서 우아한 모습을 좋아했다. 마음속에서 아내는 처음 만났을 때 모습 그대로였다. 헝클어진 금발에 화장기 없는 얼굴, 펜과 티슈, 그리고 시간은 없지만 어떻게든 다시 전화해야 하는 메모 등이 주머니에 가득 든 길고 흰 가운을 입고 회의실에 들어서던 모습….

그녀가 강인하고 진지해 보이면서도 마음속으로는 사려 깊고 따뜻한 성정을 지닌 사람임을 벤턴은 그 자리에서 바로 알아보았다. 첫 만남 당시 눈빛을 보고 그걸 알았고, 다른 데 정신을 빼앗길 때나 자신에게 상처를 받았을 때도 그 눈빛은 여전했다. 아내가 없는 삶은 상상조차 할 수 없었다. 그는 극심한 고통을 느꼈다. 마리노에 대한 증오가 자신을 뚫고 지나가는 듯했다. 성인이 된 후로 줄곧 몰두해 온 대상이 이제 드디어 그의 집에 함께 살고 있는데, 마리노가 거기에 있었다. 벤턴은 그 적군을 어떻게 해야 떠나보낼 수 있는지 알지 못했다.

"경찰은 현장에 몇 시에 도착했어요? 근데, 왜 그렇게 나를 빤히 쳐다봐요?" 스카페타가 시선을 피하며 물었다.

"오후 6시 15분경에. 내가 상황을 혼란스럽게 만들었어. 나한테 화내지 마."

"신고는 어떻게 했죠?"

"911. 오후 5시쯤 테리의 시신을 발견했다고 주장하고 있는데, 6시가 되어서야 911에 신고했어. 정확하게는 6시 9분. 경찰들은 오 분 후에 현장에 도착했고."

스카페타가 아무 대답도 하지 않자, 벤턴은 종이 클립을 집어 들고 그것을 펴기 시작했다. 그는 안절부절못하는 적이 거의 없었다.

"건물의 출입문은 잠겨 있었어." 벤턴이 말했다. "세 가구가 더 있었는데 집에 아무도 없었고, 수위도 없었어. 경찰은 건물 안으로 들어갈 수 없었지만 테리의 집이 1층이라서, 오스카가 욕실에서 여인의 시신을 안고 있는 모습이 커튼 틈 사이로 보였어. 시신은 파란 수건으로 덮여 있었고. 그가 테리를 꼭 껴안고 쓰다듬으며 오열하고 있었어. 경찰이 유리창을 두드리자, 그제야 문을 열어 주었고."

벤턴의 말이 뚝뚝 끊어졌다. 머리가 잘 돌아가지 않았고, 약간 혼란스러웠다. 스트레스를 심하게 받은 탓인 것 같았다. 벤턴은 종이 클립을 만지작거리며 아내를 쳐다보았다.

긴 침묵이 흐른 후, 스카페타가 남편을 올려다보며 말했다. "그러고 나서요? 오스카가 경찰들에게 진술했나요?"

'당신은 메모를 비교하고 있군. 내가 아는 것과 오스카한테 들은 얘기를 동일 선상에 두고 말이야. 당신이 객관적이고 분석적인 태도를 고수

하는 건 날 용서할 생각이 없기 때문이겠지….'

"미안해. 부탁이니 제발 나한테 화내지 마." 벤턴이 다시 한 번 말했다.

스카페타는 그의 눈빛을 응시하며 말했다. "테리가 왜 브래지어와 가운만 입고 있었는지 모르겠어요. 낯선 사람이 찾아왔는데 그런 차림으로 문을 열어 주었을까요?"

"이런 식으로는 곤란해." 벤턴의 말은 사건이 아니라 두 사람의 관계를 뜻했다. "잠시 보류하는 게 어때?"

사적인 문제가 어울리지 않는 시간과 장소에 끼어들 때면 그들은 이런 식으로 표현하곤 했다. 스카페타의 느린 시선과 평소보다 더 깊어지고 푸른 음영이 드리운 두 눈이 그렇게 하겠다고 말하고 있었다. 스카페타는 사적인 문제를 당분간 보류하기로 했다. 벤턴에게 그럴 만한 자격이 없다고 생각했지만 그래도 그를 사랑했다.

"좋은 지적이야. 문을 열어 주러 나갔을 때 그런 옷차림이었을 거야. 거기에 도착했을 때 나도 몇 가지를 유심히 살폈어."

"경찰이 아파트에 들어왔을 때 오스카는 구체적으로 뭘 하고 있었어요?" 그녀가 물었다.

"무릎을 꿇은 채 소리치며 흐느껴 울고 있었어. 계속 욕실에 있겠다고 고집을 부리는 바람에, 경찰 둘이 그를 붙잡고 이야기를 나누려고 애썼어. 자기가 신축성 수갑을 끊었다고 말했어. 신축성 수갑은 욕실 바닥에 부엌용 가위와 함께 놓여 있었고, 그 가위는 부엌에 있는 칼 블록에서 가져온 거라고 했어."

"사건 현장에서 오스카가 신축성 수갑이라고 말하던가요? 아니면 경찰이 그렇게 불렀나요? 신축성 수갑이라는 용어가 어디에서 나온 거죠? 그 용어를 누가 제일 먼저 사용했는지 알아내는 게 중요해요."

"모르겠어."

"음…. 누군가는 알 거예요."

벤턴이 종이 클립을 이번에는 8자 모양으로 구부리자, 스카페타는 보류해 두었던 것들이 금방이라도 튀어나올 것만 같았다. 어느 시점에서 다시 이야기를 나누겠지만, 부서진 뼈를 다시 맞출 수 없듯 이야기를 한다고 해서 깨진 신뢰를 원래대로 회복할 수는 없었다. 거짓말은 또 다른 거짓말을 낳는 법. 벤턴은 살아오면서 거짓말을 해야 할 때가 있었다. 그것은 직업적으로 또 법적으로 필요했으며, 의도된 거였다. 그러나 사실 그 부분 때문에 마리노는 벤턴에게 위협적인 존재였다. 스카페타와 마리노의 사이에는 기본적으로 거짓말이 전혀 없었다. 마리노는 스카페타에게 억지를 부릴 때에도 증오나 미움은 드러내지 않았으며, 그녀를 욕보이려 하지도 않았다. 그는 스카페타에게서 얻을 수 없는 것을 가지려 했다. 자신이 더 이상 품을 수 없는 사랑을 끝낼 방법이 그것뿐이기 때문이었다. 마리노가 스카페타를 배반한 건 어쩌면 가장 정직한 행동이었는지도 몰랐다.

"테리의 목을 조른 끈이 보이지 않아." 벤턴이 말했다. "테리가 죽고 나서 범인이 가져간 것 같아. 경찰은 그것도 신축성 수갑일 수 있다고 추정하고 있어."

"어떤 근거로요?"

"범죄 현장에 두 종류의 끈을 가져오는 건 흔치 않은 일일 테니까."

벤턴의 종이 클립이 결국 부러져 버렸다.

"물론 범인이 신축성 수갑이나 그냥 수갑을 가져왔다고 가정할 수 있어. 대부분의 사람들은 집에 그런 걸 두지 않으니까."

"왜 목을 조른 신축성 수갑은 풀어서 가져가고, 손목을 묶은 건 그냥 두고 갔을까요?" 스카페타가 물었다.

"사건 정황에 대해서도 그렇고, 범인의 생각을 알 수가 없어. 경찰이 오스카의 소행이라고 생각하는 것도 당연해."

"무슨 근거로요?"

"범인이 열쇠를 갖고 있었거나, 희생자가 범인을 집 안으로 들인 게 분명하니까. 당신이 지적한 것처럼 테리는 속옷에 욕실 가운만 입고 있었어. 그럼 생각해 봐. 왜 그렇게 상대방을 믿었을까? 누가 초인종을 누르는지 어떻게 알았을까? 카메라도, 인터컴도 없었어. 내 생각에는, 누군가를 기다리고 있었던 것 같아. 어둠이 내린 텅 빈 건물에 있던 테리는 건물 출입문을 열어 주고 나서, 아파트 현관문도 열어 줬어. 아니면 다른 누군가가 열어 주었을 수도 있겠지. 강력범들은 휴가철을 좋아해. 상징성도 크고, 집에 사람들도 별로 없으니까. 오스카가 테리를 살해했다면, 그에게는 범행을 저지르고 다른 일로 꾸밀 만한 최적의 시간이었을 거야."

"경찰은 그렇게 된 거라고 믿고 있군요. 그런 말이죠?"

'다시 비교하고 있군. 도대체 뭘 알고 있을까?' 벤턴의 마음속에 다시 의구심이 들었다.

"경찰에게는 가장 그럴듯해 보이는 가정이지." 벤턴이 대답했다.

"경찰이 도착했을 때 아파트 현관문이 잠겨 있었나요? 아니면 열려 있었나요?"

"잠겨 있었어. 오스카는 아파트에 들어간 후, 어느 시점에서 문을 잠갔어. 약간 특이한 점은 911에 신고하고 나서 건물 출입문을 열어 두지 않은 건데, 받침대를 사용해 열어 둘 수 있었거든. 아파트 현관문도 열어 두지 않았고. 오스카는 경찰이 어떻게 아파트 안으로 들어갔다고 생각하는지 모르겠어."

"내가 보기에 그 점은 이상하지 않아요. 자기가 무슨 짓을 했든 안 했든 두려웠을 거예요."

"뭘 두려워했다는 거야?"

"오스카가 테리를 살해한 게 아니라면 범인이 돌아올지도 몰라서 두려웠을 거예요."

"범인에게 열쇠가 없는데 어떻게 건물 안으로 들어가겠어?"

"극도의 공포감 속에서는 세세한 상황까지는 생각하지 못해요. 무서우니까 우선 문부터 잠그게 되죠."

'오스카가 한 이야기를 확인 중이군. 두려워서 아파트 현관문을 잠갔다고 말한 게 분명해.' 벤턴이 마음속으로 생각했다.

"오스카가 911에 신고해서는 뭐라고 말했나요?" 스카페타가 물었다.

"직접 들어 봐."

벤턴의 컴퓨터엔 이미 CD가 들어 있었다. 오디오 파일을 열어 볼륨을 높였다.

911 교환원 911입니다. 어떤 응급 상황인가요?

오스카 (다급하게) 네! 경찰을…! 내 여자친구가…!

911 교환원 뭐가 문제죠?

오스카 (거의 들리지 않게) 내 여자친구가…, 내가 집 안에 들어왔을 때…!

911 교환원 뭐가 문제인지 말씀하세요.

오스카 (크게 소리 지르며) 그녀가 죽었어요! 죽었다고요! 누군가가 그녀를 죽였어요! 목 졸라 죽였어요!

911 교환원 목 졸라 죽였다고요?

오스카 네….

911 교환원 그녀를 목 졸라 죽인 범인이 여전히 집 안에 있나요?

오스카 (흐느껴 울며 거의 들리지 않게) 아뇨, 그녀는 죽었어요….

911 교환원 구급차를 보냈습니다. 거기에서 기다리세요. 알았죠?

오스카 (흐느껴 울어 알아듣기 힘들다) 저들이….

911 교환원 저들이라고요? 다른 사람과 함께 있어요?

오스카 아니오…. (잘 들리지 않는다)

911 교환원 전화 끊지 마세요. 경찰이 곧 도착할 거예요. 어떻게 된 건지 말씀해 보세요.

오스카 도착해 보니 그녀가 바닥에 쓰러져 있었어요…. (알아듣기 힘들다)

벤턴이 파일을 닫으며 말했다. "이후 전화를 끊었고, 교환원이 다시 전화를 걸었지만 받지 않았어. 오스카가 전화를 받았다면 경찰이 더 신속하고 용이하게 아파트 안으로 들어갈 수 있었을 거야. 뒤편으로 돌아가 창문을 두드릴 필요도 없었을 거고."

"몹시 겁에 질리고, 흥분한 목소리군요." 스카페타가 말했다.

"라일 메넨데즈(Lyle Menendez: 남동생과 공모해 부유한 부모를 총기 살해한 후 살인사건으로 위장하려 했으나 결국 유죄가 확정돼 종신형을 선고받았음 - 옮긴이)가 부모님이 살해되었다며 911에 전화했을 때에도 그랬지. 그러다 결국 어떻게 끝났는지 알잖아."

"그건 메넨데즈 형제들이…." 스카페타가 이야기하려 하자 벤턴이 말을 막았다.

"나도 알아. 그렇다고 오스카가 테리 브리지스를 죽였다고 할 수는 없어. 하지만 그가 한 짓이 아니라고도 확신할 수 없어." 벤턴이 말했다.

"오스카가 '저들'이라고 표현한 이유는 뭐라고 생각해요? 마치 범인이 한 사람이 아닌 둘 이상이라는 걸 암시하듯이 말이에요."

"과대망상증 때문이지. 실제로 그렇게 믿었을 게 분명해. 하지만 경찰이 보기에는 오스카에게 유리하지 않을 거야. 과대망상증에 빠진 사람들은 그것에 시달려 살인을 저지르기도 하니까."

"당신도 그렇게 생각해요? 면식범이 저지른 살인사건이라고?"

'당신은 다르게 생각하고 있군. 오스카가 대체 당신에게 무슨 말을 했을까?'

"경찰이 왜 그렇게 생각하는지 이해된다는 얘기야. 하지만 난 구체적인 증거를 찾고 싶어."

"또 알고 있는 건요?"

"그가 진술한 내용."

"범죄 현장에서 말인가요? 아니면 모랄레스 형사와 경찰차에 탔을 때 말인가요?"

"아파트에서 나왔을 때, 오스카는 모랄레스에게 협조적이지 않았어." 벤턴이 말했다.

그가 끊어진 종이 클립을 휴지통에 던져 넣자 텅 빈 금속 통에 소리가 울렸다.

"당시 그가 원한 건 벨뷰 병원에 가는 것뿐이었어. 내가 아니면 어느 누구와도 말하지 않겠다고 했어. 그러고는 당신을 여기에 오게 해 달라고 했어. 그래서 우리 두 사람이 여기 있는 거고."

벤턴은 새 종이 클립을 다시 집어 만지작거렸고, 스카페타는 그 모습을 가만히 지켜보았다.

"아파트 안에 있는 동안 경찰에게 무슨 말을 했나요?"

"건물 앞에 도착했을 때 조명등이 모두 꺼져 있었다고 했어. 건물 출입문을 열고 들어가 아파트 초인종을 눌렀는데, 갑자기 문이 활짝 열리더니 범인이 자신을 공격했고, 곧장 달아났다고 했어. 아파트 현관문을 잠그고, 불을 켜고, 주변을 둘러보자 욕실에 시신이 있었다고 했어. 목에 끈은 없었지만 불그스름한 자국이 있었다고 진술했어."

"테리가 죽었다는 걸 알면서도 경찰에 신고하는 걸 지체했어요. 왜 그랬을까요? 당신이 보기엔 왜 그랬을 것 같아요?" 스카페타가 물었다.

"시간 개념이 없었고, 제정신이 아니었기 때문일 거야. 뭐가 사실인지 누가 알겠어? 하지만 구속할 수 있는 온당한 이유는 아니지. 그 사람의 요구를 들어주고 감금한 게 경찰로서도 탐탁지는 않을 거야. 거의 평생 사이버 공간에서 살고 일해 온 근육질의 난쟁이라는 사실도 그에게는 별로 도움이 되지 않을 거고."

"오스카의 직업에 대해 더 아는 건 뭔가요?"

"그가 우리에게 말하기 않기로 작정한 것 말고는 모든 걸 알고 있어. 당신은?" 벤턴이 종이 클립을 구부려 못 쓰게 하며 의견을 물었다.

"원론적으로 대답할 수 있겠죠."

벤턴이 아무 대꾸도 하지 않자, 스카페타가 말을 이었다.

"경찰에게 곧바로 신고하지 않은 사건은 무수히 봤어요. 범인이 범죄 현장을 다른 것으로 꾸미는 데 시간이 필요하거나, 시신을 발견한 사람이 실제로 일어난 일을 숨기려 할 때도 그랬죠. 당혹감, 수치심, 혹은 자신의 생명을 안전하게 하기 위해서. 예를 들어, 성관계를 하며 목 조르는 걸 병적으로 좋아하다 결국 사망에 이른 경우도 마찬가진데, 대개 사고사예요. 어머니가 방에 들어가 보니 아들이 검은색 가죽 옷과 마스크 차림에, 몸에 쇠사슬을 감고, 유두에 집게가 끼워져 있거나, 여자 옷을 입고 있었다고 가정해 봐요. 아들은 천장에 목을 맸고, 포르노그래피가 사방에 흩어져 있어요. 어머니는 세상 사람들이 아들의 모습을 그렇게 기억하기 원치 않을 거고, 증거물을 없앤 후에야 경찰을 부를 거예요."

"다른 가능성은?"

"상실감이 너무 커서, 사랑하는 사람이 떠나간 걸 믿고 싶지 않아서 시신과 함께 시간을 보내는 거예요. 전혀 거리낌 없이. 쓰다듬고, 꼭 껴안고, 나체였으면 덮어 주고, 묶인 손을 풀어 주기도 하고요. 그러면 마치 죽은 사람이 되살아나기라도 할 것처럼 그의 사랑을 되돌리려 하는 거죠."

"오스카가 한 행동을 보면 그렇지 않아." 벤턴이 말했다.

"약물 과다복용으로 침대에서 죽은 아내를 남편이 발견한 사건이 있었어요. 아내 옆에 누워서 꼭 껴안고, 사후 경직이 완전히 진행되어 시신이 차가워질 때까지 경찰에 신고하지 않았어요."

벤턴은 오랫동안 아내를 쳐다본 뒤 말했다. "가족 살인사건에서 볼 수 있는 회한이지. 남편이 아내를 죽이거나 자식이 어머니를 죽이면 회한과 슬픔과 돌연한 공포를 견딜 수 없어 곧바로 경찰에 신고하지 못하지. 시신을 꼭 껴안고, 쓰다듬고, 말을 걸고, 흐느껴 울지. 이미 깨진 소중한 무언가는 되돌릴 수 없고, 영원히 퇴색되고, 영원히 사라지지."

"충동 범죄일 경우 곧잘 나타나는 행동 유형이에요." 스카페타가 말했다. "하지만 이번 살인사건은 충동적으로 저지른 것 같지는 않아요. 범인이 무기와 끈, 두꺼운 테이프나 신축성 수갑 같은 걸 가져왔다는 건 미리 계획했다는 거예요."

구부러진 종이 클립에 손끝이 찔려 피가 나오자 벤턴은 얼른 손을 입으로 가져갔다.

스카페타가 말했다. "현장용 키트에 응급처치 키트는 없는데…. 넣어 둘 걸 그랬네요. 빨리 소독하고 밴드를 찾아서…."

"케이, 난 당신이 이 사건에 개입하길 원치 않아."

"날 이 사건에 개입시킨 건 바로 당신이에요. 적어도 그렇게 되도록 허락했죠." 스카페타는 남편의 손가락을 바라보며 말을 이었다. "피가 나도록 그냥 놔두는 게 좋겠어요. 찔려서 생긴 상처는 베인 것보다 나빠요."

"난 당신을 사건에 개입시킬 뜻이 없었고, 내가 선택할 수 있는 사안이 아니었어."

벤턴은 자기는 그녀를 선택하지 않았다고 말하기 시작했지만, 그 말 역시 거짓말일 것이었다. 스카페타는 책상 너머로 티슈 서너 장을 건네주었다.

"싫어." 벤턴이 말을 이었다. "당신이 당신 분야가 아닌 내 분야로 올 때면 항상 싫다고. 시신은 당신에게 집착하지도 않고, 당신에게 감정을 가지지도 않지. 죽은 사람과는 관계를 가질 수 없으니까. 우린 로봇이 아니야. 난 누군가를 고문해 죽인 자와 테이블을 마주하고 앉아야 해. 그 사람도 인간이야. 그리고 내가 상대해야 하는 환자이기도 하지. 내가 법정에서 옳고 그름의 차이를 알게 하는 증언을 할 때까지 그들은 나를 최고의 친구로 여겨. 그리고 그들은 법원 판결에 따라 종신형을 언도받거나 사형에 처해지지. 내가 어떻게 생각하든 어떻게 믿든 그건 중요하지 않아. 난 내 일을 하고 있을 뿐이야. 난 법의 관점에서 옳은 일을 해왔어. 그렇다고 해서 정신적으로 덜 시달리는 건 아니지만."

"우린 정신적으로 시달리지 않는 느낌이 어떤 건지도 몰라요."

벤턴이 손가락을 꽉 누르자, 선홍색 피가 티슈에 스며들었다. 책상 너머 아내의 모습을 바라보자 각진 어깨, 강인하고 유능해 보이는 손, 여성복을 차려입은 사랑스러운 몸매가 보였다. 아내를 갖고 싶었다. 벤턴은 바로 옆에 감옥이 있는 곳에서라면 성욕이 일었지만, 집에 단둘이 있을 때면 아내에게 손길도 거의 주지 않았다. 벤턴에게 어떤 일이 일어난 걸까? 마치 사고를 당한 후에 무언가를 잘못 맞춘 것처럼.

벤턴이 말했다. "케이, 당신은 매사추세츠로 돌아가야 해. 마리노가 기소되고 당신이 소환되면 다시 이곳으로 와서 대처하면 될 거야."

"난 마리노에게서 도망치지 않을 거예요. 회피하지 않을 거예요."

"내가 하려는 말은 그게 아니야." 하지만 그가 하려던 말은 바로 그거였다. "내가 걱정하는 건 오스카 베인이야. 그 작자는 지금 당장 벨뷰 병원에서 나갈 수도 있어. 난 당신이 그 작자와 가능한 한 멀리 떨어져 있었으면 좋겠어."

"당신이 원하는 건 내가 마리노와 가능한 한 멀리 떨어져 있는 거예요."

"당신이 왜 그 자식과 가까이 있으려 하는지 모르겠어." 벤턴은 기분이 가라앉았고, 목소리도 굳었다.

"그러고 싶다는 뜻이 아니라, 그한테서 도망치고 싶지 않다는 거예요. 겁쟁이처럼 도망쳐야 할 사람은 내가 아니라 그예요."

"며칠 후엔 내가 더 이상 이 사건에 개입하지 않았으면 좋겠어." 벤턴이 말했다. "그러면 뉴욕 경찰 소임으로 넘어가겠지. 내가 맥린 병원 배후에서 일하고 있다는 사실은 아무도 몰라. 비록 연구 과제를 절반만 진행했을 뿐이긴 하지만 난 신문 기사에 대해서 더 이상 확신이 들지 않아. 당신은 그 빌어먹을 안치소에 컨설팅을 해 줄 필요가 없어. 왜 이번에도 레스터 박사를 구해 줘야 하는 거야?"

"당신이 정말 원하는 건 그게 아니에요. 나더러 모습을 드러내지 말라고요? 버거가 도움을 요청했지만 모른 척하라고요? 마지막 비행기는 밤 9시고, 시간 맞춰 갈 수 없어요. 당신도 알잖아요. 왜 나한테 이런 식으로 말하는 거죠?"

"루시가 헬리콥터로 태워 줄 수 있을 거야."

"지금 거기엔 눈이 오고 있고, 가시거리가 1미터도 안 될 거예요."

아내가 쳐다보자 벤턴은 자신의 감정을 숨기기 어려웠다. 아내를 원하고 있었다. 지금 당장 사무실에서 하고 싶었지만, 아내는 자신의 감정을 안다 해도 거절할 것 같았다. 남편이 오랜 세월 동안 상상할 수 있는 온갖 형태의 도착에 빠져 결국 전염되었다고 여길 것 같았다.

"뉴욕 날씨가 거기와 다르다는 걸 계속 잊어버려." 그가 말했다.

"난 아무 데도 안 갈 거예요."

"그러면 안 가게 되겠지. 어디에도 가지 않을 것처럼 짐을 꾸렸더군."

스카페타의 짐 가방은 문 옆에 놓여 있었다.

"당신은 오늘 밤 로맨틱한 외식을 하고 싶겠지만, 우린 집에서 식사할 거예요. 집에 갈 수 있다면 말이죠."

부부는 서로의 눈을 바라보았다. 스카페타는 남편에게서 듣고 싶었지만 듣지 못했던 질문에 대한 답을 했다.

벤턴이 대답했다. "당신에 대한 내 감정은 바뀌지 않았어. 이따금 내가 어떤 감정을 느끼는지 당신한테 말하지 않을 뿐이야."

"나한테 털어놓기 시작하는 게 좋을 거예요."

"알았어."

벤턴은 지금 당장 아내를 원했다. 스카페타도 그걸 느꼈고, 움츠러들지 않았다. 아마 같은 마음인지도 몰랐다. 아내가 그렇게 치밀하고 빈틈없는 데는 이유가 있고, 야생 동물과 함께 걸어 다니고 그들을 이해하고 감당할 수 있도록 그들 목에 과학이라는 목줄을 둘렀다는 걸 그는 쉽게 잊어버리곤 했다. 스카페타는 적나라하거나 원시적이거나 강렬한 것에 노출되며 살아가는 삶을 선택했고, 그 어떤 것에도 충격을 받지 않았다.

"이 사건에서 매우 중요한 요소는 테리 브리지스가 왜 욕실에서 살해되었느냐는 거예요. 그리고 그녀가 욕실에서 살해되었다고 우리가 확신하는 이유는 뭘까요?"

"경찰은 희생자가 아파트의 다른 장소에서 살해되었다는 증거를 찾지 못했어. 시신이 욕실로 옮겨졌다는 정황도 없고. 저녁은 뭘 먹을까?"

"어젯밤에 먹으려고 했던 거요. 시신을 옮긴 정황이 없다고 했는데,

그게 무슨 뜻이죠? 어떤 정황이 있을 수 있다는 거죠?"

"모랄레스가 그렇게 말했을 뿐이야."

"이 사건에서는 그럴듯하게 들리는 게 하나도 없어요. 죽은 지 두 시간이 되지 않으면 시신에는 별다른 변화가 없어요. 사후 경직이 완전히 일어나려면 최소한 여섯 시간이 걸려요. 시신에 온기가 남아 있었나요?"

"오스카는 아파트에 도착했을 때 맥을 짚어 보았고, 온기가 있었다고 했어."

"그렇다면 오스카는 테리를 살해하지 않았고, 범인이 아파트를 떠난 직후에 도착해서 애인이 죽었다는 사실을 알았을 거예요. 범행을 저지르는 도중에 오스카가 나타나지 않은 건 범인에게는 우연의 일치이자, 대단한 행운이겠죠. 몇 분만 늦었더라면 오스카가 범인을 잡았을지도 모르니까요. 오스카가 범인이 아니라고 가정한다면 말이죠."

"만약 그렇다면, 범인은 왜 새해 전야에 테리가 집에 혼자 있을 거라고 가정했을지 생각해 봐야 해. 무작위로 침입한 게 아니라면 말이야. 그 시간에 건물은 어두웠겠지만 테리의 집만큼은 불이 켜져 있었을 거야. 한 해 중 이맘때면 집에 있는 사람들은 하루 종일 불을 켜 두거나, 적어도 어둑해지는 4시부터는 불을 켜 두니까. 문제는 테리가 우발적인 범죄의 희생양이냐는 점이야."

"알리바이는 어때요? 당신이 아는 알리바이가 있어요?"

"당신은?"

스카페타는 벤턴이 손가락을 힘껏 눌러 피를 짜는 모습을 지켜보다가 말했다.

"당신이 마지막으로 파상풍 주사를 맞은 게 언제인지 떠올리고 있어요."

14 도저히 참을 수 없어

뉴욕 경찰의 실시간 범죄 센터 웹사이트를 검색해서 모랄레스가 언급했던 두 사건을 찾아내는 건 어렵지 않았다. 그 두 사건을 담당했던 형사에게 답변을 얻는 데 약간 시간이 걸릴 뿐이었다.

오후 6시 20분. 마리노가 자신의 아파트에 들어와 코트 단추를 풀자 휴대전화가 울렸다. 그 여자는 자신의 이름이 '바카디'라고 밝혔는데, 마리노가 닥터페퍼와 섞어 마시던 럼의 이름과 똑같았다. 마리노는 유선전화로 다시 전화를 걸어 테리 브리지스 사건의 개요를 설명한 뒤, 오스카 베인에 대해 들어 본 적이 있는지, 2003년 여름에 볼티모어에서 살인사건이 발생했을 때 그와 인상착의가 비슷한 사람을 그 주변에서 찾아낸 적이 있는지 물었다.

"특정 범인 수색을 시작하기도 전에 왜 그 사건들이 연관되었을 거라고 생각하는 거죠?" 바카디가 물었다.

"우선, 그건 내가 생각해 낸 게 아니오. 마이크 모랄레스라는 형사가 우리 컴퓨터 시스템에 들어가더니 그런 생각을 떠올린 거요. 그 형사 아시오?"

"처음 듣는 이름이에요. 당신은 지금 그 형사를 신뢰하지 않고 있군요. 당신이 들은 건 엉터리일 게 분명하고요."

"그럴 수도, 그렇지 않을 수도 있을 거요." 마리노가 말했다. "당신이 맡았던 사건과 내가 맡은 사건에 유사한 행동 양식이 있소. 코네티컷 주 그리니치 사건과도 마찬가지인데, 그 사건에 대해선 당신도 알 거요."

"그 사건을 조사하느라 불화가 생겼고, 결국 내 결혼생활도 파탄에 이르렀죠. 그 사람은 작년에 암으로 죽었어요. 내 전 남편 말고, 그리니치 사건을 담당했던 형사 말이에요. 그건 그렇고, 어디 출신이에요? 억양을 들으니 뉴저지에서 온 것 같은데요."

"그렇소. 거기 출신이오. 그리니치 형사 일은 안 됐소. 무슨 암이었소?"

"간암이었어요."

"나한테 아직 간이 남아 있다면 아마 암에 걸렸을 거요."

"어느 날 왔다가 갑자기 사라지죠. 전 남편이나 전에 사귀었던 두 명의 남자친구처럼."

마리노는 그녀가 몇 살인지, 자신이 싱글임을 아는지가 궁금해졌다.

"여기서 일어난 테리 브리지스 사건에서 희생자는 왼쪽 발목에 발찌를 끼고 있었소." 마리노가 말했다. "가느다란 금 발찌인데, 사진에서 봤소. 난 아직 시신을 직접 보지는 못했고, 안치소에도 가지 않았소."

"진짜 금인가요?"

"방금 말했듯이 사진으로만 봤지만, 보고서에는 10캐럿이라고 나와 있었소. 걸쇠 장식에 찍혀 있었을 게 분명하오. 금인지 어떻게 알아낸 거요?"

"그 정도는 보기만 해도 알 수 있죠. 보석에 대해 알고 싶은 건 뭐든지 말해 줄 수 있어요. 진짜인지 가짜인지, 좋은 건지 나쁜 건지, 비싼 건지 싼 건지. 예전에 금품을 노린 범죄를 담당했었거든요. 게다가 내 능력으로는 감당할 수 없는 값비싼 물건들을 좋아하지만, 싸구려만 갖고 있죠. 무슨 뜻인지 알겠어요?”

마리노는 이탈리아 디자이너의 비싼 양복을 중국에서 복제해서 만든 싸구려가 어떤지 알았다. 비라도 맞으면 오징어 먹물처럼 시커먼 염색물이 뚝뚝 흐를 게 분명했다. 재킷을 힘겹게 벗어 의자 등받이에 걸쳤다. 넥타이를 풀고, 얼른 청바지와 스웨터 그리고 양털 장식이 달린, 너무 오래되어 낡았지만 절대로 바자회에는 넘기지 않겠다고 버텼던 할리 가죽 재킷을 입고 싶어 견딜 수 없었다.

“테리 브리지스가 꼈던 반지 사진을 이메일로 보내 줄 수 있어요?” 바카디가 마리노에게 물었다.

그녀의 목소리는 선율을 타듯 즐겁게 들렸고, 자신이 하는 일과 마리노에게 관심이 있는 것 같았다. 바카디와 이야기를 나누자 마리노는 오랫동안 느끼지 못했던 감정이 되살아났다. 누군가가 자신을 동등하게 대해 주는 것, 그리고 무엇보다 자신이 마땅한 존경을 받는다는 게 얼마나 좋은 것인지를 잊어버렸기 때문인 것 같았다. 지난 몇 년 동안 도대체 어떤 변화가 그의 자존감을 이토록 낮춘 것인가?

찰스턴 사건은 언젠가는 일어날 사고였다. 그건 분명한 사실이었다. 말하자면 별안간 하늘에서 떨어진 일은 아니었다. 마리노가 그걸 깨달았을 때, 그와 그의 치료사 낸시는 심한 갈등을 겪었고, 상대방의 감정을 건드리며 말다툼을 했다. 그 직후 마리노는 재활 프로그램을 관두었다. 말다툼의 발단은 낸시가 마리노의 삶의 모든 문제는 알코올에 뿌리를 두고 있고, 술주정뱅이들은 나이가 들면서 자신에 대한 과장이 더 심해진다고 말한 거였다.

햇살이 환하게 빛나던 6월 어느 날 오후에 단둘이 예배당에 갔을 때, 낸시는 마리노를 위해 차트를 그려 주기도 했다. 창문은 모두 열려 있었고, 바다 내음이 밀려왔으며, 바위 해안 위로 날아다니는 갈매기 울음소리도 들렸다. 마리노는 해안에 앉아 낚시를 하거나 오토바이를 타고 싶었고, 자신의 삶을 후회하는 대신 두 다리를 쭉 뻗고 독한 술을 마신다면 금상첨화일 거라는 생각이 들었다. 낸시는 마리노가 열두 살 때 맥주와 '단짝 친구'가 되면서 결국 어떻게 됐는지 흑백 차트를 통해 보여주었다. 그녀는 차트에 굵게 표시한 정신적 쇼크가 빈번히 일어나면서 그의 삶이 서서히 악화되기 시작한 거라고 말했다.

싸움질

학업 성적 부진

고립

복잡한 성관계

실패한 인간관계

모험/ 복싱/ 총/ 경찰/ 오토바이

낸시는 해독이 필요한 약어를 이용해 거의 한 시간 동안이나 마리노의 인생에서의 중대한 문제에 관한 차트를 만들었다. 낸시가 마리노에게 기본적으로 보여주고 싶었던 건 그가 처음 술을 마신 이후로 화를 내며 공격성을 드러내기 시작했고, 성관계가 문란해졌으며, 친구들과의 우정에 금이 갔고, 이혼과 폭력으로 이어졌다는 사실이었다. 그리고 그 질환의 속성상, 나이가 들수록 그런 정신적 충격이 더 빈번히 일어난다고 했다. 그 질환에 지배당한 채 나이가 들면, 실제로 저항할 수 없거나 저항할 수 없을 것 같은 상황에 처하게 된다고 했다.

잠시 후, 낸시는 마리노의 차트에 서명을 하고 날짜를 기입했는데, 심지어 자신의 이름 밑에 미소 짓는 얼굴을 그려 넣고는, 그 다섯 장짜리 차트를 마리노에게 넘겨주었다.

마리노가 차트를 밀어내며 말했다. "도대체 어쩌라는 거요? 내 빌어먹을 냉장고에라도 붙여 두라는 거요?"

마리노는 예배당 의자에서 일어나 창가로 걸어가서 검은 화강암 바위에 부딪쳤다가 하얗게 부서지는 바다를 내다보았다. 갈매기들이 요란스럽게 끼룩거렸다. 고래와 새들은 마치 그를 구해 주려 애쓰듯 바로 앞까지 모여들어 소란을 피웠다.

"당신이 방금 어떤 짓을 했는지 알아요?" 낸시가 의자에 앉은 채 마리노의 등에 대고 말했다. 일생 중 가장 아름다운 날의 풍경을 바라보면서 마리노는 왜 그동안 바깥으로 나올 생각을 하지 못했을까 하는 생각이 들었다. "피트, 당신 지금 날 밀어젖혔어요. 술에 관한 얘기를 해서죠."

그러자 마리노가 대답했다. "젠장, 분명히 말하지만 난 한 달 동안 그 빌어먹을 술을 입에도 대지 못했소."

지금 마리노는 이름만 들어도 기분이 좋아지는 한 번도 만난 적 없는 여자와 통화하고 있었고, '진짜경찰'을 관두기 전까지는 삶이 그렇게 나쁘지만은 않았었다는 생각을 떠올렸다. 결국 리치먼드 PD를 떠나 루시 밑에서 사설탐정으로, 스카페타 밑에서 살인사건 조사관으로 일하면서 그는 법률을 집행할 수 있는 권한과 자존감을 모두 상실했다. 그는 아무도 체포할 수 없었다. 자동차 딱지를 떼거나, 견인조차 할 수 없었다. 할 수 있는 거라고는 우격다짐으로 상황을 밀어붙이거나, 무의미한 협박을 하는 것뿐이었다. 차라리 자신의 남성을 잘라 버리는 게 나을 것 같았다. 그래서 작년 5월에 어떻게 했는가? 그는 자신에게 여전히 남성이 남아 있음을 스카페타에게 보여주고자 했다. 그러나 그가 진정으로 하고

자 했던 것은 자기 자신에 대한 증명과, 자신의 삶을 되찾기 위한 시도였다. 그는 결코 자신이 잘했다고 생각하거나, 변명하지 않았다. 그렇게 말한 적도 없었으며, 결코 그렇게 생각하지 않았다.

"당신에게 필요한 건 뭐든지 해 주겠소." 그가 바카디에게 말했다.

"그러면 좋겠네요."

마리노는 모랄레스가 어떻게 반응할지 상상하는 것만으로도 즐거워졌다. 볼티모어 살인사건의 담당 형사와 통화하면서, 그녀가 원하는 모든 것을 해 줄 생각이었다.

'빌어먹을 모랄레스.'

마리노는 분명코 뉴욕 경찰이었다. 뿐만 아니라 엘리트 지방검사 팀에서 일하고 있었다. 하지만 모랄레스는 그렇지 않았다. 그 얼빠진 놈이 왜 사건을 담당하게 된 거지? 어젯밤 근무여서 그 사건 현장에 갔기 때문일까?

마리노가 바카디에게 말했다. "지금 앞에 컴퓨터 있소?"

"나 홀로 집에서 새해를 맞이했어요. 뉴욕에서 볼 드롭(새해 전야에 준비해 자정에 벌이는 행사로, 맨해튼 타임스퀘어의 건물 옥상에서 크리스털로 만든 공을 떨어뜨리는 것 - 옮긴이) 하는 거 봤어요? 저요? 팝콘을 먹으며 〈어린 악당들〉을 보고 있어요. 웃지 말아요. 오리지널 전집 세트를 갖고 있다고요."

"내가 어린아이였을 때 알 샤프턴(미국 침례교 목사이자 인권 운동가로 피부색이 상대적으로 덜 검은 흑인임 - 옮긴이)한테 벅위트(buckwheat: 메밀을 뜻하는 단어로, 피부색이 상대적으로 덜 검은 흑인을 뜻하는 속어 - 옮긴이)라는 이름을 붙이면 혼났죠. 그런데 내가 키우던 암고양이 이름이 벅위트였는데, 털 색깔이 뭐였는지 아쇼? 흰색이었소."

마리노는 커다란 봉투를 열어 경찰 보고서 사본과 부검 감정서를 꺼낸 다음, 사진이 든 봉투를 열어 담뱃불 자국과 머그잔 자국이 남아 있는 포미카 플라스틱 테이블 위에 펼쳐 놓고 필요한 것들을 찾기 시작했다. 무선 전화기를 턱 밑에 고정시킨 채, 노트북에 연결된 스캐너에 사진을 끼워 넣었다.

"여기 정치적인 수작이 약간 있다는 걸 알아야 하오."

"약간이 아니겠죠."

"그러니 우리 두 사람만 이것에 대해 얘기해야 하고, 그 누구도 개입해서는 안 되오. 나 말고 다른 사람이 연락하면, 물론 뉴욕 경찰이라면 상관하지 않겠지만, 그 사람한테 내 얘길 하지 말고 나한테만 알려 주면 고맙겠소. 그러면 내가 알아서 처리할 거요. 한데 섞여 있다고 해서 모두 같은 건 아니니까."

"초록은 동색이고, 가재는 게 편이라는 말이군요. 걱정하지 말아요, 피트."

바카디가 자신을 피트라고 불러 줘서 마리노는 기분이 좋았다. 그는 이메일 계정으로 들어가 스캔한 사진을 첨부했다.

"다른 데서 전화가 오면 당신한테 제일 먼저 알려 줄게요. 이렇게 서로 연락을 주고받을 수 있으면 좋겠어요. 여기 볼티모어에서 일어난 여성 살인사건과 그리니치에서의 어린이 살인사건을 해결해서 실적을 쌓으려는 사람들이 엄청 많아요. 그들이 얼마나 이상한지 내가 얘기했었나요? 내가 보기엔, 결국 그 욕심이 모기지(mortgage) 사태를 불러일으킨 거예요. 모두가 실적을 원하지만, 난 우스꽝스럽게 굴고 싶지 않아요."

"모랄레스는 분명히 당신에게 전화했었을 거요. 안 했다면 그게 더 이상하지." 마리노가 덧붙여 말했다. "하지만 그자가 끈질긴 형사가 될 것 같지는 않군."

"맞아요. 나타났다 싶으면 어느새 사라져 버리죠. 중요한 순간에 나타났다가 곧바로 없어져서 주변 사람들이 대신 뒤처리를 하거나 그가 벌인 일을 수습해야 하죠. 빈둥거리는 게으름뱅이 같아요."

"아이들이 있소?"

"모두 독립했는데, 다행히 잘 지내고 있는 것 같아요. 지금 사진을 보고 있는데, 희생자인 테리 브리지스가 왜 발찌를 하고 있는지 아무도 모르는 것 같네요."

"그렇소. 남자친구인 오스카도 그걸 본 적이 한 번도 없다고 했고."

"발찌는 로켓처럼 복잡한 증거물은 아니지만, 난 정황 증거물을 무시하는 사람이 절대 아니에요." 그녀가 말했다. "당신은 내가 마흔이 넘었고, 맡은 사건 전부를 가운 주머니에 넣어 두는 미신이 있다고 생각할 거예요. 젊었을 때는 어땠냐고요? 젠장, 법의학 버전 〈렛츠 메이크 어 딜(Let's make a deal: 세계 각국에서 여러 버전으로 제작되고 있는 TV 프로그램으로, 사회자가 방청객들과 거래 및 협상을 함 - 옮긴이)〉이었어요. 1번 문 너머에는 범인이 여자를 납치해 강간하고 살인하는 비디오테이프가 있어요. 2번 문 너머에는 드라이브웨이에서 찾은 담배꽁초에서 채취한 DNA가 있고요. 그들은 어느 걸 선택할까요?"

"괜히 시작하지 맙시다."

"당신이랑 나랑 함께 해 봐요. CSI가 뭘 뜻하는지 아세요? '도저히 참을 수 없어(can't stand it)'를 뜻한대요. 그 약자를 들을 때마다 도저히 참을 수 없는 기분이 들어요. 생각해 봐요, 피트. 당신이 일을 시작할 당시 CSI 같은 게 있었나요?"

"CSI를 만들어 낸 건 TV요. 현실 세계에서 그건 한낱 현장 기술에 불과하지. 대개 당신과 나 같은 사람은 지문 채취 키트, 카메라, 측량 테이프 등을 모두 들고 다니며 직접 했잖소. 빌어먹을. 난 매핑(mapping: 사진 촬영과 도표 작업을 통해 범죄 현장의 상황을 재구성하는 작업 - 옮긴이)을 할 때, 범죄 현장 지도를 그려 주고 모든 치수를 정확히 재어 주는 레이저가 필요하지 않았소. 루미놀(luminol: 범죄 수사에서 혈흔 감식에 쓰이는 유기화합물. 혈액 성분과 접촉하면 무색의 루미놀이 푸르스름한 빛을 냄 – 옮긴이)은 요즘 새로 나온 화학제품이나 비까번쩍한 범죄 현장 조명들만큼 효과가 좋소. 난 평생 루미놀을 섞어 스프레이 병에 담아 사용해 왔소. 살인사건을 수사하는 데 제슨 씨네 로봇(1960년대와 1980년대에 제작된 TV 공상과학만화 시트콤 〈제슨 가족〉에 등장하는 집안일을 해 주는 로봇 – 옮긴이) 같은 건 필요하지 않소."

"난 그렇게까지는 생각하지 않아요. 신제품 대부분이 훨씬 더 좋고, 사실 예전 것과 비교할 수도 없어요. 사건 현장을 전혀 훼손하지 않고 사건을 수사할 수 있고요. 어떤 할머니 집에 강도가 들어도 집 안에 있는 모든 물건에 검은 살포제를 뿌려 가며 망가뜨리지 않아도 돼요. 적어도 신기술 덕분에 더 신중해질 수 있는 거죠. 하지만 나한텐 매직 박스가 없는데, 당신은 있어요?"

"충전하는 걸 계속 잊어버리지." 마리노가 말했다.

"볼티모어에 와 본 적 있어요, 피트?"

"그런 표현 오래간만에 듣는군." 마리노가 말했다. "사건을 가운 주머니에 넣어 둔다는 표현 말이오. 당신이 생각하기엔 어떻소? 난 마흔이 넘었소. 파일이 도착했을 텐데, 얘기하면서 이메일을 확인하고 있소? 뉴욕에 와 본 적은 있소?"

마리노는 경찰 보고서와 레스터 박사가 임시로 작성한 부검 결과를 훑어보았다.

"난 이런 식으로 시작하지 않아요." 바카디가 말했다. "난 아직도 직접 만나 이야기를 나누는 옛날 방식이 좋다고 믿어요. 물론 뉴욕에 갈 수도 있겠죠. 대단한 일은 아니니까요. 우선 졸업 사진부터 교환해야겠죠? 하지만 얼굴 이식을 받은 후로 훨씬 더 예뻐졌어요."

마리노는 냉장고에서 샤프 맥주병을 꺼냈다. 이 여자를 만나야 했다.

흥미로운 여자임이 분명했다.

"지금 발찌 사진을 보고 있어요. 어머, 비싼 거예요." 바카디가 말했다. "다른 것도 마찬가진데, 전부 10캐럿이에요. 헤링본 디자인으로 굉장히 가늘어요. 이 사진의 비율로 볼 때, 당신이 맡은 사건에서 발견된 발찌는 다른 두 개와 마찬가지로 길이가 25센티예요. 쇼핑센터나 인터넷을 통해 사오십 달러에 살 수 있는 거예요. 한 가지 흥미로운 차이점이 지금 떠올랐는데, 내가 맡았던 그리니치 사건에서는 시신이 집 안에 있지 않았어요. 희생자들이 섹스를 위해 마약을 구하러 나왔다가 우연히 지나가는 사람의 눈에 띄었던 것 같아요. 당신이 맡은 사건의 희생자인 테리 브리지스에게는 그런 일에 대한 가능성을 열어 둘 만한 마약 남용이나 비밀스러운 행적이 있었나요?"

"그녀가 약물이나 다른 마약에 빠져 있었다고 생각할 만한 정황은 없소. 알코올 검사도 음성으로 나왔고. 약물 복용 여부를 판단하긴 이르지만 아파트에서 약물이 발견되지는 않았소. 사건을 저지른 범인의 약물 복용 여부도 알 수 없지만, 범인은 희생자를 찾아 헤매지는 않았소. 희생자의 남자친구가 범인이 아니라고 가정한다면 말이오. 그가 범인을 저질렀다 해도 사건 당일은 바로 어제, 그러니까 새해 전야였소. 아파트 건물엔 그녀뿐이었지. 건너편 건물에도 나이 든 여자 한 명뿐이었는데, 테리가 살해될 당시 맞은편 건물을 내다보고 있지는 않았던 것 같소. 그 여자가 그렇게 진술했는데, 진술 가운데 내 촉수를 곤두서게 하는 게 있었소. 강아지에 관해 이상한 진술을 한 거요. 아파서 곧 죽을 강아지를 알면서 선물로 줄 사람이 어디 있겠소?"

"테드 번디(Ted Bundy: 1974년부터 4년 동안 서른 명이 넘는 여성을 살해한 살인마로 '연쇄살인범'이라는 용어는 그에게서 유래했음-옮긴이)가 생각나는군요."

"내 생각도 마찬가지요."

"그렇다면 범인이 어젯밤에 차를 타고 주변을 돌며 기회를 엿봤을지도 몰라요." 바카디가 말했다.

"모르겠소." 마리노가 말했다. "잠시 후 그 주변을 어슬렁거리며 더 자세히 둘러봐야겠소. 하지만 어젯밤은 한적했을 게 분명하오. 뉴욕의 밤 풍경은 원래 그러니까. 뉴요커들은 주말이나 연휴가 되면 도시를 빠져나가지. 오랫동안 이 일을 하며 배운 게 하나 있소. 정해진 공식 따윈 절대 없다는 거요. 범인은 멀쩡하게 있다가 재발한 거요. 오스카 베인일 수도, 다른 사람일 수도 있겠지. 시간상 약간 문제가 있군. 당신이 맡은 두 사건은 오 년 전에 일어났으니 말이오."

"범인들이 왜, 그리고 언제 일을 저지르는지 우리는 알아낼 수 없어요. 하지만 재발은 적당한 표현이에요. 연쇄살인범들은 술이나 마약처럼 충동을 억누를 수 없는 것 같아요."

마리노는 냉장고 문을 열어 맥주병 하나를 더 꺼냈다.

"아마도 잠시 동안 충동을 억제하는 데에 어떤 이유가 있을 거요." 바카디의 다정한 목소리가 수화기를 통해 전해졌다. "스트레스를 받고, 불화를 겪고, 해고당하고, 재정적인 문제에 처하고, 그러다 재발하는 거죠."

"다시 말해서, 모든 게 이유가 될 수 있는 거요."

"맞아요. 모든 게 원인이 될 수 있어요. 당신이 방금 보내 준 사진을 보니, 법의관이 왜 사건을 미결 상태로 두는지 궁금하군요. 레스터 박사는 살인사건이라고 확신하지 않나요?"

"레스터 박사와 지방검사 사이가 좋지 않소."

"그 박사가 남자친구와 문제가 있다는 것처럼 들리는군요."

"젠장." 마리노가 말했다. "미결 상태의 사건에서 누군가를 고소하기란 어렵소. 하지만 버거는 의견을 더 들으려고 법의관 한 명을 불러들였는데, 바로 스카페타 박사요."

"설마요." 바카디는 스카페타의 팬인 것 같았다.

마리노는 스카페타 얘기를 꺼낸 걸 곧바로 후회했다. 하지만 정보를 감추는 건 옳지 못하다는 생각이 들었고, 스카페타가 사건에 개입하고 있다는 건 중요한 사항이었다. 그녀가 나타날 때마다 모든 게 바뀌었다. 게다가 바카디가 그에게 관심이 있다면 대처하기에 적절한 타이밍은 지금인 것 같았다.

마리노가 말했다. "지금 인터넷에 온통 그녀 얘기뿐인데 좋은 얘기는 아니오. 당신도 곧 들을 거니까 미리 얘기해 주는 거요."

오랜 침묵이 흐른 후 바카디가 말했다. "스카페타와 찰스턴에서 함께 일했던 사람이 바로 당신이군요. 오늘 아침 뉴스에 나왔고, 라디오를 통해 들었어요."

인터넷에 떠도는 가십이 뉴스에 나올 거라고는 생각지도 못했던 마리노는 한 대 얻어맞은 기분이었다.

"이름은 언급하지 않았어요." 바카디의 목소리가 아까처럼 호의적으로 들리지 않았다. "스카페타가 찰스턴에서 국장으로 일하던 시절, 오랫동안 형사로 일한 동료에게 폭행을 당했다고 들었어요. 사람들은 충격을 받아 그 사건에 대해 얘기하고 있고, 예상대로 그녀를 조롱하고 있고, 어떤 짓을 당했을지 상상하고 있어요. 그런 모습이 난 역겨웠어요."

"당신과 함께 얼굴을 맞대고 앉으면 모두 얘기해 주겠소." 마리노는 자신도 모르게 그렇게 말하고는 흠칫 놀랐다.

낸시 말고는 그 상황에 관해 전부 털어놓은 사람이 아무도 없었다. 그가 기억하는 걸 모두 털어놓았을 때, 진지한 표정으로 듣고 있던 낸시의 표정은 점점 짜증스럽게 변해 갔었다.

"나한테 설명할 필요 없어요." 바카디가 말했다. "피트, 난 당신이 누군지 몰라요. 내가 아는 건 사람들이 온갖 얘기를 하고 있다는 거고, 당신은 당신의 책임으로 받아들이겠다고 결심할 때까지는 무엇이 사실인지 몰라요. 당신 인생에서 무엇이 진실인지는 내가 알 바 아니죠. 안 그래요? 내가 맡았던 그리니치 사건에서 살해된 여인과 어린아이에게, 그리고 당신이 맡은 뉴욕 사건에서 살해된 그 여자에게 일어난 일에 대한 진실만이 중요하죠. 아무튼 내가 가진 파일과 정보는 이메일로 보내 줄게요. 자세히 살펴보려면 만약의 경우를 대비해 진통제를 준비하고, 일주일 동안 방 안에 틀어박혀 있어야 할 거예요."

"당신이 맡은 사건과 그 어린아이의 DNA가 없다고 들었소. 성폭행 흔적도 없고." 마리노가 말했다.

"악몽 같은 선다형 시험이란 게 바로 그거죠."

"볼티모어에서 같이 크랩 케이크이라도 먹읍시다. 가십 따위로 결론 내리지 말아요. 뉴욕에 오면 스테이크 하우스에 가는 건 어떻소?"

바카디는 대답이 없었다.

마리노는 누군가가 자신의 감정을 벽돌에 묶어 버린 것처럼 침울해졌다. 망가진 것 같은 기분이었다. 빌어먹을 〈고담 갓차〉가 자신을 망가뜨렸다. 좋아하는 럼과 이름이 똑같은 여자를 만났지만, 그녀는 그가 마치 천연두에라도 걸린 것처럼 질겁했다.

"VICAP(미국 FBI의 강력 범죄자 체포 팀) 서식은 정말 엉터리이지 않아요?" 바카디가 말했다. "학창 시절, 답이 하나 이상일 때 선다형 시험 문제를 풀던 것처럼 서식을 풀어야 해요. 성폭행 흔적은 전혀 없는데, 두 사건 모두에서 윤활제가 증거물로 발견되었어요. 바셀린 타입의 윤활제였는데, 정자 확인 결과는 음성으로 나왔어요. 여자 희생자는 질에서, 남자아이 희생자는 항문에서 검출되었어요. DNA 혼합물은 심하게 오염되었고, CODIS에 일치하는 것도 없어요. 벌거벗겨진 채 바깥에 버려졌기 때문에 온갖 오염 물질들이 그 윤활제에 묻어 있었죠. 덤프스터에 얼마나 많은 사람들의 DNA가 있겠는지 상상해 봐요. 개와 고양이의 털까지 있을 테니 말이에요."

"흥미롭군." 마리노가 말했다. "이번 사건에서도 DNA가 망가졌으니 말이오. 팜비치에서 어떤 아이를 친 휠체어 탄 할머니의 DNA가 검출되었소."

"휠체어를 탄 채 아이를 치었다고요? 빠른 속도로 휠체어를 타다 미처 멈추지 못했단 말이에요? 안됐군요. 혹시 어떤 영화에서 그런 장면이 나왔나요?"

"또 한 가지 흥미로운 점은…." 마리노는 무선 전화기를 들고 욕실로 걸어가며 말했다. "당신이 맡은 사건의 DNA는 CODIS에 등록되어 있고, 우리가 맡은 사건의 DNA도 얼마 전 CODIS에 등록되었소. 그게 무슨 뜻인지 알겠소?"

마리노는 소변을 보는 동안 손으로 송화기 부분을 막았다.

"휠체어 탄 할머니 얘기가 아직 끝나지 않았잖아요." 바카디가 말했다.

"그건 말이오." 마리노는 볼일을 본 후 다시 말을 이었다. "DNA 프로필의 다른 혼합물이 있다는 뜻이오. 다시 말해서, 팜비치 할머니의 DNA와 일치하는 게 없었던 이유는, 당연히 당신이 맡은 사건의 희생자한테서는 팜비치 할머니의 DNA가 발견되지 않았기 때문이오. 그 이유가 무엇인지는 알 수 없지만…. 당신이 여기에 와서 사람들을 만나야 할 거요. 가능한 한 빨리. 내일 아침도 괜찮고. 그런데 차는 있소?" 마리노가 불쑥 물었다.

"필요하다면 몇 시간 안에 도착할 수 있어요."

"상황이 이런 식으로 다를 땐 공통점이 있는 법이오." 마리노가 말했다.

15 지붕 위의 맹수

"어떤 일로 누군가를 고발한 사람은 아무도 없어요." 벤턴은 스카페타의 행정보좌관인 브라이스에게 전화로 말했다. "처음 그걸 봤을 때 어떤 생각이 떠올랐는지 궁금해요. 실제로 그래요…. 아주 좋은 지적이군요…. 흥미롭군요. 아내에게 전할게요."

벤턴은 전화를 끊었다.

스카페타는 벤턴과 브라이스가 무슨 얘기를 나누는지에 대해 별로 신경 쓰지 않았다. 그보다는 테리 브리지스의 욕실 사진에 훨씬 더 관심이 갔다. 깨끗하게 치운 벤턴의 책상 위로 사진을 일렬로 죽 늘어놓았다. 사진에는 더러운 자국 하나 없는 하얀 타일 바닥과 하얀 대리석 세면대 상판이 보였다. 세면대 옆에는 향수, 빗 등이 올려져 있는 화려한 화장대가 빌트인으로 설치되어 있었고, 분홍색 페인트를 칠한 벽에는 도금 장식을 테두리에 두른 타원형 거울이 걸려 있었는데 거의 알아채지 못할 정도로 살짝 기울어져 있었다. 스카페타가 보기에, 욕실에서 그나마 약간이라도 흐트러져 있는 것은 그 거울뿐인 것 같았다.

"당신 머리칼이야." 벤턴이 말하는 순간, 프린터가 켜졌다.

"내 머리칼이라고요?"

"당신한테 보여줄게."

수건을 걷어 낸 후 시신을 다른 각도에서 클로즈업해 찍은 사진이었다. 테리는 오스카보다 왜소발육증이 더 심했다. 코는 납작했고, 이마는 튀어나왔으며, 팔다리는 두껍고 일반인 길이의 절반밖에 되지 않았다. 손가락도 뭉툭했다.

벤턴은 몸을 돌리더니 프린터에서 종이 한 장을 뽑아 스카페타에게 건네주었다.

"저걸 다시 봐야 한단 말이에요?" 그녀가 말했다.

오늘 아침 〈고담 갓차〉 칼럼에서 봤던 사진이었다.

"브라이스가 당신이 당신 머리칼을 자세히 봐야 한다고 말했어." 벤턴이 말했다.

"가려져 있어서 이마에 드리운 앞머리만 조금 보일 뿐이에요." 그녀가 말했다.

"브라이스는 머리칼이 지금보다 더 짧다는 점을 지적했어. 필딩한테도 사진을 보여줬더니 같은 생각이었고."

머리칼을 쓸어 넘기던 스카페타는 브라이스와 필딩이 말하는 게 무슨 뜻인지 알아차렸다. 오랜 세월 동안 그녀는 앞머리를 항상 비슷한 길이로 유지했다.

"당신 말이 맞아요. 평소 위생 문제에 철저한 브라이스는 내게 항상 잔소리를 해요. 완전히 가려지지도 않는데 귀 뒤로 넘길 만큼 길지도 않아서 항상 앞머리가 이마에 드리웠어요."

"브라이스와 필딩 모두 같은 말을 했어." 벤턴이 말했다. "이 사진은 최근에 찍힌 거라고. 둘은 지난 여섯 달 사이에 찍힌 거라고 생각하고 있어. 브라이스와 필딩은 당신의 머리칼 길이, 끼고 있는 시계, 당신이 사용하는 것과 똑같은 얼굴 가리개를 보고서 당신과 함께 일하기 시작한 이후에 찍힌 거라고 믿고 있어."

"그저 얼굴 가리개일 뿐이에요. 분위기를 살려 주는 다양한 네온 색깔의 테두리가 달린 멋진 보안경과는 달라요."

"아무튼 나도 그들 두 사람의 의견이 옳다는 생각이 들어." 벤턴이 말했다.

"거기엔 또 다른 사실이 숨어 있어요. 사진이 워터타운에서 찍힌 거라면 그 두 사람도 용의선상에 올려야 해요. 다른 사람이 내 사진을 찍는 모습을 본 적 없다고 하던가요?"

"그게 바로 문제란 거야." 벤턴이 말했다. "예전에도 지적했듯이 당신이 일하는 곳을 스쳐간 모든 사람들이 그랬을 가능성이 있어. 사진에 나타난 당신의 태도와 표정을 보면, 사진 찍히고 있다는 사실을 전혀 모르고 있어. 내가 보기엔 휴대전화로 재빨리 찍은 거 같아."

"그렇다면 마리노는 아닐 거예요. 카메라로 사진을 찍을 만큼 가까이 다가온 적은 없을 테니까요."

"케이, 마리노는 인터넷에 그 칼럼이 실린 걸 당신보다 더 끔찍하게 싫어할 거야. 그 친구가 배후에 있을 리가 없잖아?"

욕실 바닥에 누워 있는 테리 브리지스의 사진을 더 살펴보던 스카페타는 왼쪽 발목에 두른 가느다란 금 발찌를 보고 당혹스러웠다. 클로즈업 사진을 벤턴에게 넘겨주었다.

"오스카는 그 발찌를 한 번도 본 적 없다고 경찰에게 진술했어. 그게 어디서 난 건지 당신이 모르는 걸 보니, 오스카가 당신에게 아무 말 하지 않은 게 분명하군."

"난 발찌에 관해선 전혀 몰랐어요." 스카페타가 말했다. "하지만 테리가 끼던 것처럼 보이지는 않아요. 우선, 크기가 맞지 않아요. 발목에 지나치게 꽉 끼어요. 오랫동안 발찌를 끼다가 살이 쪘거나, 누군가가 그녀의 사이즈를 몰랐거나, 전혀 신경 쓰지 않고 준 걸 거예요. 다시 말해서, 테리가 직접 구입했을 리는 없단 뜻이죠."

"그럼 난 지금껏 내놓은 의견 중 제일 섹시한 의견을 제시해 보도록 할게." 벤턴이 말했다. "남자들은 여자들보다 그런 실수를 쉽게 저지르지. 발찌를 사 준 사람이 여자라면 테리의 발목이 두껍다는 걸 알았을 거야."

"물론 오스카는 왜소발육증에 관한 모든 걸 알고 있어요." 스카페타가 말했다. "신체 특징에 대해서도 훤히 알고요. 잘 알기 때문에 안 맞는 사이즈를 샀을 가능성은 거의 없어요."

"그리고 오스카는 그전에 발찌를 본 적이 없다고 했어."

"사랑에 빠진 사람이 일주일에 한 번 미리 정해진 시간에 애인이 원하는 곳에서만 만난다면, 시간이 어느 정도 지났을 때 어떤 생각이 들까요?" 스카페타가 물었다.

"애인이 다른 사람을 만나고 있을지도 모른다는 생각." 벤턴이 대답했다.

"또 다른 걸 물어볼게요. 내가 발찌에 관해 묻는다면 그게 어떤 의밀까요?"

"오스카는 당신한테 그 얘길 한 적이 한 번도 없어."

"오스카는 테리가 다른 사람을 만나고 있을지도 모른다는 두려움을 마음속 깊이 품고 있었던 것 같아요." 스카페타가 대답했다. "의식적으로 그 문제에 대처하면 마음에 견딜 수 없는 상처를 입을 거예요. 실제로 그가 시신을 발견했다 해도, 얼마나 충격을 받았을지는 상관없어요. 오스카는 발찌를 봤을 거예요. 그리고 내 생각엔, 일부러 발찌에 대해선 얘기를 꺼내지 않은 것 같아요."

"오스카는 발찌가 다른 사람한테서 받은 선물일까 봐 두려워했어." 벤턴이 말했다. "물론 우리들에겐 테리가 실제로 다른 사람과 만나고 있었는지가 중요해. 그 사람이 살해했을 수도 있으니까."

"그럴 수도 있겠죠."

"테리가 다른 사람을 만난다는 사실을 알고 오스카가 그녀를 살해했을 가능성도 있겠지." 벤턴이 말했다.

"테리가 다른 사람을 만났다고 생각하는 이유라도 있어요?"

"그에 대한 대답은 당신도 모를 거야. 하지만 테리가 다른 사람을 만나고 있었고 발찌 선물을 받았다면, 곧 오스카가 오는데 왜 그걸 끼고 있었겠어?"

"본인이 샀다고 말할 수도 있으니까요. 아무튼 테리가 왜 발목에 맞지도 않는 발찌를 끼고 있었는지 모르겠어요."

스카페타는 욕조에 떨어뜨린 것 같은 옷 사진을 보았다. 분홍색 욕실 슬리퍼, 칼라에서 소매까지 길게 절개된 분홍색 긴 실내복, 앞부분에 후크가 달려 있고 어깨 끈이 잘린 빨간 레이스 브래지어가 보였다.

스카페타는 책상에 상체를 숙이며 사진을 벤턴에게 건네주었다.

"범인은 테리의 옷과 브래지어를 벗겼을 때 이미 등 뒤로 손목을 묶은 것 같아요. 어깨끈이 잘리고 옷소매가 절개된 건 그래서일 거고요."

"그걸로 보아 범인에게 순식간에 제압당한 것 같아." 벤턴이 말했다. "순식간에 덮치는 바람에 제대로 보지도 못했을 거야. 테리가 직접 문을 열어 주었든, 혹은 범인이 아파트 안에 이미 들어가 있었든 마찬가지였을 거고. 범인은 테리를 제어할 수 있도록 그녀를 묶었어. 그러고 나서 옷을 벗겼을 테지."

"성폭행을 저지르려 했다면 옷을 찢을 필요가 없었을 거예요. 옷 앞섶만 열면 될 테니까요."

"두려움을 불러일으키고, 상대방을 제압하려는 의도지. 가학적인 성범죄 살인사건과 일맥상통해. 그렇다고 해서 오스카가 범인이 아니라는 뜻도, 그가 범인이라는 뜻도 아니지."

"팬티는 발견되지 않았나요? 보고서에 언급되었는지 모르겠지만, 브래지어만 하고 팬티를 안 입고 실내복을 입는 경우는 거의 없잖아요. 가위로 옷을 자른 거라면 섬유가 남아 있는지 보려고 가위를 확인했을 거예요. 오스카가 입고 있던 옷의 섬유는요? 테리를 꼭 껴안은 채 욕실 바닥에 앉아 있는 동안 그녀의 몸과 수건 등에 묻어 있던 섬유가 오스카에게 옮겨 묻었을 거예요."

스카페타는 변기 옆 욕실 바닥에 놓인 부엌용 가위가 찍힌 사진 서너 장을 찾았다. 부엌용 가위 근처에는 투명한 신축성 수갑과, 테리의 손목을 묶는 데 사용된 신축성 수갑으로 추정되는 여러 개로 잘린 투명한 끈이 놓여 있었다. 그 모습을 보자 스카페타는 왠지 모르게 마음이 불편했다. 곧 그 이유를 깨닫고는 사진을 벤턴에게 건네주었다.

"특이한 점이 보여요?"

"예전에 FBI에서 근무할 때 저런 신축성 수갑 말고 일반 수갑을 사용했었어. 그리고 두말할 필요도 없지만, 우린 환자들에게 신축성 수갑은 절대 사용하지 않지."

벤턴은 자신이 전문가가 아님을 그런 식으로 인정하곤 했다.

"이건 거의 무색에 투명해요." 스카페타가 말했다. "내가 여태껏 본 신축성 수갑은 모두 검은색이나 노란색 혹은 흰색이었어요."

"당신이 못 봤기 때문일 수도…."

"물론이에요. 반드시 특별한 의미가 있는 건 아닐 거예요."

"신상품이 나왔을 수도 있고 새로운 회사가 만들었을 수도 있을 텐데… 전쟁 중이니 그럴 수 있을 거야. 경찰과 군인들은 클립 케이스에 담아 벨트에 차고 다니고, 차에는 열두어 개씩 갖고 다녀. 여러 명의 수감자들을 신속하게 처리하는 데 유용하지. 요즘은 인터넷에서 뭐든지 쉽게 구할 수 있는 세상이어서…."

"하지만 내가 지적하고 싶은 점은 벗기기가 무척 힘들다는 거예요." 스카페타가 말했다. "부엌용 가위로는 신축성 수갑을 자를 수 없어요. 스캐럽 같은 지렛대 장치가 있는 특수 절단기가 필요해요."

"모랄레스는 왜 아무 말도 하지 않았지?"

"그 사람은 가위로 신축성 수갑을 자르려고 시도해 본 적이 한 번도 없을 거예요. 다른 경찰들도 대부분 그렇게 해 보지 않았을 거고요. 신축성 수갑으로 묶인 시신을 처음 담당했을 때, 난 갈비뼈 절단기로 제거해야만 했어요. 지금은 안치소에 스캐럽 절단기를 비치해 두고 있고요. 신축성 수갑은 주로 살인, 구금 중 사망, 자살 등의 사건에서 손목이나 발목, 목 등을 묶는 데에 쓰이죠. 잠금장치 사이로 끈을 한 번 잡아당기면 원래대로 되돌릴 수 없어요. 그러니까 부엌용 가위는 신축성 수갑을 자르는 데 사용했다고 가장하려고 일부러 갖다 놓았을 거예요. 실제로는 다른 걸 사용했을 수도 있고…. 그러니까 욕실 바닥에 놓여 있는, 테리의 손목을 묶는 데 사용된 것으로 보이는 이 투명한 끈은 신축성 수갑이 아니에요. 경찰은 희생자 집에서 이것과 비슷한 다른 끈은 찾지 못했나요?"

벤턴은 담갈색 눈동자로 그녀를 자세히 들여다보며 말했다.

"당신도 나만큼 알거나 나만큼 모르겠지. 보고서와 증거물 목록에 나와 있는 것밖에 모르니까. 모랄레스가 세상에서 최악의 경찰이 아니라면 다른 끈을 찾아 보고서에 기록했을 거야. 그러니까 내 생각에 그럴 가능성은 없는 거 같아. 그렇다면 내가 처음에 곰곰이 생각했던 것으로 되돌아가는데, 범인은 신축성 수갑을 아파트에 가져왔어. 똑같은 것을 테리의 목에 사용했을 수도, 그렇지 않을 수도 있을 거야."

"우린 범인을 남자라고 단정하지만 테리 브리지스는 체구가 아주 작아요." 스카페타가 말했다. "여자라도 그녀를 쉽게 제압할 수 있었을 거예요. 그러니까 남자든 여자든, 어린아이조차 그럴 수 있었을 거예요."

"여자가 범인이라면 이례적인 범죄일 거야. 하지만 테리가 왜 안심하고 문을 열어 주었는지는 쉽게 이해할 수 있지. 오스카가 실제로는 다른 범죄 사건인데 성범죄 살인사건처럼 보이도록 꾸미지 않았다고 가정한다면 말이지."

"끈이 사라진 게 일부러 꾸민 일 같진 않아요. 범인이 어떤 이유가 있어서 그런 것 같아요." 스카페타가 말했다.

"끈과 테리의 팬티 같은 속옷을 기념품으로 가져갔을 수도 있고." 벤턴이 말했다. "폭력적인 환상의 실현을 위한 장치인 셈이지. 기억의 테이프를 되감아 자신이 한 짓을 재연하면서 성적인 충족감을 느낄 수도 있을 테니까. 면식범 살인사건에서는 거의 찾아볼 수 없는 행동 양식이야. 기념품은 대개 희생자나 낯선 사람 혹은 얼굴만 아는 정도인 대상을 구체화하는 성적 가해자를 가리키니까. 친구나 애인인 경우는 될 수 없어. 일부러 그렇게 가장하지 않았다고 가정한다면 말이지." 벤턴은 그 점을 다시 강조했다. "오스카는 무척 영리해. 계산적이고 기민해."

오스카는 계산적이고 기민했다. 차로 되돌아가 코트를 던져두었고, 아파트로 들어가면서 범인에게 공격당했다는 알리바이를 분명하게 했다. 경찰이 찢긴 티셔츠와 상처를 보고 그럴듯하다고 판단할 만큼…. 하지만 그게 사실이라면 도대체 오스카는 언제 그 모든 걸 했을까? 스카페타의 추측으로는, 오스카가 살갗을 스스로 손톱으로 긁고 손전등으로 자신을 때리고 나서야, 코트를 입고 있으면 그런 상처를 입을 수 없다는 걸 깨달았다고 생각하는 것이 더 그럴듯한 가정처럼 느껴졌다.

“범인이 기념품을 몇 개는 가져가고, 하나는 두고 갔을지도 몰라요.” 스카페타가 말했다. “범인이 살인을 저지르고 나서 시신에 발찌를 채웠을 가능성을 생각해 봐야 해요. 몇 년 전 당신이 캘리포니아에서 맡았던 사건에서의 은반지처럼 말예요. 여대생 네 명이 희생되었고, 범인은 살인사건을 저지를 때마다 희생자의 네 번째 손가락에 은반지를 끼워 뒀어요. 하지만 은반지의 상징은 발찌의 그것과는 완전히 다를 거라는 생각이 들어요.”

“한 가지는 소유욕이지. 그 반지 사건에서는 상대방을 내 것으로 만들기 위한 거였어.” 벤턴이 말했다. “두 번째는 통제야. 발목에 사슬을 채우는 건 상대방을 내 소유로 만든다는 의미니까.”

스카페타는 사진을 더 확인했다. 두 사람을 위해 준비한 테이블에는 촛불과 와인 잔, 푸른색 링으로 고정한 린넨 냅킨, 요리와 빵 접시, 그리고 샐러드 볼이 있었다. 테이블 중앙은 꽃으로 장식되어 있었다. 세부적인 것들까지 세심하게 신경 쓴 티가 났다. 모든 게 가지런히 놓여 있었고 완벽하게 어울렸지만, 상상력과 온화한 느낌은 부족해 보였다.

“테리는 강박적이었고 완벽주의자였어요.” 스카페타가 사진을 살피며 말했다. “하지만 오스카를 위해 기꺼이 감수했죠. 그를 소중하게 생각한 것 같아요. 경찰이 도착했을 때 음악이 틀어져 있었나요?”

“보고서에는 없어.”

“TV는 켜져 있었나요? 거실에 TV가 있는데 사진 속에서는 꺼져 있어요. 오후에 요리한 거 말고, 누군가가 집에 도착했을 때 그녀가 뭘 하고 있었을지 추측할 만한 단서는 없나요?”

“우리가 아는 건 사진에 보이는 것과 보고서에 나온 게 거의 전부야.” 벤턴은 잠시 가만히 있다가 다시 말을 이었다. “오스카가 대화하려는 대상은 당신뿐이니까.”

스카페타는 보고서를 소리 내어 읽었다. "닭 한 마리가 오븐 안에 있고, 200도에 맞춘 걸 보면 요리를 한 것 같음. 요리를 데우고 있었던 듯함. 오목한 그릇에 들어 있는 신선한 시금치는 아직 조리하지 않은 상태이고, 스토브는 꺼져 있음."

두 번째 사진: 건물 출입문 근처 카펫 위에 놓인 검은색 플라스틱 손전등

세 번째 사진: 침대 위에 가지런하게 개켜 놓은 옷가지. 깊게 파인 빨간색 스웨터, 캐시미어 소재인 것 같음. 빨간색 바지, 실크 소재인 것 같음. 신발은 보이지 않음. 팬티도 보이지 않음.

네 번째 사진: 테리의 얼룩진 얼굴에는 화장기가 전혀 없음.

스카페타는 상황을 재조합했다. 테리는 데이트를 위해 옷을 차려입으려 했고, 감촉이 부드럽고 도발적인 밝은 빨간색 옷을 골랐다. 섹시한 브래지어를 입고서 그다지 섹시하지 않은 실내복에 슬리퍼를 신은 채, 아마도 오스카가 오기 전에 화장을 하고 매혹적인 빨간색 옷을 차려입으려 했을 것이다. 구두는 어디에 있을까? 실내에서, 특히 자신의 아파트에서는 신발을 신지 않았는지도 모른다. 팬티는 어디에 있을까? 팬티를 입지 않는 여자들도 있는데, 테리가 그런 여자일 수도 있다. 하지만 그렇다면 테리가 청결과 '병균'에 관해 강박을 갖고 있었다는 오스카의 진술과 일치하지 않는다….

"혹시 테리는 습관적으로 팬티를 입지 않는 유형이었나요?" 스카페타가 벤턴에게 물었다.

"그건 전혀 모르겠어."

"그리고 신발은 어디 있죠? 옷차림에 그렇게 신경 쓰면서 신발을 챙기지 않았을까요? 세 가지 가능성이 있어요. 신발을 아직 고르지 않은

상태였거나, 범인이 가져갔거나, 혹은 테리가 집 안에서는 신발을 신지 않은 것. 마지막은 가능성이 낮고, 나로서는 납득하기 약간 힘들어요. 정돈과 청결에 관해 강박장애를 가진 사람이 맨발로 집 안을 돌아다니지는 않을 테니까요. 그리고 실내복 차림에도 슬리퍼를 신고 있어서 맨발이 아니었어요. 오염과 박테리아에 강박장애를 가진 사람은 팬티를 꼭 입을 거고요."

"테리가 강박장애가 있다는 사실은 몰랐어." 벤턴이 말했다.

스카페타는 누설하지 말아야 하는 사실을 털어놓았음을 알아차렸다.

"당신도 알겠지만, 나한테 검사를 받을 당시 오스카는 테리에 관해 얘기하지 않았어." 벤턴은 스카페타가 경솔했다고 말하지 않았다. "테리에게 강박장애가 있다거나 청결 문제에 지나치게 신경 쓴다는 걸 알아낼 만한 사항은 없었어. 사진에 나오는 것 이상인 모양이군. 맞아. 사진을 보면 정리 정돈을 잘하고, 깔끔하다는 걸 알 수 있어. 그렇게 추측할 수 있지만 강박장애 정도는 아닌 것 같아. 테리가 팬티를 입지 않고 맨발로 집안을 걸어 다닌 게 아니라면, 범인이 기념품으로 가져갔을 가능성을 재고해야 해. 그러면 오스카는 대상에서 제외돼. 범죄 현장에서 그 물건을 없앤 다음, 경찰이 도착했을 때 서둘러 현장으로 되돌아왔을 리는 없을 테니까."

"나도 같은 생각이에요."

"당신은 오스카가 범행을 저질렀다고 생각하지 않아. 그렇지?" 벤턴이 말했다.

"경찰이 감금 병동에 안전하게 감금된 제정신이 아닌 왜소한 사람이 범인이라고 단정하지 않았으면 좋겠어요. 난 그렇게 생각해요."

"오스카는 미치지 않았어. 좋은 표현은 아니지만 말이지. 성격장애를 갖고 있지도 않아. 사회 병질자도, 자기도취에 사로잡히지도, 신경증과 정신병의 경계에 있지도 않아. SCID 검사 결과에 따르면 분노와 도피 성향이 있고, 과대망상증에 시달려 다른 사람들과 떨어져 있어야 한다고 느껴. 요약하자면, 뭔가를 두려워하면서 아무도 믿지 않는 유형이지."

바로 그때, 스카페타는 오스카가 서재에 숨겨 두었다고 주장한 CD를 떠올렸다.

*

마리노는 가로수가 늘어선 머레이 힐 거리를 걸으며 매서운 맹수의 눈빛으로 주변을 둘러보고 있었다.

테리 브리지스가 살던 적갈색 사암 건물은 운동장과 병원 건물 사이에 있었는데, 두 곳 모두 지난밤에 문을 닫았다. 테리의 특이한 이웃이 사는 길 건너편 2층짜리 건물에는 프랑스 레스토랑과 빵집이 있었는데, 역시 두 곳 모두 지난밤 문을 닫았다. 그곳을 주의 깊게 둘러본 마리노는 모랄레스와 똑같은 결론을 내렸다. 테리가 범인에게 문을 열어 주었을 당시, 주변에서 지켜보고 있던 사람은 아무도 없었을 거라고.

우연히 거기를 지나던 사람이 있었다고 해도, 어떤 사람이 계단을 올라가 건물 출입문 앞에 부착된 초인종을 누르거나 열쇠로 문을 여는 것을 보면서 별다른 생각을 하진 않을 것이었다. 범인이 거리에 인기척이 없을 때까지 눈에 띄지 않는 곳에 숨어 있었을 거라는 가정에 의구심이 들자, 마리노의 머릿속에 다시 오스카 베인이 떠올랐다.

어젯밤에 테리를 살해할 의도였다면 오스카는 다른 사람의 눈에 띄든 말든 상관없었다. 그녀의 남자친구였으니까. 함께 저녁 식사를 하기로 했고, 범행을 저지를 의도가 없다면 자신이 모는 지프 체로키를 집 앞에 세우는 게 당연할 것이기 때문이었다. 바카디와 얘기를 나눈 후, 마리노는 자신이 어떤 유형의 범죄를 다루고 있는지에 대해 확신을 갖게 되었다. 사건의 정황은 정확히 다음과 같았다.

묶기 위한 줄과 윤활제, 10캐럿짜리 금 발찌가 들어 있는 살인 키트를 가져온 누군가가 성적인 동기로 범행을 미리 계획해 저질렀다. 오스카는 무죄이거나, 체포하기 무척 어려운 범인일 것이다. 그에게는 어제 오후 늦은 시각에 테리의 집에 나타날 타당한 이유가 있다. 겉으로 드러난 모습으로 보아 테리는 남자친구와 로맨틱한 저녁을 보내려 했다. 범죄 현장은 지금까지 거의 쓸모없는 것으로 보이는데, 테리의 시신에 묻은 것을 포함해 오스카의 흔적이 집 안 곳곳에 있기 때문이다. 그렇다면 완전범죄인가? 한 가지 이상함 점만 없다면 그럴 수도 있다. 테리가 사망하기 한 달 전부터 오스카는 자신이 감시당하고 있고, 세뇌당하고 있으며, 자신의 개인정보를 도난당했다고 주장해 왔다.

마리노는 오스카가 전화로 고래고래 소리치며 말하던 기억이 떠올랐다. 사이코패스가 아니라면, 자신이 벌써 적어도 두 사람을 죽인 연쇄살인범인 양 사람들의 주의를 끌 이유가 있겠는가?

마리노는 죄책감이 들었고 걱정이 되었다. 오스카의 말에 좀 더 귀를 기울여 지방검사 사무실에 가서 버거와 대면하라고 설득했다면 어떻게 됐을까? 그를 의심하지 말고 좀 더 좋은 쪽으로 생각해 보았으면 어땠을까? 그랬어도 이렇게 춥고 바람 부는 밤에 이 어두운 길거리를 걷고 있었을까?

마리노는 양쪽 귀가 서서히 감각을 잃어 가고, 눈이 시려 눈가에 물기가 고였으며, 무알코올 샤프 맥주를 너무 많이 마신 자기 자신에게 화가 났다. 테리가 살던 건물이 시야에 들어오자 테리의 아파트에 불이 켜져 있고 커튼이 쳐져 있는 게 보였다. 경찰차가 건물 앞에 주차되어 있었다. 마리노는 버거가 외부에 공개하기로 결정할 때까지 아파트 안에서 현장을 보존하고 있을 경찰들을 생각했다. 그 불쌍한 경찰들은 몹시 지쳐 있을 것 같았다. 그 집 화장실을 빌려 쓸 생각도 없었지만, 범죄 현장에서는 어떤 것도 빌려 쓸 수 없었다.

공공 화장실이라고는 넓은 야외뿐이었다. 테리가 살던 건물로 다가가면서 마리노는 주변을 둘러보며 마땅한 곳을 물색했다. 건물 출입문 양쪽의 조명등이 모두 켜져 있는 걸 보면서, 마리노는 모랄레스의 보고서에 적혀 있던 것이 떠올랐다. 보고서에는 오후 6시 조금 지나서 경찰이 도착했을 당시 조명등이 꺼져 있었다고 적혀 있었다.

마리노는 다시 오스카 베인 생각을 했다. 누군가가 나중에 그의 인상착의를 확인할 수 있을 만큼 자세히 봤다고 해도 달라지는 건 아무것도 없었다. 그는 테리의 남자친구였고, 열쇠가 있었고, 그녀와 만나기로 되어 있었다. 그가 도착했을 때 바깥 조명등이 꺼져 있었던 이유가 뭘까? 오스카가 도착했다던 오후 5시 무렵에 바깥은 이미 캄캄했다.

마리노는 오스카가 도착했을 때 불이 켜져 있었는데, 뭔가 이유가 있어서 불을 끄고 건물에 들어갔을 수도 있겠다는 생각이 들었다.

마리노는 테리가 살던 적갈색 사암 건물에서 반 블록 정도 떨어진 곳에 멈춰 서서, 이스트 29번가 건물 입구를 바라보았다. 자신이 범인이라고 상상하면서, 범인이 테리의 아파트 건물에 가까이 다가갈 때 어떤 기분이었을지 생각했다. 범인은 무엇을 봤을까? 그리고 어떤 기분이었을까? 어제는 날씨가 추웠고, 습도가 높았으며, 시속 40킬로미터의 강풍이 몰아쳐서 사람들이 외출하기에도 매우 불편했고, 지금도 마찬가지였다.

오후 3시 반이면 해는 이미 건물과 나무 뒤로 넘어가서 건물 입구에 그림자가 드리우기 시작했을 텐데, 하지만 타이머가 설치되어 있든 그렇지 않든 그렇게 이른 시각에 건물 바깥 조명등이 켜질 리는 없었다. 늦은 오후가 되면 집에 있는 사람들이 불을 켰을 것이었고, 그러면 범인이 어느 세입자가 집에 있는지 알 수도 있었을 것이었다.

마리노는 서둘러 운동장으로 갔다. 검은색 출입문에 대고 소변을 보는 순간, 테리가 살던 적갈색 사암 건물의 평평한 지붕에 부피가 큰 검은 형체 하나가 있는 게 눈에 띄었다. 위성 접시의 희미한 실루엣 근처에 있었는데 바로 그때, 그 형체가 움직였다. 마리노는 얼른 지퍼를 올리고, 코트 주머니에서 총을 찾아 건물의 서쪽으로 살금살금 걸어갔다. 화재 비상구로 사용되는 좁은 사다리가 위로 쭉 뻗어 있었다. 마리노의 손발이 짚고 올라가기에는 너무 작았다.

마리노는 사다리가 건물에서 떨어져 자신을 땅으로 곤두박질치게 할 것만 같았다. 심장이 쿵쾅거렸고, 할리 가죽 재킷 안으로 땀이 줄줄 흘러내렸다. 40구경짜리 글록(glock: 오스트리아의 글록 사가 만든 권총 – 옮긴이)을 손에 쥔 채로 사다리를 한 번에 한 칸씩 오르는데 무릎이 부들부들 떨렸다.

찰스턴을 떠난 후로 예전에 없었던 고소공포증이 생겼다. 벤턴은 우울증과 그와 동반하는 불안 때문이라고 말한 다음, 신경과학 연구 프로젝트에서 쥐를 대상으로 하여 효과가 있는 것으로 나타난 새로운 치료법을 추천했다. 마리노의 치료사였던 낸시는 그의 문제가 '무의식적인 갈등'이라고 말했고, 술을 끊지 않으면 그 갈등의 정확한 본질을 절대 파악할 수 없을 거라고 했다.

마리노는 자신의 갈등의 원인이 무엇인지에 대해서는 아무런 관심이 없었다. 지금 이 순간 그의 갈등의 대상은 적갈색 사암 건물에 부착되어 있는 이 빌어먹을 좁은 사다리였다. 마침내 사다리를 타고 건물 지붕에 올라섰을 때, 마리노는 깜짝 놀라 심장이 멎을 뻔했다. 저격수처럼 배를 깔고 누워 있는 검은 형체가 겨눈 총구와 그의 눈이 마주쳤다. 순간, 두 사람 모두 꼼짝하지 않았다.

그러자 마이크 모랄레스가 권총을 가죽 케이스에 넣고는 몸을 일으키며 화난 목소리로 나지막이 중얼거렸다. "이런, 젠장! 도대체 여긴 어떻게 올라온 겁니까?"

"자네야말로 여기서 뭘 하는 거야?" 마리노가 낮은 목소리로 속삭였다. "자네가 연쇄살인범인 줄 알았잖아."

마리노는 지붕의 모서리 중 떨어지지 않을 만한 안전한 곳으로 가서 털썩 주저앉았다.

"내가 자네 머리를 갈겨 버리지 않은 게 그나마 다행인 줄 알아." 마리노가 덧붙여 말하고는 글록을 코트 주머니에 집어넣었다.

"이런 얘기 했었잖아요." 모랄레스가 말했다. "당신은 여기저기 돌아다니면서, 도대체 뭘 하고 있는지 내게 말하지도 않아요. 나라면 당신을 해고할 거예요. 버거 검사가 알아서 하겠지만 말입니다."

모랄레스의 얼굴은 어둠속에서 거의 알아볼 수 없었다. 어둡고 헐렁한 옷차림이 마치 노숙자나 마약 거래인의 그것처럼 보였다.

"여기서 어떻게 내려가야 할지 모르겠어." 마리노가 말했다. "저 사다리, 얼마나 오래 되었는지 알아? 아마 백 년은 되었을 거야. 당시 사람들은 지금에 비해 몸집이 절반밖에 되지 않았지."

"그게 당신이랑 무슨 상관이에요? 뭔가를 증명하려고 애쓰는 겁니까? 당신에겐 쇼핑몰 같은 곳에 가서 안전요원으로 일하는 게 가장 어울린다는 걸 증명할 뿐이에요."

건물 지붕은 콘크리트였고, 박스 모양의 냉난방 및 환기 배관과 위성 접시가 설치되어 있었다. 오늘 오전, 마리노가 다녀온 길 건너편에 있는 건물에는 테리의 이웃이 사는 2층에만 불이 켜져 있었고, 커튼이 쳐져 있었다. 테리가 살던 건물 뒤쪽으로 건너편 건물인 이 건물에는 더 많은 사람들이 집에 있었고, 그중 두 사람은 누군가가 자신들을 보고 있음을 전혀 모르는 것 같았다. 나이 든 남자는 컴퓨터 키보드를 두드리고 있었는데, 누군가가 자신을 쳐다보고 있다는 걸 전혀 의식하지 못했다. 한 층 아래에는 초록색 잠옷을 입은 여자가 무선 전화기로 통화를 하며 거실 소파에 앉아 있었다.

모랄레스는 모든 상황을 엉망으로 만들었다며 마리노를 탓했다.

"내가 엉망으로 만든 건 자네가 몰래 엿보고 있었기 때문이야." 마리노가 반박했다.

"시간이 언제든 대상이 무엇이든 난 몰래 엿볼 필요가 없는 사람이에요." 모랄레스가 대꾸했다. "볼 게 있는데 보지 않는다는 말은 아니고요."

그는 60도 정도로 기울어진 접시 안테나를 가리켰다. 그것은 텍사스 남쪽의 밤하늘 어딘가 높은 곳에 떠 있을 위성을 향하고 있었다. 마리노는 이런 것들이 머릿속에 잘 그려지지 않았다.

"방금 디딤대 위에 무선 카메라를 설치했어요." 모랄레스가 말했다. "오스카가 나타날 경우에 대비해서요. 희생자의 아파트에 다시 들어가려 할지도 몰라요. 범인들의 범죄 현장 회귀 본능 말이죠. 혹은 다른 누군가가 잠깐 들를 수도 있을 거고요. 여러 가능성을 열어 두고 있는 건데 솔직히, 오스카는 오지 않을 거예요. 하지만 난 그가 범인이라는 데에 한 표 던지겠어요. 다른 두 희생자도 죽였을 거라는 것에도."

"현장을 지키고 있는 경관은 자네가 여기 있다는 걸 아나?" 마리노가 물었다.

"젠장, 가서 직접 말해요. 내가 여기서 당신 엉덩이를 차 버릴 테니까. 지붕에서 땅바닥까지 얼마나 먼지 알게 될 거예요. 감시를 엿 먹이는 가장 빠른 방법은 당신을 포함한 다른 경찰들에게 말하는 거죠."

"그럼 경찰차가 빌보드 광고판처럼 앞에 버티고 서 있다는 생각은 안 했어? 범인이 몰래 다시 여기로 오길 바란다면 경찰차부터 다른 데로 빼라고 해."

"곧 뺄 겁니다. 빌어먹을, 애초에 거기에 주차한 게 멍청한 거죠."

"보통은 일반인들과 언론을 더 걱정하기 마련이니까. 그들은 자기들이 사건을 캐낼 수 있다고 생각하지. 그런데 경찰차가 없다면 어떻겠어? 어쨌든, 좋아. 자네의 방식이겠지. 그건 그렇고, 어젯밤 건물 출입문 양옆 조명등이 왜 꺼져 있었는지 알고 있나?" 마리노가 물었다.

"꺼져 있었다는 것만 압니다. 내가 작성한 보고서에 그렇게 나와 있으니까요."

돌풍이 휘몰아치는 파도처럼 그들을 강타하자, 마리노는 지붕에서 쓸려 내려갈 것만 같았다. 손이 뻣뻣하게 얼어붙어서 소매를 당겨 덮었다.

"내 생각엔, 어젯밤에 범인이 끈 것 같아요." 모랄레스가 말했다.

"그놈이 이미 건물 안에 들어가고 나서 그랬다는 건 약간 이상해."

"건물을 떠날 때 껐을 수도 있고요. 누군가가 길거리를 걸어가거나 차를 타고 지나갔다 해도 범인을 보지 못했을 거예요."

"그렇다면 오스카가 조명을 껐을 거라는 건 아니겠지? 그는 집을 나서지 않았으니까."

"우린 그 녀석이 무엇을 했는지 몰라요. 목을 조른 끈 등 범행의 흔적을 없애려고 아파트를 들락거렸을 수도 있을 거고요. 차는 어디에 주차했어요?" 모랄레스가 물었다.

"두어 블록 떨어진 곳에. 날 본 사람은 아무도 없어." 마리노가 말했다.

"당신 정말 기민하더군요. 140킬로그램짜리 고양이가 건물 벽을 타고 기어오르는 것 같았어요. 조금 일찍 도착했더라면 좋았을 것을." 모랄레스가 말했다. "지금 통화 중인 여자 보여요?"

모랄레스는 초록색 잠옷을 입고 거실 소파에 앉아 손짓을 하며 통화 중인 여자를 가리켰다.

"커튼을 치지 않은 사람들이 이렇게나 많다니 놀라워요." 모랄레스가 말했다.

"그게 바로 자네가 여기 올라온 진짜 이유일 수도 있겠군." 마리노가 말했다.

"왼쪽 창문 보여요? 지금은 불이 꺼졌지만 삼십 분 전만 하더라도 환하게 불이 켜져 있었고, 저 여자가 있었어요."

마리노는 불 꺼진 창문을 바라보았다. 마치 갑자기 불이 다시 켜지기라도 할 것처럼. 그래서 그가 놓친 장면이 다시 나타나기라도 할 것처럼.

"샤워를 마치고는 걸치고 있던 수건을 벗었는데, 젖가슴이 정말 대단했어요." 모랄레스가 말했다. "빌어먹을, 지붕에서 떨어질 뻔했다니까요. 경찰이 되길 정말 잘했어요."

마리노는 사다리를 오르내려야 한다면 나체의 여자 오십 명을 보는 것도 단념할 수 있을 것 같았다. 모랄레스가 비둘기처럼 편안한 자세로 자리에서 일어나자 마리노는 개가 엉덩이를 바닥에 끌고 다닐 때처럼 다시 천천히 모서리 쪽으로 움직였다. 가슴이 쿵쾅거리기 시작했고, 한 발짝만 헛디디면 어떻게 될지 자꾸만 상상되었다. 지난 몇 년 내내 그는 루시의 헬리콥터와 전용기를 타고 다녔다. 그리고 투명한 유리 소재로 만든 엘리베이터와 널찍한 교각을 좋아했다. 하지만 이젠 전구를 갈아 끼우려고 사다리에 올라가는 것조차 끔찍이 싫었다.

마리노는 모랄레스가 위성 접시 쪽으로 다가가는 모습을 보다가, 문득 이상한 기분이 들었다. 모랄레스는 좋은 학교를 나왔다. 의사 자격증이 있으니, 원하면 의사가 될 수도 있었다. 길거리 갱 두목이나 라틴계 조직폭력배처럼 하고 다녔지만 얼굴도 미남형이었다. 그는 모순투성이였다. 두 층 아래에서 범죄 현장을 보존하고 있는 경관에게 아무 말도 하지 않고 몰래 지붕에 올라와 카메라를 설치한 건 도무지 이해할 수 없는 행동이었다. 아래층에 있는 경관에게 들키기라도 하면 어떻게 될까?

그리고 마리노는 테리의 이웃이 했던 말이 떠올랐다. 그녀는 지붕에 올라가는 방법과 위성 접시 근처에서 일하던 직원에 대해 얘기했었다. 모랄레스가 사다리를 타고 올라오지는 않았을 것 같았다. 그는 다른 방법, 그러니까 좀 더 쉬운 방법으로 올라왔을 것이고, 마리노가 이 비밀스러운 일을 알게 된 것이 불만일 것 같았다.

사다리 칸을 잡고 천천히 아래로 내려가자 철제 사다리의 냉기가 맨손에 전해졌다. 발이 땅에 완전히 닿고서야 안심할 수 있었다. 적갈색 사암 건물 측면에 잠시 기대어 마음을 가라앉히고 숨을 고른 다음, 건물 출입문으로 다가가 계단 아래에 멈추어 섰다. 마리노는 모랄레스가 지켜보고 있기라도 하듯 건물 위를 올려다보았다. 그의 모습은 보이지 않았다.

마리노는 열쇠에 부착된 소형 손전등을 켜서, 담쟁이로 덮인 적갈색 사암 건물의 양쪽 출입문을 비추었다. 벽돌 계단과 기저 부분을 확인하고는, 관목 숲과 쓰레기통을 비췄다. 그리고 교환원에게 연락해서 건물 안에 있는 경관에게 연락해 문을 열어 달라고 했다. 잠시 기다리자 건물의 출입문이 열렸다. 오늘 오전에 열어 줬던 제복 입은 경관이 아니었다.

"아직 재미 못 봤나?" 마리노는 그를 지나쳐 테리가 살던 집으로 들어가 현관문을 닫으며 물었다.

"고약한 냄새가 나기 시작했습니다." 열여섯 살 소년처럼 앳돼 보이는 경관이 말했다. "그 냄새를 떠올리면 다시는 닭고기를 먹지 못할 것 같아요."

마리노는 문의 왼쪽에서 전등 스위치 두 개를 찾아냈다. 스위치를 켜 보니 하나는 바깥 조명등이었고 다른 하나는 현관 조명등이었다.

"이 조명등에 타이머가 설치되어 있나?" 마리노가 물었다.

"아니요."

"그렇다면 오늘 밤 입구 조명등은 어떻게 켜져 있지?"

"두 시간 전 여기 도착했을 때 제가 켰는데, 왜 그러시죠? 조명등을 끌까요?"

마리노는 2층으로 이어지는 짙은 색 나무 계단을 쳐다보았다.

"아니, 그냥 켜 둬. 저기 올라가 봤나? 다른 세입자들은 아직 돌아오지 않은 것 같은데." 마리노가 말했다.

"꼼짝도 하지 않고 이 안에 붙어 있었어요." 그 경관은 약간 열어 둔 테리 브리지스의 아파트 현관문을 턱으로 가리키며 말했다. "건물 안에는 아무도 없어요. 제가 이곳 세입자라 해도 집에 돌아올 시간을 늦출 거예요. 더구나 혼자 사는 여성인 경우는 더더욱 그럴 겁니다."

"자네가 지금 틀어박혀 지키고 있는 아파트에 살던 희생자 말고 이 건물에 혼자 사는 여자는 없어." 마리노는 건물 출입문의 맞은편에 있는 문을 가리키며 말을 이었다. "저기엔 바텐더 남자 둘이 사는데, 아마 밤엔 집에 없을 거야. 테리 브리지스의 집 바로 위층 오른쪽에는 헌터 칼리지에 다니는 남학생이 사는데, 개를 산책시키는 일로 용돈을 벌지. 그 반대편에는 영국 금융 회사에서 컨설턴트로 일하는 이탈리아 사람이 드나드는데, 임차인은 그 회사야. 다시 말해, 그 회사가 업무용으로 빌린 거라서 아마 그 남자는 이곳에 살지 않을 거야."

"그들과 얘기를 나눴어요?"

"얘기는 나누지 않았지만 배경은 조사했지. 특이한 점은 없었어. 희생자의 부모와 얘기를 나누었는데, 희생자가 그다지 다정한 성격은 아니라는 인상을 받았어. 다른 세입자들에 관해 말한 적도 없고, 아는 사람도 없는 것 같더군. 하지만 이곳 뉴욕은 남부와는 분위기가 다르지. 이웃들을 위해 구운 빵을 가져가 이러쿵저러쿵 참견하지 않으니까. 괜히 나한텐 신경 쓰지 말게. 몇 분만 둘러보고 갈 거니까."

"모랄레스 형사가 지붕에 있으니 조심하세요."

마리노는 계단 아래에서 발걸음을 멈추고 물었다. "뭐라고?"

"한 시간 전에 올라갔을 거예요."

"왜 올라가는지 자네한테 말하던가?"

"제가 물어보지 않았어요."

"자네한테 경찰차를 옮기라고 하던가?"

"왜요?"

"그에게 직접 물어봐." 마리노가 말했다. "엄청난 아이디어를 가진 대단한 형사니까."

계단을 통해 2층으로 올라가자, 아파트 두 세대 사이의 천장에 안쪽에 T자 손잡이가 부착되어 있는 스테인리스스틸 해치가 있었다. 그 아래에는 미끄럼 방지 디딤판이 달려 있는 알루미늄 접이식 사다리, 그리고 드라이버 몇 개가 들어 있는 공구함이 있었고, 근처 창고의 문이 활짝 열려 있었다.

"나쁜 놈." 마리노가 중얼거렸다.

마리노는 지붕에서 건물 내부로 바로 이어지는 길을 알고 있으면서 마리노가 사다리로 낑낑거리며 내려가는 소리를 듣고 비웃었을 모랄레스를 떠올렸다. 진작 알았더라면 춥고 어두컴컴한 건물 바깥에 설치된 사다리 서른 칸을 내려오는 대신, 불 켜진 건물 안에 있는 튼튼한 사다리 다섯 칸만 내려오면 되었을 것이었다.

마리노는 사다리를 접어 창고에 넣어 버렸다.

주차한 곳에 절반쯤 갔을 무렵 마리노의 휴대전화가 울렸다. '발신자 정보 없음'이라고 뜬 걸 보니 모랄레스가 분명했고, 화가 머리끝까지

났다.

“여보세요.” 마리노는 걸음을 옮기며 일부러 기분 좋은 척 전화를 받았다.

“마리노?” 제이미 버거였다. “아까부터 모랄레스에게 전화했는데 연결이 안 돼요.”

수화기에서 자동차 소음 같은 주변의 잡음이 크게 들렸지만, 마리노는 그녀가 짜증이 나 있음을 알 수 있었다.

“방금 만났는데, 지금은 연락이 잘 안 될 거요.” 마리노가 말했다.

“통화하게 되면 내가 메시지를 세 번 남겼다고 전해 줘요. 네 번째는 남기지 않을 거예요. 당신이 내 문제를 해결해 줄 수도 있겠군요. 이제까지 유저네임이 총 열여덟 개예요.”

“그 여자의 유저네임 말입니까?”

“동일한 이메일 서비스 제공 업체인데, 어떤 이유에서인지 그녀의 유저네임이 다 달라요. 같은 업체에 오스카의 것도 있고요. 이제 택시에서 내리고 있어요.”

택시 기사가 뭐라고 하자 버거가 대답하는 소리가 들렸고, 잠시 후 택시 문이 닫히자 그녀의 목소리가 잘 들렸다.

“잠깐만요. 지금 차에 타야 해서요.” 그가 말했다.

마리노는 자신의 감청색 임팔라 앞에 도착했다.

“지금 어디서 뭐하는 중이에요?” 버거가 물었다.

“이야기하자면 길어요. 모랄레스가 볼티모어와 그리니치에서 일어났던 사건에 대해 말하던가요?”

“연락이 안 된다고 방금 전에 말한 것 같은데요.”

마리노는 운전석 문을 열고 차에 올라탔다. 시동을 걸고 운전석 옆 보관함을 열어 펜과 종이를 찾았다.

"이메일로 보내 드릴 게 있는데 블랙베리 폰으로 보낼 수 있을 거요." 마리노가 말했다. "그리고 이 내용은 벤턴도 봐야 할 겁니다."

침묵이 흘렀다.

"검사님만 괜찮다고 하시면 그 친구에게도 이메일을 보내겠소."

"물론 괜찮아요." 버거가 말했다.

"말씀드려도 괜찮을지 모르겠지만, 서로 이야기를 나누는 사람이 아무도 없소. 예를 들어 볼까요? 경찰들이 어젯밤 테리의 건물 위층을 확인했는지 아세요? 지붕으로 올라가는 해치 통로와 창고에 있는 사다리 같은 거 말이오."

"전혀 몰라요."

"내 말이 그 말이오. 보고서에 아무것도 나와 있지 않고 사진도 없소." 마리노가 말했다.

"그렇군요."

"지붕은 출입하기 쉽고 사람들의 눈에도 띄지 않소. 건물 서쪽에 화재 비상구 사다리가 있는데, 이미 말한 것처럼 사람들의 눈에 띄지 않는 곳에 있어요."

"모랄레스는 그에 대한 답을 알고 있겠군요."

"걱정하지 말아요. 상황이 하나씩 밝혀질 테니. 지금 당장 오스카의 DNA를 CODIS에 등록해 확인해야 합니다. 볼티모어와 그리니치 사건 때문이오. 내가 보낸 이메일은 도착했소?"

"이미 등록해 확인 중일 거고 오늘밤 결과를 요청해 두었어요. 이메일은 도착했군요." 버거가 말했다. "모랄레스는 친절하게도 다른 두 사건에 대해 나한테 미리 알려 주지 않았군요."

"그건 오스카의 DNA가 이미 CODIS에 등록되어 있거나 곧 등록될 거라는 뜻이오." 마리노가 말했다. "모랄레스가 곧 알아볼 게 분명하니까."

"맞아요." 버거가 말했다.

"DNA 확인은 공조 수사 중인 볼티모어의 형사에게 말해 두겠소. 다른 두 사건에서 오스카의 것과 일치하는 DNA가 나올 걸 기다리며 숨죽이고 있는 건 아니지만… 잘 모르겠소. 뭔가 이상해요. 그가 그 두 사건을 저지르고 애인을 죽인 것 같지는 않아요."

버거가 상대방의 말을 진지하게 듣고 있을 때면 마리노는 그걸 항상 알아차릴 수 있었다. 그럴 때면 상대방의 말에 끼어들지도, 대화의 주제를 바꾸지도 않았다. 그녀가 계속 귀 기울여 들었기 때문에 마리노는 계속 이야기를 했다. 휴대전화로 통화 중이었으므로 두 사람 모두 구체적인 사안에 대해서는 조심스러웠다.

"방금 검사님께 정보를 보낸 이 두 사건 말입니다. 방금 전화로 전해 들은 내용은 보내지 않았소. 사건에서 발견된 DNA는 오염되었고 다른 사람들의 DNA와 뒤섞여 있소."

"이곳 사건과 마찬가지로요?" 버거가 물었다.

"안전상의 이유로 그 점에 대해서는 자세히 말하고 싶지 않습니다." 마리노가 말했다. "하지만 벤턴에게 메시지를 받을 수 있을 거요. 그는 여기 뉴욕에 있는 게 분명하오. 모랄레스는 벤턴이 이곳에 있다고 말했고, 두 사람은 나중에 안치소에서 만날 거요. 우리가 서로 마주치지 않기를 계속 바라는 수밖에요. 곧 말할 작정이오. 피해 다닌다 해도 어차피 마주칠 테니까."

"그들은 아직 안치소에 오지 않았어요. 레스터 박사가 연기되어서요."

"원래 그런 여자요." 마리노가 말했다.

버거가 웃음을 터뜨렸다.

"한 시간 내에 모두들 모일 거예요." 그녀는 좀 전과는 전혀 다른 말투로 말했다. 마치 마리노가 흥미롭고 유쾌한 사람임을 알아차린 것처럼. 그리고 그를 미워하지 않는 것처럼.

"벤턴과 케이도요." 그녀가 덧붙여 말했다.

버거는 마리노에게 그 사실을 알려 주었다. 그녀는 그런 방식으로 자신이 마리노의 적이 아님을 말해 주었다. 아니, 그 이상이었다. 그를 신뢰하고 존중한다고 말하는 거였다.

"우리 모두 함께 모이면 도움이 될 거요." 마리노가 말했다. "볼티모어에서 근무하는 형사의 사건에 관해 이야기를 나누다가, 이곳으로 와 달라고 요청했소. 그 형사는 몇 시간 내로 이곳에 도착할 거고, 원하면 언제든지 만날 수 있을 거요."

"좋아요." 버거가 말했다. "지금 유저네임들을 알려 줄게요. 내가 지금 당장 원하는 건, 그 유저네임들의 패스워드와 계정 내역이에요. 방금 이메일 서비스 제공 업체에게 인터넷 계정을 계속 이용할 수 있도록 해 달라는 팩스를 보냈어요. 그리고 한 가지 더. 다른 사람이 이 일로 전화하면 아무 정보도 주지 말아요. 어느 누구와 얘기한다 해도 이 일에 대해서는 함구해야 해요. 백악관이라고 해도 마찬가지고, 패스워드는 어느 누구에게도 가르쳐 줘선 안 돼요. 난 지금 휴대전화로 통화 중이에요."

버거가 말하는 사람은 오스카 베인임이 분명했다. 현재 테리와 오스카의 유저네임과 이메일 서비스 제공 업체를 아는 사람은 그뿐일 것이었다. 자동차 실내등이 꺼지자 마리노는 그대로 두었다. 오래된 습관이었다. 그는 손전등을 켜고, 버거가 말해 주는 유저네임들과 다른 정보 등을 적었다.

마리노가 말했다. "오스카는 아직 감금 병동에 있소?"

"그 점이 걱정이에요." 버거의 말투가 평소처럼 사무적으로 들리지 않았다. 마치 마리노에 대해 한 번도 생각해 본 적 없다가 이제야 그런 것처럼, 친절했고 호기심마저 느껴지는 말투였다.

"더 길게 머물지는 않을 거예요." 그녀가 덧붙여 말했다. "다른 새로운 사실들도 있어요. 난 '커넥션스'라는 법의학 컴퓨터 수사 회사에 들어갈 건데, 당신도 아마 알 거예요. 번호 가르쳐 줄게요."

그녀는 마리노에게 번호를 불러 주었다.

"난 루시가 먼저 하기 전에 얼른 전화 좀 걸어 봐야겠어요." 버거가 말했다.

16 두통

제트 레인저는 귀가 거의 들리지 않았고, 다리를 절뚝거렸으며, 용변도 전혀 가리지 못했다. 루시의 나이 든 불도그는 뉴욕 태생이 아니었다.

듬성듬성 보이는 나무 주변의 성긴 잔디나 흙에 붉은 고추를 버리는 정신없는 사람들이 사는 도시에서, 불도그가 콘크리트와 아스팔트를 좋아하지 않는 건 심각한 문제를 불러일으켰다. 제트 레인저가 처음으로 용변 볼 자리를 찾으며 코를 킁킁거리다가 어떤 일이 벌어졌을 때, 그것이 보잘것없는 단풍나무 바로 근처에 있는 한 가게 탓임을 곧바로 알아차린 루시는 가게 주인을 나무라거나 그에게 장황하게 설명하지 않고 신속하게 문제를 해결했다.

그 다음 날 아침 일찍 가게 안으로 들어가 빻은 고춧가루 500그램을 가게 전체에 뿌렸고, 멍청한 가게 주인이 알아차리지 못할 경우에 대비해 뒷문으로 이어지는, 오줌 냄새가 진동하는 안쪽 공간에도 적지 않은 양을 뿌렸다. 그러고는 익명으로 동물 보호 협회에 연락해 '세이브 마이 솔' 신발 수선가게의 짓이라고 일러바쳤다.

루시는 관절염에 걸린 제트 레인저 때문에 천천히 걸었고, 그래서 좀 늦었다. 배변 봉투를 손에 들고 집 앞에 도착하자, 참나무로 만든 육중한 현관문으로 이어지는 계단 옆에 서서 기다리고 있는 버거의 모습이 오래된 벽돌과 철제 난간에 반사된 가스등의 불빛을 받아 희미하게 보였다.

"작은 약국에 가면 화려한 색깔의 봉투도 구할 수 있어요." 버거가 배변 봉투를 쳐다보며 말했다. "투명하지 않은 걸로 말이죠."

루시는 제트 레인저가 볼일 본 것을 쓰레기통에 던져 넣었다.

"오래 기다리게 한 건 아닌지 모르겠어요." 루시가 말했다. "도시에 적응을 잘 못 해서요. 예전엔 흰색 울타리가 있는 진짜 풀밭에서 산책을 했던 게 분명해요. 이름은 제트 레인저, 내가 처음 구입했던 헬리콥터 기종이죠. 제트 레인저, 이분은 제이미야. 악수, 하이파이브, 맴을 도는 재주 같은 건 부리지 못해요. 꽤 단순한 녀석이죠. 그렇지, 제트 레인저?"

버거는 몸을 구부려 개의 목을 쓰다듬어 주느라 밍크코트가 더러운 보도에 끌리는 것도 상관하지 않는 것 같았고, 사람들이 지나가는 길까지 막고 있었다. 사람들이 그녀를 피해 길을 돌아 지나쳐 갔다. 버거가 개의 머리에 입을 맞추자, 개는 그녀의 턱을 핥았다.

"놀랍군요." 루시가 말했다. "이 개는 대부분의 사람들을 좋아하지 않아요. 옛날 소유주가 누군지 알 수 없지만, 아주 못된 놈이었던 것 같아요. 미안해." 루시는 개를 쓰다듬고, 버거의 어깨를 가볍게 두드린 다음, 말을 이었다. "고통스러운 네 과거를 대놓고 말해선 안 되는데…. 소유주라는 단어를 사용하는 것도 그렇고…. 내가 무례했어. 실제로 난 이 개를 소유하고 있지 않아요." 루시가 버거에게 말했다. "사실, 개에게 먹이를 주고, 쓰다듬고, 산책시키고, 함께 잠을 자기 위해선 상당한 금액을 써야 하니까요."

"나이는요?" 버거가 물었다.

"잘 모르겠어요." 루시가 제트 레인저의 얼룩무늬 귀를 부드럽게 만져 주며 말했다. "이곳에 이사 온 지 얼마 지나지 않았을 때 보스턴에서 날아와 웨스트 30 헬기장을 떠나려는데, 이 녀석이 웨스트사이드 고속도로를 따라 걸어가고 있는 걸 봤어요. 개가 길을 잃었을 때, 겁에 질린 표정이 어떤지 알아요? 다리를 절뚝거리며 걷고 있었어요."

루시는 개가 더 이상 들을 수 없도록 귀를 막았다.

"이름표가 없었던 걸로 보아 차에서 버린 게 분명해요. 나이 들고, 골반에 문제가 생기고, 귀가 들리지 않아서였을 거예요. 더 이상 주인에게 기쁨을 주지 못하는 거죠. 대개 수명이 십 년이 넘지 않는데, 아마 그 정도 되었을 거예요."

"못된 사람들." 버거가 자리에서 일어서며 말했다.

"괜찮아." 루시가 개에게 말했다. "제이미의 코트를 보고 화내지 마. 불쌍한 어린 밍크들은 모두 자연사한 게 분명할 테니."

"패스워드를 빨리 알아내야 해요." 버거가 말했다. "그러면 나머지를 설명하는 데 도움이 될 거예요."

"처음 것도 잘 모르겠어서 뭐가 나머지인지도 잘 모르겠네요. 우린 이제 막 시작한 거예요." 루시가 말했다. "하지만 이모 때문에 걱정이 많아요. 정말 걱정이에요."

"전화할 때 그런 느낌이 들었어요."

루시가 열쇠를 끼워 넣자 경보음이 삐 울렸다. 루시가 현관문을 열고 비밀번호를 입력하자, 경보음이 멈췄다. 건물 안으로 들어가 문을 닫으면서 루시가 말했다.

"내 얘길 들으면 날 해고하고 싶은 충동이 먼저 들 거예요. 하지만 당신은 그렇게 하지 않을 테죠."

*

잔소리쟁이는 자신이 대단한 웹 운영자인 양 생각했지만, 실제로 프로그래머도 아니었고 정보 기술 전문가도 아니었다.

그녀는 컴퓨터 앞에 앉아 계속 이상한 화면이 나타나는 〈고담 갓차〉 홈페이지를 들여다보고 있었고, 웹 호스팅 회사에서 일하는 기술자는 전화상으로, 버퍼 과잉이 문제라고 말했다. 사이트의 특정 정보에 접근하려는 사용자들의 숫자가 현재 서버의 용량을 초과해 상황을 조정할 수 없고, 초당 수백만 명의 사람들이 클릭하고 있으며, 자신이 보기에는 다른 상황일 리가 없다고 말했다. 기술자는 또 이렇게 말했다. "웜(worm)인데, 근본적으로 보면 바이러스죠. 하지만 이런 건 한 번도 본 적 없습니다. 단순히 돌연변이를 한 웜이 아닌 것 같아요."

"돌연변이를 한 것이든 아니든 어떻게 웜이 프로그램에 침투할 수 있죠?" 잔소리쟁이가 물었다.

"프로그램에 들어올 권한이 없는 사용자가 임의적인 코드를 실행해 웹 프록시 서버 버퍼 과잉의 취약성을 이용했을 수 있어요. 누가 했는지는 알 수 없지만, 대단히 뛰어난 기술을 가진 사람이 분명해요."

그 기술자는 현재 업계에 알려져 있는 바이러스 발견 프로그램으로는 알아낼 수 없는 웜이 들어 있는 파일을 첨부해 보낸 것 같다는 설명을 덧붙였다. 이 웜이 사진처럼 공간을 많이 차지하는 이미지를 여는 사용자들을 카피했고, 그렇게 만들어진 복제 웜들이 동시에 동일한 이미지를 여는 수백만의 사람들을 또다시 카피해서 결국 서버에 메모리가 부족하게 하고, 데이터를 파괴하는 악의적인 작용까지 하는 것 같다고 했다. 다시 말해서, 웜과 커다란 바이러스가 이상하게 돌연변이를 한 거라고 했다. 그리고 만약 바이러스가 다른 프로그램으로 퍼진다면 트로이 목마 바이러스일 가능성이 있는데, 그건 가장 우려되는 지점이라고 했다.

그는 이 프로그램 파괴자가 자신이 하고 있는 일을 잘 알고 있다고 몇 차례나 강조해서 말했는데, 그런 파괴 행위를 할 수 있을 만큼 영리한 그를 은근히 질투하는 것 같기도 했다.

잔소리쟁이가 어떤 이미지가 피해를 입은 거냐고 순진하게 묻자, 기술자는 웜이 마릴린 먼로의 사진을 통해 내보내졌다고 명료하게 대답했다. 돌연변이 웜으로 사이트가 엉망이 됐다는 설명을 듣자, 잔소리쟁이는 그 뒤에 숨어 있을 음모를 상상했다. 거의 반세기 전 마릴린 먼로의 살인사건에 개입했던 사람들과 관련이 있는 게 분명했다.

그렇다면 정부가 개입했을지도 몰랐고, 정치적이고 조직적인 범죄일 가능성도 있었다. 잔소리쟁이는 배후에 테러리스트들이 있을 거라는 생각이 들었다. 그들이 이 사건에 연결되어 있을 거고, 자신을 주시하고 있을 것 같았다. 그녀가 주변 상황에 대해 아무것도 모르는 일을 어리석게 덥석 맡아 범죄자일지도 모르는 익명의 사람들을 위해 일한 탓일 것이었다.

그녀의 생각으로는, 통화 중인 기술자가 범죄자나 테러리스트 혹은 정부 요원일 수 있었고, 돌연변이 웜이 들어 있는 먼로의 사진은 잔소리쟁이가 실제 상황이 어떻게 돌아가는지 알아채지 못하게 하고 판단을 흐리게 하려는 의도에서 비롯되었을 것이었다. 웹사이트는 〈미션 임파서블〉에 나오는 녹음기처럼 스스로 파괴되었다. 그럴 의도는 없었지만, 잔소리쟁이는 자신이 세계의 힘이나 악의 제국에 맞서는 거대한 음모 한가운데에 있다는 생각을 떨칠 수 없었다.

잔소리쟁이는 몹시 혼란스러웠고 불안해졌다.

"당신도 짐작하겠지만, 난 어떻게 된 건지 전혀 모르겠어요." 그녀가 기술자에게 말했다. "난 이 일에 개입하길 바라지도 않았고, 그럴 의도도 전혀 없었어요. 난 아무것도 몰라요. 아는 게 전혀 없으니까요."

"우리 같은 기술자들이 보기에도 몹시 복잡해요." 그가 말했다. "누군가가 매우 정교한 코드를 사용한 게 분명해요. '코드'는 데이터 파일이나 첨부 파일의 경우처럼 별다른 문제없어 보이는 뭔가에 컴퓨터 프로그램을 끼워 넣는 걸 말하죠."

잔소리쟁이는 기술자가 무슨 말을 하는지도 상관하지 않았고, 돌연변이를 한 웜을 멈출 수 없고 시스템을 닫고 다시 시작하려는 모든 시도가 실패했다는 것에도 상관하지 않았다. 기술자는 〈고담 갓차〉 사이트의 예전 버전의 로딩을 시도해 볼 수도 있다고 제안했지만, 다른 이용 가능한 서버들은 디스크 공간이 많지 않고 훨씬 느리며, 시스템이 고장 날 가능성도 있다고 했다. 새로운 서버를 구입해야 하지만 당장 할 수는 없고, '비지니스 오피스'로 해제해야 한다고 했다. 그리고 영국은 시차상 뉴욕보다 다섯 시간 느려서 지금은 어느 누구와도 연락할 수 없다고 했다.

기술자는 예전 버전을 로딩하면 웹사이트를 복구한 다음 잔소리쟁이가 최근에 게재했던 모든 정보를 다시 올려야 하고, 팬들에게 보낸 이메일과 이미지를 재전송해야 한다는 사실을 알려 주고자 했다. 잔소리쟁이가 해결해야 할 일은 며칠 혹은 몇 주가 걸릴 것이고, 사람들은 화를 낼 것이며, 사이트에 가입한 사람들은 예전 데이터베이스 버전을 사용하려 하지 않고 몹시 분개할 것이라고 했다. 다운이 며칠 혹은 몇 주 동안 계속될 수 있다고도 했다.

마릴린 먼로의 안치소 사진으로 웜이 유입되었다는 사실이 보스에게 알려지면 잔소리쟁이는 직장을 잃게 될 것이었다. 그녀에겐 따로 준비된 계획이 없었다. 일 년 반 전과 마찬가지 상황이 될 것이었고, 이번에는 익명의 낯선 사람에게서 예기치 않게 일자리 제안을 받는 행운은 없을 것 같았다. 그러면 지금 살고 있는 아파트를 포기해야 하는데, 아파트를 포기하는 건 자신에게 남은 최소한의 것마저 포기하는 것과 마찬가지였다. 사정은 악화될 것이었다. 거의 대부분의 얌전한 사람들에게 삶은 점점 더 힘들어지기만 했다. 도대체 어떻게 해야 할지 알 수 없었다.

잔소리쟁이는 기술자에게 고맙다는 인사를 하고, 전화를 끊었다.

블라인드를 모두 쳤는지 확인하고는, 버번위스키를 한 잔 더 따라 마시면서 집 안을 이리저리 오갔다. 두려움으로 미칠 것 같기도 했고, 눈물이 날 것 같기도 했다. 그녀는 앞으로 어떻게 될지 생각해 보았다.

보스가 자신을 직접 해고하지는 않을 것이고, 영어를 잘 못 하는데 영국에 사는 에이전트를 통해 소식을 전할 것 같았다. 보스가 실제로 어떤 테러리스트 조직과 연결되어 있다면 잔소리쟁이의 목숨은 위험에 처할 것이고, 잠자는 동안 암살자가 몰래 아파트 안에 들어올 수도 있을 것 같았다.

개를 키워야 했다.

버번위스키를 마시면 마실수록 그녀는 더욱더 침울해졌고, 두려워졌고, 외로워졌다. 크리스마스 몇 주 전에 자신이 게재했던 칼럼에 대해 곰곰이 생각해 보았다. 그 칼럼에는 아이비가 죽은 후 테리가 새로운 강아지를 사 주겠다고 했던 애완동물 체인점에 대한 언급이 있었다.

인터넷에 들어가 확인해 보았다.

텔 테일 하트 애완동물 가게의 본점이 마침 집에서 가장 가까운 지점이었고, 오후 9시까지 영업한다고 되어 있었다.

*

루시의 집은 복층 형태였는데, 위층은 대들보와 벽돌 구조물을 그대로 드러낸 넓은 공간이었다. 원목으로 된 바닥이 반짝거렸고, 모든 게 새것처럼 수리되어 있었으며, 현대적이었다. 사무용 책상과 검은색 회전의자 그리고 회의용 유리 테이블 말고는 가구가 전혀 없었다. 종이는 단 한 장도 보이지 않았다.

루시는 버거가 편하게 있을 수 있도록 그녀를 자신의 집으로 초대했다. 그리고 이곳이 그녀에게 안전한 곳임을 강조했다. 모든 전화기는 무선에 도청 방지 장치가 되어 있었으며, 경보 시스템은 아마도 펜타곤의 그것보다 나았다. 집 안 어딘가에는 허드슨 강의 타판 지 다리에서 해적처럼 교수형을 당할 정도의 불법적인 총이나 다른 치명적인 무기가 있을지도 몰랐다. 버거는 그에 대해 묻지 않았고, 자신이 안전하다는 느낌이 들지 않았다. 그녀는 기분을 바꾸려고 애쓰지는 않았다. 그저 초초해하면서도 침착하게 마음을 다잡을 뿐이었다.

애니 레녹스의 음악이 흘러나오고 있었고, 유리 조종실 안에 있는 루시는 거실에 놓는 평면 TV 크기만 한 비디오 화면 세 개에 둘러싸여 있었다. 은은한 불빛에 비친 옆모습은 윤곽이 뚜렷했고, 이마는 부드러웠으며, 콧날은 매부리코였다. 버거는 벌써 두통이 느껴졌다. 심한 두통이었다. 이럴 때면 눈에 뜨거운 압박 붕대를 하고, 어두운 방 안에 눕는 것 말고는 달리 방법이 없었다.

버거는 루시의 의자 옆에 서서 서류 가방 어딘가에 조믹이 들어 있길 바라며 가방을 뒤졌다. 듣는 약이 그것뿐이기 때문이었다. 법률 관련 서류들 사이에 끼워 둔 조믹의 투명 포장지는 텅 비어 있었다.

루시는 테리 브리지스의 아파트에서 찾아낸 두 대의 노트북 중 하나에서 누렬 네트워킹 프로그램이 검색해 낸 정보와, 그와 관련된 기술에 관해 설명했다. 버거는 테리가 오로지 인터넷 용도로만 사용한 것 같은 두 번째 노트북부터 시작해 주길 바랐으나 루시가 그러지 않자 낙담했다. 그리고 마리노가 전화해 주길 기다렸다. 문제는 전화가 올 때까지 자신이 여기에 계속 있을지의 여부였다. 그리고 자신이 도대체 왜 여기에 있느냐는 거였다. 한편으로 왠지 마음이 초조했고, 뭘 해야 할지 갈피를 잡을 수 없었다. 자신과 루시에게는 그것 말고도 당면한 문제들이 많았다.

"일반적으로, 운영 체제에서 파일을 삭제했을 때 복구를 빠르게 시도할수록 데이터를 되찾을 가능성이 높죠." 루시가 말했다.

버거는 루시 옆 의자에 깊숙이 기대어 앉아 있었다. 밝은 흰색 비트와 텍스트 조각, 엉터리 문장들과 단어들이 검은 전자 공간에서 다시 연결되었다. 선글라스를 낄까 생각해 보았지만 도움이 될 것 같지 않았다. 상황은 갈 데까지 갈 것이었고, 자신은 그걸 멈출 수 없을 게 빤했다.

버거는 후회스러웠다. 루시가 그녀에게 전화를 걸어 업무 진행 상황을 그녀가 보는 것이 좋겠다고 했을 때, 그 말에 일리가 있건 없건 간에 진심으로 내키지 않으면 오늘 밤 그리니치빌리지로 오는 택시를 잡지 말았어야 했다. 루시와 단둘이 만난 적이 처음은 아니었지만, 몇 년 전의 일이었다. 당시 놀라울 정도로 까다롭고 위험한 데다 스카페타의 조카이기도 했던 루시는 무척 어렸고, 버거는 결혼한 상태였다. 버거는 계약을 파기하거나, 패소하는 사람이 아니었다.

이제는 버거에게 계약서가 없었고, 루시는 어른이었다.

"하지만 테리는 자신이 삭제한 걸 복구할 이유가 없었을 거예요." 루시가 말했다. "그래서 용량이 꽤 큰 온전한 텍스트가 온갖 크기의 작은 조각들과 섞여 있는 거예요. 크기가 작은 건 파편일 뿐이죠. 삭제되거나 손상된 데이터를 복구하는 시간이 길어질수록 새롭게 만든 데이터가 삭제로부터 자유로운 하드디스크에 공간을 차지할 가능성은 더 커져요. 그리고 그 때문에 소프트웨어를 원래 있던 위치대로 복구하는 게 더 힘들어지죠."

그들이 보고 있는 건 법의학과 의학 그리고 정신병 치료법 등에 관한 역사적인 관점을 보여주는 논문과 명제의 일부분이었는데, 그렇게 놀라운 것은 아니었다. 테리 브리지스의 부모에 대한 기록 검색과 정보에 따르면, 테리는 아버지가 학장으로 있는 고담 칼리지에 등록해 법정 심리학을 주제로 하는 석사 학위 논문을 준비 중이었다. 법의학 용어와 구문이 지나가는 걸 보자, 버거는 익숙한 통증이 관자놀이에서 시작해 안구 뒤편으로 서서히 올라오는 게 느껴졌다.

바디팜에 관한 참고 자료, 벨뷰 병원과 커비 정신병원, 그리고 케이 스카페타를 포함해 그 분야에서 저명한 인물들의 이름도 나와 있었다. 스카페타에 관한 언급이 계속 나왔는데, 루시가 일찌감치 자신이 해고당할 수 있지 않겠냐고 우려한 것도 그 때문이었다. 사실, 해고할 마음이 있는 정도가 아니었다. 버거는 여러 가지 이유로 보아 그게 가장 현명한 선택일 것 같았다.

우선, 테리 혹은 이 노트북을 사용했던 사람은 스카페타와 관련된 수백 건의 기사, 비디오 자료, 사진 그리고 다른 출판 매체 자료를 의도적으로 수집하고 있었다. 그것은 이해의 대립, 그것도 매우 심각한 상태를 뜻했고, 근본적인 또 다른 문제로 인해 그것이 심화되었음을 의미하고 있었다.

버거는 팔 년 전 리치먼드에서 루시를 처음 만났을 때 깜짝 놀랐던 기억이 떠올랐다. 마음이 설렜지만, 사실 당시엔 운이 없었다. 그땐 어리석었었다. 30대 후반이었으므로 어떤 유혹도 넘어설 수 있다고 자신했으며 자신에게 규정된 삶을 받아들이고 있었기에 언제나 '노'라고 대답할 수 있었다. 마흔여섯 살이 된 지금도 그 점에 대해서는 확신했고, 질문이 없으면 그 어떤 대답도 할 필요 없다고 생각했다.

"노트북에는 대리점에서 설치해 주는 백신 소프트웨어가 있고, 미리 설정하고 불러오도록 세팅되어 있어요." 루시는 주제에서 잠시 벗어났다. "나라면 이걸 사용하지 않을 텐데… 이미 알려진 바이러스와 스파이웨어 등만 인지할 수 있기 때문이죠. 내가 걱정하는 건 이미 알려진 게 아니니까요. 테리의 노트북에는 안티 바이러스, 안티 스파이웨어, 안티 스팸, 안티 피싱, 방화벽… 그리고 무선 PC 방어 프로그램까지 있네요."

"이례적인 경우인가요?" 버거가 관자놀이를 가볍게 누르며 물었다.

"일반적인 사용자로서는 그렇죠. 테리는 보안에 관해 신경을 쓰는 편이었어요. 하지만 당신과 나 정도로 신경 쓴 건 아니에요. 여기 있는 걸 보면, 해킹이나 개인정보 도용을 걱정했지만 프로그래머 수준은 아니어서, 대부분의 사람들처럼 값만 비싸고 평판만큼 쓸모는 없는 일반 소프트웨어에 의존하고 있었어요."

"테리와 오스카 베인, 두 사람 다 편집증을 갖고 있었을지도 몰라요." 버거가 말했다. "둘 다 납치당할지도 모른다고 두려워했어요. 아무튼 오스카가 두려워한 건 분명해요. 지난달에 전화해서 마리노와 유감스러운 대화를 나누었을 때, 그 점을 강력히 주장했어요. 그건 마리노의 실수가 아니었어요. 똑같은 상황이 다시 재현된다면 난 오스카 베인의 전화를 받지 않을 거예요."

"당신이 그 전화를 받았다 해도 사정이 달라졌을지 의문이에요." 루시가 말했다.

"표면적으로는 매일 걸려 오는 장난 전화와 그리 다르지 않았어요." 버거가 말했다.

"유감이에요. 당신이라면 달리 처리할 수 있었을지도 모르죠."

키보드를 치는 루시의 손은 강인했고 우아했다. 화면에 열어 둔 프로그램 창을 닫고 깊은 공간을 복원하자, 분해된 텍스트가 그 사이를 움직이면서 없어진 부분을 찾아냈다. 버거는 루시의 손에 눈길을 주지 않으려고 애썼다.

"녹음한 걸 들으면 완전히 이해가 갈 거예요." 버거가 설명했다. "오스카는 미치광이처럼 떠벌렸고, 히스테리에 걸린 것 같았어요. 자신의 뇌가 어떤 사람이나 단체한테 전자파를 이용해 조종당하고 있다는 말을 반복했어요. 지금까지는 어떻게든 조종당하지 않고 버티고 있지만 저들이 자신의 일거수일투족을 감시하고 있다고 했고요. 사실, 난 지금 누군가가 나한테 똑같은 짓을 하는 느낌이에요. 미리 사과할게요. 지금처럼 이렇게 머리가 아픈 적은 거의 없었거든요. 이런 두통을 느끼지 않으려고 죽을힘을 다해 애쓰니까요."

"컴퓨터 멀미 느낀 적 있어요?" 루시가 물었다.

"그게 뭔지도 잘 몰라요." 버거가 대답했다.

"멀미는요?"

"멀미는 해요. 움직이는 차 안에서는 아무것도 볼 수 없는데, 어렸을 땐 놀이동산에 가면 항상 구토를 했어요. 지금 그 기억을 다시 떠올리고 싶진 않군요."

"나와 비행할 일은 없을 것 같네요."

"경찰 헬리콥터는 괜찮아요. 출입문을 열어 두지만 않으면."

"방향 감각을 잃거나, 메스꺼움을 느끼거나, 현기증 혹은 발작이나 편두통을 겪는다면 일반적으로 가상현실과 상관이 있어요." 루시가 말했다. "하지만 컴퓨터 화면에 나타나는 움직임만 봐도 그럴 수 있어요. 이런 화면만 봐도 그럴 수 있지요. 난 다행히 그런 영향을 받지 않으니 행운아인 셈이죠. 하루 종일 실물 크기의 충돌 시뮬레이션을 봐도 전혀 불편하지 않거든요. 버지니아 랭글리 연구 센터에서 검사 로봇을 해도 될 거예요. 진작 그 일을 직업으로 삼았어야 했는데…."

루시는 의자에 몸을 기대며 청바지 앞주머니에 손을 찔러 넣었다. 몸매를 드러낸 채 앉아 있는 그녀의 모습을 보자 버거는 마치 도발적인 그림이나 조각 작품과 마주하는 것 같았다.

"자, 이렇게 하도록 해요." 루시가 말했다. "뭔가를 봐야 할 경우에만 모니터를 보도록 해요. 상태가 계속 나빠지면 당신이 봐야 할 데이터를 스풀해 줄 건데, 그러면 정지 상태의 워드 프로세싱 포맷으로 볼 수 있어요. 심지어 내 오랜 룰을 깨고, 프린트를 해 줄게요. 아무튼 모니터는 쳐다보지 말아요. 노트북에 백신 소프트웨어가 있다던 얘기로 되돌아가 보죠. 오스카의 집에서 사용하는 컴퓨터에도 같은 백신 소프트웨어가 있는지, 그 소프트웨어를 구입한 사람이 바로 오스카 베인인지 확인해야 할 거예요. 우리가 오스카의 아파트 안에 들어갈 수 있죠?"

루시는 계속 '우리'라고 말했고 버거는 어떻게 '우리'가 될 수 있는지 이해할 수 없었다. 루시와 '우리'가 되는 건 터무니없는 일이라고 마음속으로 계속 중얼거렸고, 그래서는 안 된다고 스스로에게 말했다.

버거가 눈을 감고 관자놀이를 문지르며 말했다. "테리가 케이에 대한 자료 수집을 계속해 왔다고 쉽게 가정할 수 있어요. 그럴 때, 오스카는 그러하지 않았다고 어떻게 단정할 수 있죠? 어떤 이유에서든 이것들이 오스카의 노트북일 수도 있고, 자신이 사용하는 컴퓨터를 테리의 아파트에 보관했을 수도 있어요. 그리고 지금 당장 그의 컴퓨터를 확인해 볼 수도 없어요. 그의 아파트에 어떤 컴퓨터가 있든 말이죠. 오스카한테 컴퓨터를 확인해도 좋다는 동의를 얻지도 못했고, 그럴듯한 명분도 없으니까요."

"노트북에서 그 사람의 지문이 나왔나요?"

노트북들은 근처 책상 위에 있었고, 두 대 모두 서버에 연결되어 있었다.

"아직 몰라요." 버거가 대답했다. "하지만 지문이 나왔다고 해도 꼭 뭔가를 입증할 수 있는 건 아니에요. 왜냐하면 오스카는 테리의 아파트를 주기적으로 들락거렸으니까요. 사실상 우린 이 논문 작업을 누가 했는지 몰라요. 하지만 확실한 건 케이에게 초점이 맞춰져 있다는 거죠. 당신도 그 점을 분명히 했고요."

"초점이 맞춰져 있는 것 이상이에요. 지금 어떤 과정을 하고 있느냐면, 각주를 분류하고 있어요. 그리고 이런저런 내용과 날짜를 확인 중인데, 각주는 이모의 글에서 인용된 것과 일치하는 것으로 보여요."

"테리가 케이와 인터뷰를 했단 말이에요?"

"누군가가 인터뷰를 한 것 같아요. 눈은 계속 감고 있어요. 당신이 꼭 컴퓨터를 봐야만 일이 되는 건 아니니까요. 참고 문헌으로 분류하고 있는데, 그중 수천 개는 괄호 안에 넣었고, 동일한 논문의 여러 초안에서 인용한 거예요. 그리고 괄호 안에 넣은 참고 문헌은 여러 시기에 걸쳐 진행된 인터뷰 내용의 일부인데, 이모와 인터뷰한 거라고 주장하고 있어요."

버거가 눈을 뜨자, 분리된 단어들과 문장들이 여전히 움직이면서 다시 연결되고 있었다.

"CNN이나 신문과 진행한 인터뷰를 베낀 걸로 보여요." 버거가 자신의 생각을 제시했다. "그리고 당신 말이 맞아요. 다음에 다시 물어볼게요. 머리가 어지러운데, 뭐가 문제인지 모르겠어요. 그만 가 봐야겠어요."

"베낀 것일 리가 없어요." 루시가 말했다. "인용문 전체를 다 베낀 건 아닐 거예요. 시기적으로 보아 그럴 리가 없어요. '스카페타, 11월 10일' 그리고 '스카페타, 11월 11일' 그리고 '12일'과 '13일'이라고 적혀 있어요. 절대 그럴 리 없어요. 테리는 이모와 인터뷰한 적 없고, 아무와도 인터뷰하지 않았어요. 이건 엉터리예요."

모니터의 화면이 마치 가장 가까운 친구라도 되는 양 쳐다보면서 논쟁하는 자신의 모습을 자각하자, 문득 루시는 형언할 수 없을 정도로 기분이 이상해졌다.

버거는 책상 밑에서 코를 골며 자고 있는 제트 레인저를 발견했다.

"나흘 연속으로 진행된 네 차례의 인터뷰에 대한 참고 문헌도 있어요." 루시가 말했다. "그리고 여기에는 사흘간 지속된 인터뷰도 있어요. 내가 말하려던 게 바로 이거예요. 이모는 뉴욕에 와서 TV와 매일 인터뷰한 적도 없고, 더구나 신문 인터뷰는 거의 하지 않아요. 그리고 그게 여기에 있다고요? 그건 말도 안 돼요."

버거는 의자에서 일어나 작별 인사를 할까 생각했지만, 지금 당장 택시를 탈 생각을 하자 견딜 수 없었다. 속이 메스꺼울 것 같았다.

"추수감사절에? 말도 안 돼." 버거가 보기에 루시는 컴퓨터에 나타난 데이터와 언쟁을 벌이고 있는 것 같았다. "추수감사절 때 우린 매사추세츠에 함께 있었어요. 이모는 CNN에 출연하지도 않았고, 신문 기자와 인터뷰하지도 않았어요. 대학원생과의 인터뷰는 말할 것도 없고요."

17 파트너

차가운 바람이 매섭게 불어왔고,
하늘 높이 떠 있는 자그마한 반달이 안치소로 걸어가는 스카페타와 벤턴을 비추고 있었다.

인적이 드문 보도에는 간혹 생기 없는 표정의 사람들이 지나다닐 뿐이었다. 한 청년은 마리화나를 말고 있었고, 또 다른 청년은 체온을 유지하려는 듯 벽에 기대어 있었다. 등 뒤편에서 자신을 향한 시선을 느낀 스카페타는 왠지 마음이 불안했다. 사람들에게 노출된 것 같았고, 불편했다. 옆으로 지나가는 노란 택시의 지붕 광고에는 은행과 금융 기관, 대출 기관 등의 광고가 보였는데, 사람들이 연휴 경비 때문에 경제 문제에 직면한 크리스마스 직후라 더한 것 같았다. 〈고담 갓차〉 광고가 실린 버스가 지나가자 스카페타는 날카로운 비수로 폐부를 찔린 듯 분노가 일었다.

이내 두려움이 밀려왔다. 벤턴이 그걸 알아채 손을 잡아 주었고, 둘은 함께 걸었다.

"결국 이렇게 됐어요." 스카페타가 가십 칼럼을 생각하며 말했다. "거의 이십 년 동안 사람들의 이목을 피하며 잘해 왔는데, 이제 CNN에도 나왔고, 이렇게 되어 버렸어요."

"그렇지 않아." 벤턴이 말했다. "상황이 이렇게 된 것뿐이야. 물론 정당하지 않아. 하지만 늘 어떤 것도 정당하지 않지. 그게 우리가 지금 여기까지 오게 된 이유고. 우린 '정당하지 않은 것'의 전문가들이지."

"한 번 이상은 불평하지 않을게요." 스카페타가 말했다. "당신 말은 절대적으로 옳아요. 안치소 안으로 걸어 들어가는 것과 실려 들어오는 건 완전히 달라요."

"원하는 만큼 불평해도 괜찮아."

"고맙지만 괜찮아요." 스카페타는 남편의 팔을 가까이 당기며 말했다. "이제 모두 끝났어요."

지나가는 자동차의 불빛이 예전 벨뷰 정신병원의 텅 빈 유리창을 비추고 지나갔고, 그 건물의 철제 출입문 맞은편에 있는 파란색 벽돌 건물인 법의국에는 유리에 선팅을 한 흰색 밴 두 대가 주차되어 있었다. 두 차량은 곧이어 서글픈 임무를 수행하게 될 것이었다. 벤턴은 입구 맨 위 계단에 올라가 추위 속에서 초인종을 눌렀다. 기척이 없어 초인종을 계속 누르는데 조바심이 났다.

"레스터 박사는 이미 떠난 게 틀림없어." 벤턴이 말했다. "아니면 나타나지 않기로 마음먹었거나."

"그건 별로 재미없을 거예요." 스카페타가 말했다. "박사는 사람들을 기다리게 하는 걸 좋아하죠."

사방에 카메라가 설치되어 있었다. 스카페타는 레노라 레스터 박사가 자신들을 모니터로 지켜보며 즐거워할 모습을 상상했다. 몇 분이 지나 벤턴이 막 떠나려는 순간, 레스터 박사가 유리 현관문 너머에 나타나 건물 안으로 들어올 수 있도록 문을 열어 주었다. 박사는 긴 초록색 수술 가운을 입은 채 둥근 철제 안경을 쓰고 있었고, 희끗한 머리를 핀으로 올려 고정시킨 모습이었다. 그녀의 얼굴은 평범했고, 코 윗부분과 이마 사이에 깊이 파인 주름 외에는 얼굴에 주름이 없었다. 자그마한 검은 눈동자는 자동차를 피하는 다람쥐처럼 기민했다.

무미건조한 로비의 안쪽 벽에는 그라운드 제로의 사진이 벽을 채우다시피 걸려 있었고, 레스터 박사는 스카페타와 벤턴이 마치 처음 방문한 것처럼 자신을 따라오라고 말했다.

박사는 두 사람보다 약간 앞서 걸으면서 평소처럼 벤턴에게 말했다.

"지난주에 당신 이름이 거론되었어요. FBI가 어떤 사건 때문에 여기에 왔죠. 요원 두 명과 콴티코에서 온 프로파일러 한 명도 왔어요. 어쩌다 〈양들의 침묵〉 이야기가 나왔는데, 당시 당신이 행동과학 연구 팀의 책임자였다는 사실이 떠오르더군요. 당신이 영화의 주요 컨설턴트 아니었나요? 그 사람들이 아카데미에서 며칠 동안 머물렀어요? 안소니 홉킨스와 조디 포스터는 어땠어요?"

"어딘가에서 사건을 담당하고 있었어요." 벤턴이 말했다.

"유감이군요." 레스터 박사가 벤턴에게 말했다. "당시 할리우드는 우리에 대해 꽤 신선한 관심을 갖고 있었는데, 여러 가지 측면에서 좋은 일이었죠. 대중들은 우리가 어떤 사람들이고 어떤 일을 하는지에 대해 우스꽝스러운 편견들을 갖고 있었으니까요."

스카페타는 〈양들의 침묵〉이 병적인 이야기를 몰아내는 데 도움을 주지 않았다고 말하려다 참았다. 나방이 나오는 그 유명한 장면은 현대적인 부검실이 아닌 장의사(葬儀社)에서 촬영된 것이었다. 그림 리퍼(Grim Reaper: 죽음의 신. 해골 모습에 긴 망토를 걸치고 큰 낫을 든 가상적 존재 - 옮긴이)가 법정 병리학자에 관해 갖고 있던 편견에 부합하는 사람이 있다면 그게 바로 레스터 박사이겠지만, 스카페타는 그 말을 입 밖으로 내뱉지는 않았다.

"지금은 어떤 줄 알아요? TV 프로그램이나 영화에 관해 컨설팅을 해 달라는 전화가 오지 않는 날이 없을 정도예요. 소설가와 시나리오 작가, 프로듀서와 감독들한테서 연락이 오죠. 모두들 부검을 지켜보고, 범죄 현장을 자세히 둘러보고 싶어 해요. 이젠 정말이지 신물이 나요."

레스터 박사가 빠르게 계단을 오르자, 그녀가 입은 긴 가운이 무릎 위로 펄럭거렸다.

박사가 말했다. "이번 사건은 어떻겠어요? 벌써 전화가 왔고, 앞으로 열두 통은 더 올 게 분명해요. 그 이유는 희생자가 난쟁이이기 때문일 거예요. 사실 난쟁이는 처음인데, 무척 흥미로워요. 척추전만증이 약간 있고, 다리가 휘었고, 이마에 돌기가 있어요. 그리고 뇌가 계속 커지는 증상이 있고요." 박사는 스카페타가 그 증상에 대해 모르는 것처럼 덧붙여 설명했다. "왜소발육증을 가진 사람들에게 일반적으로 나타나는 증상으로, 지능에는 영향을 미치지 않죠. IQ 검사에서는 일반 사람들과 다르지 않아요. 그러니까 희생자가 어리석었던 건 아니고, 그 점에 대해선 탓할 수 없어요."

"무슨 말을 하려는 건지 잘 모르겠군요." 벤턴이 말했다.

"이 사건은 단순히 마주하는 것 이상일 수 있어요. 당신이 생각하는 게 아닐 수도 있죠. 현장 사진을 이미 봤을 테니, 이제 부검하는 동안 찍은 일련의 사진을 보여줄게요. 끈으로 목을 졸려 죽은 전형적인 질식사예요. 살인사건으로 가정한다면 말이죠."

"가정을 한다고요?" 벤턴이 물었다.

"이렇게 이례적인 사건에서는 모든 가능성을 열어 둬야 하죠. 희생자는 체구가 작아서 평범한 사람 같으면 아무 상관없을 상황에도 취약했어요. 키는 125센티, 체중은 40킬로그램이었어요. 거친 섹스와 같은 사고라면, 위험한 상황에 처하게 될 가능성이 더 높죠."

스카페타가 말했다. "몇몇 사진들에서 테리의 다리에 핏자국과 타박상이 있는 걸 봤어요. 하지만 그것만으로 어떻게 거친 섹스를 했다고 가정할 수 있죠?"

"억제가 안 되는 상태에서 손으로 때렸을 수도 있는데, 예전에도 그런 걸 본 적 있어요. 상황이 너무 지나쳐 채찍으로 때리고, 발로 차고, 다른 가학적인 행동을 하는 거죠."

그들은 행정부서가 있는 층으로 올라갔다. 바닥은 오래된 회색 리놀륨 타일이었고 문은 밝은 빨간색이었다.

"방어하다 생긴 것으로 보이는 상처 자국은 없었어요." 레스터 박사가 말을 이었다. "희생자가 살해되었다면, 범인이 단박에 제압한 게 분명해요. 총이나 칼로 위협했을 수도 있고요. 희생자는 시키는 대로 했어요. 하지만 어젯밤 희생자와 남자친구 혹은 함께 있었던 다른 남자가 계획대로 되지 않은 섹스 게임을 벌였을 가능성을 배제할 수 없어요."

"박사님 표현대로 그들이 섹스 게임을 벌였을 거라고 생각할 만한 특정한 증거라도 있나요?" 벤턴이 물었다.

"우선 범죄 현장에서 발견된 걸 보세요. 희생자는 섹스를 할 때 역할극을 하는 걸 좋아한 것 같아요. 그리고 더 중요한 건, 사전에 계획된 강간 사건에서 일반적으로 범인은 희생자의 옷을 벗기죠." 레스터 박사는 발걸음을 늦추지 않고 이야기를 계속했다. "억지로 옷을 벗기고 자신이 할 일을 기대하면서 희열을 느끼는 거죠. 그러고 나서 범인은 희생자를 묶었을 거예요. 먼저 그녀를 묶고 나서 실내복과 브래지어를 잘라내는 데 어려움을 겪은 건, 내가 보기에 섹스 게임처럼 보여요. 더구나 희생자가 섹스에 관한 환상을 즐겼다면 더더욱 그럴 거예요. 내가 들은 바에 따르면 희생자는 섹스를 좋아했어요."

"사실, 그녀를 끈으로 묶고 나서 옷을 잘랐다면 먼저 옷을 벗긴 것보다 훨씬 더 공포를 불러일으켰을 거예요." 벤턴이 말했다.

"구차한 변명이지만, 법정 심리학 혹은 프로파일링의 문제는 바로 개인적인 의견에 기반을 두는 것에 있어요. 개인에 따라 공포를 불러일으키는 것이 흥분을 불러일으킬 수도 있으니까요."

"제가 하는 말이 저의 개인적인 의견에 기반을 두고 있을 땐 꼭 알려드리도록 하죠." 벤턴이 말했다.

*

버거는 법률 관련 서류에 메모를 하는 루시의 팔이 그녀에게 가볍게 와 닿는 걸 느꼈다. 밝은 흰색의 조각난 데이터들이 지나갔다. 화면을 쳐다보니 눈이 아팠고, 통증이 뒤따랐다.

"얼마나 복원할 수 있을 거라 생각해요? 거의 전부?" 버거가 물었다.

"네." 루시가 대답했다.

"이 초안이 일 년 전에 쓰인 거라는 게 확실해요?"

"적어도 일 년 전일 텐데, 복구 작업을 마친 후에 구체적으로 말씀드릴 수 있을 거예요. 그녀가 저장한 첫 번째 파일을 찾아야 해요. 이 글을 누가 썼는지 잘 모르면서도 계속 '그녀'라고 말하고 있군요."

루시의 눈동자는 선명한 초록색이었다. 버거와 눈이 마주칠 때면 강렬한 눈빛으로 지그시 쳐다보았다.

"그녀가 나와 같은 방식으로 파일을 저장한 것 같진 않아요." 버거가 화면을 자세히 살피며 말했다. "다시 말해서, 그녀는 컴퓨터 대리점에서 설치해 준 것이든 아니든 이 백신 소프트웨어의 제공자에 대해 별로 조심하지 않은 것 같아요. 예를 들어, 난 사건을 맡을 때마다 복사해서 새로운 제목을 붙이거든요."

"그렇게 하는 게 옳아요." 루시가 말했다. "하지만 그녀는 굳이 번거롭게 그렇게 하지 않았어요. 수정할 때마다 똑같은 파일에 덮어 씌우기를 한 거죠. 어리석은 방식이지만, 세상 사람들 중 절반이 그렇게 하죠. 다행스럽게도, 그녀가 수정을 하고 똑같은 파일을 새로 저장할 때마다의 날짜 기록이 남아 있어요. 문서 리스트를 볼 때엔 나타나지 않지만 여기엔 도처에 기록돼 있어요. 컴퓨터는 날짜를 찾아낼 거고, 날짜에 따라 분류해 패턴 분석을 할 거예요. 예를 들어, 하루에 그녀가 몇 차례 수정하고 똑같은 파일을 저장했는지, 그리고 석사 학위 논문 파일일 경우에는 이 사람이 무슨 요일에 또 어느 시기에 작성했는지 같은 것들이요."

버거는 메모를 하면서 말을 받았다. "그녀가 어디서 언제 했는지 그리고 어떤 습관이 있는지에 대한 단서를 찾을 수도 있겠군요. 그러면 그녀가 누구와 함께 있었는지도 알 수 있을 거예요. 예를 들어, 그녀는 오스카를 만난 토요일 밤을 제외하고 대부분의 시간을 아파트에서 글을 쓰면서 보냈을 수도 있을 거예요. 혹은 글을 쓰러 다른 곳에 갔을 수도 있을 거고요. 심지어 다른 사람의 집에 갔을 수도 있겠죠. 우리가 잘 모르는 다른 사람이 있지 않을까요?"

"그녀가 마지막으로 키보드를 두드렸던 순간까지 일정을 파악할 수 있어요." 루시가 말했다. "하지만 어디서 일했는지는 알 수 없어요. 이메일을 통해 IP 주소를 알아낼 수 있지만, 인터넷 카페 같은, 이메일을 사용하지 않는 사이트에 가입했을 수도 있어요. 그녀의 워드 프로세싱 파일에 대해서는 추적할 수 있는 게 아무것도 없어요. 그녀가 항상 집에서 논문을 썼다고 단정할 수는 없죠. 도서관을 이용했을 수도 있고요. 혹은 오스카가 여자친구는 항상 아파트에서 글을 쓴다는 걸 알고 있었을지도 몰라요. 그가 진술한 게 사실이라고 가정한다면 말이죠. 오스카가 이 논문을 쓴 장본인일 수도 있어요. 당신에게 그 사실을 계속 상기시켜 줄 거예요."

"경찰들은 테리의 아파트에서 연구 과제물을 찾아내지는 못했어요." 버거가 말했다.

"요즘은 대부분 자료를 전자 파일로 보관하고, 종이 자료는 잘 갖고 있지 않죠. 사람들 중엔 반드시 필요한 경우가 아니면 절대 종이에 인쇄하지 않는 사람도 있어요. 나도 그중 하나고요. 난 종이에 흔적을 남기는 걸 그다지 좋아하지 않거든요."

"케이는 테리 혹은 다른 사람이 수집하고 쓴 글이 얼마나 정확한지 분명히 알 거예요." 버거가 말했다. "모든 초안을 완전히 다시 만들어 낼 수 있나요?"

"다시 만들어 낸다기보다 여기 있는 걸 복원할 수 있다고 표현하는 게 더 적절할 거예요. 지금 컴퓨터가 저서 목록에 따라 분류하고 있어요. 테리가 파일에 들어가거나 수정했을 때, 혹은 내용을 바꾸었을 때마다 똑같은 파일의 새로운 버전이 만들어졌어요. 그래서 똑같은 문서로 보이는 수많은 복사본이 보이는 거죠. 아, 눈을 감고 있으니 보이지는 않겠군요. 몸은 어때요?"

루시는 고개를 돌려 버거를 똑바로 쳐다보았다.

"잘 모르겠어요." 버거가 말했다. "이제 떠나야 할 것 같아요. 이 일에 관해서 알아내야 해요."

"모든 걸 알아내려 애써 노력하지 말고 기다리면서 내가 하는 걸 지켜보는 게 어때요? 물론 이제 시작이라 시간이 좀 걸려요. 하지만 떠나지는 말아요. 부탁이에요."

두 사람은 의자에 나란히 앉아 있었다. 루시가 키보드를 치는 동안 버거는 메모를 했고, 제트 레인저가 그들이 앉아 있는 의자 사이로 커다란 머리를 불쑥 들이밀었다. 버거는 개를 쓰다듬어 주었다.

"이제 다양한 법의학 원칙과 지문, DNA와 증거물 등에 따라 분류할 거예요. 그렇게 해서 '법의학'이라는 폴더에 복사할 거예요." 루시가 말했다.

"어떤 파일에 다른 파일을 덮어 씌워서 대체하면, 이전 복사본은 영원히 사라진다고 들었어요." 버거가 말했다.

바로 그때, 사무실 전화벨이 울렸다.

"날 찾는 전화예요." 버거가 말했다. 그리고 전화를 받지 못하도록 루시의 손목을 잡았다.

18 중대한 갈등

레스터 박사의 사무실 벽면에는 액자에 넣은 학위증, 졸업장, 추천서, 그녀가 안전모를 쓰고 흰색 방호복을 입고 세계 무역 센터의 폐허 속에서 잔해를 발굴하고 있는 사진 등이 빼곡히 걸려 있었다.

박사는 9·11 테러의 일원이 된 것에 자부심을 느꼈다. 개인적인 동요가 있는 것 같지는 않았다. 하지만 스카페타는 달랐다. 고고학자처럼 수천 개의 진흙 더미를 손으로 직접 확인하고 개인 소지품, 시신의 일부, 치아, 뼈 등을 찾아내며 워터 스트리트 복원 사이트에서 여섯 달을 보낸 이후, 그녀는 그리 잘 지내지 못했다. 사진을 액자에 넣어 걸어 두지도 않았고, 파워포인트 프레젠테이션도 하지 않았다. 그 일에 관해 말하고 싶지도 않았고, 그 어느 때보다 상심했다. 희생자들이 죽음의 순간에 느꼈을 공포가 그들이 있었던 곳에 독기로 굳어져서, 시신의 잔해가 남겨진 곳에 되살아난 것 같았다. 그 잔해는 나중에 자루에 담겨졌고, 번호가 매겨졌다. 스카페타는 그것에 대해 조금도 설명할 수 없었고, 남들에게 자랑하거나 떠벌릴 일이 아니라고 생각했다.

레스터 박사는 책상에서 두꺼운 봉투를 꺼내어 벤턴에게 건네주며 말했다.

"부검 사진, 내가 예비로 작성한 부검 감정서, DNA 분석 자료예요. 마이크에게서 얼마나 많은 자료를 받았을지 모르겠네요. 그 친구가 가끔 다른 데 정신을 팔고 있어서요."

레스터 박사는 모랄레스가 가까운 친구인 양 말했다.

"경찰은 살인사건으로 규정하고 있어요." 벤턴이 말했다. 그리고 봉투를 열지 않고 보란 듯이 스카페타에게 건네주었다.

"결정하는 건 경찰들의 소임이 아니죠." 레스터 박사가 대꾸했다. "마이크는 그렇게 규정하지 않을 게 분명해요. 혹은 그렇다 해도 그 친구는 내 입장을 잘 알죠."

"버거는 뭐라고 하던가요?" 벤턴이 물었다.

"그녀 역시 결정을 내리지 않고 있어요. 사람들은 자신의 차례를 기다리며 힘든 시간을 보내고 있어요. 나는 이 분야에서 평생 일할 운명인 사람들은 절대 서두르는 법이 없다고 입버릇처럼 말해 왔어요. 우리들이 왜 서둘러야 하는 거죠? 난 지금 죽음의 방식에 대해 결론을 내리지 못하고 고심 중인데, 특히 DNA에 대해서 그래요. 예전 같으면 이 사건에 대해 그저 확신을 내리지 못했던 거겠지만, 지금은 지옥의 변방에 있는 셈이에요."

"그렇다면 가까운 시일 내에 결론을 내리지는 못하겠군요." 벤턴이 말했다.

"내가 할 수 있는 건 아무것도 없어요. 다른 사람들을 기다리고 있을 뿐이죠." 레스터 박사가 말했다.

그건 스카페타가 전혀 듣고 싶지 않은 말이었다. 오스카의 구속을 용인해 줄 증거물도 없었고, 그는 법적으로 범죄를 저지르지도 않았다. 아주 오랫동안 벤턴에게 비밀을 유지해야 할지도 몰랐다.

레스터 박사가 사무실을 나오며 말했다. "예를 들어, 희생자의 질에서 일종의 윤활제가 나왔어요. 살인사건에서는 흔치 않은 경우죠."

"누군가가 이 사건에서 윤활제에 관해 언급한 건 이번이 처음이에요." 스카페타가 말했다. "내가 본 어떤 예비 보고서에도 그에 관한 언급은 없었거든요."

그러자 레스터 박사가 대답했다. "CODIS에 있는 DNA 프로필이 단지 숫자에 불과하다는 걸 알 거예요. 그리고 내가 항상 말했던 것처럼 필요한 건 숫자상의 오류뿐이에요. 그러면 염색체의 위치가 완전히 달라지기 때문이죠. 유전 표지(유전학적 해석에서 표지로 사용되는 유전자-옮긴이)에서 한 가지만 누락돼도 심각한 문제가 생기죠. 여기 나타나 있는 것도 컴퓨터 오류 때문에 극히 드물게 나타나는 잘못된 양성 반응일지 몰라요."

"극히 드물다고는 해도 잘못된 양성 반응이 나오지는 않아요." 스카페타가 말했다. "성폭행을 당한 희생자가 한 명 이상인 사건이거나, 윤활제 같은 물질의 접촉을 통해 여러 사람이 교차 감염되어 DNA가 뒤섞인 상황이라고 해도 마찬가지예요. 예를 들어, 여러 사람의 DNA 프로필이 뒤섞인다 해도, 그게 팜비치 여인의 프로필과 마법처럼 일치하지는 않을 거예요."

"맞아요. 윤활제 때문에 또 다른 설명이 가능할 수도 있어요." 레스터 박사가 말했다. "당신이 제안한 교차 오염도 가능할 거고요. 정액을 남기지 않는 매춘업 종사자이기 때문에 남성 혹은 여성일 수도 있어요. 어떤 사람이 결국 이곳에 오게 된다면, 여기로 올 때까지 그 사람이 어떻게 살아왔는지 우리가 뭘 알겠어요? 그렇기 때문에 어떤 사건이 살인사건인지, 자살인지, 사고사인지 섣불리 판단하지 않는 거예요. 모든 사실이 밝혀질 때까지 말이죠. 난 내가 일임한 후에 놀라운 사실이 밝혀지는 걸 좋아하지 않아요. 보고서에 따르면, 정액은 검출되지 않았다는 사실을 당신도 분명히 봤을 거예요."

"들어 보지 않은 건 아니에요." 스카페타가 말했다. "이례적인 건 아니죠. 성폭행 때 윤활제를 사용한다는 얘기를 들어 보지 않은 것도 아니고요. K-Y 젤리, 바셀린, 선블록, 심지어 버터를 사용하기도 하죠. 지금껏 어떤 것들까지 봐 왔는지 길게 리스트업해서 보여줄 수도 있어요."

레스터 박사를 따라 또 다른 복도로 들어가자, 법의학자들을 '시신 절단자들'이라고까지 부르던 수십 년 전에 지어진 건물이 이어졌다. 불과 얼마 전까지만 하더라도 과학과 죽은 자들 사이에는 ABO 혈액형과 지문, 엑스레이 등을 제외하고는 공통점이 거의 없었다.

"희생자의 몸속이나 피부 표면, 욕조에서 발견된 옷에서도 정액은 발견되지 않았어요." 레스터 박사가 말했다. "범행 현장에서도 마찬가지였고요. 물론 그들은 내가 한 것처럼 UV 라이트를 사용했어요. 불빛을 비췄을 때도 정액처럼 밝게 흰색으로 반짝이는 건 전혀 없었어요."

"성폭행을 저지르면서 어떤 범인들은 콘돔을 사용해요." 스카페타가 말했다. "모두들 DNA에 대해 아는 요즈음은 더더욱 그렇고요."

*

어두운 화면을 가로지르는 깨진 데이터들이 마치 잡힐까 봐 두려워 도망치듯 무서운 속도로 다시 달라붙었다.

버거는 사이버 공간에 익숙해지고 있는지도 몰랐다. 신기하게도 두통이 사라졌다. 아드레날린이 치료제 역할을 했는지도 몰랐다. 누군가에게 당하는 걸 좋아하지 않기 때문에 상대방을 공격해야 할 것 같았다. 모랄레스에게 당하고 싶지 않았고, 루시라면 더더욱 그랬다.

"이메일부터 시작해야 해요." 마리노가 전화한 후로, 버거는 벌써 여러 번 이 말을 하고 있었다.

루시는 마리노에 관해서도, 그가 뭘 하고 있는지에 대해서도 전혀 관심이 없었고, 이메일을 확인해야 한다는 버거의 말을 귀 기울여 듣지도 않았다. 바로 앞에 패스워드가 있었지만, 테리 아니면 오스카가 썼을지도 모를 논문에 왜 그렇게 이모의 이름이 자주 등장하는지 확실히 알 때까지는 관심을 다른 데로 돌리지 않을 것처럼 보였다.

"난 당신이 지금처럼 지나치게 개인적인 감정으로 일할 것을 걱정했어요." 버거가 말했다. "나도 당신과 같은 걱정을 하고 있어요. 하지만 우린 이메일을 확인해야 하는데, 당신은 이모에 관해 쓴 글만 읽으려 하는군요. 그게 중요하지 않다는 말은 아니지만요."

"지금은 무조건 내가 맞게 해 나가고 있다고 믿어 줘야 해요." 루시가 생각을 바꾸지 않은 채 말했다.

패스워드가 적혀 있는 법률 관련 서류는 루시의 키보드 옆자리에 원래 있던 그대로 있었다.

"기다려요. 한 번에 한 가지씩 해요." 루시가 덧붙여 말했다. "난 당신한테 맡은 사건을 어떻게 진행하라고 말하지 않잖아요."

"나한테 하고 싶었던 말이 그거군요. 난 지금 이메일 계정에 들어가고 싶고, 당신은 이 논문을 계속 읽고 싶어 해요. 당신은 지금 날 돕고 있는 게 아니에요."

"내가 지금 하는 게 바로 당신을 돕는 거예요. 당신에게 미루지 않고, 내 일을 어떻게 하면 좋을지에 대해서 당신 말을 듣지 않는 것뿐이죠. 중요한 건 나한테 어떤 영향을 미치거나 지시하려고 하지 말라는 거예요. 난 내가 뭘 하고 있는지 정확히 알고 있고, 당신이 아직 이해하지 못하고 있는 게 많아요. 당신은 자신이 무엇을, 왜, 어떻게 하고 있는지 알아야 해요. 이 일은 중대한 사건이 될 게 확실한데, 그러면 당신은 질문을 듣고, 공격받게 될 테니까요. 이 사건에 관한 법의학 컴퓨터 수사 부분에 관해 판사와 배심원들 앞에서 설명해야 할 사람은 내가 아니에요. 날 전문가 증인으로 불러들일 수 없는 데에는 적어도 한 가지 분명한 이유가 있을 거예요."

"우린 그 점에 관해 얘기해야 해요." 버거가 퉁명스럽게 말했다.

"관계에 대해서 말이군요." 루시가 말했다.

"당신에 대한 평판이 나빠질 거예요." 버거는 염려하던 바를 말하고, 아마도 그런 사태를 막을 수 있을 기회를 잡았다.

아니면 루시가 제안하려 했던 게 바로 그것일 수도 있었다. 루시는 상황을 거기서 멈추고 싶은 것인지도 몰랐다.

"솔직하게 말하자면 어떻게 해야 할지 모르겠어요." 버거가 말했다. "객관성을 유지할 수 있다면 당신의 의견을 제안해 달라고 부탁할게요. 당신은 자신이 사적으로 개입되었다는 걸 모른 채 일을 시작했고, 이젠 이 일을 계속하고 싶지 않을 수도 있어요. 그만 멈추는 게 낫겠다는 걸 깨닫고, 나와 악수를 나누고 돌아서서 내가 다른 회사를 구하기를 바랄지도 모르고요."

"우리 이모가 개입되어서요? 지금 농담해요? 여기서 관두고 돌아서는 건 최악이에요." 루시가 말했다. "난 절대로 관두지 않을 거예요. 당신이 날 해고하고 싶어 할지도 모르겠군요. 난 당신이 이럴 것에 대해 미리 경고했어요. 그리고 다른 회사는 없다고도 말했고요. 나 혼자 내린 결정이 아니에요."

"다른 사람이 당신의 프로그램을 마무리하게 할 수도 있어요."

"내가 독점하고 있는 소프트웨어를요? 이게 어느 정도의 가치인지 알기나 해요? 그건 날 뒷자리에 앉혀 두고 내 헬리콥터를 운전하는 꼴이고, 다른 사람이 내 애인과 잠자리를 하도록 내버려 두는 거나 마찬가지예요."

"애인도 함께 사나요? 당신은 이곳에 살아요?" 버거는 2층으로 올라가는 계단을 발견했다. "주거 공간에서 일을 하는 건 좋지 않아요. 난 그런 사람들은 아주 높은 수준에 도달할 수 없다고 믿고 있어요."

"제트 레인저는 암호를 모르니 걱정 말아요." 버거가 말했다. "내 말은, 문자 그대로 아무도 내 소프트웨어에 손도 대지 못한단 뜻이에요. 그건 내 거예요. 그리고 암호를 걸어 두었기 때문에 아무도 알아내지 못할 거고요. 내 딴에는 심사숙고해서 한 거예요."

"당신과 나, 우리 두 사람 모두 예상치 못한 중대한 갈등을 만난 거예요." 버거가 말했다.

"만약 당신이 우리가 손을 잡길 원한다면, 난 관두고 싶지도 않고 관두지도 않을 거예요."

버거는 머리가 어지러울 정도로 빠른 속도로 흘러가는 데이터를 자세히 살펴보았다. 그녀는 루시를 쳐다보았다. 루시가 관두는 것을 바라지 않았다.

"날 해고하면 쓸데없이 자신에게 해를 끼치는 꼴일 거예요."

"스스로 다쳐 가면서 당신에게 해를 끼칠 생각은 없어요. 사건을 훼방 놓을 의도도 없고요. 당신이 뭘 원하는지 말해 봐요." 버거가 말했다.

"덮어 쓴 파일을 복구하는 것에 관해 몇 가지를 가르쳐 주고 싶어요. 당신이 지적한 대로 사람들은 그게 가능하다는 걸 깨닫기 못하기 때문이죠. 반대편 변호인이 그 점에 대해 당신을 추궁할 거예요. 당신도 눈치 챘듯이, 유추가 도움이 될 테니 한 가지 들어 볼게요. 당신이 좋아하는 휴양지, 예를 들어 세도나에 들렀다고 가정해 봐요. 어떤 사람과 어떤 호텔에 투숙했다고 상상해 보세요. 쉽게 설명하자면, 그레그와 함께 투숙했다고 쳐요. 당신 기억 속에 여러 이미지, 소리, 냄새, 감정, 촉각이 떠오르는데, 그중 상당수는 의식하지 못하죠."

"그게 무슨 소리예요?" 버거가 물었다.

루시가 이야기를 계속했다. "일 년 뒤 당신과 그레그는 같은 날 주말에, 같은 비행기를 타고 세도나에 가요. 같은 차를 빌리고, 같은 호텔의 같은 객실에 투숙하죠. 하지만 똑같은 걸 경험하지는 않을 거예요. 그 후의 삶에서 일어난 일에 의해 달라지고, 당신이 느끼는 감정, 두 사람의 관계, 당신의 건강 상태, 그의 건강 상태, 당신과 그가 머릿속으로 어떤 생각에 열중해 있는지에 따라 달라질 거예요. 날씨, 재정 상태, 우회로, 호텔 객실 내부 수리 상태, 객실의 꽃꽂이나 베개 위에 놓인 초콜릿 등 아주 사소한 것에 따라서도 달라질 테고요. 의식하지 못하는 사이에 오래된 파일에 동일하지 않은 새로운 파일을 덮어 씌우는데도, 의식적으로는 그 차이점을 알아차리지 못하는 것과 같은 이치죠."

"이 점은 분명히 말해 둘게요." 버거가 말했다. "난 내 생활을 시시콜콜하게 캐거나, 내가 정해 둔 경계선을 넘는 사람을 좋아하지 않아요."

"당신에 관해 뭐라고 썼는지 읽어 봐요. 좋은 내용도 있고 그렇지 않은 내용도 있어요. 위키 백과사전 말예요." 루시가 시선을 고정한 채 말했다. "사람들에게 알려진 정보가 아닌 건 말하지 않을게요. 당신은 그레그와 함께 세도나로 신혼여행을 갔어요. 당신이 좋아하는 곳 가운데 하나죠. 그런데 그레그는 어떻게 지내요?"

"당신에게 나에 관해 조사할 권리는 없을 텐데요."

"내겐 그럴 권리가 있어요. 난 내가 다루는 문제에 관해 정확히 알고 싶었고, 이젠 안다고 생각해요. 비록 당신이 정직하게 제공한 게 많지는 않았지만 말이죠."

"내가 말한 것 가운데 어떤 게 부정직했다고 생각하죠?"

"당신은 말하지 않았어요. 아무 말도 하지 않았죠." 루시가 대답했다.

"당신은 날 믿지 않을 이유가 없어요. 그래서도 안 되고요." 버거가 말했다.

"성역이나 갈등이 있을지도 모른다는 이유로 내가 하는 일을 관두지는 않을 거예요. 당신이 관두라고 명령한다 해도요." 루시가 말했다. "모든 걸 내 서버에 다운로드했으니, 노트북을 가지고 나가고 싶으면 그렇게 해요. 하지만 날 막지는 말아요."

"당신과 싸우고 싶지 않아요."

"그건 현명하지 못한 처사일 거예요."

"날 위협하지 말아요."

"위협하는 게 아니에요. 당신이 얼마나 위협감을 느낄지, 그리고 나를 이 사건과 모든 것에서 떼어내려고 애쓰는 이유를 이해해요. 하지만 사실, 당신은 내가 하고 있는 일을 막을 능력이 없어요. 당신에겐 그럴 능력이 없어요. 우리 이모에 관한 정보가 살해된 여성이 살던 아파트 안에서 발견되었어요. 테리 혹은 다른 사람이 계속 작성하면서 고쳐 나간 논문에서요. '강박적으로' 논문을 썼는데, 그 점이 바로 당신과 내가 염려해야 하는 부분이죠. 다른 사람들이 어떻게 생각할지, 혹은 사람들이 우리를 비난할지의 여부는 염려할 필요 없어요."

"우리한테 뭘 비난한단 말이죠?"

"이해 상충의 문제로 갈등한다고 비난하겠죠. 우리 이모 때문이든 다른 어떤 것 때문이든."

"사람들이 어떻게 생각하는가보다 당신이 어떻게 상상하는가가 더 중요하다고 생각해요." 버거가 말했다. "다른 사람들 생각에 신경 쓰느니, 사람들을 내가 원하는 대로 생각하도록 만드는 게 낫다는 걸 배웠기 때문이에요. 난 그런 데 능해요. 그래야만 했으니까요. 케이가 지금 돌아가는 상황을 모르도록 해야 해요. 그녀와 얘기를 나눠야겠어요."

"이모는 벤턴 아저씨에게 말할 거예요." 루시가 말했다. "그리고 당신에게도 말할 거예요. 이모가 오스카나 테리 브리지스가 어떤 사람인지 알았더라면, 오스카를 검사해 달라는 데 동의하지 않았을 거예요."

"내가 그를 검사해 달라고 요청했을 때, 케이는 사건에 관한 아무런 정보도 받지 않은 상태였어요. 희생자의 이름도 알지 못했고요. 어쩌면 테리에 관해 알고 있었는데, 오스카와 그 방에 들어갈 때까지 희생자가 자기가 알던 그 사람인지 알지 못했을지도 모르죠."

"지금쯤 이모는 어떤 말을 했을 거예요."

"난 당신에 대해 잘 몰라요." 버거가 말했다. "하지만 학생이 석사 논문이나 박사 논문을 쓰는 데 필요한 대상과 연락하려고 노력하지 않았다는 건 이상해요. 테리 브리지스는 케이에 관한 논문을 쓰면서 왜 한 번도 그녀에게 연락하지 않았을까요? 정말 그랬을까요? 아마 연락했을 거고, 케이가 기억하지 못하는 건 관심이 없었기 때문일 거예요."

"이모는 기억할 거고, 적어도 정중하게 거절했을 거예요. 이모는 그 여자를 몰랐어요."

"당신은 이모 문제에 대해 진심으로 객관적일 수 있다고 생각해요? 이 사건을 다룰 수 있다고 생각해요? 아니면 그러고 싶다고 생각하나요?"

"난 할 수 있고, 그러고 싶어요." 루시가 말했다. 바로 그때, 화면에 나타난 것을 보고 루시는 정신이 번쩍 들었다.

다양한 서체와 크기의 'SCARPETTA by Terri Bridges'라는 문구가 화면에 반복적으로 나타나고 있었다.

"표제지에 따라 분류하기 시작했어요." 루시가 말했다. "테리 말예요. 정말 미친 거 아니에요?"

19 인터뷰

안치소의 주차장은 밴이나 응급 차량이 시신을 옮겨 오거나 가지고 나갈 때 주차하기 편리하도록 건물 맨 아래층에 위치해 있었다.

텅 빈 들것들이 늘어서 있는 조용한 복도에 방향제 냄새가 진동했다. 들것들이 지나가는 닫힌 문 너머에는 모아 둔 해골 잔해와 뇌 표본들이 있었고, 유리 너머로 보이는, 시신을 위층으로 올려 보내는 철제 엘리베이터에서는 음산한 소리가 났다. 스카페타는 사랑하는 사람의 마지막 모습을 봐야 하는 사람들에 대해 각별한 동정심을 가지고 있었다. 그녀가 일한 모든 안치소의 유리는 깨지지 않는 것으로 되어 있었고, 조문하는 곳은 세련되게 꾸며져 있었는데, 거기에 풍경화를 걸거나 화분을 두어 생기가 있게 하였다. 그리고 상실감에 빠진 이들 곁에 반드시 보호자가 있게끔 하였다.

레스터 박사는 벤턴과 스카페타를 분해실로 안내했다. 분해실은 대개 심하게 부패했거나, 방사능에 노출되었거나, 감염된 유해를 두는 곳이었다. 비참함의 특별한 낙인이 그녀를 반갑게 불러들이듯 희미한 악취가 났다. 대부분의 의사들은 분해실에서 일하고 싶어 하지 않았다.

"이 시신을 따로 보관해 둔 이유가 있어요?" 스카페타가 물었다. "만약 그렇다면 우리에게 그 이유를 알려 줄 적절한 타이밍 같군요."

레스터 박사가 스위치를 켜자 머리 위의 조명이 켜지면서 스테인리스스틸 부검 테이블과 외과용 카트 서너 대 그리고 일회용 푸른색 시트로 시신을 덮은 들것 한 대가 환하게 비춰졌다. 작업대에 놓인 대형 평면 모니터에는 비디오 화면으로 건물과 주차장의 모습이 6등분되어 번갈아 가며 나오고 있었다.

스카페타는 벤턴에게 복도에서 기다리라고 말하고는 옆에 있는 탈의실로 들어갔다. 얼굴 마스크와 신발과 머리 덮개를 착용하고 가운을 입었다. 박스에서 보라색 니트릴 고무장갑을 꺼내자, 레스터 박사가 시신을 분해실에 보관한 이유는 대형 냉장고(walk-in refrigerator: 운반하는 사람이 걸어 들어갈 정도의 큰 냉장고-옮긴이)가 때마침 비어 있었기 때문이라고 설명했다. 스카페타는 귀담아 듣지 않았다. 생물학적 위험이 훨씬 적고 악취가 나지 않는 부검실 안에 들것을 넣어 두지 않은 것에 대해서 변명의 여지는 없었다.

스카페타가 시트를 벗기자 부스럭거리는 소리와 함께 창백한 시신이 드러났다. 상체가 길고 머리가 컸으며, 왜소발육증의 특징인 발육이 저하된 팔다리가 드러났다. 그녀가 곧바로 알아차린 사실은 음모를 포함해 몸에 털이 전혀 없다는 거였다. 고통스러운 치료가 뒤따르는 레이저 제모 시술을 받은 것으로 보였는데, 테리가 공포증을 갖고 있었다는 오스카 베인의 진술과 일치하지 않았다. 스카페타는 오스카가 언급했던 피부과 의사를 떠올렸다.

"테리는 이런 상태로 들어온 걸로 추정돼요." 스카페타는 다리 한쪽이 더 잘 보이도록 위치를 바로 잡으며 말을 이었다. "당신이 면도한 건 아니군요."

그녀는 당연히 오스카에게서 들은 정보에 대해서는 말하지 않았다. 절망감이 커졌다.

"확실히 내가 그런 건 아니에요." 레스터 박사가 말했다. "몸에 난 털은 아무 데도 면도하지 않았어요. 그럴 만한 이유가 없었으니까요."

"경찰은 제모에 관해 뭐라고 하던가요? 증인이나 오스카한테서, 아니면 범죄 현장을 통해 제모 시술이나 다른 시술을 받았을 거라는 사실을 알아내지 못했나요?"

"경찰들은 제모를 했다는 사실만 알아냈어요." 레스터 박사가 말했다.

스카페타가 말했다. "그렇다면 테리가 제모 시술을 받으려고 피부과 같은 곳에 갔을 거라고 말한 사람이 아무도 없었겠군요."

"마이크가 뭐라고 하긴 했어요. 이름을 적어 두었는데, 뉴욕에 있는 여의사예요. 그 여의사에게 전화하겠다고 했어요."

"모랄레스가 피부과 여의사에 대해 어떻게 알아냈죠?" 벤턴이 물었다.

"아파트 안에서 청구서가 나왔어요. 내 생각에, 그 친구는 이런저런 청구서와 우편물을 가져가 확인한 것 같아요. 일반적인 수사 과정이죠. 그리고 자연스레 남자친구가 어린아이에 대한 이상성욕자일 거라는 생각을 하게 됐겠죠. 여성의 음모를 제거하는 대부분의 남자들은 어린아이에 대한 이상성욕자니까요. 실행으로 옮기든 그렇지 않든 말이죠."

"제모가 남자친구 때문이라는 게 확실한가요?" 벤턴이 물었다. "테리가 원해서 한 게 아니라는 걸 어떻게 알죠?"

"그러면 사춘기 소녀처럼 보이니까요." 레스터 박사가 말했다.

"테리는 어딜 봐서도 사춘기 소녀처럼 보이지 않아요." 벤턴이 말했다. "음모를 제거한 건 오럴 섹스 때문일 수도 있어요."

스카페타는 외과용 램프를 들것 가까이로 옮겼다. 양쪽 쇄골에서 시작된 Y자 절개는 흉골에서 만나 골반에서 끝났다. 두껍게 꼰 실로 봉합한 모양을 볼 때마다 야구공이 떠오르곤 했다. 얼굴을 잘 보려고 머리의 위치를 움직이자, 두피 아래 톱으로 자른 두개골 상부가 움직이는 게 느껴졌다. 점상출혈(피부 등에서 점상으로 보이는 1~2밀리 직경의 출혈 - 옮긴이) 때문에 테리 브리지스의 얼굴색은 거무스름한 붉은색이었고, 눈꺼풀을 열자 출혈로 인해 공막이 붉게 물들어 있었다.

테리는 자비롭게 죽지도, 즉사하지도 않았다.

끈으로 목을 조르면 산소가 포함된 혈액을 뇌로 공급해 주는 동맥과 정맥에 영향을 끼쳐 산소가 부족해진다. 만약 끈으로 테리의 목을 졸랐다면, 혈액을 짜내는 정맥을 폐색시켜 혈액이 다른 곳으로 가지 못하고 모두 머리로 흘러 들어갔을 것이다. 압력이 올라가자 혈관이 파열되었을 거고, 결과적으로 혈관이 막히면서 경미한 출혈이 여러 군데서 일어났을 것이다. 뇌에 산소가 부족해지고, 결국 대뇌 저산소증으로 사망했을 것이다.

하지만 곧바로 사망한 것은 아닌 듯했다.

스카페타는 카트에서 렌즈와 자를 꺼내어 목에 난 찰과상을 자세히 살폈다. 턱 아랫부분과 목 윗부분에 난 U자 모양의 찰과상은 머리 뒤편에서 양쪽으로 각도가 급격하게 올라갔고, 겹쳐진 끈 자국이 미세하게 보였다. 그녀를 목 조르는 데 사용한 도구는 부드럽고, 날카로운 모서리가 없는 것으로, 두께는 1센티에서 1.5센티 사이인 것 같았다. 스카페타는 예전에도 이런 사건을 본 적 있었는데, 옷이나 다른 탄성 있는 소재를 사용하면 세게 조를수록 도구의 폭이 좁아지고 느슨하게 늦출수록 그 폭이 넓어진다. 스카페타는 벤턴에게 가까이 와 보라고 손짓했다.

"이건 마치 교수형을 당한 것처럼 보여요." 스카페타가 벤턴에게 말했다.

그녀는 목 주변부터 가로로 부분적으로 벗겨지기 시작해서 턱 뼈 뒤쪽에서 멈춘 자국을 살폈다.

"각도를 보면 범인이 테리 뒤편 위쪽에 있었어요. 더 세게 조르기 위해 매듭이나 손잡이 같은 걸 사용한 경우처럼 보이지는 않아요. 끈의 양 끝을 잡고 뒤쪽과 위쪽으로 여러 차례 힘껏 잡아당겼어요. 마치 눈길에 처박힌 차가 앞뒤로 움직이듯 말이죠. 같은 길을 왔다 갔다 하지만 정확하게 똑같은 지점은 아니에요. 그 과정을 몇 차례 했는지 셀 수 있을 수도 없을 수도 있어요. 얼굴에 점상출혈과 충혈이 있고, 교수형을 당했을 때와 비슷하다는 사실을 눈여겨봐요."

벤턴은 렌즈를 통해 들여다보면서 장갑 낀 손으로 목에 난 자국을 만졌다. 그리고 자국이 더 잘 보이도록 목을 다른 쪽으로 돌렸다. 스카페타는 벤턴이 가까이 다가오는 게 느껴졌지만 냄새와 감각 때문에 정신이 산만했다. 차갑고 불쾌한 죽음의 공기와 다르게 벤턴에게선 온기가 느껴졌다. 벤턴이 긴장해 있음을 느끼면서, 스카페타는 테리 브리지스가 목을 여러 번 졸렸을 거라는 확신이 들었다.

"지금 보고 있는 자국으로 보아, 적어도 세 번은 당했을 거예요." 그녀가 덧붙여 말했다.

레스터 박사는 팔짱을 끼고 불편한 표정으로 들것 반대편으로 물러났다.

"범인이 그러고 나서 얼마 후에 테리가 의식을 잃었을까?" 벤턴이 물었다.

"십 초 후일 수 있어요." 스카페타가 대답했다. "끈을 풀지 않았다면 몇 분 후 사망했을 텐데, 내가 보기엔… 범인은 테리가 의식을 되찾게 한 다음, 목 졸라 다시 정신을 잃게 했고, 마침내 목숨이 끊어질 때까지 그 과정을 반복했을 거예요. 혹은 범인이 싫증이 났을 수도 있고요."

"혹은 중단됐을 수도 있겠지." 벤턴이 말했다.

"그랬을 수도 있어요. 하지만 얼굴에 심각한 점상출혈이 있고 소량의 출혈 자국이 많은 것으로 보아, 그 과정을 반복한 건 맞는 것 같아요."

"가학성 변태 성욕이군." 벤턴이 말했다.

레스터 박사가 가까이 다가와 말했다. "혹은 가학성 변태 성욕과 피학대 음란증이 도를 넘어 버린 것일 수도 있겠죠."

"목에 섬유가 남아 있는지 확인했나요?" 스카페타가 레스터 박사에게 물었다. "목을 조른 끈이 어떤 유형인지 알아낼 만한 단서가 있나요?"

"머리칼과 다른 신체 부위에서 찾아낸 섬유를 증거물 분석을 위해 연구실로 보냈는데, 목의 찰과상에서는 섬유를 찾지 못했어요."

스카페타가 말했다. "할 수 있는 모든 걸 신속하게 처리해 주세요. 이건 지나친 가학성 변대 성욕과 피학대 음란증 때문에 생긴 사건이 아니에요. 손목에 메마른 붉은 도랑처럼 깊게 파인 상처를 보면 모서리가 날카로운 무언가로 손목을 매우 힘껏 졸라맸다는 걸 알 수 있어요."

"DNA 채취를 위해 신축성 수갑을 확인할 거예요."

"이건 신축성 수갑으로 생긴 자국이 아니에요." 스카페타가 말했다. "신축성 수갑은 손목에 상처가 나지 않도록 모서리가 둥글게 만들어져 있어요. 내 생각에, 증거물을 이미 보냈을 것 같은데…."

레스터 박사가 스카페타의 말을 잘랐다. "모든 걸 연구소로 보냈어요. 물론 묶는 끈은 여기로 먼저 가져왔어요. 마이크가 나한테 보여줘서, 테리의 손목과 목 주변에 남은 자국과 상관있을 거라고 추측했는데, 그러고는 마이크가 도로 가져갔어요. 하지만 내가 당신에게 준 사진들에 그게 찍힌 게 몇 장 포함되어 있어요."

스카페타는 실망했다. 끈을 실제로 보면서 뭔가 떠오르는 게 있는지 확인하고 싶었다. 클로즈업 사진을 봤지만, 사건 현장 사진보다 더 많은 걸 알아낼 수는 없었다. 오스카가 테리의 손목에서 잘라 냈다고 말한 끈은 너비가 0.64센티의 투명한 나일론 끈이었는데, 뾰족한 끝에서 반대편의 톱니가 있는 곳까지의 길이가 52센티 정도였다. 한쪽 끝은 끝이 갈라져 있었고, 다른 한쪽은 재질이 부드러우면서도 모서리는 날카로웠다. 제조 회사를 알 수 있는 일련번호나 다른 표시가 전혀 없었다.

"일종의 케이블 타이처럼 보이는군." 벤턴이 말했다.

"신축성 수갑이나 플라스틱 수갑은 분명히 아니에요." 스카페타가 말했다.

"대부분의 케이블 타이는 검은색인데 말이야." 벤턴은 곰곰이 생각에 잠겨 사진 몇 장을 들여다보았다. "야외에 설치하니까 자외선에 손상될 수 있는 건 검은색으로 하지. 투명하거나 밝은 색은 사용하지 않아."

"일회용 봉투 끈 같은 걸 수도 있어요." 스카페타가 생각에 잠겼다. "투명한 것으로 보아 실내용인가 봐요. 하지만 탄탄한 대용량 봉투일 거예요. 이건 전형적인 쓰레기봉투 끈이 아니에요."

스카페타는 사무실 건너편에 놓인, 밝은 빨간색의 생물학적 위험물 쓰레기봉투를 쳐다보았다. 유니버설 표시와 함께 싱크대 옆 스테인리스 스틸 홀더에 붙어 있었다.

"사실, 내가 이런 종류의 끈을 본 건 바로 저기예요. 저 봉투 말이에요."

스카페타는 그 쓰레기봉투를 가리켰다.

"우린 다른 끈을 사용해요." 레스터 박사는 스카페타가 테리 브리지스를 묶는 데 사용한 끈이 안치소에서 가져온 거라고 말하는 줄 알고 재빨리 말을 낚아챘다.

"여기서 중요한 건, 가학성 변태 성욕과 피학대 음란증을 즐기는 사람들은 혈액 순환을 차단할 정도로 끈을 꽉 묶지 않는다는 점이에요."

스카페타가 말했다. "그래서 쉽게 조절하거나 열쇠로 열 수 없는, 모서리가 날카로운 끈이나 기구는 사용하지 않죠. 이런 종류의 끈은 더더욱…." 그녀는 사진을 가리키며 말을 이었다. "한 번 묶으면 절대 풀 수 없고, 더 단단하게 조일 수만 있어요. 테리는 고통스러웠을 거예요. 칼이나 날카로운 도구로 억지로 자르는 수밖에 없어요. 여기 왼쪽 손목에 미세하게 베인 자국이 보일 거예요. 자르려다가 생긴 상처 자국인지도 몰라요. 부엌에서 가져온 가위를 사용하다 생긴 걸 수도 있고요. 시신이 들어올 때 다리에 난 상처 자국 말고 다른 데 혈액이 묻어 있지는 않았나요?"

"아뇨." 레스터 박사는 검은 눈동자로 스카페타를 똑바로 쳐다보았다.

"희생자가 죽은 상태에서 누군가가 끈을 제거하려다가 베인 거라면 출혈이 없었을 거예요. 있었다 해도 심하지 않았을 거고요." 스카페타가 말했다. "이건 게임이 아니었어요. 게임을 즐겼다고 하기에는 너무 큰 고통이 따랐어요."

"고통이야말로 가학성 변태 성욕과 피학대 음란증의 요점인 것 같은데요."

"이 정도의 고통에서는 쾌락을 얻을 수 없어요." 스카페타가 말했다. "고통을 가하는 사람 이외엔 말이죠."

*

표제지는 삼 주 전인 12월 10일에 새롭게 올린 개정본의 것이었다.

"아직 완전히 복구하지 못한, 용량이 정말 큰 파일이에요." 루시가 말했다. "하지만 이 장 사이사이에 사진이 있군요."

루시가 그 파일을 텍스트 파일로 스풀한 다음 아래쪽 화살표 키를 누르자, 그에 맞춰 버거는 파일을 읽기 시작했다.

(…) 죽은 사람에게 손을 갖다 댔을 때 난 어떻게 하면 그 사람을 더 잘 살해할 수 있었을지 상상했다. 내가 아는 모든 걸 동원했던가? 물론 난 완전범죄를 저지를 수 있었다. 동료들과 함께 위스키를 거나하게 마실 때, 우리는 회의에서 절대 발표하지 않고 가족이나 친구, 더구나 우리의 적들에게는 절대 말하지 않을 시나리오 얘기를 꺼내고 싶어 한다!

난 그녀가 가장 좋아하는 위스키가 뭔지 물었다.

나포그 캐슬 싱글 몰트 아일랜드 위스키와 브로라 싱글 몰트 스카치를 좋아해요.

둘 다 이름도 들어 본 적 없는 위스키인데요.

그래요? 나포그는 세계에서 최고의 맛을 자랑하는 아일랜드 위스키이고, 가격이 700 달러에 달하죠. 그리고 브로라는 희귀한 최고의 위스키로, 병마다 일련번호가 적혀 있고, 학교 일 년 교재비보다 값이 더 비싸죠.

정말 많은 사람들이 그들의 집을 잃고 자동차에 가스를 넣지 못하는데, 어떻게 그렇게 비싼 위스키를 마시며 죄의식을 느끼지 않을 수 있죠?

내가 최상의 아일랜드 위스키를 마시지 않는다고 해서 당신 차에 가스를 채울 수 있는 건 아니죠. 당신에게 차가 있다면 말이에요. 더 깊이 얘기해 보자면, 샤또 페트뤼스 싱글 몰트 위스키나 최상급의 용설란 데킬라는 간과 뇌에 덜 해로워요.

그렇다면 고급술을 마시는 부자들은 알코올 중독이 덜할까요? 그런 얘긴 들어 본 적 없는데요.

얼마나 많은 사람의 간과 뇌를 보거나 절개해 봤죠?

어두운 면의 또 다른 예도 있어요? 범죄 현장 뒤에서, 특히 동료들과 함께 있을 땐 어떤 얘길 나눠요?

우린 우리가 부검한 유명인들에 관해 잡담을 나누죠(우리 모두는 엘비스나 안나 니콜 스미스 혹은 다이애나 황태자비를 부검해 봤기를 은근히 바라죠). 나도 여느 사람들과 다르지 않아요. 아무도 맡지 않은 사건을 맡고 싶죠. 게인즈빌 연쇄살인사건을 맡고 싶고, 사건 현장에 도착해 문을 열고 들어갔을 때 잘린 채 책장에 놓인 두상이 날 똑바로 쳐다보고 있었으면 좋겠어요. 연쇄살인범 테드 번디가 현장 검증을 할 때 반대 심문을 내가 했더라면 싶었죠. 그리고 그가 처형된 후 그의 부검 역시 마찬가지였고요.

당신이 맡았던 사건들 중에 큰 반향을 불러일으킨 사건들에 대해 얘기해 줘요.

운 좋게도 난 그런 사건을 많이 맡았죠. 예를 들어, 번개에 맞아 사망했는데 아무도 사인을 알지 못할 때, 시신이 들판에 누워 있고 옷이 찢겨진 채 흩어져 있을 경우 어떤 생각이 가장 먼저 떠오르겠어요? 성폭행. 하지만 부검을 해 봐야 어떤 상처 자국도 없죠. 결말을 이끌 결정적인 증거는 뭘까요? 리흐텐베르크 그림(고압 방전으로 고형 유전체 표면에 생긴 무늬 – 옮긴이) 혹은 전기 계도로 알려진 나뭇가지 모양이죠. 혹은 희생자의 벨트 버클과 같은 금속 액세서리가 자력을 띠고 있을 것이고, 손목시계는 사망 시점에 멈추어 있을 거예요. 난 그런 사항들을 항상 확인하죠. 대부분의 법의학자들은 그렇지 않은데, 경험이 없거나 순진해서, 혹은 일에 능숙하지 못해서죠.

내가 예상한 것만큼 동정심을 느끼는 것 같지는 않군요.

죽음을 식변해야 하죠. 죽은 사람은 이미 죽었으니까요. 난 감정 이입을 잘하고, 어떤 배심원도 감동시켜 눈물 흘리게 할 수 있어요. 하지만 최근 일어난 비극적인 사건의 시신이 들어올 때, 정말 심장이 가슴에서 떨어져 나가는 기분이 들까요? 일반인들은 절대 듣지 못할 이야기를 경찰에게서 들었을 때 정말 마음에 담아 둘까요?

예를 들어서요?

성적인 이야기를 들을 때 일반적으로 그렇죠. 사망한 남자의 페니스의 사이즈가 작은지 큰지, 그리고 사망한 여자의 젖가슴에 들어 있는 보형물에 대해 얘기할 때 특히 그렇죠. 기념물을 챙기는 법의학자들이 많아요. 그들에겐 트로피 같은 건데, 유명인의 엉덩이 보형물, 치아, 젖가슴 보형물 같은 것이죠. 그런 걸 갖고 싶어 하는 사람들은 항상 남자예요. (그걸로 뭘 하는지는 모르지만 대개 손닿는 가까운 곳에 보관하죠.) 성기에 넣는 보형물도 흥미로워요.

당신도 기념물을 챙긴 적 있나요?

딱 한 번 있어요. 이십 년 전, 이 일을 시작한 지 얼마 되지 않았을 당시, 신임 법의국장으로 임명되었던 리치먼드에서 연쇄살인이 일어났어요. 하지만 트로피는 시신에서 나온 게 아니라 벤턴 웨슬리한테서 나왔죠. 우리가 처음 만난 건 내 회의실에서였어요. 벤턴이 떠났을 때 난 그의 커피 잔을 챙겼죠. 세븐 일레븐에서 가져온 스티로폼 컵 말예요. 그를 본 순간 우린 격정적인 사랑에 빠졌어요.

벤턴의 커피 잔으로 뭘 했죠?

집으로 가져와 잔의 맛을 보듯 그의 입술을 느끼며 컵 가장자리를 혀로 핥았어요.

하지만 그와 실제로 잠자리를 한 건 오 년 후 아닌가요?

모두들 그렇게 생각하지만 실제로는 그렇지 않아요. 첫 만남 이후 그에게 전화를 걸어 차를 한잔하자고 했는데, 둘이서 사건에 관한 토론을 계속하고 싶다고 했었죠. 우리 집 현관문을 닫자마자 우리는 서로 껴안았어요.

누가 먼저 시작했나요?

내가 그를 유혹했어요. 그래야 그가 도덕적인 갈등이 덜할 테니까요. 그는 결혼한 상태였고, 나는 이혼 후 사귀는 사람이 없었어요. 그의 아내를 생각하면 좀 안됐어요. 나와 오 년 동안 사귀다가 마침내 아내에게 그 사실을 털어놓았는데, 결혼생활이 시들해져서 부정을 저지른 거라고 거짓말했죠.

그럼 아무도 몰랐나요? 피트 마리노나 루시, 당신 비서인 로즈도요?

로즈가 눈치챌까 봐 항상 걱정했죠. 벤턴이 다른 사건 때문에 오거나 내가 다른 사건에 관해 컨설턴트를 받으러 콴티코에 갈 때면 로즈의 태도는 약간 달랐거든요. 작년 여름 암으로 사망했으니 직접 물어볼 수는 없군요.

시신을 상대로 일하다 보면 성적으로 억압감을 느끼지 않나요?

오히려 그 반대예요. 인체의 구석구석을 여러 번 조사하다 보면, 별다른 느낌이나 불쾌감을 느끼지 않게 돼요. 오히려 성적으로 제약되지 않고, 여러 실험들을 할 수 있게 돼요.

"이걸 케이한테 보낼 수 있어요?" 글은 갑작스럽게 끝났고, 버거가 말했다. "기회가 되면 집중해서 볼 수 있을 거예요. 그러면 우리가 모르는 걸 생각하거나 간파할 수 있을 거예요."

"작년 추수감사절에 이런 인터뷰를 한 적도 없거니와, 이런 얘기는 아무한테도 하지 않을 거예요." 루시가 말했다.

"서체를 특이하게 사용한 것 같은데, 당신 생각은 어때요?"

"글을 쓴 사람이 테린지 누군지 모르겠지만 서체를 다양하게 사용했네요." 루시도 같은 생각이었다.

루시는 마음을 가라앉히려고 최선을 다했지만, 분노가 치밀었다. 그걸 알아차린 버거는 잠자코 기다렸다. 예전의 루시는 화가 치밀면 주변 사람들을 두렵게 만들곤 했었다.

"내가 보기엔 상징성이 내재되어 있는 것 같아요." 루시가 말했다. "예를 들어, 이 거짓 인터뷰에서 테리가 질문을 할 때는 프랭클린 고딕체에 굵은 글씨로 되어 있어요. 이모의 거짓 대답은 그보다 작은 로마자 서체 에리얼이고요."

"케이가 자신보다 못하다는 의미를 서체에 부여했단 얘길 하고 싶은 거예요?" 버거가 말했다.

"그보다 더 나빠요. 워드프로세서 세계의 몇몇 사람들 사이에서 에리얼 서체에 대한 평판은 굉장히 나쁘거든요." 루시는 글을 자세히 살피며 말을 이었다. "추하고, 품성이 부족하고, 수치심도 모르는 사기꾼으로 간주되죠. 그 서체에 대해 다룬 기사들도 많아요."

버거는 루시가 자신의 눈을 피하는 것 같았다.

"사기꾼이라고요?" 버거는 루시에게 날카롭게 되물었다. "표절처럼 저작권을 침해했단 말이에요? 도대체 무슨 말을 하는 거죠?"

"1950년대에 개발된 후 세상에서 가장 인기를 얻어 온 서체 중 하나인 헬베티카의 가짜로 간주되죠." 루시가 말했다. "훈련받지 않은 사람들의 눈에는 헬베티카와 에리얼 사이에 차이점이 없어요. 하지만 순수주의자, 전문적인 인쇄업자나 서체 디자이너들에게 에리얼 서체는 기생충이에요. 아이러니죠? 어떤 신진 디자이너들은 헬베티카가 에리얼을 기초로 해서 만들어졌다고 생각하기도 해요. 실상은 정반대인데 말이죠. 여기에 담긴 상징적인 의미를 알겠어요? 무섭기 때문일 건데, 적어도 내가 보기엔 그래요."

"물론 알겠어요." 버거가 말했다. "케이는 전 세계적으로 유명한 법의학자예요. 테리는 그렇지 않고요. 둘의 위치가 서로 바뀌었음을 뜻할 수 있어요. 마크 채프먼(Mark D. Chapman)이 존 레논을 살해하기 전에 했던 행동과 비슷하죠. 그는 레논의 이름이 적힌 이름표를 달고 있었어요. 보비 케네디를 암살하면 더 유명해질 거라고 말했다는 시르한 시르한(Sirhan B. Sirhan)이 했던 행동과도 유사하고요."

"서체를 바꾼 건 한 단계 진전한 거예요." 루시가 말했다. "초안이 최근 것일수록 더 뚜렷하게 보여요. 테리의 이름을 부각시키고, 이모에 대해서는 부정적인 의미를 담은 거죠."

"케이에 대한 테리의 감정적인 집착이 적대적이고 경멸적으로 변했다는 걸 암시해요. 테리가 아니라 글을 쓴 사람이겠지만, 편의상 계속 테리라고 부르기로 하죠." 버거가 곰곰이 생각에 잠기더니 말을 이었다. "이제 와 생각해 보니, 케이와 마리노 사이에 일어났던 일과 비슷하다는 생각이 드는군요. 마리노는 케이를 숭배했다가 결국 그녀를 파괴하려 했어요."

"그렇게 단순하지도 않고, 비슷하다고도 할 수 없어요." 루시가 말했다. "마리노는 이모를 사랑할 이유가 있었어요. 서로 아는 사이였으니까요. 하지만 테리는 이모에 대해 어떤 감정을 가질 만한 이유가 없었어요. 단지 망상이었어요."

"테리가 단순히 서체에 집착한 걸 수도 있으니 다시 그 얘기로 되돌아가 보죠." 이성적으로 생각하고 싶어진 버거는 기존의 추론으로 돌아가자고 말했다.

그러나 루시는 아니었다. 그녀는 불같이 뜨거운 성격이었다. 하지만 예전처럼 반응하지는 않았는데, 버거가 보기에는 금방이라도 폭력적으로 돌변할 것만 같았다. 그게 그녀였고, 그래서 불안했다.

"테리가 서체를 능숙하게 다룬 건 분명해요." 루시가 말했다. "각주와 참고 문헌, 각 장의 제목, 색인에 각각 다른 서체를 사용했어요. 논문을 쓸 때, 대부분의 사람들은 그렇게 하지 않아요. 서체 크기를 바꾸고, 이탤릭체를 사용하기도 하지만, 이렇게 다양한 서체를 장식적으로 사용하지는 않죠. 사실, 테리가 사용한 워드프로세서 버전은 가장 흔하게 사용되는 버전이에요. 본문은 대개 타임스 뉴 로먼을 쓰고요."

"예를 들어 얘기해 볼 수 있을까요?" 버거는 서류에 메모를 하며 말했다. "테리는 그 서체들을 어떤 이유로 사용했을까요? 이론적으로 말이에요."

"각주에는 팔라티노 라이노타이프를 사용했는데, 컴퓨터 화면에서와 인쇄했을 때 모두 명료하고 읽기 쉬워요. 참고 문헌에는 북맨 올드 스타일을 사용했는데, 그것 역시 읽기 쉽고요. 각 장의 제목에는 마이크로소프트 고딕체를 선택했는데, 제목에 주로 쓰이는 서체죠. 이렇게 다양한 서체를 사용하는 건 드문 경우인데, 특히 학구적인 논문에서는 더 그렇고요. 내 생각에, 테리는 학구적 차원이 아닌 지극히 사적인 글을 쓴 것 같아요."

버거는 오랫동안 루시를 쳐다보더니 물었다.

"서체에 대한 그런 지식들을 도대체 어떻게 쌓은 거죠? 난 서체에 대해선 관심을 가져 본 적도 없어요. 난 내가 글을 쓰면서 어떤 서체를 사용하고 있는지도 구별하지 못해요."

"당신은 테리가 사용한 것과 똑같이 초기 설정 상태 그대로 사용하고 있어요. 〈런던 타임스〉를 위해 디자인된 타임스 뉴 로먼이죠. 폭이 좁아서 경제적이고 쉽게 읽히는 서체죠. 오늘 일찍 당신 사무실에 갔을 때 책상 위에 놓인 서류를 봤어요. 법의학 컴퓨터 수사에서는 아무리 사소한 거라도 중요할 수 있죠."

"지금 이 사건에서도 그럴 수 있고요."

"이렇게 말할 수 있을 것 같군요." 루시가 말했다. "이 다양한 서체는 의도적으로 선택한 게 분명해요. 그녀가 하나하나 선택해야 하기 때문이죠. 그렇다면, 테리가 본인 혹은 우리 이모를 비롯해 다른 사람에 대한 느낌들을 서체와 상징적으로 연결시켰을까요? 잘 모르겠어요. 하지만 내 생각을 말하자면 전체적으로 역겹고, 점점 더 역겨워지고 있어요. 테리가 실제로 이 글을 썼고 이 사건의 배후에 있다면, 난 그녀가 이모에게 위험한 인물이라고 생각해요. 실제로 위험을 가했을 수도 있고요. 만나본 적도 없는 사람을 근거 없는 말들로 헐뜯고 모욕하고 있으니까요."

"케이는 이 글이 거짓임을 증명해야 할 거예요. 그런데 예를 들어, 커피 잔에 관한 이야기가 사실이 아니라는 걸 어떻게 증명하죠? 그게 거짓이란 걸 어떻게 알죠?"

"이모는 그런 일을 절대 하지 않을 거니까요."

"당신은 케이가 사적으로 어떤 일을 하는지에 대해 알 수 있는 입장이 아닐 것 같은데요." 버거가 말했다.

"아뇨, 난 그런 걸 충분히 알 수 있는 입장이에요." 루시가 버거의 눈을 똑바로 쳐다보며 말했다. "당신도 마찬가지일 거고요. 이모가 시신을 조롱하거나 다른 사람이 그렇게 하도록 내버려 둔 적 있는지 아무나 붙잡고 물어보세요. 이모가 기괴한 사건을 은근히 즐겼다거나, 테드 번디 같은 연쇄살인범을 부검하고 싶어 했는지, 시체안치소나 사건 현장에 함께 있었던 사람들에게 물어보세요. 이런 사안이 법정에서는 나오지 않길 바라요."

"난 커피 잔 이야기를 하고 있었어요. 왜 그것이 케이의 성적 취향을 상상하는 데에 방해가 되어야 하죠? 이모도 사람이라는 사실을 인정해 본 적 있어요? 아니면 케이를 완벽한 엄마, 더 나쁘게는 완벽하지 않은 엄마라고 생각해 본 적 있어요?"

"내게 그런 문제가 있었다는 점은 인정해요. 이모의 관심을 받으려고 애썼고, 이모에게 결점이나 인간적인 감정이 있을 수 있다는 걸 받아들이려 하지 않았죠." 루시가 말했다. "난 독재자였었죠."

"지금은 아니란 말인가요?"

"마리노가 화학 요법의 마지막 성분이 된 것 같아요. 본의 아니게 그는 내 마음속에 있던 악의적인 지점을 치료해 주었고, 그 후로 이모와의 관계가 더 좋아졌어요. 이모에게 나와 분리된 삶이 있다는 걸 깨닫고 나니 괜찮아졌어요. 돌이켜 보면 예전엔 그걸 느끼지 못했어요. 그리고 이제 이모는 결혼해서 가정을 꾸렸죠. 마리노가 그런 짓을 하지 않았더라면, 벤턴은 이모와 결혼하겠다고 결심하지 않았을 거예요."

"벤턴이 혼자서 결정한 것처럼 말하는군요. 케이는 조금의 생각도 없었단 말인가요?" 버거는 루시의 표정을 자세히 들여다보았다.

"이모는 벤턴의 모습을 항상 있는 그대로 받아들여 왔고 앞으로도 그럴 거예요. 이모는 이모부를 사랑해요. 다른 사람과는 함께할 수 없을 거예요. 이모가 참지 못하는 게 세 가지 있기 때문이죠. 제어당하는 것, 배신당하는 것, 그리고 지루해지는 것. 셋 중 어느 것이든 문제가 되면 이모는 차라리 혼자 살 거예요."

"내가 아는 몇몇 용의자의 말처럼 들리는군요." 버거가 말했다.

"그럴지도 모르죠." 루시가 말했다.

"여길 봐요." 버거는 컴퓨터 화면에 나타난 것으로 주의를 돌렸다. "불행하게도 이 노트북에 나와 있는 게 증거고, 이 사건에 개입한 사람들은 이 글을 읽을 거예요. 그리고 많은 사람들에게 알려질 수 있고요."

"이모의 삶을 망칠 거예요."

"그렇진 않을 거예요." 버거가 반박했다. "아무튼 우린 이 정보가 어디에서 나왔는지 알아내야 해요. 전혀 엉터리로 꾸며낸 것 같지는 않아요. 이 글을 쓴 사람이 테리든 다른 사람이든 많은 걸 알고 있어요. 이십 년 전 벤턴과 케이가 처음 만난 사실도 알고 있고요."

"당시 두 사람은 바람을 피우지 않았어요."

"그걸 어떻게 알 수 있죠?"

"그해 여름, 내가 이모 집에 머물고 있었으니까요." 루시가 말했다. "이모부는 이모 집에 온 적이 한 번도 없었어요. 그리고 이모는 사무실이나 사건 현장에 없을 땐, 항상 나와 함께 있었어요. 난 심하게 어리광을 부렸고, 이모의 관심을 얻기 위해 필사적이었죠. 다시 말하면, 이모가 문제 속으로 들어가는 걸 바라만 볼 뿐, 그녀가 처리하는 일들을 이해할 수 있는 나이가 아니었어요. 사람들이 왜 강간과 살인을 하는지, 그 근본적인 원인을 밝히는 일 말예요. 이모는 나를 한시도 자유롭게 풀어 두거나 혼자 두지 않았어요. 도시를 공포로 몰아넣는 연쇄살인범들과 함께 두지도 않았어요. 당신도 알겠지만, 세븐 일레븐 컵은 본 적도 없어요."

"당신이 그 컵을 본 적이 있는지 없는지는 아무런 의미가 없어요." 버거가 말했다. "왜 그걸 당신에게 보여주겠어요? 케이가 그걸 회의실에서 집까지 가져와서 당신에게 설명했을 리가 없잖아요."

"이모는 그렇지 않았을 거예요." 루시가 말했다. "하지만 난 그 컵을 보지 못한 게 좀 유감스럽네요. 당시 이모는 정말 혼자였거든요."

20 사라진 자

스카페타는 테리 브리지스의 시신을 모로 눕히고는 앞뒤를 살폈다.

목에 난 상처와 손목에 자그맣게 베인 자국을 제외하면, 눈에 띄는 유일한 상처는 허벅지 앞쪽의 중간쯤에서 시작되고 있었다. 길고 좁게 난 멍 자국에는 가는 선 모양의 찰과상이 여러 개 나 있었는데, 가장자리가 평평한 널빤지 같은 것에 쓸린 것처럼 찰과상의 대부분은 수평이었다.

무릎은 발등과 마찬가지로 심하게 멍들고 벗겨져 있었다. 휴대용 렌즈로 확대해서 들여다보자, 군데군데에 머리칼처럼 미세한 금색 조각들이 박혀 있었다. 색깔이 선명한 붉은색이고 상처 자국이 거의 붓지 않은 것으로 보아, 모두 사망 직전에 입은 상처임을 알 수 있었다. 상처를 입고 사망하기까지 삼사 분이 걸렸을 수도 있었고, 한 시간이 지났을 수도 있었다.

허벅지 앞면과 무릎, 발등에서 금색 조각들이 발견되었다는 사실을 전하자, 레스터 박사는 어떤 시점에서 시신을 나무 재질의 바닥 위로 끄는 과정에서 생긴 상처 자국일 거라는 반응을 보였다. 스카페타는 가공되지 않은 나무가 아닌 이상, 파편이 생길 정도로 거친 나무 바닥은 거의 없다는 점을 지적했다.

"당신은 아직 우발적인 사고였을 가능성을 배제하지 않는군요." 레스터 박사가 고집스럽게 단언했다. "끈으로 묶고, 두들겨 패고, 채찍질하고, 손바닥으로 심하게 때렸어요. 때로는 정도가 지나쳤고요."

"몸싸움을 했을 가능성은요?" 벤턴이 물었다. "당신은 우발적으로 일어난 사건일지도 모른다고 가정하는데, 그에 부합하나요?"

"몸부림치면서 고통스러워 고함쳤을 거예요. 당신과 같은 프로파일러들이 회의에서 보여준 비디오테이프에서 봤어요." 레스터 박사의 미간 주름이 이마를 양쪽으로 가르는 균열처럼 선명하게 부각되었다. "커플들은 자신들의 기이한 의식이 죽음으로 끝날지 전혀 모른 채 카메라를 켜죠."

"현장 사진 몇 장 같이 보도록 해요." 스카페타가 벤턴에게 말했다.

벤턴은 증거물 봉투를 가져와서 스카페타와 함께 욕실 사진을 정리했다. 스카페타는 화장대 그리고 바로 그 위에 약간 비스듬하게 기울어진 타원형 거울이 나온 사진을 가리켰다.

스카페타가 말했다. "다리에 난 상처는 모서리가 있는 평평한 물체와 처음에는 약하게 시작해서 점점 세게 부딪쳐서 생긴 거예요. 테리가 화장대 앞에 앉아 있었다면, 상처가 화장대의 모서리와 서랍의 아래쪽에 부딪혀서 생긴 건 아닐까요? 그러면 상처 자국이 왜 모두 허벅지 앞쪽 중간 부분에 생겼는지도 설명이 가능해지죠. 허벅지 뒤쪽이나 상체에는 상처 자국이 전혀 없어요. 손바닥으로 때리기 좋은 등이나 허벅지 뒤쪽도 멀쩡하고요."

"사건 현장에서 이만한 멍 자국과 찰과상을 생기게 했을 법한 무언가가 나왔나요?" 벤턴이 레스터 박사에게 물었다.

"그런 얘긴 듣지 못했어요." 레스터 박사가 대답했다. "당연한 일이죠. 범인이 어떤 걸 이용해서 희생자의 목을 졸랐든, 그녀를 때렸다면 때릴 때 사용한 건 모두 갖고 떠났을 거예요. 솔직하게 말할게요. 그녀가 강간을 당했다면, 나도 이 사건이 의도된 살인사건일 가능성이 높다고 생각해요. 하지만 그걸 입증할 증거가 없어요. 염증도, 찢어진 상처도, 정액도 없어요…."

스카페타는 들것으로 다시 가서 시신의 골반 위로 외과용 램프를 비췄다.

그 모습을 주시하던 레스터 박사가 말했다. "이미 말했지만 면봉으로 채취했다니까요."

레스터 박사의 목소리가 불안해졌고 방어적으로 변했다.

"면봉으로 채취한 다음 슬라이드 시료를 만들어서 정자가 있는지 현미경을 통해 확인했지만, 음성으로 나왔어요." 레스터 박사가 말했다. "시료를 DNA 연구실에도 보냈고요. 어떤 결과가 나왔는지는 당신도 알 거예요. 내가 보기에 성관계는 없었던 것 같아요. 그렇다고 그럴 의도가 없었다고는 단정할 수 없어요. 우리는 적어도 희생자가 계획에 없었던 합의를 하는 중이었으며, 범인이 끈을 묶는 동안 전희(前戱)를 하지는 않았는지를 확인해야 할 거예요."

"현장에 윤활제가 있었나요? 욕실이나 침대 옆에 희생자가 갖고 있던 것으로 보이는 게 있었나요? 아까도 말했지만, 경찰 보고서에서는 그런 걸 보지 못한 것 같은데요." 스카페타가 말했다.

"경찰들은 보지 못했다고 했어요."

"그건 굉장히 중요해요." 스카페타가 말했다. "테리의 아파트에 남아 있는 흔적이 없다면, 함께 있던 사람이 가져갔을 거예요. 그리고 성관계를 시도했거나 실제로 일어났을 가능성이 높은데, 정액은 검출되지 않았어요. 발기 불능이었을 가능성이 가장 높은데, 강간 사건에서는 흔한 경우죠. 다른 가능성으로는 범인이 정관 수술을 받았거나 무정자증이어서 정액 세포가 전혀 없을 수도 있어요. 사정 자체를 막는 시술을 받았을 수도 있고요. 혹은 역행 사정일 가능성도 있는데, 정자가 페니스 밖으로 나와 질 속으로 들어가는 대신 거꾸로 흘러들어가 방광 안으로 들어가는 거죠. 정자 형성을 막는 약을 복용했을 수도 있고요."

"아까 말했던 걸 다시 상기시켜 드리죠. 정액은 검출되지 않았어요. 자외선 아래에서 형광색으로 변하지도 않았고요. 희생자가 누구와 함께 있었든, 범인은 사정을 하지 않았을 확률이 높아요."

"정액이 질이나 직장의 깊은 곳에 있을 수도 있겠죠." 스카페타가 말했다. "시신을 해부하거나 법의학 광학 섬유 기술로 몇 가지 유형을 확인하지 않고서는 아무것도 알 수 없어요. 희생자의 구강 안에 정액이 남아 있는지 빛을 비춰 봤나요? 직장이나 입 안을 면봉으로 채취했나요?"

"물론이죠."

"그걸 보고 싶군요."

"얼마든지요."

스카페타가 단호해질수록, 레스터 박사의 목소리는 점점 소극적이 되었고 자신감이 없어졌다.

스카페타가 캐비닛을 열자 포장지로 싸 놓은 검경(자궁, 입, 코 등을 검사하는 데 사용하는 반사경 - 옮긴이)이 있었다. 스카페타는 새 장갑으로 바꾸어 끼고, 산부인과 의사들이 질을 검사할 때 실시하는 과정을 그대로 했다. 외부 생식기를 살폈지만 상처나 특이한 사항은 보이지 않았다. 검경으로 질 내부를 검사하자 면봉으로 채취하기에 충분한 양의 윤활제가 나왔다. 스카페타는 그걸 슬라이드에 옮겨 발랐다. 직장에서도 면봉을 이용해 시료를 채취했다. 구강과 목구멍 안도 면봉으로 채취했는데, 희생자가 구강성교를 당하는 동안 정액을 입 안에 두거나 삼키는 경우가 간혹 있기 때문이었다.

"위장의 내용물은요?" 스카페타가 물었다.

"갈색 액체가 소량 있었는데, 20밀리리터 정도였어요. 몇 시간 동안 아무것도 먹지 않았더군요." 레스터 박사가 말했다.

"그걸 갖고 있나요?"

"그럴 필요 없어요. 약물 반응 검사를 위해 일반 체액을 보관하고 있거든요."

"약물을 했을 가능성에 대해선 정액 검출의 경우만큼 생각해 보지 않았어요." 스카페타가 말했다. "구강성교를 했다면 위 속에서 정액이 나올 수 있어요. 폐 속에서 나올 가능성도 있고요. 불행하게도 우린 온갖 생각을 짜내야 해요."

스카페타는 카트에서 메스를 집어 칼날을 새로 끼웠다. 테리의 무릎에 난 타박상 자국을 절개하는데, 긁힌 피부 아래로 슬개골이 부서진 게 느껴졌다. 양쪽 슬개골 모두 몇 개의 조각으로 부서져 있었는데, 자동차 사고 시 무릎이 대시보드(운전석과 조수석 정면에 있는 운전에 필요한 각종 계기들이 달린 부분 - 옮긴이)와 충돌했을 때 생기는 전형적인 모습이었다.

"모든 엑스레이 사진의 전자 이미지를 볼 수 있는지 확인해 주세요."

스카페타는 그렇게 말하면서, 허벅지에 난 타박상 부분을 절개했다. 그러자 3센티 이상의 깊이로 모든 근육을 따라 혈관이 파열된 게 보였다. 15센티짜리 줄자를 이용하고 벤턴의 도움을 받아 사진을 찍고는, 작업대 위에 있는 서랍장에서 꺼낸 신체 모형도에 메모를 했다.

핀셋으로 무릎과 발등에 박힌 작은 파편을 꺼내어 마른 슬라이드 서너 개 위로 옮기고는, 복합 현미경 앞에 앉아 조명과 비율을 조정하고 슬라이드를 대물렌즈 위에 올렸다. 100배로 확대하자 헛물관과 나무의 수분 통도 세포가 보였고, 무릎과 발등 주변이 강력한 접착제로 붙인 합판 표면과 거칠게 충돌했음을 알 수 있었다.

작은 파편은 평평한 합판에서 나온 거였다. 스카페타와 벤턴은 테리가 벌거벗은 채 욕실 바닥에 쓰러져 있는 모습이 찍힌 8×10 사이즈의 사진을 다시 들여다보았다. 배경으로 찍힌 하얀 대리석 세면대에는 빌트인 화장대가 놓여 있었고, 등받이가 하트 모양이고 시트 부분이 검은색 새틴 소재로 처리된 자그마한 금색 철제 의자가 놓여 있었다. 화장대 위에는 향수를 올려놓는 거울 쟁반, 머리빗 등이 놓여 있었다. 벽에 걸려 있는 타원형 거울 말고는 모든 게 깔끔하고 바르게 정리되어 있었다. 렌즈로 사진을 자세히 들여다보자, 화장대 쪽의 세면대 모서리가 약간 비뚤어진 정사각형 모양이어서 날카로워 보였다.

스카페타는 다양한 각도에서 찍은 욕실 사진 여러 개를 자세히 들여다보았다.

"모두 하나로 연결된 거예요." 스카페타는 벤턴에게 사진을 보여주며 말했다. "세면대 주변의 선반, 수납장, 서랍이 달린 화장대 모두 하나로 연결된 거예요. 그리고 여기 바닥에서 찍은 사진을 보면, 타일 벽 쪽에 있는 세면대는 흰색 칠을 한 합판이란 걸 알 수 있어요. 부엌 싱크대에 빌트인으로 되어 있던 것과 매우 비슷해요. 일반적으로, 빌트인한 합판의 보이지 않는 아래쪽은 대부분 페인트칠을 하지 않아요. 다시 말해서, 화장대에 달린 서랍의 아래쪽은 페인트칠이 되어 있지 않을 가능성이 있다는 거죠. 희생자의 무릎과 발등에서 나온 작은 파편은 페인트칠을 하지 않은 합판에서 나온 것일 가능성이 커요. 현장에 가 봐야겠네요."

레스터 박사는 스카페타와 벤턴의 뒤편에서 말없이 지켜보고 있었다.

스카페타는 당시의 상황을 자세히 설명하기 시작했다. "범인이 테리의 목을 조를 때, 의자에 앉히고 강제로 거울에 비친 자신의 모습을 쳐다보게 했을 가능성이 있어요. 강하게 몸부림을 치며 발버둥을 칠 때, 세면대의 모서리와 부딪혀 길게 찰과상을 입고 허벅지에 타박상을 입었을 가능성이 있어요. 무릎은 화장대의 아래쪽과 부딪치는 바람에 슬개골이 부서졌을 가능성이 있고요. 화장대 아래쪽이 페인트칠을 하지 않은 합판이라면 무릎과 발등에 작은 파편이 박히는 건 당연해요. 다리가 짧아서 발버둥을 쳐도 발이 벽에 닿지 않았을 거고, 화장대에 달린 서랍의 아래쪽을 찼을 거예요."

"당신의 추측이 옳다면 관련이 있을 거예요." 레스터 박사는 그 점을 시인했다. "그런데 희생자가 그렇게 힘껏 발버둥을 쳤다면, 누군가가 그녀를 억지로 앉혀 거울을 쳐다보게 만들었다는 건 전혀 다른 이야기일 거예요."

"중요한 건, 오스카가 거기에 도착해 시신을 발견했을 당시 욕실의 상황이 어땠는가 하는 거야." 벤턴이 말했다. "그 사람이 한 얘기가 사실이라고 가정한다면 말이지."

"조사를 몇 개 더 해 보면 그가 한 얘기가 사실인지 알아낼 수 있을 거예요." 스카페타가 말했다. "의자에 달려 있어요. 테리가 의자에 앉아 있고 오스카가 그 뒤에 서 있었다면, 목을 조른 자국이 그 각도로 남을 만큼 높게 끌어당길 수는 없었을 거예요. 아무튼 범죄 현장에 가 봐야 해요. 서둘러요."

"우선 오스카에게 직접적으로 물어봐야겠어." 벤턴이 말했다. "새로운 증거가 나타났고, 그가 협조하는 게 자신에게 이득이라 생각한다면 내게 이야기를 할 거야. 감금 병동에 전화를 걸어, 그가 괜찮은 상태인지 알아봐야겠어."

*

루시가 이메일을 확인하는 동안 스카페타는 버거에게 전화를 걸어 스피커폰을 켜고는, 테리 브리지스의 체내에서 면봉으로 채취한 자료와 현장의 의자를 왜 테네시 주 오크리지에 있는 국가 안보 센터에 보내야 하는지 설명하고 있었다.

"Y-12에 아는 사람이 있어요." 스카페타는 버거가 허락해 주길 바라면서 말했다. "이 사안에 대해 신속한 결과를 얻을 수 있을 거예요. 증거물을 받고 서너 시간이면 될 거고요. 가장 시간이 오래 걸릴 일은 공간을 진공 상태로 만드는 과정일 텐데, 석유 소재 윤활제는 습도가 높기 때문이에요."

"Y-12는 핵무기를 만드는 곳인 줄 알았는데요." 버거가 말했다. "거기에서 최초의 원자 폭탄을 만들려고 우라늄을 농축하지 않았나요? 테리 브리지스가 테러나 그 비슷한 것과 연관되어 있을지도 모른다는 생각인가요?"

스카페타는 Y-12가 미국에서 생산되는 모든 핵무기의 구성 성분을 생산할 뿐 아니라 가장 많은 농축 우라늄 비축량을 갖고 있으며, 그곳에 관심을 갖게 된 건 거기서 일하는 엔지니어들, 화학자들, 물리학자들, 특히 물질을 연구하는 과학자들 때문이라고 설명했다.

"거기에 있는 비지텍 주사 전자 현미경에 대해 알고 있나요?" 스카페타가 물었다.

"당신이 찾는 게 여기에는 없는 모양이군요." 버거가 말했다.

"안타깝게도 20만 배로 확대할 수 있는 10톤짜리 현미경을 가진 법의학 연구소는 지구상에 단 한 곳도 없어요. EDX와 FTIR 감지기가 갖춰져 있고, 에너지 분산 엑스레이 탐지 기능, 푸리에 변환 적외선 분광기도 있는 현미경이죠." 스카페타가 말했다. "고분자만큼 작거나 엔진

블록처럼 커다란 샘플의 형태와 조직, 구성 성분과 화학 성분을 한꺼번에 모두 알아낼 수 있죠. 밀폐 공간 안에 의자를 통째로 넣을 수도 있겠지만 확인해 봐야 할 거예요. 확신이 없었다면, 한밤중에 루시의 제트기를 빌려 타고 테네시 주로 가서 증거물을 내 친구들에게 전해 줘도 되는지를 경찰에게 물어보진 않았을 거예요."

"의자에 대해 더 자세히 말해 줘요." 버거가 말했다. "그 의자가 왜 중요하다고 생각하는 거죠?"

"테리가 욕실에서 살해당했을 당시 의자에 앉아 있었을 거라 가정하고 있는데, 실제로 검사를 해 보지 않으면 현 시점에서는 그 가정을 입증할 수 없어요. 정황으로 미루어 보아 그녀는 벌거벗은 채 의자에 앉아 있었는데, 윤활제가 여러 DNA 혼합물에 오염된 것으로 보아 다른 유기체와 유기 물질에도 오염되었을 거라 추정할 수 있어요. 윤활제가 원래 어떤 목적으로 사용되었는지, 어디서 나왔는지, 안에 뭐가 들어 있는지는 알 수 없어요. 하지만 LC-SEM으로 분석하면 신속하게 결과를 알 수 있을 거예요. 가능한 한 빨리 범죄 현장인 테리의 아파트에 가고 싶어요."

"지금 테리의 아파트에 경관이 한 명 있으니 안으로 들어가는 데에는 문제없을 거예요." 버거가 말했다. "하지만 조사관을 대동하도록 해요. 그리고 다시 한 번 묻겠는데, 예전에 테리나 오스카와 연락한 적 있나요?"

"전혀 없어요."

"테리 집에 있던 컴퓨터에서 당신이 그들과 연락한 것처럼 보이는 게 발견되었어요. 적어도 테리와는 연락을 한 것 같은 자료 말이죠."

"그런 적 없어요. 십오 분에서 이십 분 후면 우린 이곳 일을 모두 끝낼 거예요. 남은 건 벤턴의 사무실에 가서 몇 가지를 챙기는 것뿐이고요. 병원 앞에서 누군가를 만날 수도 있을 테지만요."

"그 누군가가 피트 마리노라면 기분이 어떨 것 같아요?" 버거가 의도적으로 덤덤하게 물었다.

"내가 가정하는 일이 실제로 테리 브리지스에게 일어났다면…." 스카페타 역시 버거의 말을 기다렸다는 듯이 퉁명스럽게 말했다. "범인은 예전에도 살인을 저지른 적 있는 가학성 성도착자일 거예요. 2003년에 이미 두 명을 살해했을 수도 있고요. 마리노가 당신에게 보낸 이메일을 벤턴도 받았어요."

"몇 시간 정도 이메일 확인을 안 했어요." 버거가 말했다. "사실, 테리 브리지스의 이메일을 바로 얼마 전부터 확인하기 시작했어요. 테리와 오스카 베인이 주고받은 이메일 말이죠."

"내가 의심하는 게 맞다면 범인이 했을 거라고 생각하는 짓을 오스카가 어떻게 했을지 모르겠어요. 물론 그의 DNA를 아직 CODIS를 통해 확인해 보지 않았어요. 하지만 분명히 말할 수 있는 건, 테리가 의자에 앉아 있는 동안 오스카가 그녀 뒤에 서 있었다면 두 사람은 거의 똑같은 높이였을 거예요. 오스카가 등받이 없는 의자 같은 것을 디디고 서 있지 않았더라면 말이죠. 그가 나머지 짓을 저지르는 내내 균형을 잡는 게 절대 불가능한 일은 아니겠지만 꽤 어려웠을 거고요."

"그게 무슨 말이죠?"

"왜소발육증 때문이죠." 스카페타가 말했다. "상체 길이는 일반인과 비슷하지만 팔과 다리는 그렇지 않아요. 치수를 재서 보여주겠지만, 왜소발육증이 있고 신장이 125센티인 사람이 비슷한 신장의 서 있는 사람 앞에 앉아 있다면, 두 사람의 머리와 어깨는 거의 비슷한 높이였을 거예요."

"무슨 말을 하는지 모르겠군요. 수수께끼처럼 들리고요."

"그가 어디 있는지 아는 사람 있어요? 그를 조사해 안전한지 확인해야 해요. 오스카가 살인자가 아니라면 과대망상증에 시달릴 이유가 다분하니까요. 그런 의구심이 강하게 들어요."

"'그가 어디 있는지'라니, 그게 무슨 뜻이죠?" 버거가 말했다. "설마 그가 벨뷰 병원을 떠났다는 말은 아니겠죠?"

그러자 스카페타가 대답했다. "벤턴이 방금 감금 병동 측과 통화했어요. 당신도 알고 있을 줄 알았는데요."

21 루나시

텔 테일 하트 애완동물 가게 본점은 그레이스 시장에서 서쪽으로 서너 블록 떨어진 렉싱턴 가에 있었다. 거센 바람이 휘몰아치는 어둠속을 걷고 있는 잔소리쟁이의 머릿속에선 몇 주 전에 올렸던 칼럼 생각이 떠나질 않았다.

그녀는 청결함에 대한 안내와 함께 식이요법, 의료조치 그리고 진심 어린 애정이 담긴 수준 높은 의료 서비스를 제공한다던 실험실 가운 차림의 직원이 문득 떠올랐다. 광고 속에서 그는 모든 지점이 연중무휴이며, 오전 10시부터 밤 9시까지 문을 열고, 특히 민감한 체질의 강아지들을 오랫동안 혼자 내버려두지 않는다고 했다. 영업시간이 끝나고도 기름이나 전기를 아끼려고 난방이나 에어컨을 끄는 법이 없으며, 갓난아이 탁아 시설에 제공되는 음악을 들려준다고 했다. 아이비가 죽은 후 여러 정보를 찾아본 잔소리쟁이는 강아지에게 수분을 공급하고, 체온을 따뜻하게 해 주고, 홀로 외롭게 누지 않는 것이 얼마나 중요한지 알게 되었다.

길거리 왼쪽 위편으로 애완동물 가게가 눈에 들어왔다. 잔소리쟁이가 예상했던 모습과는 전혀 달랐고, 보스가 쓴 칼럼에 나온 내용과도 딴판이었다. 쇼윈도에는 너저분한 신문 조각들이 붙어 있었고, 빨간색 플라스틱 소화전은 불안정하게 한쪽으로 기울어져 있었다. 쇼윈도 안에는 강아지나 새끼 고양이 한 마리 없었고, 유리창도 더러웠다.

텔 테일 하트 애완동물 가게는 중고 잡동사니 가게인 '인 유어 앤틱'과 폐업 세일 중인 '러브 노츠'라는 음반 가게 사이에 있었다. 때가 탄 흰색 출입문 앞에는 '닫음'이라는 표지판이 걸려 있었지만 가게 안에는 불이 환하게 켜져 있었다. 카운터 위에는 커다란 포일 봉투가 놓여 있었는데 봉투 속엔 세 가게 옆에 자리한 '애덤 립'이라는 식당에서 포장해 온 바비큐가 담겨 있었다. 가게 앞에는 검은색 캐딜락 세단이 시동이 켜진 채 서 있었고, 운전석에는 사람이 앉아 있었다.

운전석에 앉아 있는 사람은 잔소리쟁이를 주시하는 것 같았다. 잔소리쟁이가 가게 출입문을 열고 들어가자, 현금출납기 위에 놓인 스프레이 캔에서 희뿌연 공기 청정제가 분사되었다.

잔소리쟁이가 "계세요?"라고 불러 보았지만 아무런 대답도 없었다.

강아지들이 짖기 시작하더니 몸을 움직이며 그녀를 노려보았다. 고양이들은 나무를 깎아 만든 침대에서 꾸벅꾸벅 졸고 있었고, 어항 속에서는 물고기들이 느릿느릿 유영했다. 카운터는 삼면이 벽으로 둘러싸여 있었고, 그 뒤로 보이는 물 얼룩이 진 천장 아래에는 상상할 수 있는 온갖 종류의 애완동물의 새끼들이 가득 차 있었다. 잔소리쟁이는 그 어떤 동물과도 시선을 마주치려 하지 않았다. 그래야 한다는 걸 알고 있었다.

눈을 마주치면 마음이 움직일 것이었고, 그러면 생각지도 않았던 동물을 집으로 데려갈지도 몰랐다. 모든 동물을 데려갈 수 없음에도 그녀는 그 불쌍한 동물들을 전부 데려가고 싶었다. 강아지를 꺼내어 품에 안기 전까지 신중하게 고르고, 질문하고, 스스로 최선의 선택을 했다고 확신할 수 있어야 했다. 일단 가게 주인과 이야기를 나눠야 했다.

"계세요?" 그녀는 가게를 둘러보며 다시 불렀다. 그러고는 살짝 열려 있는 뒷문을 향해 머뭇거리며 걸어갔다.

"누구 없어요?"

뒷문을 마저 열자 지하로 내려가는 나무 계단이 보였고, 개 한 마리가 짖기 시작하자 다른 몇 마리도 따라 짖기 시작했다. 잔소리쟁이는 한 번에 한 계단씩 조심스럽게 내려갔다. 조명도 어두운 데다 버번위스키를 많이 마셨기에 조심해야 했다. 가게까지 걸어 와서 좀 나아졌지만 그렇다고 술이 완전히 깬 건 아니었다. 정신이 아직 몽롱했고, 술에 취했을 때 늘 그랬듯 코가 마비된 느낌이었다.

계단을 내려가 보니, 배설물의 냄새가 역겹게 진동하는 어두컴컴한 창고 같은 곳이었다. 애완동물 용품과 사료 봉투가 쌓여 있는 한가운데에 더러운 신문 조각들로 가득 찬 케이지들이 있었고, 나무 테이블 위에는 유리병과 주사기 그리고 빨간색 봉투 등이 놓여 있었다. 봉투에는 '생물학적 전염성 위험물 쓰레기'라고 적힌 검은색 직인이 찍혀 있었고, 옆에 두꺼운 검은색 고무장갑이 놓여 있었다.

나무 테이블 바로 뒤편에 걸어 들어갈 수 있는 대형 냉동고가 있었다.

냉동고 철제문이 활짝 열려 있어서 안이 들여다보였다. 짙은 색 양복에 카우보이모자를 쓴 남자와 긴 회색 프록코트 차림의 여자가 그녀를 등진 채 이야기를 나누고 있었는데, 목소리는 바람 소리 때문에 잘 들리지 않았다. 그들의 행동을 본 잔소리쟁이는 가능한 한 빨리 거기에서 나오고 싶었지만, 발이 콘크리트 바닥에 붙어 버린 것만 같았다. 겁에 질린 채 쳐다보던 잔소리쟁이는 여자와 눈이 마주치자마자 몸을 돌려 달리기 시작했다.

"잠깐!" 뒤에서 저음의 목소리가 들렸다. "거기 서!"

뒤에서 들려오는 무거운 발자국 소리에 놀란 잔소리쟁이는 계단을 헛디뎌 넘어지는 바람에 정강이를 심하게 다쳤다. 카우보이모자를 쓴 남자는 한 손으로 그녀의 팔꿈치를 부축하면서 밝은 조명이 켜진 가게로 안내했다. 가게로 되돌아오자 회색 프록코트 차림의 여자도 올라와 있었다. 여자는 못마땅한 듯 잔소리쟁이를 쳐다보았지만, 너무 지쳐 보였기에 허락 없이 아래층으로 내려왔다고 나무랄 것 같지는 않았다.

카우보이모자를 쓴 남자가 물었다. "도대체 왜 여기에 몰래 숨어 들어온 거요?"

난봉꾼처럼 생긴 남자는 검은 눈동자에 눈자위가 붉게 충혈되어 있었고, 넓고 하얀 구레나룻을 길렀으며, 화려한 금 장신구를 잔뜩 하고 있었다.

"몰래 숨어 들어온 게 아니라 직원을 찾고 있었어요." 잔소리쟁이가 말했다.

그녀의 심장이 큰 북을 치듯 쿵쾅거렸다.

"가게 문은 이미 닫았소." 남자가 말했다.

"강아지를 사러 왔어요." 잔소리쟁이는 그렇게 말하며 울음을 터뜨렸다.

"출입문에 문을 닫았다는 표지판이 걸려 있잖소." 남자가 말하는 동안, 여자는 가만히 옆에 서 있었다.

"문이 열려 있어서 아래층으로 내려간 거예요. 아무나 가게에 들어올 수 있었다고요." 잔소리쟁이는 울음을 멈출 수 없었다.

냉동고 안에서 본 게 눈앞에서 사라지지 않았다.

남자는 어찌된 영문인지에 대해 설명을 요구하듯 여자를 빤히 쳐다보더니, 출입문으로 걸어가 문 상태를 확인하고는 뭐라고 중얼거렸다.

잔소리쟁이가 한 말이 사실이란 걸 그제야 알아차린 것 같았다. 아니면 그녀가 어떻게 가게 안으로 들어왔겠는가?

"가게 문은 닫았소. 연휴니까." 남자의 얼굴을 쳐다본 잔소리쟁이는 그가 예순다섯 혹은 일흔 살 정도일 거라고 짐작했다. 혀를 길게 늘어뜨리며 말하는 게 남부 사람 특유의 말투였다.

잔소리쟁이는 그 남자도 자신과 마찬가지로 좀 전에 술을 마셨을 거라는 생각이 들었고, 목에 두르고 있는 커다란 금 목걸이가 개의 머리 모양이라는 걸 알아차렸다.

"미안해요. 불이 켜진 걸 보고 들어왔고 가게 문을 연 줄 알았어요. 정말 미안해요. 강아지와 사료 그리고 장난감 같은 걸 살 생각이었어요. 나 자신한테 주는 새해 선물 같은 거요."

이렇게 말하면서 잔소리쟁이는 선반에서 캔으로 된 사료를 집어 들었다. 그러고는 자신도 모르게 한마디 툭, 내뱉었다.

"멜라민이 들어간 이 중국산 제품은 수입이 금지되지 않았나요?"

"치약과 혼동한 것 같군." 남자가 회색 프록코트를 입은 여자에게 말했다. 턱이 두 겹으로 늘어진 여자의 얼굴엔 생기가 없었고, 핀을 꽂은 검게 염색한 긴 머리는 일부가 앞으로 흘러내렸다.

"맞아. 치약." 여자도 남자와 똑같은 억양이었다. "많은 사람들이 그 때문에 간 손상을 입었지. 물론 그들은 당신에게 결코 뒷이야기는 해 주지 않았을 거야. 그들이 알코올 중독자여서 간 손상을 입었다는 이야기 같은 거 말이야."

잔소리쟁이도 모르는 바는 아니었다. 몇몇 사람들이 디에틸렌 글리콜이 든 치약 때문에 죽었다는 사실을 알고 있었다. 그리고 그 남자와 여자 역시 잔소리쟁이가 딴소리를 하고 있음을 알고 있었다. 거기는 그런 이야기를 하기에 어울리지 않는 장소, 아니 최악의 장소였고, 그녀는 어울리지 않는 시간, 아니 최악의 시간에 나타난 것이었다. 잔소리쟁이는 지금껏 그렇게 끔찍한 걸 본 적이 없었다.

잔소리쟁이는 무슨 생각을 하고 있었던 것인가? 그날은 새해 첫 날 저녁이었다. 그 가게를 비롯해 문을 연 애완동물 가게는 한 곳도 없을 게 뻔했다. 그런데 이 사람들은 왜 여기 있는 걸까?

지하로 내려갔을 때, 잔소리쟁이는 그들이 왜 여기 있는지 알아 버렸다.

"불필요한 일을 만들 필요는 없지." 남자가 잔소리쟁이에게 말했다. "당신은 여기와 아무 상관도 없소."

"난 아무것도 못 봤어요." 그건 모든 걸 봤다는 명백한 대답이었다.

카우보이모자 남자가 말했다. "한 동물이 어떤 전염병으로 죽으면 응당 해야 할 일을 해야 하지. 다른 동물들에게 전염되지 않도록 빨리 조치를 취하는 거요. 감정에 이끌려 자비를 베풀다가는 임시 격리 처리를 해야 할 테니. 내가 무슨 말 하는지 알아먹겠소?"

잔소리쟁이는 케이지 여섯 개의 문이 활짝 열려 있는 걸 발견했다. 가게에 처음 들어왔을 때 보았더라면 좋았을 거라는 생각이 들었다. 그랬다면 그냥 나갔을지 몰랐다. 지하에 있던 텅 빈 케이지와 테이블 위에 있던 것 그리고 냉동고 안에 있던 게 떠올랐다.

잔소리쟁이는 다시 울음을 터뜨리고 말았다. "하지만 몇 마리는 꿈틀거리고 있었어요…."

남자가 잔소리쟁이에게 물었다. "여기 근처에 사는 거요?"

"아니요."

"이름이 뭐요?"

그녀는 너무 무섭고 긴장해서 어리석게도 이렇게 말하고 말았다. "내가 농무부 조사원이나 동물 보호 단체에서 나온 사람일 것 같아요?" 잔소리쟁이는 고개를 절레절레 흔들었다. "난 휴일이라는 사실을 깜박하고 강아지를 사러 온 것뿐이에요. 애완동물들이 병에 걸리고, 기침을 하고, 파르보바이러스에 감염된다는 거, 나도 알아요. 한 마리가 걸리면 모두에게 전염되죠."

남자와 여자는 마치 굳이 입을 열고 계획을 세울 필요가 없겠다는 듯 잔소리쟁이를 가만히 쳐다보았다.

잠시 후, 남자가 잔소리쟁이에게 말했다. "내일 새로 선적물(船積物)이 들어오는데 거기서 동물들을 고를 거요. 내일 다시 와서 원하는 건 뭐든 고르시오. 공짜로 드릴 테니. 스프링어 스패니얼이나 시추, 닥스훈트 같은 종 좋아해요?"

잔소리쟁이는 울음을 멈추지 못했다. "미안해요. 내가 술이 약간 취해서요…."

회색 프록코트 여자는 현금출납기 위에 놓인 공기 청정제 캔을 가지고 다시 지하 계단으로 내려갔다. 문을 닫고 갔는데도 계단을 내려가는 소리가 들렸다. 이제 잔소리쟁이와 카우보이모자 남자만 남게 되었다. 남자가 잔소리쟁이의 팔을 잡고 가게 밖으로 나오자 검은색 캐딜락이 서 있었다. 양복 차림에 챙 있는 모자를 쓴 남자가 나와서 그들에게 뒷문을 열어 주었다.

카우보이모자를 쓴 남자가 잔소리쟁이에게 말했다. "데려다 줄 테니까 타시오. 날이 너무 추워서 걷지 못할 거요. 사는 곳이 어디요?"

*

오스카는 자신의 애인에게 열여덟 개의 유저네임이 있다는 걸 알고 있었을까? 루시는 의문이 들었다. 오스카는 테리에 비해 훨씬 덜 복잡하고 정직한 편인 것 같았다. 그에게는 유저네임이 하나뿐이었다.

"테리의 유저네임에는 각각 특정한 목적이 있었어요." 루시가 버거에게 말했다. "투표에 참가할 때, 블로그를 할 때, 채팅 방에 들어갈 때, 소비자 의견을 달 때, 여러 가지 온라인 잡지를 구독할 때, 그리고 두어 개의 유저네임은 온라인 뉴스를 볼 때 사용했어요."

"많군요." 버거는 그렇게 말하며 손목시계를 슬쩍 보았다.

루시는 버거만큼 가만히 앉아 있지 못하는 사람을 본 적이 없는 것 같다는 생각이 들었다. 버거는 마치 잠시도 땅에 내려앉지 않는 벌새 같았다. 그녀가 초조해할수록 루시는 더 느긋하게 했다. 아이러니였다. 일반적인 고용 관계와는 정반대였다.

"요즘은 많은 것도 아니에요." 루시가 말했다. "그녀가 받은 이메일 서비스는 다른 것들과 마찬가지로 추가 옵션을 원치 않는 이상 무료예요. 하지만 기본 계정은 원하는 만큼 많이 만들 수 있고, 신용카드를 사용하지 않기 때문에 추적당할 일도 없어요. 수수료가 없기 때문에 선택하지 않는 한 개인정보를 밝힐 필요도 없을 거예요. 다시 말해서, 모두가 익명이라는 거죠. 난 수백 개를 가진 사람을 본 적도 있어요. 그 사람의 가명들은 한 곳에서 서로 인터넷 투표를 하거나, 채팅 방에서 채팅을 하거나, 의견을 남겼죠. 이런 것도 있어요. 가명을 쓰고, 물건을 구입하거나 잡지를 구독하면서 의도적으로 연락처를 쉽게 알아내지 못하도록 하기 때문에, 사람들은 당사자가 누군지 전혀 알 수 없어요. 하지만 한 사람이 아무리 많은 닉네임을 가지고 있다고 하더라도 실제로 사용하는 건 하나예요. 말하자면, 그들이 정말 자기 자신이라고 생각하고 사용하는 닉네임은 하나라는 거죠. 일반적으로 연락을 주고받을 때 사용하는 유저네임 말이에요. 오스카의 유저네임은 '카베인'으로, 꽤 직접적이죠. 이름 마지막 음절에 성을 붙여서 만든 이름이니까요. 그의 취미가 유기 화학 공부였거나, 단핵 수소화물 CH-4의 분류 화합물 이름을 인용했거나, 비행장 모델을 만들 때 사용하는 복엽 비행기 날개를 받치는 카베인 버팀목을 말한 게 아니라면 말이에요. 아마 아니었을 거예요. 테리의 유저네임은 '루나시(lunasee: 정신이상, 바보짓, 광기를 뜻하는 단어 'lunacy'를 소리 나는 대로 적은 것-옮긴이)'예요. 우린 먼저 그 유저네임의 이메일을 확인해야 해요."

"법의학을 전공하는 대학원생이 왜 그런 유저네임을 선택했을까요?" 버거가 말했다. "미치광이나 광기, 중세 암흑시대의 경멸 등을 암시하는 단어를 사용하는 데 있어 완전히 무신경했던 것 같네요. 사실, 무신경한 것보다 더 나쁘네요. 비정해 보여요."

"테리는 무신경하고 비정한 사람이었는지도 몰라요. 난 죽은 사람들을 신성시하지 않아요. 살인사건의 희생자들 중에는 살아 있을 때 몰인정했던 사람들도 많죠."

"12월 중순부터 시작해 최근 것까지 확인해 보기로 해요." 버거가 제안했다.

12월 15일 이후 총 백세 통의 이메일을 보냈다. 그중 일곱 통은 스코츠데일에 사는 부모님께 쓴 것이었고, 나머지는 오스카 베인과 주고받은 거였다. 루시는 시간별 날짜별로 메일을 구분한 다음, 메일을 열어보기 전에 먼저 누가 더 자주 썼는지 그리고 쓴 시간대에 일정한 패턴이 있는지 살폈다.

"오스카한테서 온 게 훨씬 많네요. 세 배가 넘어요." 루시가 말했다. "거의 매 시간마다 메일을 쓴 것 같아요. 그런데 저녁 8시 이후에 테리가 쓴 메일은 전혀 없어요. 그리고 주중에는 오후 4시 이후에 쓴 게 전혀 없고요. 이상하네요. 혹시 테리가 야간 근무를 한 건 아닐까요?"

"두 사람이 전화로 통화했을 수도 있겠죠. 모랄레스가 전화 기록 조사를 시작했는지 모르겠네요." 버거가 말했다. "시작했어야 할 거예요.

아니면 나한테 보고 없이 휴가를 갔거나, 아니면 새로운 직업을 찾는 중인지도 모르죠. 마지막 옵션이 제일 마음에 드네요."

"모랄레스의 문제가 뭐죠? 그리고 왜 그걸 참아 주는 거죠? 그 형사는 굉장히 무례한 태도로 당신을 대하잖아요."

"그 친구는 모든 사람을 굉장히 무례한 태도로 대하면서 그걸 '우선순위 결정'이라고 부르죠."

"당신이 보기엔 어때요?" 이메일을 계속 확인하면서 루시가 물었다.

"몹시 건방지고 짜증나죠." 버거가 대답했다. "모랄레스는 나를 비롯한 모든 사람들보다 자기 자신이 더 똑똑하다고 생각해요. 문제는, 실제로 대부분의 사람들보다 똑똑하긴 하다는 거예요. 일단 자신이 선택한 건 뭐든지 능숙하게 해내죠. 그리고 모랄레스의 우선순위 결정은 대개 일리가 있고, 다른 사람들보다 일처리도 훨씬 빨라요. 어떻게든 다른 사람들이 자기 밑에서 일하게 하고는, 그럭저럭 형편과 경우에 맞추어 일을 융통성 있게 잘 처리하면서 사람들을 곤경에 빠뜨리죠. 지금도 아마 그러고 있을 거예요."

"마리노한테 말이군요." 루시가 말했다.

버거의 눈에 루시는 마리노를 모르는 사람처럼 생각하기로 작정한 것 같았다. 아니면 버거가 생각하는 만큼 그를 미워하는 건 아닌지도 몰랐다.

"맞아요. 그 친구가 마리노를 궁지로 내몰고 있어요." 버거가 말했다. "중요한 일을 하고 있는 사람은 마리노뿐인 것 같아요."

"결혼은 했나요?" 루시가 이메일을 열면서 물었다. "물론 마리노 얘기는 아니고요."

"그 친구는 한 사람에게 헌신하는 유형이 아니에요. 가만히 있는 건 뭐든지 괴롭히는데, 가만히 있지 않는 것에게도 그렇죠."

"당신들 두 사람에 관한 소문은 들어서 알고 있어요."

"아, 태번 온 더 그린 찻집에서 우리가 한 유명한 비밀 데이트 말이군요."

루시와 버거는 사람들이 이메일로 주고받는 세속적인 이야기들을 훑어보았다.

"작년 가을 센트럴 파크에서 마라톤 주자가 성폭행을 당하고 목이 졸려 살해된 사건이 있었죠. 산책로 근처에서요. 모랄레스가 나를 차에 태워 현장으로 데려갔어요. 그러고 나서 태번 온 더 그린에 들러 커피를 마시며 그 사건에 대해 얘기했죠. 그러자 우리가 사귄다는 소문이 온 도시에 파다하더군요."

"〈고담 갓차〉에 나왔기 때문이에요. 악명 높은 웹사이트 중 하나인데, 다정해 보이는 당신들 두 사람 사진이 실렸어요." 루시가 말했다.

"설마 하루 종일 나를 뒤따라 다니는 검색 엔진이 있는 건 아니겠죠?"

"내 검색 엔진은 그런 일은 하지 않아요." 루시가 말했다. "그리고 약간 더 빠르죠. 그 가십 칼럼에 나오는 정보는 주로 독자들이 보내는 거예요. 거의 익명으로 이루어지는데, 모랄레스가 한 짓이 아니라고 어떻게 장담할 수 있겠어요?"

"그렇다면 그 친구는 꽤 영리했겠군요. 나와 테이블을 사이에 두고 앉아 있는 동안 직접 우리 두 사람 사진을 찍었을 테니까요."

"아니면 다른 사람한테 시켰을 수도 있죠." 루시가 말했다. "형사가 저명한 지방검사와 함께 찻집에서 다정하게 만나는 건 자랑거리일 테니까요. 그 형사를 조심해요."

"혹시나 해서 말하자면 우린 사적인 만남을 가진 게 아니에요." 버거가 말했다. "커피를 마시고 있었던 것뿐이라고요."

"그 형사에 대해 묘한 기분이 들어서요. 직접 만난 적은 없지만, 몇 가지 특징을 알 것 같아요. 아마도 그보다 압도적으로 힘이 세고, 그보다 위에 있으며, 그를 능가하고, 그의 말마따나 우선순위가 매겨진 사람이어야 그의 상사가 될 수 있을 거예요. 그가 당신을 줄 서서 기다리게 하지는 않나요? 어쩌면 기회 있을 때마다 당신을 공격해 넘어뜨리려 하기 때문에, 부정적인 방식으로 당신의 주목을 끄는 건 아닐까요? 힘을 가진 사람이 누구죠? 이건 누구에게나 분명한 사실이에요. 지배력을 주장하고 불손하게 굴면, 그 다음은 당신 침대로 아주 거대한 상사가 들어오게 될 거예요."

"당신이 그렇게 전문가인 줄은 몰랐군요." 버거가 말했다.

"난 그런 종류의 전문가는 아니에요. 내가 남자한테 지배당해서 잠자리를 가진 적은 한 번도 없으니까요. 전부 내가 실수를 저질렀기 때문이죠."

"미안해요. 내가 괜한 말을 했군요." 버거가 말했다.

루시는 이메일을 훑어볼 뿐 아무 말이 없었다.

"미안해요." 버거가 재차 사과했다. "모랄레스가 나를 화나게 하는 건… 당신 말이 맞아요. 난 그 친구를 통제할 수도 없고, 떼어낼 수도 없어요. 모랄레스 같은 사람들은 경찰이 되어서는 안 돼요. 서열과 조직에 섞이지 않으니까요. 그런 사람들은 명령을 받아들이지도 않고, 팀을 이루어 일하지도 않고, 모두에게 미움을 받죠."

"그래서 내가 FBI에서 일할 때 그렇게 대단한 경력을 쌓은 거죠." 루시가 나지막한 목소리로 진지하게 말했다. "차이점은 난 게임을 하지 않는다는 거예요. 난 사람들을 제압하거나 비하하려 하지 않았기 때문에 그들에게서 원하는 걸 얻어 낼 수 있었어요. 난 모랄레스 형사가 마음에 들지 않아요. 그 사람에 대해 알 필요도 없지만요. 그 작자를 조심해야 해요. 당신에게 진짜 문제를 일으킬 수도 있는 유형이니까요. 그 사람이 어디에 있는지, 혹은 뭘 하고 있는지에 대해 잘 모른다니 걱정스럽군요."

루시는 분할 화면에 나타난, 테리와 오스카가 주고받은 네 통의 이메일에 시선을 고정시켰다.

"오스카와 테리가 통화를 한 것 같지는 않아요." 루시는 잠시 생각하더니 말을 이었다. "이메일을 보낸 시각이 8시 47분, 9시 10분, 10시 14분, 11시 19분이에요. 전화 통화를 했다면 왜 매 시간마다 이메일을 썼겠어요? 오스카가 쓴 메일은 긴 반면에 테리가 쓴 건 짧아요. 시종일관 그래요."

"말한 것보다 말하지 않은 게 중요할 때의 한 예로군요." 버거가 이메일을 찬찬히 살피며 말했다. "전화하겠다는 얘기도 없고, 테리한테서 받은 답변이나 연락에 관한 얘기도 없어요. 오스카는 '널 생각해.', '너와 함께 있었으면 좋겠어.', '지금 뭐해?', '아마 일하고 있겠지.' 이런 말만 하고 있어요. 두 사람이 서로 이야기를 주고받은 느낌이 아니예요."

"맞아요. 여자친구에게 하룻밤에 서너 번 이메일을 썼는데, 여자친구는 답장을 하지 않았어요."

"두 사람 중에 오스카가 훨씬 더 로맨틱한 게 분명해요." 버거가 말했다. "테리가 오스카를 사랑하지 않은 건 아닐 거예요. 물론 우린 알 수 없지만요. 앞으로 영원히 알 수 없을지도 모르고요. 하지만 테리가 쓴 이메일은 감정을 잘 드러내지 않고, 오히려 숨기고 있어요. 반면 오스카는 포르노그래피에나 나올 법한 성적인 언급을 서슴지 않고 있네요."

"포르노그래피를 어떻게 정의하느냐에 따라 다르죠."

버거는 오스카가 테리에게 보낸 지 일주일도 되지 않은 이메일을 다시 확인했다.

"저게 왜 포르노그래피죠?" 루시가 물었다.

"내가 말하려던 건 성적으로 노골적이었다는 거예요."

"지금 성범죄를 수사하나요?" 루시가 말했다. "아니면 내가 주일학교 선생님처럼 점잖게 말해야 할까요? 오스카는 혀로 테리의 몸을 핥는 것에 관해 쓰고 있고, 그러면서 욕망을 느낀다고 하고 있어요."

"내가 보기에, 오스카는 테리와 사이버 섹스를 하려 했던 것 같아요. 테리는 아무런 반응을 보이지 않음으로써 거절한 거고요. 오스카는 테리에게 화가 났어요."

"그는 자신이 어떤 기분인지 말하고 있어요." 루시가 지적했다. "그녀가 아무런 반응을 보이지 않을수록 더 초조해져서 고집을 부렸어요."

"분노 때문일 수도 있어요." 버거가 말했다. "성적인 언급이 더 많아진 것도 분노와 공격성의 표출이에요. 그런 감정의 대상이 되었던 사람이 살해되었다는 건 좋은 조합이 아니에요."

"성범죄를 수사하다 보면 어떤 대가를 치르게 되는지 알 것 같군요. 성애를 다룬 예술 작품과 포르노그래피, 욕망과 외설, 초조와 분노 사이의 차이점을 구별하기 어렵게 되는군요. 즉각적인 반응은 거절이 아니라 즐기는 것임을 인정하기도 어렵게 되죠." 루시가 말했다. "당신이 보는 모든 게 역겹고 폭력적이어서 진저리가 난 나머지 모든 성관계를 범죄로 보는 거죠."

"내가 이 이메일들을 읽으면서 모르겠는 건 거친 성관계, 끈으로 묶는 행위, 가학성 변태 성욕과 피학대 음란증 등에 대한 어떤 암시의 존재 여부예요." 버거가 이메일을 계속 읽으며 말했다. "날 분석하는 건 그만해 주면 고맙겠어요. 그것도 아마추어처럼."

"난 당신을 분석할 수 있고 아마추어 수준도 아닐 거예요. 하지만 당신이 나한테 먼저 물어야 하죠."

버거는 묻지 않았고, 그들은 이메일을 계속 읽어 내려갔다.

루시가 말했다. "지금까지 어떤 변태적인 암시가 없다는 데에는 나도 동의해요. 거친 성관계나 수갑, 개 목줄과 같은 것도 언급하지 않았어요. 당신이 얼마 전에 이모한테 들었을 윤활제에 관한 언급도 없어요. 바디 로션이나 마사지 오일 등도 언급되지 않았고요. 조종사들에게 문자 보냈어요. 오크리지로 보낼 증거물이 있다면, 조종사들은 라가디아 공항에서 기다리고 있을 거예요. 하지만 내 생각에, 윤활제를 사용했다면 구강성교는 하지 않았을 거예요. 노골적으로 말하자면, 먹을 수 있는 윤활제가 아니라면 구강성교는 안 했을 거예요. 케이 이모가 말한 건 바셀린 타입의 윤활제였는데, 구강성교를 할 생각이면서 그걸 발랐을 리 없잖아요."

"혼란스러운 부분이 또 있어요. 테리의 침대 옆 탁자 안에서 콘돔이 발견되었는데, 윤활제가 들어 있는 거였어요." 버거가 말했다. "그런데 오스카는 왜 바셀린 타입의 윤활제를 사용했을까요?"

"테리의 침대 옆 탁자 안에 어떤 콘돔이 들어 있었는지 알아요?"

버거는 가방을 열어 파일을 꺼냈다. 그러고는 어젯밤 사건 현장에서 수집한 증거물에 대한 서류를 훑어보았다.

"듀렉스 러브 콘돔이네요." 버거가 대답했다.

루시는 구글로 제품을 검색했다. "라텍스. 25퍼센트 더 강력해짐. 기본형보다 큰 사이즈. 한 손으로 말아 올리기 쉬움. 귀두가 닿는 끝 부분 공간이 충분함. 하지만 바셀린 타입의 윤활제와 함께 사용하면 라텍스가 약화되어 찢어질 수 있음…. 테리의 아파트에선 바셀린 타입의 윤활제가 발견되지 않았어요. 내가 무슨 생각을 하는지 추측할 수 있을 거예요. 모든 정황으로 보아, 오스카가 아닌 다른 사람일 가능성이 높아요."

이메일의 날짜는 점점 테리가 살해된 날과 가까워지고 있었다. 오스카는 점점 더 좌절감을 느끼고 있었으며, 성적인 욕망이 충족되고 있지 않음이 분명하게 드러났다. 그는 점점 더 비이성적으로 변해 가고 있었다.

"변명들을 늘어놓고 있는데 불쌍하군요. 비참한 마음이었던 것 같아요."

버거가 이메일 내용을 더 읽으며 말했다. "거의 짜증스러울 정도인데, 테리와 달리 난 그가 불쌍하다는 생각이 들어요. 테리는 뛰어들 생각이 없고, 오스카는 인내심이 강한 사람이 되어야 하죠. 테리는 일 때문에 중압감을 느끼고 있어요."

"비밀스러운 삶을 사는 사람처럼 들리는군요." 루시가 말했다.

"그럴지도 모르죠."

"사랑에 빠진 사람들은 일주일에 하룻밤만 만나지 않아요." 루시가 말했다. "더구나 두 사람 모두 직장에 출근해서 육체적 노동을 하는 것도 아니었고요. 뭔가 이상해요. 사랑에 빠져 욕망을 느끼면 잠도 제대로 자지 못하죠. 음식도 거의 먹지 못하고요. 일에 집중하지도 못하고, 서로 떨어져 지내는 건 더더욱 할 수 없죠."

"사망 날짜가 가까워질수록 상황이 점점 더 악화되고 있어요." 버거가 말했다. "오스카는 편집증에 시달렸던 것 같은데, 둘이 함께 보내는 시간이 너무 적다며 화를 내고 있어요. 애인을 의심하는 것 같기도 하고요. 테리는 왜 남자친구를 일주일에 한 번만 보려 했을까요? 토요일 밤에만 만나고, 왜 날이 새기 전에 침대에서 내쫓았을까요? 예전에는 아무 관심 없다가, 왜 갑자기 그의 아파트를 보고 싶어 했을까요? 거기서 뭘 찾아내리라고 기대했던 걸까요? 그는 일주일에 한 번만 보는 것이 싫다고 말하고 있어요. 처음에는 괜찮았지만 지금은 그렇지 않다고요. 그는 그녀를 무척 사랑했어요. 그녀가 자기 인생 최고의 사랑이라고 말하고 있어요. 그리고 그는 그녀가 자신의 아파트를 보고 싶다고 말하지 않기를 바라고 있네요. 그녀의 부탁을 거절할 수밖에 없는 이유를 말해줄 수 없기 때문이라면서, 언젠가는 툭 터놓고 말할 날이 올 거라고 말하면서요. 정말이지 이상하네요. 석 달 동안 사귀었고 함께 잠자리도 하면서 왜 그녀를 자신의 아파트에 발도 들여 놓지 못하게 한 걸까요? 그리고 테리는 왜 이제 와서 갑자기 남자친구의 집에 가고 싶어 한 걸까요? 도대체 왜죠? 그는 왜 테리를 집 안에 들이려 하지 않았고, 왜 툭 터놓고 테리에게 말해 주지 않았을까요?"

"아마도 자신이 어디에 사는지, 무슨 일을 하는지를 말하지 않은 것과 마찬가지의 이유일 거예요." 루시가 말했다. "그는 자신의 계획을 그녀에게 말하지 않고 있어요. 예를 들어, 특정한 날짜에 어떤 볼일을 볼 것인지 등에 대해 말하지 않아요. 몇 킬로미터를 걸었는지는 말하면서도, 그 다음에 언제, 어디로 갈 것인지는 구체적으로 밝히지 않고 있어요. 다른 누군가가 자신의 이메일을 훔쳐보거나 자신을 미행하고 있어서 걱정이라는 투로 말하고 있어요."

"작년 가을과 여름, 봄에도 이랬는지 살펴보도록 하죠." 버거가 말했다.

버거와 루시는 과거의 이메일들을 꼼꼼히 읽었다. 그들이 주고받은 이메일의 분위기는 최근의 그것과 달랐다. 내용이 덜 은밀할 뿐더러, 오스카의 말투와 내용이 훨씬 더 편안했고, 좋아하는 도서관과 서점에 대해 이야기를 나누고 있었다. 센트럴 파크의 어느 곳을 산책하기 좋아하는지, 그리고 체육관에 몇 번 가 봤는데 운동 기구가 불편했다는 등의 이야기가 적혀 있었다. 누군가가 자신의 이메일을 훔쳐보고 있거나 다시 말해 자신을 감시하고 있다고 걱정했다면 하지 못했을 법한 이야기들이 적혀 있었다.

"당시의 오스카는 두려워하지 않았어요." 버거가 말했다. "벤턴이 내린 결론이 맞는 것 같군요. 벤턴은 오스카가 최근에 어떤 위협을 감지하고, 두려움을 느끼게 된 것 같다고 했거든요."

루시가 버거의 이름을 컴퓨터에 입력하면서 말했다. "지난달에 그가 당신 사무실에 전화한 걸 언급한 적이 있는지 궁금하네요. 전자 장치로 감시받고, 미행당하고, 개인정보가 도용당할 일들을 두려워했었는지요."

루시가 제이미 버거의 이름을 입력하자, 문제의 이메일이 검색되었다. 그러나 오스카가 최근 지방검사 사무실에 전화한 것과는 아무 상관이 없었다.

날짜 2007년 7월 2일 월요일 오전 10시 47분 31초

발신 테리 브리지스

수신 제이미 버거

참고 오스카 베인 박사

주제 케이 스카페타 박사와의 인터뷰

버거 검사님께.

안녕하세요? 저는 고대부터 근대까지 법의학과 의학의 발전에 관해 논문을 쓰고 있는 대학원생입니다. 논문 제목은 '법의학의 어리석음'으로 잡았습니다.

개요: 우린 빙 돌아 제자리로 돌아왔다. 우스꽝스러운 것에서 숭고한 것까지, 골상학과 관상학 그리고 희생자의 망막에 감지되었던 살인자의 이미지에서 요즘 영화와 TV 드라마에 나오는 '마법 같은 기술'까지.

친절하게 대답해 주시면 더 자세히 설명해 드릴게요. 이메일로 대답해 주시는 편이 더 좋지만 전화도 괜찮아요. 물론 난 당신의 견해를 좋아하지만, 이 편지를 쓰는 진짜 이유는 논문 주제로 더 적절한 케이 스카페타 박사와 연락하기 위해서예요. 당신도 분명히 같은 생각일 거라 생각해요. 저에게 스카페타 박사의 이메일 주소를 알려 주실 수 있나요? 찰스턴에 있는 사무실에 몇 차례 연락

을 시도했지만 잘되지 않았어요. 당신이 박사와 업무적으로 만난 걸 알고 있으니, 지금도 서로 친구로서 연락할 거라 생각해요.

그럼 안녕히 계세요.

테리 브리지스

212-555-2907

"당신은 절대 이 이메일을 받지 못했을 게 분명해요." 루시가 말했다.

"스스로 '루나시'라 부르는 여자가 뉴욕 정부 웹사이트로 이메일을 보냈다고요?" 버거가 말했다. "그런 이메일은 백만 년이 지나도 받지 못할 거예요. 나한테 더 중요한 문제는, 테리가 자신에게 연락하려 한 걸 케이는 왜 몰랐느냐는 거예요. 찰스턴은 뉴욕과 같지 않잖아요."

"그랬더라면 좋았을 텐데요." 루시가 말했다.

"이만 가야겠어요." 버거는 의자에서 일어나 코트와 서류 가방을 집어 들며 말했다. "내일 회의를 할 건데 시간이 정해지면 전화할게요."

"작년 늦봄과 초여름에 테리가 메시지를 보낸 것 같은데, 이모가 왜 그 메시지를 받지 못했는지 알 것 같아요."

루시도 자리에서 일어났고 두 사람은 집 안을 가로질러 출입문으로 향했다.

"로즈가 죽어 가고 있었어요…." 루시가 말했다. "6월 중순에서 7월 초까지, 로즈는 마구간을 개조해 만든 이모 집에서 살고 있었어요. 두 사람 모두 더 이상 사무실에 나가 일하지 않았어요. 그리고 마리노는 없었죠. 이모가 새로 개업한 곳은 규모가 작았고, 이모는 거기에 이 년 동안만 있었어요. 다른 직원은 전혀 없었고요."

"메시지를 받아 줄 사람도, 전화를 받아 줄 사람도 없었군요." 버거가 코트를 입으며 말했다. "잊기 전에 말해야겠어요. 여긴 복합기 같은 게 없어 보이니 나한테 그 이메일을 복사해서 전송해 줘요. 그리고 내가 알아야 할 다른 사항은 없나요?"

"마리노는 5월 초에 떠났어요." 루시가 말했다. "로즈는 마리노에게 어떤 일이 일어났는지 전혀 알지 못했어요. 이건 정말 불공평한 일이죠. 그가 허공으로 사라지고 나서 로즈는 곧 죽었어요. 어떤 일이 있었던 간에 로즈는 마리노를 걱정했어요."

"그럼 당신은요? 아무도 전화벨을 받지 않을 때 당신은 어디 있었죠?"

"내겐 그때가 지금과는 전혀 다른 삶처럼 느껴져요. 마치 내가 거기 없었던 것처럼…." 루시가 말했다. "나는 거의 기억하지 못해요. 내가 어디에 있었는지, 내가 끝내 어디를 향하고 있었는지…. 하지만 정말 끔찍했어요. 이모는 로즈를 손님방에 두고 항상 곁을 지켰어요. 로즈는 마리노가 사라지고 나서 정말 급격하게 상태가 악화되었고, 난 사무실과 연구실을 나가지 않았어요. 난 평생을 로즈와 알고 지냈어요. 로즈는 누구나 좋아할 법한 인자한 할머니 같았죠. 머리를 핀으로 올리고 깔끔한 양장을 차려입은 모습이 멋졌지만, 시신이든 총이든 마리노의 오토바이든 아무것도 두려워하지 않았어요."

"죽음에 대해서는 어땠나요? 그녀는 두려워했나요?"

"아뇨."

"하지만 당신은 두려웠죠." 버거가 말했다.

"우리 모두 두려워했고 내가 제일 그랬어요. 그래서 난 비까번쩍한 일들을 했고 갑자기 바빠졌어요. 왜 그랬는지 모르겠지만, 서둘러 경영자 보호 훈련 과정, 공격 인지와 분석 과정, 전술 화기 과정 재교육을 받았어요. 헬리콥터를 다른 걸로 새로 구입했고, 필요도 없었는데 텍사스에 있는 벨 헬리콥터 학교에 몇 주 동안 다니기도 했어요. 그러고는 모두들 북쪽으로 이사를 갔어요. 로즈는 강을 무척이나 좋아했어요. 그래서 제임스 강이 내려다보이는 리치먼드의 납골당을 찾았고, 이모는 로즈가 영원히 강을 내려다볼 수 있게 해 주었죠."

"지금 우리가 직면하고 있는 문제들이 어쩌면 그때 시작되었다고 말할 수도 있겠군요." 버거가 말했다. "아무도 조심하지 않았던 그때에 말예요."

"뭐가 시작된 건지 난 잘 모르겠어요." 루시가 말했다.

출입문에 다다랐지만 어느 누구도 선뜻 문을 열려 하지 않았다. 버거는 언제 다시 이렇게 단둘이 있게 될지 혹은 그래야 할지, 그리고 루시가 자신에 대해 어떻게 생각하는지 궁금했다. 버거는 루시가 본인에 대해 어떻게 생각하는지 잘 알고 있었다. 그녀는 루시에게 정직하지 못했었고, 그래서 그런 식으로 떠날 수는 없었다. 루시에게 그럴 수 없었고, 버거 자신에게도 마찬가지였다.

"컬럼비아 대학교에 다니던 시절, 룸메이트가 있었어요." 버거가 코트 벨트를 묶으며 말했다. "그녀와 난 보잘것없는 아파트에서 함께 살았죠. 난 돈이 없었고, 돈이 없는 집안에서 태어나, 당신도 알겠지만 돈을 보고 결혼했어요. 로스쿨을 다니는 동안, 그녀와 난 모닝 사이드 하이츠의 지옥 같은 집에서 살았어요. 잠자는 동안 살해되지 않은 게 신기할 정도였죠."

버거가 코트 주머니에 손을 넣자 루시는 그녀를 계속 쳐다보았고, 두 사람 모두 문에 어깨를 기댔다.

"우린 무척 가까웠어요." 버거가 덧붙여 말했다.

"나한테 굳이 그렇게 설명하지 않아도 돼요." 루시가 말했다. "난 당신 그대로의 모습과 당신이 살아가는 방식을 존중해요."

"당신은 나를 존중할 만큼 나에 대해 잘 알지 못해요. 그리고 당신한테 이런 얘기를 하는 건 당신에게 빚을 졌기 때문이 아니라, 그냥 그러고 싶어서예요. 내 룸메이트에겐 뭔가 문제가 있었는데, 이름은 말하지 않을게요. 감정 조절 질환을 앓고 있었는데, 당시에 난 그게 어떤 건지 이해하지 못했어요. 그 친구가 못되게 굴고 화를 내면 난 그게 진심인 줄 알았죠. 그러지 말았어야 했는데 싸우고 나면 상황은 악화되었고, 믿기지 않을 정도로 점점 나빠졌어요. 어느 토요일 밤, 이웃이 경찰에 신고했어요. 당신이 어딘가에서 이 사실을 알아내지 않았다는 게 놀랍군요. 별다른 일은 없었지만 기분이 나빴고, 우리 두 사람 모두 술이 취해 꼴이 엉망이었어요. 그런 상황이 벌어져서 내가 경찰서로 달려갔다고 상상해 봐요."

"왜 그런 상황이 벌어졌겠어요?" 루시가 물었다. "당신이 술에 취해 꼴이 엉망일 때 싸우려고 마음먹지 않았다면 말예요."

"그레그와 함께 있으면서는 그런 위협을 느낀 적이 한 번도 없었어요. 서로 고함을 친 적도 없는 것 같고, 뭔가를 던진 적은 분명히 없었어요. 우린 크게 다투거나 충돌하지 않고 함께 살았어요. 대개는 상대적으로 평온한 시기였죠."

"룸메이트는 어떻게 되었죠?"

"성공을 어떤 기준으로 보느냐에 따라 다르겠죠." 버거가 말했다. "하지만 내 생각에, 좋지는 않았던 것 같아요. 그녀는 거짓된 삶을 살았고, 그건 용서할 수 없는 삶이니까요. 더구나 나이가 들면서는 더욱 그렇죠. 난 거짓된 삶을 살았던 적은 없어요. 당신은 그렇게 생각할지 모르겠지만 난 그렇지 않았어요. 일을 해 나가면서 해결 방법을 찾아야 했고, 내가 내린 결정이 옳든 그르든, 쉽든 어렵든 존중했어요. 교과서적으로 보면 많은 것들이 적절치 못했죠."

"그 말은 곧 누군가가 없었고, 있지 말아야 할 때에는 그렇지 않았다는 뜻이군요." 루시가 말했다.

"난 교회학교 선생님이 아니에요. 그런 사람들과는 거리가 멀죠." 버거가 말했다. "하지만 내 인생은 내 거예요. 그 누구도 간섭할 수 없어요. 어느 누구도 상관할 바가 아니고, 난 망칠 생각이 없어요. 당신이 내 삶을 망치도록 내버려 두지 않을 거고, 당신의 삶을 망칠 생각도 없어요."

"당신은 항상 포기하면서 시작하나요?"

"난 시작하지 않아요." 버거가 말했다.

"이번에는 시작해야 할 거예요." 루시가 말했다. "왜냐하면 난 아니니까요. 당신과는 아니에요."

버거는 코트 주머니에서 손을 꺼내어 루시의 얼굴을 만졌다. 그러고는 문고리를 잡았지만 문을 열지 않았다. 버거는 다시 루시의 얼굴을 만지고 그녀에게 키스했다.

22 갈망 그리고 암울한 사실들

이스트 27번가 맞은편 19층짜리 감금 병동 아래에 있는 주차장에서 마리노는 수력으로 움직이는 승강기 옆에 홀로 숨어 있었다. 그 시간대에 승강기는 대부분 비어 있었고, 주차를 대신 해 주는 사람도 보이지 않았다.

마리노는 밝은 녹색 불빛의 야간용 단안(單眼)식 망원경으로 승강기를 살폈다. 그녀를 봐야 했다. 멀리서 은밀하게 아주 잠시라도 직접 봐야 했다. 달라진 게 없는 그녀의 모습을 보며 안도감을 느끼고 싶었다. 그녀의 모습이 예전과 똑같다면, 그를 보더라도 잔인하게 대하지는 않을 것 같았다. 그에게 모욕을 주거나, 창피하게 하거나, 피하지는 않을 것 같았다. 물론 자신에게 그럴 만한 자격이 있건 없건, 그녀가 예전처럼 대해 주지는 않을 것이었다. 하지만 신문에서 읽거나 TV에서 보는 것을 제외하면, 그는 이제 더 이상 그녀에 대해 아는 게 아무것도 없었다.

그때, 스카페타와 벤턴이 이제 막 안치소에서 나와 공원의 지름길을 통해 벨뷰 병원으로 가고 있었다.

그녀를 보자 마리노는 어지러웠고, 마치 죽은 사람이라도 본 것처럼 비현실적으로 느껴졌다. 마리노는 자신이 죽을 때가 다 되었을 때, 그 사실을 그녀가 알면 어떻게 생각할지 상상했다. 그 일을 저지른 후, 더 이상 거기에 있고 싶지 않았었다. 그녀를 해친 그 다음 날 아침, 그는 마구간을 개조해서 만든 그녀의 집 손님방 침대에 누워서 여러 가지 경우의 수를 떠올리고 있었다. 평생 최악의 두통이 뇌를 강타했고, 간헐적으로 느껴지는 메스꺼움을 견디느라 괴로웠다.

맨 먼저 떠오른 생각은 트럭이나 오토바이를 몰고 다리로 가서 강물에 뛰어드는 거였다. 그러나 그러면 죽지 않고 살아남을 것 같았다. 게다가 그 와중에도 숨을 못 쉴까 봐 두려웠다. 비닐봉지를 이용하는 것도 마찬가지였기에, 질식사는 좋은 선택이 아닌 듯했다. 목을 매는 건 상상조차 할 수 없었다. 발 밑 의자를 걷어차고 나서 빙그르르 돌며 몸부림치다가 마음을 바꿔먹는 건 생각조차 하기 싫었다. 욕조에 앉아 목을 긋는 생각도 잠시 떠올려 봤지만, 경동맥에서 피가 솟구치기 시작하면 되돌리고 싶어져도 너무 늦을 것 같았다.

일산화탄소 중독은 어떨까? 그러면 생각할 시간이 너무 많을 것 같았다. 독약 역시 마찬가지일 것이었다. 너무 고통스러울 것 같았고, 몸이 뒤틀린 채로 911에 신고하면 뱃속에 든 걸 모두 게워내고 존엄성을 완전히 잃은 추한 모습이 될 게 빤했다. 투신자살도 절대 아니었다. 분명 그는 운 좋게 살아남을 텐데, 알아볼 수 없을 정도로 심한 불구가 될 것이 분명했다. 마지막 선택은 9밀리 권총이었는데, 스카페타가 이미 숨긴 후였다.

손님방 침대에 누워 스카페타가 권총을 어디에 숨겼을지 생각하던 그는 총을 절대 찾지 못할 것이고, 지금 머리가 너무 아파서 찾지 못할 것이며, 집에 여유분이 두어 개 더 있으니까 나중에라도 권총 자살은 할 수 있을 거라는 생각이 들었다. 하지만 잘못 쏘면 최악의 경우, 철제 호흡 보조기를 하게 될지도 모르니까 정확히 쏴야 할 것이었다.

마리노는 맥린 병원에 있는 벤턴에게 연락해 마침내 그 모든 사실을 털어놓았다. 그러자 벤턴은 철제 호흡 보조기가 자살하는 데 있어 유일한 걱정거리라면 소아마비 상태로 자살을 시도하려는 게 아닌 이상 걱정할 것 없다고 사무적인 목소리로 말했다. 그는 분명히 그렇게 말했고, 권총을 정확하게 조준하지 못하면 심각한 뇌 손상을 입는 것에서 끝나게 될 텐데, 하지만 처음에 왜 죽으려고 했었는지에 대한 희미한 기억 정도는 남을 거라고 덧붙여 말했다.

그리고 최악의 상황이 발생하면, 되돌릴 수 없는 혼수상태에 빠져 누군가가 생명 유지 장치를 떼기 전에 대법원에서 판결을 받아야 할지도 모른다고 말했다. 상황이 그렇게 진행되는 동안 마리노는 아무것도 모를 것이고, 생사에 대해 누구도 확신할 수 없을 것이며, 뇌사상태에 빠질 수 있다고도 했다.

"사람들이 내게서 뭘 떼 낼 거라고 말하는 소리를 들을 수도 있다는 말이오?" 마리노가 벤턴에게 그렇게 물었다.

"생명 유지 장치요." 벤턴이 말했다.

"그러면 나는 더 이상 숨을 쉬지 못하게 되고, 난 그걸 아는데 다른 사람들은 모를 거란 말이오?"

"숨은 더 이상 쉬지 못할 겁니다. 곧 호흡기를 뗄 거라는 사실, 다시 말해 플러그를 뽑을 거라는 사실을 인식할 가능성도 있고요."

"그렇다면 어떤 사람이 벽으로 걸어가 소켓에서 플러그를 뽑는 모습을 내가 두 눈 뜨고 지켜볼 수도 있단 말이오?"

"그럴 수도 있어요."

"그러면 난 곧 질식해 죽겠군."

"숨은 더 이상 쉴 수 없을 겁니다. 하지만 희망을 사랑하는 사람들이 당신을 도와줄 수는 있겠죠. 비록 그들은 당신이 그들을 인식하고 있다는 걸 알지 못하겠지만."

벤턴과 통화를 마치자 마리노는 질식해서 죽을 거라는 두려움이 다시 밀려왔고, 그가 유일하게 사랑하는 사람이 얼마 전에 자신이 해친 사람, 다른 누구도 아닌 스카페타라는 암울한 사실이 떠올랐다. 이 시점에 그는 보스턴 가족 놀이 센터 근처에 있는 모텔 방에 있었는데, 벤턴과 통화하고 난 뒤, 자살하는 대신 매사추세츠의 북쪽 해안에 있는 재활 센터에서 인생에서 가장 길지도 모를 휴가를 갖기로 결심했다.

알코올 그리고 나쁜 행동을 유발하는 약물을 체내에서 완전히 빠져나가게 한 다음, 좋아진 모습을 보여주고 진지한 태도로 치료를 열심히 받으면, 그 다음 단계는 직업을 찾는 과정이었다. 그렇게 그는 반 년 후에 여기 뉴욕으로 와서 버거 밑에서 일하게 되었고, 스카페타가 벤턴과 함께 차를 타고 현장이나 사무실로 가는 모습을 훔쳐보려고 지금처럼 주차장에 몰래 숨어 있곤 했다.

녹색 불빛 속에서 소리 없이 움직이는 스카페타의 모습이 기이하게 느껴졌다. 그녀가 말할 때의 익숙한 동작이나 세세한 모든 것들이 선명하게 보였지만, 그와는 상관없는 모습들이었다. 마리노는 자신이 유령이 된 것 같은 기분마저 들었다. 마리노는 스카페타를 볼 수 있었지만 그녀는 그를 볼 수 없었고, 그녀의 삶은 그가 없어도 계속되고 있었다. 마리노는 스카페타를 잘 알았기에, 그녀가 지금쯤은 자신이 저지른 짓을 잊었을 거라는 확신이 들었지만, 자신이 갑자기 사라진 것은 잊지 않았을 것 같았다. 그러다가도 어쩌면 자신의 중요성을 스스로 과대평가하고 있는지도 모른다는 생각이 들었다. 그녀는 더 이상 마리노에 관해 생각하지 않을 수도 있었고, 그를 보고도 전혀 상관하지 않을지도 몰랐다. 아무런 감정도 느끼지 않고, 과거를 기억하지 못할 수도 있었다.

그 사건 후로 많은 일들이 일어났다. 스카페타는 결혼을 했고, 찰스턴을 떠났다. 그리고 보스턴 외곽에 위치한 대규모 법의국의 국장이 되었다. 벨몬트의 아름답고 오래된 저택에서 벤턴과 처음으로 실제 부부처럼 함께 살았다. 마리노는 밤에 차를 타고 그곳을 지나간 적이 한두 번 있었다. 두 사람은 이제 뉴욕에도 거처를 구했고, 마리노는 센트럴 파크 서쪽에서 몇 블록 떨어진 허드슨 강을 따라 걸으면서 그들이 사는 건물을 올려다보고 층수를 정확히 가늠하고는 아파트 안이 어떤 모습일지, 강이 내려다보이는 전망은 얼마나 아름다울지, 거기에서 바라보는 도시의 야경은 어떨지 상상했다. 스카페타는 TV에도 계속 출연해 유명해졌는데, 사람들이 그녀에게 사인을 요청하는 모습을 떠올릴 때면 기분이 멍해졌다. 그런 모습은 쉽게 상상이 가지 않았다. 스카페타는 그런 관심을 좋아하는 사람이 아니었다. 마리노는 그녀가 지금도 그런 사람이길 바랐다. 만약 사인 요청에 응한다면 그녀가 변했기 때문일 것 같았다.

이 년 전 루시에게서 생일 선물로 받은 이 강력한 망원경으로 스카페타를 지켜보던 마리노는 그녀의 목소리가 듣고 싶어져서 쓸쓸한 마음이 들었다. 그는 그녀가 움직이는 모습, 자세를 바꾸는 모습, 검은색 장갑을 낀 손을 움직이는 모습을 보면 그녀의 기분을 알아차릴 수 있었다. 그녀는 말수가 적었다. 사람들은 항상 그녀에 대해 말했는데, 그녀가 평소에 말수가 적고 행동이 조심스럽기 때문에 그녀의 말이나 행동이 더 설득력 있게 된다고 했다. 그녀는 애써 일부러 꾸미는 사람이 아니었다. 사람들의 말은 마리노가 들은 이야기와 달랐다. 그는 증언대에 선 스카페타가 어떻게 행동하는지에 대해 버거가 묘사했던 말들을 기억했다. 그녀는 목소리를 높이거나 같은 말을 반복하지 않았다. 침착하게 앉아 배심원들을 똑바로 쳐다보는 것만으로도 그들의 신뢰를 얻을 수 있었다.

망원경을 통해 스카페타가 입은 긴 코트와 깔끔하게 빗은 금발머리를 알아볼 수 있었다. 평소보다 약간 더 긴 금발이 코트의 칼라를 약간 덮고 있었고, 이마 뒤로 단정하게 빗어 넘긴 모습이었다. 평소처럼 강인했고 다른 어느 누구와도 비교할 수 없는 모습이었다. 그녀는 아름다웠지만 전형적인 미인은 아니었다. 얼굴선이 너무 날카로워서 미인 대회 기준에 맞지 않았고, 패션쇼에서 유명 디자이너 옷을 입고 런웨이를 걷는 비쩍 마른 모델과 비슷하지도 않았다.

마리노는 그날 밤 찰스턴에 있던 스카페타의 집에서처럼 속이 매스꺼워졌다. 심장은 마치 스스로를 해치려는 듯 심하게 쿵쾅거렸다.

마리노는 그녀를 갈망했지만 그는 지금 녹 냄새가 나는 더러운 그림자 속에 몸을 숨기고 있었고, 자신이 예전처럼 그녀를 사랑하지 않음을 깨달았다. 감정이 자기 파멸로 치닫자 항상 희망을 버리지 않았던 마음속에 숨어 있었던 것들이 생명을 다한 듯 사그라졌다. 그는 이제 더 이상 언젠가 그녀가 자신을 사랑하게 될지도 모른다는 희망을 품지 않았다. 그녀는 이미 결혼했고, 희망은 죽었다. 벤턴이 사라진다 해도 희망은 없었다. 마리노는 희망을 살해했다. 아주 잔혹하게. 그리고 그는 평생 단 한 번도 하지 않았던 짓을 그녀에게 저질렀었다.

아무리 술에 취했어도 여자를 억지로 가졌던 적은 없었다.

키스했을 때 상대방 여자가 혀를 입에 넣는 걸 원치 않으면 그는 그만두었다. 상대방이 자신의 손을 뿌리치면 다시는 초대 없이 손길을 뻗지 않았다. 발기했지만 상대방이 관심을 보이지 않으면, 절대 억지로 몸을 밀어붙이거나 다리 사이로 그녀의 손을 잡아당기지 않았다. 발기한 페니스가 가라앉지 않는 걸 상대방이 눈치채면, 늘 그랬듯 농담을 했다. "이런, 당신에게 인사하고 있군. 방에 여자만 있으면 항상 벌떡 일어나지. 이봐, 막대기가 딱딱해진다고 해서 내 차를 몰 수 있는 건 아니야."라고.

마리노는 거칠었고 교육을 많이 받지 못한 사람이었지만 성범죄자는 아니었다. 스스로 생각하기에 나쁜 사람이 아니었다. 하지만 스카페타도 그렇게 생각했을까? 그 다음 날 아침, 그녀가 토스트와 커피를 들고 손님방에 나타났을 때, 마리노는 그녀를 똑바로 쳐다보지 못했고 눈길조차 보낼 수 없었다. 도대체 무슨 짓을 저질렀던 걸까? 결국 그는 아무것도 기억하지 못하는 척해야 했다. 그녀가 버번위스키를 보관하고 있었던 것을 탓하며 투덜거렸고, 심하게 취해 아무것도 기억나지 않는 게 그녀의 잘못인 양 굴었다.

마리노는 아무것도 인정하지 않았다. 수치심과 갑작스런 두려움 때문에 아무 말도 할 수 없었고, 사실, 자신이 무슨 짓을 어디까지 했는지 전혀 알지 못했다. 스카페타에게 물어보지도 않았다. 자신이 무슨 범죄를 저질렀는지 스스로 알아내는 편이 더 나을 것 같았고, 몇 주 혹은 몇 달만 조사하면 곧 퍼즐 조각을 맞출 수 있을 것 같았다. 하지만 아직까지도 그렇게 하지 못했다. 그 다음 날 아침, 잠에서 깨어났을 때 옷은 모두 입고 있었고, 몸에서 나온 체액은 고약한 냄새가 나는 땀뿐이었다.

선명하게 기억나는 것들도 있었다. 그녀를 벽에 밀어붙였고, 옷을 찢는 소리가 들렸고, 부드러운 그녀의 피부의 감촉이 떠올랐고, 아프다면서 그러지 말라고 말하던 그녀의 목소리도 기억났다. 스카페타가 꼼짝하지 않던 게 또렷이 떠올랐고, 그녀가 본능을 어떻게 그렇게 통제할 수 있는지 의구심이 들었었다. 자신은 완전히 통제 불가능한 상태였는데, 스카페타는 현명하게 맞서 싸우며 더 자극하지 않았다. 다른 건 전혀 기억나지 않았다. 젖가슴조차 기억나지 않았다. 불쾌하지 않게 깜짝 놀란 기억만 희미하게 날 뿐이었다. 이십 년 동안 환상을 가졌던 터라 그가 상상했던 모습과는 꽤 달랐다. 하지만 그 상황에서는 어떤 여자라도 마찬가지였을 것 같았다.

그것은 성숙해지면서 체득하는 직관이나 상식과는 아무런 관계가 없는 어떤 깨달음이었다. 소년은 아버지가 연장함에 숨겨 둔 도색 잡지만 봐도 흥분하게 마련인데, 어른이 된 마리노는 자신이 결국 찾아낸 게 무엇인지 알 수 없었다. 젖가슴은 지문과 마찬가지로 고유한 특징이 있어서, 옷을 가린 상태에서는 쉽게 알아볼 수 없었다. 그가 애무한 여자들의 젖가슴은 모두 특이한 크기와 모양에다 대칭과 경사도도 제각기 달랐는데, 특히 젖꼭지는 그 차이점이 가장 두드러져서 시간이 지나도 끌렸다. 스스로를 대단한 감식가라고 여기는 마리노는 늘 일단 큰 게 더 좋다고 말하곤 했지만, 일단 추파를 던지고 애무하기 시작하면 입술에 와 닿는 느낌이 가장 중요했다.

망원경의 불빛 너머로 스카페타와 벤턴이 공원을 나와 도보로 걸어가는 게 보였다. 그녀는 아무것도 들지 않은 채 양손을 주머니에 넣고 있었는데, 그건 벤턴과 함께 어딘가를, 대개는 벤턴의 사무실을 들를 거라는 의미였다. 마리노는 두 사람이 별로 말이 없음을 알아차렸다. 그러자 그들은 마리노의 생각을 읽기라도 한 것처럼 손을 맞잡았고, 벤턴은 몸을 숙여 스카페타에게 키스했다.

그들이 길거리에 도착하자, 거리가 너무 가까워서 얼굴을 보려고 조명을 밝힐 필요가 없었다. 마리노가 보기에, 그들은 진심으로 키스했고 다시 입을 맞추려는 듯 서로를 쳐다보는 것 같았다. 그들은 1번가에 도착했고 서서히 시야에서 사라져 갔다.

수력으로 움직이는 세 대의 승강기 옆의 안전한 은신처를 막 벗어나려던 마리노는 공원에서 한 사람이 나타나 힘차게 걸어가는 걸 발견했다. 그리고 잠시 후 또 한 사람이 DNA 건물 방향에서 나와 공원으로 들어가는 게 보였다. 망원경의 밝은 녹색 불빛 속에서, 마이크 모랄레스와 레노라 레스터 박사가 벤치에 나란히 앉아 있는 게 보였다.

그들이 나누는 이야기는 들리지 않았고, 레스터 박사가 모랄레스에게 커다란 봉투를 건네는 모습만 보였다. 아마도 테리 브리지스 부검에 관한 정보일 것 같았다. 하지만 마치 스파이인 양 두 사람이 봉투를 주고받는 태도가 기이했다. 마리노는 두 사람이 내연 관계일지도 모른다는 생각이 들었다. 레스터 박사의 음울하고 여윈 얼굴과 시트에 누워 있는 새처럼 앙상한 알몸을 상상하자 속이 울렁거렸다.

그럴 리는 없을 것 같았다.

레스터 박사는 모랄레스에게 가능한 한 빨리 연락해서 스카페타가 안치소에서 무엇을 알아냈든 자신의 공을 인정받으려 했을 것 같았다. 그리고 그녀는 마리노를 비롯한 다른 사람들, 특히 버거보다 앞서서 정보를 얻기 원했을 것이었다. 그건 스카페타가 뭔가 중요한 걸 알아냈음을 뜻했다. 마리노는 레스터 박사와 모랄레스가 벤치에서 일어날 때까지 기다렸다. 모랄레스는 DNA 건물 모퉁이를 돌아 사라졌고, 레스터 박사는 맨손에 든 블랙베리 폰을 쳐다보면서 마리노가 있는 방향인 이스트 27번가를 향해 서둘러 발걸음을 옮기고 있었다.

레스터 박사는 찬바람을 뚫고 1번가를 향해 빠르게 걸어갔고, 거기서 택시를 잡아 페리를 타고 뉴저지의 집으로 되돌아가는 것처럼 보였다. 그리고 누군가에게 문자를 전송 중인 것 같았다.

*

마일 박물관은 잔소리쟁이가 예전부터 산책하기 좋아하던 장소였다. 물병과 그래놀라 바를 들고 아파트를 나올 때면 그녀는 매디슨 가를 둘러볼 생각에 발걸음이 빨라졌었다.

매디슨 가에서 그녀가 가장 좋아하는 곳은 구겐하임 미술관이었다. 피카소는 물론 클리포드 스틸, 존 체임벌린, 로버트 라우센버그의 작품을 보면서 감격스러웠었다. 거기서 마지막으로 본 전시회는 종이에 그린 잭슨 폴락의 회화 전시였는데, 이 년 전 봄에 열린 전시회였다.

그동안 어떤 일이 있었던 걸까?

잔소리쟁이는 자신에게 시간기록계도, 진정한 삶도 없었던 것 같은 기분이 들었다. 보스 밑에서 일하기 시작한 후부터 미술관, 극장, 화랑, 신문 가판대, 반스 앤 노블 서점에 가는 발길이 점점 뜸해졌다.

잔소리쟁이는 좋은 책을 탐독하거나, 낱말 맞추기 퍼즐을 풀거나, 혹은 공원에서 연주하는 음악가나 영화를 보고 감동하거나, 시를 읽고 마음이 흔들린 게 언제였는지를 떠올리려 애썼다.

언젠가부터 호박에 갇힌 벌레 같은 신세가 되었고, 이전까지는 전혀 알지 못했고 신경 쓰지도 않았던 '가십'이라는 삶에 갇혀 버렸다. 그건 마치 이를테면 종이 인형의 심장과 영혼을 가진 사람들에 관한 비속하고 진부한 이야깃거리 같았다. 마이클 잭슨이 법정에 어떤 옷을 입고 나갔는지가 자신과 도대체 무슨 상관이란 말인가? 마돈나가 말을 타다 떨어진 게 자신과 다른 사람들에게 도대체 어떤 의미가 있단 말인가?

잔소리쟁이는 미술 작품을 보는 대신 인생의 화장실을 들여다보기 시작했고, 다른 사람들의 배설물을 보고 기쁨을 느끼게 되었다. 그리고 검은색 캐딜락 세단을 타고 렉싱턴 가 '지옥의 스틱스 강(River Styx: 그리스 신화에서 저승을 일곱 바퀴 돌아 흐르는 강 - 옮긴이)'을 따라 집으로 돌아오던 중에 어떤 진실을 깨달았다. 카우보이모자를 쓴 남자는 친절했고 차에서 내릴 때 무릎을 가볍게 두드려 주었지만, 자신의 이름조차 절대 알려주지 않았다. 그의 이름을 물어보는 게 마치 상식에 어긋난다는 듯이.

잔소리쟁이는 오늘 밤에 온갖 사악한 일들을 겪었다. 첫 번째는 마릴린 먼로였고, 그다음은 컴퓨터 바이러스였으며, 마지막은 지하실이었다. 신이 그녀가 얼마나 비정한 삶을 살고 있는지 보여줌으로써 영적인 전기 충격 요법이라도 준 것 같았다. 침실 하나짜리 임대 아파트를 둘러보던 그녀는 아마도 남편이 떠난 후 처음으로 아파트 내부가 어떻게 보이는지, 그리고 그 후로 달라진 것이 전혀 없음에 대해 처음으로 깨달았다.

코듀로이 소파와 함께 맞춘 의자는 소박했고 편안했다. 보풀이 인 낡은 천을 보자 남편이 거실에 되돌아온 듯한 느낌이 들었다. 남편이 안락의자에 앉아 〈타임스〉를 읽으며 시가의 아랫부분이 얇아질 때까지 질겅질겅 씹던 모습이 눈앞에 보이는 것 같았고, 집 안 곳곳에 배어 있던 담배 냄새가 코끝에 되살아나는 듯했다. 이제껏 전문 청소부를 한 번도 부른 적 없는 것처럼 고약한 냄새가 코끝을 자극했다.

여러 계절 동안, 잔소리쟁이는 남편이 입던 옷을 처분하거나 더 이상 참고 볼 수 없는 몇몇 물건들을 버릴 용기를 갖지 못했었다.

신호등에 서 있는 백인 남자가 건너도 괜찮다고 손짓했다고 해서 곧바로 길을 건너서는 안 된다고, 남편에게 얼마나 자주 잔소리를 했던가?

교차로에 바리케이드가 쳐져 있고 차가 한 대도 보이지 않는데, 빨간불이 켜져 있다고 해서 보도에 가만히 서 있는 건 얼마나 어리석은 짓인가?

결국 남편은 아내의 말에 귀 기울이지 않고 백인 남자의 손짓만 쳐다보았다. 담배를 피우지 말고 건강을 챙기라고 줄곧 잔소리를 했건만 그다음 날 그녀에게는 그의 체취와 혼란스러움, 그가 집을 나서기 전 마지막으로 나눴던 이야기만 남게 되었다.

"커피크림은 어떻게 할까?" 남편은 사슴 사냥 때 쓰는 우중충한 모직모자를 눌러쓰며 물었었다.

그 모자는 그녀가 수십 년 전에 런던에서 사 준 것이었는데, 정말 쓰라고 사 준 게 아니라는 걸 남편은 그때까지도 알지 못했다.

"커피크림은 글쎄요. 커피 마실 때 크림을 넣는 사람은 당신뿐이니까요." 그녀가 했던 말이었다.

그의 귀에 들어간 그녀의 마지막 말.

잔소리쟁이는 그 마지막 말과 함께 악몽 같은 4월을 살아야 했다. 그달에 잔소리쟁이가 하던 일이 인도에 있는 다른 사람에게 넘어갔고, 부부는 좁은 아파트 안에서 무릎을 맞대고 앉은 채 돈 걱정을 했었다. 남편이 회계사였기에 계산은 늘 그가 했었다.

잔소리쟁이는 그들이 이 땅에서 함께 보낸 마지막 순간을 기록하면서 생각나는 모든 것들을 복기해 보았다. 혹시 자신이 다르게 행동하거나 말했더라면 운명이 바뀌지 않았을까, 하는 생각이 들기도 했다. 만약 마지막 순간에 그를 사랑한다고, 저녁에 그가 좋아하는 새끼 양고기 요리에 구운 고구마를 준비하겠다고 말했더라면, 커피 테이블에 놓을 히아신스 화분을 사 두었더라면, 남편이 길 양쪽을 살피지 않은 순간 머릿속으로 무슨 생각을 하고 있었든 다른 사람이나 다른 생각을 했더라면, 그랬더라면 어떻게 됐을까?

남편은 커피크림에 대해 늘어놓았던 잔소리 때문에 짜증이 나서 다른 데 정신을 팔고 있었던 걸까?

조금은 다정한 목소리로 조심하라고 말했더라면 어떻게 됐을까? 그랬더라면 그와 그녀, 그리고 그들을 구할 수 있었을까?

잔소리쟁이는 그녀의 관심을 평면 TV에 고정시켰다. 그리고 남편이 예의 그 회의적인 표정으로 뉴스를 보며 시가를 피우던 모습을 떠올렸다. 눈을 감을 때면 늘 떠오르는 그의 모습이었다. 그림자를 볼 때, 의자에 쌓인 세탁물을 볼 때, 혹은 안경을 끼지 않을 때마다 눈언저리에 떠오르는 그의 모습이었다. 그렇게 그녀는 떠나기 전 남편의 모습을 보았다. 그리고 남편이 떠났음을 되새기곤 했다.

남편은 그녀의 멋진 TV를 보고 이렇게 말했을 것 같았다. "여보, 웬 TV야? 누구한테 저런 TV가 필요하다고? 심지어 미국에서 만든 제품도 아닐 거야. 우린 저런 TV를 볼 만한 여유가 없어."

남편은 허락하지 않았을 게 분명했다. 아, 그가 떠난 후 그녀가 한 어떤 일도, 사들인 어떤 물건도 허락하지 않았을 게 확실했다.

안락의자는 텅 비어 있었고, 남편이 앉아서 닳은 자국을 보자 잔소리쟁이는 절망감이 들었고, 더 많은 기억들이 떠올랐다.

남편이 실종되었다고 신고하던 기억.

전화기를 붙들고 경찰에게 자신의 말을 믿어 달라고 사정하는데, 마치 수십 편의 영화에 나오는 장면을 재현하는 것만 같았다.

"제 말 좀 믿어 주세요. 부탁이니 제발 믿어 주세요."

잔소리쟁이는 굉장히 정치적인 여자 경관에게 남편이 술집에 가거나 주변을 서성거리지 않았다고 말했다. 기억 장애 증상도 없고 부정을 저지른 적도 없다고 했다. 남편은 항상 모범생처럼 정시에 귀가했고, '모험을 즐기고 저속한 짓'을 했다면 미리 연락했을 사람이라고 말했다.

"남편은 나한테 잔소리 좀 그만하라고 윽박지르더니, 지난번처럼 '모험을 즐기고 저속한 짓'을 하고 집에 돌아올 거라고 했어요." 잔소리쟁이는 여자 경관에게 말했고, 경관은 껌을 씹고 있는 것 같았다.

잔소리쟁이 말고는 겁에 질린 사람이 아무도 없었다.

상관하는 사람도 아무도 없었다.

뉴욕 경찰서에서 근무하는 다른 형사에게서 마침내 전화가 왔고, 그는 유감스러운 소식을 전해 주었다.

"부인, 이런 소식을 전하게 되어 무척 유감이지만… 오후 4시경에 사건 현장에 가 보니…."

그 형사는 친절했지만 꽤 바쁜 것 같았고, 유감스럽다는 말을 몇 번이나 하면서도 착한 조카가 나이 지긋한 이모를 전야제나 교회에 데려다 주듯 그녀를 안치소로 데려다 주지는 않았다.

"안치소라고요? 어디에 있어요?"

"벨뷰 병원 근처에요."

"어느 벨뷰 병원 말인가요?"

"부인, 벨뷰 병원은 한 곳뿐입니다"

"그렇지 않아요. 예전 벨뷰 병원이 있고 새로 지은 벨뷰 병원이 있어요. 안치소에서 어느 벨뷰 병원이 더 가깝죠?"

아침 8시에 안치소에 가서 시신을 확인할 수 있었고, 벨뷰 병원 두 곳을 혼동하지 않도록 미리 주소를 받았다. 그리고 법의학자 이름도 받았다.

법학 학사와 의학 박사인 레노나 레스터 박사였다.

박사는 교육을 많이 받은 여자였지만, 잔소리쟁이가 서둘러 그 작은 방으로 들어가 시트를 내렸을 때 너무나 불친절하고 불쾌한 느낌이 들었다.

남편의 눈은 감겨 있었고, 푸른색 종이 시트를 턱까지 덮고 있었다.

다친 흔적이 없고 긁힌 자국이나 멍 자국도 없어서, 잔소리쟁이는 순간 어떤 일이 일어났다는 사실이 믿기지 않았다.

"다친 데가 한 군데도 없어요. 어떻게 된 거죠? 도대체 어떻게 된 거예요? 죽었을 리가 없어요. 남편에게 무슨 일이 있을 리가 없어요. 창백해 보일뿐… 굉장히 창백해 보일 뿐 괜찮아 보여요. 남편이 괜찮아 보인다고 하는 사람이 나 말고도 있을 거예요. 남편이 죽었을 리가 없어요."

레스터 박사는 온실 속의 박제 비둘기 같았고, 전형적인 보행자 사망 사건이라고 짤막하게 설명할 때에도 입술은 거의 움직이지 않았다.

똑바로 서 있다가 뒤에서 얻어맞은 거라고,

택시 윗부분으로 던져진 거라고,

앞 유리창에 뒤통수를 부딪힌 거라고 했다.

그리고 경추가 심하게 골절되었다고, 그 의사는 뻣뻣하게 굳은 창백한 얼굴로 말했다.

충돌이 너무 강해서 하지(下肢)의 뼈까지 완전히 부서졌다고, 그 의사는 뻣뻣하게 굳은 창백한 얼굴로 말했었다.

"하지…."

남편의 발에는 양말과 신발이 신겨져 있었고, 그 악몽 같았던 4월의 오후, 그가 입은 코듀로이 바지는 그가 앉던 안락의자나 소파와 거의 비슷한 우중충한 갈색이었다. 자신이 삭스 백화점에서 골라 준 바지였다.

그 의사는 그 작은 방 안에서 뻣뻣하게 굳은 창백한 얼굴로 "남편이 괜찮아 보이는 이유는 심각한 외상이 대부분 하지에 있기 때문이에요."라고 말했다.

그의 하지 부분은 푸른색 종이 시트로 덮여 있었다.

잔소리쟁이는 우편물을 받을 수 있는 주소를 남기고, 안치소를 나왔다. 그리고 수표를 적고, 레스터 박사가 약 다섯 달 동안 독물학 검사 결과를 기다린 끝에 최종적으로 작성한 부검 감정서 사본을 받았다. 그 공식적인 부검 결과를 잔소리쟁이는 봉인을 뜯지 않은 채 아직 그대로 보관하고 있었다. 책상의 맨 마지막 서랍에는 남편이 좋아하던 시가가 박스에 담겨 있었다. 냄새가 나서 지퍼백에 담아 박스에 넣었는데, 그것 역시 아직도 버리지 못하고 있었다.

그녀는 버번위스키를 한 잔 더 따라 컴퓨터 옆에 놓고 자리에 앉았다. 그리고 평소보다 늦은 시각까지 일을 했다. 바로, 혹은 다시는 잠자리에 들고 싶지 않은 마음이었다. 오늘 오전에 봤던 마릴린 먼로의 사진을 열기 전까지는 모든 게 견딜 만했다는 생각이 들었다.

넓고 하얀 구레나룻을 기르고 번쩍이는 장신구를 한 남자를 떠올리자, 하느님이 그녀에게 벌을 내린 거라는 생각이 들었다. 그 남자는 닥스훈트나 시추 혹은 스프링어 스패니얼 강아지를 공짜로 주겠다고 했고, 집에 데려다 주겠다고 했다. 친절을 가장해 뇌물을 제공해서 입막음하려고 애쓰는 걸로 보아, 그가 굳이 친절하게 대하려고 애쓰지 않을 때에는 어떤 사람일지 미루어 짐작할 수 있을 것 같았다. 잔소리쟁이는 그 남자가 범행을 저지르는 순간을 목격했고, 두 사람 모두 그 사실을 알고 있었다. 그 남자가 잔소리쟁이에게 친절하게 보이고 싶은 데에는 꿍꿍이가 있을 것 같았다.

그녀는 인터넷을 검색하다가 삼 주 전 〈타임스〉에 실린 이야기를 찾아냈다. 보스가 렉싱턴 가에 있는 텔 테일 하트 애완동물 가게 본점에 대해 우호적인 글을 써 보냈던 바로 그 주였다. 그 기사에는 넓고 하얀 구레나룻을 기르고 방탕해 보이는 백발 남자의 사진이 함께 실려 있었다.

그의 이름은 제이크 루딘이었다.

작년 10월, 경찰이 그가 운영하는 가게 중 한 곳인 브롱크스 지점을 급습했고, 그는 애완동물 여덟 마리를 학대한 죄로 기소되었지만 몇 주 전인 12월 초에 무죄로 풀려났다.

강아지 학살 왕에 대한 기소가 유예되다!

뉴욕 카운티 지방검사 측은 동물 보호 운동가들이 '강아지 폴 포트(Pol Pot: 캄보디아의 공산당 정치가로 200만 명 이상을 학살했음 – 옮긴이)'라 불리는 미주리 주 출신 사업가 제이크 루딘에 대한 동물 잔혹 학대에 대한 기소를 유예했다. 동물 보호 운동가들은 제이크 루딘을 수백만의 캄보디아 사람들을 살해한 크메르 루주(Khmer Rouge: 1975년부터 1979년까지 캄보디아를 지배한 급진적인 공산주의 무장 세력 – 옮긴이)에 비교했다.

루딘은 유죄를 선고받고 여덟 건의 중죄에 관한 최고 언도를 받으면, 16년 형을 선고받을 수도 있었다. 하지만 "애완동물 가게의 냉동고에서 죽은 채 발견된 여덟 마리의 동물을 산 채로 냉동고에 넣었다는 걸 입증할 방법이 없었다."라고 지방검사 제이미 버거는 말했다. 그녀는 최근 동물 학대 특별 조사단을 꾸려 지난 10월 그 애완동물 가게를 급습했다. 그녀는 판사가 생후 3개월에서 6개월에 이르는 강아지 여덟 마리에 대한 안락사가 정당하지 않았다고 할 만한 증거가 충분하지 않다고 판단했다고 덧붙였다.

버거는 몇몇 애완동물 가게에는 개나 고양이 그리고 다른 동물들을 판매할 수 없게 되거나 어떤 이유에서든 상업적 효용이 없어지면 '제거'한다는 사실이 일반적으로 알려져 있다고 말했다.

"병든 강아지나, 쇼윈도에 내놓은 지 삼사 개월이 지나도록 사람들의 마음을 끌지 못한 강아지들도 마찬가지다. 그리고 많은 애완동물 가게는 동물들의 치료를 게을리 하고 따뜻한 온도, 깨끗한 케이지, 충분한 물과 음식 등 가장 기본적인 사항조차 제대로 공급해 주지 않는다. 이 특별 조사단을 만든 이유 가운데 하나는 많은 뉴욕 시민들이 애완동물을 기르고 있기 때문이고, 그런 범죄를 자행하는 사람들 가운데 몇몇을 감옥에 넣는 것이 내 임무라고 생각하기 때문이다."라고 버거는 말했다.

오늘 밤 잔소리쟁이가 911에 신고한 건 두 번째였다.

지금 그녀는 아까보다 술기운이 더 올라와서 정신이 더욱 흐릿했다.

"살해하는 자들을 봤어요." 그녀는 렉싱턴 가의 주소를 재차 말하며 교환원에게 말했다. "자그마한 것들이 거기에 갇혀 있고…."

"여보세요?"

"그 일을 저지른 직후에 그 사람은 나를 억지로 차에 태웠고, 나는 어쩔 수 없이 따랐어요…. 언짢은 표정에 얼굴은 벌겋게 달아올랐고 입은 꾹 다문 채 한마디도 하지 않았어요."

"여보세요?"

"그 사람은 예전에도 똑같은 일로 수감될 뻔했어요. 히틀러! 맞아요. 학살자 폴 포트예요! 하지만 빠져나왔어요. 버거 검사한테 말해요. 부탁이에요 지금 당장요. 제발 부탁이에요."

"여보세요? 댁으로 경찰을 보내드릴까요?"

"버거 검사가 이끄는 동물 학대 특별 조사단으로 보내 주세요. 부탁이니 꼭 보내 주세요. 난 제정신이에요. 그건 분명히 말씀드릴 수 있어요. 휴대전화로 그의 모습과 냉동고 사진을 찍었어요."

하지만 그녀는 실제로 사진을 찍지는 않았다.

"강아지들이 움직이고 있었어요! 움직이고 있었다고요!" 그녀가 소리쳤다.

23 초라하고 자그마한

벤턴과 스카페타가 어두운 밤거리로 나오자 병원 입구에 감청색 임팔라 한 대가 기다리고 있었다.

스카페타는 안감에 양털을 댄 가죽 재킷을 알아보았고, 곧이어 그 재킷을 입고 있는 사람이 마리노임을 알아차렸다. 트렁크를 활짝 연 마리노는 벤턴에게서 현장용 키트를 받아들고는, 그들을 위해 뒷좌석에 커피를 준비해 두었다는 얘기부터 떠벌이기 시작했다.

그런 일이 일어난 후에도, 시간이 한참 지나서도 그가 인사하는 방식은 여전했다.

"스타벅스에 들렀소." 그가 트렁크를 닫으며 말했다. "벤틀리 두 잔이오." 그는 발음도 정확하게 하지 못했다. "그리고 노란 박스에 달달한 것도 들어 있소."

"벤티 사이즈 두 잔이겠죠."

그가 사 온 건 스플렌다일 것이었다. 스카페타가 사카린이나 아스파탐에는 손도 대지 않음을 기억하고 있는 게 분명했다.

"하지만 크림은 용기에 담겨 있어 가져오지 못했소. 두 분 다 습관이 바뀐 게 아니라면 크림을 넣지 않고 커피를 마셨던 것 같은데…. 커피는 뒷좌석에 있고 버거 검사는 앞좌석에 있소. 어두워서 그녀의 모습은 보이지 않을 테니 괜히 그녀에 관한 얘기는 꺼내지도 마시오."

마리노는 그들을 웃기려 애쓰고 있었다.

"고마워요." 스카페타는 그렇게 말하고는 벤턴과 함께 차에 올라탔다.

"어떻게 지냈어요?"

"잘 지내고 있소."

마리노는 운전석에 올라탔다. 운전석을 뒤쪽으로 멀찌감치 밀어 두어서 스카페타의 무릎에 닿을 정도였다. 버거는 고개를 돌려 인사를 했고, 어색해 보이지 않도록 애썼다. 그 편이 쉬웠다.

마리노는 병원에서 차를 몰고 나왔고, 스카페타는 그의 뒤통수, 그리고 폭파범들이나 입을 법한 검은색 가죽 재킷의 칼라를 쳐다보았다. 〈호건의 영웅들(1960년대 중반부터 1970년대 초반까지 방송된 TV 드라마로, 세계 2차 대전 당시 독일 전쟁 포로수용소를 배경으로 한 군사 드라마 - 옮긴이)〉에 나올 법한 재킷이었다. 루시는 짤막한 벨트와 소매 지퍼 그리고 주렁주렁 달린 오래된 놋쇠 장식을 보며 그를 놀려대곤 했었다. 지난 이십 년 동안 알고 지낸 스카페타의 눈에 마리노는 그 재킷을 입기에는 체구가 너무 컸는데, 복부 주변이 특히 그랬다. 최근에는 운동을 했는지 덩치가 더 커진 듯했다. 스테로이드 때문일지도 몰랐다.

스카페타는 자신의 인생에서 마리노가 곁에 없던 시기에, 자신에게 어떤 일이 일어난 건지, 어쩌다 결국 그렇게 된 건지 곰곰이 생각하는 시간을 가질 수 있었다. 얼마 전 잭 필딩에게 다시 연락해 그를 고용하면서, 문득 어떤 생각이 떠올랐었다. 필딩은 스테로이드로 자신의 삶을 망쳤다. 그리고 마리노는 그걸 눈앞에서 지켜봤으면서도 자신이 무력해질지도 모른다는 두려움 때문에 육체적인 힘을 기르는 데 집착했었다.

어떻게든 도와주고 싶었었지만 그녀로서는 별다른 방법이 없었다.

마리노는 잭 필딩이 보디빌딩을 즐겨하는 것을 보고 항상 감탄하면서도, 그런 몸매를 만들기 위해 불법적이고 파괴적인 방법을 이용하는 것을 비판했었다. 그러나 최근에 성관계를 할 때 도움을 주는 약물을 복용하기 시작했고, 몇 년 전부터는 스테로이드를 복용했던 게 분명했는데, 그 때문에 공격적이고 비열하게 변한 듯했고, 그래서 결국 작년 봄 찰스턴에서 그 일을 저지른 것이 틀림없었다.

마리노를 보자 스카페타는 예상치 못했던, 그리고 아마도 설명할 수 없을 어떤 고통이 느껴졌다. 그리고 그와 함께 보낸 오랜 세월의 기억들이 떠올랐다. 마리노는 부동산 재벌 도널드 트럼프처럼 희끗해진 머리칼을 길러 대머리가 가려지도록 빗곤 했었다. 그가 젤이나 스프레이를 쓸 사람은 아니었기에 흐트러진 머리칼들이 귀 아래로 길고 지저분하게 흘러내렸다. 그러자 그는 머리칼을 깨끗하게 밀었고, 불길해 보이는 딱 달라붙는 두건을 쓰기 시작했다. 그러나 지금 그의 머리에는 가느다란 솜털들만이 헝클어진 채 초승달 모양으로 나 있었고, 귀고리도 더 이상 끼지 않는 듯했다. 그는 이제 더 이상 폭주족이나 저승사자처럼 보이지 않았다.

마리노다워 보였다. 좀 더 건강해 보였지만 동시에 나이가 좀 더 들어 보였고, 마치 가석방 상태인 것처럼 억지로 조심스럽게 행동하는 것 같았다.

그는 3번가를 돌아 병원에서 삼사 분 거리에 있는 테리 브리지스의 아파트로 차를 몰았다.

버거는 스카페타에게 테리가 작년 봄 혹은 초여름에 찰스턴의 사무실로 연락했던 사실을 기억하느냐고 물었다.

스카페타는 기억이 나지 않는다고 대답했다.

블랙베리 폰을 만지작거리면서 버거는 루시도 그럴 리 없다고 말했다고 중얼거리고는, 테리가 스카페타와 연락할 수 있게 도와 달라며 작년 여름에 보냈던 이메일을 읽어 주었다.

"잠깐만요." 버거가 말했다. "바로 그 무렵에 테리는 뉴욕 시 정부의 이메일 주소인 '버뮤다 삼각지대'로 이메일을 보냈는데, 당신한테 연락이 닿지 않자 나한테 연락을 시도했어요. 그녀는 우리 두 사람 모두에게 연락하는 데 실패한 것 같아요."

"'루나시' 같은 유저네임을 쓴 것도 놀랍지 않네요." 벤턴이 뒷좌석에 앉아 창밖으로 내다보이는 한적한 머레이 힐의 주택가를 바라보며 말했다. 스카페타의 눈에도 권투 선수처럼 걷는 남자 한 명을 제외하면 거리에 아무도 보이지 않았다.

"유저네임이 교황 이름이라 해도 놀라지 않을 거예요." 버거가 대꾸했다. "아무튼 난 그 이메일을 받지 않았어요. 그런데 케이, 그녀가 찰스턴에 있는 당신 사무실에 전화한 게 기억나지 않는 게 확실해요?"

"네. 확실해요." 스카페타가 말했다. "하지만 작년 봄과 초여름의 내 사무실은 버뮤다 삼각지대와 비슷했어요."

바로 앞에 마리노가 앉아 있어서 스카페타는 당시 상황을 자세하게 설명하고 싶지 않았다. 그가 한마디 말도 흔적도 없이 사라진 후 자신이 어떻게 지냈는지에 대해 도대체 뭐라고 얘기해야 한단 말인가? 그가 떠난 직후 로즈의 병세는 급격히 악화되었다. 로즈는 자존심과 완강한 고집을 더 이상 부리지 않았고, 스카페타가 하자는 대로 그녀의 집으로 들어와서 보살핌을 받았다. 결국엔 스카페타가 숟가락으로 음식을 떠 먹여 주었고, 가운을 갈아입혀 주었으며, 침구에 실수를 하면 시트를 갈아주었다. 임종을 앞두고는 모르핀을 맞은 채로 산소 호흡기에 의존했다. 로즈가 스스로 이만하면 충분히 고통받았다고 생각했을 때 그녀의 눈에 죽음이 깃들어 있었다.

로즈는 마리노가 그의 인생에서 가장 중요한 모든 사람들, 특히 죽음을 앞둔 그녀를 배신했다는 사실에 화를 냈다. 그녀가 화를 냈다는 사실을 마리노가 알면 어떤 기분이 들까? 로즈는 마리노가 잘못한 거라고 말하면서, 언젠가 그에게 어떤 말들을 전해 달라고 했다.

"내가 뺨을 때려 줄 거라고 그에게 전해 줘요."

그녀는 마치 마리노가 두 살짜리 어린아이라도 되는 것처럼 말했다.

"루시에게도 무척 화가 나 있다고, 두 사람 모두에게 불같이 화가 나 있다고 전해 줘요. 루시가 지금 저렇게 행동하는 것도 마리노 탓이에요. 루시가 블랙워터나 트레이닝캠프에서 실베스터 스탤론처럼 총을 쏘거나, 거구의 남자들 배를 무릎으로 걷어차고 있는 건 집으로 돌아오는 게 너무 두렵기 때문이에요."

마지막 몇 주 동안 로즈는 마음속에 담아 두었던 이야기들을 거칠고 두서없이 털어놓았는데, 허튼 소리는 한 마디도 없었다.

"저승에 가면 마리노를 찾아내 혼내 주는 게 더 쉬울 거라고도 전해 줘요. 내가 알아서 할 테니까 잘 지켜봐요."

스카페타는 로즈가 누워 있는 바퀴 달린 병원용 침대를 창문 앞에 세워 놓고 창문을 열어 정원을 바라보면서, 남북전쟁 시절부터 거기에 서 있던 떡갈나무의 나뭇잎이 바람에 흔들리는 소리와 새 소리를 그녀와 함께 들었다.

로즈와 함께 전망 좋은 그 오래된 거실에서 이야기를 나눌 때면, 벽난로 선반 위에 놓인 시계가 마치 둘이 함께 보내는 마지막 순간을 재기라도 하듯 메트로놈처럼 째깍거렸다. 스카페타는 마리노가 한 짓에 대해 구체적으로 말한 적은 없었지만, 누구에게도 말할 수 없었던 중요한 이야기들을 로즈에게 털어놓곤 했다.

스카페타가 로즈에게 말했다. "사람들은 지나 온 삶의 어떤 순간을 다시 살 수 있다면 등의 가정들을 하곤 해요."

"난 그런 식의 가정은 한 번도 해 본 적 없어요." 침대 시트 위로 환히 비친 아침 햇살 속에서 로즈는 몸을 꼿꼿이 세운 채 말했다. "그런 어리석은 가정은 해 봐야 아무 소용도 없으니까요."

"나도 그런 가정은 하지 않을 거예요. 그러길 바라지 않으니까요. 당신 말이 옳아요. 기회가 있다 해도 그날 밤 일을 되돌리진 않을 거예요. 그런다고 달라지는 건 아무것도 없으니까요. 내가 바라는 대로 그날을 되돌리려 애쓸 순 있어요. 하지만 마리노는 똑같은 일을 저지를 거예요. 그를 막을 수 있는 방법은 오래전… 십 년 전 혹은 이십 년 전으로 거슬러 올라가서 우리의 관계를 다시 시작하는 것뿐이겠죠. 그가 그런 일을 저지른 데에는 주의를 기울이지 않았던 내 탓도 있을 거예요."

스카페타는 결국 마리노와 루시가 로즈에게 했던 대로 똑같이 마리노에게 했다. 눈여겨보지 않았고, 알아채지 못하는 척 가장했으며, 위험이 닥치는 데도 직면해 맞서지 않았고, 바쁘거나 다른 일에 정신이 팔려 신경 쓰지 않았다. 마리노가 블라우스를 내려다보거나 스커트를 훑어볼 때, 자신을 훑어보는 경찰에게 당신과 섹스할 생각이 전혀 없으니 당장 그만두라고 서슴지 않고 말하는 제이미 버거처럼 행동했어야 했다. 자신은 당신의 창녀도, 마돈나도, 아내도, 엄마도 되지 않을 것이며, 무엇보다 그가 항상 원하는 것, 남자들이 철이 들지 않아 항상 원하는 것을 줄 생각이 전혀 없다고 말했어야 했다.

그녀가 버지니아의 법의국 국장으로 임명되었을 때 마리노에게 그런 식으로 분명하게 말했더라면, 그는 성질 고약한 어린아이처럼 그런 소란을 피워 힘들게 하지 않았을지도 몰랐다. 스카페타는 그에게 상처를 주는 것이 두려웠다. 궁극적으로 그녀의 가장 큰 단점은 다른 사람에게 상처를 줄지도 모른다는 두려움에 지나치게 갇혀 버리는 것이었고, 결국 그녀 자신과 마리노 그리고 모두에게 상처를 주고 말았다.

그렇게 스카페타가 마침내 인정하게 된 사실은 자신이 이기적이라는 거였다.

스카페타는 로즈에게 말했다. "난 세상에서 가장 이기적인 사람이에요. 그건 수치심 때문이겠죠. 내 지난날의 삶은 보통 사람들과 달랐어요. 난 추방당하고, 외면당하고, 수치심을 느끼는 게 어떤 건지 알아요. 그래서 어느 누구에게도 그러고 싶지 않았어요. 어쩌면 내가 다시는 그런 걸 당하고 싶지 않았는지도 모르죠. 그리고 난 가장 중요한 얘기를 입 밖으로 꺼내지 않았어요. 다른 사람을 생각해서라기보다 내가 불편해지는 걸 원치 않아서였죠. 자기 자신에 대해 알게 되는 건 정말 끔찍한 일이군요."

그러자 로즈가 말했다. "당신은 내가 만난 사람들 가운데 가장 특이한 사람이에요. 그리고 또래의 어린 여자아이들이 왜 당신을 좋아하지 않았는지, 대부분의 사람들이 왜 당신을 좋아하지 않았고, 지금도 여전히 좋아하지 않는지 알겠어요. 사람들은 당신을 보며 자신들이 상대적으로 초라해짐을 느꼈을 거예요. 그래서 당신을 초라하게 보이게 하려고 일부러 당신을 회피했던 거겠죠. 그렇게 하면 자신들이 더 나은 사람이라도 되는 양 말이죠. 당신은 그런 걸 모두 알았겠지만, 그런 걸 해결할 지혜를 가진 사람이 어디 있겠어요? 나라면 당신을 좋아했을 거예요. 내가 학교 수녀님이나 동급 여학생이었다면 당신을 정말 좋아했을 거예요."

"그렇지 않았을 거예요."

"아니에요. 분명히 좋아했을 거예요. 지난 이십 년 동안 줄곧 당신 곁을 따라다녔어요. 당신이 내게 호화스런 사무실을 제공해 주고, 보석과 모피를 선물해 주고, 외국 여행을 보내 줬기 때문이 아니에요. 난 당신을 정말 좋아해요. 당신이 그 사무실에 처음 왔을 때 기억나요? 여성 법의학자는 한 번도 본 적 없었던 나는 지레짐작했었죠. 정말이지 이상하고, 까다롭고, 고약한 사람일 거라고 단정했었죠. 그렇지 않고서야 여자가 이런 직업을 선택했을 리 없다고 생각했었죠. 당신 사진을 본 적 없었던 나는 당신이 검은 석호나 역병이 도는 구덩이에서 나온 괴물처럼 생겼을 줄 알았었죠. 난 어디로 갈지 고심 중이었고 아마 의과대학으로 갔을 거예요. 거기에서 날 고용하려 했으니까요. 당신을 만나기 전까지는 당신과 함께 일할 거라고 한순간도 생각해 본 적 없었으니까…. 그러고는 당신을 절대 떠나지 않으려 했어요. 이렇게 돼서 미안해요."

"되돌아가서 통화 기록과 사무실 이메일을 확인해야 할 거예요." 스카페타가 차 안에 있는 벤턴과 마리노 그리고 버거에게 말했다.

"지금은 그게 우선이 아니에요." 버거가 고개를 돌리며 말했다. "루시가 당신이 보고 싶어 할 만한 정보를 전송해 뒀어요. 테리 브리지스가 쓴 것으로 추정되는 글이에요. 누가 썼다고 단정하기 힘든 것은 오스카 베인 혹은 루나시가 쉽게 도용했을 수 있기 때문이에요."

"증거물들의 목록을 갖고 있으니 안에 표시해 둔 것들을 보면 될 거요." 마리노가 차를 몰며 말했다. "그리고 범죄 현장 도표도 있는데, 그걸 보면 거기에 뭐가 있는지 알 수 있을 거고."

버거가 사본 두 부를 뒤로 넘겨주었다.

마리노는 가로수와 적갈색 사암 건물들이 죽 늘어선 어두워진 주택가를 쳐다보았다.

벤턴이 주변을 주시하며 말했다. "불도 켜져 있지 않고, 대부분 휴일이라 도시를 떠난 것 같군요. 범죄율이 높은 지역은 아닙니다."

"맞소." 마리노가 말했다. "이 동넨 별다른 사건이 없었고, 사건이 일어나기 전에 마지막으로 들어온 신고라곤 고작해야 어떤 사람이 음악을 너무 크게 연주한다는 불평 정도였소."

마리노는 주차되어 있던 경찰차 뒤에 자신의 감청색 임팔라를 세웠다.

"여기에 또 한 가지 새로운 생각이 있어요." 버거가 말했다. "나와 루시가 살펴본 이메일을 근거로 볼 때, 테리가 다른 사람과 사귀고 있었는지에 대해서도 의심해 봐야 해요."

"이젠 아무도 경찰차를 굳이 숨기려 하지 않는군." 마리노가 시동을 끄며 말했다.

"숨긴다고요?" 버거가 물었다.

"모랄레스가 경찰차를 훤히 보이는 데 두고 싶지 않다고 말했었소. 범인이 돌아올 경우에 대비해서 말이오. 그 친구는 보고하는 법을 잊어버린 것 같군."

"오스카를 두고 바람을 피웠다는 뜻이군요." 벤턴이 차문을 열며 말했다. "테리가 오스카를 두고 바람을 피웠을 수도 있다는 말이죠? 코트는 차에 두고 내려야 할 것 같군요."

스카페타가 코트를 벗자 차가운 바람이 불어와 옷과 머리가 휘날렸다. 마리노는 그들이 도착한 아파트 안에 주재하고 있는 경관과 통화했다. 그곳은 여전히 실질적인 범죄 현장이었고, 새벽 1시 직후 경찰이 떠났을 때와 똑같은 상태로 유지되어야 한다고 스카페타가 읽은 보고서에 나와 있었다.

건물 출입문은 열려 있었고, 마리노와 벤턴, 버거와 스카페타가 다섯 계단을 올라 출입문을 지나자, 제복을 입은 경관이 진지한 태도로 자신의 임무를 이행하고 있었다.

마리노가 경관에게 말했다. "앞에 자네 차가 주차되어 있더군. 본부에서 내려온 마지막 명령이 경찰차를 훤히 보이는 곳에 세우지 말라는 거 아니었나?"

"이전에 근무한 경관이 기분이 좋지 않았어요. 냄새 때문인 것 같던데, 저쪽에 앉지 않으면 그렇게 심하지는 않지요." 경관이 말했다. "그와 교대할 때 차를 건물 앞에 두지 말라는 지시는 못 받았어요. 차를 다른 데로 옮길까요?"

마리노가 버거에게 말했다. "어떻게 할까요? 모랄레스는 경찰이 있는 것처럼 보이고 싶어 하지 않았소. 아까 말한 것처럼, 범인이 현장에 되돌아올 경우에 대비해서라고 했소."

"그 친구는 지붕에 카메라를 설치했어요." 경관이 말했다.

"그것 참 대단한 비밀이로군." 마리노가 말했다.

"이 아파트로 되돌아올 수 있는 사람은 오스카 베인뿐일 겁니다." 벤턴이 말했다. "열쇠를 가진 사람들이 돌아다니지 않는다면 말이죠. 그가 아무리 과대망상에 시달린다 해도 여기에 나타나 아파트에 들어오려고 시도하진 않을 겁니다."

"오스카 같은 정신 상태의 사람들 중엔 자기가 죽인 사람을 마지막으로 보기 위해서 안치소에 나타나는 사람도 있어요." 스카페타가 말했다.

스카페타는 지금껏 충분히 입을 다물고 있었으니 이제 말문을 열어야겠다고 마음먹었다. 환자와 의사 사이의 비밀 유지 의무를 어기지 않으면서도 필요한 정보를 공유할 방법이 있었다.

마리노가 경관에게 말했다. "오스카 베인이 나타날 경우에 대비해 법의국 주변을 순찰 도는 것도 좋은 생각이겠군. 하지만 기자들의 귀에 들어가지 않도록 어떤 이야기도 누설해서는 안 되네. 알겠나? 이스트사이드에 지나가는 모든 난쟁이들을 세워서 물어볼 필요는 없을 거네."

마리노는 법의국 사무실 주변이 왜소발육증 사람들이 즐겨 다니는 곳인 양 말했다.

"뭘 좀 먹거나 하고 싶은 걸 하게. 지금이 좋은 타이밍이니까." 마리노가 말했다.

"그러고 싶지만 괜찮습니다." 경관이 버거를 슬쩍 쳐다보며 말했다. "전 여기 있으라는 명령을 받았습니다. 그리고 여기 장부에 서명하세요."

"그렇게 딱딱하게 굴지 말게. 아무도 캐묻지 않을 거고 버거 검사도 마찬가지일 테니." 마리노가 말했다. "우리가 잠깐 있을 데가 필요하니 건물 밖으로 나가 있게. 아니면 잠시 쉬어도 괜찮고. 우리가 떠나기 십오 분 전엔 알려 주도록 하지. 너무 멀리 가지는 말고."

경관이 테리의 아파트 현관문을 열자 닭고기 냄새가 스카페타의 코끝을 자극했다. 경관은 접이식 의자 등받이에 걸어 둔 재킷과 그 아래 마룻바닥에 두었던 필립 마이어의 소설《아메리칸 러스트》를 집어 들었다. 그는 어떤 이유가 있든, 혹은 그러고 싶은 마음이 들더라도 어떤 행동도 해서도 안 된다고 지시받았다. 증거물을 수집한 장소를 표시하는 밝은 오렌지색 작은 원뿔형 표시가 그것을 분명히 해 주었다. 그가 음식이나 물이 필요한지 혹은 급히 화장실을 가야 하는지의 여부는 중요치 않았고, 볼일을 보는 동안에는 예비 대원을 불러 자리를 지키게 해야 했다.

스카페타는 아파트 현관문을 열고 들어가 현장용 키트를 열어 디지털카메라와 노트, 펜을 꺼낸 다음, 사람들에게 장갑 한 켤레씩을 나눠 주었다. 그리고 늘 하던 대로 가까이 다가가거나 말하지 않고 조사를 시작했다. 증거물 표시로 인한 것 말고는 제자리를 벗어난 게 아무것도 없었고, 폭력 사건이 일어났다는 사소한 흔적조차 찾을 수 없었다. 아파트 안은 티끌 하나 없이 깨끗했고, 둘러보는 곳마다 이곳에서 살다 죽음을 맞은 완강하고 강박관념에 사로잡힌 여자의 흔적들이 보였다.

거실에는 꽃무늬 천 소파와 일인용 의자가 단풍나무로 만든 커피 테이블 앞에 바르게 놓여 있었고, 커피 테이블 위에 놓인 잡지는 한 치의 오차도 없는 부채꼴 모양으로 펼쳐져 있었다. 한쪽 구석에 놓인, 새 것으로 보이는 파이오니아 평면 TV도 소파 정중앙을 향하고 있었고, 벽난로 안에는 실크로 만든 조화가 있었으며, 바닥에 깔린 상아색 러그는 반듯하게 펴져 있었고 깨끗했다.

원뿔형 표시 말고는 경찰이 이곳을 다녀갔다는 흔적조차 거의 없었다. 새로운 범죄 현장 보존의 시대가 오면 사람들은 신발 덮개가 달린 일회용 옷을 입게 될 것이다. 윤을 낸 마룻바닥에서 어떤 인상을 복원하기 위한 정전기를 찾아내는 기구를 사용할 것이고, 법의학 조명 기구와 사진이 주변을 어지럽게 만드는 검은색 파우더보다 우선시될 것이다. 뉴욕 경찰국처럼 기술이 발달한 조직 내에서 일하는 범죄 현장 전문가들은 없는 것을 새롭게 만들어 내지도, 있는 것을 파괴하지도 않을 것이다.

거실은 식사 공간 그리고 부엌과 연결되어 있었고, 아파트가 좁은 편이어서 스카페타는 저녁 식사가 준비되는 테이블과 스토브 근처에서 요리를 하고 있던 테리의 모습을 쉽게 떠올릴 수 있었다. 닭고기 요리는 아직 오븐에 들어 있는 게 틀림없었는데, 얼마나 오랫동안 그 안에 들어 있었는지는 아무도 모를 것이었다. 주인집 사람이나 테리의 가족이 자유롭게 이곳에 들어올 수 있을 즈음엔 어떤 냄새가 날지 알 수 없었지만, 그것이 핏자국이든 손도 대지 않은 연휴 저녁 식사든, 살인사건 후의 뒤처리를 하는 건 경찰의 책임이 아니었다.

"뻔한 질문을 해 볼게요." 스카페타가 특별히 누구에게랄 것도 없이 물었다. "혹시 우발적인 사건일 가능성이 있을까요? 혹시라도 말이죠. 맞은편에도 아파트가 있고, 위층에도 아파트가 두 세대 더 있지 않아요?"

"난 항상 모든 가능성을 열어 둬야 한다고 말하죠." 버거가 말했다. "하지만 테리는 문을 열어 줬어요. 다른 누군가의 소행이라면 그가 열쇠를 가지고 있었을 게 분명하고요. 테리와 범인은 서로 아는 사이인 것 같아요." 그러면서 마리노를 쳐다보며 말했다. "지붕으로 올라가는 통로에 대해 말했었잖아요. 새로운 소식이라도 있나요?"

"모랄레스에게서 문자가 왔소." 마리노가 말했다. "어젯밤 범죄 현장에 도착했을 당시, 그리고 지붕에 카메라를 설치한 후에도 사다리는 원래 있던 장소인 창고에 있었다고 하는군요. 빌어먹을."

마리노는 다른 이들에게 말하지 않을 농담이라도 알고 있는 듯한 표정을 지었다.

"새로운 소식은 없는 것 같네요. 혹시 다른 세입자 중에 용의자나 증인이 될 만한 사람은 없나요?" 버거가 마리노에게 물었고, 그들의 대화는 아파트 안에서 계속되었다.

"롱아일랜드에 사는 집주인 말로는, 테리는 불만 사항을 얘기할 때 말고는 쥐 죽은 듯 조용히 지내는 여자였다고 했소. 그리고 뭐든지 똑바로 해야 하는 유형이었다고 했소." 마리노가 말했다. "하지만 약간 흥미로운 점은, 테리가 자신이 해결할 수 없는 일이 생겨도 절대 집주인을 집 안으로 들어오게 하지는 않았다는 점이오. 다른 누군가가 고쳐 줄 거라고 말하곤 했다는 거요. 그리고 집주인은 자신이 임대료를 올릴 경우에 대비해 테리가 모든 문제를 메모하고 있는 것 같다고 했소."

"집주인이 테리를 별로 좋아하지 않았던 것처럼 들리는군요." 벤턴이 말했다.

"집주인이 전화를 몇 번 했는데, 테리는 통화는 절대 하지 않고 항상 이메일을 보냈다고 했소. 집주인의 표현을 빌자면, 소송을 준비하는 것처럼 말이오." 마리노가 말했다.

"루시한테 그 이메일을 찾아보라고 할 수 있을 거예요." 버거가 말했다. "집주인에게 불만을 늘어놓으면서 열여덟 개의 유저네임 가운데 뭘

쳤을까요? 루나시는 아닐 거예요. 조금 전에 루시와 함께 루나시 계정은 다 확인해 봤으니 말이죠. 그리고 루시에게 새로 찾은 게 있으면 곧바로 전송해 달라고 부탁해 뒀어요. 루시가 이 아파트에서 가져간 노트북들을 계속 확인하는 동안 우린 루시와 온라인으로 연결되어 있다고 할 수 있죠."

"'레일로드런(Railroadrun)'이라고 했는데, 해석하자면 '철도 달리기' 정도일 거요." 마리노가 말했다. "집주인이 말한 테리의 이메일 주소 말이오. 아무튼 요점만 말하자면, 테리는 정말 골치 아픈 존재였던 것 같소."

스카페타가 말했다. "테리가 집에 고칠 게 생겼을 때 누군가 도와줄 사람이 있었던 것 같군요."

"그게 오스카였는지 의심스러워요." 버거가 말했다. "지금까지 확인한 이메일에는 그런 내용이 전혀 없었거든요. 오스카에게 변기를 고쳐 달라거나 천장에 있는 전구를 갈아 끼워 달라고 요청한 적이 없어요. 물론 키가 작아서 그가 하기 힘든 일들도 있었을 테지만 말이죠."

"위층 창고에 사다리가 있소." 마리노가 말했다.

스카페타가 말했다. "난 우선 혼자 좀 둘러봐야겠어요."

그녀는 현장용 키트에서 줄자를 꺼내어 재킷 주머니에 넣고는, 원뿔형 표시들을 살피면서 경찰이 범죄 현장에서 어떤 물건들을 증거물로 가져갔는지 증거물 목록을 확인했다. 문 안쪽으로 대여섯 발자국 떨어진 왼쪽에 있는 1번 원뿔형 표시는 듀라셀 리튬 건전지 두 개가 들어 있는 검은색 철제 손전등이었다. 불이 켜져 있었고 '럭시온 스타(Luxeon Star)'라고 적혀 있었다. 오스카가 말한 것과는 달리 플라스틱 재질이 아니었고, 중요할 수도 혹은 전혀 중요하지 않을 수도 있었다. 다만 철제 손전등이 위협적인 무기가 될 수 있다고 가정할 수 있었는데, 그렇다면 오스카가 스카페타가 검사했던 타박상을 입기 위해 손전등을 힘껏 내리쳤다는 가정에 무리가 있을 수 있었다.

마룻바닥에 찍힌 발자국에는 각각 2번부터 4번까지 원뿔형 표시가 되어 있었다. 러닝슈즈 타입의 신발을 신고 걸은 발자국이었는데, 발자국 크기는 대략 길이 16.5센티에 너비 10센티였다. 크기가 작은 걸 보고 스카페타가 목록을 자세히 확인해 보자, 테리의 옷장에서 운동화 한 켤레가 없어졌다는 기록이 남아 있었다. 220밀리의 여성용 리복 운동화였는데, 분홍색 테두리가 들어간 흰색 운동화였다. 220밀리 여성용 운동화를 신었다면, 발자국에서 발가락부터 발뒤꿈치까지의 길이가 16.5센티가 될 수 없었다. 안치소에서 테리의 발을 본 기억을 더듬으면서 스카페타는 비정상적으로 짧은 발가락 때문에 발 크기가 그보다 작았음을 기억해 냈다.

스카페타는 현관문 근처에 남은 발자국이 오스카의 것이 아닐까 하는 생각이 들었다. 그가 시신을 발견한 후 차로 되돌아가서 코트를 둔 다음 무슨 일을 했는지는 알 수 없지만, 아파트 안에 들어왔다가 다시 나갈 때 발자국이 남았을 수 있었다.

하지만 그건 오스카의 진술이 사실이라고 가정할 때였다.

바닥에 남은 다른 발자국도 관심을 끌었는데, 맨발로 디딘 발자국이기 때문이었다. 스카페타는 사광(斜光)으로 찍힌 사진 몇 장을 보았던 것을 떠올렸다. 맨발의 발자국을 테리의 것으로 가정했었고, 발자국이 남은 위치가 중요할 거라고 생각했었다.

모든 발자국은 테리의 시신이 발견된 욕실 바로 바깥에 집중되어 있었다. 스카페타는 테리가 샤워 후 바디로션이나 오일을 발랐다고 가정해 보았다. 만약 그랬다면 발자국이 마룻바닥에 집중되어 선명하게 남아 있는 것에 대한 설명이 가능했다. 테리가 아파트 안에 들어오면서 슬리퍼를 벗지 않았다면 어떻게 됐을까? 스카페타는 곰곰이 생각해 보았다. 출입문을 열자마자 범인에게 공격당했을까? 저항했을까? 욕실로 되돌아갔을까? 아니면 슬리퍼가 좀 더 일찍 벗겨졌을 가능성은 없을까?

오랜 세월 동안 살인사건 현장을 조사해 온 스카페타의 경험으로 미루어 볼 때, 범인과 맞닥뜨린 희생자가 욕실 슬리퍼를 한쪽 혹은 양쪽 모두 신고 있을 가능성은 희박했다. 대부분의 사람들은 말 그대로 겁에 질려 허둥거렸다.

부엌으로 다가가자 찬장 위 오븐에 든 닭고기 냄새가 더 고약하게 진동했다. 마리노가 아파트 인테리어 도면에 크기를 재서 적어 넣은 서류에 따르면, 부엌 옆에는 손님방 겸 서재가 있었다.

부엌 식탁은 흠 잡을 데 없이 완벽하게 차려져 있었는데, 풀을 먹여 빳빳하고 깨끗한 파란색 매트 두 장 위에 파란색 테두리가 들어간 접시 두 세트가 서로 마주보도록 놓여 있었고, 반짝이는 식기류는 정확히 제자리에 놓여 있었다. 모든 물건이 극도로 깔끔하게 정돈되어 있었다. 오직 꽃꽂이만이 완벽하지 않았는데 소국은 고개를 숙이기 시작했고, 제비고깔의 꽃잎은 눈물처럼 떨어져 있었다.

스카페타는 식탁 의자를 꺼내어 파란색 벨벳 쿠션을 확인했다. 비정상적으로 작은 키를 보완하느라 무릎을 꿇을 때 움푹 들어간 흔적이 남아 있는지 확인하기 위해서였다. 테리가 식탁을 차리느라 의자 위에 올라갔다면 의자 쿠션을 나중에 다시 정리했을 것 같았다. 모든 가구는 일반적인 크기였고, 아파트 안에는 장애인을 위한 설비가 전혀 갖추어져 있지 않았다. 스카페타가 옷장과 찬장을 열자 그저 손잡이가 달린 스툴, 짧은 팔 대신 멀리 뻗어 물건을 집는 기구, 그리고 테리가 밀어 넣거나 당기는 데 사용했을 법한 벽난로 부지깽이와 같은 도구들이 발견될 뿐이었다.

부엌 안 구석자리에 놓인 전자레인지 아래에는 떨어진 핏자국이 검붉게 굳어 엉망이었는데, 오스카 베인이 지금은 범죄 현장에 남아 있지 않은 부엌용 가위에 자신의 엄지손가락을 베일 때 흘린 핏자국 같았다. 나무로 된 칼 블록은 가위와 함께 연구실로 보내진 상태였다. 스토브 위에는 아직 요리하지 않은 시금치가 담긴 냄비가 있었는데, 사람들이 안전에 유의할 때 늘 그렇듯이 냄비 손잡이가 안으로 향해 있었다. 오븐 안에 든 닭고기 냄새가 계속 진동했고, 깊은 알루미늄 팬 안에 들러붙은 기름기가 노란 왁스처럼 굳어 있었다.

요리 도구와 냄비 홀더가 싱크대 위에 가지런히 놓여 있었고 바질, 소금과 후추 세트, 요리용 백포도주도 한 줄로 늘어서 있었다. 작은 세라믹 그릇 안에는 레몬 세 개, 라임 두 개, 그리고 갈색 반점이 생기기 시작한 바나나 한 개가 들어 있었다. 그 근처에 놓여 있는 코르크 따개와 가격치고는 맛이 꽤 괜찮은 아직 개봉되지 않은 샤르도네 와인을 보면서, 스카페타는 와인을 열어 로맨틱한 이벤트와 저녁 식사를 즐길 수도 있었지만 결국 완전히 망쳐진 그들의 저녁을 떠올렸다. 테리는 오스카가 도착하기 한 시간 전쯤 냉장고에서 와인을 꺼내 두었던 걸까? 그런 의혹이 들자 스카페타의 머릿속에서 테리가 오스카가 아닌 다른 사람에 의해 살해당했을지도 모른다는 생각이 다시금 들었다. 만약 그랬다면, 그녀는 화이트 와인은 차갑지 않게 적당히 시원한 상태로 내놓아야 한다는 걸 알았던 것 같았다.

냉장고 안에는 역시 가격치고는 맛이 꽤 괜찮은 샴페인 한 병이 들어 있었는데, 테리는 어쩌면 '소비자 후기'가 성서라도 되는 양 인터넷에서 추천 글을 샅샅이 뒤지는 유형인지도 몰랐다. 집에 놓인 물건들은 대부분 익히 알려진 모델들로, 그녀 스스로 굉장히 좋아해서 혹은 재미삼아 산 것은 하나도 없는 것 같았다. TV, 굽이 달린 유리잔, 도자기 등 모든 제품들이 서둘러 구입하거나 일시적인 기분으로 구입한 게 아니라, 정보를 수집해 신중하게 선택한 것들처럼 보였다.

냉장고의 서랍 안에는 신선한 브로콜리와 피망, 양파, 양상추가 들어 있었고, 어젯밤 저녁 식사에 필요해 구입했을 슬라이스 칠면조 고기와 스위스 치즈에는 거기에서 몇 블록 떨어진 렉싱턴 가 식료품 가게에서 일요일에 구입했다는 라벨이 붙어 있었다.

냉장고의 문 안쪽에 들어 있는 샐러드드레싱과 양념은 모두 저칼로리 제품이었고, 찬장에 있는 크래커와 견과류, 스프 등은 모두 저염 제품이었다. 술 역시 다른 것들과 마찬가지로 비슷한 가격대에서는 가장 좋은 브랜드들이었는데 듀어스, 스미노프, 탱커레이, 잭 다니엘스 등이 있었다.

쓰레기통 뚜껑을 열 때에도 스카페타는 전혀 놀라지 않았다. 야금(冶金) 처리한 철제 쓰레기통은 녹이 슬지도, 손때가 묻어 있지도 않았다. 그리고 페달이 달려 있어서 뚜껑을 열 때 더러운 것에 손을 댈 필요가 없었다. 주문 제작한 흰색 폴리에틸렌 봉지 안에는 구이용 닭과 시금치를 담은 봉지, 구겨진 종이 타월 한 뭉치, 그리고 테이블에 놓여 있는 꽃을 싸고 있었을 초록색 종이가 들어 있었다. 아직 고무 밴드가 묶여 있는 꽃의 줄기를 테리가 칠팔 센티 정도 자르려고 부엌용 가위를 사용했다면, 사용 후 가위를 씻고서 칼 블록에 다시 꽂았을까? 스카페타는 의문이 들었다.

영수증은 경찰들이 어젯밤에 수색하여 이미 목록으로 만들었기 때문에 집 안에는 없었다. 테리는 어제 아침 동네 시장에서 8달러 95센트를 주고 꽃을 샀다. 스카페타가 보기에, 그 초라하고 자그마한 봄 꽃다발은 뒤늦게 생각이 나서 구입했을 것 같았다. 창조적이고 자발적인 생각과 따뜻한 감정이 부족했을 테리를 떠올리자 스카페타는 왠지 마음이 서글퍼졌다. 그렇게 사는 건 끔찍할 것 같았고, 그녀가 그런 지점에 대해 아무것도 하지 않은 건 부끄러운 일이었다.

테리는 심리학을 전공했다. 그녀는 자신의 불안장애가 치료를 요함을 알았을 터였고, 치료 과정을 거쳤다면 자신의 운명을 바꿀 수도 있었다. 물론 간접적이긴 하지만, 낯선 사람들이 아파트에 들어와 그녀가 누군지, 어떤 삶을 살아 왔는지에 대해 낱낱이 조사하게 된 것도 결국은 테리의 강박 때문일 것이었다.

스카페타는 부엌의 오른쪽에 있는, 서재로 사용한 작은 손님방으로 갔다. 책상과 높낮이를 조절할 수 있는 의자, 프린터가 놓여 있는 작은 테이블 말고는 아무것도 없었고, 벽에는 텅 빈 파일 캐비닛 두 개가 있었다. 스카페타는 복도로 물러나 아파트 현관문 쪽을 쳐다보았다. 버거와 마리노, 벤턴은 거실에서 증거물 목록을 살피면서 오렌지색 원통형 표시의 중요성에 관해 이야기를 나누고 있었다.

"경찰이 도착했을 때 파일 캐비닛이 텅 비어 있었는지 아는 사람 있어요?" 스카페타가 물었다.

마리노가 목록을 쭉 훑어보며 말했다. "우편물과 개인적인 서류를 가져갔다고 적혀 있소. 그런 비슷한 물건이 든 파일 박스는 옷장에서 꺼내 가져갔고."

"그렇다면 실제 파일 캐비닛에서는 아무것도 가져가지 않았다는 뜻이군요." 스카페타는 그럴 거라고 가정했다. "흥미롭군요. 안이 텅 비어 있고, 심지어 텅 빈 폴더조차 들어 있지 않은 캐비닛이 두 개나 있어요. 한 번도 사용한 적 없는 것 같아요."

마리노가 다가오며 물었다. "먼지는 있소?"

"보면 알겠지만 테리의 집에 먼지가 있을 리 없죠. 먼지도 얼룩도 없어요."

마리노가 손님방 겸 서재에 들어가 파일 캐비닛을 여는 모습을 보면서, 스카페타는 그가 신은 부츠의 톱니모양 발자국이 방 전체에 깔린 짙은 파란색 카펫에 남았다고 메모했다. 자신이 방에 들어와 남긴 것 말고는 발자국이 전혀 남아 있지 않음을 알아차린 그녀는 이상하다는 생각이 들었다. 경찰은 범죄 현장에 오물이나 증거물이 들어오거나 나가지 못하도록 까다롭게 굴었겠지만, 그들이 조사한 후 카펫을 솔로 털지는 않았을 게 분명했다.

"어젯밤 여기에 마치 아무도 없었던 것 같아요." 스카페타가 말했다.

마리노는 파일 캐비닛을 닫으며 말했다. "누군가 서랍 바닥을 닦은 게 아니라면 여기에 아무도 없었던 것 같소. 파일이 있었을 곳에 남아 있는 먼지 자국도 전혀 없고…. 하지만 경찰은 여기 들어왔었소."

마침내 스카페타의 눈빛을 쳐다보던 마리노는 머뭇거렸다.

"목록을 보면 여기 있는 옷장에서 파일 박스를 가져갔다는 걸 알 수 있소." 그는 카펫을 내려다보며 얼굴을 찡그렸다. 스카페타와 같은 생각을 하는 것 같았다. "이것 참 귀신이 곡할 노릇이군. 난 오늘 아침 여기에 있었소. 그녀의 여행 가방이 들어 있었던 곳도 저기 옷장이오." 마리노가 옷장을 가리키며 말했다.

마리노가 옷장 문을 열자 드라이클리닝을 해야 하는 옷을 넣어 두는 가방이 옷걸이에 걸려 있었고, 다른 짐들은 바닥에 가지런히 놓여 있었다. 그가 걸어 다닌 곳마다 카펫이 평평해져 있었다.

"하지만 마치 여기 들어온 사람이 아무도 없는 것처럼 보이는군. 이후에 카펫을 청소한 게 아니라면…." 마리노가 말했다.

"난 잘 모르겠어요." 스카페타가 말했다. "하지만 당신 말을 들으니, 어젯밤 이후 당신 말고는 이 아파트 안에 공식적으로 들어온 사람이 아무도 없단 말이군요. 그리고 당신은 오늘 아침 일찍 이곳에 왔었고."

"내가 살이 빠졌을 수도 있지만 땅 위로 떠다니지는 않소." 마리노가 말했다. "그런데 오늘 아침에 찍혔을 내 발자국이 도대체 어디로 사라진 거요?"

책상 근처 바닥에 마그네틱 전원 커넥터의 플러그가 벽 콘센트에 꽂혀 있는 것을 본 스카페타는 이상하다는 생각이 들었다.

"테리가 애리조나 집으로 갈 때 컴퓨터를 챙기면서 전원 커넥터를 두고 갔을까요?" 스카페타가 물었다.

"아니. 누군가가 여기 있었던 거요." 마리노가 말했다. "아마도 빌어먹을 모랄레스겠지."

24 게임

루시는 자신의 집 복층에 혼자 있었고, 그녀의 늙은 불도그는 의자 옆에서 자고 있었다. 테리와 오스카가 주고받은 이메일을 더 확인하면서 스카페타와 통화 중이었다.

날짜 2007년 11월 11일 일요일 오전 11시 12분 3초

발신 오스카

수신 테리

스카페타 박사는 그런 사람이 아니라고 내가 말했잖아. 그녀는 네가 보낸 메시지를 받지 못한 게 분명해. 바로 당신 코앞에 있는 게 때때로 효과가 있다는 게 놀라워. 복사해서 나한테 이메일로 보내 줄 거지?

날짜 2007년 11월 11일 일요일 오후 2시 45분 16초

발신 테리

수신 오스카

아니. 그러면 그녀의 사생활을 침해하게 될 테니까. 이 프로젝트는 이제 승승

장구하고 있어. 정말 기쁘고 행복해!

“그녀의 바로 코앞에 있는 게 뭘까? 테리나 오스카가 뭔가를 했고, 그녀나 그 혹은 두 사람 모두 원하던 걸 얻은 것 같아.” 루시는 턱 선을 타고 내려오는 무선 이어폰에 대고 말했다. “도대체 그녀는 무슨 얘기를 하고 있는 거지?”

“그녀의 코앞에 있는 게 뭔지는 모르겠지만 테리의 생각은 틀렸어. 혹은 사실이 아니었거나.” 스카페타가 대답했다.

“아마 사실이 아니었을 거야.” 루시가 말했다. “그랬기 때문에 테리는 이모한테서 온 이메일을 오스카에게 보여주지 않으려 했을 거야.”

“나한테서 온 이메일이 있을 리 없어.” 스카페타가 재차 말했다. “너한테 물어볼 게 있어. 그런데 지금 테리 브리지스의 아파트 안에 있어서 이런 대화를 나누기에 적합하지 않은 것 같아. 더구나 휴대전화로는 더욱 그렇고.”

“내가 이모 휴대전화 사 준 거 기억나? 특별한 휴대전화니까 걱정할 필요 없어. 나도 마찬가지고. 우리 둘의 휴대전화는 안전해.”

루시는 각각의 이메일을 열어 보고, 삭제한 것 가운데 유용한 게 있는지 이메일 휴지통을 확인하면서 통화를 계속했다.

“테리는 오스카가 이모를 원망할 만한 이유가 담긴 단서를 그에게 줬는지도 몰라. 항상 망상에 사로잡혀 있던 대상인 영웅이 마침내 자신에게 대답을 보내왔다고 오스카가 믿게 한 거지. 그러면서 그녀는 그에게 이메일을 보여주지는 않았을 거야. 이모도 모르는 사이에 이모가 문제를 만든 셈이 돼 버렸어.”

“그래. 내가 전혀 모르거나 나와 아무 상관도 없는 문제….” 스카페타가 말했다. “테리의 노트북들은 어떤 전원 커넥터를 사용해? 그게 내가 물어보고 싶은 거야."

테리의 이메일 계정 가운데 하나는 메일을 주고받은 기록이 전혀 없었는데, 루시는 테리가 그걸 만들어 놓고서 한 번도 사용하지 않았을 거라 여기고 그 주소를 저장해 두었었다. 메일의 휴지통 폴더를 열어 본 루시는 그 안에 든 걸 보고 깜짝 놀랐다.

"이럴 수가! 도무지 믿기지가 않아." 루시가 말했다. "테리가 어제 아침에 모든 걸 삭제했어. 백서른여섯 통의 이메일 전부를! 하나하나씩 모두 삭제했어."

"USB가 아니라 마그네틱 전원 코드야? 뭐가 삭제됐는데?" 스카페타가 물었다.

"끊지 말고 기다려." 루시가 말했다. "어디 가지 마. 우리 같이 보자. 버거 검사와 벤턴 아저씨, 마리노도 오라고 해서 스피커폰으로 통화해."

삭제된 모든 이메일은 테리와 '스카페타612'라는 유저네임을 사용하는 사람이 주고받은 거였다.

612. 6월 12일은 스카페타의 생일이었다.

이메일 서비스 제공 업체는 테리의 것으로 추정되는 열여덟 개 계정의 그것과 똑같았지만, 스카페타612는 그 목록에 들어 있지 않았다. 스카페타612는 지금 보고 있던 노트북에서 만든 게 아니었고, 보고 있던 이메일을 보낸 날짜를 근거로 해서 생각해 보면 이 노트북으로 접속한 것도 결코 아니었다.

만약 테리가 스카페타612를 만든 거라면 열여덟 개의 목록에 올라와 있어야 했다. 하지만 지금까지는 그녀가 만들었다는 증거가 없었다.

"스카페타612…." 루시가 이메일의 내용을 훑어보며 말했다. "그 유저네임을 가진 사람이 테리에게 이메일을 썼던 것으로 추정돼. 버거와 마리노 아저씨한테 이 계정의 패스워드를 알아낼 수 있는지 물어 봐."

"누구든 내 이름을 사용할 수 있어. 관심만 가진다면 내 생일도 대단한 비밀은 아니고." 스카페타가 말했다.

"버거 검사에게 그 유저네임을 알려줘. 스카페타라는 이름에 숫자 612라고."

루시는 이메일 서비스 제공 업체를 알려 준 다음 대답을 기다렸다. 스카페타가 누군가에게 말하는 소리가 들렸는데, 상대는 마리노인 것 같았다.

잠시 후 스카페타가 루시에게 말했다. "지금 찾아보고 있는 중이야."

"지금 당장!" 루시가 말했다.

"그래. 지금 당장. 네가 갖고 있는 노트북 중에 마그네틱 전원을 이용하는 게 있는지 물었어."

"아니, 없어." 루시가 말했다. "USB에 5핀 포트, 85와트야. 이모가 말하는 건 테리의 노트북에는 사용할 수 없을 거야. 스카페타612를 사용한 IP를 추적해 보니 10번가 899번지야. 거기는 존 제이 칼리지 아니야?"

"존 제이 칼리지가 무슨 상관이 있지? 제이미와 마리노는 아직 여기 있고, 네가 하는 얘길 듣고 싶어 해. 지금 스피커폰으로 연결할게. 벤턴은 뭘 하고 있죠?" 스카페타가 버거와 마리노에게 물었다.

루시는 버거가 모랄레스와 통화 중인 벤턴에 대해 뭐라고 말하는지 들을 수 있었다. 버거가 모랄레스에 대해 뭐라고 말하는 게 마음에 들지 않았다. 그 사람이 버거에게 관심을 갖고 있고, 성적으로 원하며, 혹은 버거로부터 원하는 걸 얻을지도 모른다고 생각하는 사실은 루시 자신이 상관할 바가 아닌데 왜 자꾸 신경이 쓰이는지 알 수 없었다.

"자신이 이모라고 가장해서 테리에게 편지를 쓴 사람은 그 IP 주소에서, 그러니까 존 제이 칼리지에서 그런 짓을 했어." 루시가 단언했다.

삭제된 이메일을 계속해서 확인할수록 스카페타인 척하는 게 더욱 분명해졌다.

"이 이메일들 중에 몇 개만 전송할게." 루시가 말했다. "모두들 이걸 봐야 하고, 그러고 난 다음에 나는 패스워드가 필요해. 알았지? 스카페타612가 테리에게 가장 최근에 보낸 이메일은 나흘 전인 12월 28일로, 자정이 가까운 시각이었어. 이모, 그날은 부토가 암살된 다음 날인데 이모는 그 사건에 대해 CNN에 출연해 얘기를 하고 있었어. 이모는 여기 뉴욕에 있었다고."

"맞아. 하지만 그건 내가 아니야. 내 이메일 주소가 아니라고." 스카페타는 같은 말을 반복했다.

이메일 내용은 다음과 같았다.

날짜 2007년 12월 28일 금요일 오후 11시 53분 1초

발신 스카페타

수신 테리

또다시 당신에게 사과해야겠어요. 당신이라면 분명히 이해해 줄 거예요. 끔찍한 비극이 발생했고, 난 CNN으로 갈 수밖에 없었어요. 내가 약속을 지키지 않는다고 생각해도 당신을 탓하지 않겠지만, 누군가가 사망하거나 다른 성가신 일이 일어나는 내 스케줄에 대해선 할 말이 별로 없어요. 다음 기회에 연락하도록 해요!

스카페타

추신: 사진은 받았나요?

루시는 휴대전화에 대고 이메일을 읽은 다음 물었다. "이모, 그날 밤에 몇 시에 방송국에서 나왔어?"

"다른 성가신 일이라면…." 버거가 스카페타에게 말하는 목소리가 들렸다. "암살사건이나 다른 폭력사건을 언급하는 것 같군요. 도대체 누가 이런 짓을 하고 있는 거죠? 당신을 아는 사람의 소행인 것 같지 않아요?"

"아닐 거예요." 스카페타가 버거에게 대답하는 소리가 들렸다.

"마리노, 당신 생각은 어때요?" 다시 버거의 목소리가 들렸다.

"모르겠소. 하지만 박사라면 저런 얘길 하진 않을 거요." 마리노는 스카페타의 성격에 대해 마치 자신이 지지해 줘야 하는 것처럼 말했다. "혹시 누군가가 잭을 떠올리고 있다면, 그는 아닐 겁니다."

마리노가 말하는 사람은 잭 필딩이었지만, 그를 떠올리는 사람은 아무도 없는 것 같았다. 잭 필딩은 완강한 법의학자였고 무엇보다 스카페타에게 충실했지만, 거친 성격에 고집불통에다 콜레스테롤이 높았고 보충제 스테로이드 복용으로 인한 피부 질환 등 각종 질환을 앓고 있었다. 그는 인터넷에서 스카페타 행세를 하고 다닐 만큼의 에너지가 없었고, 간사하거나 잔인한 성격도 아니었다. 테리 브리지스가 스스로를 스카페타612로 가장한 게 아니라면, 누군가가 그녀를 속인 거라면, 그건 잔인한 짓이었다. 테리는 적어도 처음에는 스카페타를 우상으로 여겼고, 스카페타와 연락해 보려고 열심히 노력했었다. 마침내 스카페타가 자신에게 답장을 보낸 거라고 생각했다면 짜릿한 흥분을 느꼈을 거고, 점차 영웅의 모습은 서서히 사라지기 시작했을 것이었다.

루시가 말했다. "이모는 12월 28일 밤에 CNN 방송국에서 나왔고, 존 제이 칼리지에서 두 블록 이내에 있었어. 항상 그랬듯 집까지 걸어서 갔어?"

센트럴 파크 서쪽에 위치한 스카페타와 벤턴의 아파트는 CNN과 존 제이 칼리지에서 무척 가까웠다.

"응." 스카페타가 대답했다.

어제 도착한 또 다른 이메일이 한 통 더 있었다. 이번에도 IP를 추적해 보니 역시 존 제이 칼리지였다.

날짜 2007년 12월 31일 월요일 오전 3시 14분 31초

발신 스카페타

수신 테리

테리,

뉴욕에서 보내는 시간이 예측 불가능하고, 뉴욕 법의국에서의 내 영향력이 미미하다는 걸 당신도 잘 알 거예요. 여기서 난 국장이 아니라 지위가 낮은 컨설턴트이기 때문이죠.

생각해 봤는데, 내가 법의국장으로 있는 워터타운의 법의국에서 만나는 건 어떨까요? 당신에게 내 사무실을 구경시켜 줄 수 있을 거고, 부검이나 당신이 원하는 건 뭐든지 보여줄 수 있을 거예요. 새해 복 많이 받고, 곧 만나길 기대할게요.

스카페타

루시는 모두에게 이 이메일을 전송하고 나서 다시 소리 내어 읽었다.

"난 어제 오후에 뉴욕에 있지 않았어." 스카페타가 말했다. "내가 존 제이 칼리지에서 그 메일을 보냈을 리가 없잖아. 보내지도 않았고. 그리고 난 사람들에게 안치소를 구경시켜 주지도 않아."

"당신이 뉴욕 법의국 국장이 아닌 점을 강조한 걸 보면 누군가가 당신의 입을 빌어 당신을 비하하고 있어요." 버거가 말했다. "물론 테리가 스카페타612이고 마치 당신이 보낸 것처럼 자신에게 이메일을 보냈을 가능성도 있겠죠. 논문을 위해서는 대단한 묘안이었을 테니까요. 루시, 물어볼 게 있는데, 테리가 사기꾼일 가능성을 완전히 배제해야 할 이유

라도 있나요?"

버거의 목소리가 들리자 루시는 그 목소리 안에서 특별한 온기가 느껴지는 듯했다.

그건 순간적으로 일어난 일이었다. 버거는 루시가 뭘 원하는지에 대해 놀라울 정도로 강한 확신을 가지고 있었고, 놀라울 만큼 대담했다. 그러고 나서 버거가 문을 열고 떠났을 때, 차가운 바람이 루시를 파고들었다.

루시가 수화기 너머에 있는 이모에게 말했다. "테리에게 온 이 이메일들은 이른바 이모가 테리에게 보냈다는 것들이야. 테리가 논문에 이모를 인용하고, 서로 아는 사이라고 생각한 것도 이 때문이고."

"케이, 오스카한테서 이런 비슷한 얘길 들은 적 있나요?" 버거가 물었다.

"오스카가 나한테 어떤 말을 했는지는 말할 수 없지만, 그와 대화를 나누면서 비슷한 느낌을 받았다는 건 부인하지 않을게요."

"그렇다면 비슷한 얘길 들었다는 뜻이군요." 버거가 말했다. "그렇다면 오스카는 이렇게 이메일을 주고받는 걸 분명히 알았을 거예요. 그가 메일을 봤는지 보지 않았는지는 다른 문제고요."

"테리가 사기꾼이 아니라면 도대체 누가, 무슨 이유로 모든 이메일들을 삭제했단 말이오?" 마리노가 불쑥 물었다.

"바로 그거예요." 버거가 말했다. "테리가 살해당하기 직전, 오스카가 저녁 식사를 하러 오기 직전이었어요. 아니면 누군가가 이메일을 삭제하고 노트북을 옷장 안에 두었을까요?"

그러자 루시가 말했다. "만약 누군가가 이메일을 볼까 봐 걱정되어서 테리가 직접 삭제한 거라면 휴지통을 반드시 비웠어야 했어요. 삭제한 파일을 휴지통에서 복원할 수 있다는 건 누구라도 아는 사실이니까요.

더구나 최근에 삭제한 파일이라면 두말할 것도 없고요."

"그건 확신할 수 있을 거예요." 스카페타가 말했다. "본인이 했든 아니면 다른 누군가가 어떤 이유로 이메일을 삭제했든, 테리 브리지스는 어젯밤 자신이 살해될 줄은 전혀 예상치 못했어요."

루시가 말했다. "맞아요. 그녀는 자신의 죽음을 예상할 수 없었겠죠. 자살을 계획했던 것이 아닌 이상."

"그리고 사후에 자신의 목에서 끈을 풀었다고? 그렇지 않았을 거야." 마리노는 루시의 말을 곧이곧대로 들은 것 같았다.

"풀 끈이 없었어요." 스카페타가 말했다. "범인이 목을 졸랐어요. 그녀의 목에 뭔가를 묶거나 끼운 게 아니에요."

루시가 말했다. "스카페타612가 누군지, 이 사람이 어떤 사진을 보냈는지 알아내야 해요. 휴지통에는 사진도 없고 JPEG 파일도 없어요. 이 이메일들을 모두 삭제하기 전에 사진을 삭제했을 수도 있고 숨겨 둔 걸 버렸을 수도 있을 거예요."

"그러면 어떻게 하죠?" 버거의 목소리였다.

"우리는 테리의 다른 노트북에서 텍스트 파일을 복원했던 것과 똑같은 방식으로 이 노트북의 복원을 시도해야 할 거예요." 루시가 말했다. "여기 나와 함께 있을 때 봤던 것과 똑같은 과정이에요."

"사진에 대해 달리 설명할 가능성은 없어?" 그 질문을 한 건 스카페타였다.

"만약 테리가 다른 기계, 예를 들어 블랙베리 폰이나 다른 컴퓨터로 사진을 첨부한 이메일을 보낸 거라면, 그녀가 인터넷을 사용한 노트북에는 사진이 없을 거야."

"그게 바로 내가 말하려던 거야." 스카페타가 말했다. "테리의 서재에 전원 커넥터가 하나 있는데, 네가 갖고 있는 노트북 중 어느 것과도 호환되는 게 아니야. 어딘가에 다른 노트북이 있는 게 분명해."

"나가서 오스카의 아파트로 가야 하오." 마리노가 다른 사람들한테 말하는 소리가 들렸다. "모랄레스에게 열쇠가 있었는데, 아직도 갖고 있습니까?"

"네. 갖고 있어요." 버거가 말했다. "오스카가 거기에 있을 수도 있어요. 그가 어디에 있는지 모르니까요."

"그가 거기 있을 가능성은 전혀 없을 겁니다." 벤턴의 목소리였다.

"좀 전에 모랄레스 형사와 통화 중이던데, 그가 뭐라고 하던가요?" 버거가 벤턴에게 물었다.

"모랄레스는 오스카가 자신이 곧 체포될 거라는 사실을 눈치 챈 것 같다고 하더군요. 교도관 가운데 한 명이 케이가 떠난 후 오스카의 상태가 좋지 않았다고 했대요. 모랄레스가 한 말과 다른 사람들의 진술을 생각해 보면, 오스카는 케이에게 배신당했다고 느끼는 것 같아요. 자신에게 거짓말을 하고 자신을 무시했다고 느낀 것 같고, 검사를 실시하는 동안 케이가 자신에게 얼마나 함부로 대했는지를 테리에게 보여주지 않은 게 다행이라고 여기는 듯했대요. 스카페타가 자신에게 화학 약품을 투여해 심각한 통증을 느끼게 했다고 말했다는군요."

"함부로 대했다고요?" 스카페타가 물었다.

그들은 루시와 통화 중임을 잊어버린 것처럼 서로 대화를 나누었고, 루시는 삭제된 이메일을 계속 확인했다.

"모랄레스가 그런 표현을 썼어." 벤턴이 대답했다.

"난 절대 그를 함부로 대하지 않았어요. 모랄레스 형사가 어떤 사람인지 잘 모르겠지만, 나도 모르는 일을 훤히 알고 있군요." 스카페타가 벤턴에게 말했다. "모랄레스 형사는 오스카가 체포되지 않았다는 걸 알고 있어요. 그러니 그 형사가 나에 대해 그런 말을 하기 시작해도 난 나 자신을 변호할 수 없어요."

"오스카가 그런 표현을 썼을 거라고는 생각하지 않아." 벤턴이 말했다. "오스카는 당신이 어떤 것도 발설할 수 없다는 걸 알아. 그러니까 만약 오스카가 당신을 정말로 신뢰하지 않은 거라면, 그가 당신에 대해 허위 진술을 했을 때, 당신이 당신 자신을 변호할 거라고 생각했을 거야. 당신은 무책임해서 의사와 환자 사이의 기밀을 발설한 거라고 생각했을 테니까. 내가 나중에 직접 교도관에게 물어볼게."

"나도 같은 생각이에요." 버거가 말했다. "그런 표현을 쓴 건 아마 모랄레스 형사일 거예요."

"빌어먹을 말썽꾸러기로군." 마리노가 불쑥 내뱉었다.

"그리고 모랄레스가 당신에게 전할 말이 있대요." 벤턴이 말했다.

"그래요? 물론 그러시겠지." 마리노가 비아냥거리며 대꾸했다.

"오늘 아침에 당신이 만났던 증인인, 길 건너편에 사는 이웃 여자 말이에요." 벤턴이 말했다. 그들은 루시와 통화 중임을 완전히 잊어버린 것 같았다.

"모랄레스한테 그 얘길 한 적이 없는데?" 마리노가 말했다.

"그는 알고 있더군요." 벤턴이 그에게 말했다.

"교환원을 통해 그 여자에게 집 안으로 들여 보내달라고 했는데, 그 여자가 내가 도끼 살인자라고 생각하고 911에 신고했소. 아마 그것 때문에 알게 된 것 같소."

"그 여자가 얼마 전 911에 또 신고했어요." 벤턴이 마리노에게 말했다.

"그 여자는 테리에게 일어난 일 때문에 완전히 겁에 질린 거요." 마리노가 말했다.

"그게 아니라 동물 학대 신고를 했어요." 벤턴이 말했다.

"나한테 그런 말은 안 했소. 키우다 죽은 강아지 때문에 전화한 거요?"

"뭐라고요?"

"말한 그대로요." 마리노가 말했다. "지금 도대체 무슨 얘길 하는 거요?"

"전화 건 여자는 지난달에 풀려난 사람이 다시 일을 저질렀다며 버거 검사에게 전해 달라고 911 교환원한테 말했대요. 그리고 사진을 찍었으니 그 사람의 소행임을 증명할 수 있다고도 했다는군요."

"제이크 루딘 말이군요." 버거가 말했다. "그 여자가 그 사람의 사진을 찍었다고 누가 그러던가요?"

"내가 아는 건 911 교환원이 모랄레스에게 그 사실을 전했다는 것뿐입니다. 아마 그와 버거 검사의 관계 때문이겠죠."

루시가 다이어트 펩시 캔을 따고 수화기에 귀를 기울이며 이메일을 읽는 동안, 제트 레인저는 코를 골며 자고 있었다.

"무슨 빌어먹을 관계 말이오?" 마리노가 화난 목소리로 말했다. "빌어먹을 태번 온 더 그린에서 만나는 사이? 분명하게 말하지만, 난 그자가 싫소. 그는 나쁜 놈이오."

"모랄레스는 당신이 결국 그 증인에게 가서 다시 얘기를 하고 싶어 할 거라고 했어요." 벤턴이 말했다. "그리고 버거 검사가 대대적으로 추진해 온 반 동물 학대 사건과도 연관 있으니, 관심을 가질 거라고 했어요. 하지만 아마도 우리가 가장 먼저 해야 할 일은 기회가 있을 때 오스카의 아파트에 가 보는 일일 것 같군요."

"내가 오늘 오후에 만났을 때 건너편에 사는 여자는 술을 마시고 있었소." 마리노가 말했다. "그러다 다른 개를 키우겠다는 얘기를 꺼냈지. 그 여자와 왜 더 일찍 루딘 얘기를 하지 않았는지 모르겠소. 우린 애완견과, 버거 검사가 실시하는 반 동물 학대 업무에 관해서도 얘기했으니 말이오. 바로 길 건너편이니 그 여자한테 먼저 들른 후, 오스카의 아파트로 가는 게 좋을 듯하오. 오스카의 집은 공원 반대편이고 당신 아파트에서 멀지 않은 데다 존 제이 칼리지에서도 가깝소."

"여기서 헤어져야 할 것 같아요." 버거의 목소리였다. "당신들은 오스카의 아파트로 가요. 난 마리노와 함께 여기에 있을 테니."

"난 존 제이 칼리지로 돌아가고 싶어요." 스카페타가 말했다. "IP를 추적했는데 존 제이 칼리지로 나오면 어떻게 하죠? 그 이메일을 보낸 사람이 거기에 있지 않을까요?"

잠시 침묵이 흘렀다.

스카페타는 질문을 재차 던지고는 루시에게 말했다. "루시? 우리 얘기 듣고 있어?"

"어머, 통화 중이라는 거 잊고 있었어." 루시가 말했다.

"나도 잊고 있었군." 벤턴이 말했다. "당신, 휴대전화를 책상에 둬도 될 거 같아. 미안해, 루시. 깜박했어."

스카페타가 휴대전화를 책상에 내려놓자 텅, 하는 소리가 났다.

루시가 말했다. "스카페타612가 누구든 간에 존 제이 칼리지의 무선 네트워크에 연결할 수 있는 범위 내에 있었을 거예요. 대학 내에 비치된 컴퓨터를 사용할 수도 있었을 텐데, 대학 건물이 문을 닫는 자정 무렵에는 그랬을 가능성이 거의 없겠죠. 하지만 마지막 이메일을 보낸 시각이 12월 28일 자정 직전이에요. 자신의 노트북이나 블랙베리 폰, 아이폰, PDA 같은 인터넷에 접속할 수 있는 작은 기기를 가져갔을 수도 있어요. 내 생각에 그 사람은 PDA 같은 기기를 가져가 건물 앞 보도에 서서 무선 네트워크를 몰래 이용했을 거예요. 경찰이 테리의 블랙베리 폰이나 PDA를 찾아냈죠? 스카페타612가 보낸 사진도 방금 말한 기기들로 보냈을 수 있어요."

"테리의 휴대전화는 지금 조사 중이야." 마리노가 말했다. "다른 전화나 블랙베리 폰 혹은 인터넷에 접속할 수 있는 다른 기기는 없었어. 우리가 갖고 있는 목록이 정확하다면 말이야. 평범한 플립 휴대전화 한 대뿐이야. 부엌 조리대 위에 있는 플러그에 꽂혀 충전 중이었지. 이어폰도 마찬가지로 충전 중이었고."

모두들 이야기를 나누며 곰곰이 생각하는 동안 잠시 시간이 흘렀고, 마리노와 버거는 스카페타612가 사용하던 이메일 서비스 제공 업체에 연락했다.

그리고 루시가 원하던 정보를 알아냈다.

"패스워드는 'stiffone(시체를 뜻하는 속어 - 옮긴이)', 한 단어예요." 버거가 수화기 너머에 있는 루시에게 철자를 불러 주었다. "마리노, 존 제이 칼리지의 보안 팀에 연락해서 12월 28일 늦은 밤과 어제 오후에 강의실 건물 앞을 서성거리던 사람이 있었는지 확인해 봐요."

"이틀 모두 건물은 닫혀 있었어요." 벤턴이 말했다. "28일 밤은 너무 늦은 시각이었고, 어젯밤은 휴일이었으니까요."

"보안용 카메라는 설치되어 있나요?" 버거가 물었다.

"내가 어떤 생각을 하는지 알 거예요." 루시가 말했다. "그 IP 사용자는 이메일이 정말 케이 이모가 보낸 것처럼 보이게 하려고 일부러 그렇게 한 거예요. 이모는 존 제이 칼리지와 관련이 있으니, 존 제이 칼리지의 무선 네트워크로 이메일을 보낼 수도 있었겠죠. 중요한 건, 이모의 신원을 도용해 이메일을 보낸 사람이 IP의 추적 여부를 상관하지 않았을 거라는 거예요. 혹은 그러길 바랐거나 그렇게 될 거라고 생각했겠죠. 그렇지 않았다면 그 사람은 익명의 대리인이나 멀리 떨어진 서버의 프로그램을 이용해 자신의 실제 주소를 숨겼을 테니까요. 아니면 이메일을 보낼 때마다 임시 이메일 주소를 주는 다른 익명의 장치를 이용했을 거예요. 그렇게 하면 실제 IP를 찾아낼 수 없으니까요."

"그게 바로 내가 늘 맞서 싸워야 하는 문제들이죠." 버거는 인터넷 관련 사건에 대해 늘 늘어놓던 불만을 재차 토로했다.

루시는 그런 얘기를 듣는 게 좋았다. 버거가 맞서 싸우는 상대는 루시가 잘 아는 상대였다.

"지능 범죄, 스토킹, 신원 도용 등이 얼마나 짜증스러운지 모를 거예요." 버거가 덧붙여 말했다.

"스카페타612의 이메일 주소에 관한 정보는 어때?" 마리노는 두 사람 사이에 아무 일도 없었던 것처럼 루시에게 물었다. 하지만 좀 더 신중해 보였고, 적어도 예전보다 예의를 갖추는 것 같기는 했다.

"경찰이 가르쳐 준 일반적인 것 말고 더 알아낸 거 없나?" 마리노가 물었다.

"이름은 케이 스카페타 박사라고 기입되어 있어요. 주소와 전화번호는 워터타운에 있는 사무실이고요. 모두 알려진 정보죠." 루시가 말했다. "신용카드를 사용하기 위해 필요한 다른 프로필이나 선택 사항은 전혀 없어요."

"테리의 것과 마찬가지군요." 버거의 목소리였다.

"수백만 명의 것과 마찬가지이기도 하죠." 루시가 말했다. "지금 스카페타612에 들어와 있는데 테리 브리지스와 주고받은 이메일 말고는 아무것도 없어요."

"그렇다면 테리가 스카페타가 자신에게 편지를 쓴 것처럼 보이게 하기 위해 그 이메일 주소를 직접 만들었을 거라고 생각할 수 있지 않아요?" 버거가 말했다.

"컴퓨터 액세스 코드는 어때?" 벤턴이 물었다.

"여기 있는 노트북 어느 것과도 부합하지 않지만…." 루시가 이메일을 계속 확인하며 말했다. "중요한 건 테리나 다른 누군가가 이 노트북을 들고 존 제이 칼리지로 가서 무선 네트워크를 통해 이메일을 보내지는 않았다는 사실이에요. 하지만 이모부 말이 맞아요. 스카페타612의 유일한 목적은 사기꾼이 테리 브리지스와 연락하는 것 같은데, 사기꾼과 테리가 동일인물이라는 가정에 신빙성이 더해지죠. 단 한 가지만 사실이 아니라면 말예요."

그녀가 말하는 단 한 가지 사실은 컴퓨터 화면에 나타나 있었다.

"지금 스카페타612의 이메일을 훑어보고 있는 중인데, 이건 정말 중요한 거예요. 정말이지 중요해요."

너무나 중요한 사항이라 루시는 믿기조차 힘들었다.

"어젯밤 8시 18분, 스카페타612는 이메일을 썼지만 전송하지 않고 저장해 뒀어요. 곧 바로 모두에게 전송해 줄 거고, 잠시 후 소리 내어 읽어 줄게요. 이걸 보면 테리나 오스카가 이메일을 썼을 가능성이 없다는 걸 알게 될 거예요. 내가 무슨 말 하는지 알겠어요? 내가 말하고 있는 이 이메일을 읽으면 그 두 사람 가운데 한 명이 스카페타612일 가능성이 없어진다고요."

"제기랄." 마리노가 욕설을 내뱉었다. "여기에 경찰이 우글거리는데 누가 이메일을 썼다는 거야? 당시 그 여자의 시신은 이미 안치소에 있었을 거라고."

"테리의 시신이 안치소에 도착한 시각은 대략 오후 8시였을 거예요." 스카페타가 기억을 떠올리며 말했다.

"그렇다면 누군가가 테리에게 이메일을 쓰고는, 어떤 이유에서 보내지 않겠다고 마음먹은 거예요." 루시는 상황을 파악하려 애썼다. "테리에게 이메일을 쓰던 도중 그녀가 죽었다는 사실을 알아냈을 수도 있고요. 그러고는 이메일을 쓰던 상태로 보관하지 않았을까요?"

"아니면 우리가 그 이메일을 찾아내 어떤 결론을 내리기 바랐기 때문일 수도 있어요." 스카페타가 말했다. "우린 이 이메일이 우리를 어떻게 의도적으로 유혹할지, 더 정확하게 말하자면 우리를 어떻게 현혹시키려 할지 모른다는 사실을 명심해야 해요."

"나도 그런 예감이 들어요." 버거가 말했다. "이건 고의적이에요. 배후에 있는 사람이 누구든 간에, 우리가 결국 이 이메일을 볼 거라는 걸 알 만큼 영리해요. 그 사람은 우리가 그 이메일을 찾아내길 바란 거예요."

"우리를 낚으려 했고 결국 성공한 거요. 정말 기분 엿 같군." 마리노가 말했다.

"두 가지 사실은 명백해요." 벤턴이 말했다. "그 이메일을 써서 저장했을 무렵 테리는 이미 몇 시간 전에 사망한 상태였어요. 그리고 오스카는 그때 이미 벨뷰 병원에 있었으니, 누군가에게 이메일을 보낼 수 있는 상황이 아니었어요. 그러니까 오스카는 루시가 말하고 있는 이메일을 썼을 리 없어요. 루시, 그 이메일 좀 읽어 줄래?"

루시는 컴퓨터 화면에 있는 이메일을 소리 내어 읽었다.

날짜 2007년 12월 31일 오후 8시 18분 31초

발신 스카페타

수신 테리

테리,

샴페인 석 잔과 당신이 보는 책보다 더 비싼 위스키를 마시고 나니 이젠 솔직해질 수 있네요. 사실, 이제 당신한테 잔인할 정도로 솔직히 말할게요. 올해 내 신년 계획은 잔인해지는 것이거든요.

당신은 과학수사 심리학을 잘 이해할 만큼 똑똑하지만, 계속 이 분야에서 일

하려면 가르치는 일 말고는 잘해 낼 수 있는 게 없는 것 같아요. 서글픈 사실인가요? 용의자들이나, 병원이나 교도소에 수감된 사람들, 희생자들은 난쟁이를 절대 받아들이지 않을 거고, 배심원들도 어떻게 생각할지 모르겠어요.

당신의 외관과 전혀 상관없는 안치소 보조원이 될 생각은 없나요? 혹시 알아요? 나중에 당신이 내 밑에서 일하게 될지.

스카페타

루시가 말했다. "IP를 추적해 보니 존 제이 칼리지가 아니에요. 이제껏 봐 온 주소가 아니에요."

"테리가 그 메일을 받지 않아 천만다행이에요." 스카페타의 목소리는 엄숙했다. "그럼 정말 끔찍했겠죠. 결국 테리가 스스로 자신에게 이메일을 보낸 게 아니라면, 정말로 나에게서 그런 이메일을 받은 거라 생각했을 거예요. 오스카도 그랬겠죠. 그 이메일이 보내지지 않았고, 테리나 오스카가 읽지 않아 정말 다행이에요. 정말 믿기지 않을 정도로 잔인하네요."

"내 생각도 그렇소." 마리노가 말했다. "그 나쁜 놈이 우리와 게임을 하고 있고 우릴 우롱하고 있소. 이건 우리 보라고 저지른 일이고, 우릴 골탕 먹였고, 우리가 싫어하는 짓을 대놓고 하고 있는 거요. 테리의 살인사건을 수사하고 있는 우리 말고 전송하지 않은 이 이메일을 볼 사람이 또 누가 있단 말이오? 내가 보기엔 박사 보라고 저지른 일 같소. 누군가 대놓고 박사를 노린 거요."

"IP 주소 추적 끝났니? 어디인지 알아냈어? 존 제이 칼리지가 아니면 어디지?" 벤턴이 루시에게 물었다.

"내가 갖고 있는 건 이메일 서비스 제공 업체한테 받은 일련의 숫자들뿐이에요. 내가 메인 프레임을 해킹하지 않는 한, 그들은 나한테 아무것도 말해 주지 않을 거예요."

"그런 얘긴 듣지 못했는데요." 버거가 루시에게 말했다. "그런 얘긴 하지 않았잖아요."

25 재회

작년 봄, 마리노가 자신을 덮쳤던 그날 이후 처음으로 스카페타는 그와 단둘이 있게 되었다.

스카페타는 침실에 딸린 욕실 문 바깥에 현장용 키트를 내려놓았다. 그녀와 마리노 둘 다 커튼이 쳐진 창문 바로 아래에 놓인, 시트가 벗겨진 매트리스를 쳐다보고 있었다. 어젯밤 경찰이 도착했을 당시 침대를 찍은 사진을 자세히 살펴보자, 하늘거리는 섹시한 옷이 침대 위에 가지런히 놓여 있었다. 두 사람은 서로 어색해서 약간 떨어져 앉았다. 그들뿐이었고, 두 사람의 얘기를 엿들을 만한 사람도 아무도 없었다.

마리노는 8×10 사이즈의 사진에 보이는, 완벽하게 정리되어 있는 침대 위에 놓인 옷을 굵은 집게손가락으로 톡톡, 치기 시작했다.

그가 말했다. "범인이 범행을 저지르고 나서, 이런 말도 안 되는 환상을 실행에 바로 옮겼을 거라고 생각하오? 자신을 위해 그 여자에게 빨간 색 옷을 입히거나 다른 짓을 했을 거라고 말이오."

"글쎄요. 그럴 작정이었다면 왜 그러지 못했겠어요?" 스카페타가 말했다. "범인은 자신이 원하는 대로 테리에게 억지로 옷을 입힐 수 있었을 거예요."

스카페타가 사진 속 침대에 놓인 옷을 가리키자 그녀의 집게손가락은 마리노의 새끼손가락보다 더 작아 보였다.

"침대 위의 옷은 정리정돈에 빈틈이 없는 사람이 그날 밤 뭘 입을지 계획하고 가지런히 꺼내어 둔 것 같아요." 스카페타가 사진을 보며 설명했다. "의도적으로 그날 저녁을 위해 모든 걸 준비해 둔 것 같아요. 다른 일과도 그렇게 했을 거예요. 저녁 식사 준비 시간도 미리 맞춰 두었고, 원하는 온도가 되도록 와인도 몇 시간 전에 미리 꺼내 두었어요. 그리고 테이블 세팅을 하고 아침에 시장에서 구입한 꽃을 꽃병에 꽂았어요. 그리고 샤워를 하고 실내복 차림이었을 거예요."

"박사가 보기에는 다리털을 제모한 지 얼마 되지 않은 것 같지 않소?" 마리노가 물었다.

"제모할 게 없죠." 스카페타가 말했다. "테리는 따로 다리털을 밀지 않고, 피부과에 다녔어요."

마리노가 사진들을 뒤섞자 서로 부딪혀 미끄러지는 소리가 났다. 테리의 옷장과 서랍 안을 찍은 사진을 찾아보자 경찰들이 이미 안을 뒤져서, 원래대로 정리한 상태가 아니었다. 마리노와 스카페타는 장갑 낀 손으로, 경찰들이 뒤지고 옷걸이를 밀어놓은 탓에 뒤죽박죽이 된 양말과 스타킹, 속옷, 운동복 등을 살펴보기 시작했다. 경찰들은 굽이 높은 플랫폼 펌프스, 뾰족한 굽이 달린 샌들, 그리고 모조 다이아몬드와 체인, 발목 스트랩 등이 달린 구두까지 샅샅이 뒤진 모양이었다. 구두는 210밀리부터 220밀리까지 사이즈가 다양했다.

"발에 꼭 맞는 구두를 찾는 일은 정말 어려운 도전과 같죠." 스카페타가 경찰들이 쌓아 올린 신발 더미를 쳐다보며 말했다. "무척 힘든 일이에요. 인터넷으로 쇼핑을 많이 했을 거예요. 전부 인터넷에서 구입한 걸 수도 있고요."

스카페타는 징이 박힌 슬리퍼를 옷장의 봉 아래쪽 카펫에 다시 내려놓았는데, 봉은 아파트 안의 다른 모든 것들과는 달리 일반인용보다 더 낮게 설치되어 있었다. 테리가 도구나 스툴 없이도 손을 뻗을 수 있는 거리였다.

스카페타가 말했다. "그리고 테리가 주로 소비자 후기를 보고 구입을 결정했을 거라는 추측에 확신이 들어요. 약간 특이한 취향을 지녔지만 말이죠."

"나 같으면 별 세 개 주겠소." 마리노가 방금 서랍에서 꺼낸 티 팬티를 들어 올리며 말했다. "하지만 속옷에 관한 평가는 누가 입느냐에 달려 있지."

"빅토리아스 시크릿(Victoria's Secret), 프레데릭스 오브 할리우드(Frederick's of Hollywood)…." 스카페타는 속옷을 자세히 들여다보며 말을 이었다. "망사와 그물 세공, 레이스 무늬, 가랑이 부분이 없는 팬티, 코르셋…. 그녀는 가운 안에 빨간색 레이스 셸프(shelf) 브래지어를 입고 있었는데, 브라와 한 벌인 팬티를 입지 않았을 리가 없어요."

"난 셸프 브래지어가 뭔지도 모르겠소."

"이름이 뜻하는 '선반'과 비슷해요." 스카페타가 말했다. "받치는 대상을 더 크게 보이게 해 주고, 강조해 주죠."

"저런, 범인이 잘라 버리는 바람에 중요 부분을 가리지도 못하게 됐군."

"그래서 테리는 그걸 입었던 걸 텐데…." 그녀가 말했다. "아마 범인의 생각은 아니었을 거예요."

속옷을 서랍에 집어넣던 스카페타는 문득, 마리노가 내던 소리와 그의 체취 그리고 믿을 수 없이 셌던 힘이 떠올라 잠깐 동안 그를 똑바로 쳐다볼 수 없었다. 마리노가 뼛속까지 화끈거리고 욱신거리게 했던 곳에 통증이 느껴졌다.

"콘돔 말이오." 마리노가 말했다.

마리노는 스카페타를 등진 채 침대 옆 서랍을 열었다. 콘돔은 경찰이 수거해 간 후였다.

"사진에서 봐서 알겠지만, 위에 있는 서랍에 콘돔이 백 개는 들어 있었소." 마리노가 말했다. "아마도 이건 벤턴이 해야 할 질문이겠지만, 그 여자가 결벽장애가 있었다면…."

"그 점은 분명해요."

"다시 말해… 테리는 초조해했소. 모든 게 제자리에 있어야 하니까. 그런데 그런 사람한테 이런 거친 면이 있다는 게 말이 된단 말이오?"

"결벽장애를 가진 사람이 섹스를 좋아하는 게 말이 안 된단 말인가요?"

"그렇소."

마리노는 땀을 흘렸고 얼굴이 빨개졌다.

"말이 되고도 남죠." 스카페타가 말했다. "섹스는 테리의 불안을 완화시키는 어떤 수단이었을 거예요. 아마도 그녀가 노골적으로 마음을 드러내고 자제력을 내려놓을 수 있는 유일한 방법이었겠죠. 더 정확하게 표현하자면, 자제력을 내려놓음으로써 자기 자신을 잊을 수 있었던 거겠죠."

"맞소. 자제력을 내려놓는 것도 그 여자는 계획을 세워서 했을 거 같소."

"그 말은 곧 테리가 진정으로 자제력을 내려놓지는 않았다는 걸 뜻해요. 아마 그럴 수 없었을 거예요. 자제력을 잃는 게 그녀가 원하는 그림은 아니었을 테니까…. 예를 들어, 그녀가 섹스 도중에 자제력을 내려놓은 것처럼 보일 때에도, 실제로는 아니었을 거예요…. 테리가 물건을 살 때 뭘 구입할지 결정하는 건 오스카나 다른 누군가가 아니었어요. 내 생각에는 그녀가 어떤 옷을 입을지 말지, 혹은 제모를 할지 말지를 결정한 것도 오스카 혹은 그녀의 다른 파트너가 아니라 그녀였을 거 같아요. 오스카의 체모도 마찬가지고요. 그들이 제모를 할지 말지, 체모를 일부 남겨 둔다면 어느 부위에 그리고 언제 어떻게 할지를 결정한 건 테리였을 거예요."

스카페타는 오스카가 테리의 취향에 대해 했던 말이 떠올랐다. 테리는 그의 몸이 조각처럼 완벽하게 가꿔져 있고, 완벽하게 깨끗하고 매끄러운 상태로 되어 있는 것을 좋아했다. 그녀는 샤워 중에 섹스하는 걸 좋아했고, 제압당하거나 묶이는 것을 좋아했다.

"그녀는 마지막 순간까지 파트너를 지배했어요." 스카페타가 말했다. "그건 테리를 죽이고 그녀를 완전히 통제한 범인에게는 꽤 흥미로운 부분이었겠군요."

"오스카가 끝끝내 더 이상 그걸 견딜 수 없었던 건지, 박사는 궁금할 거요." 마리노는 입 밖으로 꺼내려던 그 다음 말을 멈추었다.

스카페타는 욕실 문간에 서서 흰색 대리석과 금색 장식들로 꾸며진 욕실을 둘러보았다. 욕실 구석에 샤워기가 있었고, 샤워 커튼이 젖혀진 욕조는 물에 젖어 있었다. 가는 핏줄들이 서로 얽힌 것처럼 보이는 반짝거리는 회색 석조 바닥을 내려다보던 스카페타는 테리가 범인에게 성폭행을 당했다면 타박상을 입었을 거라는 생각이 들었다. 성폭행은 일어나지 않은 게 거의 확실했다. 범인의 체중이 오스카와 마찬가지로 49.5킬로그램이었다고 해도, 바닥에 닿을 경우 더구나 손목을 뒤로 묶었기 때문에 타박상을 입을 수밖에 없을 것이었다.

스카페타는 자신의 생각을 마리노에게 개략적으로 설명하면서, 도금 장식을 테두리에 두른 타원형 거울과 하트 모양의 등받이를 댄 금색 철제 화장대 의자를 자세히 쳐다보았다. 스카페타의 모습이 거울에 비쳤고, 그녀의 시선이 닿는 모든 곳을 바라보는 마리노의 상반신도 거울에 비쳤다.

"범인이 그 여자가 죽는 모습을 보고 싶었던 거라면, 겁탈하는 장면도 보고 싶었을 거요." 마리노가 말했다. "하지만 여기에 서서 거울을 바라보니, 범인이 보통의 키였다면 그럴 수 있었을지 모르겠소. 범인이 그녀의 뒤에 서 있었다면 말이오. 그냥 내 생각이오. 그러기는 힘들었을 거 같소."

"별다른 상처가 없는데 어떻게 성폭행을 당했는지도 의심스러워요." 스카페타가 말했다. "범인이 테리의 손목을 뒤로 묶고서 덮쳤다 해도, 설사 침대에서 그랬다 해도, 타박상이나 찰과상이 후부에 남았을 거예요. 사진을 보면 침대에는 손도 대지 않았고, 침대 위에 놓인 옷도 가지런히 정돈되어 있었어요."

"등에는 상처가 없었소."

"맞아요."

"박사는 손목이 묶여 있었다고 이미 확신하는 것 같소."

"입증할 수는 없지만, 입고 있던 옷과 브래지어를 자른 걸 보면 묶여 있었던 것 같아요."

"손목을 앞이 아니라 등 뒤로 묶었을 거라 확신하는 이유는 뭐요? 오스카가 경찰한테 그렇게 말한 걸로 아는데, 그 때문에 그렇게 단정하는 거요?"

스카페타는 오른손 위에 왼손을 얹어 끈으로 묶인 것처럼 앞으로 내밀었다.

"손목에 남은 자국 모양을 보고 추정하는 것뿐인데… 손목에 홈이 깊이 파였고 자국들이 남아 있었어요. 손을 앞으로 묶었다면 끈이 이 손목 아래로 들어갔을 거예요." 그녀는 자신의 오른쪽 손목을 가리키며 말을 이었다. "묶는 부분이 오른쪽 손목뼈의 오른쪽 방향으로 약간 기울었을 거예요. 손을 등 뒤로 묶었다면 위치가 이 반대일 가능성이 높죠."

"박사 생각엔 범인이 오른손잡이인 것 같소? 아니면 왼손잡이인 것 같소?"

"끈을 잡아당기는 방향을 봤을 때 말인가요? 마주보고 묶었다고 가정하면, 왼손잡이의 경우와 일치해요. 내 생각일 뿐인데, 오스카가 주로 사용하는 손은 오른손이에요. 당신한테 이런 말을 해서는 안 될 것 같지만요."

두 사람은 새 장갑을 꼈고, 스카페타는 욕실 안에 들어가 화장대 의자를 들어 바닥 한가운데에 놓았다. 의자다리부터 시트까지의 높이를 재면서, 스카페타는 그녀의 가정 중에 불확실했던 부분들이 채워짐을 느꼈다.

"여기 묻어 있는 게 아마도 윤활제 같아요." 그녀가 말했다. "아무도 발견하지 못한 것 같네요. 테리가 이 의자에서 목을 졸렸을 거라고 생각하지 못했기 때문이겠죠. 발버둥을 치는 동안 그녀의 다리에서 나온 조직이나 피가 의자에 묻었을지도 몰라요. 한번 확인해 볼게요."

스카페타는 확대경으로 의자를 들여다보았다.

"정확하게 말할 수는 없지만 없는 것 같아요. 놀랍지는 않아요. 테리의 상처는 다리 뒷부분이 아니라 앞부분에 있었으니까요. 사람들 눈을 멀게 하는 그 조명등 아직도 갖고 다녀요?"

마리노는 주머니에 든 손전등을 꺼내어 건네주었다. 스카페타는 무릎을 꿇고 앉아 화장대 밑 부분을 비추었다. 세면대의 밑 부분 모서리에 검게 마른 핏자국이 있었다. 그리고 페인트를 칠하지 않은 합판 소재의 화장대 서랍 밑 부분에 핏자국이 더 있었다. 마리노가 쭈그려 앉자, 스카페타는 그에게 핏자국을 보여주고 사진을 찍었다.

"모든 걸 면봉으로 닦아 채취할 거지만 이 의자는 아니에요." 스카페타가 말했다. "이 의자는 포장해서 라가디아 공항으로 보낼 거예요. 잠시 나가서 우리에게 경관 한 명이 필요하다고 버거 검사한테 말해 줄래요? 이 의자를 호송할 사람이 필요해요. 루시의 전용기를 타고 녹스빌 공항으로 가서 키젤슈타인 박사에게 전해 줘야 해요. 루시는 아마 준비해 놨을 거예요."

스카페타는 화장대 의자를 유심히 관찰하더니 단호하게 말했다. "윤활제에는 수분이 있으니, 폴리머 튜브나 일반적인 수축포장지 같은 플라스틱류에 담으면 안 돼요. 내 생각엔 종이로 포장해야 바싹 마른 상태를 유지할 수 있을 거예요. 최대한 궁리해 봐 줘요. 세균이 묻지 말아야 하고, 표면도 다른 것과 가급적이면 닿지 않는 것이 좋겠어요."

마리노가 욕실을 나가자, 스카페타는 현장용 키트에서 실과 파란색 증거물 테이프, 작은 가위를 꺼냈다. 화장대 의자를 타일 벽 쪽으로 옮긴 다음, 오스카와 테리의 키, 다리 길이, 상체 길이에 맞도록 실을 잘랐다. 화장대 의자 위쪽으로 해서 벽에 실을 테이프로 붙이고 있는데, 마리노가 돌아왔다. 버거도 함께였다.

"버거 검사에게 내 노트와 펜을 주면 그녀가 내가 부르는 걸 받아 적을 수 있을 거고, 당신은 두 손이 자유로워질 거예요." 스카페타가 말했다. "내가 보여주려는 건, 내가 왜 오스카는 살인을 저질렀을 리 없다고 생각하는지를 보여주는 단서예요. 완전히 불가능은 아니지만 그랬을 가능성이 희박하다는 걸 보여줄게요. 간단한 수학 문제예요."

스카페타는 화장대 의자 위쪽의 타일 벽에 테이프로 붙인 실의 길이가 각각 다르다는 것에 주목하게 했다.

"이건 테리가 이 의자에 앉아 있었을 거라는 추측에 근거해서예요. 문제는 그녀의 상체 길이인데, 84.3센티였어요…."

"난 미터법에는 젬병이라서…." 마리노가 말했다.

"인치로는 34와 8분의 1인치예요." 스카페타가 말했다. "안치소에서 테리의 신체를 측정했어요. 알다시피 왜소발육증이 있는 사람들은 팔다리는 비정상적으로 짧지만 상체 몸통과 머리는 상대적으로 일반인들과 비슷하죠. 그 때문에 비율이 맞지 않아 더 커 보이는 거고요. 그래서 왜소발육증이 있는 사람들은 쿠션에 앉지 않아도 운전을 할 수 있지만, 대신 발이 액셀러레이터나 브레이크, 클러치에 닿을 수 있도록 페달을 연장해야 하죠. 테리의 경우, 몸통은 버거 검사나 나와 길이가 비슷해요. 그래서 난 벽에 테이프로 실을 붙인 거예요." 스카페타가 그들에게 벽에 붙인 실을 보여주며 말했다. "테리의 몸통 길이와 똑같고, 의자 받침에서 시작해 여기서 정확히 끝나요."

스카페타는 벽에 붙은 실의 맨 윗부분을 고정하고 있는 파란색 테이프 조각을 가리켰다.

"화장대 의자 시트와 바닥 사이의 거리는 53.3센티예요." 그녀는 설명을 이어나갔다. "84.3센티에 53.3센티를 더하면 137.6센티예요. 오스카 베인의 신장은 4피트, 다시 말해서 약 122센티고요."

스카페타는 오스카의 신장을 나타내는 실을 가리켰다.

버거가 메모를 계속하며 물었다. "테리가 앉아 있을 때보다 키가 크지 않군요."

"맞아요." 스카페타가 말했다.

그녀는 '오스카의 실'과 '앉아 있는 테리의 실'의 아래쪽 끝 부분을 한 손에 하나씩 잡고, 두 개의 실이 바닥과 평행을 이루도록 들어올렸다. 그러고는 마리노에게 실을 그대로 붙잡고 있으라고 한 다음, 사진을 찍었다.

바로 그때 벤턴이 버거 뒤쪽으로 나타났고, 제복을 입은 경관이 함께 왔다.

경관이 말했다. "의자를 전용기로 보내 오크리지에 있는 폭탄 공장에 보낼 거라고요? 의자가 폭발한다거나 그런 일은 없겠죠?"

"내가 말한 증거물 포장지 갖고 왔나?" 마리노가 그에게 물었다.

"UPS(United Parcel Service: 미국 조지아 주에 본사가 있는 국제적 운송 업체 - 옮긴이) 같네요." 경관이 말했다.

스카페타는 마리노에게 두 개의 실을 계속 붙들고 있으라고 말한 다음, 벤턴에게 상황을 설명해 주었다.

"오스카의 팔은 어깨 관절에서 손톱까지 40.6센티여서 들어 올려도 그리 높지 않아요." 그녀는 벤턴을 쳐다보며 덧붙여 말했다. "당신의 팔은 오스카의 팔보다 20센티쯤은 더 길어요. 그리고 테리가 자리에 앉아 있고 당신이 그 뒤에 서 있다면, 거의 50센티쯤 더 높죠. 상대방보다 훨씬 더 높은 위치를 점할 수 있어요. 오스카는 그러기 어렵고요. 키가 당신 정도 되는 사람이 의자에 앉아 발버둥치는 테리의 목을 뒤에서 억지로 당겨 올렸다고 생각해 봐요."

"범인이 범행을 저지를 때 테리와 같은 높이에도 이르지 못한 상태로 그랬다는 건 이해가 가질 않소." 마리노도 같은 생각이었다. "더구나 범인이 그 여자를 때려서 의식이 되돌아오게 하고, 다시 목 졸라 의식을 잃게 하는 걸 반복했다면 말이오. 그가 벤치 프레스를 얼마나 많이 할 수 있는지의 문제와는 상관이 없을 거요."

"내 생각에도 오스카가 그럴 수는 없었을 것 같군요." 버거가 말했다.

"오스카가 걱정돼요." 스카페타가 말했다. "그에게 전화해 본 사람 있어요?"

"아까 모랄레스와 통화할 때…." 벤턴이 말했다. "오스카가 어디 있는지 알거나 소식을 들은 사람이 있는지 물어봤어. 모랄레스는 경찰이 오스카의 휴대전화를 갖고 있다고 했어."

"오스카가 스스로 휴대전화를 넘겨줬다고요?" 스카페타가 물었다.

"다른 많은 것들도 함께 넘겼다더군." 벤턴이 대답했다. "휴대전화를 넘긴 게 가장 유감스러워. 오스카가 휴대전화를 갖고 있길 바랐어. 오스카가 집 전화를 안 받았었거든. 어떻게 연락해야 할지 모르겠어."

"아까 말했던 것처럼 서로 팀을 나눠 헤어지는 게 좋겠어요." 버거가 말했다. "벤턴, 당신과 케이는 모랄레스와 만나 오스카의 아파트를 둘러보도록 해요. 마리노와 난 이 의자를 제대로 포장하는지 확인할게요. 그리고 방금 면봉으로 채취한 것과 다른 증거물들이 곧바로 연구실로 가는지도 확인할게요. 그런 다음, 길을 건너가서 동네 사람들이 제이크 루딘에 관해 어떤 얘길 하는지 들어 볼게요."

스카페타가 욕실에서 의자를 가지고 나와 바닥에 놓자, 경관이 포장한 다음 조심스럽게 가지고 나갔다.

그러자 버거가 스카페타에게 말했다. "우리가 일을 마칠 때 즈음 당신들이 오스카의 아파트에 있으면 우리가 그쪽으로 갈게요. 루시는 중요한 걸 알아내면 나한테 전화하겠다고 했어요."

26 파일럿 피시

오스카 베인이 거주하는 암스테르담 가의 무미건조한 10층짜리 노란색 벽돌 건물을 본 스카페타는 무솔리니가 로마에서 파시스트 결성을 주동하던 때를 떠올렸다. 아파트 로비에서 모랄레스가 경찰 배지를 보여주고 나서야 수위는 그들이 엘리베이터로 갈 수 있도록 허락해 주었다.

"새해 전야 후로는 보지 못했어요." 수위가 말했다. 그의 관심은 온통 스카페타가 들고 있는 커다란 현장용 키트에 집중되어 있었다. "당신들이 왜 여기에 왔는지 알 것 같군요."

모랄레스가 말했다. "그래요? 우리가 여기에 왜 온 것 같아요?"

"신문에서 봤어요. 그 여자를 본 적은 한 번도 없지만요."

"테리 브리지스 말인가요?" 벤턴이 물었다.

"당신들도 짐작하겠지만 모두들 그 사건 얘기뿐입니다. 베인 씨가 벨뷰 병원에서 나왔다고 들었어요. 사람들이 욕하는 건 옳지 못해요. 그렇게 놀림을 당한 사람에 대해선 동정심을 느껴야 해요."

스카페타가 아는 한, 지금껏 오스카 소식을 들은 사람은 아무도 없었고, 그가 어디 있는지 단서를 가진 사람도 아무도 없었다. 누군가 오스카를 해치지는 않았을지 몹시 염려되었다.

"출입문을 지키는 사람이 다섯인데 모두들 이구동성이에요. 그 여자가 이곳에 온 적은 한 번도 없는데, 적어도 우리 가운데 한 명은 알 거예요. 그리고 그 베인 씨는 이상해졌어요." 수위가 말했다.

수위는 스카페타와 벤턴에게는 관심을 표했는데 모랄레스는 좋아하지 않았고, 그런 감정을 굳이 숨기려 하지도 않았다.

"하지만 늘 이상했던 건 아니에요." 수위가 이야기를 계속했다. "분명히 말할 수 있는 건 내가 여기서 십일 년 동안 일했기 때문이죠. 그분은 내가 일한 기간 가운데 절반이나 이 아파트에 살았어요. 예전에는 정말 친절하고 마음씨 좋은 사람이었어요. 그러다 갑자기 변했어요. 머리를 자르고 노란색으로 염색을 한 뒤 말수가 점점 더 줄어들더니, 거의 집에만 있었어요. 이상한 시각에 산책이나 볼일이 있어 나올 때면 살쾡이처럼 불안해 보였어요."

"차는 주로 어디에 두었나요?" 모랄레스가 물었다.

"이 블록에 있는 지하 주차장에 세워 두었는데, 많은 세입자들이 거기에 주차를 해요."

"오스카가 뭔가 달라졌다고 알아차린 때가 언제였죠?" 벤턴이 물었다.

"가을이었던 것 같아요. 10월 즈음 뭔가 문제가 있는 게 분명해 보였어요. 그 무렵에 어떤 문제에, 그러니까 애인과 얽히기 시작했던 것 같아요. 두 사람이 사귀기 시작하면서 한 사람이 나쁜 쪽으로 변했다고 할 수 있겠네요."

"24시간 내내 출입문을 지키나요?" 벤턴이 물었다.

"일주일 내내 24시간 동안 지킵니다. 제가 안내해 드리죠. 열쇠는 갖고 계시죠?"

"당신도 갖고 있죠?" 벤턴이 물었다.

"그런 말을 하다니 우습군요." 수위는 초록색 장갑을 낀 손으로 엘리베이터 버튼을 눌렀다. "베인 씨는 몇 달 전에 현관문 열쇠를 바꿨는데, 그 무렵부터 이상하게 행동하기 시작했어요."

모두들 엘리베이터에 타자 수위는 10층 버튼을 눌렀다.

"그분은 우리한테 열쇠를 안 줬어요. 비상사태에 대비해 열쇠를 갖고 있어야 해서 계속 달라고 했는데 아직 받지 못했어요."

"오스카가 자신의 집에 누군가가 들어오는 걸 원치 않은 것 같군요." 모랄레스가 말했다. "그를 쫓아내지 않았다니 놀랍네요."

"건물 관리인과 대치해야 하는 상황으로 치닫고 있었는데, 그렇게 되길 바라는 사람은 아무도 없어요. 우린 베인 씨가 알아서 해 주기를 계속 바라고 있는 상황이에요. 너무 느려서 죄송합니다. 아마 뉴욕에서 가장 느린 엘리베이터일 겁니다. 누군가가 지붕에서 우리를 끈으로 잡아당기고 있을 거라는 생각이 들 거예요. 아무튼 베인 씨는 항상 혼자였어요. 찾아오는 손님도 없었고 문제를 일으키지도 않았어요. 하지만 아까 말한 대로 약간 이상하게 행동하기 시작했고 그 무렵에 열쇠를 바꿨어요. 사람 속은 알다가도 모르겠다니까요." 수위가 말했다.

"엘리베이터는 이것 한 대뿐인가요?" 스카페타가 물었다.

"화물용 엘리베이터가 있는데, 세입자들에게 개를 데리고 나올 때면 그걸 이용하라고 하죠. 개와 함께 엘리베이터를 타고 싶지 않은 사람들도 있으니까요. 푸들이 최악이에요. 커다란 푸들을 보면 나도 겁이 난다니까요. 그런 개가 엘리베이터에 타고 있으면 난 타지 않을 거예요. 차라리 불도그와 함께 타는 게 나을 거예요."

"누군가가 화물 엘리베이터를 타면 알아차릴 수 있나요?" 모랄레스가 물었다. "누군가가 몰래 빠져나간다면 말입니다."

"몰래 빠져나갈 수는 없을 겁니다. 건물을 출입하려면 어쨌든 출입문을 거쳐야 할 테니까요."

"다른 출입구는 전혀 없나요? 내 말은, 우린 오스카가 오늘 밤 건물에 들어오지 않았다고 알고 있는데, 그를 본 사람이 아무도 없는 게 확실한가요?" 모랄레스가 물었다.

"화재 비상구를 통해 지붕으로 올라가지 않았다면 그럴 겁니다." 수위는 오스카가 스파이더맨이라도 되는 것처럼 말했다.

스카페타는 건물 서쪽 계단에 연결되어 있던 지그재그 모양의 수평 플랫폼이 떠올랐다.

엘리베이터가 멈추자 수위는 오래된 초록색 카펫이 깔려 있고 옅은 노란색 페인트를 칠한 복도로 걸어갔다. 스카페타는 천장에 설치되어 있는 철제 구조의 플라스틱 돔을 올려다보았다. 천장에 비친 햇빛이 예사롭게 보이지 않았다.

"저기가 당신이 말한 지붕 출입구인가요?" 스카페타가 수위에게 물었다.

"네, 맞아요. 사다리를 써야 해요. 사다리나 화재 비상구를 통해서 세입자 집의 창문으로 들어갈 수 있죠."

"사다리는 어디에 보관되어 있나요?"

"지하실 어딘가에 있을 텐데, 내 담당 구역은 아니에요."

"사다리가 거기에 있는지 확인해 줄 수 있나요?" 벤턴이 물었다.

"물론이죠. 하지만 그분이 그런 방법으로 건물을 출입하지는 않았을 거고, 지붕 뚜껑 아래에도 사다리가 있긴 할 겁니다. 그런 말을 하니 왠지 불안해지는군요. 경찰이 지붕에 올라가 있는 것처럼 말입니다. 베인 씨가 벨뷰 병원에서 나왔다니, 약간 오싹한 느낌이 드는군요."

수위가 복도 끝에 있는 오스카의 아파트로 그들을 안내했다. 어두운 색의 나무로 된 문에는 10B라는 호수가 적혀 있었다.

"이 층에 몇 세대가 살죠?" 스카페타가 물었다. "네 세대인가요?"

"맞습니다. 10층에 사는 다른 세입자들은 낮 시간에 일을 하기 때문에 집에 없습니다. 다들 혼자 살고 아이가 없기 때문에 밤에 외출을 자주 하고요. 세입자 두 명은 다른 데에도 주거지가 있습니다."

"그들에 관한 정보가 필요할 겁니다." 모랄레스가 말했다. "그들뿐만 아니라 이 건물에 사는 세입자 전체 목록도 필요할 거고요."

"한 층에 네 세대가 사니까 모두 마흔 세대입니다. 이 층이 마지막 층이고요. 이 층이 다른 층보다 나을 건 없으니 펜트하우스라 부를 수는 없겠군요. 하지만 전망은 낫죠. 뒤편 세대에서는 허드슨 강이 내려다보이거든요. 내가 얼마나 충격을 받았는지 모릅니다. 베인 씨는 그런 일을 저지를 사람처럼 보이지 않았는데, 이상한 소문이 돌더군요. 어느 순간 이상하게 행동하기 시작했어요. 이제 사다리를 확인해 볼게요."

"한 가지 기억할 게 있어요." 모랄레스가 수위에게 말했다. "베인 씨는 범죄를 저지른 죄로 고소당한 게 아닙니다. 그가 애인을 죽였다고 말하는 사람도 아무도 없고요. 그러니 괜한 소문 퍼뜨리지 말아요. 알았죠?"

오스카의 아파트 현관문에 도착하자 모랄레스는 열쇠를 꺼냈다. 그 열쇠를 본 스카페타는 안정성이 높은 모데코 자물쇠임을 알아차렸다. 그리고 수위가 있는 동안에는 티를 내고 싶지 않은 어떤 것을 발견했는데, 20센티 정도 길이의 검은색 실이 문 경첩 바로 아래 카펫에 떨어져 있는 게 보였다.

"난 아래층에 내려가 있을게요." 수위가 말했다. "필요한 게 있으면 부엌 벽에 붙어 있는 흰색 인터폰으로 연락하세요. 0번 다이얼만 누르면 됩니다. 사다리를 확인한 다음에 어느 분한테 연락할까요?"

모랄레스가 수위에게 명함을 건네주었다.

수위는 다른 사람의 명함을 받고 싶은 것처럼 보였지만 달리 방법이 없었다. 그가 엘리베이터로 걸어가자, 스카페타는 현장용 키트를 열어 장갑을 꺼냈다. 바닥에 놓인 검은색 실을 집어 올려 확대 렌즈로 자세히 살피자 끝 부분에 두꺼운 매듭이 보였는데, 매듭 위에 무색의 왁스 같은 것이 발라져 코팅이 되어 있었고 납작하게 눌려 있었다.

스카페타는 실의 끝 부분에 매듭을 묶은 목적을 알 것 같았지만, 문은 오스카 키의 두 배에 달했다. 도움을 받지 않고서는 문 꼭대기에 손이 닿을 수 없었다.

"그게 뭡니까?" 모랄레스가 물었다.

그는 스카페타에게서 실을 받아 확대 렌즈를 통해 보았다.

"내 생각엔, 부재 시에 누군가가 문을 열었는지 확인하기 위해 문 꼭대기에 늘어뜨려 둔 것 같아요." 스카페타가 말했다.

"정말 영리하네요! 사다리에 대해서 무엇이든 알아내야 할 것 같군요. 오스카는 이걸 문 꼭대기에 어떻게 붙였을까요?"

"그 사람이 과대망상에 사로잡혀 있다는 건 이미 알고 있어요." 벤턴이 말했다.

스카페타가 그 실을 증거물 봉투에 넣고 펜으로 기록하는 동안, 모랄레스는 열쇠로 문을 열었다. 경보 장치가 울리자 아파트 안으로 들어가 냅킨에 적힌 비밀번호를 눌렀다. 그러고는 불을 켰다.

"여기 봐요! 침입자를 찾아내려는 장치가 또 있어요." 모랄레스가 상체를 숙여 현관문 바로 앞에 놓여 있는 똑바로 펴진 코트 옷걸이를 집어 들면서 수선스럽게 말했다. "대단하네, 대단해. 미치광이들이 자기 집에 에일리언이 침입했을까 봐 바닥에 일자로 가느다랗게 뿌려놓는 밀가루 같은 건 없는지 찾아봐야겠군."

스카페타는 코트 옷걸이의 양쪽 끝을 자세히 관찰하고는, 비닐봉투 안에 든 자그마한 왁스 조각을 들여다보았다.

"오스카는 이런 방식으로 문 꼭대기에 실을 올려두었을 거예요." 스카페타가 말했다. "코트 옷걸이 윗부분에 왁스로 만든 매듭을 붙여 두었어요. 옷걸이 와이어의 반지름과 일치하는 홈이 파여 있고요. 내 생각이 옳은지 확인해 보죠."

스카페타가 아파트 문 밖으로 나가서 보니, 문과 바닥 사이에 코트 옷걸이가 들어갈 만큼의 충분한 공간이 있었다. 옷걸이를 아파트 안으로 밀어 넣자 모랄레스가 문을 열었다.

"미치광이로군." 모랄레스가 말했다. "물론 당신한테 하는 말은 아니고요."

거실에는 먼지 한 점 없었고, 남성적인 분위기로 인테리어가 되어 있었으며, 짙은 파란색 벽에는 빅토리아 시대의 원본 지도와 인쇄본이 여러 점 걸려 있었다. 오스카는 짙은 색깔의 앤티크 가구와 영국 가죽 제품을 선호했고, 마인드 컨트롤을 당하는 것을 방지할 수 있는 제품에 집착하고 있었다. 그런 제품이 도처에 있었는데 저가의 분광계, 적외선이나 자기장 그리고 라디오 주파수 같은 다양한 감시 주파수를 찾아내는데 사용되는 고주파수 전계 강도와 트리필드 미터계 등이 있었다.

아파트 안을 둘러보자 안테나, 비닐 코팅을 한 납, 물을 담아 둔 양동이, 그리고 알루미늄 포일을 씌운 접시에 건전지를 연결한 이상한 기구와 집에서 만든 구리 피라미드, 방음 발포제가 들어가고 파이프의 자그마한 부분을 위에 얹은 안전모 등이 있었다.

오스카의 침대 전체는 알루미늄 포일 텐트로 둘러싸여 있었다.

"전파를 차단하는 장치들이에요." 벤턴이 말했다. "피라미드와 안전모는 음파와 빔 에너지 등을 차단하기 위한 거고요. 그는 자신의 주변에 보호막을 만들려고 애썼어요."

*

마리노와 제복을 입은 경관이 세탁기만 한 박스를 옮기고 있을 때, 달려오던 택시 한 대가 테리 브리지스가 살던 적갈색 사암 건물 앞에서 멈추었다.

루시가 나일론 가방을 어깨에 둘러매고 택시비를 지불하고 내리자, 마리노와 경관이 박스를 경찰차 뒤에 싣고 있었다. 마리노는 작년 봄에 보고 처음이었는데, 루시는 그때 마리노에게 그의 머리를 날려 버리겠다고 위협했었다. 그때 일은 모르는 척하는 편이 최선일 거라는 생각이 들었다.

"내 전용기에 탈 사람이 이 경관인가요?" 루시가 물었다.

"그래." 마리노가 대답했다.

"제트기 테일 넘버(tail number)와 조종사 이름 알고 있죠?" 루시가 경관에게 말했다. "라가디아 공항에 있는 시그니처 호예요. 탑승하면 브렌트가 당신을 기다리고 있을 거고요. 브렌트는 PIC예요. 검은색 양복에 흰색 셔츠를 입고 있을 거고, 파란색 줄무늬가 있는 넥타이를 매고 있을 거예요. 그리고 바지를 입고 있을 거고요."

"PIC가 뭐죠?" 경관이 경찰차 뒷문을 힘껏 닫으며 물었다. "그리고 바지를 입고 있을 거라는 게 무슨 뜻이죠?"

"PIC는 책임 조종사(Pilot In Command)라는 뜻이에요. 왼쪽 좌석에 앉아 있을 텐데, 밤 동안 잘 지켜봐요. 당신이 총을 갖고 있다는 걸 그 사람에게 꼭 알려 주고요. 그가 안경을 잃어버렸을 경우에 대비해 미리 말하지만 그 사람은 안경을 끼지 않으면, 박쥐처럼 장님이나 마찬가지예요. 그래서 바지를 입는 거고요."

"농담하는 거죠?"

"조종사는 두 명이에요. 미 연방 항공국 규정상 한 사람만 앞이 보이면 되는데, 바지는 두 사람 모두 입어야 하죠."

경관이 루시를 빤히 쳐다보았다.

그러고는 마리노를 쳐다보며 말했다. "이분이 저에게 지금 농담하고 있는 거죠?"

"그걸 왜 나한테 묻나?" 마리노가 말했다. "난 이제 비행이라면 더 이상 하고 싶지 않네."

차가운 바람이 세차게 몰아치는데, 코트를 입지 않은 버거가 건물에서 나와 계단을 내려왔다. 얼굴을 가리는 머리칼을 쓸어 넘기고는, 재킷을 여미고, 양팔로 몸을 감쌌다.

"코트를 입는 게 좋겠어요." 버거가 마리노에게 말했다.

버거는 루시에게 아무 말도 하지 않았다. 대신, 마리노와 함께 그의 감청색 임팔라를 향해 걸어가는 동안 루시의 손을 가볍게 건드렸다.

루시가 마리노에게 말했다. "난 테리가 사용했던 무선 네트워크를 확인할게요. 테리의 아파트를 지키고 있는 경관이 나한테 수갑을 채우는 사태가 일어나지 않도록 미리 확인해 줘요. 건물 전체가 똑같은 네트워크를 사용한다면 아파트 안에 들어갈 필요가 없겠지만, 확인할 것들 중에 두어 가지 흥미로운 게 있어요."

"날이 너무 추운데 차에 타는 게 어때요?" 버거가 물었다.

버거와 루시는 뒷좌석에, 마리노는 앞좌석에 앉았다. 시동을 켜고 히터를 틀자, 테리 브리지스의 화장대 의자를 실은 경찰차가 멀어져 가는 게 보였다. 루시는 가방의 지퍼를 열어 맥북을 꺼냈다.

"중요한 게 두 가지 있어요. 첫 번째는 테리가 스카페타612라는 사람에게 어떻게 걸려들었느냐는 거예요. 존 제이 칼리지 웹사이트에서 작년 10월 9일… 그러니까 벤턴과 이모가 객원 교수가 되고 나서 한 달 후예요. 테리, 혹은 루나시 계정으로 로그인한 어떤 사람이 존 제이 칼리지 웹사이트 게시판에 이모와 연락할 수 있는 방법을 아는 사람이 있는지 공고를 냈어요."

버거가 코트를 입자, 향료와 대나무의 미묘한 향기와 씁쓰레한 오렌지 꽃 오일 냄새가 루시의 코끝을 스쳤다. 런던의 향수 가게에서 구입했다는 버거의 향수였다. 루시는 그 향수가 그레그에게서 받은 소중한 것이 아니길 바라면서 그에 관해 물어본 적이 있었다.

"그 공고는 분명히 기록으로 남아 있어요." 루시가 말했다.

"어떻게 그걸 찾아냈어?" 마리노가 고개를 돌렸지만 주위가 어두워서 얼굴을 거의 분간할 수 없었다.

"체중이 많이 줄었나 봐요." 루시가 말을 걸었다.

"먹는 걸 그만뒀거든." 마리노가 말했다. "다른 사람들은 왜 그런 생각을 안 하는지 모르겠어. 난 마음만 먹으면 책도 쓰고 돈도 많이 벌 수 있을 거야."

"맞아요. 페이지가 텅 비어 있는 책."

"내가 생각하고 있는 것도 바로 그거야. 책에는 음식도 없고 아무것도 없는 거지. 그럼 성공할 거야."

루시는 자신을 향한 버거의 시선과 그녀와 가까이 앉아 있는 게 느껴졌다. 마리노에게는 사람들이 서로 어디서 관계를 맺는지 그리고 그들이 어디서 자신과 관계를 맺는지를 알아내는 촉수가 있었다. 그것은 그의 사고방식 안에 모두 연결되어 있었다.

루시는 버거가 맥북 화면에 나타난 내용을 읽는 모습을 가만히 바라보았다.

여러분 안녕하세요,

제 이름은 테리 브리지스이고, 케이 스카페타 박사와 연락하려고 노력 중인 법의학 대학원 과정 학생입니다. 그녀와 연락이 가능한 분이 계시면 제 이메일 주소를 전해 주시겠어요? 논문을 쓰기 위해 지난봄부터 그녀와 연락하려고 애쓰고 있는 중이거든요. 그럼 잘 부탁드립니다.

TB

루시는 마리노에게 그 글을 읽어 주었다.

루시가 다른 파일을 열자 오늘 아침 〈고담 갓차〉에 실린 스카페타의 사진이 화면에 나타났다.

"이것도 같은 게시판에 올라온 건가요?" 버거가 루시에게 물었다.

루시는 스카페타가 누군가에게 메스를 겨누고 있는 사진이 마리노에게 보이도록 노트북을 들어 올렸다.

"원본 사진이에요. 배경도 포토샵 처리를 하지 않았고요." 루시가 말했다. "〈고담 갓차〉에 실린 이 사진을 볼 때, 이모가 안치소에 있다는 사실은 알겠지만 그 정황에 대해서는 다들 전혀 모를 거예요. 하지만 사진의 배경을 보면 작업대 위에 보안 카메라용 모니터가 있고, 뒤에 보이는 콘크리트 블록 벽에 캐비닛이 있어요. 내가 직접 화면을 확대해 봤더니…." 루시는 트랙패드를 건드려 다른 파일을 열었다. "이렇게 나왔어요."

루시는 스카페타의 얼굴을 덮고 있는 투명 플라스틱 보호구를 확대한 화면을 보여주었다. 보호구에는 또 다른 사람의 희미한 형상이 비쳐 있었다. 루시가 트랙패드 위로 손가락을 움직여 다른 파일을 열자 보호구에 비친 사람의 형상이 더 선명해졌다.

"레스터 박사군요." 버거가 말했다.

"이제야 알겠군." 마리노가 말했다. "그런 여자라면 충분히 박사를 미워할 수 있지."

"우린 서로 관련 있거나 혹은 관련 없는 서너 가지 가정을 해 볼 수 있어요." 루시가 말했다. "오늘 아침 인터넷에 올라온 사진은 레스터 박사가 사건에 입회했을 당시 뉴욕 법의국에서 찍힌 거고, 이모와 말하고 있는 대상이 레스터 박사일 거예요. 그 여자가 직접 사진을 찍었을 리는 없지만, 사진을 찍힌다는 걸 모르지 않았다면 누가 찍었는지는 알 거예요…."

"레스터 박사는 분명히 알 거예요." 버거가 단호하게 말했다. "독수리처럼 매서운 눈매로 케이 쪽을 쳐다보고 있어요."

"그 이미지는 존 제이 칼리지 웹사이트에서 찾아낸 게 아니에요." 루시가 말했다. "하지만 이 사진이 현재 인터넷에 떠돌아다니고 있고, 어느 팬이 〈고담 갓차〉로 보냈을 가능성은 있겠죠."

"레스터 박사가 그 사진을 〈고담 갓차〉에 보냈을 수도 있어." 마리노가 말했다.

"그 박사의 이메일 계정에 들어가 보면 알아낼 수 있을 거예요." 루시가 말했다.

"아뇨. 아마 찾아내지 못할 거예요." 버거가 말했다. "레스터 박사는 그럴 유형이 아니에요. 그녀는 참 안쓰러운 삶을 살고 있는데, 현 단계에서의 그녀의 행동 방식은 사람들을 그냥 해고해 버리고, 그들이 중요하지 않은 사람인 양 멀리하는 거예요. 그들의 관심을 끌고 싶지 않은 거죠. 그녀가 관심을 끌기 위해 혈안이 되어 있는 유일한 대상은 자기 자신이에요."

"오늘 저녁에 둘이 정말 다정하게 함께 있는 모습을 봤어." 마리노가 말했다. "레스터 박사와 모랄레스가 벨뷰 병원의 DNA 건물 옆에 있는 공원에 함께 있었어. 박사와 벤턴이 안치소를 떠난 후였고, 그 둘이 잠시 벤치에 앉아 있었지. 박사와 벤턴을 기다리던 중에 우연히 본 거야. 내가 보기에는, 레스터 박사가 안치소 안에서 박사와 벤턴이 뭘 했는지, 뭘 알아냈는지 모랄레스에게 업데이트해 주고 있는 것 같았어. 그러고 나서 레스터 박사는 어둠속을 걸어가며 누군가에게 문자를 전송하고 있었고."

"그게 어떤 의미가 있는지는 모르겠어요." 버거가 말했다. "요즘은 누구나 문자 메시지를 전송하니까요."

"이상해요." 루시가 말했다. "레스터 박사가 어두운 공원에서 그와 만났다니…. 혹시 그들 두 사람이…?"

"상상하려고 애써 봤는데 잘 안 돼." 마리노가 불쑥 말했다.

"모랄레스는 사람들에게 슬쩍 가까이 다가가는 법을 알아요." 버거가 말했다. "그들이 서로 친한 사이일 수 있겠지만, 그런 사이는 아닐 거예요. 레스터 박사는 모랄레스가 좋아할 유형이 아니에요."

"그자가 시체를 좋아하는 유형이 아니라면 말이오." 마리노가 말했다.

"난 아무도 놀릴 생각이 없어요." 버거는 진심으로 말했다.

"요점만 말하자면…." 마리노가 말했다. "그 여자가 문자를 보낼 만큼 가까운 사람이 있을 거라고 생각해 본 적이 없었기 때문에 약간 놀랐소."

"법의국장에게 문자를 보냈을 수도 있죠." 버거가 말했다. "그냥 추측일 뿐이지만요. 하지만 다른 누군가의 공을 가로채기 위해서 모랄레스에게 정보를 넘겨줬을 수도 있어요."

"뭔가를 빠뜨려서 알리바이를 짰을 수도 있고요." 루시가 말했다. "그래서 법의국장과 곧바로 연락하려 했을 거예요. 박사의 이메일로 들어가 확인해야겠어요."

"그럴 수 없을 거예요." 버거가 말했다.

루시는 버거의 모든 움직임과 소리와 체취를 감지할 수 있었다. 그녀가 읽은 내용을 근거로 할 때, LSD(정신분열 같은 증상을 일으키는 환각제 - 옮긴이)를 복용했을 수도 있었다. 심장박동이 빨라지고, 체온이 올라가고, 색깔을 '듣거나' 소리를 '보는' 것처럼 마치 감각이 교차하는 듯한 묘한 느낌이 들었다.

"레스터 박사는 파일럿 피시(pilot fish: 방어의 일종. 상어를 먹이가 있는 곳으로 인도한다고 함 - 옮긴이) 같은 물고기일 수 있을 거요." 마리노가 불쑥 말했다. "상어가 남기는 찌꺼기를 먹으려고 뒤를 졸졸 따라다니는 물고기 말이오. 그 여자를 조롱하는 게 아니라 사실을 말하는 거요."

"이 모든 상황에서 테리는 어떤 관계가 있을까요?" 버거가 물었다.

"그녀에게, 구체적으로 말하자면 루나시라는 유저네임을 가진 사람에게 사진을 보냈어요."

"누가 보냈단 말이죠?" 버거가 물었다.

"스카페타612가 12월 3일 월요일에 보냈는데…." 루시가 말했다. "이해할 수 없는 점은 어떤 이유에서인지 테리가 그 사진을 삭제했고, 그 사진을 보낸 사람도 그 사진을 삭제했다는 거예요. 그 때문에 사진은 휴지통에 들어 있지 않아요. 누럴 네트워킹 프로그램으로 복구해야 해요."

마리노가 불쑥 끼어들었다. "그럼 12월 3일에 사진을 전송했는데, 양쪽 모두 동일한 날짜에 곧바로 그 사진을 삭제했단 말이야?"

"네."

"사진과 함께 메시지도 보냈어요?"

"지금 바로 보여드릴게요."

루시는 트랙패드 위로 손을 움직였다.

"이거예요." 루시가 말했다.

날짜 2007년 12월 3일 월요일 오후 12시 16분 11초

발신 스카페타

수신 테리

테리,

당신은 중요한 자료를 좋아할 테니, 이걸 크리스마스 선물이자 당신이 쓰고 있는 책을 위한 선물로 생각해 줘요. 하지만 이걸 당신한테 주는 것에 대해 생색을 내고 싶지도 않고, 누군가 물어보면 내가 준 게 아니라고 대답할 거예요. 누가 내 허락도 없이 그걸 가져갔는지도 말하지 않을 거예요. (그 바보는 내가 좋아할 거라 여기며 내게 복사본을 줬거든요.) 그 사진을 워드 파일로 옮기고, 이메일에서는 삭제하길 바랄게요. 나도 방금 그렇게 삭제했거든요.

스카페타

"테리 브리지스가 책을 쓰고 있었나?" 마리노가 물었다.

"잘 모르겠어요." 루시가 대답했다. "하지만 버거 검사와 내가 본 석사학위 논문을 보면, 그렇게 방향을 잡고 있었을 수도 있어요."

버거가 말했다. "특히 테리가 이 모든 정보가 케이한테서 오는 거라 믿었다면 그랬을 텐데… 실제로 그렇게 믿은 것 같아요. 내가 생각하기에 루나시는 테리인 것 같아요. 추측에 불과하지만 분명하다는 느낌이 들어요."

"나도 그렇게 생각해요." 루시도 같은 생각이었다. "중요한 문제점은, 테리에게 이 이메일을 쓰며 이모인 척 가장한 사람이 이번 살인사건과 어떤 관계가 있느냐는 거예요."

"IP는 찾아냈어?" 마리노가 물었다.

"이메일 서비스 제공 업체한테 고객 신원조회에 관한 정보를 언제 얻어 내 줄 수 있죠? 내가 받은 주소는 구겐하임 미술관, 메트로폴리탄 미

술관, 유대인 박물관 등이 있는 어퍼 이스트사이드의 스물 몇 블록이어서 별로 도움이 안 돼요."

루시는 정확한 주소를 알고 있었지만 곧바로 나서지는 않았다. 그녀가 규칙을 어기는 걸 버거가 좋아하지 않기 때문이었다. 루시에게는 인터넷 서비스 제공 업체에 근무하는 친구들이 있었다. 그들 가운데 몇몇은 루시가 연방 법률 집행 기관에서 일하던 시기에 알던 친구들이었고, 다른 친구들은 그 이전부터 알던 사이로, 모두들 사람들의 신원을 파악하는 데엔 일가견이 있었다. 루시가 한 일은 경찰이 코카인 100킬로그램이 든 자동차 트렁크를 열고 영장을 발부하는 것만큼이나 쉬웠다.

루시가 말했다. "그리고 마일 박물관이 있는 그 구역 근처에 엘리자베스 스튜어트 박사가 운영하는 피부과가 있어요."

어두운 차 뒷좌석에 앉은 버거의 얼굴이 가까이 다가오자 루시는 매혹적인 향의 향수가 마법을 거는 것처럼 느껴졌다.

버거가 말했다. "그 구역 근처라고요? 얼마나 가까이에 있는 거죠?"

"그 피부과 의사는 그녀의 병원이 있는 건물의 13층을 통째로 아파트로 사용하고 있어요." 루시가 말했다. "연휴 때 여행을 떠났고, 병원 문을 다시 연 건 12월 7일 월요일이었죠."

27 어느 정신병원 의사의 경험

테리의 아파트 서재 안으로 들어온 스카페타는 혼자 있을 수 있는 변명거리를 찾고 있었는데, 때마침 루시에게서 전화가 걸려 왔다.

모랄레스와 벤턴을 욕실에 두고 다시 거실로 나와 서재로 향하자, 루시는 존 제이 칼리지 웹사이트에 올린 공고문에 관해 얘기하면서 그걸 알고 있느냐고 물었다. 스카페타는 오래된 정신분석학 서적이 꽂혀 있는 책장을 둘러보면서 몰랐다고 대답했다.

"그런 얘길 들으니 유감이야." 스카페타가 덧붙여 말했다. "듣는 얘기마다 정말 유감스러운 것밖에 없어. 테리가 나한테 연락하려고 애쓴 걸 알았더라면 좋았을 것을…."

스카페타는 오스카가 CD를 숨겨 두었다고 주장한 《어느 정신병원 의사의 경험》을 찾지 못했다. 그에 관한 의문이 점점 커져만 갔다. 그는 자신과 어떤 게임을 벌이고 있는 걸까?

"그리고 오늘 아침 인터넷에 올라온 사진은 이곳 뉴욕 안치소에서 찍은 거야." 루시가 말했다. "사진 속에서 이모는 레스터 박사와 이야기를 나누고 있었는데, 혹시 기억나는 거 없어?"

"내가 안치소에 있을 때 누군가가 내 사진을 찍은 기억도 없고, 오늘 그 사진을 처음 봤을 때도 그런 생각은 나지 않았어."

"그 사진을 다시 볼 때, 확대해서 작업대 위에 있는 보안 카메라 부분을 모니터 화면에 가득 채워 봐. 그러면 그 사람이 어디에 서 있었는지 알아낼 수 있을 거야. 어떤 단서가 떠오를 수도 있을 거고."

"부검 테이블 방향에서 찍었을 수도 있을 거야. 부검실에는 부검 테이블이 세 개 있는데, 누군가가 다른 시신을 부검하고 있었을 수도 있어. 나중에 곰곰이 생각해 볼게. 지금은 그럴 겨를이 없어."

지금 스카페타가 생각할 수 있는 건 오스카에게 다시 연락해서 그 책이 없다고 말해 주는 거였다. 오스카가 어떤 대답을 할지 상상할 수 있었다. 저들이 CD를 갖고 있고, 아파트 문 밖 바닥에 떨어져 있던 실도 저들 때문이라고 할 것이었다. 그는 저들이 아파트에 들어왔었다고 말할 것이었다. 스카페타는 CD에 대해 모랄레스나 벤턴에게 말한 적이 없었다. 그들에게 책과 CD가 있다고도 없다고도 말할 수 없었다. 그녀는 오스카 베인을 담당한 의사였다. 둘이서 나눈 이야기를 비밀로 유지해야만 했다.

"메모할 수 있어?" 루시가 물었다. "엘리자베스 스튜어트 박사의 전화번호 알려 줄게."

"누군지 알아."

루시는 스튜어트 박사의 병원 맞은편에 있는 인터넷이 되는 커피숍에서 12월 3일 정오 무렵에 그 사진이 이메일로 테리 브리지스에게 보내졌다고 설명했다. 루시는 스카페타에게 휴대전화 번호와 휴가용으로 임대한 콜로라도 아스펜에 있는 세인트 레지스 호텔의 스위트룸 객실 번호를 함께 주면서, 스튜어트 박사는 남편 이름인 옥스퍼드로 항상 거기에 투숙한다고 말했다.

"옥스퍼드 박사가 투숙하고 있는지 물어봐." 루시가 말했다. "사람들이 하는 얘기를 들어 보면 깜짝 놀라겠지만, 난 이 모든 이야길 아무한테도 알리지 않았어. 버거 검사가 이 정보를 합법적인 루트를 통해 알아냈어. 상상이 가? 아무튼 나 대신 모랄레스 형사에게 뭘 좀 물어봐 줄 수 있어? 그런 다음 이모부한테 나에게 전화 좀 달라고 말해 줄래?"

"지금 그쪽으로 가려던 참이야."

"지금 테리의 아파트 건물 안에서 무선 네트워크에 로그인했는데, 무선 네트워크가 모든 집에 연결되어 있어." 루시가 말했다. "그리고 지금 방송 중인데, 즉 네트워크에 접속한 모든 사람들이 방송을 볼 수 있단 얘기야. 그렇게 설치가 되어 있어."

오스카의 가정용 운동 기구는 침실에 있었고, 알루미늄 포일로 만든 텐트는 방 한가운데에 놓여 있었다. 벤턴과 모랄레스는 서로 얘기를 나누고 있었다.

"그 형사에게 부탁할 게 정확히 뭐야?" 스카페타가 물었다.

스카페타는 모랄레스가 왜 여자들한테 인기가 있고 마지못해 인정받는지 알 것 같았지만, 판사들을 포함해 다른 모든 사람들을 생각하면 화가 치밀었다. 그자를 보면 그녀가 코넬 대학교에서 학부 재학생으로 있던 당시에 보았던, 장학금을 받는 스타 운동선수 두어 명이 생각났다. 그 콧대 높고 자신감 넘치는 젊은 선수들은 상대적으로 작은 신장을 빠른 속도와 뻔뻔함 그리고 터무니없는 자신감으로 보완하는 것 같았다. 그들은 어느 누구의 말도 귀 기울여 듣지 않았고, 팀이나 코치를 존중하지도 않았으며, 지능적으로 게으름을 피웠지만 득점을 올려 관중들을 즐겁게 해 주었다. 그 선수들은 좋은 사람들이 아니었다.

"그 형사에게 거기에 카메라가 있다는 걸 알고 있는지 물어봐 줘." 루시가 말했다.

"그건 분명히 대답해 줄 수 있어." 스카페타가 말했다. "모랄레스 형사가 감시 카메라를 지붕에 설치했고, 마리노도 알고 있어. 버거 검사와 함께 있니?"

스카페타는 그 말을 입 밖으로 내뱉고 나서 갑자기 무언가를 깨달았다. 그것은 그녀의 어떤 감이었다. 루시가 어린아이였을 때, 적어도 그녀의 마음속에서는 어린아이였던 당시, 루시와 버거가 처음으로 함께 있었던 그 순간부터 감지했는지도 몰랐다. 버거는 루시보다 열다섯 살이 더 많았다.

그게 왜 문제가 될까?

루시는 이제 어린아이가 아니다.

루시는 버거와 마리노가 증인과 얘기를 나누려고 길 건너편에 갔다고 말했다. 루시는 삼십 분 넘게 그들과 따로 있었다.

단순히 논리적으로 보자면, 제이미 버거처럼 바쁘고 중요한 검사가 그리니치빌리지의 루시의 집 안에서 컴퓨터 프로그램이 운용되는 모습을 유심히 쳐다보고 있을 리 없었다. 루시가 알아낸 게 무엇이든, 전화나 이메일을 통해 전달받을 수 있었다. 버거는 범죄 현장을 직접 둘러보고 증거물을 신속하게 분석하라고 지시할 때면 무척 능숙했고 에너지가 넘쳤으며 본인이 직접 확인하고 싶어 하는 편이었다. 레스터 박사 담당 사건이 아닌 경우에는 안치소에 모습을 드러내기도 했다. 하지만 컴퓨터를 유심히 들여다보는 경우는 거의 없었다. 연구실 의자에 앉아 기체 크로마토그래피, 현미경, 증거물 검사 결과, 낮은 비율로 확대해 분석 중인 DNA를 직접 보는 경우도 거의 없었다.

버거는 연속해서 명령을 내렸고, 함께 결과를 확인하고 있었다. 루시와 버거가 루시의 집에서 단둘이 몇 시간 동안 있었다는 생각을 하자 스카페타는 마음이 불편해졌다. 그리고 오 년 전에 그들이 함께 있는 모습을 봤던 순간이 떠올랐는데, 당시 그녀는 미리 알리지 않고 버거의 펜트하우스를 방문했었다.

그때 스카페타는 루시가 거기에 있을 거라곤 예상치 못했었다. 루시는 폴란드 슈체친의 어느 호텔 방에서 일어났던 일을 버거에게 털어놓고 있었는데, 그 자세한 상황에 대해 스카페타는 지금도 잘 알지 못했다.

스카페타는 자신이 더 이상 조카의 삶의 중심이 아님을 느꼈다. 어쩌면 그런 날이 다가오고 있음을, 언젠가는 그렇게 될 것임을 직감하고 있었는지도 몰랐다. 그건 진실이었다. 그녀의 이기적인 진실.

스카페타는 벤턴에게 루시가 얘기를 나누고 싶어 한다고 전했다. 그는 망설이면서 스카페타가 괜찮다는 신호를 보내 주길 기다렸다.

"난 오스카의 캐비닛을 확인해 볼게요." 스카페타가 말했고, 그건 괜찮다는 신호였다.

벤턴은 침실 밖으로 나가야 했다. 사적인 대화를 나눠야 할지도 몰랐다.

"난 복도에 내려가 있을게." 벤턴이 전화번호를 누르며 말했다.

오스카의 욕실로 들어가던 스카페타는 자신을 바라보고 있는 모랄레스의 시선을 느낄 수 있었다. 오스카가 사는 모습을 보면 볼수록, 스카페타는 오스카의 정신 상태가 이상하다는 생각에 점점 더 실망했다. 욕실에 있는 약품 보관용 캐비닛 안에 든 약병들로 보아 오스카가 악몽에 시달리고 있었던 게 분명해 보였고, 몇몇 처방전 약통에 적힌 날짜는 유효 기간이 남아 있었다.

그녀는 L-라이신, 판토텐산과 엽산 및 아미노산, 뼈 칼슘, 요오드, 나시마, 그리고 방사선 피해로 고통을 받았거나 그것을 두려워하는 사람들에게 필요한 보조 식품류 등을 발견했다. 세면대 아래에는 욕조에 부었을 것으로 짐작되는 식초가 든 커다란 병이 있었다. 오스카는 작년 10월 초에 루네스타를 처방받아 불면증 치료에 사용했다. 그 후로 그 처방전을 두 번 더 받았는데, 가장 최근의 것은 12월 27일 듀앤 리드 약국에서 구입했고, 처방전을 써 준 의사는 엘리자베스 스튜어트였다. 스카페타는 그 의사에게 전화할 생각이었지만, 지금 여기서는 아니었다.

스카페타는 처방전 없이 살 수 있는 약과 밴드, 소독용 알코올, 거즈, 아쿠아라인 같은 윤활제 등의 약물이나 응급처치용품 등이 들어 있는 자그마한 욕실장을 훑어보기 시작했다. 욕실장을 들여다보고 있는데, 모랄레스가 불쑥 들어왔다. 아직 개봉하지 않은 약통 하나가 가격표를 떼 버려서 어디서 구입했는지 알 수 없었다.

"바셀린 같은 거 아닌가요?" 모랄레스가 물었다.

"비슷해요." 그녀가 대답했다.

"이게 희생자의 질에서 검출된 것과 똑같은 것인지 연구실에서 밝혀낼 수 있을까요?"

"주로 치료용 연고로 사용되는 거예요." 스카페타가 말했다. "화상, 염증이 생겼거나 갈라진 피부, 아토피 피부염, 습진과 같은 증상들을 치료하는 데 쓰이죠. 오스카에게는 그런 증상들이 전혀 없었어요. 달리기나 자전거를 타는 사람들, 경보 경기를 하는 사람들 사이에서 흔히 사용되곤 하죠. 대부분의 약국이나 식료품 가게에서도 구입할 수 있어요."

마치 오스카 베인을 변호하는 것처럼 들렸다.

"키가 작은 오스카는 평발이지만 꽤 열심히 걷는 사람이에요. 수위는 그가 운동복을 입고 날씨와 상관없이 매일 외출했다고 했어요. 사다리가 지붕에 있는 게 이상하지 않아요? 그럴 만한 이유가 없는데, 내 생각으로는 오스카가 화재 비상구로 올라가 자신의 집 창문을 통해 들어간 다음 지붕 출입구로 나와 사다리를 위로 올린 것 같아요. 그러면 사다리가 왜 지붕에 있는지 설명이 되죠." 모랄레스가 말했다.

"왜 그렇게 했을까요?"

"안으로 들어가려고요." 모랄레스는 강렬한 눈빛으로 그녀를 쳐다보았다.

"창문을 열었는데 경보 장치가 울리지 않았을까요?" 스카페타가 물었다.

"경보 장치는 꺼져 있었어요. 보안 업체에 전화를 걸어 조사해 보라고 했어요. 오스카가 벨뷰 병원에서 나온 지 얼마 지나지 않아 경보 장치가 울렸어요. 보안 업체에서 그의 아파트에 전화를 걸자, 한 남자가 전화를 받아 사고였다며 비밀번호를 가르쳐 줬대요. 경보음은 그리 크게 울리지 않았어요. 그리고 곧바로 멈추었기 때문에 세입자들도 거의 듣지 못했고요. 국장님은 어떻게 생각하세요?"

"난 별다른 생각 없어요."

"CNN에 출연하는 박사님인데 생각이 없을 리가요. 당신은 CNN 박사로 알려져 있고, 어떤 일에든 놀라운 생각을 갖고 있는 것으로 정평이 나 있죠."

모랄레스가 스카페타가 들여다보고 있는 욕실장 쪽으로 다가왔고, 아쿠아라인 통을 들어 올리다 그녀와 가볍게 부딪혔다.

"이게 희생자의 몸에서 나온 것과 똑같은 것인지 화학적으로는 구분할 수 있을 겁니다. 그렇죠?"

"물론이에요." 스카페타가 대답했다. "수산화나트륨이나 메틸파라벤 같은 특정 살균 방부제 첨가물이 들어 있는 K-Y 젤리 같은 게 아닌지 구별할 수 있을 거예요. 아쿠아라인은 방부제가 들어 있지 않고, 주원료는 미네랄 오일과 바셀린이에요. 테리의 아파트에서 이런 게 전혀 발견되지 않았다는 건 확실해요. 적어도 증거물 목록에는 적혀 있지 않았고,

약을 보관하는 욕실장을 내가 직접 확인했어요. 당신은 어느 누구보다 잘 알 거고요."

"그렇다고 범인이 범행 도구로 그걸 가져오지 않았다고 단정할 수는 없죠. 그러고는 범행을 저지른 후 가져갔을 수도 있고요. 오스카가 그랬다는 게 아니라 범인이 그랬다는 겁니다. 그렇다고 두 사람이 동일인이 아니라는 뜻은 아니고요."

스카페타를 바라보는 모랄레스의 갈색 눈이 강렬했다. 그는 은근히 즐기는 것처럼 보이기도 했고, 동시에 화가 난 것 같기도 했다.

"당신이 테리의 아파트에 갔을 때 마침 아무것도 없었을 수도 있죠." 모랄레스가 말했다. "아직 부검 전이었기 때문에 난 어젯밤에 윤활제를 찾고 있다는 걸 전혀 몰랐어요. 하지만 되돌아왔을 땐 자세히 둘러봤죠."

이 형사가 아파트로 되돌아왔었다는 얘기를 들은 건 처음이었다. 스카페타는 테리가 손님방 겸 서재로 쓰던 방을 떠올렸고, 누군가가 방 안 카펫을 치운 것 같다는 마리노의 말이 떠올랐다.

"당신의 오래된 친구 마리노가 테리의 노트북들을 찾고 나서, 난 아파트로 되돌아가 없어진 게 없는지 확인했어요." 모랄레스가 말했다. "당시 나는 부검 결과를 알고 있었고, 레스터 박사와 이야기를 나눈 상태였어요. 그래서 윤활제가 있는지 아파트 안을 샅샅이 뒤졌죠. 하지만 없었어요."

"서재 안 카펫이 눈에 띄었어요." 스카페타가 말했다.

"분명히 그랬을 겁니다." 모랄레스가 말했다. "우리 어머니는 항상 자리를 깨끗이 치우고, 러그가 말리지 않도록 똑바로 펴고, 매사에 책임감 있게 하라고 가르치셨죠. 이것들 가운데 몇 개는 봉투에 담는 게 좋겠어요. 우리가 뭔가 소용이 있는 걸 찾을 경우를 대비해서 수색 영장을 가져왔다고 내가 말했던가요?"

모랄레스는 이를 드러내고 환하게 웃으며 윙크를 했다.

스카페타와 모랄레스는 운동 기구와 포일 텐트가 놓여 있는 침실로 되돌아갔다. 스카페타는 옷장을 열어 발포제를 덧댄 헬멧과 안테나 서너 개가 놓인 선반을 자세히 살폈다. 옷을 훑어보자 대부분 캐주얼이었는데, 몇몇 블레이저의 주머니에는 플라스틱 패널과 또 다른 유형의 보호 장비가 들어 있었다. 스카페타는 오스카가 병원에서 자신에게 아무런 보호 장비가 없다고 불안해하며 하던 얘기가 떠올랐다.

옷장 바닥에는 자그마한 스노부츠, 정장 구두, 나이키 운동화 등이 놓여 있었고, 버들로 세공한 바구니 안에는 악력계, 줄넘기 줄, 발목용 모래주머니, 바람을 뺀 운동용 볼이 있었다.

나이키 운동화를 집어 올려 자세히 살펴보자, 관절이나 발에 잠재적인 문제가 있는 사람에게는 적당하지 않아 보였고, 오래되어 보였다.

"운동화는 이것뿐인가요?" 모랄레스에게 물었다. "이것보다 나은 운동화를 몇 켤레는 갖고 있을 거예요."

"사람들이 당신을 뭐라고 부르는지 계속 잊어버려요."

그렇게 말하더니 모랄레스는 스카페타에게 가까이 다가갔다.

"이글 아이(eagle eye)." 그가 말했다. "가장 자주 불리는 별명이죠."

그가 가까이 다가오자 연한 갈색 피부에 자그마하게 흩어져 있는 불그스름한 반점들이 보였고, 몸에 뿌린 콜로뉴 냄새가 진동했다.

"손발이 안쪽으로 굽었거나 안정성이 필요한 사람들은 주로 브룩스 아리엘을 신어요." 모랄레스가 말했다. "아이러니예요."

모랄레스는 침실을 돌며 손을 내저었다.

"당신의 팬인 오스카는 그가 얻을 수 있는 모든 안정성을 누릴 수 있었어요." 모랄레스가 덧붙여 말했다. "평발인 사람들에게 좋죠. 볼이 넓고, 밑창 모양도 특이하고요. 어젯밤, 그가 신고 있던 신발을 벗겨서 연구실로 가져다 줬어요. 그가 입은 옷과 함께요."

"그럼 오스카가 벨뷰 병원에서 나올 때는 뭘 입고 있었단 말인가요?" 스카페타가 물었다.

"이번에도 별명처럼 날카로운 질문이군요."

스카페타는 그에게서 조금씩 물러났고, 그는 계속 그녀에게 가까이 다가갔다. 거의 옷장 안에 들어가다시피 한 스카페타는 나이키 운동화를 옷장 바닥에 두고 그를 피해 밖으로 나왔다.

"어젯밤에 오스카를 멋진 호텔로 데려다 주기로 하면서 작은 거래를 했어요." 모랄레스가 말했다. "입고 있는 옷을 나한테 넘겨주면 제일 먼저 그 친구의 아파트에 들르기로 한 거죠. 그가 미리 챙겨 두었던 옷 가방을 챙길 수 있도록 말예요. 오스카는 떠날 모든 준비를 해 둔 상태였어요."

"오스카가 병원에 오래 머물지는 않을 거라는 걸 예상했던 것 같군요."

"기대했던 대로 정확하네요. 그 친구가 병원에 간 건 벤턴 그리고 무엇보다 당신을 만나려고 했던 거라서 오래 머물 이유가 없었어요. 그자는 자신의 꿈을 이뤘고 신이 났어요."

"어젯밤에 오스카가 스스로 옷 가방을 가지러 여기에 왔었단 말이에요?"

"그 친구는 체포된 게 아니기 때문에 무엇이든 자신이 원하는 대로 할 수 있었어요. 난 차 안에서 기다렸고 그 혼자 아파트로 들어갔는데, 길어도 십 분을 넘기지 않았던 것 같아요. 오스카가 덫처럼 걸어 둔 검은 실이 바닥에 떨어진 건 그 때문이에요. 집을 나서면서 실을 문 위에 올려 둬야 하는 걸 잊어버린 거죠. 그 친구는 좀 혼란스러워했어요."

"오스카의 옷 가방 안에 뭐가 들어 있었는지 알아요?"

"청바지 한 벌, 감청색 티셔츠, 브룩스 운동화, 양말, 속옷, 지퍼가 달린 모직 코트가 들어 있었어요. 감금 병동에 목록이 있어요. 젭이 확인해 줬는데, 그 사람 만난 적 있죠?"

스카페타와 모랄레스는 알루미늄 포일 텐트 근처에서 눈을 마주보며 서 있었고, 스카페타는 아무 말도 하지 않았다.

"오늘 오후 교도관이 국장님 사무실 밖에 있었어요. 안전한지 확인하려고요." 모랄레스가 말했다.

로드 스튜어트가 부르는 〈내가 섹시하다고 생각해〉 노랫소리에 스카페타는 화들짝 놀랐다.

꽤 무겁고 고가로 보이는 모랄레스의 PDA에서 울리는 음악 소리였다.

그는 블루투스 이어폰을 누르며 말했다. "네."

스카페타가 발걸음을 옮기자, 벤턴이 서재에서 장갑 낀 손으로 《에어 룸 갱》을 들고 있는 모습이 보였다.

벤턴이 말했다. "1700년대 후반에 나온, 누군가의 마음을 조종하는 기계에 관한 책이야. 괜히 끼어들고 싶지 않아서 가만히 있었는데, 괜찮아? 내가 모랄레스를 박살 내 주길 바라면 당신이 소리칠 거라 생각했어."

"형편없는 사람이에요."

"그 부분을 소리 내서 잘 읽어 봐."

벤턴은 책장 빈 곳에 책들을 다시 꽂아 넣으며 말했다.

"《에어 룸 갱》이란 책이야. 이 아파트는 마치 그 책의 한 장면처럼 느껴져. 베들램(Bedlam: 유럽에서 최초로 지어진 정신병원의 이름으로, 정신병원에 대한 일반적인 총칭임 - 옮긴이) 같아." 벤턴이 말했다.

"맞아요."

벤턴은 아내가 자신에게 뭔가 말하길 기다렸다는 듯 아내와 눈을 마주쳤다.

"오스카가 병원을 떠나고 싶어질 때를 대비해 옷 가방을 챙겨 두었다는 거 알았어요?" 스카페타가 물었다. "그리고 모랄레스가 어젯밤 그를 여기로 데려다 주었다는 사실도 알아요?"

"그가 원할 때 언제든 떠날 수 있다는 건 알았어. 우리 모두 알고 있었던 사실이잖아." 벤턴이 말했다.

"이상하단 생각이 들어요. 모랄레스 형사가 오스카에게 떠나도록 부추긴 것 같고, 그를 병원에서 나오게 하려 했던 것 같아요."

"왜 그렇게 생각해?" 벤턴이 물었다.

"그가 한 말 때문에요."

스카페타는 모랄레스가 불쑥 들어올까 염려스러워서 열린 방문 주변을 둘러보았다.

"예를 들어, 어젯밤 오스카를 떠나게 하면서 많은 협상을 한 것 같아요." 그녀가 말했다.

"그게 사실이라 해도 이례적인 건 아닐 거야."

"당신은 내가 처한 상황을 이해하잖아요." 오래된 책들을 훑어보면서 그녀의 마음속에 다시 절망감이 밀려왔다.

오스카는 CD를 숨겨 둔 책이 방문 왼쪽에서 두 번째 책장 네 번째 선반에 있을 거라고 말했었다. 하지만 그 책은 거기에 있지 않았다. 네 번째 선반에는 보관함들이 쌓여 있었고, 거기에는 각각 '광고 전단'이라고 적힌 라벨들이 붙어 있었다.

"당신 생각으로는, 오스카의 컬렉션 중에서 빠진 게 뭘까? 컬렉션을 더 완벽하게 하기 위해서 말이야." 벤턴이 그렇게 말한 데는 이유가 있었다.

"그걸 왜 묻는 거죠?"

"젭이라는 교도관한테 들은 이야기가 있어. 불행하게도, 젭은 이 사람 저 사람에게 많은 얘기를 했는데… 그는 당신이 병원에 있는 동안 상처받지 않기를 바랐어. 그리고 당신이 자신을 나가 있게 한 것을 못마땅하게 여겼더군. 그 교도관에게 전화를 걸어서 오스카가 떠난 걸 알게 됐고, 이런저런 얘기를 나눴어. 아무튼, 오스카가 여기에서 빠뜨린 게 뭘까?"

"리틀턴 윈슬로가 쓴 《어느 정신병원 의사의 경험》이 없어서 놀랐어요."

"흥미롭군. 당신이 그 얘기를 꺼내다니 말이야." 벤턴이 말했다.

스카페타는 남편의 소매를 잡아당겼고, 두 사람은 바닥에 앉아 두 번째 책장을 바라보았다.

스카페타는 맨 아래 선반에 있는 보관함을 꺼냈다. 그녀는 어느 방향으로 가야 좋을지 가르쳐 주는 GPS를 잃어버린 것처럼 혼란스러운 느낌이 들기 시작했다. 누가 제정신인지 누가 제정신이 아닌지, 또 누가 거짓말을 하는지 누가 진실을 말하는지 알 수 없었고, 누가 누구에게 말하고 있는지 혹은 그녀가 알지 못하는 누군가가 어디선가 나타날지 알 수 없었다.

보관함 안에는 감금과 물고문에 관한 19세기의 소책자들이 정돈되어 있었다.

"오스카에게 이런 책들이 있을 거라 생각했어요." 스카페타가 말했다.

"오스카가 그 책을 갖고 있지 않은 이유는 원래부터 그런 책이 없어서야." 스카페타는 벤턴과 가까이 마주앉자, 그가 곁에 있다는 든든함이 느껴졌다. 지금 그녀에게는 그런 도움이 필요했다.

"그 책은 그 저자가 쓴 게 아니야." 벤턴이 덧붙여 말했다. "몬테규 로

맥스라는 사람이《어느 정신병원 의사의 경험》을 썼어. 그로부터 약 오십 년 전에 포브스 윈슬로의 아들인 리틀턴 윈슬로가 그 유명한《정신이상에 관한 변명》,《정신이상에 관한 입문서》를 썼지."

"오스카는 왜 거짓말을 한 걸까요?"

"아무도 믿지 않기 때문이겠지. 오스카는 누군가에게 감시당하고 있다고 믿고 있어. 그가 말하는 나쁜 자들이 그가 유일한 증거물을 어디에 숨겼는지 듣게 될 테니, 그래서 당신한테 거짓말을 한 거겠지. 아니면 혼란스러웠는지도 모르고. 어쩌면 당신을 시험했는지도 몰라. 이렇게 책을 가지러 여기로 오는 것을 보면서 당신이 그를 보호할지 보호하지 않을지를 알아챌 수 있다고 생각했을지도 모르니까. 다른 여러 이유가 있을 수도 있고."

스카페타가 다른 보관함을 열자 이번에는 벨뷰 병원에 관한 소책자로 가득 차 있었다.

오스카는 자신이 벨뷰 병원에 관해 수집한 자료에 스카페타와 벤턴이 관심을 가질 거라고 말했었다.

스카페타는 간호에 관한 소책자와 1736년부터 1894년까지 발행된 조직 내 의사와 외과의 인명부를 확인했다. 그리고 1858년까지 거슬러 올라가는 광고 전단과 강의 기록부를 찾아냈다.

보관함 바닥에 끈이 달린 USB가 있었다….

스카페타는 장갑을 벗어 그걸로 USB를 감싼 뒤 벤턴에게 건네주었다.

자리에서 일어난 스카페타는 돌아보지 않고도 모랄레스가 문간에서 있음을 느낄 수 있었다. 자신이 방금 본 걸 그자가 보지 않았기를 바랐다.

"지금 당장 떠나야 합니다." 모랄레스가 말했다.

그가 들고 있는 증거물 종이봉투 윗부분은 빨간색 테이프로 봉해져 있었다.

벤턴은 보관함을 선반으로 다시 집어넣고는 자리에서 일어났다.

USB가 보이지 않는 걸 보니 벤턴이 주머니 안에 넣은 게 분명했다.

"버거 검사와 마리노는 길 건너편, 아, 여기 말고, 머레이 힐에 있는 테리의 아파트 길 건너편에 있어요." 모랄레스는 조바심을 내며 긴장한 목소리로 말했다. "동물 학대 사건을 목격한 증인에게 전화했는데 전화도 인터컴도 받지 않아요. 건물 출입문 쪽 불이 꺼져 있고, 출입문도 잠겨 있대요. 마리노 말로는, 이전에 다녀갔을 때는 출입문이 열려 있었대요."

그들은 오스카의 아파트에서 나왔고, 모랄레스는 굳이 경보 장치를 다시 켜지 않았다.

"화재 비상용 사다리와 지붕 출입구가 있는 게 분명해요." 모랄레스가 여전히 초조하고 긴장한 듯한 목소리로 말했다. "지붕 출입구가 활짝 열려 있어요."

모랄레스는 현관문도 굳이 잠그지 않았다.

28 피루엣

마리노가 건물에 들어온 후 세입자 한 명이 귀가했는데, 2층 2C호에 사는 남자였다. 마리노가 몇 분 전에 건물의 측면 주위를 둘러보는 동안, 불투명한 유리 너머로 조명등과 TV가 켜지는 게 보였다.

마리노는 그의 이름을 알았다. 모든 세입자의 이름을 알고 있기 때문이었다. 그 세입자는 벨뷰 병원에서 레지던트 의사로 근무 중인 스물여덟 살의 윌슨 박사였다. 그는 지금까지 인터컴을 받지 않고 있었다.

마리노가 인터컴을 다시 누르는 동안, 버거와 루시는 차가운 바람 속에 서서 기다리고 있었다.

"윌슨 씨." 마리노가 인터컴 버튼을 꾹 누른 채 말했다. "아까 통화했던 경찰이오. 강제로 건물 안에 들어가고 싶지는 않습니다."

"무슨 문제가 생긴 건지 말해 주지 않았잖아요." 윌슨으로 생각되는 남자의 목소리가 건물 출입문 옆 스피커에서 울렸다.

"뉴욕 경찰국에서 나온 마리노 형사요." 마리노가 재차 그렇게 말하면서 루시에게 자동차 열쇠를 가볍게 던져 주었다. "우린 에바 피블즈 부인이 사는 2층의 2D호 안으로 들어가야 하오. 창밖을 내다보면 감청색 임팔라가 보일 거요. 여자 경관이 조명을 켜면 경찰차라는 걸 분명히 알 수 있을 거요. 문을 열어 주고 싶지 않은 심정은 이해하지만 강제로 건물 안에 들어가고 싶지는 않소. 귀가하면서 옆집 사람을 봤소?"

"밖이 너무 어두워서 아무것도 보이지 않아요." 인터컴에서 목소리가 들렸다.

"그렇겠지. 빌어먹을 셜록 탐정." 마리노는 누구에게랄 것도 없이 말했다. 버튼을 누르지 않아서 마리노의 목소리는 윌슨에게 들리지 않았다. "저자는 분명 마리화나를 피우고 있어서 우릴 안으로 들여보내 주지 않는 거요."

"윌슨 씨?" 마리노가 인터컴에 대고 물었다.

"난 당신이 묻는 질문에 대답할 필요도 없고, 출입문도 열어 주지 않을 겁니다. 더구나 길 건너편에서 그런 사건이 일어난 직후여서 아직 마음을 진정시키지도 못했어요."

윌슨의 아파트 창문이 열리더니 그림자가 움직이는 게 보였다.

마리노는 그가 마리화나에 취했다는 확신이 들었고, 피블즈 부인이 마리화나를 피우는 이웃에 관해 했던 말이 떠올랐다. 개자식. 맞은편에 사는 나이 지긋한 부인이 곤경에 처할 것을 염려하기보다 자신이 마리화나 소지 혐의로 체포당할 것을 더 걱정하고 있었다.

"당장 문을 여시오. 창밖을 내다보면 출입문 조명등이 꺼져 있는 걸 알 수 있을 거요. 아까 아파트 안으로 들어갈 때 조명등을 껐소?"

"어떤 조명등 스위치에도 손대지 않았습니다." 인터컴을 통해 들리는 남자의 목소리는 불안하게 들렸다. "당신이 경찰이라는 걸 어떻게 확인할 수 있단 말입니까?"

"내가 해 볼게요." 버거가 출입문 오른쪽에 있는 인터컴 버튼을 누르고 있는 동안 마리노는 손전등을 비추었다. 밖은 완전히 캄캄했다.

"윌슨 씨? 지방검사 제이미 버거입니다. 당신의 이웃을 확인해야 하는데, 당신이 문을 열어 주지 않으면 그럴 수가 없어요."

"안 돼요." 인터컴에서 목소리가 들렸다. "다른 진짜 경찰차를 몰고 오면 다시 생각해 보도록 하죠."

"상황이 더 악화된 것 같소." 마리노가 버거에게 말했다. "저자는 집 안에서 마리화나를 피우고 있었던 게 분명하오. 창문을 연 것도 그 때문일 거고."

루시는 마리노의 차 안에 타고 있었고, 차 안에서는 경찰임을 알리는 빨간색과 파란색의 고강도 조명등이 반짝거리기 시작했다.

"난 확고합니다." 남자의 목소리는 더 단호해졌다. "저런 조명은 돈만 주면 누구든 살 수 있으니까요."

"내가 말해 볼게요." 버거가 빠른 속도로 눈부시게 돌아가는 빨간색과 파란색 조명등을 손으로 가리며 말했다.

"잘 들어요, 윌슨 씨." 마리노가 인터컴에 대고 말했다. "당신에게 번호를 가르쳐 줄 테니, 교환원이 받으면 P. R. 마리노라는 형사가 당신 아파트 밖에 있다고 말하시오. 그들에게 물어서 분명히 확인하시오. 내가 여기 지방검사 제이미 버거와 함께 있다는 걸 그들도 분명히 알고 있으니까."

침묵이 흘렀다.

"저 사람은 전화를 걸지 않을 거예요." 버거가 말했다.

루시가 출입문을 향해 계단을 올라오자 마리노가 말했다.

"내가 여기 서서 저 자식의 보모가 되어 주는 동안, 부탁 하나만 더 들어 줘."

마리노가 차로 되돌아가 교환원에게 무전을 쳐 달라고 부탁하자, 루시는 그에게 휴대용 무전기는 어쨌는지 그리고 요즘 경찰들은 휴대용 무전기를 더 이상 들고 다니지 않는지를 물었다. 그는 무전기를 차에 두었으니 그 무전기로 티가 안 나는 경찰차를 요청하고, 공성 망치를 비롯해 주거 침입에 필요한 장비들을 준비해 달라고 했다. 루시가 건물 출입문이 오래된 거여서 쇠지레로 열 수 있을 거라고 하자, 마리노는 쇠지레로 문을 열어 들어가는 것뿐 아니라 2층에서 마리화나를 하고 있는 저 비열한 의사 놈한테 마약 거래처를 부수고 들어가는 것처럼 트윈 터보 공성 망치로 본때를 보여주고 싶다고 했고, 장비들을 보고 겁에 질린 그 나쁜 놈이 결국 그들을 들여보내 줄 것이기 때문에 실제로 장비를 사용할 필요는 없을 거라고 말했다. 마리노는 추가로 루시에게 에바 피블즈 부인에게 필요할 경우를 대비해 구급차를 부르라고 말했다.

잔소리쟁이, 즉 에바 피블즈 부인은 전화를 받지 않았고, 인터컴도 받지 않았다. 마리노는 부인의 아파트 안에 불이 켜져 있는지 분간할 수 없었다. 그녀의 컴퓨터가 있는 방의 창문은 어두컴컴했다.

마리노는 루시에게 굳이 무전기 코드나 다른 지시 사항을 가르쳐 줄 필요가 없었다. 루시에게 경찰이 하는 일에 대해 가르칠 필요가 있는 사람은 아무도 없었다. 차 안에 웅크리고 있는 루시의 모습을 바라보면서 마리노는 옛날 생각이 불쑥 떠올랐다. 둘이 함께 오토바이를 타고, 사격을 하고, 형사로 함께 일하고, 여섯 개들이 맥주 팩을 마시던 날들이 그리웠다. 지난 기억을 떠올리다가 마리노는 문득, 지금 루시가 소지하고 있는 것에 대해 궁금해졌다.

그는 루시가 분명 어떤 무기를 소지하고 있다는 걸 알고 있었다. 무엇보다, 심지어 뉴욕이라 해도 루시가 무장하지 않은 채 돌아다닐 리 없었다. 그가 경관들과 함께 포장한 의자를 밴 뒷자리에 넣을 때 루시가 택시에서 내렸는데, 그때 그녀가 입고 있는 재킷을 보고 바로 알아차렸다. 검은색 가죽 오토바이 재킷으로 보이는 옷에는 어떤 종류의 권총이든 들어갈 수 있을 법한 주머니가 달려 있었다.

마리노가 루시와 함께 찰스턴에 있었던 지지난해 크리스마스에 그가 선물로 주었던, 레이저 조준기가 장착된 40구경 글록을 소지하고 있는지도 몰랐다. 만약 그게 사실이라면 마리노에겐 안 될 일이었다. 그가 갑작스럽게 그녀의 삶에서 사라지면서 명의를 넘겨주지 않았기 때문에, 루시가 엉뚱한 짓을 저지르면 그 총의 소지자를 추적할 경우 마리노로 밝혀질 것이었다. 그래도 루시가 총기 사용에 있어 뉴욕 법을 어기고 감옥에 가게 되는 것 등에 대해 충분히 주의하고 있을 거라는 생각을 하니 마리노는 기분이 나아졌다. 루시는 자신이 원하는 총이면 뭐든지 가질 수 있었다. 권총 회사 서너 군데를 통째로 살 수도 있을 것 같았다.

루시는 경찰 표시가 따로 없는 마리노의 차에서 마치 그 차가 자신의 것인 양 내리더니, 그들에게 천천히 뛰어왔다. 마리노는 당장 루시에게 가서 권총을 소지하고 있는지 물어본 다음, 만약 그렇다고 하면 자기는 없다고 말해야 할 것 같은 생각이 들었다. 루시는 버거의 옆에 서 있었다. 마리노는 두 사람 사이에 뭔가가 있음을 눈치챘다. 마치 권총을 소지하고 있는 걸 단번에 알아차렸던 것처럼. 버거는 사람들 근처에 서거나 앉는 법이 없었다. 자신 주변에 있는 보이지 않는 장벽 너머로 다가오는 걸 아무에게도 허락하지 않았고, 그런 장벽이 있어야 한다고 믿는 것 같았다. 그런데 지금 그녀는 말하면서 루시에게 가벼운 스킨십을 했고, 기대기도 했으며, 자주 눈길을 주었다.

루시는 마리노에게 휴대용 무전기를 건네주었다.

"너무 오랫동안 경찰 일을 하지 않아 감각이 무뎌진 거 아니에요?" 루시가 심각한 말투와 굳은 표정으로 말했는데, 어둠 때문에 얼굴이 잘 보이지는 않았다. "무전기를 차에 두는 건 좋지 않아요. 잘못해서 빠뜨릴 수도 있고, 누군가가 다칠 수도 있어요."

"네 강의를 들어야 한다면 기꺼이 등록하지."

"자리가 있는지 알아볼게요."

마리노는 무전기를 켜고 순찰 중인 팀을 불러 자신이 있는 곳으로 오라고 했다.

"지금 모퉁이를 돌고 있습니다." 무전기를 통해 대답이 들려왔다.

"라이트 켜고, 사이렌 울려." 마리노가 지시했다.

그리고 인터컴 버튼을 다시 눌렀다.

"누구세요?" 아까 그 남자의 목소리가 다시 들렸다.

"윌슨 씨, 지금 당장 문을 열지 않으면 부수고 들어갈 거요!"

사이렌이 울리자 문을 여는 신호음이 울렸다. 마리노는 문을 밀고 들어가서 스위치를 켰다. 작은 현관의 조명등이 켜졌고, 바로 앞쪽으로 위로 올라가는 윤이 나는 오래된 떡갈나무 계단이 보였다. 마리노는 권총을 꺼내고는, 무전기를 통해 라이트와 사이렌을 끄고 꼼짝 말고 건물 앞을 주시하고 있으라고 지시했다. 마리노가 계단을 달려 올라갔고, 루시와 버거가 뒤따랐다.

2층에 도착하자 천장에 난 지붕 출입구에서 차가운 바람이 들어왔고, 조명등은 모두 꺼져 있었다. 마리노는 벽에 있는 스위치를 더듬어 불을 켰다. 천장에 난 구멍을 통해 밤하늘이 보였지만 사다리는 온데간데없어서 마음이 더 다급해졌다. 사다리는 아무래도 지붕에 있는 것 같았다. 2D호로 가자 아파트 현관문이 살짝 열려 있었다. 마리노는 버거를 한쪽으로 가도록 한 다음, 루시와 잠시 눈을 마주쳤다. 경계심을 늦추지 않은 채 한쪽 발로 현관문을 열자, 현관문이 아파트 안쪽 벽에 가볍게 부딪쳤다.

"경찰이다!" 마리노가 양손으로 총을 꽉 쥐고는 위로 겨누며 소리쳤다. "안에 누구 있나? 경찰이다!"

루시는 마리노가 아파트 안을 손전등으로 비추라고 말할 필요 없이 이미 알아서 비추고 있었다. 스위치를 켜자 화려한 샹들리에 불빛이 아파트 안을 부드럽게 비추었다. 마리노와 루시는 아파트 안으로 들어서면서 버거에게 뒤따라오라고 손짓했다. 안으로 들어선 다음, 잠시 동안 아무도 움직이지 않고 주변을 둘러보았다. 마리노의 등과 옆구리로 땀방울이 흘러내렸다. 이마에 묻은 땀을 소매로 닦던 마리노는 자신이 앉았던 낡은 코듀로이 안락의자와 피블즈 부인이 앉아 버번위스키를 마셨던 소파에 눈길이 갔다. 벽에 설치된 평면 TV는 전원만 켜진 채 볼륨은 꺼져 있었다. 〈도그 위스퍼러(개의 이상 성격이나 행동을 정상적으로 회복하도록 도와주는 리얼리티 TV 시리즈-옮긴이)〉에 나오는 수의사가 으르렁대는 비글에게 뭔가 얘기를 하고 있었지만 소리는 전혀 들리지 않았다.

모든 창에 오래된 우드 블라인드가 내려와 있었다. 루시는 근처 책상에 놓인 컴퓨터의 키보드를 두드렸다. 이상한 화면에 점령당한 〈고담 갓차〉 웹사이트가 컴퓨터 화면을 가득 채우고 있었다.

'Gotham Gotcha'는 'OH C THA MAGGOT'로 바뀌어 있었다. 불 꺼진 뉴욕의 새까만 스카이라인이 핏빛 하늘과 대비됐고, 록펠러 센터의 크리스마스트리는 센트럴 파크에 거꾸로 처박혀 있었으며, 눈보라가 몰아쳤고, 번개가 번쩍였다. 자유의 여신상 바로 앞에 있는 인형 가게 파오 슈워츠로도 천둥이 쳤다. 버거는 말없이 그 모습을 바라보았다. 그리고 루시를 응시했다.

"계속해요." 루시가 자신이 버거를 맡겠다고 손짓하자, 마리노가 아파트 안을 살피기 시작했다.

부엌과 손님용 욕실, 식탁을 지나자 문 하나가 닫혀 있는 게 보였다. 침실로 들어가는 문 같았다. 마리노는 손잡이를 돌리고 발끝으로 슬쩍

문을 연 다음, 총을 겨누고 침실을 둘러보았다. 방 안에는 아무도 없었고, 킹사이즈 침대는 가지런히 정돈되어 있었다. 침대에는 강아지 모양을 수놓은 격자무늬 퀼트가 덮여 있었다. 침대 옆 테이블에는 빈 유리잔이 놓여 있었고, 구석에는 자그마한 애완동물용 캐리어가 있었지만 강아지나 고양이는 보이지 않았다.

침실용 스탠드에서 떼어 낸 전구 두 개가 욕실로 들어가는 문의 양옆 바닥에 놓인 채, 문 안으로 들여다보이는 흰색과 검은색의 욕실 타일 바닥 모서리를 환하게 비추고 있었다. 마리노가 조용히 다가가 총을 겨누자 약간의 움직임이 느껴졌는데, 그게 무엇인지 곧바로 알아차리지는 못했다.

에바 피블즈 부인의 벌거벗은 몸이 허공에 매달려 있었다. 광택이 나는 금색 끈은 그녀의 목을 한 번 감은 다음, 천장에 달린 강철 고리에 묶여 있었다. 손목과 발목은 반투명의 플라스틱 끈으로 단단히 묶여 있었고, 발은 욕실 바닥에 닿을락 말락 했다. 열어 둔 창문으로 차가운 바람이 들어와서 시신이 기이하게 흔들렸는데, 시신이 한쪽 방향으로 천천히 돌다가 다시 다른 방향으로 돌자 금색 끈이 꼬였다 풀리기를 반복했다.

*

스카페타는 일흔두 살의 에바 피블즈 부인을 살해한 범인이 테리 브리지스를 죽인 자와 동일 인물일지도 모른다는 생각에 두려워졌다. 그리고 그 범인이 오스카 베인일지도 모른다는 생각에 공포심을 느꼈다.

그녀가 침실 안으로 들어가 바닥에 놓인 전구, 그리고 식탁 근처 실내용 커튼에서 떼어 낸 것으로 보이는 금색 끈으로 천장의 강철 고리에 매달아져 있는 시신을 보는 순간, 그런 생각이 머릿속에 떠올랐다. 시신 대신 강철 고리에 달려 있었을 반구 모양의 흰색 조명 기기는 욕조 안에 개켜 둔 옷 위에 놓여 있었다. 스카페타가 사진을 찍고 있는 문간 옆에도 옷이 있었는데 희생자가 아직 살아 있는 동안 손목과 발목을 묶은 후 솔기를 잘라 벗긴 것으로 보였다.

닫혀 있는 흰색 변기 뚜껑 위에는 어린 소년의 것과 비슷한 크기의 신발 발자국이 또렷하게 남아 있었다. 범인이 선 자세로 머리 위쪽에 있는 조명 기구에 접근하려 한 것 같았는데, 키가 120센티만 되어도 충분히 가능해 보였다.

결국 오스카 베인이 범인이라면, 스카페타는 실의 길이 측정을 근거로 잘못된 결론을 내린 셈이었다. 그녀는 의사로서의 성실함을 지켰지만, 사람이 죽는 일 앞에서 실수를 저지르거나 기밀 유지를 할 여지는 없었다. 그와 사건에 대한 사견은 마음속에 간직하고, 경찰한테 오스카 베인을 당장 찾으라고 하거나 그가 벨뷰 병원에서 나오는 걸 적극적으로 막아야 한다고 해야 했는지도 몰랐다. 어쩌면 버거에게 그를 체포할 명분을 줄 수도 있었다. 스카페타는 많은 걸 말할 수 있었다. 오스카가 자신의 몸에 상처를 직접 낸 사실, 상처에 대해 경찰에게 거짓말을 한 사실, 침입자에 대해 거짓말을 한 사실, 코트를 왜 차 안에 뒀는지에 대해 거짓말을 한 사실, 서재에 있는 책과 CD에 대해 거짓말을 한 사실에 대해서도 말할 수 있었다. 목적은 어떠한 수단도 정당화할 수 있을지 몰랐다. 그가 길거리로 나오지만 않았다면 에바 피블즈 부인이 천장에 매달려 죽음을 맞지 않았을지도 몰랐다.

스카페타는 지나치게 오스카 베인의 담당의인 양 처신했던 것인지도 몰랐다. 그를 돌봐 주고, 동정심을 느끼는 실수를 저지르고 말았다. 그녀는 용의자들과의 거리를 유지했어야 했다. 사람들로 인해 괴로움을 느끼지 않도록 스스로를 제한함으로써 보다 쉽게 듣고, 질문하고, 검사해야 했는지도 몰랐다.

침실로 되돌아온 버거는 적당한 거리를 유지한 채 서 있었다. 그녀는 범죄 현장에 대한 경험이 많았다. 스카페타처럼 머리끝부터 발끝까지 감싸는 일회용 보호복을 입지 않으면 현장에 가까이 갈 수 없음을 알고 있었다. 버거는 호기심보다 냉정한 판단이 앞서는 유형이었다. 무엇을 해야 하는지, 하지 말아야 하는지를 정확히 알았다.

"마리노와 모랄레스는 이 건물에서 유일하게 집에 있는 세입자와 지금 함께 있어요." 버거가 말했다. "그 세입자는 가족 주치의로는 절대 고용하지 말아야 할 의사인데, 아파트 창문을 열어 둬서 실내 기온이 10도 정도예요. 마리화나 냄새가 아직도 나요. 경찰들이 건물에 아무도 들어오지 못하게 하고 있고, 루시는 거실에 있는 컴퓨터를 확인 중이에요."

"이웃인 그 사람이 지붕 출입구가 열려 있고, 불이 모두 꺼져 있다는 걸 알아차리지 못했을까요? 그 사람은 도대체 언제 집에 들어온 거죠?" 스카페타가 물었다. 그리고 아무것에도 손을 대지 않은 채 주변을 살폈다. 시신은 여전히 조명 안에서 천천히 돌고 있었다.

"지금껏 내가 알아낸 사실은…." 버거가 말했다. "자기 말로는 오후 9시경에 귀가했다고 하는데, 그 시각에는 조명등이 모두 꺼져 있지도 않았고, 지붕 출입구가 열려 있지도 않았어요. TV를 보다 잠이 들었고, 아무 소리도 듣지 못했는데 누군가가 건물 안으로 들어온 것 같다고 했어요."

"그는 누군가가 건물 안으로 들어왔다는 가정으로 자신을 보호하고 있군요."

"지붕 출입구로 올라갈 때 사용하는 사다리는 여기 창고에 있는데, 길 건너편과 똑같은 시나리오예요. 벤턴 말로는 사다리가 지붕 위에 있는 게 분명하다고 해요. 범인은 이 건물 그리고 이런 식으로 지어진 테리의 아파트 건물에 익숙했기 때문에 사다리를 찾아낸 것 같아요. 범인은 지붕을 통해 나갔고 그러고 나서 사다리를 위로 올렸어요."

"그럼 당신은 범인이 건물 안으로는 어떻게 들어왔을 거라고 가정하고 있나요?"

"희생자가 범인에게 문을 열어 준 게 분명해요. 그리고 건물 출입구의 조명등을 모두 끄고 부인의 아파트로 올라갔을 거예요. 희생자는 범인과 아는 사이였거나 그를 믿을 만한 이유가 있었을 거예요. 그리고 또 다른 사실이 있어요. 이웃 남자가 비명소리를 들은 적이 없다고 한 점이 흥미로워요. 그 부인이 비명을 지르지 않을 수 있었을까요?"

"내가 보고 있는 걸 먼저 말할 테니 본인의 질문에 답해 보세요." 스카페타가 말했다. "첫째, 가까이 다가가서 보지 않아도 희생자의 눈물로 젖은 얼굴과 입에서 삐져나온 혀, 턱 아래쪽이 높이 올라간 각도와 오른쪽 귀 뒤로 단단하게 묶인 줄, 그리고 다른 끈 자국이 없는 걸 보면 천장에 목을 맨 후 질식에 의해 사망했음을 알 수 있어요. 다시 말해서, 범인이 손이나 끈으로 희생자의 목을 졸라 죽이고 나서 시신을 매단 게 아닌 거 같아요."

"아직 내가 던진 질문에 답을 할 수 없네요." 버거가 말했다. "희생자가 끔찍한 살인을 당하면서 왜 비명을 저지르지 않았는지 모르겠어요. 누군가가 손목을 비틀어 등 뒤로 묶었고, 신축성 수갑 같은 것으로 또 발목을 꽉 묶었어요. 게다가 알몸이라면…."

"신축성 수갑은 아닌 거 같고, 테리 브리지스의 손목을 묶는 데 사용한 것과 똑같은 유형 같아요. 그리고 테리의 사건과 비슷한 점은 옷이 찢어졌다는 거예요." 스카페타는 욕조 안을 가리키며 말을 이었다. "범인은 자신이 한 일의 전후관계를 우리에게 알리고 싶어 한 것 같아요. 그 점을 분명히 하려고 각별히 신경 쓴 것 같아요. 심지어 조명 기기도 우리가 볼 수 있도록 두었는데, 욕실에 있는 유일한 조명 기기를 떼어 욕조 안에 두었어요."

"우리한테 보여주려고 조명 기기를 그렇게 두었다고 생각하나요?"

"우선 자신을 위해서였겠죠. 자신이 하고 있는 짓을 봐야 했을 테니까요. 그러고 나서 조명 기기를 욕조에 둔 건데, 희생자의 시신을 찾은 사람에게 더 잘 보이도록 한 거겠죠. 충격적인 효과도 줄 수 있고요."

"시신의 머리를 잘라 책장에 둔 게인즈빌 사건과 유사하네요." 버거는 스카페타 너머로 보이는, 발레에서 한쪽 발로 서서 도는 피루엣(pirouette) 동작처럼 천천히 돌고 있는 끔찍한 시신을 보며 말했다.

"그럴 수도 있어요." 스카페타가 말했다. "시신이 감겼다가 다시 반대 방향으로 풀리고 있는데, 그 때문에 창문을 열어 둔 건지도 몰라요. 범인은 마지막에 창문을 열고서 밖으로 나갔을 거예요."

"의도적으로 시신의 체온을 급속히 낮추려 했을 수도 있어요."

"그런 건 전혀 신경 쓰지 않았을 수도 있고요." 스카페타가 말했다. "창문을 열어 차가운 공기가 들어오게 한 건, 그냥 저렇게 하려 했기 때문일 수도 있어요. 시신이 춤추는 것처럼 보이게요."

버거는 시신이 천천히 춤을 추는 듯한 모습을 말없이 쳐다보았다.

스카페타는 현장용 키트에서 카메라와 LCD 화학 온도계 두 개를 꺼냈다.

"하지만 사방에 건물이 있어서, 범인이 여기서 범행을 저지르는 동안 블라인드를 내렸을 가능성이 커요." 스카페타가 매우 굳은 목소리로 말했다. "그렇지 않으면 누군가가 그 끔찍한 범행 과정을 전부 지켜봤을 테니까요. 휴대전화로 동영상을 찍어서 유튜브에 올릴 수도 있고요. 그러니까 범인은 떠나기 직전에 대담하게 블라인드를 올린 거고, 바람이 안으로 들어와 특수 효과를 내도록 한 거예요."

"마리노를 이런 식으로 만나야 한다니 유감이군요." 버거가 말했다.

그녀는 자신이 한 말을 듣고 스카페타가 화가 났음을 알아차렸지만, 왜 그런지는 알지 못했다.

스카페타의 기분은 마리노와 아무 상관이 없었다. 그 복잡한 문제는 이미 예전에 처리했고, 한동안 그 일이 끝났다고 느꼈었다. 지금 그 일은 중요하지 않았다. 버거가 범죄 현장에서의 스카페타의 행동 방식에 익숙하지 않은 건 함께 일해 본 적이 없기 때문이었다. 그리고 그녀는 이러한 잔인한 범행 장면과 맞닥뜨릴 때면 어떻게 해야 하는지 전혀 몰랐다. 더구나 범행을 미연에 방지할 수 있었거나, 자신이 범행을 막는 데 도움이 될 수도 있었다는 자책이 들 때면 더더욱 그랬다.

그렇게 죽는 건 끔찍했다. 범인이 가학성 변태 행위를 하며 농락할 때 에바 피블즈 부인은 신체적인 고통과 동시에 절망적인 두려움을 느꼈을 것이었다. 범인이 목숨을 앗아가기 전에 부인이 심장마비로 죽지 않은 건 한편으로는 놀라웠고, 한편으로는 유감이었다.

목을 감은 끈이 위쪽으로 높은 각도로 매여 있는 걸로 보아, 부인은 곧바로 의식을 잃지 않았고, 끈이 턱 아래 기도를 막아 숨을 쉴 수 없어 오는 고통을 느꼈을 게 분명했다. 산소 부족으로 인해 무의식에 빠지는 데에는 삼사 분이 걸리는데 그 시간은 마치 영원처럼 느껴진다. 범인이 그녀의 발목을 묶지 않았다면 그녀는 미친 듯이 발을 찼을 텐데, 범인은 그럴 것을 미리 짐작하여 발을 묶은 듯했다. 마치 테리 브리지스 이후로 살인의 기술을 더 연마하기라도 한 것처럼, 희생자가 발을 걷어차도록 두지 않는 편이 낫다고 생각한 모양이었다.

스카페타가 보기에는 몸부림을 친 흔적이 없었고, 왼쪽 정강이에 벗겨진 타박상 자국이 한 군데 있을 뿐이었다. 최근에 입은 타박상 자국으로 보였지만, 그것 말고는 알 수 있는 게 아무것도 없었다.

버거가 말했다. "범인이 천장에 매달았을 때 희생자가 이미 죽어 있는 상태였을 거라고 생각해요?"

"아뇨. 그렇지 않았을 거예요. 범인은 부인을 묶고, 옷을 자르고, 부인을 욕조 안에 두고서 목에 올가미를 끼워 넣고, 부인의 무게로 매듭이 단단해지고 끈이 부인의 호흡기를 조일 때까지 끌어올렸을 거예요." 스카페타가 말했다. "희생자는 팔다리가 묶여서 몸부림을 그다지 많이 치지는 못했을 거예요. 그리고 부인은 쇠약했어요. 키가 160센티를 넘지 않고, 몸무게가 48킬로그램 정도예요. 범인에게는 수월했을 거예요."

"희생자는 의자에 앉아 있지 않아서 범인의 모습을 보지 못했어요."

"이번에는 그렇지 않았던 것 같아요. 벤턴이 그에 대해 의문을 제기했는데, 만일 동일범의 소행이라면 좋은 질문이겠죠."

스카페타는 여전히 사진을 찍고 있었다. 다른 뭔가를 하기 전에 눈앞에 보이는 것을 사진으로 찍어 두는 건 중요했다.

버거가 물었다. "어떤 생각이 들어요?"

"내가 어떤 느낌이나 생각을 갖는지는 중요하지 않아요." 스카페타가 말했다. "그런 것과는 거리를 유지하고 시신이 들려주는 이야기를 당신에게 전할 텐데, 이 사건과 테리 브리지스 사건은 몹시 유사해요."

셔터를 누르는 소리와 플래시가 터지는 소리가 울렸다.

버거는 문 한쪽으로 자리를 옮기고 양손을 등 뒤로 꽉 움켜쥔 채 안을 들여다보며 말했다. "마리노는 루시와 함께 거실에 있어요. 루시는 희생자가 〈고담 갓차〉와 연관되어 있을 거라고 생각해요."

스카페타는 뒤돌아보지 않으며 말했다. "그 사이트를 완전히 망가뜨린 건 적절한 대응책이 아니었어요. 루시에게 그 점을 각인시켜 주길 바랄게요. 내 말을 항상 귀 기울여 듣는 건 아니거든요."

"루시는 마릴린 먼로의 안치소 사진에 관해 말했어요."

"그런 식으로 그 사건을 다룰 순 없어요." 스카페타가 카메라의 플래시를 바라보며 말했다. "루시가 그러지 않았으면 좋겠어요."

시신이 천천히 돌았고, 끈이 감겼다 풀리기를 반복했다. 에바 피블즈 부인의 야위고 주름진 얼굴 속에서 푸른 눈동자가 멍하니 보였다. 희끗한 머리칼은 올가미에 엉켜 있었다. 몸에 하고 있는 유일한 장신구는 왼쪽 발목에 두른 가느다란 금 발찌였는데… 테리 브리지스 사건 때와 똑같았다.

"루시는 인정했나요?" 스카페타가 물었다. "아니면 털어놓는 과정인가요?"

"루시는 내게 아무것도 인정하지 않았어요. 난 그런 상태로 유지하는 게 더 좋아요."

"이 모든 것에 대해 루시가 당신한테 아무 말도 하지 않기를 바라는군요." 스카페타가 말했다.

"루시에게 할 말은 많지만 오히려 불편해질 것 같아 말하지 않았어요." 버거가 말했다. "하지만 당신이 말한 점은 온전히 받아들일게요."

스카페타는 흰색과 검은색의 타일 바닥을 자세히 살피고는 일회용 종이 신발 덮개를 씌운 발로 욕실 안으로 들어갔다. 온도계 하나를 세면대 모서리에 두었고, 다른 하나는 에바 피블즈 부인의 왼쪽 팔 아래에 끼워 넣었다.

"내가 모은 정보에 의하면…." 버거가 말했다. "웹사이트를 망가뜨린 바이러스 덕분에 루시는 그 사이트를 해킹할 수 있었어요. 그러고 나서 다시 에바 피블즈의 이메일 계정을 해킹할 수 있었는데, 그 과정을 자세히 설명해 달라고 하진 말아요. 루시는 오늘 아침에 게재한 것과 두 번째로 게재한 칼럼을 포함해 지금껏 〈고담 갓차〉에 실렸던 모든 칼럼이 들어 있는 폴더를 찾아냈어요. 마릴린 먼로의 사진도 찾아냈는데, 에바 피블즈 부인이 그 사진을 열어 본 게 분명해요. 다시 말해서, 이 사람이 칼럼을 쓴 건 아닐 거예요." 버거는 죽은 희생자를 가리키며 말을 이었다. "지금껏 누군가가 익명의 IP 주소를 사용해서 이 부인에게 모든 칼럼들을 이메일로 보내왔어요. 이 사건도 이메일과 관련된 강력 살인사건이기 때문에, 이메일 사용자가 누군지 서비스 제공자에게 정보를 얻어내는 데에 어려움을 겪지는 않을 거예요."

스카페타는 노트와 펜을 버거에게 건네주며 말했다. "적어 줄래요? 주변 온도는 14.4도, 체온은 31.8도. 야윈 체격에 옷을 벗고 있는 데다 창문을 계속 열어 두었기 때문에, 온도와 체온을 안다고 해서 많은 걸 추측할 수는 없어요. 사후 경직은 아직 완전히 시작되지는 않았는데, 그 점 역시 놀랍지 않아요. 차가운 공기 때문에 경직이 시작되는 시점이 늦춰졌을 거예요. 부인이 정확히 몇 시에 911에 신고했는지 알아요?"

"정확히 8시 49분이었어요." 버거가 메모를 하며 대답했다. "하지만 언제 애완동물 가게에 갔었는지는 모르는데, 경찰에 신고하기 전 대략 한 시간 전쯤이었을 거예요."

"그 테이프를 듣고 싶어요." 스카페타가 말했다.

스카페타가 시신의 둔부에 손을 대자 천천히 돌아가던 시신이 멈추었다. 손전등을 비추고 시신을 더 가까이에서 살펴보니, 질 주변에 반짝이는 잔여물이 묻어 있었다.

버거가 말했다. "피블즈 부인은 자신이 우연히 만난 사람이 제이크 루딘이라고 말했어요. 그렇다면 생전에 마지막으로 본 사람이…."

"문제는 제이크 루딘이 말 그대로 부인이 본 마지막 사람이었느냐는 거예요. 제이크 루딘과 테리 브리지스는 개인적으로 알던 사이였나요?"

"우연히 만난 사이, 그 이상은 아닌 것 같아요."

버거는 마리노가 부인과 만나 대화한 이야기를 꺼냈던 것을 떠올렸다. 테리는 아이비라는 이름의 보스턴테리어를 키우는 것을 원치 않았다고 했다. 그리고 누가 테리에게 그 개를 주었는지는 분명하지 않은데, 오스카일 수도 있고, 다른 사람일 수도 있다고 했다. 제이크 루딘이 운영하는 가게에서 분양받은 것일 수도 있는데, 출처를 알아내기 힘들고 결국 알아낼 수 없을지도 모른다고 했다.

"그 사람이 몹시 불안해하는 건 말할 필요도 없겠군요." 버거가 말했다. 그녀가 말하는 '그 사람'이란 마리노를 뜻했다. "모든 경찰들이 가장 두려워하는 일이 벌어졌어요. 증인과 이야기를 나눴는데 곧바로 그 증인이 살해되었죠. 자신이 살인을 막기 위해 뭔가를 할 수도 있었다는 자책감이 들 거예요."

스카페타는 시신을 붙잡은 채 희끗한 음모와 질 주변에 들러붙은 점액질을 더 자세히 살펴보았다. 경찰이 가장 좋은 방법으로 여기는 방식으로 처리하기 전까지는 창문을 닫고 싶지 않았다.

"윤활제의 일종이에요." 스카페타가 말했다. "비행기가 라가디아 공항을 출발했는지 루시한테 물어볼래요?"

그들은 방 세 개를 두고 건너편에 떨어져 있었기 때문에 버거는 루시에게 전화를 걸었다.

"이 사건에서는 불운이 오히려 행운이군요. 떠나지 말고 그대로 있으라고 해요." 버거가 루시에게 말했다. "거기에 보낼 게 더 있어요…. 잘됐네요. 그럼."

버거는 통화를 마치고 스카페타에게 말했다. "돌풍 경보가 내려서 이륙 전이었다는군요."

29 새벽녘의 회동

에바 피블즈의 욕실 변기 뚜껑에서 검출된 신발 발자국은 어젯밤 오스카 베인이 테리의 시신을 발견했을 당시 신고 있었다고 진술한 신발의 발자국과 정확히 일치했다.

더 명백한 것은 범인이 천장에서 떼어 내서 욕조 안에 둔 조명 기기에서 나온 지문이었다. 지문은 오스카 베인의 것이었다. 자정 직후 그를 상대로 체포 영장이 발부되었고, 방송과 인터넷을 통해 속보가 나갔다.

'난쟁이 살인범'은 이제 '난쟁이 살인마'로 불렸고, 전국의 경찰들이 그를 찾고 있었다. 모랄레스는 오스카 베인이 공항과 검문소를 피해 출국할 경우를 대비해 인터폴에 알렸다. 그를 봤다는 신고도 많았다. 새벽 3시 뉴스에서는 왜소한 체격의 젊은 남자들이 괴롭힘이나 더 끔찍한 일을 당할 것이 두려워 집에 머물고 있다고 했다.

수요일 새벽 5시. 스카페타, 벤턴, 모랄레스, 루시, 마리노 그리고 자신의 이름이 바카디라고 계속 주장해 온 볼티모어 형사는 버거의 펜트하우스 거실에 네 시간째 있었다. 커피 테이블 위는 사진과 사건 파일로 뒤덮여 있었고, 커피 잔과 야간에도 여는 근처 음식점의 봉투가 흩어져 있었다. 모두들 컴퓨터 키보드를 두드리고 파일을 쳐다보며 이야기를 나누고 있었다.

루시는 맥북을 무릎에 올린 채 소파 구석에 다리를 꼬고 앉아 이따금씩 모랄레스를 올려다보면서, 자신이 생각하고 있는 게 어떻게 하면 정답이 될 수 있을지 생각했다. 버거의 집에는 나포그 캐슬 싱글 몰트 아일랜드 위스키와 브로라 싱글 몰트 스카치가 있었다. 버거의 맞은편에 있는 유리 장식장 안에 있었는데, 버거의 집에 도착했을 때 루시는 곧바로 그것들을 발견했고, 루시의 눈빛을 알아차린 모랄레스가 루시에게 다가와 말했다.

"나와 취향이 똑같은 아가씨로군."

그의 말을 듣자 루시는 메스꺼움을 느꼈고, 그 느낌을 떨쳐내지 못해 그 후로는 아무것에도 집중할 수 없었다. 스카페타가 테리의 학교 교재보다 더 비싼 술을 마셨다고 말하는 인터뷰 기사를 읽는 내내 버거는 루시 옆에 앉아 있었다. 버거는 왜 아무 말도 하지 않았던 걸까? 인터뷰에서 언급된 몹시 귀하고 값비싼 위스키가 집에 있으면서 왜 루시에게 일언반구도 하지 않았을까?

그 술을 마신 건 스카페타가 아니라 버거였다. 그리고 그보다 더 불안한 건 버거가 그 술을 누구와 함께 마셨느냐는 거였다. 루시가 그 술을 알아보는 눈빛을 모랄레스가 눈치챈 순간, 루시의 머릿속에 그 생각이 떠올랐다. 그는 능글맞게 웃었고, 루시를 쳐다볼 때마다 그의 눈빛은 그녀가 전혀 알지 못하는 콘테스트에서 우승한 것마냥 번들거렸다.

바카디와 스카페타는 꽤 오랫동안 언쟁을 벌이고 있었다.

"아니에요. 절대 아니에요. 오스카가 내가 맡았던 두 사건을 저질렀을 리 없어요." 바카디가 고개를 가로저으며 말했다. "난쟁이라는 말로 다른 사람들을 기분 나쁘게 하고 싶진 않지만, 왜소한 사람이라는 말에는 익숙해지지가 않네요. 남쪽 사람들은 키다리가 아닌 사람을 왜소한 사람이라 부르곤 하는데, 난 나 자신을 항상 왜소한 사람이라 불렀기 때문이죠. 난 늙었어요. 새로운 기술도 없고 예전에 하던 것도 이젠 못 하겠어요."

바카디는 키가 작은 편이었지만 왜소하지는 않았다. 루시는 바카디라는 이름의 여자들을 수없이 만났지만, 거의 대부분이 할리 데이비슨을 타고 있었고, 150센티가량의 작은 키에 부츠를 신은 발이 허공에 뜬 채로 350킬로그램이 넘는 세상에서 가장 큰 오토바이를 모는 여자들이었다. 볼티모어 경찰국에서 일한 경력이 있는 바카디는 오토바이 경찰로 일했고, 강렬한 태양과 바람을 한껏 즐긴 얼굴이었다. 눈을 가늘게 뜨고 보는 경우가 잦았고, 얼굴도 자주 찌푸렸다.

바카디는 붉게 염색한 짧은 머리칼에, 눈동자는 옅은 파란색이었다. 체격이 건장했지만 뚱뚱하지는 않았고, 갈색 가죽 바지에 카우보이 부츠 그리고 상체를 숙여 바닥에 놓인 서류 가방을 집을 때마다 깊게 팬 가슴골과 왼쪽 가슴에 새긴 자그마한 나비 문신이 보이는 포근한 스웨터 차림이었다. 스스로 자신이 꽤 잘 차려입었다고 생각하는 것 같았다. 그녀는 나름 섹시했다. 성격은 유쾌했고, 앨라배마 쪽 억양이 강하게 남아 있었다. 바카디는 아무것도 그리고 어느 누구도 두려워하지 않는 것처럼 보였다. 마리노는 그녀가 오 년 전 볼티모어와 그리니치에서 일어난 살인사건 파일이 든 박스 세 개를 들고 들어온 후로 그녀에게 눈길 한 번 주지 않았다.

"몸집이 왜소한 사람이 어떤 일을 할 수 있고 없고의 문제는 아니에요." 스카페타가 말했다.

대부분의 사람들과 달리 스카페타는 누군가와 얘기할 때면, 컴퓨터 키보드 누르던 걸 멈추고 컴퓨터 화면에서 눈을 뗀 다음, 예의를 갖추어 대화를 나누었다.

"하지만 오스카는 그럴 수 없었을 거예요." 바카디가 말했다. "계속 끼어들 생각은 없지만, 이 얘기를 해야겠으니 모두들 내 말에 귀 기울여 주기 바라요. 오케이?"

바카디가 집 안을 둘러보며 말했다.

그녀는 "오케이."라고 자문자답하더니 이야기를 이었다. "내가 맡았던 사건의 희생자인 베서니는 키가 180센티 정도였어요. 희생자가 바닥에 눕지 않는 한, 150센티가량의 범인이 그녀를 목 졸라 죽일 수는 없어요."

"희생자는 목이 졸려 살해당했다는 점을 분명히 말하는 바예요. 당신이 보여준 사진과 부검 결과를 근거로 볼 때…." 스카페타가 말했다. "그리고 희생자의 목에 난 상처와 다른 데에도 상처가 더 있는 걸로 보아, 누가 그 범행을 저질렀고 누가 범행을 저지르지 않았다고 말할 수 없어요."

"내 말이 그거예요. 누가 했고 누가 하지 않았는지를 말하는 거예요. 베서니는 다리를 버둥거리거나 몸부림을 치지 않았는데, 만약 그랬다면 긁힌 상처가 없고 멍든 자국이 남지 않은 게 기적이에요. 분명하게 말하지만, 일반적인 신장의 사람이 희생자 뒤에 있었을 거고, 두 희생자 모두 서 있었을 거예요. 범인이 후배위로 희생자를 겁탈하면서 범행을 저지른 것 같은데, 그 과정을 통해 오르가즘을 느꼈기 때문일 거예요. 로드릭의 경우도 마찬가지죠. 어린이 희생자는 서 있었고, 범인은 남자 아이 뒤에 있었어요. 내가 맡았던 사건에서 범인의 강점은 희생자들을 제어할 수 있을 만큼 체격이 컸다는 점이었어요. 범인은 희생자들을 위협해 손을 등 뒤로 묶었고, 희생자들은 전혀 몸부림을 치지 못한 것으로 보여요."

"로드릭의 키가 얼마였더라…." 벤턴이 말했다. 머리칼은 헝클어졌고,

턱에 자란 짧은 희끗한 수염은 소금을 흩뿌린 것 같았다. 그는 이틀 연속 밤을 샌 상태였고, 겉보기에도 그래 보였다.

"키는 178센티." 바카디가 말했다. "몸무게는 62킬로그램. 마른 체격에 힘도 별로 세지 않아 몸싸움을 잘하는 유형이 아니죠."

"모든 희생자들에게 한 가지 공통점이 있어요." 벤턴이 말했다. "우리가 아는 모든 희생자들 말입니다. 그들은 모두 약한 자들로, 불구였거나 신체적인 약점이 있었어요."

"오스카 베인이 범인이 아니라면 상황은 변해요." 버거가 모두에게 상기시켰다. "마약을 한 비쩍 마른 어린아이라도 상관없어요. 가해자가 122센티밖에 되지 않는다면 신체적으로 불리하지 않을 거예요. 그리고 이 말은 계속 하고 싶지 않지만, 에바 피블즈 부인의 범죄 현장에서 검출된 오스카의 지문에 대해 달리 논리적인 설명이 되지 않으면 어쩌죠? 사이즈 220밀리의 여성용 브룩스 아리엘 운동화도 그렇고요. 오스카 베인이 우연히 범인과 똑같은 신발을 샀는데, 사이즈 220밀리의 여성용을 구입했을까요?"

"그자가 갑자기 사라졌다는 사실 또한 간과할 수 없소." 마리노가 말했다. "우리가 자기를 찾고 있다는 사실을 알고 도망치기로 작정한 거요. 그자는 자수할 수도 있는데, 아마 그 편이 그의 입장에서 최선일 거고 신변도 더 안전할 거요."

"우리가 얘기하고 있는 사람은 과대망상에 사로잡힌 사람임을 기억해야 합니다." 벤턴이 말했다. "그자에게 경찰에 인도되는 편이 더 안전하다고 설득할 수 있는 방법은 전혀 없어요."

"꼭 그렇지는 않아요." 버거가 스카페타를 쳐다보며 말했다.

스카페타는 부검 사진을 훑어보느라 버거가 심각한 표정으로 자신을 응시하고 있음을 알아차리지 못했다.

"내 생각은 그렇지 않아요." 버거의 심중을 읽은 듯 벤턴이 말했다. "오스카는 테리를 위해서라도 그렇게 하지 않을 거예요."

루시는 버거를 보면서 그녀가 스카페타가 오스카 베인을 설득하게끔 하려는 계획을 세우고 있음을 간파했다.

모랄레스가 말했다. "아무튼 스카페타 박사가 오스카의 집 전화로 전화하지 않고 어떻게 메시지를 전할 수 있을지 모르겠군요. 그 친구는 궁금증을 참지 못하고 메시지를 확인할 텐데요."

"그런 일은 절대 일어나지 않을 겁니다." 벤턴이 말했다. "잠시 오스카의 입장에 서서 그의 머릿속으로 들어가 봐요. 그가 정말로 소식을 듣고 싶은 누군가에게서 과연 전화가 올까요? 오스카에게 유일하게 중요했던 사람, 그가 유일하게 신뢰했던 사람은 죽었어요. 그리고 그자가 케이를 더 이상 신뢰하는지 알 수 없어요. 아무튼, 난 그가 최근 음성 메시지를 확인할 거라 생각하지 않아요. 오스카는 예전부터 감시와 미행을 당하고 있다고 생각해 왔는데, 내가 생각하기에는 아마 그 때문에 숨어 있을 거예요. 오스카가 적의 레이더에 다시 나타날 일은 절대 없을 거예요."

"이메일은요?" 모랄레스가 물었다. "테리가 스카페타612라는 이름으로 오스카에게 이메일을 보낸다면요? 그 친구는 당신이 직접 보낸 거라고 믿을 겁니다."

모랄레스가 쳐다보자 스카페타는 그제야 모두를 올려다보며, 오스카가 돌아오도록 설득할 수 있는 방법에 관한 전략들을 귀 기울여 들었다. 스카페타의 표정을 본 루시는 그녀가 오스카 베인을 걸려들게 하기 위해 미끼를 던지는 일에 관심이 없음을 알 수 있었다. 의사와 환자 사이의 기밀 유지는 더 이상 상관없었다. 오스카는 정의를 피해 도망쳤다. 그를 체포할 수 있는 영장이 발부되었고, 만에 하나 기적이 일어날 경우를 제외하고 체포될 경우, 법정에 서서 유죄 판결을 받을 것이었다. 루시는 오스카가 감옥에 간 후로 일어날 일들에 대해서는 생각하고 싶지 않았다.

루시가 말했다. "그 사람은 우리가 자신의 이메일 계정에 들어갔을 거라 짐작할 거고, 그러니 자신의 계정에 로그온하지 않을 거예요. 그가 정말 멍청하거나 다급해져서 자제력을 잃지 않는다면 말이죠. 나도 벤턴 아저씨와 같은 생각이에요. 다른 소식을 알고 싶으면 TV를 켜 봐요. 그 사람은 자신이 홀리데이 인 호텔 방에서 TV를 켜면서 사람들에게 발각될 거라 생각하지는 않을 텐데, 그 사람이 확인할 수 있는 매체는 TV뿐일 거예요. 아마 뉴스를 보고 있을 거예요."

"CNN을 통해 그에게 호소할 수도 있어요." 버거가 말했다.

"정말 좋은 생각이에요." 모랄레스가 말했다. "CNN에 출연해서 오스카 베인에게 제발 경찰에 출두하라고 말해요. 지금 상황으로 봐선 오스카의 무가치한 생명을 위해 그게 최선일 거예요."

"그자가 지역 FBI 사무국에 전화할 수도 있어요." 벤턴이 자신의 생각을 제시했다. "그러면 어떤 일이 벌어지고 있는지 전혀 모르는 시골 보안관에게 넘겨질 걱정은 할 필요 없을 테니까요. 그가 어디 있느냐에 달려 있을 겁니다."

"그 친구가 FBI에 전화하면 그 친구를 체포한 공이 그들에게 돌아갈 겁니다." 모랄레스가 말했다.

"공이 누구에게 돌아가든 무슨 상관이오? 나도 벤턴과 같은 생각이오." 마리노가 말했다.

"나도 마찬가지예요." 바카니가 말했다. "그는 FBI에 전화할 거예요."

"모두들 날 위해 한뜻으로 결정해 주니 고맙군요." 버거가 말했다. "그리고 나 역시도 같은 생각이에요. 오스카가 엉뚱한 사람에게 넘어가면 훨씬 더 위험해요. 그리고 혹시 미국 땅을 벗어났다 해도 FBI에는 전화할 수 있고요. 오스카가 국내에 있는 한, 누가 그를 체포하든 상관없어요."

버거는 모랄레스를 쳐다보며 덧붙여 말했다.

"누구에게 공이 돌아가는지는 상관없어요."

모랄레스는 버거를 잠시 동안 똑바로 쳐다보더니, 고개를 돌려 루시를 쳐다보고 윙크했다.

스카페타가 말했다. "난 CNN에 출연해서 그에게 경찰에 출두하라고 요구하지는 않을 거예요. 난 그런 사람이 아니고 그렇게 행동하지도 않아요. 난 누구 편에도 서지 않아요."

"진심은 아니죠?" 모랄레스가 되물었다. "그 나쁜 놈을 뒤쫓지 않겠다는 건 아니죠? CNN 박사인 당신은 항상 나쁜 놈들을 체포하죠. 난쟁이 때문에 당신의 평판을 망가뜨리고 싶지는 않을 것 아닙니까?"

"아내가 말하려는 건, 자신은 희생자를 옹호하는 사람이라는 겁니다." 벤턴이 말했다.

"법적으로도 그게 옳아요. 케이는 검찰 측에서도 피고 측에서도 일하지 않으니까요." 버거가 말했다.

"이제 모두들 날 대신해 말하는 건 그만둬요. 더 이상 질문 없으면 난 이만 집에 가야겠어요." 스카페타는 화난 모습으로 자리에서 일어섰다.

루시는 이모가 지금처럼, 더구나 사람들 앞에서 이렇게 화낸 적이 있었는지 기억을 떠올려 보았다. 이모답지 않은 행동이었다.

"레스터 박사가 에바 피블즈 사건을 언제 시작할 거라 생각해요? 실제로 시작하는 시간 말예요. 박사가 언제 시작할 거라고 말했는지를 묻는 게 아니에요. 거기에 나타나 몇 시간 동안 앉아 있을 생각은 없으니까요. 하지만 불행하게도 레스터 박사 없이는 사건을 시작할 수 없죠.

그분이 이 사건을 진행하고 있는 건 불행이에요."

스카페타가 똑바로 쳐다보며 말하자, 모랄레스는 곧바로 레스터 박사에게 전화를 걸었다.

"나도 그걸 통제할 권리는 없어요." 버거가 말했다. "법의국장에게 연락할 수는 있지만 좋은 생각은 아닐 거예요. 당신도 알잖아요. 그들은 벌써 내가 지나치게 간섭했다고 여길 거예요."

"검사님이 실제로 그러니까요." 모랄레스가 말했다. "모두들 간섭쟁이 검사라고 부르지요."

버거는 그의 말을 무시하며 자리에서 일어나 값비싼 손목시계를 확인했다. 그리고 모랄레스에게 말했다. "레스터 박사가 오전 7시라고 말했죠?"

"불평쟁이 레스터 박사 말로는 오전 7시라고 했어요."

"박사와 꽤 가까운 사이인 듯하니, 직접 가서 그 시간에 사건을 시작할 건지 확인하는 게 좋겠네요. 그러면 케이는 택시를 타고 가서 밤새 앉아 있을 필요가 없을 테니까요."

"그럼 이렇게 하는 건 어때요?" 모랄레스가 스카페타에게 말했다. "내가 레스터 박사를 픽업하는 겁니다. 그리고 출발하면서 당신한테 전화할 거고, 그러면 지나는 길에 당신을 태울 수도 있을 거예요."

"듣던 중 가장 좋은 생각이군요." 버거가 모랄레스에게 말했다.

스카페타는 두 사람에게 말했다. "고맙지만 내가 직접 갈게요. 하지만 전화는 해 줘요."

버거가 스카페타와 벤턴을 배웅하고 돌아오자, 마리노가 커피를 더 마시고 싶다고 했다. 버거를 따라 스테인리스스틸과 밤나무, 화강암으로 마감한 넓은 부엌으로 들어간 루시는 이제 뭔가 얘기해야겠다고 마음먹었다. 물론 버거가 어떻게 대답하는지에 따라 나중에 다시 얘기를 꺼낼 수도 있었다.

“갈 거예요?” 루시와 눈을 마주치자 버거는 편안한 말투로 물으면서 커피 봉지를 열었다.

“당신 바에 있는 위스키 말이에요.” 루시가 커피 주전자를 헹구고 다시 물을 채우며 말했다.

“어떤 위스키요?”

“어떤 위스키인지 알잖아요.” 루시가 말했다.

버거는 루시에게서 커피 주전자를 받고는 커피메이커에 커피를 채웠다.

“몰라요.” 버거가 말했다. “깜짝 놀랄 만한 사실을 말하고 싶기라도 한 모양이군요. 당신이 그런 유형일 거라고는 생각하지 않았는데.”

“농담하는 거 아니에요.”

버거는 스위치를 켠 다음 싱크대에 몸을 기댔다. 루시가 무슨 말을 하는지 정말 모르는 것 같았고, 루시는 그런 그녀의 태도가 곧이곧대로 믿기지 않았다.

루시는 바에 있는 아일랜드 위스키와 스카치의 이름을 언급했다.

“유리 진열장 맨 위 선반에 있어요.” 루시가 말했다. “똑똑히 봤어요.”

“전 남편이 수집하는 거예요. 난 몰랐어요.”

“전 남편이 수집하는 거라고요? 그 사람이 아직 집에 드나드는 줄은 몰랐는데요.” 루시는 기분이 더 나빠졌다. 아니, 지금껏 느껴 본 최악의 감정인지도 몰랐다.

“내 말은, 그 술이 그 사람의 수집품이라는 거예요.” 버거는 평소처럼 차분하게 말했다. “저기 보이는 진열장을 열면 값비싼 소형 주류와 이런 저런 싱글 몰트 위스키가 있을 거예요. 난 눈여겨보지도 않았고, 생각도 못 했어요. 그 사람의 소중한 위스키를 한 번도 마신 적이 없으니까요.”

"그래요?" 루시가 반문했다. "그러면 모랄레스 형사는 왜 당신이 그 술을 갖고 있는 걸 아는 거 같죠?"

"정말 말도 안 돼. 지금은 말할 시간도 장소도 아니에요." 버거가 목소리를 낮추며 말했다. "그러니 가만히 있어요."

"그 형사는 뭔가를 아는 것처럼 위스키와 스카치를 들여다봤어요. 그 사람이 오늘 말고 예전에 여기 온 적 있나요?" 루시가 물었다. "태번 온 더 그린에서의 가십은 그 이상일 수도 있겠군요."

"그 질문에 대답할 필요도 없을 뿐 아니라 대답하지도 않겠어요. 그럴 수도 없고요." 버거는 날을 세우지 않고 부드러운 말투로 말했다. "커피 마시고 싶은 사람이 누군지, 크림과 설탕을 넣을 건지 물어봐 줘요."

루시는 부엌에서 나갔지만 아무에게도 아무것도 물어보지 않았다. 그리고 맥북의 전원 코드를 뺐다. 침착하게 코드를 손으로 말아 나일론 주머니에 넣고는 맥북을 가방 안에 넣었다.

"사무실로 돌아가야겠어요." 루시가 모두에게 말하는 순간 버거가 돌아왔다.

버거는 아무 일 없었다는 듯 커피 마시고 싶은 사람이 누군지 물었다.

"911 신고 당시의 녹음테이프를 아직 듣지 못했어요." 바카디가 갑자기 그 사실을 기억해 냈다. "다른 사람들은 어떤지 모르겠지만, 아무튼 난 듣고 싶어요."

"나도 들어야 하오." 마리노가 말했다.

"난 들을 필요 없어요." 루시가 말했다. "나한테 들려주고 싶으면 오디오 파일을 이메일로 보내 줘요. 새로운 정보를 알게 되면 연락할게요. 그럼 이만 갈게요." 루시는 제이미 버거를 쳐다보지 않은 채 그녀에게 말했다.

30 후안 어메이트

"수위들한테 미안해요." 스카페타가 말했다. "평소보다 더 겁에 질린 것 같네요."

벤턴과 스카페타가 소유한 고급 아파트 건물의 수위들은 평소 그녀의 현장용 키트를 보고도 별다른 관심이 없었다. 하지만 오늘 아침은 이른 시각에 뉴스를 본 탓인지 전과는 다른 반응을 보였다. 연쇄살인범 소식에 뉴욕 이스트사이드는 겁에 질렸고, 몇 년 전 메릴랜드와 코네티컷에서 일어난 사건도 동일범의 소행일 수 있는 상황이었다. 벤턴과 스카페타의 얼굴에도 두려움이 묻어 있었다.

그들은 엘리베이터를 타고 32층으로 올라갔다. 문을 열고 들어가자마자 그들을 옷을 벗기 시작했다.

"난 당신이 거기 가지 않기를 바랐어." 벤턴이 말했다.

벤턴은 넥타이를 풀고 재킷을 벗었다. 코트는 이미 벗어서 의자에 걸쳐 둔 상태였다.

"면봉으로 채취해 검사했으니 희생자가 왜 죽었는지 알 수 있을 거야. 사인이 뭐야?" 벤턴이 물었다.

"오늘따라 사람들은 내가 나만의 생각에 멍하니 빠져 있는 것처럼 날 대하는군요." 스카페타가 대답했다.

그녀는 재킷과 블라우스를 벗어 출입문 근처에 놓인 생물학적 위험물 바구니에 넣었다. 그들에게는 익숙한 일이었다. 누군가가 망원경으로 지켜본다면 굉장히 이상한 광경일 테지만, 그녀는 이상하다는 생각을 해 본 적이 없었다. 그녀는 뉴욕 경찰국이 입수한 새 헬리콥터와 루시가 그것에 대해 했던 말이 갑자기 떠올랐다. 3킬로미터가 넘는 거리에서도 사람의 얼굴을 인지할 수 있는 카메라가 장착되어 있다는 말.

스카페타는 지퍼를 내려 바지를 벗고는, 스티클리(Stickley: 미국의 가구 디자이너 - 옮긴이)의 가구 여러 점과 포티트 빅토리(Poteet Victory: 미국의 현대화가 - 옮긴이)의 유화 작품이 걸린 거실에서 떡갈나무 커피 테이블 위에 놓인 리모컨으로 자동 블라인드를 닫았다. 몸을 숨기고 나니 자신이 오스카 베인이 된 것 같은 기분이었다.

"당신도 나와 같은 생각이었는지 모르겠군요." 그녀가 벤턴에게 말했다. 두 사람 모두 속옷 차림에 구두를 신고 있었다. "아무튼 이게 우리의 모습이에요. 당신 행복해요? 당신이 결혼한 사람은 이런 모습이에요. 반사회적인 장소를 들렀다 왔기 때문에 문을 열고 들어오자마자 옷을 갈아입어야 하죠."

벤턴은 그녀를 안아 그녀의 머리칼에 얼굴을 묻었다.

"당신이 생각하는 만큼 나쁘지는 않아." 그가 말했다.

"그 말의 뜻이 뭔지 잘 모르겠네요."

"난 당신과 분명히 같은 생각이었어. 만약 그렇지 않았다면…." 벤턴은 왼쪽 팔로 그녀의 머리를 감싸 꼭 껴안은 채 손목시계를 확인했다. "6시 15분이야. 곧 다시 나가야겠군. 당신과 다른 의견이 있다면, 레스터 박사를 보살펴 줘야겠단 생각을 하는 거지. 당신이 아무 데도 못 가게 폭풍이 몰아치길 기도할 거야. 여기서 당신이 좋아하는 그림을 보는 건 어때? 〈빅토리 씨의 균형을 이룬 원소들〉. 난 원소들이 모두 균형을 이루고 당신이 집에서 나와 함께 샤워할 수 있게 해 달라고 기도할 거야. 현장에 다녀오고 나면 늘 그랬던 것처럼, 함께 샤워를 하면서 신발을 씻을 수 있을 거야. 그러면 당신은 우리가 뭘 했는지 알 수 있을 거고."

"왜 이러는 거예요?"

"그냥."

"그럼 내가 TV에 출연하지 않겠다는 생각에 동의하는 거죠?" 스카페타가 말했다. "그리고 제발 간절히 기도해 줘요. 레스터 박사를 보살펴 주고 싶지 않으니까요. 당신이 말한 모든 건 사실이에요. 에바 피블즈 부인에게 어떤 일이 일어났는지 알아요. 난 부인의 욕실에서 그녀와 이야기를 나눴어요. 그것에 관해 레스터 박사와 이야기를 나눌 필요는 없고요. 박사는 에바 페블즈 부인처럼 내 얘기에 귀를 기울이지도 않을 거고, 마음이 열려 있지도 않아요. 난 지쳤고, 피곤해요. 그리고 화가 나요. 미안하고요."

"나한텐 미안할 필요 없어."

"당신한테 미안한 게 아니에요."

벤턴은 아내의 얼굴과 머리칼을 쓰다듬으며 눈을 깊이 들여다보았다. 뭔가를 잃어버렸을 때, 혹은 잃어버린 것 같다는 생각이 들 때면 그는 그런 눈빛으로 그녀를 응시하곤 했다.

"어떤 규약에 관한 문제도 아니고, 당신이 어느 편에 서느냐의 문제도 아니야. 오스카 베인에 관한 문제야. 그리고 잔인하게 살해당한 모든 사람들에 관한 문제고. 누가, 무엇을, 어떻게, 왜 하는지 잘 모를 땐 뒤로 물러나 있는 편이 낫지. 지금은 레스터 박사한테서 멀리 떨어져 있을 좋은 기회야. 아무 말 없이 조용히 있는 거야."

벤턴은 이렇게 말하고는 불쑥 바구니로 가더니 바지를 꺼냈다. 그리고는 주머니를 뒤져 보라색 장갑에 싸여 있는 USB를 꺼냈다.

"이게 중요해. 성령이 방금 내 기도를 들었나 봐."

바로 그때 스카페타의 휴대전화가 울렸다. Y-12에 있는 키젤슈타인 박사였다.

스카페타는 키젤슈타인 박사가 무슨 말을 하기도 전에 먼저 서둘러 말했다. "루시 말로는 안전하게 도착했다고 했어요. 어떻게 사과의 말을 해야 할지 모르겠어요. 제발 기다리지 않았어야 할 텐데요. 어디인지는 잘 모르겠지만요."

독일어 억양이 남아 있는 키젤슈타인 박사의 목소리가 이어폰에서 들렸다. "전용기로 샘플을 받는 경우가 거의 없어서 아내한테 크리스마스 선물로 받은 아이팟으로 음악을 들으며 기다리고 있었어요. 어찌나 작은지 넥타이핀으로 사용해도 될 것 같아요. 아무 문제도 없었어요. 공군 기지에 있는 맥기-타이슨은 백만장자들이 주로 타는 제트기가 아니죠. 나사(NASA)가 받지 않는 것을 랭글리 연구 센터에서 가져올 때면 주로 C-1-30이나 다른 화물기를 이용하니까요. 결함이 있는 우주선의 열차폐(熱遮蔽) 같은 거 말입니다. 난 부속보다 원형 그대로 오는 걸 훨씬 더 선호하는데, 어떤 나쁜 일도 일어나지 않은 상태기 때문이죠. 물론 박사님한테서 오는 거라면 항상 나쁜 일이 일어난 거지만요. 하지만 결과는 나왔고, 적절한 타이밍인 것 같군요. 공식적인 분석 보고서는 나중에 나올 겁니다."

벤턴은 아내 곁에 있는 걸 포기하고는, 아내의 뺨을 만지고 샤워실로 들어갔다.

"우리가 받은 연고에는 혈액이 섞여 있고, 땀과 은염(銀鹽), 목재섬유와 면섬유도 섞여 있네요." 키젤슈타인 박사가 말했다.

스카페타는 소파로 가서 테이블 서랍에서 펜과 메모지를 꺼내어 자리에 앉았다.

"특히 질산은과 질산칼륨도 들어 있어요. 예상대로 탄소와 산소도 들어 있고요. 100배까지 다양한 비율로 확대해서 찍은 사진을 이메일로 보내드릴게요. 50배로 확대해도 혈액이 보이는데, 은이 함유된 부분이 높은 원자 번호 때문에 밝게 변하기 때문이죠. 목재섬유에서도 질산은을 볼 수 있는데, 은이 함유된 자그마하고 하얀 점이 표면에 고르게 흩어져 있어요."

"고르게 흩어져 있다는 점이 흥미롭군요. 면섬유도 마찬가지인가요?" 스카페타가 물었다.

"네. 확대 비율을 높이면 보입니다."

고르게 흩어져 있다는 건 오염으로 인해 무작위로 옮겨진 게 아니라, 의도적으로 만들어진 것임을 의미했다. 하지만 스카페타의 예상이 옳다면 두 가지 모두일 것이었다.

"피부 세포는 어때요?" 그녀가 물었다.

"아직 연구실에 있는데 하루나 이틀이 더 걸릴 거예요. 사악한 자들에게는 휴식도 없군요. 샘플을 많이 보내와서 무척 힘듭니다. 말씀드릴 건 두 가지뿐인데, 각 건에서 하나씩입니다. 의자와 면봉 말예요. 면섬유와 목재섬유는 시신에서 묻힌 면봉에서 나왔을 거라 생각하실 텐데, 그럴 수도 있고 아닐 수도 있어요. 분명히 말할 수 없어요. 하지만 의자는 그렇지 않은데, 의자의 앉는 부분은 면봉으로 채취하지 않았기 때문이죠."

"맞아요. 그 부분은 건드리지 않았어요."

"그렇다면 어떤 이유로든 거기 놓여 있던 의자 시트에서 묻은 면섬유와 목재섬유가 연고에 묻었다고 결론 내릴 수 있는데, 연고는 전도성이 없기 때문에 쉽게 전달되지 않지요. 그래서 우리는 여러 강도의 압력을 이용했는데, 진공 상태를 높게 유지하면 전자 빔이 나오고 거대 현미경 내부의 나머지 부분은 여과된 마른 공기로 다시 채워지지요. 작업 거리를 최소화해서 전자 빔이 흩어지는 걸 최소화했어요. 지금 변명을 늘어놓고 있는 것 같네요. 연고의 이미지를 만들어 내는 게 어려웠던 건 유감스럽게도 전자 빔이 실제로 그걸 녹이기 때문이죠. 마른 상태일 때는 더 나을 거예요."

"질산은을 바르는 작은 도구가 피부를 마비시키지 않았을까요? 그런 생각이 문득 떠오르는군요." 스카페타가 말했다. "그 때문에 혈액과 땀, 피부 세포가 있는지도 모르고요. 치료용 연고를 함께 사용했다면 다양한 DNA 프로필이 섞여 있을 거예요. 혹시 피부과 같은 곳에서 사용하던 건 아닐까요?"

"용의자에 관해서는 물어보지 않을게요." 키젤슈타인 박사가 말했다.

"의자에 관해 다른 흥미로운 점은 없나요?"

"의자의 철제 테두리에 금칠을 한 흔적이 남아 있어요. 가져온 의자를 거대 현미경 안에 두고 나서 거기에 앉은 사람은 당연히 아무도 없어요. 용의자를 찾아내 처벌하는 건 내 관할이 아니죠."

그리고 두 사람은 전화를 끊었다.

스카페타가 엘리자베스 스튜어트 박사에게 전화를 걸자 음성 메시지로 연결되었다. 스케페타는 메시지를 남기지 않고, 생각에 잠긴 채 소파에 앉아 있었다.

지금껏 그럭저럭 마리노를 잘 대해 왔다고 생각하며 전화를 걸려고 마음먹자 그의 휴대전화 번호를 모른다는 생각이 들었다. 그래서 버거에게 전화를 걸자 그녀는 전형적인 검사처럼 전화를 받았다. 전화 건 사람이 누군지 이미 알고 있었고, 사적인 전화라는 것도 감지한 것 같았다.

"케이예요."

"수신자 번호가 뜨지 않는군요." 버거가 말했다.

루시가 전화할 때면 수신자 번호가 뜨지 않았다. 스카페타는 루시와 버거 사이에 뭔가 좋지 않은 일이 일어나고 있는 듯한 느낌이 들었다. 루시는 함께 있는 내내 침울해 보였었다. 스카페타는 루시에게 전화하지 않았고, 버거와 함께 있을 거라 생각했다. 혹은 함께 있지 않을 수도 있었다.

버거가 말했다. "몇 분 전에 모랄레스에게서 연락이 왔는데, 당신한테 전화했더니 음성 메시지로 넘어간다고 하더군요."

"Y-12와 통화 중이었어요. 지금 당장 안치소로 갈 순 없을 것 같아요."

스카페타는 버거에게 상황을 간략하게 설명해 주었다.

"피부과가 공통분모군요." 버거가 말했다. "테리도 피부과에 갔고, 당신이 말하길 오스카도 다닌다고 했고요. 혹은 예전에 다녔다고요."

스카페타는 방금 전에 함께 있으면서 그 세부 사항을 공개했는데, 의사와 환자 사이의 기밀 유지를 더 이상 지킬 필요가 없다고 판단했기 때문이었다. 그 정보를 공개하지 않는 건 옳지 않았겠지만, 그럼에도 불구하고 마음이 불편했다. 법적으로 상황이 달라졌다고 해서 마음도 함께 바뀌는 건 아니었다. 오스카가 자신에게 말하며 심하게 흐느껴 울던 것이 떠올랐다. 그녀가 그에게 여러 번 경고하고 좋은 변호사를 선임하라고 말하긴 했지만, 이렇게 자신을 배신할 날이 올 거라 예상치는 못했을 것이었다.

그녀는 몹시 갈등했었다. 오스카가 원망스러웠다. 그리고 그에게 화가 났다. 그녀는 그에게 신뢰를 얻을 수 있는 사람이 되어야겠다고 생각했었다. 하지만 이제는 그의 신뢰를 원치 않고 있었다.

"Y-12에서 알아낸 걸 마리노한테 전해야 하는데 연락처를 몰라요." 스카페타가 버거에게 말했다.

버거가 전화번호 두 개를 불러 주며 말했다. "루시한테 연락받은 거 있어요?"

"당신과 함께 있는 줄 알았는데요." 스카페타가 말했다.

"삼십 분 전에 모두들 떠났어요. 당신과 벤턴이 나가고 나서 삼사 분 후에 나갔는데, 당신들을 뒤따라가는 줄 알았어요. 루시는 모랄레스와 사이가 좋지 않았어요."

"모랄레스는 루시가 좋아할 만한 사람이 아니에요."

버거가 잠시 가만히 있다가 말했다. "아마 그래서 루시는 많은 걸 이해하지 못하는 것 같아요."

스카페타는 아무런 대꾸도 하지 않았다.

"나이가 들수록 절대적인 것들이 없어지죠. 원래 없으니까요." 버거가 말했다.

스카페타는 역시 버거의 말을 거들지 않았다.

"당신은 모랄레스에 관해 얘기하지 않으려고 하는군요. 괜찮아요." 버거의 목소리는 여전히 차분했지만 뭔가 다른 느낌이 들었다.

눈을 감고 머리칼을 쓸어 넘기면서 스카페타는 자신이 얼마나 무력한지 깨달았다. 지금 일어나고 있는 걸 바꿀 수도 없을뿐더러, 굳이 바꾸려 애쓰는 것 역시 어리석고 옳지 못한 짓이었다.

"나한테 약간의 시간을 벌어 주세요." 스카페타가 말했다. "루시한테 전화해서 Y-12에서 얻은 결과에 대해 알려 줘요. 나 대신에 그렇게 해 줘요. 난 마리노한테 연락해 볼게요. 그리고 루시와 통화하는 동안 다른 전략을 시도해 볼 수도 있을 거예요. 루시가 몹시 화를 내고 그걸 당신한테 이용하려 한다는 생각이 들어도, 부디 그녀에게 있는 그대로 솔직하게 대해 줘요. 그로 인해 당신이 맡은 사건을 망치고 당신이 뭔가를 잃는다는 생각이 들어도, 루시에게 사실대로 말해 줘요. 당신이나 나 같은 사람들한테는 힘든 일일 텐데, 내가 할 말은 그뿐이에요. 궁금한 건, 베서니와 로드릭이 2003년 볼티모어나 그리니치에서 피부과에 다녔는지를 바카디가 알고 있는지의 여부예요. 바카디를 사람 이름으로 부르려니 영 어색하지만 말이에요. 경찰 보고서를 보니 로드릭은 여드름 때문에 아큐탄을 복용하고 있었다고 나와 있어요."

"피부과에 다녔을 수도 있겠군요." 버거가 말했다.

"그랬으면 좋겠어요. 아큐탄도 평범한 약은 아니니까요."

"전부 루시에게 전할게요."

"네. 그럴 거라는 거 알아요." 스카페타가 말했다. "루시가 들어야 할 얘기라면 뭐든지 전해 줄 거라고 믿어요."

벤턴은 샤워를 마치고 두꺼운 욕실 가운을 걸치고 나와 침대에 드러누웠다. 그가 노트북에 있는 걸 훑어보자, 스카페타는 컴퓨터를 옆으로 치우며 남편 옆에 앉았다. 빨간색 USB가 포트에 꽂혀 있는 게 보였다.

"아직 씻지 않아서 고약한 냄새가 날지도 몰라요." 그녀가 말했다. "내가 거짓말을 했다 해도 여전히 날 존중할 건가요?"

"누구한테 거짓말을 했느냐에 따라 다르겠지."

"다른 의사한테요."

"그랬다면 괜찮아. 다른 사람한테 거짓말을 할 거라면 다음번엔 변호사한테 하길 바랄게."

"나도 로스쿨을 나왔으니 변호사와 관련된 농담은 사양이에요." 그녀가 미소를 지으며 말했다.

손으로 그의 머리를 쓸어 넘기자 아직 축축했다.

스카페타가 덧붙여 말했다. "당신이 보는 앞에서 거짓말을 하면 죄의식이 심하게 들진 않을 것 같아요. 얼른 샤워하고 양치해야겠어요. 그리고 이건…."

한 손에 더러운 신발을 들고 있다는 걸 알면서도 스카페타는 다른 한 손으로 그의 머리칼을 만지며 말했다.

"당신이 나와 함께 샤워하려고 기다릴 줄 알았는데. 우리 신발도 함께 씻어 줄 줄 알았는데…."

"두 번 씻을 생각이었지. 아직 내 신발도 씻지 않았거든."

스카페타는 침대에서 일어나 집 전화를 집어 들었다.

이번에는 스튜어트 박사의 스위트룸이나 휴대전화로 곧바로 전화하지 않고, 세인트 레지스 호텔의 데스크로 전화를 걸었다. CNN 방송국이라고 말한 다음, 옥스퍼드라는 이름으로 투숙 중인 스튜어트 박사를 바꿔 달라고 말했다.

"잠시 기다려 주세요."

잠시 후 스튜어트 박사가 전화로 연결되었다.

스카페타가 자기소개를 하자 스튜어트 박사가 서둘러 말했다. "난 내 환자에 관해서는 말하지 않아요."

"나도 TV에서 다른 의사들에 관해서 말하지 않아요." 스카페타가 말했다. "하지만 예외를 둘까 해서요."

"그게 무슨 뜻이죠?"

"스튜어트 박사, 말 그대로의 뜻이에요. 당신 환자 가운데 한 명이 지난 24시간 내에 살해되었고, 또 다른 환자가 그 살인사건과 다른 살인사건들을 저지른 혐의로 고발되었는데 종적을 감추었어요. 어젯밤 에바 피블스 부인이 살해됐어요. 희생자가 당신 병원을 나섰는지는 모르겠어요. 하지만 확실한 건, 법의학 증거물을 보니 당신이 도와주는 게 현명할 것 같군요. 예를 들어볼까요? 팜비치 출신이고 뉴욕에 집을 소유하고 있는 여자도 당신 환자일 거예요."

스카페타는 테리 브리지스의 질 속에서 검출된 DNA의 주인인 하반신 불수 여자의 이름을 말해 주었다.

"내가 치료한 환자에 관한 정보를 공개할 수 없다는 건 당신도 잘 알 텐데요."

스튜어트 박사는 그 여자가 자신의 환자임을 확인해 주는 말투로 말했다.

"알다마다요." 스카페타는 그렇게 말하면서 한마디 덧붙였다. "피블즈 부인이 당신 환자가 아니면 아니라고 말해요."

"난 어떤 질문에도 아니라고 대답하지 않을 거예요."

스카페타는 베서니와 로드릭에 관해서도 같은 질문을 하면서, 왜 알고 싶어 하는지는 스튜어트 박사에게 말하지 않았다. 그녀가 그들을 안다면, 그 두 사람이 오 년 전에 살해당했다는 이야기를 굳이 듣지 않고도 알 것이었다.

"당신이 짐작하듯이 내 환자들 가운데 그리니치에 사는 사람들이 많아요. 병원이 화이트 플레인에 있으니까요." 스튜어트 박사가 말했고, 스카페타는 벤턴에게 기대어 그가 훑어보고 있는 걸 함께 보았다.

누군가가 오스카에게 보냈다고 하는 지도의 일부분인 것 같았다.

"내 병원에서 그 두 사람을 본 사람이 없다는 말은 아니에요." 스튜어트 박사가 말했다. "그 소년의 죽음은 분명히 기억하고 있어요. 모두들 심한 충격을 받았죠. 얼마 전 뉴욕에서 일어난 사건에 모두들 충격을 받은 것처럼 말이죠. 어젯밤 뉴스에서 봤어요. 하지만 그리니치 사건을 기억하는 건 애스턴 마틴 자동차 대리점이…"

"부가티 자동차 대리점 말이군요." 스카페타가 말했다.

"난 애스턴 마틴 대리점을 이용하는데 부가티 대리점에서 매우 가깝죠." 스튜어트 박사가 말했다. "그 소년의 살인사건을 보고 마음이 아팠던 것도 그 때문이에요. 소년이 발견되고 살해된 지점에서 한 블록도 떨어지지 않은 곳을 난 차를 몰고 지나갔어요. 서비스를 받으러 애스턴 마틴 대리점에 갈 때 말이죠. 그것 때문에 그 사건을 기억하는 거예요. 사실 지금은 그 차를 갖고 있지 않아요."

스튜어트는 베서니나 로드릭은 자신의 환자가 아니었으며, 그 가학성 변태 성욕의 살인사건을 기억하는 건 웬만한 집보다 더 비싼 차 때문임을 넌지시 알리고 있었다.

"병원에서 일하는 직원이나 병원과 관련된 사람 가운데 경찰이 알아야 하는 사람 있어요?" 스카페타가 물었다. "아니면 대답하기 더 쉽도록 물어볼게요. 당신이 나라면 어떤 생각을 하고 있겠어요?"

"병원 직원을 생각하겠죠." 스튜어트가 말했다. "특히 파트타임 근무자들요."

"어떤 파트타임 근무자들을 말하는 거예요?"

"파트타임으로만 일하는 전문가들, 레지던트들, 특히 병원을 들락날락하면서 허드렛일을 하는 사람들요. 이를테면, 여름휴가 기간 동안 혹은 근무시간 이후에 병원에서 일하는 사람들이죠. 병원을 청소하는 일부터 전화를 받거나 무선 호출기로 의사들에게 연락하는 일까지 여러 가지 일들을 해요. 동물 치료사(vet tech)도 고용한 적이 있었는데 지금껏 아무 문제도 없었어요. 거의 알려지지 않은 사람인데 그 사람과 개인적으로 함께 일하지는 않아요. 병원을 크게 운영하고 있어요. 다른 지역에 있는 병원 네 곳에서 일하는 직원이 예순 명이 넘어요."

"동물 치료사요?" 스카페타가 물었다.

"그는 풀타임으로 일했죠. 애완동물 가게와 연관이 있었는데, 병원에서 일하는 직원 몇 명의 강아지도 그 사람이 갖고 왔어요. 이곳 주변에서 애완동물들을 보살피는 동물 치료사였어요. 사실대로 말하자면, 내가 알고 싶은 방식으로 일하는 사람은 아닌 것 같았어요." 스튜어트 박사가 이야기를 계속했다. "약간 이상한 사람이었는데, 작년 여름 내 생일 때 강아지를 선물로 주려 했어요. 머리와 꼬리, 발 외엔 털이 전혀 없고, 관모 장식이 있는 중국 종이었어요. 기형으로 보이고 탈모증을 앓는 것 같은 생후 팔 주 된 강아지였는데, 몸을 바들바들 떨면서 기침을 계속 했어요. 그는 이제 병원에서 애완용 강아지 미용도 하고, 애완동물의 피부 질환도 함께 치료할 수 있을 거라는 내용을 생일 카드에 적어 줬어요. 특이한 선물에 난 기분이 그다지 좋지 않았고, 강아지를 되돌려 줬어요. 솔직히 말하자면, 몹시 기분 나쁜 일이었어요."

"그 강아지가 어떻게 되었는지 그 사람에게 물어봤나요?"

"그러고 싶지 않았어요."

스튜어트 박사의 말투에 불길한 느낌이 묻어 있었다.

"그 사람은 주사 놓는 걸 좋아했어요." 스튜어트 박사가 말했다. "주사를 아주 잘 다루었는데, 사혈(phlebotomy: 치료의 목적으로 환자의 정맥에서 혈액을 뽑아 체외로 배출시키는 것 - 옮긴이) 트레이닝을 받았어요. 생각하니 몹시 화가 나는군요. 그 사람 이름은 후안 어메이트예요."

"그게 풀 네임인가요? 라틴 아메리카 사람들은 종종 어머니의 처녀적 이름을 중간 이름으로 쓰기도 하죠."

"그건 잘 모르겠어요. 지난 몇 년 동안 내가 운영하는 어퍼 이스트사이드 병원에서 일했어요. 삼사 년 정도 일한 것 같은데 확실하지는 않아요. 개인적으로는 잘 모르는 사이고, 내가 환자와 있을 때면 진료실에 들어올 수 없었어요."

"왜요?"

"솔직하게 말할까요? 내가 보는 대부분의 환자들은 VIP여서 파트타임 전문가를 조수로 두지 않아요. 다른 정규직 조수들이 있는데, 유명인들을 어떻게 대해야 하는지 잘 아는 사람들이죠. 파트타임 기술자에게 A급 영화 배우의 혈액을 채취하라고 할 수는 없으니까요."

"테리 브리지스나 오스카 베인은 당신이 직접 진료했나요? 아니면 다른 의사가 했나요?"

"내가 그들을 개인적으로 알 필요는 없을 거예요. 하지만 내가 진료하는 환자 가운데 왜소한 체격의 사람들이 몇 명 더 있는데, 그들에겐 비만이 가장 흔한 문제 가운데 하나이고, 그래서 다이어트의 부작용으로 피부 문제가 생기죠. 여드름과 때 이른 주름이 생기고, 얼굴과 목에 굵은 주름살이 생기는데, 적절하게 지방 주입을 하지 않으면 피부의 수분이 유지되지 않죠. 그래서 마른 얇은 조각을 덧붙이고요."

스튜어트 박사는 테리와 오스카를 직접 보지 않았다. 그들은 그렇게 중요한 환자가 아니었다.

"후안 어메이트에 관해 다른 할 말 있어요?" 스카페타가 물었다. "그 사람이 어떤 잘못을 저질렀다는 말은 아니에요. 하지만 다른 누군가가 다치거나 죽길 바라진 않아요. 그 사람이 어디에 사는지, 그런 건 알고 있나요?"

"전혀 몰라요. 그 사람에겐 돈이 충분하지 않을 거예요. 얼굴색이 까무잡잡하고 검은 머리칼에 라틴계예요. 스페인어를 해서 도움이 됐죠. 영어도 유창하게 하는데, 우리 병원에서 일하려면 필수 사항이에요."

"그 사람은 미국 시민권자인가요?"

"그럴 거예요. 하지만 그건 내가 확인해야 할 사항이 아니에요. 모른다고 대답하는 편이 맞겠네요."

"얘기해 줄 다른 건 없어요? 예를 들어, 경찰이 지금 그를 찾아 물어볼 게 있다면 어디로 찾아가야 할까요?"

"전혀 모르겠어요. 더 아는 것도 없고요. 그 사람이 그 중국 종 강아지를 줬을 때 기분이 나빴어요. 뭔가 비열한 의도가 있다는 느낌이 들었어요. 털과 피부 문제가 심각한 못생긴 개를 사람들이 모두 보는 앞에서 주면서 나를 모욕하려 했던 거 아닐까요? 나는 몹시 화를 냈고, 직원들 앞에서 좋지 않은 모습을 보였던 게 기억나요. 그 불쌍한 강아지를 당장 가져가라고 하자, 그 사람은 어떻게 해야 할지 모르겠다고 했어요. 마치 내가 그 불쌍한 강아지에게 사형 선고라도 내린 것처럼 말이죠…. 그는 사람들 앞에서 내가 비정한 사람이란 걸 보여주고 싶었던 것 같아요. 그리고 그 일 이후에 해고해야겠다는 생각이 실제로 들기 시작했고요. 사실, 그때 해고했어야 했어요."

벤턴은 스카페타의 맨 허벅지에 손을 올렸다. 아내가 통화를 마치자, 아내를 안으며 아내가 통화하던 동안 자신이 보고 있던 것을 가리켰다.

그는 지도를 훑어보고 있었다.

"경로 기록이야." 벤턴이 말했다. "이 두꺼운 선, 짙은 분홍색 선들이 뭔지 알아?" 그는 암스테르담 가부터 3번 가와 닿아 있는 어퍼 이스트 사이드까지를 가리켰다. "GPS로 작성한 실제 경로야."

"가상인가요? 아니면 실제?" 스카페타가 물었다.

"내가 보기엔 실제인 것 같아. 오스카가 다닌 수백 개의 경로를 기록한 것 같아. 지금 보이는 것처럼, 그가 다양한 곳을 다니는 동안 기록한 것 같아."

벤턴은 열두어 장의 지도를 훑어보았다.

"대부분의 경로는 암스테르담 가에 있는 그의 아파트 주소에서 시작되거나 종료되었어. 지금 보다시피 이 경로 추적은 지난 10월 10일에 시작되어 12월 3일에 끝났어."

"12월 3일이면…." 스카페타가 말했다. "안치소에서 찍힌 내 사진이

스카페타612와 테리의 이메일 계정에서 동시에 삭제되었던 날이에요."

"그리고 오스카가 버거의 사무실에 전화를 걸어 마리노와 통화한 날이기도 하고." 벤턴이 말했다.

"도대체 어떤 일이 벌어지고 있는 걸까요?" 스카페타가 말했다. "GPS 칩 같은 게 부착된 팔찌 같은 걸 하고 걸어 다녔을까요? 아니면 그가 GPS가 장착된 PDA를 갖고 다니며 자신의 모든 움직임을 다운로드해서 자기 메일로 보낸 걸까요? 그의 말대로 자신이 미행당하고 감시당하고 있는 것처럼 보이려고?"

"케이, 당신은 그의 아파트 안을 봤잖아. 오스카는 실제로 그렇게 믿고 있어. 하지만 다른 누군가가 이런 경로 추적을 그에게 전송하고 있었다는 게 상상이 가?"

"아뇨."

벤턴은 경로 추적을 더 훑어보았다. 식료품 가게와 헬스클럽 몇 군데, 사무용품 가게 등의 위치가 나타나 있었고, 벤턴의 표현대로 바로 앞까지는 갔지만 안에 들어가지는 않았던 레스토랑, 술집, 다른 상점들이 기록되어 있었다.

"여기 보이는 것처럼…." 벤턴이 아내의 등을 쓰다듬으며 말했다. "시간이 경과할수록 목적지는 일정하지 않고, 가는 곳은 더 다양해지고 있어. 경로를 매일 바꾸고 있고, 같은 경로가 한 번도 없어. 오스카의 두려움이 눈에 보이는 듯한데, 문자 그대로 지도 위를 지그재그로 돌아다니고 있어. 혹은 두려움을 가장했을 수도 있겠지. 그가 이 모든 걸 꾸며냈다면 말이지. 하지만 그는 실제로 두려움을 느꼈고, 과대망상도 거짓이 아니라는 생각이 들어."

"이게 배심원들에게 어떻게 보일지 짐작할 수 있을 거예요." 스카페타가 자리에서 일어나며 말했다. "제정신이 아닌 사이버 대학 교수가 자신이 비밀 조직이나 원한이 있는 사람들의 표적으로 보이게 하려고 이 복잡한 계획을 만들어 낸 걸로 여길 거예요. 다시 말해서, 오스카는 GPS로 자기 자신을 미행하고, 자신의 아파트의 온갖 이상한 장비들을 심어 놓고, 직접 들고 다니거나 차에 두었을 거라고 여길 거예요."

스카페타는 옷을 마저 벗었다. 샤워를 해야 했다. 할 일이 무척 많았다. 벤턴은 강렬한 눈빛으로 아내를 쳐다보며 침대에서 일어났다.

"오스카의 말을 믿을 사람은 아무도 없을 거예요." 스카페타가 말하자, 벤턴은 아내를 안으며 키스했다.

"샤워하는 거 도와줄게." 벤턴이 그녀를 욕실 방향으로 이끌며 말했다.

31 신을 용서할 수는 있지만

루시는 적갈색 사암 건물의 지붕 위에서 얼음처럼 차가운 콘크리트 바닥에 앉아, 위성 접시 발판에 부착되어 있는 카메라를 자신의 카메라로 찍고 있었다. 차가운 바람이 그녀의 얼굴을 때렸다.

오디오 기능이 있는 보통의 인터넷 카메라 한 대가 건물의 무선 네트워크에 연결되어 있었는데, 가입을 원하는 세입자라면 누구든 서비스를 받을 수 있었다.

그리고 세입자가 아닌 다른 누군가에게도 서비스가 제공되고 있었는데, 바로 마이크 모랄레스였다. 그의 접근 방식은 일반적인 그것과 달랐다. 그 때문에 루시는 확인할 생각을 미처 하지 못했었다. 그녀는 자기 자신에게 화가 났다.

다른 장치—모랄레스가 자신이 직접 설치했다고 말한 이 카메라—가 네트워크에 연결되어 있다는 걸 이미 알고 있었기 때문에, 무선 라우터(router: 근거리 통신망에서 데이터 패킷의 최적 경로를 선택하는 장치 - 옮긴이)로 로그인할 생각을 미처 하지 못했었다. 라우터의 관리 페이지를 확인해야 한다는 생각을 하지 못했던 것이었다.

어젯밤에 확인했다면 지금 알아낸 걸 미리 알았을 것이었다. 루시는 다시 마리노에게 전화를 걸었다. 지난 삼십 분 동안 마리노와 버거에게 전화를 걸었지만, 모두 음성 메시지로 연결되었다.

루시는 메시지를 남기지 않았다. 예전에 남기곤 하던 음성 메시지를 이제는 남기고 싶지 않았다.

하지만 다행스럽게도 이번엔 마리노가 전화를 받았다.

"나예요." 루시가 말했다.

"윈드 터널(wind tunnel: 기류의 속도를 인공적으로 조절하면서 항공기의 모형이나 부품 등을 실험하는 통 모양의 장치 - 옮긴이) 안에라도 있는 거야?" 마리노가 물었다.

"지금 지붕 위에 앉아 있는데, 모랄레스가 여기 지붕에 설치했다는 카메라 알죠? 아저씨가 여기 불쑥 올라와 그를 놀라게 했을 때, 그는 카메라를 설치하던 중이 아니었어요. 아마 카메라를 제거하고 있던 중이었을 거예요."

"그게 도대체 무슨 소리야? 내가 봤을 땐…. 그래, 네 말이 맞아. 그가 뭘 했는지 실제로 보진 못했으니까. 방금 네 이모랑 전화했는데, 다시 전화가 오고 있어. 짧게 말하면, 우리의 관심 대상이 GPS 같은 것으로 경로 추적을 당했었나 봐. 그리고 스튜어트 박사의 병원 사무실에서 동물 치료사로 일했을 수도 있고. 테리가 피부과를 다니다가 그 살인자와 알게 되었는지도 모르는데, 어떤 라틴계 남자가…."

"아저씨, 내 말 좀 들어봐요! 이 빌어먹을 카메라가 여기에 삼 주 동안이나 있었다고요! 움직임을 감지하는 카메라여서 뭔가를 감지할 때마다 이곳을 해킹한 사람한테 이메일을 보내고 있었어요. 그리고 모랄레스의 IP를 확보했어요. 그의 접근 코드도 알아냈는데, 스카페타612의 것과 일치해요. 무슨 뜻인지 알겠어요?"

"내가 저능아인 줄 알아?"

예전과 똑같았다. 오랜 세월 동안 마리노는 루시에게 그 말을 얼마나 많이 했던가.

"그건 이 카메라를 설치하고 여기서 이메일로 사진을 전송받은 사람이 내 이모인 척 가장하며 테리에게 이메일을 보낸 사람과 동일인이란 뜻이에요. PDA의 일종인 것 같은데, 놈은 존 제이 칼리지 앞에 서서 거기 무선 네트워크를 몰래 사용했어요. IP가 되돌아오는 게 바로 거기예요. 접근 코드는 테리에게 이메일로 사진을 보내는 데 사용한 장치와 똑같은 것으로, 그 사진을 이메일로 보낸 곳은 엘리자베스 스튜어트 박사의 병원 근처 인터넷 카페예요. 12월 3일 테리에게 그 사진을 삭제하라고 지시한 사람은, 바로 모랄레스예요…."

"왜 그랬을까?"

"빌어먹을 게임을 하고 있었기 때문이겠죠. 이모가 안치소에서 그 사진이 찍혔을 당시에 그는 안치소에 있었거나 배후에 있었을 거예요. 태번 온 더 그린에서의 사진도 마찬가지일 거고요. 그 일을 꾸미고 〈고담 갓차〉에 사진을 전송했을 거예요."

"그렇다면 그가 〈고담 갓차〉와 연결되어 있을 수도 있단 말이야?"

"그건 모르겠지만, 분명한 건 에바 피블즈 부인이 〈고담 갓차〉에서 일했다는 거예요. 불쌍한 피블즈 부인이 지금 살아 있다 해도 〈고담 갓차〉의 칼럼니스트가 누군지 우리한테 말해 주지 못할 거예요. 그녀의 컴퓨터 파일을 봐도 그가 누군지 전혀 알 수 없으니까요. 지금 통화를 하면서도 우편물을 뒤지고, 접합점(junction point)에서 정보를 찾고 있는 중이에요. 빌어먹을 모랄레스! 아저씨가 찾는 라틴계 동물 치료사가 바로 그 자일지도 몰라요. 이런 젠장! 그의 집을 찾아가야겠어요."

루시는 통화를 하면서 맥북의 키보드를 두드려 포트 스캔(port scan)을 했다. 마리노는 쥐 죽은 듯 가만히 있었다.

"아저씨, 듣고 있어요?"

"응, 그래."

"경찰이 왜 살인사건이 일어나기 삼 주 전에 감시 카메라를 설치했을까요?" 루시가 말했다.

"이런 빌어먹을! 도대체 그가 왜 박사인 척 가장하며 사진을 전송했을까?"

수화기 너머에서 여자 목소리가 들렸다. 바카디의 목소리였다.

"그한테 물어보는 게 어떨까요?" 루시가 말했다. "이모에게 연락하고 싶다는 공고를 존 제이 칼리지 사이트에 게재하라는 놀라운 생각을 테리한테 제시한 장본인도 그일지 몰라요. 그리고 테리는 그렇게 했고, 기적에 또 기적이 일어났어요. 누가 그녀한테 이메일을 보내왔을지 생각해 봐요. 그는 분명 테리 혹은 자신이 이모와 이메일 연락을 할 수 없을 것임을 알았어요. 아까 말한 것처럼, 그가 그 빌어먹을 동물 치료사일 수도 있고, 테리는 그 피부과 의사 때문에 그를 알게 된 걸지도 몰라요."

"그녀에게 아픈 강아지를 준 장본인도 그놈일 수 있어. 우스꽝스러운 짓이라 생각했어." 마리노는 혼잣말을 하듯 중얼거렸다. "그런데 에바 피블즈 부인이 그 강아지를 맡은 거야. 강아지가 죽었고, 그녀도 죽었어. 그녀가 무슨 잘못을 저질렀다고 그런 일을 당한 거지? 테리의 아파트에 고장 난 걸 고쳐 준 것도 그놈일지 몰라. 집주인이 뭐라고 말했는지 생각해 봐. 그는 자기처럼 덩치 큰 남자를 필요로 하는 사람과 막역한 친구가 되었을 거야. 그런 놈은 법정 심리학 대학원생인 테리 같은 사람에게 접근하고, 웹사이트에 뭔가를 게재하고, 모든 여자들과 그 짓을 할 거야. 그런데 박사한텐 왜 그랬을까?"

"왜냐하면 그는 실패한 의사고, 이모는 그렇지 않으니까요. 왜 그런지는 몰라요. 도대체 누군가가 어떤 일을 왜 벌인 걸까요?"

"그 카메라를 떼어 내지 않을 거지, 그렇지? 우리가 그 카메라를 확인했다는 걸 그에게 알리고 싶지 않아."

"물론이죠." 바로 그때, 그녀를 지붕에서 떨어뜨리려는 듯 바람이 세차게 불어왔다. "그는 카메라를 떼어 내려고 다시 이곳에 왔던 걸 텐데, 아저씨가 화재 비상용 사다리를 타고 올라올 줄은 꿈에도 생각하지 못했을 거예요. 그래서 발뺌을 한 거고, 범인이 사건 현장에 되돌아올 경우를 대비해 감시 카메라를 설치 중이라며 딴청을 부린 거예요. 이런 젠장! 여기서 노트북으로 로그를 여니까, 이 카메라로 지난 삼 주 동안 만 건도 넘는 이미지가 전송되었고, 우리가 통화 중인 지금 이 순간에도 사진을 전송하고 있어요. 다행히 오디오 기능은 껐으니 바람 소리 말고는 아무 소리도 들리지 않을 거예요."

"카메라에 관한 얘기 확실한 거냐?" 마리노가 물었다.

"네. 확실해요. 이건 명백한 불법이에요." 루시가 말했다.

비디오 파일을 훑어보던 루시는 충격에 말을 잇지 못했다.

마이크 모랄레스의 개인 이메일 계정에 보관된 비디오 파일이었다. 그의 유저네임은 'Forenxxx'였다.

루시는 지붕에 설치된 카메라와는 완전히 다른 것으로 찍은 비디오 파일을 다운받아 파일을 열고 재생 버튼을 눌렀다.

"맙소사." 루시가 말했다. "새해 전야에 찍은 건데, 이건 지붕이 아니라, 테리의 아파트 안에서 찍은 거예요. 이런, 빌어먹을! 젠장! 젠장!"

*

버거의 펜트하우스는 2층으로 이루어져 있었다. 2층 공간이 더 넓었는데, 그녀와 루시는 침실과 분리된 거실에 놓인 대형 플라스마 평면 TV를 통해 테리 브리지스의 살인사건 화면을 보고 있었다.

두 사람 가운데 한 명은 견딜 수 없을 정도였지만, 이제 두 사람이 보지 않은 건 아무것도 없었다. 두 사람은 꼼짝도 하지 않은 채 소파에 앉아 화장대 거울에 비친 테리의 얼굴을 바라보았다. 병원에서 채혈할 때 사용하는 고무 소재의 파란색 지혈기를 받치고, 라텍스 장갑을 낀 두 손으로 뒤에서 그녀의 목을 조르는 모습이 보였다. 희생자와 범인 모두 벌거벗고 있었다. 희생자는 하트 모양의 등받이가 있는 화장대 의자에 앉아 손을 등 뒤로 묶인 채 심하게 발을 버둥거리고 있었고, 범인은 희생자를 거의 들어 올리다시피 목을 졸라 결국 의식을 잃게 했다.

잠시 후 범인이 누르고 있던 손을 떼자 희생자는 다시 깨어났고, 범인은 다시 그녀의 목을 조르기 시작했다.

희생자는 내내 아무 말이 없었는데, 눈알이 튀어나오고 혀가 입에서 빠져나와 턱까지 내려올 때, 목구멍에서 토를 하는 끔찍한 소리를 낼 뿐이었다. 그녀가 완전히 목숨을 잃기까지는 정확히 이십사 분 삼십 초가 걸렸는데, 범인이 사정을 하고 희생자를 죽이기까지 그만큼 시간이 걸렸고, 그 후에 법인은 희생자에게 더 이상 관심을 보이지 않았다.

그는 콘돔을 변기에 넣고 물을 내린 다음 카메라를 껐다.

"다시 시작하도록 하죠." 버거가 말했다. "범인이 희생자를 욕실로 데려가면서 한 말을 좀 더 유심히 들어 보고 싶어요. 그들이 예전에 성관계를 했을 거라는 느낌이 들어요. 정황으로 보아 그 때문에 범인이 이 짓을 저지른 것 같고요. 범행을 미리 계획한 요인이죠. 가학적인 성적 욕구를 넘어선 다른 동기가 있을지도 몰라요. 희생자는 그를 '후안'이라고 불렀나요? 아니면 그녀가 그냥 소리를 낸 것뿐인가요?"

"그녀가 오스카와 성관계를 하기 오래전에 그와 성관계를 했을 거라는 생각이 들어요." 루시가 말했다. "그가 친근하게 얘기하는 걸 보면 말이죠. 테리는 스튜어트 박사의 피부과를 다니며 이 년 동안 그와 아는 사이였을 거예요. 그가 후안 어메이트임을 확실히 몰랐다 해도 상관없어요. 분명하게 말하지만, 그 두 사람은 동일 인물이에요. 분명해요. 구분하기 힘들지만, 그녀가 '후안'이라고 말한 것 같아요."

루시는 리모컨으로 다시 재생 버튼을 눌렀다. 화장대가 나오는 중간부터 화면이 시작되었고, 겁에 질린 테리의 얼굴이 타원형 거울에 비쳤다. 그녀 뒤에는 벌거벗은 남자의 몸이 보였다. 그는 몸을 움직여 카메라 앵글을 맞춰 콘돔을 끼운 발기한 페니스를 비추더니, 그것이 마치 총열이라도 되는 양 그녀의 어깨뼈 사이로 찔러 넣었다. 화면에서 그는 오직 허리 아래로만 보였다.

"귀여운 자기, 평소처럼 엑스트라 핫 소스를 약간 넣는 거야." 살인자의 목소리가 들렸다.

"난 몰라요." 범인이 장갑 낀 손으로 메스를 들고 빙글빙글 돌리는 모습이 거울에 나타나자 테리가 떨리는 목소리로 말했다. 메스의 날이 불빛을 받아 빛났다.

그가 그녀의 실내복과 빨간색 레이스 브래지어를 자르자 천이 찢기는 소리가 났다. 셸프 브래지어를 벗기자 가슴이 튀어나왔고 젖꼭지가 드러났다. 빨간색 레이스 팬티도 잘랐다. 그는 카메라를 돌려 그가 욕조에 던져 놓은 분홍색 실내복, 분홍색 슬리퍼 그리고 브래지어를 비췄다. 그는 장갑 낀 손을 흔들며 카메라 렌즈 앞에서 빨간색 레이스 팬티를 잘랐다.

"나중에 즐길 수 있도록 간직하는 거야." 그가 라틴계 억양이 남아 있는 목소리로 말했다.

"이러지 말아요. 난 할 수 없을 것 같아요." 그녀가 말했다.

"네가 그 난쟁이 남자한테 우리의 비밀을 말했을 때 미리 생각했었어야지."

"난 그에게 말하지 않았어요. 당신이 이메일을 보내서 그가 알게 된 거예요."

"당신이 상황을 엉망진창으로 만든 거야. 이제 어떻게 될 것 같아? 그는 빌어먹을 지방검사에게 투덜거리고 있어. 이제 어떻게 되겠어? 난 당신을 믿었고 잘해 줬는데, 당신은 그에게 말해 버렸어."

"난 그에게 말한 적 없어요. 그가 내게 말했어요. 당신이 그에게 이메일을 보냈고, 결국 그가 내게 말했어요. 그는 겁에 질렸어요. 왜? 도대체 왜 이런 짓을 하는 거예요?" 그리고 그녀가 '후안'이라고 말하는 것 같은 소리가 들렸다.

"나한테 왜냐고 물을 참이야?" 허공을 가르던 메스가 그녀의 뺨에 닿을 뻔했다가 다시 사라졌다.

"아니에요."

"그렇다면 네 남자는 누구야? 그 난쟁이야? 아니면 나야?"

"당신이에요." 겁에 질린 그녀의 얼굴이 거울을 향해 말했고, 그는 장갑 낀 손으로 그녀의 젖꼭지를 꼬집었다.

"이제 그게 아니라는 거 알잖아. 그렇지 않았다면 넌 그에게 말하지 않았을 거야!" 살인자가 그녀를 꾸짖는 목소리가 들렸다.

"맹세하건대 난 그러지 않았어요. 그는 당신이 보낸 이메일과 지도를 보고 알아냈어요. 그가 내게 말했어요. 당신이 그를 겁에 질리게 한 거라고요."

"자, 귀여운 당신?" 그가 젖꼭지를 더 힘껏 꼬집으며 말했다. "이제 더 이상 당신의 거짓말을 듣고 싶지 않아. 그리고 누군가가 하기 전에 그 빌어먹을 것을 그의 엉덩이에서 빼낼 방법을 찾아야겠어."

루시가 일시정지 버튼을 누르자, 그가 젖가슴을 움켜잡는 바람에 깜짝 놀란 테리의 얼굴이 흐릿하게 잡힌 장면에서 TV가 멈추었다.

"바로 저기요." 루시가 말했다. "그가 말하는 걸 들으면 곧 오스카를 죽일 거라고 암시하는 것 같아요. 오스카의 엉덩이에서 그걸 빼낼 장본인인 것처럼 들려요."

"나도 똑같은 생각을 하고 있었어요." 버거가 말했다.

그녀는 메모했던 부분에 밑줄을 세 번 그었다. 'GPS는 테리의 아이디어?'

"이 일이 어떻게 시작되었는지는 의심의 여지가 없는 것 같아요." 버거가 루시에게 말했다. "테리가 모랄레스에게 오스카를 미행해 달라고 부탁했어요. 질투심이 강하고 다른 사람을 구속하는 성격이었기 때문이죠. 그녀는 누군가를 믿는 천성이 아니었는데, 그와 연인으로서 어떤 언약을 하거나 가족들에게 그에 관해 얘기하기 전부터 그랬어요. 그녀가 존경할 만한 사람이라는 증거를 원했던 거죠."

"정신병리학을 논리적으로 만들 수 있다면 그렇겠죠."

"우린 그래야만 해요. 배심원들은 상황에 대한 이유를 기대해요. 누군가가 사악하다고 말하거나, 그런 느낌이 든다고 해서는 안 되죠."

"그녀는 오스카가 어떤 생각을 하는지 알고 싶다고 말했겠지만 GPS를 심은 건 그녀의 생각이 아니었을 거예요." 루시가 말했다. "그녀는 모랄레스가 자신에게 몸을 요구하고, 더 나아가 익명으로 GPS 추적 경로를 이메일로 보내 오스카를 미치게 하고 죽고 싶을 정도로 괴롭게 할 거라고는 상상도 못 했을 거예요. 오스카가 마침내 테리에게 뭔가를 얘기하자 경로 추적을 이메일로 보내는 건 그만두었지만, 그녀는 모랄레스에게 그 얘기를 전했을 게 분명해요."

"맞아요. 모랄레스가 말하고 있는 것도 그거예요." 버거가 정지된 TV

화면을 가리키며 말했다. "그녀는 올바르지 못한 일을 했고, 모랄레스에게 불평을 늘어놓으며 세게 비난했을 거예요. 당신도 그가 굉장히 자기도취적인 남자라고 했어요. 그리고 그는 전형적인 사이코패스고, 그걸 그녀 탓으로 돌리고 있어요. 오스카를 미행하고 싶어 한 건 바로 그녀니까요. 오스카가 내 사무실에 전화해 모든 걸 신고한 것이 갑자기 그녀의 잘못이 돼 버린 거죠."

"12월 3일에 마리노에게 전화했어요." 루시가 말했다. "그리고 그 시점에 오스카는 자신의 컴퓨터 하드 드라이브를 부쉈고, USB를 서재에 숨겼어요. 그 USB는 이모와 벤턴이 찾았죠. 그리고 모랄레스는 그에게 경로 추적 이메일을 보내는 걸 그만두었는데, 테리가 그 사실을 알아냈기 때문이죠."

"케이는 오스카의 아파트 현관문 바깥의 카펫에 남아 있는 신발 자국을 얘기했어요. 지붕 출입구와 화재 비상구도 언급했고요. 모랄레스가 거기로 들어가 이 로그를 찾으려 했었는지도 모르겠어요. 그러는 동안 아쿠아라인 병도 두었을 거고요. 그가 창문을 통해 들어가 경보 장치를 해제했을 수도 있을 텐데, 그러고 나서 수위에게 들키지 않으려고 지붕 출입구를 통해 나갔을 거예요. 그에겐 열쇠, 경보 장치 코드, 그리고 비밀번호가 있었어요. 그런데 테리를 살해하고 나자 그가 예상치 못했던 놀라운 일이 일어났어요. 오스카가 벨뷰 병원으로 가겠다고 한 거죠. 그는 벤턴과 케이를 만나겠다고 했어요. 일이 굉장히 커져 버린 거죠. 모랄레스는 당신을 포함해 대단한 적들을 상대해야 했어요. 그는 당신 같은 사람에게 역으로 추적당하기를 원치 않았을 거예요. 그래서 오스카가 적어도 네 건의 살인사건의 범인으로 몰리길 바랐던 거죠."

"보상 없이 범죄를 저지르는 전형적인 경우예요." 루시가 말했다. "모랄레스는 에바 피블즈 부인을 죽일 필요가 없었어요. 그리고 실제로 테리도 죽일 필요 없었어요. 그는 똑똑했고, 낯선 사람들과 잘 어울렸어요. 아직도 이해할 수 없는 건, 오스카는 왜 누군가가 자신에게 그런 짓을 하도록 내버려 두었느냐는 거예요."

"체내 이식 말이군요."

"우린 방금 그가 하는 말을 분명히 들었어요. 그는 오스카의 엉덩이에 뭔가를 집어넣었고, 그걸 다시 빼야 해요. 이게 또 다른 어떤 걸 뜻할 수 있을까요? 난 한 가지 가능성만 있다고 생각해요…. 하지만 아무도 누군가에게 걸어가서, '당신 피부 아래에 GPS 마이크로 칩을 심어도 될까요?'라고 묻지는 않을 거예요."

버거는 루시의 맨 무릎에 손을 올리고는 그녀에게 몸을 기대어 무선 전화기를 집어 들었다. 그리고 스카페타에게 전화를 걸었는데, 지난 한 시간 동안 벌써 두 번째 통화였다.

"다시 모이는 게 좋겠어요." 버거가 말했다. "벤턴과 함께 이쪽으로 와야겠어요."

"난 갈 수 있는데 벤턴은 그럴 수 없어요." 스카페타가 말했다.

버거는 스피커폰을 켜고, 가죽과 유리 제품으로 멋지게 장식한 거실에 놓인 커피 테이블 위에 전화기를 올려놓았다. 아감(Agam: 이스라엘 출신의 화가-옮긴이)의 다양한 그림들과 실크스크린으로 날염한 색채화들이 마치 버거가 움직일 때마다 변화하고, 은은하게 빛을 내는 것 같았다.

버거는 그레그의 방으로 갔다.

버거가 옆방 침대에서 혼자 잠자거나 일하는 동안, 그레그가 TV 앞에 가만히 앉아 있곤 하던 곳이었다. 그가 마치 영국 시간에 맞춰 생활하는 것처럼 그렇게 이상한 시간을 보내기 시작한 이유를 그녀가 알아내는 데는 꽤 시간이 걸렸다. 그는 뉴욕 시간으로 자정이 넘은 시각에 그 방에 앉아서, 런던에서 막 잠자리에서 깨어났을 그 영국 변호사와 통화했을 것이었다.

"벤턴은 마리노, 바카디와 함께 있어요." 스카페타가 말했다. "모두 밖으로 나갔는데, 벤턴은 기밀을 유지하길 원했어요. 난 레스터 박사한테 아무 소식도 듣지 못했는데, 아마 당신들도 마찬가지겠죠."

모랄레스는 아까 법의국 사무실에 있는 레스터 박사에게 들렀는데, 루시가 뭘 알아냈는지 몰랐기 때문이었다. 이제 버거가 연락했으니, 그는 사람들이 자신을 찾고 있음을 알아챘을 것이 분명했다. 버거는 한마디만 하면 되었다. "당신이 설명해야 할 게 있어요."라고.

버거가 질산은과 스튜어트 박사 얘기까지 꺼내자, 그는 전화를 끊어버렸다.

"내가 거기에 갈 필요가 있다면 누군가가 나한테 말해 주겠군요." 스카페타가 말했다. "두말할 필요도 없겠지만, 레스터 박사는 에바 피블즈의 시신 엑스레이를 찍어야 해요. 재차 말하는 이유는, 머리끝부터 발끝까지 엑스레이를 찍을 때까지 시신을 안치소에서 내보내고 싶지 않기 때문이에요. 테리의 시신도 마찬가지인데, 머리부터 발끝까지 다시 엑스레이를 찍어야 해요."

"나도 그 생각을 하고 있던 참이에요." 버거가 말했다. "마이크로 칩을 몸에 이식했을 거라는 생각 말이에요. 오스카와 얘기를 나누었을 때, 그가 어떤 이유에서든 그런 걸 허락했을 수도 있겠다는 생각이 들지는 않았었나요? 루시와 함께 이 끔찍한 비디오 화면을 보고 있는데, 범인에게, 그러니까 모랄레스에게 그런 낌새가 있어요. 그의 소행이 분명해요."

"오스카는 절대 허락하지 않았을 거예요." 스카페타가 말했다. "그가 고통스러운 시술, 특히 레이저 제모 시술에 대해 불평했을 가능성이 훨씬 더 높아요. 그는 등에도 제모 시술을 받았는데, 엉덩이 쪽도 받았을지 모르겠네요. 그는 머리털과 음모 말고는 몸에 털이 전혀 없었어요.

그가 내게 데메롤이라는 약을 언급한 적이 있어요. 누군가가 수술 가운을 입고 마스크를 쓰고 들어오면, 오스카는 엎드려 누워 있기 때문에 기술자를 보지 못했을 거고, 나중에도 그를 알아보지 못했을 거예요. 예를 들어, 테리의 아파트에서 모랄레스가 범행을 마치고 나오면서 오스카와 마주쳤더라도 말이죠. 오스카는 그가 스튜어트 박사의 피부과 안쪽 방에서 봤던 사람임을 알아보지 못했을 거예요."

"비디오에서 테리가 그를 '후안'이라고 부른 것 같지만, 확실하지는 않아요. 당신이 직접 들어 보도록 해요." 버거가 말했다.

"미니어처 안테나와 배터리가 석 달 동안 지속되는, 유리 캡슐 안에 넣은 무선 GPS를 연구 개발 중이에요. 쌀 한 톨만 한데, 어쩌면 그보다 더 작을 수도 있고요. 누군가가 그걸 그의 엉덩이 안에 이식했는데, 특별히 깊은 곳에 이식했다면 그는 전혀 몰랐을 수도 있어요. 오스카를 찾을 수 있다면 엑스레이로 그걸 찾아낼 수 있을 거예요. 그건 그렇고, 그는 이런 종류의 일에만 피해망상을 보인 게 아니에요. 미국 정부에는 여러 파일럿 프로그램이 있는데, 조종사에게 마이크로 칩을 이식하는 것을 곧 의무화할 거라고 해서 많은 사람들이 두려워하고 있어요."

"난 반대예요. 내가 앞장서죠." 버거가 말했다.

"하지만 많은 사람들이 동조할 거예요. 그래서 어떤 사람들은 그걸 '짐승의 표 666' 기술이라 부르죠."

"하지만 테리의 엑스레이에선 그런 걸 보지 못했죠?"

"지금 보고 있어요." 스카페타가 말했다. "그 엑스레이 전자 파일과 다른 모든 걸 갖고 있는데, 아까 통화한 후 그것 말고는 아무것도 하고 있지 않아요. 대답부터 하자면 아직까진 없어요. 레스터 박사가 엑스레이를 더 많이 찍는 게 중요하고 난 그 사진들을 보고 싶어요. 특히 등과 엉덩이, 양팔을 집중적으로 해서 엑스레이를 찍어야 해요. 마이크로 칩을 이식당한 사람들은 주로 팔에 칩이 들어 있어요. 모랄레스는 마이크로 칩 기술에 관해 많은 걸 알 거예요. 동물에게 꼬리표를 붙이는 데 사용되니까요. 그는 애완동물 가게에서 동물들에게 마이크로 칩을 이식하는 걸 봤을 거예요. 그가 직접 이식했을 수도 있는데, 칩이랑 치수 15짜리 바늘이 장착된 임플란트 건만 있으면 간단하게 할 수 있어요. 삼십 분 후면 그쪽으로 가 볼 수 있을 것 같군요."

"그러면 좋겠네요."

통화를 끝낸 버거는 다시 루시 위로 몸을 뻗어 전화기를 내려놓은 다음, 서둘러 메모를 하고 몇몇 단어와 문장에 밑줄을 그었다. 그녀가 루시를 잠시 쳐다보자 루시도 그녀를 쳐다보았다. 버거는 루시와 다시 키스하고 싶었고, 루시가 처음 그녀의 집에 왔을 때 손을 잡으며 시작했던 것을 이어서 하고 싶었다. 루시는 아직 코트도 벗지 못한 상태였다. 버거는 대형 평면 TV에 그 끔찍한 화면을 일시 정지한 상태에서 어떻게 자신이 그런 생각을 할 수 있는지 도무지 이해할 수 없었다. 어쩌면 사건에 대해 생각하던 것이 그녀가 그런 생각을 하고 있는 이유일지 몰랐다. 버거는 혼자 있고 싶지 않았다.

"이게 가장 그럴듯한 가정일 거예요." 한참 후 루시가 말했다. "모랄레스는 피부과에서 일하는 동안 오스카에게 GPS 칩을 이식했을 텐데, 엉덩이에 데메롤 주사를 놓았을 것 같아요. 테리는 오스카에 관해 모랄레스에게 어떤 얘기를 했을 테고, 오스카와 데이트를 시작하면서 그를 믿어도 되는지 알고 싶다고 했을 거예요. 그리고 모랄레스는 자신의 일을 하면서 그녀의 좋은 친구인 양 행동했을 거예요."

"굉장히 중요한 질문이에요. 테리는 모랄레스가 누구라고 생각했을까요? 후안 어메이트라고 생각했을까요? 아니면 마이크 모랄레스라고 생각했을까요?"

"후안 어메이트라고 생각했을 거예요. 그가 뉴욕 경찰이란 걸 알았다면 너무 위험했을 테니까요. 그를 후안이라고 불렀을 게 분명해요. 그리고 그렇게 부르는 걸 들은 것 같잖아요."

"아마 그럴 거예요."

"테리가 그와 성관계를 가지는 사이였다면, 그것도 추측할 수 있을까요?" 루시가 말했다. "모랄레스는 그녀가 다른 사람을 만나도 상관하지 않았을까요?"

"상관하지 않았을 거예요. 아까 말했던 것처럼, 그는 그녀의 좋은 친구인 양 행동했어요. 여자들은 그를 신뢰하죠. 나도 어느 정도까지는 그를 신뢰했으니까요."

"어느 정도까지요?"

그들은 장식장에 있는 위스키 얘기로 다시 돌아가지는 않았다.

"그 말을 할 필요는 없을 거예요." 버거가 말했다. "하지만 모랄레스와 난 그런 관계가 아니었어요. 당신도 우리가 그랬을 거라고 생각하지 않을 텐데, 아니라면 지금 여기 앉아 있지도 않겠죠. 여기로 되돌아오지도 않았을 거고. 태번 온 더 그린에서의 얘기는 소문일 뿐이에요. 그리고 그 소문을 퍼뜨린 사람은 그가 분명해요. 그와 그레그는 서로 좋아하는 사이였어요."

"설마요."

"아니, 그런 식으로는 아니고요." 버거가 말했다. "전 남편은 성관계에 있어 양성은 아닌데, 어쨌든 그 정체성이 남자는 아녜요."

32 악마

스카페타는 커피 잔을 채우고 먹을 것과 함께 쟁반에 담아 가져왔다. 좋은 음식을 먹으면 잠을 못 자도 괜찮을 것 같았다.

신선한 버펄로 모차렐라 치즈에 얇게 썬 토마토 그리고 냉장 착즙해 여과하지 않은 올리브유에 담근 바질을 곁들인 접시를 내놓았다. 린넨 냅킨을 깐 바구니 안에 든 집에서 구운 바삭한 이탈리아 빵을 모두에게 권하면서 손으로 떼어 먹으라고 했다. 마리노에게 먼저 먹어 보라고 말하자, 그는 바구니를 받아 들었다. 스카페타는 파란색 체크무늬가 들어간 냅킨과 접시를 마리노의 앞에 두고, 바카디의 앞에도 냅킨과 접시를 내려놓았다.

스카페타는 자신의 냅킨과 접시를 벤턴의 옆자리에 두고, 벤턴의 옆에 앉아 커피 테이블에 엎드렸다. 잠시 후면 다시 일어나야 했다.

"기억해." 벤턴이 아내에게 말했다. "그녀는 곧 그것에 관해 소식을 들을 거고, 당신은 그녀가 어떻게 할지 알고 있어. 내가 하려는 걸 말하지 마. 내가 그 일을 하기 이전이나 이후에도."

"그렇소." 마리노가 불쑥 끼어들었다. "그녀의 전화벨이 울리기 시작할 거요. 이 일에 대해 내 기분이 별로라고 말해야겠소. 조금 더 생각할 수 있었더라면 좋았을 것을."

"우린 그럴 수가 없어요." 벤턴이 말했다. "곰곰이 생각할 수 있을 만큼 시간적인 여유가 없으니까요. 오스카는 어디엔가 있을 거고, 모랄레스가 아직 오스카를 찾아내지 못했다면 조만간 찾아낼 거예요. 동물을 사냥하듯 찾아내기만 하면 될 테니까요."

"지금껏 그래왔으니까요." 바카디가 말했다. "그런 사람을 보면 사형제도가 있어야 한다는 생각이 든다니까요."

"곰곰이 생각할 기회가 있다면 훨씬 더 좋겠지요." 벤턴이 사무적으로 말했다. "그들을 살해한 데에는 그럴 만한 목적이 없어요."

벤턴은 병동에서는 절대 입지 않는 맞춤 양복을 깔끔하게 차려입었는데 연한 파란색의 가는 줄무늬가 들어간 감청색 양복에, 하늘색 셔츠를 입었고, 은빛이 도는 파란색 실크 넥타이를 맸다. CNN에서 일하는 메이크업 아티스트라도 벤턴에게는 십오 분 이상 필요하지 않을 것 같았다. 더 멋지게 보이도록 손볼 데가 거의 없었다. 파우더만 조금 바르고, 희끗한 머리는 약간만 자른 다음, 스프레이만 한 번 뿌리면 될 것이었다. 스카페타에게 남편은 항상 예전 모습처럼 보였고, 남편이 늘 올바른 일을 하고 있기를 바랐다. 자신들 두 사람 모두 그렇기를 바랐다.

"제이미에게 아무 말도 하지 않을 거예요. 간섭하지 않을 거예요." 스카페타는 자신이 그녀를 버거 검사가 아니라 제이미라고 부르기 시작했음을 깨달았다. 제이미가 루시와 많은 시간을 함께 보내기 시작한 그 무렵부터였다.

지난 몇 년 동안 스카페타는 그녀를 버거라 불렀는데, 거리감이 느껴지기도 했고 특별히 그녀를 존중하지도 않았기 때문이었다.

스카페타가 벤턴에게 말했다. "제이미에게 그 일을 당신과 함께 맡아도 된다고 말할게요. 그건 내가 관여할 사항이 아니고, 사람들의 생각과 달리 난 당신의 삶을 관리하지 않아요."

바로 그때 마리노의 전화벨이 울렸다. 그는 PDA를 들어 올리더니, 눈을 가늘게 뜨고 화면을 들여다보았다.

"국세청 직원인데 날 신뢰하는 게 분명하오." 마리노는 반짝거리는 파란색 이어폰을 누르며 말했다. "마리노요…. 아, 그냥 돌아다니고 있지. 당신은? 음…. 메모를 시작할 테니 끊지 마시오."

마리노가 통화할 수 있도록 모두들 입을 다물었다. 그는 PDA를 커피 테이블에 내려놓고, 메모장을 널찍한 무릎에 올려놓고는 서둘러 메모를 하기 시작했다. 거꾸로 뒤집든 오른쪽을 위로 올리든, 마리노의 글씨는 비슷해 보였다. 스카페타는 마리노의 메모를 도저히 읽을 수가 없었는데, 읽을 때마다 몹시 짜증이 났다. 그만의 속기 방법이 있기 때문이었다. 사실, 아무리 마리노가 뭐라고 허풍을 떤다 해도, 마리노는 스카페타보다 훨씬 악필이었다.

"그런 걸 따질 생각은 아니오." 마리노가 말했다. "하지만 맨 섬(Isle of Man: 아일랜드와 잉글랜드 사이에 위치한 섬 - 옮긴이)에 관해 말했을 때… 참, 거기가 도대체 어디지? 카리브 해의 조세 피난처나 피지 근처에 있는 섬 중 하나인 줄 알았는데…. 대단한 섬이군. 들어본 적도 없고 예전에 가 본 적도 없소. 잉글랜드 말하는 거요…. 잉글랜드에 있는 게 아니라는 건 이제 분명하게 알았소. 맨 섬은 빌어먹을 섬이고, 혹시 지리 과목에 F학점을 받았을지 몰라 하는 말인데, 잉글랜드도 아무튼 섬이란 말이오."

스카페타는 벤턴의 귀에 입을 가까이 가져다 대고 그에게 행운을 빌어 주었다. 그에게 사랑한다고 말해 주고 싶었는데, 주변에 사람들이 있는데도 그런 기분이 든 건 흔치 않은 일이었다. 하지만 어떤 이유에선지 그 말이 하고 싶었다. 그렇지만 실제로 말하지는 않았다. 자리에서 일어나서 머뭇거린 건 마리노가 곧 전화를 끊을 것 같기 때문이었다.

"기분 나쁘게 하고 싶지는 않지만 우리도 알고 있소. 주소도 알고 있고." 마리노가 말했다.

그는 바카디를 보았다. 그리고 통화 중인 국세청 직원이 마치 자기가 자주 쓰는 표현 중 하나처럼 '망치가 든 가방보다 더 멍청하다'고 말하기라도 하듯 고개를 가로저었다.

마리노가 말했다. "맞소…. 아니오. 1A일 게 분명하오. 그건 테리 브리지스요. 이름이 나오지 않겠지만 그건 그녀의 아파트… 아니오. 2D가 아니라 그녀는 1A에 있소." 마리노가 얼굴을 찡그리며 말을 이었다. "정말 그게 확실하오? 음…. 잠시만 기다려 보시오. 그 사람은 영국 사람이지 않소? 그는 이탈리아 사람인 동시에 영국에 살고, 영국 시민권자요…. 좋소. 그럼 맨 섬이 맞는 것 같소. 하지만 당신 말이 옳을지도 모르오. 삼십 분 후면 그 빌어먹을 문을 박차고 들어갈 테니까."

마리노는 이어폰 버튼을 누르고 고맙다는 말이나 인사도 없이 국세청 직원과 통화를 마쳤다. 그리고 사람들에게 말했다.

"〈고담 갓차〉? 그 칼럼니스트가 누군지 이름은 없지만 그자가 소유하고 있는 아파트는 알고 있소. 테리 브리지스의 위층 아파트인 2D호요. 상황이 변했거나 누가 우리에게 말해 준 게 없는 이상, 그 건물 세입자 중에 집에 있는 사람은 아무도 없소. 세입자는 세자르 인지코라는 이름의 금융업계 종사자인 이탈리아 남자로, 실제 거주지는 회사가 있는 맨 섬이오. 여러분도 알다시피, 맨 섬은 카리브 해가 아니오. 그자의 아파트를 렌트한 LLC(Limited Liability Company: 유한 책임 회사-옮긴이)는 외국에 등록된 건데, 루시가 그에 관한 정보를 캤소. 그 남자가 거기에 실제로 거주하지 않는 게 분명하고, 다른 사람이 그 아파트에서 일을 하거나 아무도 없는 게 분명하오. 영장을 발부받아 안에 들어가 봐야 할 것 같소. 아무튼 헛되이 보낼 시간이 없소. 에바 피블즈 부인이 이 세자르 인지코라는 사람과 간접적으로 함께 일했소. 길 건너편에 주소지가 있지만 실제로는 거기에 살지 않는 사람 말이오. 그자가 실제로 어디에 살고 있는지는 곧 알아낼 거요. 그자는 장거리 전화로 피블즈 부인과 통화를 하곤 했소. 피블즈 부인은 사건에 대해 아무것도 몰랐는데, 도대체 어떻게 된 영문인지 모르겠군."

"난 그쪽에 있는 경관들한테 가 보는 게 좋을 것 같아요." 바카디가 말했다. "당신은 이곳 주변에 있어야 할 것 같고요. 벤턴이 생방송에 출연하면 모든 게 알려질 거예요."

"같은 생각이에요." 벤턴이 말했다. "모랄레스는 만약 그에게 의심의 여지가 조금이라도 생긴다면 우리가 오스카 다음으로 그를 생각할 것이고, 세상사람 모두가 다음이 그라고 생각할 것임을 알 거예요."

"오스카와 모랄레스가 이 모든 사건에 서로 협력했을 가능성은 전혀 없을까요?" 바카디가 물었다. "내 생각이 이상할 수도 있지만, 그들이 헨리 리 루카스(Henry Lee Lucas: 미국 역사상 가장 많은 사람을 살해한 연쇄살인범 - 옮긴이)와 오티스 툴(Ottis Toole)처럼 팀을 이뤄 일을 꾸미지 않았다고 어떻게 단정할 수 있겠어요? 요즘은 '샘의 아들'이 혼자 범행을 저지르지 않았다고 생각하는 사람들이 많아요. 모르는 일이죠."

"그럴 가능성은 극히 낮아요." 벤턴이 말하는 동안 스카페타는 문간에서 코트를 입었다. "모랄레스는 너무 자기도취적이어서 어느 누구와도 함께 일하지 않아요. 어떤 일을 하든 다른 사람과 함께하지 못하죠."

"그 말이 맞소." 마리노가 맞장구를 쳤다.

"하지만 에바 피블즈 부인의 아파트에서 발견된 오스카의 발자국과 지문은요?" 바카디가 중요한 점을 지적했다. "그걸 무시하고 조작되었다거나 실수가 있었다고 여겨도 될지 모르겠어요."

"누가 발자국과 지문을 수집했을지 추측해 보시오." 마리노가 말했다. "빌어먹을 모랄레스요. 그놈은 오스카가 신던 운동화를 갖고 있고, 어젯밤엔 그의 옷을 가져갔소."

"그자가 조명 기구로 지문을 수집하는 걸 본 사람 있어요?" 바카디가 이야기를 계속했다. "속이기 쉽지 않을 거예요. 그러니까, 용의자한테서 운동화를 가져오는 것과 지문을 채취하고 발자국을 남기는 건 다른 일이죠. 내가 말하고 싶은 건, 범죄 현장에서 지문을 채취하고 컴퓨터 시스템인 IAFIS(통합 자동 지문 인식 시스템)에서 일치시키기 위해선 꽤 영리한 공모 과정이 있어야 할 거예요."

"맞소. 모랄레스는 영리한 사람이오." 마리노가 말했다.

그러자 바카디가 자리에서 일어서며 말했다. "머레이 힐에 가야겠어요. 나와 함께 갈 사람 있어요?"

"다시 자리에 앉아요." 마리노가 그녀의 벨트 뒷부분을 가볍게 잡아당겼다. "택시를 타고 갈 수는 없소. 당신은 살인사건 형사니 내가 바래다주고 되돌아올 거요. 트렁크에 공성 망치가 있으니 가져가시오. 어젯밤에 특별 지시를 받고 피블즈 부인의 범죄 현장에 가서 집어 온 거요. 이런, 돌려주는 걸 깜빡했군."

"난 이제 가 볼게요." 스카페타가 말했다. "모두들 조심해요. 마이크 모랄레스는 악마예요."

*

"정말이에요?" 루시가 물었다.

"지금껏 이런 얘긴 한 번도 한 적 없는데…." 버거가 말했다.

"나한테 아무 얘기 안 해도 괜찮아요."

"내 생각에, 모랄레스는 그레그를 위해 그 영국인 변호사에게 끼어들었을 거예요. 여자를 쫓아다니는 엽색꾼에서 문제를 털어놓을 수 있는 막역한 사이로 옮아간 거죠. 생각할수록 다른 점보다 그 점이 정말 이상해요. 줄잡아 말하더라도 말이죠."

"그레그가 알았을 거라 생각해요?"

"아니, 그렇지 않았을 거예요. 커피 더 끓일까요?"

"모랄레스가 그 영국인 변호사에게 끼어들었다는 건 어떻게 알죠?"

"다른 사람들과 한 사무실에서 일하다 보면 그런 걸 알아내는 건 어렵지 않죠. 난 많은 관심을 나타내지 않고도, 어쩌면 숨기는지도 모르지만, 속으로는 다 알아채요. 돌이켜 보면 분명해져요. 내가 봐도 그렇고, 다른 사람들 얘기를 들어봐도 모랄레스는 이런 일을 수도 없이 저질렀을 거예요. 그자는 누군가를 유혹해 애인이나 남편을 속이도록 만들고는, 희생자를 돌봐 주는 관계가 아니면서도 붙임성 있는 태도로 잘 다루죠. 그리고 여자가 상황을 무마시키도록 도와주고요. 그자는 그동안 자신에게 기만당했으면서도 그 사실을 모르는 남자들에게 접근해 왔어요. 자신이 악마라는 사실을 전혀 모르는 사람들과 친구가 되는 걸 무척 즐겼기 때문이겠죠. 가학성 변태 성욕의 게임 강도가 점점 더 심해지는 거죠. 모랄레스와 그레그는 아래층에 앉아 비싼 술을 마시며 이야기를 나누곤 했어요. 가끔 내 얘기도 했을 텐데, 좋게는 하지 않았겠죠."

"그게 언제였죠?"

"모랄레스가 수사과로 부서를 옮겨 온 게 일 년 전쯤이에요. 그 무렵이면 그레그가 런던으로 건너가기 얼마 전이군요. 모랄레스가 부추겼을 게 분명하고, 그레그가 나와의 관계를 끝내도록 한 게 모랄레스였을 것 같다는 생각이 드네요."

"본인이 당신과의 관계를 시작하기 위해서요?"

"나와 이제까지의 관계를 끝내고 새로운 관계를 시작하려는 거였겠죠. 그는 그런 식이에요." 버거가 말했다.

"모랄레스는 우리 이모인 척하면서 테리에게 거짓으로 이메일을 보냈어요. 메일에서 언급한 아일랜드 위스키와 스카치에 대한 생각은 그레그를 통해 얻었을 거예요." 루시가 말했다. "그레그가 모랄레스에게 아무 말도 하지 말았어야 했는데, 젠장. 그는 자신의 선택을 했어요. 그리고 모랄레스는 어떤 것도 끝장내거나 시작하지 못할 거예요. 자기 자신을 끝장내게 될 거예요. 두고 보세요."

"아래층에 술을 확인해 보면 모랄레스와 그레그가 그 두 가지 술을 모두 많이 마셨을 거예요. 모랄레스는 장식장에 있는 것 중 가장 비싼 술을 원했겠죠. 그는 그런 사람이니까요. 그러면서 케이가 평상시에 마시는 위스키가 한 병에 육칠백 달러여서 테리의 학교 교재 값보다도 더 비싸다고 말한 건 비겁한 짓이에요. 그는 케이가 어떤 모습일지 그리고 있었어요. 만약 테리가 쓰던 논문을 완성해서 책을 냈다면 어땠을까요? 그랬다면 전혀 성공하지 못했을 거예요. 당신은 그가 〈고담 갓차〉의 장본인일 거라 생각할 거예요. 그는 그런 짓을 한 사람 같으니까요."

"그 칼럼을 쓴 사람이 누구든 IP는 익명이고, 이메일 서비스 제공 업체가 추적해 보니 맨 섬이라는 주소와 함께 LLC 측 계정이 있어요." 루시가 말했다. "거기는 세상에서 국외 등록 신탁 사법권이 가장 강력한 곳이죠. 접근 코드가 내가 지금껏 본 어떤 것과도 일치하지 않는 걸 보면, 그 칼럼은 우리가 알고 있는 노트북이나 다른 기계로 쓰지 않았고, 우리가 보고 있는 이메일 계정으로 칼럼을 보낸 것 같지도 않아요. 문제는 맨 섬, 네비스 심, 벨리즈 심 같은 관할 구역은 사생활 보호를 엄격하게 해서, 보호 장치를 뚫고 들어가 LLC 배후에 누가 있는지 알아내기가 무척 힘들다는 거예요. 국세청에 내가 지시하는 대로 배후에서 조종해 줄 여직원이 한 명 있어요. 영국이라는 점이 흥미로워요. 난 케이맨 제도(Cayman Islands: 카리브 해에 있는 영국령 제도. 조세 피난처로 유명함 - 옮긴이)일 거라 예상했거든요. 헤지 펀드(hedge fund: 단기 이익을 목적으로 국제 시장에 투자하는 개인 투자 신탁 - 옮긴이)의 75퍼센트가 등록되어 있는 곳이죠. 하지만 난 모랄레스가 〈고담 갓차〉의 장본인일 거라고는 생각하지 않아요."

"장본인이 누구든 그는 외국에 많은 돈을 빼돌려 두었을 거예요." 버거가 말했다.

"물론 그 여자는 그랬을 거예요." 루시가 말했다. "그 여자 혼자 보증하고, 상품 홍보도 할 거예요. 엄청난 리베이트를 비밀 계좌에 입금할 거고요. 내가 바라는 건, 그 여자가 지나치게 머리를 써서 세금을 회피하다가 실질적인 주소를 들키는 거예요. 그러니까, 그 여자는 건물이나 집을 임대하거나 소유하고 있고, 자신이 직접 혹은 다른 누군가가 대신해 고지서를 납부하고 있을 거예요. 이곳 뉴욕에 거처가 있고, 뉴욕에서 일하는 직원에게 임금을 지불하고 있을 게 분명해요. 누군가가 〈고담 갓차〉의 칼럼니스트를 대신해 영국에서 전신환으로 에바 피블즈 부인에게 송금한 거고요. 예전에 ATF에서 일하다 지금은 국세청 직원으로 일하고 있는 사람에게 마리노의 이름과 연락처를 주었고, 그 직원은 지금 에바 피블즈의 은행 계좌를 추적 중이에요. 〈고담 갓차〉의 칼럼니스트가 누군지, 그리고 도대체 그 여자는 어디에 있는지 알고 싶어요. 그리고 국세청과 연관되어 있다면? 그럼 감옥에 가서 좋은 시간 보내라고 해야죠."

"왜 여자일 거라 단정하는 거죠?"

"첫 칼럼이 게재된 후 오십여 편의 칼럼에 대한 언어 분석을 했기 때문이에요. 그 칼럼을 쓰고 이런 사이트를 운영한 건 모랄레스가 아닐 게 분명해요. 사이트를 운영해야 하고 해야 할 일이 너무 많기 때문이죠.

모랄레스는 모든 사람들이 말하듯 신출귀몰하는 유형이에요. 하지만 부주의하게 일을 벌이다 결국 그 기질 때문에 낚여들 거예요."

"웹사이트를 망가뜨리는 동시에 칼럼에 관해 언어 분석을 했단 말이에요?" 버거가 물었다.

"내가 망가뜨린 게 아니라 마릴린 먼로가 그런 거예요."

"그 문제는 다음에 책임을 물을 거예요. 분명히 말하지만, 바이러스로 사이트를 침략하는 짓은 절대 그냥 두지 않겠어요." 버거가 단호하게 말했다.

"같은 단어와 구문이 계속 나오고, 암시와 은유, 직유 등이 많이 나와요." 루시는 자신이 실시했던 언어 분석에 대해 말했다.

"컴퓨터가 어떻게 직유법을 알아볼 수 있죠?"

"예문이 있어요. '무엇과 같은', '무엇처럼'과 같은 표현을 검색하면 형용사와 명사에 이어지는 문장을 찾아내죠. '의자의 길고 단단한 다리처럼', '그가 그중 세 개를 가진 것처럼'과 같은 표현이죠. 그리고 〈고담 갓차〉에는 감정 이입을 이용한 현란한 표현들이 더 많이 있어요. '단단한 바나나가 캘빈 클라인 청바지 안으로 부드럽게 휘어져 들어가 녹는 것 같았다', 아, 그리고 또 다른 표현도 기억나요. '쿠키처럼 납작한 그녀의 자그마한 젖꼭지 그리고 건포도처럼 자그마한 젖꼭지 같은 거요.'"

"그러면 컴퓨터는 어떻게 비유를 인지하는 거죠?" 버거가 물었다.

"서로 일치하지 않는 명사와 동사가 들어 있는 분리된 정보를 찾는 거죠. '내 두개골은 내 머리카락의 젖은 둥지에서 동면을 했다'라는 문장이 있으면, 같은 문장에 쓰인 '두개골'과 '동면하다'가 서로 일치하지 않는다는 표시가 떠요. '둥지'와 '머리카락'도 마찬가지일 거고요. 하지만 그 비유적인 표현은 노벨 문학상 수상 시인인 셰이머스 히니가 쓴 시의 한 구절이에요. 그 문장이 감정 이입을 통한 자극적인 표현이 아님은 분명히 알 수 있을 거예요."

"그럼 인터넷으로 범인을 찾지 않는 동안, 컴퓨터는 누럴 네트워킹 소프트웨어로 시를 읽는군요."

"컴퓨터 소프트웨어의 분석에서는 〈고담 갓차〉의 칼럼을 쓴 사람이 여자일 가능성이 높다고 나와요." 루시가 말했다. "비열하고 교활하고 분노로 가득 찬 사람…. 다른 여자들에게 경쟁심을 느껴 그들을 몹시 싫어하는 여자…. 성폭행을 당한 여자를 조롱하고, 희생자에게 계속 모욕을 주거나, 존엄성을 무시하죠. 혹은 그러려고 애쓰죠."

버거는 리모컨을 집어 들고 재생 버튼을 눌렀다.

겁에 질린 테리의 얼굴이 거울에 비쳤고, 그녀가 말을 하려 하자 라텍스 장갑을 낀 범인의 손이 그녀의 젖가슴을 주물렀다. 그녀의 눈에 눈물이 고였고 고통스러워 보였다.

테리는 떨리는 목소리로 말했다. "아, 안 돼요. 미안해요. 나한테 화내지 말아요. 우리 이러지 말아요."

입이 바짝 말라서 입술과 혀를 움직여도 소리가 제대로 나오지 않았다.

살인자의 목소리가 들렸다. "아니, 해야지. 넌 묶여서 그 짓 하는 걸 좋아하잖아. 안 그래? 그리고 이번엔 우리 잭팟을 향해 가는 거야. 알겠어?"

그자는 장갑 낀 손으로 아쿠아라인 병을 세면대 위에 올려놓고 뚜껑을 열더니 손가락을 집어넣었다. 그러고는 등을 보인 채 서 있는 여자의 질 속에 발랐고, 콘돔이 끼워진 발기한 페니스로 테리의 등 위쪽을 힘껏 밀었다. 그리고 윤활제와 손가락으로 성폭행을 했다. 그가 카메라를 끄고 페니스를 그녀의 질 속에 집어넣은 게 아니라면, 그는 성교를 시도하진 않았다. 그건 그가 원한 게 아니었다.

그가 그녀를 억지로 앉히자, 의자가 타일 바닥에 긁히는 소리가 났다.

"거울에 비친 네 모습이 얼마나 예쁜지 봐." 그가 말했다. "앉아 있는 모습이 정말 예쁘군. 서 있을 때와 키가 거의 똑같아. 나 말고 또 누가 이렇게 얘기해 줄 수 있겠어? 안 그래? 꼬마 아가씨."

"이러지 말아요." 테리가 말했다. "제발 이러지 말아요. 오스카가 곧 올 거예요. 제발 멈춰요. 손에 감각이 없으니 풀어 줘요. 부탁이에요."

그녀는 흐느껴 울면서도 그 상황이 마치 연극인 것처럼 연기하려 하고 있었다. 그가 정말로 끔찍한 짓을 저지르는 것은 아닌 것처럼 연기하려 애쓰고 있었다. 서로 나누는 이야기나 태도만 보면 섹스 게임이었다. 두 사람이 예전에도 성관계를 가졌던 게 분명해 보였고, 남자가 주도권을 잡은 것이 극적 효과의 일부분처럼 보일 수 있었다. 하지만 동시에 그런 것과는 전혀 달랐다. 비슷하지도 않았다. 자신이 곧 끔찍하게 죽을 것을 마음 한편으로 알고 있지만, 그것을 인정하지 않기 위해 안간힘을 다하고 있는, 한 여자의 몸부림이었다.

"불쌍한 꼬마 오스카는 정각 5시에 여기에 도착하지. 그건 네 잘못이야." 거울에 비친 그녀의 얼굴을 향해 말하는 모랄레스의 목소리가 들렸다. "지금부터는 아가씨, 네가 만들어 낸 거야…."

버거가 다시 화면을 끄고는 자신의 생각을 메모했다.

모든 게 이해되었지만 단 한 가지를 도저히 입증할 수 없었다. 마이크 모랄레스의 얼굴을 한 번이라도 봐야 했다. 이번 비디오 녹화에서도 볼 수 없었고, 그가 2003년 존스 홉킨스 의과대학을 마친 여름, 볼티모어의 엉망인 아파트에서 베서니를 살해하면서 찍은 비디오에서도 마찬가지였다. 그리고 몇 달 후 로드릭을 살해하고 그 소년의 시신을 그리니치에 있는 부가티 대리점에 버렸을 때도 그의 얼굴은 녹화되지 않았는데, 거기서 로드릭이 모랄레스의 레이더에 걸려든 것은 모랄레스가 파트타임으로 일하던 동물 병원 때문이었다. 베서니를 만난 곳도 동물 병원이었을 텐데, 볼티모어에 있는 다른 동물 병원일 것이었다.

두 사건 모두에서 그는 테리에게 저지른 것과 똑같은 짓을 저질렀다. 그는 희생자의 손목을 묶었다. 그리고 수술용 장갑을 낀 손가락을 희생자의 질과 항문 속으로 넣으면서, 똑같은 유형의 윤활제를 사용했다. 오년 전 당시는 모랄레스가 뉴욕 경찰 아카데미를 막 시작할 즈음이었고, 피부과가 아닌, 동물 병원에서 동물 치료사로 파트타임 일을 할 때였다. 하지만 동물 치료사들은 연고나 아쿠아라인 같은 윤활제를 자주 사용했다. 일하던 곳에서 사용하던 윤활제를 훔치는 건 모랄레스의 전형적인 행동 방식으로, 첫 살인사건부터 그랬던 것 같았다.

버거는 그가 얼마나 많은 사람들을 살해했는지 알 수 없었지만, 윤활제를 사용한 이유가 DNA 프로필이 여러 개 섞일 가능성을 이용해 경찰들을 혼란에 빠뜨리려 한 것인지에 대해서는 의문이 들었다.

"그는 그게 재미있다고 생각했을 거예요." 버거가 루시에게 말했다. "그 DNA 프로필 가운데 하나가 CODIS에서 일치해서 팜비치의 하반신 불수 환자의 것으로 판명 났을 때, 그는 짜릿한 스릴을 느꼈을 거예요. 그걸 보며 얼마나 큰 소리로 웃어 젖혔을까요?"

"그놈은 이제 피해갈 수 없을 거예요." 루시가 말했다.

"모르겠어요."

경찰은 모랄레스를 찾지 못했을 뿐 아니라, 아직 체포 영장도 발부하지 않았다. 가장 큰 문제는 증거였는데, 그것은 앞으로도 계속 문제가 될 것이었다. 모랄레스가 누군가를 죽였다는 과학적인 증거를 찾아내지도 못했고, 테리의 범죄 현장, 그리고 심지어 그녀의 시신에서 그의 DNA가 검출된다고 해도 아무 의미가 없었다. 그는 테리의 아파트 안에 있었고, 그녀의 맥박을 확인하면서 시신에 손을 댔기 때문이었다. 모랄레스는 담당 수사관이었고, 모든 것에 손을 댔고, 모두와 연결되어 있었다.

그리고 녹화된 비디오에는 그의 얼굴이 나오지 않았다. 그가 테리의 아파트를 드나드는 모습도 녹화되지 않았는데, 아마도 밤에 지붕 출입구를 통해 출입했기 때문일 것이었다. 사다리를 위로 당겨 올린 다음, 나중에 창고에 다시 넣어 두었을 것이 분명했다. 그 전에는 그녀의 아파트가 아닌 다른 곳에서 그녀를 만났을 확률이 높았다. 아파트에서 만나는 게 너무 위험하다는 걸 모를 리 없었다. 누군가가 그 지역에서 모랄레스를 본 걸 기억할지도 모르겠지만, 그는 너무 영리해서 그런 기회조차 주지 않았을지도 몰랐다.

버거의 생각으로는 그가 또다시 지붕을 이용할 수도 있었다. 그럴 가능성들을 배제하지 않을 것이었다. 하지만 그가 어떻게 나올지 전혀 알 수 없을지도 몰랐다.

모랄레스는 지독할 정도로 영리했다. 그는 해군사관학교와 존스 홉킨스 의과대학을 마쳤다. 가학성 변태 성욕을 가진 사이코패스였고, 버거가 지금껏 만난 사람들 가운데 가장 잔인무도하고 위험한 인물일지 몰랐다. 버거는 그와 단둘이 있던 때를 떠올렸다. 그의 차 안에서, 태번 온 더 그린에서, 마라톤 주자가 겁탈당하고 교살당한 범죄 현장을 방문했던 공원 산책로에서…. 버거는 의구심을 갖지 않을 수 없었다. 혹시 모랄레스가 그 여인도 살해하지 않았을까?

의구심은 들었지만 입증할 수는 없었다. 배심원은 O. J. 심슨과 비슷한 목소리와 피 묻은 장갑만으로 그의 신원을 믿지는 않을 것이었고, 필요에 따라 그가 목소리를 바꾸면 녹화 비디오에 있는 살인자의 목소리처럼 들리지 않을 수도 있었다. 그 남자는 스페인어 억양이 강하게 남아 있었지만, 모랄레스는 평소에 말할 땐 전혀 억양이 없었다. 법의학적인 목소리 분석만으로는 승소할 수 없을 것이었고, 그 소프트웨어가 얼마나 정교하고 정확한지의 문제도 무의미했다.

아무도, 더구나 버거처럼 경험이 많은 검사라면 모랄레스의 페니스를 비디오 화면에 나온 것과 비교하는 우스꽝스러운 짓은 하지 않을 것이었다. 포경 수술을 하지 않은, 특이할 것 없고 어떠한 면에서도 특별히 다르지 않은 페니스였고, 콘돔을 낀 페니스는 스타킹을 뒤집어 쓴 얼굴과 다를 바 없었다. 반점과 같은 특이한 점이 있다 해도 가려질 게 빤했다.

경찰과 루시가 할 수 있는 건 이 폭력적이고 끔찍한 비디오 파일이 그의 이메일에 있다는 걸 증명하는 게 전부일 텐데, 그는 도대체 그걸 어디에서 구했단 말인가? 비디오 파일을 갖고 있다고 해서 그가 사람을 죽였다거나, 삼각대 위에 캠코더를 설치해 녹화했다는 걸 입증할 수는 없었다. IP 주소와 접근 코드, 어노니마이저(anonymizer: IP 주소와 같은 정보 교환 없이 방문자가 웹 사이트에 접근할 수 있게 하는 일종의 익명 서비스 - 옮긴이), 쿠키(cookies: 사용자가 네트워크나 인터넷을 사용할 때마다 중앙 서버에 보내지는 정보 파일 - 옮긴이), 패킷 스니핑(packet sniffing: 가장 많이 사용되는 해킹 수법으로, 인터넷상에서 전달되는 모든 패킷을 분석하여 사용자의 계정과 패스워드를 알아내는 것 - 옮긴이) 등 수십 개의 전문 용어를 배심원들에게 이해시켜야 한다고 가장 먼저 주장한 사람은 루시였다. 1980년대와 1990년대 초, 판사와 배심원들에게 DNA에 관해 설명하려고 최초로 시도했던 사람들은 버거와 같은 인물들이었다.

당시, 사람들은 흐릿한 눈빛으로 쳐다보았고 그걸 믿는 사람은 아무도 없었다. 버거는 DNA 증거가 법정에서 받아들여지도록 애쓸 때마다 프라이 기준(frye standard: 과학적 증거물을 채택할 수 있는지 결정하는 기준 등 - 옮긴이)을 맞추는 데 엄청난 시간과 에너지를 쏟아 부어야만 했었다. 사실, DNA는 버거의 결혼생활에 도움이 되지 않았고, 도움을 줄 수도 없었다. 하지만 새로운 과학 기술이 넘쳐나자, 예전에는 전혀 예상치 못했고 알지 못했던 새로운 압박과 요구가 생겨났다. 컬럼비아 대학교를 다닐 당시 버거와 함께 살던 여자는 결국 버거의 마음을 아프게 하고 떠났고, 그녀는 곧바로 그레그의 품에 안겼는데, 당시 법의학 기술이 지금과 같았다면 그녀의 사적인 삶에도 뭔가가 남았을지 몰랐다. 휴가를 더 자주 떠났을 거고, 그레그의 아이들에 대해서, 그리고 스카페타처럼 함께 일한 사람들에 대해서도 더 잘 알 수 있었을지 몰랐다. 스카페타와는 명함도 주고받지 않은 사이였지만, 버거는 로즈의 죽음에 대해서는 알고 있었다.

마리노가 그녀에게 말해 주었기 때문이었다. 아마 그가 말해 주지 않아도 그녀 스스로 곧 알게 되었겠지만.

"케이가 곧 도착할 거라 옷을 입어야 해요." 버거가 루시에게 말했다. "당신도 옷을 입어야 할 것 같네요."

루시는 속셔츠와 팬티 차림이었다. 두 사람 모두 이른바 실제로 살인을 저지르는 도색 영화를 보고 있었고, 옷을 대충 입고 있었다. 아직 이른 시각으로 오전 10시도 되지 않았는데, 마치 늦은 오후 같았다. 버거는 시차 적응이 필요할 때와 같은 느낌마저 들었다. 루시가 오기 전에 샤워를 마치고 나서 갈아입은 실크 파자마 차림 그대로였다.

스카페타와 벤턴, 마리노와 바카디 그리고 모랄레스와 함께 있던 거실에서 채 다섯 시간도 지나지 않아 기괴한 사실을 알게 되었고, 그 끔찍한 일이 마치 눈앞에서 일어나는 것처럼 지켜보았다. 세 명의 희생자들이 자신들을 보호해 줄 거라 믿었던 한 남자에게 걸려들어 고통스럽게 죽어 가는 모습을 지켜보았다. 의과대학을 나왔지만 의사가 되지 않은 남자, 경찰이 되지 말아야 했던 남자, 살아 있는 생명체에게 접근해서는 안 되는 남자….

지금까지는 제이크 루딘의 위치만 파악했을 뿐이었다. 그는 마이크 모랄레스와 아는 사이임을 인정하려 하지 않았는데, 모랄레스가 그를 팔리지 않는 애완동물을 안락사시키는 데 이용했는지 혹은 다른 어떤 일에 이용했는지 전혀 알 수 없었다. 모랄레스가 후안 어메이트라는 이름으로 애완동물 가게 지하로 가서 돈을 받고 끔찍한 일을 하나 더 보탰는지도 몰랐다. 선고받는 기간을 줄여 주겠다는 조건으로 루딘을 설득할 수 있다면 행운일 것 같았다. 어젯밤 에바 피블즈 부인이 엉뚱한 시간에 엉뚱한 곳으로 간 후에 자신이 모랄레스에게 전화했었다는 자백…. 버거는 루딘이 모랄레스에게 누군가를 살해해 달라고 요구했을 거라고는 생각하지 않았다. 하지만 에바 피블즈 부인의 존재는 모랄레스에게 좀 더 재미있는 변명거리를 주는 성가신 존재가 되고 있었다.

버거가 옷을 입자 인터컴이 울렸고, 둘이서 계속 이야기를 나누고 있었기 때문에 루시는 여전히 침대에 앉아 있었다.

버거는 인터컴 수화기를 들고 옥스퍼드 셔츠의 단추를 채웠다.

"제이미? 나 케이에요." 스카페타의 목소리였다. "지금 문 앞이에요."

버거는 키패드의 0을 누르고 원격 잠금 장치를 열며 말했다. "들어와요. 바로 내려갈게요."

"얼른 샤워하고 나서 내려가도 괜찮죠?" 루시가 말했다.

33 나선형 행보

마리노는 득점을 올리려고 나아가는 풋볼 선수처럼 보행자들을 어깨로 밀치며 센트럴 파크 남단을 빠른 속도로 걸었고, 동시에 PDA 화면에 뜨는 헤드라인 뉴스를 봤다.

가는 줄무늬가 들어간 감청색 양복을 입은 벤턴이 짐 아무개 통신원 맞은편에 앉아 있었다. 통신원의 이름이 기억나지 않는 건, 그 시간대에 주로 출연하는 통신원이 아니기 때문이었다. 벤턴의 이름 아래에 다음 문구가 검은색으로 적혀 있었다.

벤턴 웨슬리 박사, 법의학 심리학자, 맥린 병원 소속

"나와 주셔서 감사합니다. 옆에 계신 벤턴 웨슬리 박사는 콴티코의 FBI 행동과학 팀 팀장으로 일했고 지금은 하버드 병원과 이곳 뉴욕 존 제이 칼리지에서 일하고 있습니다."

"굉장히 다급한 상황이라 곧장 본론으로 들어갔으면 좋겠습니다. 오스카 베인 박사에게 FBI로 연락하라고 호소하는 바입니다…."

"좀 더 자세히 말씀드리자면, 시청자 여러분이 어느 지역에 살든 반드시 들어봤을 사건과 관련된 겁니다. 지난 이틀 동안 뉴욕에서 끔찍한 살인사건이 벌어졌습니다. 사건에 대해 좀 더 자세하게 말씀해 주시겠어요?"

벤턴이 있는 스튜디오는 콜럼버스 광장과 타임워너 고층 빌딩 바로 앞에 있었다. 마리노가 보기엔 좋은 생각이 아니었다. 그는 벤턴이 왜 선택의 여지가 없다고 생각했는지, 왜 버거에게 먼저 물어보고 싶지 않았는지 알았다. 벤턴은 버거가 책임지는 걸 바라지 않았기 때문에 그녀에게 대응하지 않았다. 그는 어느 누구에게도 대응하지 않았다. 마리노는 이해했지만, 지금 벤턴이 국제적으로 방송되는 TV에 출연한 걸 보니 뭔가가 잘못되고 있는 것만 같았다.

"이 방송을 보고 있다면 오스카 베인은 FBI로 연락하기 바랍니다."

생방송 TV 프로그램에 출연한 벤턴의 목소리가 마리노의 이어폰을 통해 들렸다.

"오스카 베인 박사의 안전이 염려스러운 상황입니다. 다시 한 번 말하지만, 당신은 지금 안전하지 않은 상황이니 지역 경찰이나 다른 기관이 아닌, FBI로 연락하기 바랍니다. 그러면 안전하게 보호받을 겁니다."

스카페타가 항상 말해 온 것 가운데 하나는 누군가를 더 이상 잃을 것이 없거나 도망갈 데가 없을 때까지 밀어붙이지 말라는 거였다. 벤턴도 항상 같은 말을 했고 마리노도 마찬가지였다. 그런데 그들은 왜 그러고 있는 걸까? 처음에 버거가 모랄레스에게 전화를 걸었는데, 마리노가 보기에 그건 완전히 잘못된 생각 같았다. 그녀는 그를 궁지에 몰아붙이면서 흡족한 듯 미소를 지었을지 몰랐다. 영리한 모랄레스는 덜미를 잡혔고, 버거는 대단한 검사가 되었다. 하지만 그렇게 해서는 안 되는 것이었다. 마리노는 그녀가 왜 그랬는지 아직도 알 수 없었다.

적어도 어떤 면에서는 사적인 이유 때문일 거라는 생각이 들었다. 스카페타는 그럴 기회가 있었음에도 그렇게 하지 않았다. 자정부터 줄곧 버거의 거실에 있었을 때, 물론 그들은 모랄레스가 자신이 찍는 끔찍한 도색 영화에 직접 출연하는 게 취미일 줄은 상상도 하지 못했지만, 스카페타는 마리노만큼이나 결코 모랄레스를 좋아하거나 신뢰하지 않았으므로 그를 조롱할 이야기를 여러 가지 할 수도 있었다. 하지만 스카페타는 철저한 프로였고, 평소의 모습대로 모랄레스와 함께 앉아 있었다. 그가 범인이었지만 증거가 없었으므로 속내를 전혀 드러내지 않고 있었다. 스카페타는 그런 사람이었다.

"웨슬리 박사님, 지금껏 들은 탄원 가운데 가장 이례적인 것 같은데요. 그런데 '탄원'이라는 말은 적절하지 않은 것 같네요. 왜냐하면…."

마리노는 PDA 화면 속에서 움직이는 자그마한 사람들을 바라보았다. 버거의 사무실은 아마 두 블록쯤 떨어져 있었고, 그녀는 안전하지 않았다. 모랄레스 같은 사람을 너무 강하게 밀어붙여 곤경에 처하게 하면 어떻게 될까? 그러면 그자는 어떤 짓을 저지를 게 분명했다. 먼저 누구에게 무슨 짓을 저지를까? 수사관이 된 이후부터 줄곧 정복하려 했던 여자. 자신이 성범죄를 담당하는 지방검사와 성관계를 했다며 모두에게 헛소리를 퍼뜨릴 때 그 대상이었던 여자. 그건 사실이 아니었다. 모랄레스는 버거가 좋아하는 유형이 아니었다.

마리노는 버거가 그레그와 같은 부자를 좋아할 거라고 생각했었다. 하지만 모두들 버거의 거실에 모여 있을 때 버거가 루시와 함께 있는 모습을 보고, 또 루시가 그녀를 따라 부엌에 갔다가 갑자기 떠나는 모습을 보고는 마음을 바꾸고 더 이상 궁금해하지 않았다.

버거가 약해지는 대상, 그리고 그녀가 열정을 가진 대상은 남자가 아니었다. 감정적으로든 신체적으로든 그녀는 여느 사람들과 달랐다.

"오스카 베인이 세상 누구도 믿지 못할 이유는 충분합니다."

PDA 화면에서 벤턴이 말했다.

"그가 자신의 신변 안전에 관해 관계 당국에 토로했던 두려움을 이젠 이해합니다. 지금은 몹시, 몹시 신중하게 고려 중입니다."

"잠깐만요. 살인죄로 그에 대한 체포 영장이 발부되었는데, 지금은 범인을 보호하는 것처럼 들리는군요."

"오스카, 지금 내 말 듣고 있으면…."

벤턴은 카메라를 똑바로 응시하며 말을 이었다.

"FBI로 연락해요. 어느 지역 사무소든, 지금 어디에 있든 상관없어요. 당신을 안전하게 호송해 주겠습니다."

"모두들 자신들의 안전에 대해 걱정해야 할 것 같은데, 그렇게 생각하지 않으세요, 웨슬리 박사님? 그는 경찰이 살인을 저질렀을 거라 의심하는 용의자로서…."

"그 사건에 관해서는 얘기하지 않겠습니다. 시간 내 주셔서 고맙습니다."

벤턴은 마이크를 떼고 자리에서 일어났다.

"음…. 뉴욕 범죄 수사에서 이례적인 순간이군요. 두 건의 살인사건이 새해를 떠들썩하게 만들고 있고, 전설적인 프로파일러 벤턴 웨슬리는 모두가 살인자라고 여기는 사람에게 호소하고 있으니 말입니다…."

"젠장." 마리노가 욕설을 내뱉었다.

오스카가 FBI로 연락할 일은 없을 거고, 방송이 나간 후에는 이제 아무에게도 연락하지 않을 것이 분명했다.

마리노는 로그아웃한 뒤 브라우저를 닫고는 발걸음을 재촉했다. 오래된 할리 가죽 재킷 안으로 땀이 흘렀고, 차가운 공기 탓에 눈가가 촉촉해졌다. 태양은 두껍게 낀 먹구름에서 빠져나오려 애쓰고 있었다.

"네." 마리노는 전화를 받으며, 길거리를 지나다니는 사람들이 마치 나병 환자라도 된 양 몸을 피했다. 눈길도 주지 않았다.

"여기 지국에서 일하는 요원 두어 명한테 우리가 어떻게 할 것인지 말할 겁니다." 벤턴이 말했다.

"내 생각엔 잘한 것 같소." 마리노가 말했다.

벤턴은 그에 대해 어떻게 생각하는지 의견을 물어본 적 없었으므로 마리노의 말에 대꾸하지 않았다.

"스튜디오에서 전화 몇 통 걸고 버거의 아파트로 갈 거예요." 벤턴이 힘없는 목소리로 말했다.

"잘한 것 같소." 마리노가 말했다. "오스카가 방송을 봤을 게 분명해요. 모텔 같은 곳에 있을 테니 볼 게 TV 밖에 없을 거요. 방송국에서 그 부분을 하루 종일 계속 틀어 줄 게 분명하고."

마리노는 반짝이는 52층짜리 건물을 올려다보았다. 그리고 공원과 마주하고 있는 펜트하우스를 똑바로 쳐다보았다. 화려한 입구에는 '트럼프'라는 커다란 황금색 글자가 붙어 있었고, 주변의 모든 것들이 값비싸 보였다.

"만약 오스카가 TV를 보지 않는다면…." 마리노는 혼잣말을 하는 것 같았고, 벤턴은 아무 말 없이 조용해졌다. "난 왠지 모르겠지만, 생각하고 싶지 않소. 그가 직접 칩을 빼내는 시술을 하지 않는 한, 그의 모든 움직임은 GPS로 추적당할 거요. 누구의 GPS인지 알 거요. 그렇지 않소? 그러니 잘한 거요. 당신이 할 수 있는 유일한 일을 한 거니까."

이야기를 계속하던 마리노는 통화가 끊어진 걸 문득 깨달았다. 그는 자신이 끊긴 전화기에 대고 얘기하고 있는 줄 전혀 모르고 있었다.

*

두개골 아래에 총열이 겨누어졌지만, 스카페타는 생각했던 것만큼 두렵지 않았다. 왜 그런지는 알 수 없었다.

자신의 행동과 결론, 원인과 결과, 지금 그리고 나중 사이에 어떠한 연결 장치도 없는 것 같았다. 분명히 알 수 있는 건 모랄레스가 제이미 버거의 펜트하우스 안에 들어온 건 자신의 잘못이며, 생의 마지막 순간에 절대 용서받을 수 없는 죄를 저질렀다는 낙담뿐이었다. 그 비극적인 일과 고통이 자신의 탓인 것 같았다. 자신의 나약함과 순진함 때문에 맞서 싸워 온 자들에게 늘 당해 왔었다.

결국 모든 게 자기 잘못이었다. 가족이 가난했던 것도, 아버지를 여읜 일도, 어머니의 불행도, 여동생 도로시의 경계역 인격(기분과 행동 등 여러 면에서 불안정감을 드러내는 정신의학적 증상 - 옮긴이)과 극단적인 기능 장애, 그리고 루시에게 나타난 모든 해악도 자신의 잘못이었다.

"내가 초인종을 눌렀을 때 이 사람은 없었어요." 스카페타가 재차 말하자 모랄레스는 그녀를 비웃었다. "나라면 나를 안으로 들이지 않았을 거예요."

버거는 눈도 깜박이지 않고 모랄레스에게 시선을 고정한 채, 손에 휴대전화를 들고 나선형 계단 아래에 꼼짝도 하지 않고 서 있었다. 그녀의 머리 위로 멋진 펜트하우스에 어울리는 근사한 예술 작품이 걸려 있는 갤러리가 있었고, 곡선으로 휘어진 유리창 너머로 뉴욕의 스카이라인이 펼쳐져 있었다. 버거의 앞으로 고급 목재 가구와 옅은 갈색 톤의 실내 장식품이 놓여 있는 거실이 보였는데, 얼마 전까지만 하더라도 범인을 찾기 위해 모여 있던 사람들 가운데 한 명이 이제 범인으로 밝혀져 다시 그들 앞에 나타나 있었다.

스카페타는 소총 총열이 두개골에서 떨어지는 게 느껴졌다. 그녀는 돌아보지 않고 버거에게 시선을 고정했다. 엘리베이터에서 내려 초인종을 눌렀을 때 혼자였으면 좋았을 거라는 자책감이 들었다. 갑자기 어디에선가 강인한 손길이 나타났고, 그녀의 팔을 잡더니 버거의 출입문 안으로 밀어 넣었다. 그나마 약간의 경계심을 가졌던 건, 몇 분 전 건물 출입구로 들어올 때 들은 말 때문이었다.

양장 차림의 아름다운 아가씨가 데스크에서 미소를 지으며 그녀에게 말했었다. "스카페타 박사님, 다른 사람들이 기다리고 계세요."

'다른 사람들?'

스카페타는 그때 물어보았어야 했다. 아, 도대체 왜 묻지 않았던 걸까? 모랄레스는 경찰 배지만 보여주면 되었지만, 사실 그럴 필요조차 없었다. 그는 얼마 전에 이곳에 왔었다. 그는 매력적이고, 구변이 좋고, 상대방에게 '노'라는 대답을 듣는 걸 좋아하지 않았다.

모랄레스는 두 눈을 부릅뜬 채 주변을 둘러보았고, 라텍스 장갑을 낀 손에 든 작은 운동용 가방을 바닥에 내려놓고는 지퍼를 열었다. 가방 안에는 접은 삼각대와 투명한 나일론 끈, 그리고 분간할 수 없는 다른 물건들이 들어 있었지만, 스카페타는 그 끈을 보자 심장 박동이 빨라지기 시작했다. 그 끈으로 뭘 할 수 있는지 알았고, 그 끈이 두려웠다.

"제이미는 그냥 두고 나한테 하고 싶은 걸 해요." 스카페타가 말했다.

"입 닥쳐."

그는 스카페타가 지루하다는 듯 말했다.

그는 버거의 손목을 단번에 묶어 소파로 끌고 가더니, 거칠게 자리에 앉혔다.

"얌전히 굴어." 그가 스카페타에게 말하고는 그녀의 손목 역시 단단하게 묶었다.

손가락이 오므라들면서 철사로 손목을 옥죄어 혈관을 억누르고 뼈를 결단 내는 것처럼 끔찍한 통증이 이어졌다. 그가 버거 옆에 스카페타를 앉히는 순간, 위층에서 휴대전화가 울리기 시작했다.

그의 시선은 버거한테서 뺏은 휴대전화에서 위층 갤러리, 그리고 그 너머의 공간으로 향했다.

휴대전화가 울리다가 멈추었고, 어디에선가 물이 흐르는 소리가 들렸다. 그리고 잠시 후 물소리가 멎었다. 스카페타가 루시를 떠올리는 순간 모랄레스도 같은 생각을 떠올렸다.

"마이크, 이제 그만 멈춰요. 이럴 필요 없어요…." 버거가 말문을 열었다.

스카페타가 자리에서 일어나자, 모랄레스는 그녀를 힘껏 밀어 소파로 넘어뜨렸다.

그는 발이 허공이 뜬 것처럼 서둘러 나선형 계단을 올라갔다.

*

루시는 짧은 머리칼을 타월로 툭툭 털고는, 최근 본 것 중 가장 멋진 샤워실 안의 공기를 깊이 들이마셨다.

그레그가 쓰던 샤워실이었다. 유리로 둘러싸여 있었고, 해바라기 샤워기가 달려 있었으며, 바디제트, 스팀배스가 있었다. 서라운드 음향으로 음악을 들을 수 있었고, 원하면 예열된 의자에 앉아 음악을 들을 수도 있었다. 버거는 애니 레녹스의 CD를 넣어 두었다. 우연의 일치였지만, 어젯밤 루시가 틀었던 음악이었다. 그레그와 그놈이 마시던 위스키, 그레그의 세련된 물건들과 그레그가 사귀던 영국 변호사…. 진정으로 삶을 즐길 줄 알았지만, 단지 사소한 유전적 불평 때문에 그 삶을 함께 즐길 수 없는 사람을 선택했던 한 남자를 떠올리자 루시는 당혹스러워졌다.

마치 수학 공식에서 숫자 하나가 빠진 것 같았다. 길고 복잡한 방정식을 마칠 때 즈음 해답에서 몇 광년 멀어져 버려 결국 틀려 버린 것만 같았다. 버거는 올바른 사람이었지만 틀린 대답이었다. 루시는 버거의 전 남편을 생각하자 약간 유감스러웠지만, 자신을 생각하자 그렇지 않았다. 지금껏 알았던 어떤 행복과도 다른 감정을 맛보았고, 예전에 했던 모든 게 되살아나는 것 같았다.

그건 마치 음악의 중독성 있는 부분을 끝없이 반복해서 듣는 것만 같았다. 샤워를 마치자 몸을 스쳐 지나가는, 너무나 에로틱하면서도 동시에 어떤 의미가 있어서 감동적인 모든 손길들, 모든 모습들, 모든 우연한 의도들이 느껴졌다. 그 느낌은 저급하지 않았고, 죄의식이 들거나 수치심으로 이어지지도 않았다. 완벽하게 제사리를 찾은 느낌이었고, 루시는 자신에게 그런 일이 일어날 수 있다는 사실이 믿기지 않았다.

자신에게 일어날 거라고 생각조차 하지 못했던 꿈이었다. 항공기나 경주용 자동차에 대해, 혹은 이 세상의 것이 아닌 환상적인 꿈에 대해 악몽을 갖는 것처럼 그런 걸 두려워하거나 원한 적이 없었기 때문이었다. 그런 것은 존재하거나 실재하지 않았고, 그녀의 손이 닿는 범위 내에 없었다. 이전까지 제이미 버거는 루시의 머릿속에 떠오른 불가능한 존재나 가능한 존재가 아니었다. 그녀를 알고서 몇 번 만나지도 않았지만, 그럴 때마다 현기증과 불안감을 느꼈었다. 마치 같은 공간에 절대 함께 있을 수 없을 것 같은, 치타나 호랑이처럼 길들여지지 않은 커다란 야생 고양잇과의 동물과 잠시 놀 수 있는 기회를 얻은 것 같은 기분이 들었었다.

샤워실 안은 수증기로 가득 차 뿌연 유리 너머로 아무것도 보이지 않았다. 루시는 이모와 속을 툭 터놓고 대화를 나누고 그녀를 이해시킬 방법이 무엇일지 고심하고 있었다.

루시가 문을 여는 순간 사람의 형체가 앞에서 움직였고, 마이크 모랄레스의 얼굴 주변에서 수증기가 사라졌다. 그는 소리 없이 씩 웃었다. 그리고 루시의 머리와 고작 몇 센티 떨어진 지점에서 총을 겨누었다.

"죽어 버려, 사악한 마녀." 그가 말했다.

*

공성 망치 한 방으로 활짝 열린 문이 벽에 세게 부딪쳤다.

바카디와 제복을 입은 벤이라는 이름의 경관이 2D호 아파트 안으로 들어가자 콜드플레이의 잔잔한 음악이 들렸고, 그들은 케이 스카페타의 사진들과 맞닥뜨렸다.

"도대체 이게 뭐야?" 바카디가 말했다.

벽은 스카페타의 사진들로 도배되어 있었다. 천장부터 바닥까지 포스터가 붙어 있었고, CNN 방송에 출연했거나 그라운드 제로 그리고 안치소에 있는 모습을 찍은 사진들이 붙어 있었다. 사진 속의 스카페타는 다른 일에 정신이 팔려 누군가가 자신의 사진을 찍고 있음을 전혀 의식하지 못하는 듯 보였는데, 바카디는 그런 사진을 '생각 몰두 사진'이라고 부르곤 했다.

"섬뜩한 소굴 같군요." 이름이 벤인지 밴인지 확실치 않은 경관이 말했다.

테리 브리지스의 아파트가 한 층 아래로 내다보이는 건물 뒤편의 아파트에는 벽에 붙여 둔 단순한 단풍나무 책상과 그 밑에 넣어 둔 작은 사무용 의자 외에는 가구가 전혀 없었다. 책상 위에 놓여 있는 노트북은 파워북 혹은 에어북이라고 불리는 값비싼 초경량 노트북이었다. 바카디는 노트북이 너무 가벼워서 실수로 신문 더미와 함께 버렸다는 얘기를 들은 적이 있었는데, 실제로 보자 그럴 수도 있겠다는 생각이 들었다. 노트북에는 충전기가 꽂혀 있었고, 아이튠즈를 통해 〈클락스(Clocks)〉라는 곡이 재생되고 있었는데 낮은 볼륨으로 같은 곡이 계속 반복되고 있었다. 얼마나 오랫동안 계속되었는지는 알 수 없었는데, 누군가 메뉴에서 반복 버튼을 눌러 둔 듯했다.

책상 위에는 싸구려 유리 꽃병 네 개가 놓여 있었고, 꽃병마다 시든 장미가 한 송이씩 꽂혀 있었다. 바카디는 책상으로 다가가 장미 꽃잎을 떨어뜨렸다.

"노란색이에요." 바카디가 말했다.

경관은 벽에 붙은 스카페타의 사진들을 둘러보느라, 시든 장미꽃을 보거나 여성의 관점에서 바라볼 여유가 없었다. 바카디는 장미라면 빨간색을 좋아했지만, 본능적으로 알아차릴 수 있었다. 여자에게 노란 장미를 주는 남자는 절대 가질 수 없는 남자, 하늘이나 땅 밑으로 가야 가질 수 있는 사람이었다. 경관을 쳐다보던 바카디는 하마터면 그 생각을 입 밖으로 내뱉을 뻔했다.

"어떻게 해야 할까요?" 바카디가 카펫이 깔려 있지 않은 공간을 걸어 다니며 말하자, 목소리가 오래된 벽에 반사되어 울렸다. "컴퓨터와 화장실 휴지밖에 없어서 도대체 뭘 어떻게 해야 할지 모르겠어요."

바카디가 되돌아왔을 때도, 경관은 멀리 보이는 타임스퀘어와 똑같은 크기로 보이는 스카페타의 사진을 살펴보느라 여념이 없었다. 그는 사진에서 뭔가 알아내기라도 하려는 듯 손전등을 비추고 있었다.

"그렇게 멍하니 바라보는 동안 난 피트 마리노 형사에게 전화를 걸겠어요." 바카디가 말했다. "그리고 〈고담 갓차〉를 어떻게 해야 할지 알아내야겠어요. 벤, 웹사이트를 체포하려면 어떻게 해야 할까요?"

"벤이 아니라 밴입니다. '현수막(Banner)'을 말할 때 밴 말입니다." 그가 말했다.

커다란 사진을 비추는 그의 손전등 불빛이 긴 꼬리를 드리운 혜성 같았다.

"내가 스카페타 박사라면 보디가드를 두어 명 고용할 겁니다." 밴이 말했다.

34 말이 없는 송장들

벨이 울리자 버거는 인터컴 소리라고 모랄레스에게 말했다.

"보안 회사일 거예요." 소파에 앉은 버거가 창백한 얼굴로 고통스러워하며 말했다.

뒤로 묶인 그녀의 손은 검붉게 변했다. 스카페타의 손도 이제 감각이 없어져 마치 돌덩어리 같았다.

"총성을 들었을 거예요." 목소리를 색깔로 표현할 수 있다면 지금 버거의 목소리는 회색빛이었다.

위층에서 울리는 익숙한 전화벨 소리를 듣고 모랄레스가 계단을 올라갔을 때, 스카페타의 마음속에 청천벽력 같은 의문이 떠올랐다.

그녀는 버거에게 물었다. 위층에 루시가 있느냐고.

버거는 아무런 대답 없이 눈을 동그랗게 떴고, 곧이어 총성이 울렸다.

그건 마치 철제문이 요란하게 닫히는 소리 같았는데, 벨뷰 병원의 철제 방벽 문이 닫히는 소리 같았다.

그리고 침묵이 흘렀다.

모랄레스가 돌아왔을 때에도, 스카페타의 머릿속에는 오로지 루시 생각뿐이었다.

"응급차를 불러요." 스카페타가 그에게 말했다.

"어떤 사태인지 말해 주지, 박사." 그는 권총을 내저었고, 점점 더 이상해졌다. "어떤 사태인가 하면, 당신의 어린 슈퍼 히어로 조카의 머리에 총알이 박혔어. 내가 오늘 아침 죽일 희생자들의 IQ를 생각해 보니, 어휴…."

모랄레스는 지퍼가 열린 운동용 가방을 들고는 소파 근처로 가서 섰다. 밑위가 짧은 청바지에 끼운 PDA 화면에 GPS 경로 로그가 나타났고, 어딘가를 나타낸 지도에 두꺼운 분홍색 선이 구불구불 이어져 있었다.

모랄레스는 운동용 가방을 커피 테이블에 내려놓고는 그 옆에 쭈그려 앉았다. 그러고는 라텍스 장갑을 낀 손을 가방 안에 넣어 자그마한 브룩스 운동화 한 켤레와, 스카페타가 채취한 오스카의 지문 본이 들어 있는 비닐봉투를 꺼냈다. 오일이나 윤활제를 바른 것처럼 비닐봉투가 번들거렸다. 그는 자신의 허벅지에 권총을 올려놓고 있었다.

모랄레스가 봉투에서 지문 본을 꺼내어 자신의 왼손 손가락에 붙이는 순간, 스카페타는 그가 왼손잡이임을 처음으로 알아차렸다.

그는 오른손으로 권총을 잡은 채 미끈거리는 장갑을 낀 왼손을 활짝 폈고, 소리 없이 씩 웃었다. 눈동자에 검은 구멍이라도 있는 것처럼 눈이 커졌다.

"지문의 반대를 반대로 하지 않을 거야. 이건 거꾸로니까." 그가 말했다.

그는 라텍스 장갑이 끼워진 손가락들을 천천히 움직이며 즐거워했다.

"그렇지 않아, 셜록 박사? 내가 무슨 얘기하는지 알 거야. 세상에서 몇 명이나 이런 생각을 할까?"

그는 지문이 본을 뜬 것이기 때문에 표면에 옮길 때면 반대가 될 거라고 말하는 거였다. 모랄레스는 에바 피블즈 부인의 아파트 욕조에 둔 조명 기구에 찍은 지문을 사진으로 찍을 때 그렇게 했던 게 분명했다. 버거의 아파트에 남은 지문을 누가 사진을 찍고 채취하든 앞뒤가 바뀐, 그러니까 거울에 비친 것 같은 반대 지문을 발견하고는 어떻게 그런 일이 일어날 수 있는지 의구심을 가질 것이었다. 지문 조사관은 조정을 해야 할 것이었고, IAFIS에 저장된 오스카의 지문과 비교해서 정확한 분석을 하기 위해 다양한 관점에서의 모습이 드러나도록 해야 할 것이었다.

"내가 말하면 대답을 해." 모랄레스가 자리에서 일어나 가까이 다가오자 땀 냄새가 훅 끼쳤다.

그는 버거 옆에 앉아서 그녀의 입 안에 혀를 밀어 넣고는 그녀의 다리 사이로 권총을 천천히 문질렀다.

"아무도 생각하지 못할 거야." 그는 스카페타에게 말하며 총열로 버거를 애무했다. 버거는 꼼짝도 하지 않았다.

"그럴 거예요." 스카페타가 말했다.

모랄레스는 자리에서 일어나 다양한 실리콘 골무를 낀 손가락으로 유리로 만든 커피 테이블에 지문을 남기기 시작했다. 그리고 술 진열장으로 가서 유리문을 가볍게 눌러 열고는 아일랜드 위스키를 꺼냈다. 수제로 만든 것 같은 화려한 색깔의 베네치아산 유리 텀블러를 꺼내 위스키를 따랐다. 그는 오스카의 지문을 병과 텀블러에 남기면서 위스키를 마셨다.

전화기가 다시 울렸다.

모랄레스는 이번에도 못 들은 척 무시했다.

"사람들이 열쇠를 가지고 있어요." 버거가 말했다. "건물 안에서 들리는 소리를 들었을 거고, 전화를 받지 않으면 안으로 들어올 거예요. 내가 받아서 괜찮다고 말할게요. 누구도 더 이상 다칠 필요는 없으니까."

모랄레스는 위스키를 좀 더 마셨다. 위스키를 목으로 얼른 넘기고는 버거에게 총을 겨누었다.

"저들에게 가라고 말해. 딴짓하면 전부 죽여 버릴 테니까."

"전화기를 들 수가 없어요."

모랄레스는 격앙된 채로 숨을 내쉬더니 무선 전화기를 들고 버거의 얼굴에 갖다 댔다.

스카페타는 그의 얼굴에 자그마한 붉은 반점이 있음을 알아차렸는데, 그의 얼굴에 난 반점임에도 그의 것처럼 보이지 않았다. 그러자 거대한 지진이 일어나기 직전에 판들이 서로 충돌하듯 그녀의 마음속에서 뭔가가 움직였다.

PDA에 나타난 지도의 분홍색 선이 구불구불 움직였다. 누군가가 혹은 뭔가가 빠르게 움직이고 있었다. 오스카였다.

"구급차를 불러줘요." 버거가 말했다.

모랄레스는 입 모양을 움직여 '미안'이라고 말하면서 어깨를 으쓱거렸다.

"여보세요?" 버거는 모랄레스가 붙들고 있는 전화기에 대고 말했다. "그래요? 뭐라고요? TV 소리 때문일 거예요. 람보 영화 같은 걸 틀어놨거든요. 걱정해 줘서 고마워요."

모랄레스는 그녀의 핏기 없는 얼굴에서 전화기를 내렸다.

"0을 눌러요." 버거가 담담한 말투로 말했다. "그래야 인터컴 통화가 끝나요."

모랄레스는 0을 누르고 무선 전화기를 제자리에 내려 두었다.

*

마리노가 집게손가락으로 문을 밀어 활짝 열고 가죽 재킷 주머니에서 글록을 꺼내자, 문이나 창문을 억지로 열고 들어왔을 때 울리는 경보장치의 경보음이 울렸다.

마리노는 양손으로 글록을 쥔 채 버거의 펜트하우스로 들어갔다. 살금살금 걸어 아치 아래 통로를 지나 움푹 들어간 거실을 바라보자 마치 우주선 같았다.

버거와 스카페타는 팔을 뒤로 묶인 채 소파에 앉아 있었는데, 얼굴 표정을 보자 이미 너무 늦었음을 알 수 있었다. 소파 뒤에서 팔 하나가 스르르 올라오더니 스카페타의 머리에 권총을 겨누었다.

"총 버려, 멍청아." 모랄레스가 몸을 일으키며 말했다.

마리노는 방아쇠에 손가락을 올린 채 스카페타의 금발 뒤통수에 총을 겨누고 있는 모랄레스에게 글록을 겨누었다.

"고릴라 아저씨, 내 말 안 들려? 총을 버리지 않으면 이 천재의 뇌가 이 펜트하우스 아파트에 흩어질 거야."

"그러지 마, 모랄레스. 모두들 자네 짓이란 걸 알아. 그만해." 마리노는 그렇게 말하면서, 그를 벽에 밀어붙일 수 있는 가능성을 생각했다.

벽으로 밀어붙이면 도망칠 수 없을 것이다. 그는 독 안에 든 쥐다.

마리노는 방아쇠를 당길 수도 있었는데, 그러면 모랄레스도 방아쇠를 당길 것이었다. 모랄레스는 죽을 거고 버거와 그는 살아남을 테지만, 스카페타는 목숨을 잃을 것이 분명했다.

"증거를 찾는 데 문제가 있을 거야, 고릴라 아저씨. 혹시 전에 고릴라라고 불렸던 사람 있어?" 모랄레스가 말했다. "고릴라 아저씨, 그 별명 마음에 드는군."

마리노는 그가 술에 취했는지 마약을 했는지 알 수 없었지만, 뭔가

한 게 분명하다는 생각이 들었다.

"왜냐하면… 왜 그런가 하면…." 모랄레스가 킬킬거리며 웃었다. "당신은 거칠고 좀 모자라는 덩치 큰 남자의 전형이니까! 바닐라, 고릴라, 운율이 비슷하군."

"마리노, 총 버리지 말아요." 스카페타는 놀라울 정도로 침착한 목소리로 말했지만, 얼굴은 송장처럼 변해 있었다. "한 번에 모두를 쏠 수는 없으니까요. 총을 버리지 말아요."

"대단한 영웅이로군. 그렇지 않아?" 모랄레스가 총열로 뒤통수를 더 힘껏 밀어붙이자 스카페타는 말없이 움찔했다. "용감한 여인. 그녀의 환자들은 감사의 인사나 불평을 늘어놓을 수 없는 송장들이지."

모랄레스는 상체를 숙이더니 혀로 그녀의 귀를 핥았다.

"불쌍하군. '살아 있는 사람을 돌볼 수는 없어?' 당신 같은 의사들이 하는 말이지. 영상 10도에서도 에어컨을 틀어야 하고, 잠을 잘 수도 없지. 그 총 당장 버려!" 그가 마리노에게 소리쳤다.

두 사람은 서로의 눈을 노려보았다.

"좋아." 모랄레스가 어깨를 으쓱하더니 스카페타에게 말했다. "머리가 멍할 테니, 당신의 소중한 조카 루시를 다시 봐야겠군. 내가 위층에서 루시의 머리를 날려 버렸다고 마리노한테 말해 줬던가? 천국에 가면 나 대신 모두에게 안부 인사 전해 줘."

마리노는 그 말이 농담이 아님을 알았다. 모랄레스가 주위 사람들을 신경 쓰지 않고 말할 때면 그의 말은 늘 진심이었는데, 바로 지금 그렇게 말하고 있었다. 스카페타는 아무 대꾸도 하지 않았다. 그에게는 신경 쓸 사람이 아무도 없었고, 그는 그 짓을 하고야 만 것이었다.

마리노가 말했다. "쏘지 마. 총을 버릴 테니 쏘지 마."

"안 돼요!" 스카페타가 목소리를 높여 소리쳤다. "안 돼요!"

버거는 아무 말도 하지 않았다. 달라질 건 아무것도 없다는 걸, 아무 말 하지 않는 게 차라리 낫다는 걸 알고 있었다.

마리노는 총을 버리고 싶지 않았다. 모랄레스는 루시를 죽였다. 그리고 남은 사람들도 모두 죽일 것이다. 루시는 죽었고, 시신은 위층에 있을 것이다. 마리노가 총을 버리지 않으면, 모랄레스는 모두를 죽이지는 못할 것이지만, 스카페타는 죽일 것이다. 마리노는 그 짓을 저지르도록 내버려 둘 수가 없었다. 루시가 죽었다. 그리고 그들 모두 죽을 것이다.

어디선가 나타난 자그마한 빨간색 레이저 불빛이 모랄레스의 오른쪽 관자놀이 주변에 가 닿았다. 빨간 불빛이 번쩍이며 심하게 흔들리더니 루비 빛깔의 개똥벌레처럼 천천히 조금씩 움직였다.

"총을 바닥에 내려놓을게." 마리노가 쭈그려 앉으며 말했다.

위를 쳐다보지도, 뒤돌아보지도 않았다. 모랄레스에게서 잠시도 눈길을 떼지 않으면서 글록을 카펫에 내려놓았다.

"이제 정말 천천히 일어서." 모랄레스가 말했다.

모랄레스가 스카페타의 뒤통수에서 권총을 치워 마리노에게 겨누자, 빨간 개똥벌레 같은 불빛이 그의 귀 주변에 가물거렸다.

"그리고 엄마라고 말해." 모랄레스가 이 말을 하는 순간 레이저 불빛이 오른쪽 관자놀이 정중앙에 닿았다.

위층 갤러리에서 요란한 총성이 울렸고, 모랄레스가 쓰러졌다. 마리노는 끈을 잘린 인형이 쓰러지듯 힘없이 쓰러지는 사람을 실제로 본 적이 없었다. 모랄레스가 소파 위로 쓰러지며 권총을 바닥에 떨어뜨리자, 머리 측면에서 피가 쏟아져 나와 검은 대리석 바닥으로 번졌다. 마리노는 전화기를 들어 911에 신고하면서 칼을 찾으러 부엌으로 날려갔나가, 마음을 바꾸어 칼 블록에서 가위를 가져와 스카페타와 버거의 손목에 묶인 끈을 잘랐다.

위층으로 달려가는 스카페타의 난간을 잡은 손에는 아무런 감각도 느껴지지 않았다.

루시는 침실 문간 바로 안에 있었다. 핏자국이 사방에 묻어 있었고. 그녀가 기어 온 욕실 바닥과 마룻바닥, 그리고 옆에 놓인 40구경짜리 글록으로 모랄레스를 쏜 지점까지, 피가 흥건히 고여 있었다. 루시는 벽에 기댄 채 앉아 부들부들 떨고 있었고, 무릎에 타월이 놓여 있었다. 온몸이 피투성이여서 스카페타는 정확히 어디에 총상을 입었는지 알 수 없었지만 뒤통수 쪽인 것 같았다. 머리칼이 피로 축축하게 젖어 있었고, 목과 벌거벗은 등 아래로 흘러내린 피가 바닥에 고여 있었다.

스카페타는 겨울 코트와 블레이저를 얼른 벗고 루시 옆에 앉았다. 루시의 뒤통수에 손을 갖다 댔지만 손에 아무런 감각이 없었다. 블레이저를 루시의 두피에 갖다 대고 꽉 누르자 루시가 아프다고 소리를 질렀다.

"괜찮아질 거야, 루시." 스카페타가 말했다. "어떻게 된 거야? 어디에 총상을 입었는지 보여줄 수 있어?"

"바로 거기! 아, 맙소사! 바로 거기야. 이런 젠장! 난 괜찮아. 너무 추워."

스카페타는 미끌거리는 루시의 목과 등을 어루만졌지만 감각이 느껴지지 않았다. 손바닥에 화끈거리고 따끔거리는 느낌이 들기 시작했지만 여전히 손가락은 자신의 것이 아닌 것 같았다.

버거가 계단 맨 위 층계에 나타났다.

"수건 좀 갖다 줘요." 스카페타가 그녀에게 말했다. "많이요."

버거는 루시가 의식이 있고 괜찮다는 걸 알 수 있었고, 서둘러 욕실로 달려갔다.

스카페타가 루시에게 말했다. "여기 등에 만지면 아픈 데 있어? 어디에 통증이 있는지 말해 줘."

"등에는 없어."

"확실해?" 스카페타는 감각이 온전하지 않은 손으로 부드럽게 만져 보며 최선을 다했다. "척추에 아무 문제가 없다는 걸 확인해야 해."

"등은 괜찮은데 왼쪽 귀가 이상한 것 같아. 거의 아무 소리도 안 들려."

스카페타는 얼른 몸을 움직여 루시 뒤로 가서 양쪽 다리를 벌리고 앉았다. 등을 벽에 붙이고는 피가 계속 흐르는 루시의 뒤통수를 조심스럽게 만져 보았다.

"내 손에 지금 감각이 없어." 스카페타가 말했다. "루시, 네가 아픈 데가 어딘지 내 손가락으로 짚어 봐."

루시는 손을 뒤로 뻗어 이모의 손을 잡고는 한 지점으로 가져갔다.

"바로 거기인데 통증이 정말 심해. 피부 아래쪽인 것 같은데, 아파 죽겠어. 아! 거기 누르지 마. 아파 죽겠으니까."

스카페타는 안경도 끼지 않아서 피로 엉킨 머리칼이 흐릿하게 보일 뿐이었다. 맨손으로 루시의 뒤통수를 누르자 루시가 고함을 질렀다.

"출혈을 막아야 해." 스카페타는 마치 어린아이한테 말하듯 차분하고 다정하게 말했다. "총알이 두피 바로 아래에 박힌 게 분명해. 그래서 누르면 통증이 몹시 심한 거야. 괜찮을 거야, 좋아질 거야. 구급차가 곧 도착할 거니까."

버거의 손목에는 깊은 자국이 파여 있었고, 손은 빨갛게 변해 뻣뻣하고 기이해 보였다. 그녀는 커다란 흰색 목욕 타월을 펼쳐 루시의 목과 다리 아래쪽으로 밀어 넣었다. 루시는 벌거벗은 상태였고 몸이 물기에 젖어 있었는데, 샤워를 마치고 나오는 순간 모랄레스의 총격을 받은 것 같았다. 루시와 스카페타 옆에 주저앉은 버거의 손과 블라우스에 피가 묻었다. 버거는 루시를 어루만지며 괜찮을 거라고 계속 말했다. 모든 게 괜찮아질 거라고….

"그놈은 죽었어요." 버거가 루시에게 말했다. "그놈은 마리노를 쏠 참이었고, 우리 모두를 쏘려 했어요."

스카페타의 손에 신경이 되살아나자 마디마디에 통증이 느껴졌고, 루시의 뒤통수 중간선에서 왼쪽으로 몇 센티 떨어진 지점에 박힌 자그맣고 단단한 물질을 희미하게나마 감지할 수 있었다.

"바로 여기야." 그녀가 루시에게 말했다. "할 수 있으면 도와줘."

루시가 손을 들어 구멍을 찾을 수 있도록 돕자 스카페타는 총알을 빼냈고, 루시는 아프다며 큰 소리로 고함을 질러 댔다. 중간보다 약간 큰 구경이었고, 금속 외피가 절반만 있는 변형된 탄환이었다. 스카페타는 그것을 버거에게 넘겨주고는, 출혈을 막기 위해 타월을 상처 자국에 대고 힘껏 눌렀다.

스카페타의 스웨터는 피로 흠뻑 젖었고, 바닥은 피가 흘러 미끄러웠다. 총탄이 두개골을 관통하지 않은 거였다. 어느 각도에 부딪쳐, 1000분의 1초 내에 상대적으로 작은 공간 안에서 역학 에너지를 써 버린 것이었다. 두피 표면 가까이에는 수많은 혈관이 있어서 놀라울 정도로 출혈이 심하기 때문에 늘 실제보다 더 위중해 보이곤 했다. 스카페타는 오른손을 루시의 이마에 댄 채 그녀를 꽉 붙들고는 구멍에 타월을 대고 세게 눌렀다.

루시는 스카페타에게 몸을 무겁게 기댄 채 눈을 감았다. 스카페타가 루시의 목 측면에 손을 갖다 대고 맥박을 확인하자, 맥박이 빠르긴 했지만 지나칠 정도는 아니었고 호흡도 괜찮았다. 약간의 움직임도 있었고 혼란스러워 보이지는 않았다. 쇼크 상태에 빠진 징후도 보이지 않았다. 스카페타는 루시의 이마를 다시 꽉 붙잡고는 출혈이 멎도록 상처를 힘껏 눌렀다.

"루시, 눈을 뜨고 깨어 있어야 해. 내 말 들려? 어떻게 됐는지 말해 줄래?" 스카페타가 말했다. "그가 위층으로 뛰어갔고 총성이 들렸어. 어떻게 됐는지 기억나?"

"당신이 모두의 목숨을 구했어요." 버거가 말했다. "괜찮아질 거예요. 우리 모두 다 괜찮아요."

버거는 루시의 팔을 어루만졌다.

"잘 모르겠어." 루시가 말했다. "샤워실에 있었던 건 기억이 나는데, 잠시 후 바닥에 쓰러졌고 누군가가 내 머리를 힘껏 내리친 것 같았어. 뒤통수를 차에 치인 것 같았어. 잠시 동안 앞이 보이지 않았고 영원히 앞이 보이지 않을 것 같았는데, 갑자기 빛과 형상이 희미하게 보이기 시작했어. 아래층에서 그놈의 목소리가 들렸지만 난 걸을 수가 없었어. 머리가 어지러워서 의자까지 기어가서 코트가 있는 마룻바닥까지 미끄러지듯 다가가 총을 꺼냈어. 그러자 다시 앞이 보이기 시작했어."

피 묻은 글록이 갤러리 난간 근처의 피 묻은 바닥에 놓여 있었다. 마리노가 크리스마스 선물로 루시에게 사 준 것으로, 그녀가 가장 좋아하는 총이었다. 루시는 마리노한테 받은 것 가운데 가장 마음에 드는 선물이라고 했었다. 주머니에 들어가는 40구경 권총으로, 레이저 불빛과 할로우포인트 박스가 장착되어 있었다. 마리노는 루시가 무엇을 좋아하는지 잘 알았다. 루시가 어린아이였을 때 사격을 직접 가르쳐 준 것도 그였는데, 두 사람이 마리노의 픽업트럭에 들어가 나오지 않으면 루시의 엄마이자 스카페타의 여동생인 도로시는 대개 술을 몇 잔 마시고는 욕설을 퍼부었다. 루시를 망친다며 스카페타에게 고래고래 고함을 질렀고, 다시는 루시를 만나지 못하게 하겠다며 으름장을 놓았다.

도로시는 아이를 좋아하지 않는 사소한 문제점만 없었다면 루시가 이모를 찾아가도록 절대 허락하지 않았을 게 분명했다. 도로시는 언니인

스카페타를 사랑하고 그녀에게 의존한 아버지처럼, 자신을 돌보아 주고 맹목적으로 사랑해 주고 예뻐해 주는 남자가 나타나길 항상 바랐다.

스카페타는 다시 한 손으로 루시의 이마를 누르고 다른 한 손으로 반대편 뒤통수를 힘껏 눌렀다. 이제 손이 부어올라 뜨거워졌고 맥박이 느껴졌다. 출혈은 상당히 줄어들었지만 아직 확인할 엄두는 나지 않았다. 그녀는 계속 눌렀다.

"38구경인 것 같아." 루시가 다시 눈을 감으며 말했다.

스카페타가 버거에게 총알을 넘겨줄 때 알아챈 모양이었다.

"눈을 뜨고 깨어 있어야 해." 스카페타가 말했다. "상태가 괜찮지만 깨어 있도록 하자. 무슨 소리가 들린 것 같은데, 응급구조 팀이 도착한 것 같아. 응급치료실에 갈 거고 거기서 네가 무척이나 좋아하는 모든 재밌는 테스트를 할 거야. 엑스레이, MRI 등등. 지금 기분은 어때?"

"통증이 엄청 심하지만 몸은 괜찮아. 그놈의 총은 봤어? 어떤 총일지 궁금해. 총을 본 기억도 없고 그를 본 기억도 없어."

아래층 출입문이 열리는 소리가 들렸고, 응급구조 팀이 도착하면서 다급한 목소리가 소란스럽게 들렸다. 마리노는 서둘러 그들을 위층으로 올려 보냈고, 모두들 큰 소리로 말하고 있었다. 마리노는 사람들 틈에서 빠져나와 피 묻은 타월을 두른 루시와 바닥에 놓여 있는 글록을 보고는 몸을 숙여 집어 들었다. 그리고 그는 범죄 현장에서 절대 하지 말아야 할 일을 했다. 맨손으로 총을 집어 들고는 욕실 안으로 휑하니 사라져 버렸다.

진료보조원 둘이 말을 걸며 질문을 하자 루시는 대답했고, 그들은 루시를 들것 위에 실어 고정했다. 스카페타는 너무 경황이 없어서 마리노가 제복 차림의 경관 세 명과 아래층으로 내려갔다는 걸 알아차리지 못했다. 다른 응급요원들은 모랄레스의 시신을 다른 들것 위에 들어 올리고 있었고, 사망한 지 이미 몇 분이 지났기 때문에 심폐 기능 소생술을 실시하는 사람은 아무도 없었다.

마리노가 루시의 것으로 보이는 글록의 탄창을 빼고 약실을 깨끗이 닦는 동안, 한 경관은 종이봉투를 펼쳐 기다리고 있었다. 마리노는 버거가 아파트 문을 원격 장치로 열어 주었고, 모랄레스가 알아차리지 못하게 그를 집 안으로 들어오도록 해 주었다고 말했다. 그는 자신이 어떻게 했는지를 그럴듯하게 꾸며냈고, 모랄레스가 올려다보도록 고의적으로 소리를 냈다고 했다.

"그자가 누군가를 쏘기 전에 내가 쏠 기회가 충분히 있었소." 마리노는 경찰들에게 거짓말을 했다. "그자는 박사 뒤에서 권총을 겨누고 있었고."

그들과 함께 있던 버거가 말했다. "우린 여기 소파에 앉아 있었어요."

"공이치기가 없는 38구경이었소." 마리노가 말했다.

마리노는 모든 것을 설명했고, 누군가를 쏜 것에 대한 책임을 자신에게 돌리고 있었다. 그리고 버거는 완벽하게 상황에 대처하고 있었다. 마치 그녀가 인생에서 새로 맡은 역할이 루시를 곤경에서 구해 내는 일 같았다.

원칙적으로 루시는 뉴욕 시에서 권총을 절대 소지할 수 없었는데, 이유가 무엇이든 거주지 안에서조차 총기 소지는 절대 금지였다. 그 총은 여전히 마리노의 이름으로 등록되어 있었는데, 서류상의 소유권을 루시한테 이전하지 않았기 때문이었다. 일 년 전 찰스턴에서 보낸 크리스마스 이후로 너무 많은 일이 일어났다. 아무도 다른 누군가와 행복하게 잘 지내지 못했고, 로즈는 제정신이 아니었는데 한동안 그 이유를 아무도 알지 못했으며, 스카페타는 표면이 떨어져 나간 오래된 골프공처럼 이상한 곳으로 날아가는 그들의 세계를 원래대로 복구하지 못했다. 그것은 그녀의 어떤 결정에서 비롯된 것이었고, 그리 오래되지 않은 과거에 그들의 관계는 끝났었다.

스카페타가 피 묻은 손으로 루시의 피 묻은 손을 잡고 있는데 진료보조원들이 들것을 엘리베이터를 향해 밀었고, 그 가운데 한 명은 건물 앞에 세워 둔 구급차에 무전을 보내고 있었다. 엘리베이터 문이 열리자, 스카페타가 버거의 아파트로 가는 길에 블랙베리 폰을 통해 봤던, CNN 속 줄무늬 양복 차림의 벤턴이 걸어 나왔다.

루시의 손을 꼭 잡고 스카페타의 눈을 바라보는 벤턴의 얼굴에는 말로 표현할 수 없는 깊은 슬픔과 안도감이 어려 있었다.

35 1월 13일의 일레인 레스토랑

스카페타가 일레인 레스토랑에 갈 수 있었던 건 유명세 덕분이 아니었다. 대단한 특권을 누리는 사람이나 국가 원수라 할지라도 그 전설적인 레스토랑 여주인의 마음에 들지 않으면 들어갈 수 없었다.

레스토랑의 주인 일레인이 매일 밤 테이블에 앉아 있던 레스토랑 개점 초기에는 기대감이 담배 연기처럼 떠다녔다. 예술을 사랑하고, 비판하며, 재정의하고, 절대 무시하는 법이 없는 시절이었으며, 어떤 조건의 어느 누구든 레스토랑 안에 들어올 수 있었다. 레스토랑에 남아 있는 과거의 여운을 스카페타는 애도할 뿐 그리워하지는 않았다. 그녀가 거기에 처음 왔던 건, 수십 년 전 조지타운 법과대학 시절에 만나 사랑에 빠졌던 남자와 주말 데이트를 즐기던 때였다.

그는 떠났지만 벤턴이 그녀 곁에 있었다. 그리고 일레인 레스토랑의 실내 장식은 그대로였다. 빨간색 타일의 바닥을 제외하고는 모두 검은색으로 마감되어 있었고, 코트를 걸 수 있는 고리가 있었으며, 언제부터 더 이상 사용하지 않았는지 알 수 없는 공중전화도 그대로 있었다. 책장에 꽂혀 있는 저자 사인본 책들을 단골손님들은 건드리지 않았고, 벽의 빈틈을 모두 채운 문인들과 영화배우들의 사진은 천장까지 이어져 있었다.

스카페타와 벤턴은 일레인이 앉아 있는 테이블에 잠깐 멈추어 인사를 나누었다. 서로 뺨을 맞대는 인사를 나누고는 "오랜만이에요.", "어디에 있었어요?"와 같은 인사를 나누었다. 스카페타는 방금 전 국방부 장관이 다녀갔고, 지난주에는 자신이 별로 좋아하지 않는 예전 뉴욕 자이언츠 쿼터백 선수가 다녀갔다는 얘기를 들었다. 그리고 오늘 밤에는 그 쿼터백 선수보다 더 좋아하지 않는 토크쇼 진행자가 왔다고 했다. 일레인은 곧 다른 손님들이 올 거라고 말했지만 새로울 것은 없었다. 그 대단한 여자는 어떤 날이든 자신의 레스토랑에 오는 모든 사람을 알고 있었다.

스카페타가 가장 좋아하는 웨이터인 루이가 테이블로 왔다.

그는 그녀에게 의자를 빼 주면서 말했다. "말을 꺼내서는 안 되겠지만, 어떻게 된 일인지 모두 들었어요." 그는 고개를 가로저으며 말을 이었다. "누구보다 당신들에게 이런 말을 해서는 안 될 텐데요. 감비노(Gambino: 1960~1970년대 뉴욕의 5대 범죄 조직 중 한 곳의 보스-옮긴이)나, 보나노(Bonanno: 같은 시기 다른 뉴욕 범죄 조직의 보스-옮긴이)가 있던 시절이 더 좋았어요. 그들에게는 이유가 있었어요. 아무런 이유 없이 사람들을 살해하지는 않았죠. 더구나 그런 불쌍한 여자 난쟁이한테 그런 짓을 하다니요. 그리고 나이 든 과부, 그러고 나서 다른 여자와 어린아이까지요. 그들에게 살해당할 만한 어떤 개연성이 있었나요?"

"아뇨. 그렇지 않아요." 벤턴이 말했다.

"제 생각으로는 희생자들에게 어쩔 수 없을 만한 상황이 있었을 거예요. 이런 질문해도 될지 모르겠지만, 그 왜소한… 난쟁이는 어떻게 지내죠? 많은 사람들이 경멸적으로 사용해서 그 단어를 쓰면 안 될 것 같은 기분이에요."

오스카는 FBI로 연락했고, 무사했다. 왼쪽 엉덩이에서 GPS 마이크로칩을 제거하고는, 맥린 병원의 보안이 철저하고 고급스러운 정신과 병동에서 휴식을 취하고 있다고 했다. 그는 치료를 받고 있는 중이었고, 무엇보다 자신이 안전하다고 느끼고 있으므로 곧 정상 상태로 되돌아갈 것이었다. 그리고 스카페타와 벤턴은 내일 아침이면 벨몬트로 돌아갈 예정이었다.

"그는 괜찮아요. 당신이 안부를 묻더라고 전해 줄게요." 벤턴이 말했다.

"뭘 가져다 드릴까요? 술이나 오징어 요리를 가져다 드릴까요?" 루이가 물었다.

"당신은?" 벤턴이 물었다.

"스카치로 할게요. 가장 좋은 싱글 몰트로요."

"같은 걸로 두 잔 줘요."

그러자 루이가 윙크하며 말했다. "당신들을 위해 특별히 숨겨 놓은 걸 가져올게요. 새로 시도하려는 게 두어 가지 있거든요. 운전은 안 할 거죠?"

"강한 걸로 줘요." 스카페타가 말하자 루이가 바로 주방으로 향했다.

그녀 뒤에 있는, 2번가가 내다보이는 창가 테이블에 흰색 카우보이 모자를 쓴 어느 키 큰 남자가 스트레이트 보드카나 진이 들어 있는 것으로 보이는 술잔을 흔들며 혼자 술을 마시고 있었다. 그는 가끔씩 고개를 들어 목을 길게 빼고는 머리 위로 보이는 TV에서 음소거로 중계되는 농구 경기 스코어를 확인하곤 했다. 스카페타는 그의 커다란 아래턱과 두꺼운 입술 그리고 넓고 하얀 구레나룻을 흘깃 쳐다보았다. 잠시 후 그는 물끄러미 아무것도 응시하지 않은 채 흰 테이블보 위로 술잔을 천천히 돌렸다. 어디에선가 본 듯한 얼굴이었는데, 스카페타는 이내 그가 TV에 나왔던 장면을 떠올리고는, 그가 바로 제이크 루딘임을 깨닫고 충격에 휩싸였다.

하지만 생각해 보니 그럴 리가 없었다. 그는 수감 중이었다. 그리고 그 남자는 루딘보다 말라 보였다. 잠시 후 스카페타는 그가 더 이상 바쁘지 않은 한 배우임을 알아차렸다.

벤턴이 메뉴판을 자세히 들여다보자, 얇은 박판을 씌운 메뉴판 표지에 그의 얼굴이 희미하게 비쳤다.

스카페타가 그에게 말했다. "망을 보는 핑크 팬더 같아 보여요."

벤턴은 메뉴판을 접어 테이블에 내려놓으며 말했다. "특별히 모두에게 말하고 싶은 거 있어? 당신이 이 모임을 직접 주선했으니까 말이야. 사람들이 나타나기 전에 나한테는 말해 줄 거라 생각했거든."

"특별한 건 없어요." 스카페타가 말했다. "그냥 바람 쐬고 싶었어요. 집으로 가기 전에 모두들 바람을 쐬어야 할 것 같았거든요. 집으로 가고 싶지 않아요. 우리가 집에 있으면 안 되고, 모두 함께 여기 있어야 한다는 느낌이 들어요."

"루시는 정말 괜찮을 거야."

스카페타의 눈에 눈물이 고였고, 그녀는 어쩔 줄 몰랐다. 끔찍한 생각이 섬뜩한 손길처럼 마음을 억누르는 것 같았고, 잠을 잘 때조차 그 생각이 떠나질 않았다.

"루시는 어디에도 가지 않아." 벤턴은 의자를 가까이 당겨 그녀의 손을 잡았다. "그럴 거였다면 이미 오래전에 떠났겠지."

스카페타는 냅킨으로 눈물을 닦고는, 농구 경기에 관심이라도 있는 듯 아무 소리도 나오지 않는 TV를 올려다보았다.

잠시 후 그녀는 목청을 가다듬으며 말했다. “하지만 그럴 거예요.”

“그렇지 않아. 그런 권총들 말이야. 초경량이어서 정말 끔찍한 문제가 된다고 내가 항상 말했었잖아. 왜 그런지 당신도 알 거고, 이번 경우에는 행운이 우리 편으로 따랐지. 총의 반동은 믿기지 않을 정도야. 말에게 손을 걷어차이는 것과 마찬가지니까. 그는 방아쇠를 당길 때 몸을 움찔했을 거고, 루시도 아마 몸을 움직였을 거야. 그리고 구경이 작았고, 속도도 느렸지. 무엇보다 루시는 우리와 함께 있을 운명이었어. 어디 다른 데로 갈 운명이 아니란 말이야. 우리 모두 괜찮아. 괜찮은 것 이상이지.” 벤턴은 아내의 손등에 입을 맞추고는 입술에 부드럽게 키스했다.

벤턴은 사람들이 있는 데서 그렇게 애정을 드러낸 적이 거의 없었지만, 이제 더 이상 상관하지 않는 것 같았다. 〈고담 갓차〉가 아직도 존재한다면 그들은 내일 칼럼의 소재가 될 것이었는데, 스카페타의 저녁 식사 전체가 기사로 실릴 것이었다.

스카페타는 익명의 작가가 잔인하고 앙심 깊은 칼럼을 쓴 그 아파트를 직접 찾아가지는 않았다. 그 작가가 누군지 알자 연민이 느껴졌기 때문이었다. 테리 브리지스가 왜 자신에게 의존했는지 전적으로 이해할 수 있었다. 테리는 자신이 숭배하던 우상한테서 무정하고 자신을 깔보는 이메일을 받았고, 그런 이메일을 여러 통 받고서는 스카페타를 공공연하게 욕보이겠다고 마음먹었던 것이었다. 테리는 자기 스스로 방아쇠를 당겨, 평생 부당한 대우를 받으며 살아오다 마지막 부당한 대우를 받고 떠난 한 여자에게 몇 발의 탄환을 쏘았다.

루시는 12월 30일에 쓴 두 편의 새해 칼럼만 테리가 쓴 것이고, 그녀가 죽은 후 대기 상태로 있다가 프로그램에 의해 자동적으로 에바 피블즈 부인에게 보내졌다고 결론을 내렸다. 그리고 살해되기 불과 몇 시간 전인 12월 31일 오후에 테리는 스카페타612로부터 받은 모든 이메일을 삭제했는데, 벤턴의 의견으로는 자신이 죽을 것임을 감지했기 때문이 아니라 마침내 안치소에서 만나게 될 법의학자를 상대로 익명으로 범죄를 저질렀기 때문이었다.

벤턴은 테리에게 일말의 양심은 있어서 스카페타와 주고받았다고 생각한 백여 통의 이메일을 삭제했을 거라고 짐작했다. 테리는 불안감을 이기지 못해 〈고담 갓차〉와 자신 사이의 연결고리가 될 수 있는 모든 증거를 인멸해야겠다고 여긴 것일지도 몰랐다. 그 연결고리를 없애면서 그녀는 자신의 파멸한 영웅도 삶에서 지워 버렸다.

벤턴의 가설은 그랬다. 그리고 스카페타는 어떤 가설이든 가능할 수 있다고 언제나 믿었다.

"오스카에게 편지를 썼어요." 스카페타는 핸드백을 열어 봉투를 꺼내며 말했다. "모두들 읽어야 한다고 생각했어요. 사람들이 오면 보여줄 거예요. 그래도 괜찮을지 당신한테 먼저 보여주고 싶어요. 종이에 쓴 손편지를 얼마만에 썼는지 모르겠어요. 천천히 공들여 쓰진 않았어요. 시간이 갈수록 필체가 더 나빠져요. 법정 공방은 전혀 없을 것이니, 제이미는 내가 하고 싶은 말이면 뭐든지 써도 괜찮다고 했어요. 테리가 가족들 때문에 힘들어했고, 그로 인해 자신의 범위 안에 있는 모든 걸 통제하려는 강박관념을 갖게 된 거라고 설명하려 애썼어요. 테리가 상처를 받아서 화가 난 것이고, 상처받은 사람들은 종종 다른 사람에게 상처를 주기도 하지만, 그럼에도 불구하고 그녀는 좋은 사람이라고 썼어요. 내용이 너무 기니까 요약해서 들려줄게요."

스카페타는 봉투에 든 두툼한 크림색 편지지 넉 장을 꺼내어 조심스럽게 펼쳤다. 편지를 읽어 내려가다 읽어 주고 싶은 부분을 찾았다.

그녀는 나지막이 편지를 읽기 시작했다.

테리가 칼럼을 쓴 위층 비밀 서재에는 당신이 준 노란 장미가 있었어요. 그녀는 당신이 준 장미를 모두 보관하고 있었는데, 아마 당신한테는 말하지 않았을 거예요. 누군가에게 몹시 깊은 감정을 갖고 있지 않다면 그렇게 하지 않았을 테죠. 오스카, 혹시 잊었다면 당신이 이 편지를 다시 읽기 바랄게요. 내가 이 편지를 쓰는 이유도 그 때문이에요. 당신이 간직할 무언가를 위해서….

또한 테리의 가족들에게 편지를 써서 위로의 말을 전하고 내가 할 수 있는 말을 해 줄 거예요. 그들은 물어볼 게 정말 많을 테니까요. 유감스럽게도 레스터 박사가 그들에게 별다른 도움을 주지 못해서 내가 그들과 통화를 했고, 이메일도 몇 차례 주고받았어요.

당신에 관한 얘기도 했는데, 지금쯤 아마 그들한테서 연락을 받았을 거예요. 아직 연락이 오지 않았다면 분명히 조만간 연락을 받을 거예요. 그들은 테리가 자신의 의지로 한 일을 당신한테 듣고 싶다고 했고, 그것에 관해 편지를 쓸 거라고 했어요. 벌써 편지를 썼을지도 모르겠군요.

테리가 바라던 건 당신한테 말하지 않을 건데, 그건 내 소관이 아니기 때문이에요. 하지만 이렇게 많은 얘기를 당신한테 전하는 건 그녀의 가족이 내게 부탁했기 때문이에요. 그녀는 '미국 왜소인 협회'에 상당한 금액을 남겼는데, 의료보험이 적용되지 않는 교정 수술 등을 원하거나 필요로 하는 사람들을 돕는 기금을 만들기 위해서였죠. 당신도 알다시피, 할 수 있고 해야 하는 많은 일들이, 예를 들어 치과 교정과 뼈 연장술 등이 부당하게 선택적인 치료로 간주되고 있어요.

테리는 따뜻한 마음을 가진 사람이었을 거예요.

스카페타는 슬픔이 다시 밀려와 디 이상 편지를 읽을 수 없어서 편지지를 접어 봉투에 넣었다.

루이가 술을 들고 나타나더니 그들한테 방해가 되지 않도록 곧바로 떠났다. 술을 한 모금 마시자 따뜻한 기운이 아래로 퍼지는 것 같았고, 수도원 같은 곳에 은둔했다가 용기가 필요해진 것처럼 술기운이 뇌를 일깨우는 것 같았다.

"당신이 맡은 환자의 치료에 방해가 되지 않는다면 오스카에게 이 편지를 전해 줄래요?" 스카페타가 벤턴에게 봉투를 건네주며 말했다.

"당신이 상상하는 것보다 그에게 큰 의미가 될 거야." 벤턴은 부드러운 질감의 검은색 가죽 재킷 주머니에 편지를 밀어 넣으며 말했다.

재킷은 윈스턴 독수리 머리 모양의 버클이 달린 벨트와 마찬가지로 새 것이었으며 신고 있는 수제 부츠도 새 것이었다. 루시가 이번에도 총탄을 살짝 피해 간 걸 자축하는 방식은, 사람들에게 선물을 사 주는 거였다. 값이 저렴한 선물은 아니었다. 스카페타에게는 그녀에게 그다지 필요하지 않은 손목시계를 사 주었는데, 시계 표면이 탄소 섬유로 된 티타늄 브레게로, 역시 선물로 사 주었던 검정색 페라리 F430 스파이더와 잘 어울렸다. 그러나 스카페타는 그런 고급 차를 모느니 차라리 자전거가 나을 것 같았다. 마리노에게는 새로운 오토바이를 선물했는데, 루시가 화이트 플레인즈에 있는 격납고에 보관하던 빨간색 두카티 1098이었다. 루시는 마리노가 도시에서 바퀴가 네 개 이하인 건 타서는 안 된다고 말해 왔었다. 살을 빼야 하는데, 그렇지 않으면 아무리 멋진 오토바이라도 탈 수 없을 거라며 짓궂게 덧붙였다.

루시가 버거에게는 뭘 주었는지 알 수 없었다. 루시가 말하고 싶어 하지 않으면 먼저 물어볼 수는 없었다. 스카페타가 조바심을 내는 동안, 루시는 자신의 이모는 그럴 생각이 없으므로 먼저 말할 이유가 없을 거라 짐작하는 것 같았다. 최근까지도 그랬다. 충격을 받지 않았다고 할 수는 없겠지만, 처음의 충격을 극복하고 난 후 스카페타는 마음속으로 정말 흐뭇했다.

스카페타와 버거는 지난주에 뉴욕 지방검사 사무실 근처에 있는 폴리니 레스토랑에서 단둘이 점심을 함께했는데, 둘이 앉은 부스는 '스카페타'의 이름을 따서 지은 거라고 버거가 말했다. 그리고 거기는 '끝내기 부스'이기 때문에 행운이 따르는 부스라고 말하기도 했다. 스카페타는 어떻게 거기가 행운이 따르는 부스로 해석될 수 있는지 알 수 없었는데, 알고 보니 버거는 뉴욕 양키스 야구 팀 팬이어서 종종 경기를 보러 갔고 앞으로도 그럴 거라고 했다. 9회말 타석에 누가 들어서는지에 달려 있다는 대답이었다.

스카페타는 요점을 파악하기 위해 굳이 야구 경기를 볼 필요는 없다고 생각했다. 뉴욕의 소방방재청 소방총감의 이름을 딴 자리가 사람들이 꺼리는 자리가 아니라는 사실에 그저 기분이 좋을 뿐이었다. 스카페타에 대해 제이미 버거만큼 많이 아는 사람도 거의 없었다.

"미안해. 당신이 던진 질문에 대답하지 않았군." 벤턴이 문을 보며 말했다.

"질문을 잊어버렸어요."

"편지. 나한테 읽어 준 건 고맙지만 다른 사람들에게는 읽어 주지 않았으면 해."

"나도 그럴 생각이었어요."

"사람들에게는 당신이 괜찮은 사람이라는 증거가 필요하지 않아." 벤턴이 아내의 눈을 주시하며 말했다.

"그럴 거예요."

"사람들은 이미 인터넷에 떠도는 엉터리 이야기, 모랄레스가 당신인 척 가장하며 보낸 이메일과 다른 모든 것들에 대해 알고 있지. 하지만 우린 당신이 어떤 사람인지, 그리고 어떤 사람이 아닌지 잘 알아. 지금껏 일어난 일들은 당신의 잘못이 아니고, 당신과 난 이 이야기를 계속

할 거야. 같은 얘기를 계속해서 반복해야 해. 당신의 감정이 당신의 지성을 따라잡는 데는 오랜 시간이 걸릴 거야. 게다가 난 죄책감이 들어. 모랄레스가 낸시한테서 모든 정보를 얻었어. 내가 우겨서 마리노를 재활 센터로 보내지만 않았더라면, 심지어 낸시와 얘기하느라 시간을 허비하지 않았더라면, 마리노는 그 일을 치료사한테 말하지 않았을 테지."

"낸시는 모랄레스한테 그런 정보를 건네주면 절대 안 되었지만, 왜 그랬을지 이해할 수 있어요."

"맞아. 그런 일은 절대 일어나지 말았어야 했는데…." 벤턴이 말했다. "모랄레스는 아마 전화로 그녀를 유혹했을 거야. 그가 뭐라고 말했는지는 모르겠지만, 그녀는 마리노한테서 들은 이야기 중 단 한 마디도 그에게 전하지 말았어야 했어. 낸시가 잘못한 거야. 그 일은 내가 알아서 처리할게."

"아무도 처벌하지 말기로 해요. 벌써 많은 처벌이 있었고, 많은 사람들이 잘 지내지 못하고 서로 싸웠고, 다른 사람에 대한 결정을 내렸고, 그걸 되갚아 줬어요. 간접적이지만 테리가 죽은 것도 그 때문이에요. 에바 피블즈가 죽은 것도 그 때문이고요. 테리가 모든 사람에게 되갚아 주지 않았더라면…. 마리노가 자신의 예전 얼간이 치료사를 찾아가고 싶다고 하면 스스로 하게 해요."

"당신 말이 맞을지도 몰라." 벤턴이 말했다. "아, 저기 도착했군."

벤턴은 마리노가 붐비는 어둠 속에서 자리를 쉽게 찾을 수 있도록 의자에서 일어났다. 도착한 사람은 네 명이었다. 마리노의 새 여자친구인 바카디도 함께였는데, 그녀의 본래 이름은 조지아였다. 버거와 루시도 붐비는 레스토랑 안으로 들어오더니 일레인에게 인사를 하며 스카페타에게는 들리지 않도록 서로 진한 농담을 주고받았다. 잠시 후 모두들 자리에 앉았고 표정은 모두 상기되어 보였다. 루시는 보스턴 레드삭스 야구 모자를 쓰고 있었는데, 당연히 레드삭스 팀을 싫어할 버거를 놀릴 목적도 있었겠지만 부분적으로 면도를 한 머리를 가리기 위해서인 듯했다.

잠시 후 이런저런 이야기가 이어졌다. 루시가 괜한 허영을 부렸다는 이야기를 했고, 뒤통수에 난 탄환 상처가 치료되었으며, 머리에 났던 경미한 타박상이 사라졌다고 했다. 마리노는 뇌에는 뼈 말고는 맞을 데가 없기 때문에 루시는 괜찮다며 장황하게 너스레를 떨었다.

일레인 레스토랑의 유명한 오징어 전채 요리를 들고 되돌아온 웨이터 루이는 따로 메모를 하지 않고 주문을 받았다. 버거와 루시는 루이가 특별히 숨겨 둔 스카치를, 바카디는 평소처럼 자신의 분수에 맞게 애플 마티니를 주문했고, 마리노는 머뭇거리며 고개를 가로젓더니 불편한 기색을 드러냈다. 그에 대해 아무도 관심을 기울이지 않았지만, 스카페타는 무슨 영문인지 알았다. 그녀는 루시의 뒤편으로 손을 뻗어 마리노의 팔을 가볍게 건드렸다.

마리노가 몸을 뒤로 젖히자 나무 의자가 삐걱거렸다.

"어떻게 지내시오?" 그가 물었다.

"여기 와 본 적 있어요?" 스카페타가 마리노에게 물었다.

"나 같은 사람이 이런 데 와 봤을 리가 있겠소. 두 테이블 건너편에 바버라 월터스가 앉아 있는 이런 곳에서 사적인 대화를 나누고 싶지는 않소."

"바버라 월터스 얘기가 아니에요. 레드 스트라이프, 버클러, 샤프가 있는데, 요즘 뭘 마시는지 모르겠군요." 스카페타가 말했다.

스카페타는 마리노에게 술을 마시라고도, 마시지 말라고도 말하지 않았다. 그가 뭘 마시든 상관하지 않을 거고, 그 문제는 본인이 신경 써야 하는 거라고, 그녀가 신경 쓰는 건 바로 마리노 당신이라고 말했다.

마리노가 루이에게 말했다. "레드 스트라이프 아직 있소?"

"물론이죠."

"그럼 조금 있다가." 마리노가 말했다.

"그럼 조금 있다가." 루이는 마리노의 말을 그대로 되뇌더니 나머지 주문을 받고는 자리를 떠났다.

버거는 스카페타를 바라보다가 흰색 카우보이모자를 쓰고 창가에 앉아 있는 남자에게로 시선을 향했다.

"내가 무슨 생각하는지 알 거예요." 버거가 스카페타에게 말했다.

"그가 아니에요." 스카페타가 말했다.

"안에 들어올 때 심장이 멎는 줄 알았어요." 버거가 말했다. "얼마나 놀랐는지 몰라요. 어떻게 그럴 수 있겠느냐는 생각이 들었죠."

"그는 자신이 있어야 할 곳에 있죠?"

"지옥 말인가요?" 그들이 어떤 얘기를 나누고 있었는지 정확히 아는 것 같은 루시가 갑자기 끼어들었다. "그놈이 있어야 하는 곳은 지옥이에요!"

"아무 생각도 하지 마, 록키." 마리노가 루시에게 말했다.

마리노는 루시를 록키라는 별명으로 부르곤 했는데, 루시가 주먹을 휘두르는 걸 언제 멈춰야 하는지 모르고, 열두 살이 되어 생리를 시작할 때까지 항상 마리노에게 권투와 레슬링을 도전했기 때문이었다. 마리노의 중간 이름이 로코였는데, 그가 루시를 록키라고 부르는 걸 볼 때마다 스카페타는 그 점이 반영된 것 같다는 생각이 들었다. 마리노는 루시를 자기 자신만큼이나 사랑하고 있으면서도 그 사실을 깨닫지는 못하고 있는 것 같았다.

"사람들이 어떻게 얘기하든 난 그 영화가 정말 좋아요." 바카디가 말하자, 루이가 다시 나타났다. "더구나 마지막 편인 〈록키 발보아〉를 보면서 마지막 장면에서 울 뻔했어요. 왜 그런지는 모르겠어요. 진짜 피와 창자를 봐도 눈물 한 방울 나지 않는데 그 영화를 보면 정신을 못 차리겠어요."

"운전하실 분 있어요?" 루이가 다시 묻더니 평소처럼 자문자답했다. "역시 아무도 없군요. 무슨 일이 일어났는지 난 모르겠어요." 그가 덧붙여 말하며 도수가 높은 술임을 주지시켜 주었다. "술을 따르기 시작하면 중력이 작용할 겁니다. 병이 너무 무거우니 계속 따를 거고요."

"어렸을 때 부모님이 여길 데려오곤 했어요." 버거가 루시에게 말했다. "여긴 오래된 뉴욕이죠. 모든 세세한 것들을 눈여겨봐 두어야 해요. 당시에는 그렇게 보이지 않았지만 지금보다 모든 게 나았던 시대의 모습이 언젠가는 흔적 없이 사라질 테니까요. 사람들은 이곳에 모여 예술과 사상을 논하곤 했지요. 헌터 톰슨이나 조 디마지오 같은 명사들이 오기도 했고요."

"조 디마지오가 예술과 사상을 논하는 모습은 상상해 본 적 없어요. 주로 야구 얘기를 했겠지만 마릴린 먼로 얘기는 하지 않았을 거예요. 디마지오가 먼로 얘기를 하지 않았다는 건 모두가 아는 얘기니까요." 루시가 말했다.

"유령 같은 건 없기를 바라는 게 나을 거야." 벤턴이 루시에게 말했다. "네가 지금껏 한 일을 생각하면 말이지."

"그에 관해 항상 물어보고 싶었어요." 애플 마티니를 마시던 바카디가 루시에게 말했다. "와, 이건 사과가 잔뜩 든 지옥 같네요."

바카디가 마리노의 팔짱을 끼면서 기대자, 풍만한 가슴을 가린 몸에 꽉 끼는 니트가 올라가면서 나비 문신이 보였다.

바카디가 말했다. "그 빌어먹을 게 망가지자 도무지 알 수 없는 수수께끼가 되어 버렸어요. 그 사진을 보지는 못했는데, 합성한 가짜 사진이죠? 그렇죠?"

"그게 무슨 뜻이에요?" 루시가 영문을 모르겠다는 듯 물었다.

"나한테 괜히 시치미 떼지 말아요." 바카디가 씩 웃으며 애플 마티니를 한 모금 마셨지만 그 모습이 우아하지는 않았다.

스카페타가 버거에게 말했다. "어린아이였을 때 여기서 흥미로운 사람들도 만났겠군요."

"벽에 전시된 사진 속 인물들을 많이 만났죠." 버거가 말했다. "그들 가운데 절반은 루시가 이름도 들어 보지 못한 사람일 거예요."

"또 그 얘기군요. 나한테 술을 주다니 그 점은 정말 놀랍네요." 루시가 말했다. "난 여전히 열 살이고 평생 열 살 취급을 받겠죠."

"당신은 JFK가 피격당했을 때 태어나지도 않았고, 보비와 마틴 루터 킹이 암살됐을 때도, 심지어 워터게이트 사건이 터졌을 때도 태어나지 않았죠." 버거가 말했다.

"내가 놓친 것 중에 좋은 일은 없었나요?" 루시가 물었다.

"닐 암스트롱이 달 위를 걸었을 때…. 그땐 정말 좋았어요." 버거가 말했다.

"난 그 무렵에 태어났고, 마릴린 먼로가 죽었을 때도 알아요." 바카디가 다시 얘기에 끼어들었다. "그러니 그 사진에 관해 얼른 말해 봐요. 언론에서 말하는 바이러스 같은 거 말이에요."

"죽은 마릴린 먼로의 사진이 인터넷에 두어 장 떠돌고 있소." 마리노가 말했다. "안치소에서 일하는 어떤 나쁜 놈이 돈을 받고 사진을 판 거지. 사람들이 전화를 하는 건 막을 수 있었소." 그가 스카페타에게 말했다. "내가 총을 잠금 장치에 보관해야 하는 것처럼 그들도 그걸 안치소에 두고 다니도록 해야 하오. 금고 같은 걸 설치해야 한단 말이오."

"그건 진짜가 아니에요." 루시가 말했다. "얼굴 부분만 실제 사진이고 나머지는 자르고 붙이고 확대한 거예요."

"마릴린 먼로가 살해된 게 사실이라고 생각해요?" 바카디가 무척 심각한 표정으로 물었다.

스카페타는 합성된 사진과 에바 피블즈가 쓴 글을 읽었고, 그 사건과 관련된 모든 기록들에 대해 잘 알고 있었다. 싱글 몰트 스카치를 마셔서 술기운이 퍼진 탓에 스카페타는 조금은 솔직한 대답을 할 수 있었다.

"아마 그럴 거예요."

"CNN에 출연해서 그렇게 말하는 건 현명하지 못한 처사일 거야." 벤턴이 그녀에게 말했다.

스카페타는 스카치를 한 모금 더 마셨다. 끝 맛이 알싸한 부드러운 스카치가 코를 타고 올라오더니, 그 어느 때보다 더 깊게 머릿속에서 증발되는 것 같았다.

"내가 말하지 않는 걸 사람들이 알게 되면 깜짝 놀랄 거예요." 스카페타가 말했다. "에바 피블즈의 생각은 거의 옳았어요."

루시는 잔을 들어 이모를 위해 건배한 후, 잔을 입술에 가져다 대고 와인 애호가들이 고급 와인을 대하듯 코와 혀로 그 맛을 음미했다. 그리고 야구모자챙 아래로 드리운 그림자 속에서 스카페타를 바라보며 미소 지었다.

[끝]

옮긴이의 글

퍼트리샤 콘웰은 스카페타 시리즈를 쓰기 위해 태어난 작가라고 해도 과언이 아닐 것이다. 처녀작 《법의관》을 시작으로 현재 집필 중인 22권 《Flesh and Blood》까지 장대한 흐름을 이어오고 있는 스카페타 시리즈는 작가 개인의 대표작을 넘어, 법의학 스릴러라는 장르를 대표하는 상징적인 작품으로 자리 잡았다. 퍼트리샤 콘웰은 법의학 스릴러라는 새로운 장르를 개척함과 동시에, 지금껏 어느 누구도 그 아성을 무너뜨릴 수 없을 만큼 독보적인 입지를 굳히고 있다.

스카페타 시리즈를 읽은 독자라면 작가 퍼트리샤 콘웰을 시리즈의 주인공인 케이 스카페타와 늘 함께 떠올릴 것이다. 콘웰이라는 작가의 모습과 스카페타라는 소설 속 인물은 어느새 독자들 마음속에서도 혼동될 만큼 닮아 갔고, 서로의 모습을 거울처럼 비추어 주고 있는 듯하다. 그만큼 '스카페타'라는 이름은 콘웰이라는 이름만큼이나 긴 세월 동안 독자들에게 큰 울림을 주고 있다. 1990년에 발표한 시리즈의 첫 번째 작품인 《법의관》을 시작으로, 사람의 삶으로 치면 약관에 해당하는 이십 년의 세월을 목전에 두고 쓴 작품이 바로 스카페타 시리즈의 16권인 《스카페타》이다. 작가와는 도저히 떼려야 뗄 수 없는, 작가의 완벽한 페르소나 스카페타를 소설 제목으로 내세운 것이다.

전편인 15권《미확인 기록》에서 작가는 전쟁과 사회에 대한 강한 메시지를 담았었다. 처참한 전쟁 장면이나 군대 내에서의 잔혹 행위가 아닌 희미한 잔상이 반복되는 인간의 쓸쓸한 내면을 보여줌으로써, 작가는 오랜 세월을 거쳐 진화하는 스카페타 시리즈의 면면을 유감없이 보여주었다.《미확인 기록》이 전쟁과 사회 그리고 가족에 대한 깊은 성찰을 보여주었다면, 이번에 소개하는《스카페타》는 우리 사회의 약자인 장애인과 동물에 대한 메시지를 던지고 있다. 또한 현실 세계를 넘어서 사이버 공간에서의 인간의 탐욕과 광기가 얼마나 끔찍한 결과를 가져오는지 보여주면서, 21세기를 살아가는 독자들에게 현대 사회의 추악한 일면을 거울처럼 비춰 주고 있다.

《스카페타》는 몸집이 왜소한 난쟁이 테리 브리지스가 살해당하면서 시작된다. 그녀의 애인이자 그녀처럼 체격이 왜소한 오스카 베인이라는 남자가 수사선상에 오르고, 맞은편 건물에 사는 '잔소리쟁이' 부인이 사건의 또 다른 축을 이루며 사건이 전개된다. 잔소리쟁이는 〈고담 갓차〉라는 인터넷 가십 기사를 올리는 일을 맡으면서 자신도 모르는 사이에 사건에 개입하게 되는데, 그 가십 기사의 소재가 바로 스카페타이기 때문이다. 실체를 알 수 없는 인터넷 기사를 통해, 스카페타는 주검에 대한 존엄이라고는 전혀 없는 파렴치하고 속물적인 법의관으로 묘사되면서 지금껏 경험하지 못한 충격과 마주하게 된다. 또한 잔소리쟁이가 애완동물 가게에서 벌어지는 잔혹 행위를 목격하면서 사건은 실타래처럼 점점 더 복잡해진다.

사이버 공간에서의 테러는 소설 속 주인공 스카페타뿐 아니라 부검대 위에 누운 마릴린 먼로의 시신까지 끌어들이며 독자들의 호기심을 한껏 증폭시킨다. 사회적 약자인 장애인에 대한 사회적 편견, 돈과 인간의 탐욕 때문에 자행되는 동물 학대 행위, 그리고 수사 조직의 얽히고설킨 인간관계가 하나둘씩 그 실제 모습을 드러내고, 인간 내면에 깊숙이 자리한 잔혹성과 비인간성이 치부를 드러내면서 사건은 예상치 못한 파국을 향해 치닫는다. 그리고 결국 그 복잡한 실타래는 스카페타라는 강인한 인물을 중심으로 하나하나 매듭을 풀면서 제자리를 찾아간다.

《스카페타》에 나오는 등장인물들은 전편의 맥락을 유지하면서도 세월과 함께 변해 가는 친근한 모습을 보여준다. 스카페타와의 불미스러운 사건 때문에 멀어졌던 마리노가 다시 수사 현장에 복귀해 새로운 활력을 불어넣고, 오랜 세월을 함께 해 온 스카페타의 동반자 벤턴 역시 그녀 옆을 묵묵히 지키며 예의 그 예리한 통찰력으로 사건의 열쇠를 찾는다. 매력적인 여성 검사 제이미 버거와 리틀 스카페타라고 불러도 될 법한 루시의 모습도 반갑다. 특히 루시와 제이미 버거와의 관계는 전편에서와 달리 새로운 국면을 맞게 되는데, 둘의 관계가 어떻게 발전하는지 지켜보는 것도 독자들에게 새로운 관심거리가 될 듯하다.

아무도 들여다보지 않으려 했던 죽음이라는 음험한 세계를 작품 전면에 내세우며 어두운 인간 내면에 서슬 퍼런 메스를 들이댔던 작가 퍼트리샤 콘웰. 그녀의 첫 작품은 여러 출판사로부터 퇴짜를 맞은 후 단돈 7,500달러에 팔려 겨우 세상의 빛을 보았다. 그리고 지금껏 전 세계적으로 수억 부가 넘게 팔리면서 어느 누구도 예상하지 못한 큰 성공을 거두었다. 아무도 들여다보고 싶지 않은 죽음이라는 소재는 어쩌면 우리네 인간들이 가장 들여다보고 싶지만 감히 그럴 수 없었던 대상이었는지도 모른다. 작가는 실제로 600번이 넘는 부검에 참여하면서 그 과정을 목격했고, 작가로서의 상상력과 인간 내면에 대한 끝없는 성찰을 통해 죽음에 얽힌 미스터리를 독자들에게 펼쳐 보여주었다.

스카페타 시리즈가 세상에 나온 지 어느새 이십 년이 훌쩍 넘었다. 그리고 이제 스카페타 시리즈의 주인공인 '스카페타'를 제목으로 한 작품이 독자들과 마주하게 되었다. 이십 년이라는 세월의 무게를 견뎌 온 작가의 필력과 성찰이 고스란히 녹아 있음은 물론이다. 또한 사이버 테러와 동물의 권리를 보호하는 등 동시대에 대한 고민과 고찰도 오롯이 새겨져 있어서 독자들의 깊은 공감을 불러일으킨다.

《스카페타》에 이은 스카페타 시리즈 17권은 《Scarpetta Factor》이다. 지금껏 오랜 시간 동안 스카페타 시리즈를 지켜봐 온 독자 가운데 한 사람이자 번역가로서 설레는 마음으로 다음 작품을 기다려 본다. 작가의 또 다른 자아인 스카페타를 향한 냉엄한 시선이 다음 작품에서 얼마나 더 깊어지고 새로워질지 궁금해지는 대목이다.

스카페타

1판 1쇄 인쇄 2014년 9월 19일
1판 1쇄 발행 2014년 9월 26일

지은이 퍼트리샤 콘웰
옮긴이 홍성영

발행인 양원석
편집장 김지아
책임편집 신진
해외저작권 황지현, 지소연
제작 문태일, 김수진
영업마케팅 김경만, 정재만, 곽희은, 임충진, 장현기, 김민수, 임우열
윤기봉, 송기현, 우지연, 정미진, 윤선미, 이선미, 최경민

펴낸 곳 ㈜알에이치코리아
주소 서울시 금천구 가산디지털2로 53, 20층(가산동, 한라시그마밸리)
편집문의 02-6443-8853 **구입문의** 02-6443-8838
홈페이지 http://rhk.co.kr
등록 2004년 1월 15일 제2-3726호

ISBN 978-89-255-5136-4 (03840)